收穫

春卷
A LITERARY BIMONTHLY
HARVEST

长篇小说 二〇二三

上海文艺出版社

目录 春卷 〇二三

2 我们的朝与夕　姚鄂梅
　187 「你的屋子」，或一种现实　行超

196 云头艳　昪愚
　332 欲望之书　季进

340 太阳透过玻璃　薛舒

我们的朝与夕

姚鄂梅

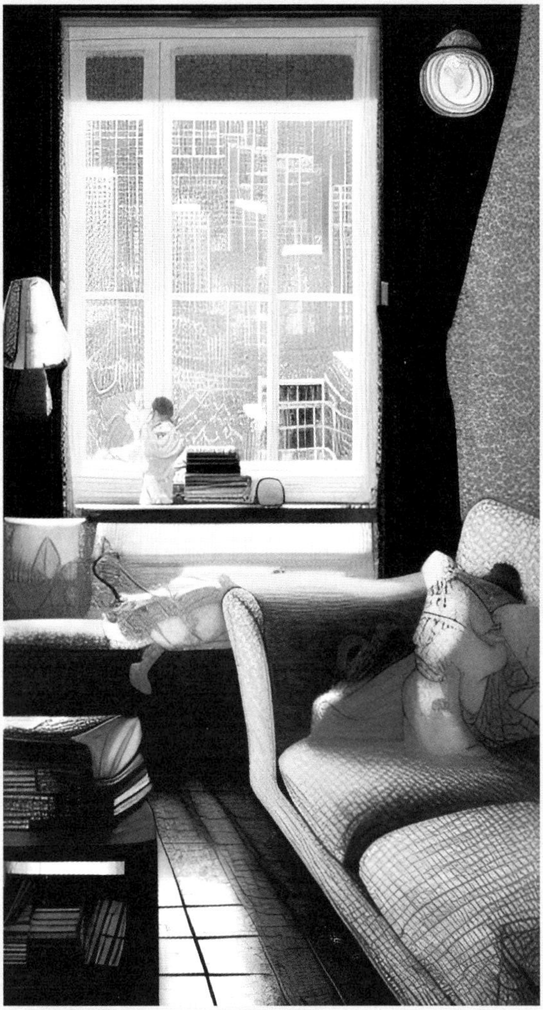

> 如果你只关心某些瞬间的事物
> 你的命运就会成为恐惧，你的屋子就会不稳
> ——曼德尔施塔姆

衣 泓

闹钟突然响起，一只接一只，像蛐蛐，像口哨，像小号，像一阵声音的多米诺，从某个昏暗角落，风一般蔓延开去。城市睁开休眠了一夜的眼睛。

衣泓的手机闹铃设在六点，响到第三声的时候，眼睛还没睁开，手已果断摁停。

继续醒睡三十秒，第四十秒，掀开被子，第五十秒，伸个懒腰，把身体绷得又薄又平。第六十秒，赤脚跨进卫生间，坐上马桶，这时她已彻底清醒。五分钟后，第二个闹钟将要响起，它是属于星星的，此刻的星星还在挂着遮光窗帘的卧室里戴着眼罩酣睡，她必须在五分钟内处理完个人事宜，然后把卫生间让给星星。

她们决定合租的时候就有约定，睡客厅的人要比睡卧室的人早起五分钟，以免卫生间出现抢位情况。

洗漱完毕，刚刚抱着化妆包坐到小桌边，星星的闹钟响了，片刻，门被拉开，星星半闭着眼睛跟跄窜出，直奔卫生间，门随即关上。等星星从卫生间出来，她已收拾好自己的沙发床和小零碎，背上双肩包，准备出发了。

仍然是事先约好的，早上她们不必打招呼，不必说话，也不必道别，要像自己是独居者一样，因为这样可以节省时间，但到了晚上，她们却喜欢腻在一起，吃饭，闲聊，讨论外面发生的一切，讨论自己身上发生的幸运或不幸，言语间比家人还要坦诚和尖锐。她们是一对最成功的合租者。

衣泓骑共享单车去地铁站。她习惯在地铁上处理各个微信群的消息，平时她都把它静音了。果然囤得满满的，尤其是家庭群"小客厅"。

爸爸在群里发消息简报：舅舅家的狗子下崽了，三个金毛，抢手得很，半天就订光了；苗苗早点昨天进账三千八，自从开通网上下单，生意几乎比以前翻了一番，现在早上四点就得去开门，否则供不应求；"包子西施"口谕，衣泓应该多买几件好看的衣服，比如掐腰上衣，直筒裤。

衣泓不知不觉笑咧了嘴。她不用回，爸爸早就预见到了她的忙碌，特地给群名加了个后缀：宝宝不回复群！宝宝是她的乳名。

爸爸三年前就退了休，现在唯一的正经工作似乎就是维护家庭群的日常营运。有一次衣泓忍不住提醒他：你去妈妈店里帮忙呀，妈妈多辛苦啊。爸爸说：我去过，她说滚滚滚，笨手笨脚！

妈妈最初在学校门口早点铺工作时，那里还叫"小小早点"，据说那时她还没有笼屉高。后来，老板干别的去了，她也长大了，妈妈就把小店接了过来，改成"苗苗早点"，多开了一扇门，除了学生，还面向社会，生意果然好了不少。她知道人们私下里叫她包子西施，她有点不高兴，因为这个称呼忽略她的馒头，她的馒头老面发就，松软结实，麦香扑鼻，比哪一家的馒头都好吃。衣泓来上海没多久，专门打

电话给妈妈，说你要是在上海，他们就不会叫你包子西施了，他们要叫你馒头西施，上海没有包子，只有馒头，肉馒头，菜馒头，豆沙馒头，生煎馒头，小笼馒头，刀切馒头。妈妈打断她：那我觉得还是包子西施好听些。

作为一个称得上西施的未婚女性，却在最最盛开的年纪嫁给了身后学校里丧偶的中年数学老师，当一个只比自己小六岁的男孩的继母，并迅速生下了自己这个女儿，是出于对数学的膜拜，还是对国家公职身份的仰慕？她从未问过妈妈这个问题，但她跟爸爸讨论过。你当初就是看我妈妈长得漂亮，对不对？爸爸就笑：难道我应该找个丑的？她接着说：要不是你拉低我的颜值……

瞎说！我才没有拉低，你比你妈妈漂亮多了。

父亲给女儿打分没有公正可言，这点清醒她还是有的。在她面前，爸爸就像一块放在热锅里的黄油，以势不可挡的速度失去轮廓和原则，但在哥哥面前，爸爸又方正得像张扑克。哥哥大她二十岁，哥哥的妈妈她只见过照片，是个瘦弱的小学老师，绷着脸站在爸爸旁边，似乎她那时就预见到了丈夫总有一天会重组家庭，冷淡的目光透着显而易见的不屑，以及不可捉摸的厌世情绪。

爸爸的早间微信营运进入第二阶段：叮嘱当天或近几天要办的事务。

要过中秋节了，跟哥哥联系了没有？过年过节要联系，不年不节也要联系，最少一个星期联系一次。

要学会找话题，租房的事，工作上的事，生活上的事，都可以跟他说一说，舌头底下有黄金，说不定他还可以介绍客户给你。你侄儿也是个重大话题。我还告诉你一个诀窍，这些话题不要一次说完，每次聊一个话题，下一次就不会找不到话说了。中秋节一定要去，你是小的，小的拜访大的，天经地义。哥哥请了你没有？

她回：请了。

这就好这就好，你就这么一个哥哥，他就你这么一个妹妹。你上小学的时候，我就计划好了，将来大学一毕业，直接去上海，跟哥哥在一个城市，彼此有个照应，现在你的任务就是在那里站稳脚跟，过几年买个房子，生个孩子，是有点难，但你有哥哥在那里，怕什么？

你有办法的，我一点都不担心你，你从小就不怕人，小时候去医院打防疫针，人家小孩哭得天昏地暗，你却跟打针的医生咿咿呀呀聊天。

路上小心点哦。出门在外，一要小心翼翼，二要和颜悦色，我知道你做得到的，我的姑娘是全世界最聪明最可爱的姑娘。

她鼻子有点酸，一个不善言辞的高中数学老师，何以变得如此婆婆妈妈。妈妈都不这样，她对离家在外的女儿只有一句话：不行就回来！很硬气，听了会觉得腰杆子硬硬的。

妈妈对她的未来一直持观望态度。整个童年，她经常听见父母议论一件事：爸爸不该在她出生之前离开产房门口，跑到外面去抽烟。问题不在抽烟，问题在抽烟的地点。因为医院内不让抽烟，爸爸走出医院，在门外百来米远的地方抽，正抽得过瘾，旁边响起咔嚓一声，有人叫他：大叔，我刚刚给你拍了张照片。原来是他们的邻居，那人是个摄影师，没有正当工作，也没什么朋友，唯一拥有的似乎只有一部相机，整天挂在胸前，走到哪拍到哪。衣泓出生那会儿，他刚刚结束三年多的游历回来，谁也不知道他去了哪里，反正他回来的时候，又黑又瘦，连他妈都差点没认出他来。摄影师说：等照片洗出来，我会给你一张的。爸爸刚一回来，护士就推开了手术室的大门，告诉他：是个女儿。转入病房后，还在虚弱中的妈妈问他：你出去那会儿，没碰上什么人吧？爸爸猛地想起邻居摄影师，妈妈一听就哭了：你干吗让那个家伙做我们女儿的"逢生人"？你想让我们女儿将来像他一样，高不成低不就一事无成吗？你看到他来了就躲远一点呀。爸爸当然知道"逢生人"一说，但当时完全没想起来，顿时懊悔万分，但已于事无补，只得咬牙去安慰妈妈：不要相信那些东西，现在没谁相信那一套了，各人有各人的基因，再加上后天的教育，不管个性还是人生都不可能像一个外人。再说人家也不差，人家是搞艺术的。妈妈还在哭：什么艺术！快五十岁了，还没家没业像个流浪汉。

说来也怪，衣泓高中时期果真开始对摄影感兴趣，成天乱拍，拍风景，拍静物，拍动物，后来开始拍人，从抢拍抓拍到摆拍。妈妈急了，见一次吵一次，爸爸却说：你随她！又不是坏事。妈妈说：怎么不是坏事？耽误学习呀。爸爸说：哪里耽误了？她又没把相机带到教室去。你不懂，有爱好，比多考那几分重要。

后来爸爸告诉她，得知她大学毕业当天就踏上了通往上海的火车，妈妈在家伤心地哭了，她说她有预感，她的女儿不会老老实实去找一份财务工作（她大学专业是财会），她是为她的摄影去的上海，她早就知道她的女儿已经迷上那个东西了，两手空空走在路上，也会伸出拇指和食指，做一个取景框，比来比去，像个神经病。爸爸转述这段话的时候，衣泓笑得有点难过。

来新消息了，黎晓的名字一秒打败了小客厅。

她和黎晓从小学到大学一直是同学，直到大学毕业那天，衣泓登上提前买好票的开往上海的火车，黎晓则回了老家。衣泓劝过她：跟我一起去上海吧。黎晓说：我怕我活不下来，我又没哥哥在上海。衣泓很不屑，她想说，她是去上海，又不是去哥哥家，最终还是忍住了，留到以后用事实来说话吧。黎晓找的工作很有意思，居然是在城管部门，虽然她的岗位在办公室，偶尔还是得穿着制服去街上走两趟。她给衣泓发过街头巡逻的照片，说：别骂我，我没踢过人家的菜篮子。

黎晓给她发来一张一中门口的随手拍，说：一中门口比以前更无聊了。一中是她们的高中，的确陈旧了许多，看上去了无生气，门房里的老校工也换了，现在是一个不太面善的中年男人。

衣泓不想对一中的照片过多置评，就偷拍了一张地铁照发过去。

好想坐地铁，好想身边有很多陌生人。
你该去谈个恋爱了。
也许已经在谈了。
也许是什么意思？
黎晓却说起了别的：人生就像赶车，你只要死活挤上去，它总会把你带向远方的。我是彻底被抛下了。

这以后，黎晓再无下文，就像手机被人没收了一样。

出站了，这是节前最后一个上班日，满街的中秋节气息，这提醒她刚才对爸爸说了谎，中秋节的聚会，并不是哥哥先邀请她的，是她主动在微信上向哥哥发去了问候：中秋节你们在上海吗？后面是三个笑脸。三分钟后，哥哥回了过来：在，你过来吃饭。她相信，那三分钟里，哥哥一定是去征求了嫂子的意见，取得了嫂子的认可，才给她回信的。

在此之前，他们已经有三个多月没联系过了，她感觉她跟哥哥之间的关系有点像蹦蹦床，蹦一下才有反应，不蹦就没有，当然，这个蹦的人是她。也许半血缘关系的兄妹就是这个样子吧，说亲不亲，说远不远，但她一直有个愿望，她想把哥哥变成韩剧里的那种哥哥，疼惜，怜爱，亲密，比父亲更贴心，比恋人更洒脱。她不知道她做不做得到，但她真想，从小就想。她出生的时候，哥哥已经是一名快要毕业的大学生。在当地，哥哥的名字无人不晓，他是当地的高考状元，考上北京的大学，一毕业就分到上海，到上海不久就建立了自己的小家庭。没想到状元的妹妹就差远了，除了作文还行，其他不过尔尔，高考状元那是做梦，好一点的大学都是奢望，最后在省内读了个二本。好在爸爸对她要求不一样：我们是女孩子，不需要上那么好的大学，我们读个普通大学，轻松阳光，如花似玉。

她知道公司附近有一家卖鲜肉月饼的，常年有人排队，嫂子应该会喜欢，哥哥她就不知道了，也许他已入乡随俗，习惯了此地人爱吃的鲜肉月饼的口味。她吃过火腿月饼，但对鲜肉月饼一直狠不下心去尝试，总觉得那不是在皓月之下、桂花树边就着清茶品尝的点心，而是一道主食，类似于烤包子。

除了月饼，好像还应该带点别的东西才行，带什么呢？他们一家人喜欢什么，她一点都不知道，侄子的爱好她更不知道。那个繁忙而寡言少语的少年，她对他有种说不出的敬畏，总觉得他小小年纪就已看穿了一切，却抵死不肯说出来，单等着某一天，在一个合适的时机全盘抖出。哥哥家的饭桌也让她不自在，上一次去他们家，尽管有钟点工在，嫂子还是进厨房去帮过几次忙，很正式的一桌饭菜，结果嫂子只喝了点葡萄酒，说是已经三年多没吃过晚饭了。正在大嚼特嚼的衣泓顿觉得自己矮了一截，嫂子多么冷静，多么自律，又是多么坚忍不拔，她呢？为了那盘白灼虾，她连筷子都舍弃了，徒手上阵，十指翻飞，面前瞬间就是一堆虾壳。她看了一眼嫂子，停止剥虾，去洗了手，重新坐回桌前时，她的速度比以前慢了一倍。她注意到，侄子从垂下的眼皮缝里往她这边不动声色地扫了一眼，他一定注意到了她的改变，一定知悉了她的想法，一定在心里对她做出了评判，但他永远不会把这个得分告诉她。

她从身边的橱窗里瞥了一眼自己，跟上次到哥哥家相比，有什么变化吗？最好有点变化，她记得嫂子对哥哥说过：她会变，女孩子到了上海，一天一个样。

快到公司了，她清空这些乱七八糟的想法，在脑子里默默过了一遍今天的主要事项，早会过后，她要把修改过的项目计划书拿去给组长过目，这已经是第三稿了。一个早教机构的广告，除了平面广告，还有视频，视频那部分，他们不让她参与，虽然那才是她的最爱。文案看起来简单，并无多少争议之处，不知为什么，每次送审，总是被驳回，驳来驳去，往往又回到了最初的提案。资历长一点的同事说：就是这样的，必须听他们的，必须把自己的脑子洗空，毕竟是他们去把它换成钱。

她并不认同这种说法，她承认冲锋在前的人最有发言权，但那些人手里的文案是从她这里产生的，这常常让她有种她才是真正手持武器者的感觉。可惜，没人注意到她心里的小骄傲。

她特意选在上午去哥哥家，稍稍聊几句，就是午饭时间，午饭过后，她就回家，把时间还给哥哥嫂子。如果是下午，就比较麻烦了，在他们家的家教里，晚饭后不宜送客出门，通常都要说一句：就在这里住嘛。有一次她是下午去的，吃过晚饭后，她要走，哥哥说：不走了嘛，留下来继续睡沙发。她看到正朝客厅走过来的嫂子，瞬间退了回去。

哥哥家在浦东碧云，据说小区出自一个法国设计师的手笔，坚固优雅而庄重的样子，哥哥家在五楼，宽阔的大平层，三个阳台，却不许在阳台上晾晒衣物。鸟儿好像也知道这里有别于其他小区，比别处的鸟儿飞得低，飞得从容，当着人的面就敢站上低矮枝头，细细梳理羽毛。

与一只披着蓝绿羽毛的大鸟对视片刻后，衣泓渐渐感到了来自身体的不适，手指实在太疼了，不得不把月饼盒抱在怀里，抱久了，胳膊又很不舒服。从地铁站走到这里，她感觉她的肘关节已经不存在。鸟看出了她的窘境，"嘎"的一声长啸，扑棱棱飞走了。

爸爸刚才又给她打电话，让她给哥哥带句话，其实是核实她有没有真的去哥哥家。跟哥哥一家搞好关系，似乎成了他们父女二人共同的社交任务。

你跟他说，我们准备今年来上海过年，叫他腊月二十八那天不用往家里赶了。这些年，他们家一直选在腊月二十八那天吃团年饭，因为哥哥那天回家，第二天夜航回上海，第三天上海全家人过年，这个全家，指的是哥哥一家加上嫂子娘家。

衣泓在想，到底是该趁嫂子在场时转述爸爸的话呢，还是趁嫂子不在的时候？她直觉这个时机很重要。同时她也觉得，爸爸的话未必是真的。首先，妈妈不一定会来上海，她跟这个继子的距离，从未拉近过一分，也没拉远过一分。据说他们结婚前，哥哥跟爸爸狠狠吵过一架，"为老不尊"这样的话都说出来了。多年以后，当她得知这事时，有点说不出的难过，可一旦面对哥哥那张跟爸爸一样微暗的脸，又本能地觉得，这真的是哥哥，她要把这个哥哥拉回来，拉回到爸爸和妹妹身边来，连爸爸也这么说：他是你哥哥，你是他妹妹，我就只有你们兄妹两个。

嫂子吃过早餐就去健身房了。衣泓趁机对哥哥说了爸爸准备来上海过春节的打算。哥哥满有把握地说：他也就这么说说而已！同时把他的手机递过来：你看看这个人的朋友圈，还有点意思。

衣泓一眼就看出了哥哥的意图，但她假装看不出。那是个三十多岁的男人，满屏都是阳光积极的样子，不是在运动，就是在晒鸡汤文，要不就是各种动物植物，似乎很满意"一个人的自在""一个人的圆满"，那到底是谁在给他拍游泳和打球的照片呢？难道是三角架？她把手机递还给哥哥。

想不想认识一下？

不想，我不喜欢他喜欢的那些。

工作的事我没帮上忙，成家的事争取，不然老头天天吵我。

不必在意，他只是想证明自己还在掌

控这个家，其实他早就被卸任了。

你可能觉得这人有点俗气，但成功本来就是世俗意义上的胜利。只有取得世俗意义上的胜利，才有余力去做想做的事情。哥哥不想被她打岔。

嫂子穿着健身服走过来，像个活动的人体雕塑，跟衣泓打过招呼后，吩咐哥哥：赶紧订餐吧，衣泓来了，我们订个节日套餐。

哥哥在手机上操作了一会儿，再次对衣泓说：那个人，接触一下吧。

嫂子看了兄妹俩一眼，明白他们在说什么，也跟着说：衣泓还小呢，你别急着把她推进一地鸡毛的家庭里面。

越早，遇到好运气的可能性越大，可不是越晚可能性越大。

她意识到哥哥还在等她的答复，就想来个痛快。

我觉得，我不喜欢这个人的长相，尤其不喜欢他那双大眼睛，还是双眼皮，还那么白。

她佩服自己是怎么想到眼睛这个武器的，要知道，哥哥可是个小眼睛，还是黑皮肤的小眼睛。果然，哥哥咧嘴笑了：这也能算理由？

哥哥走出去接电话。嫂子冲衣泓笑了一下：你哥做这种事情太业余了，人家现在早就不这样了解一个人了，我听说现在启动之前，要神不知鬼不觉地哄女方做个智商测试，我听了也是吓坏了。

啊？择优录取吗？智商要达到多少才有人娶？

不知道，也可能只是传言，反正我没见身边有谁被测试过。

也可能被测了自己还不知道。太可怕了，我以后要离这种软件远一点。

你怕什么？又聪明，长得又好看，还会写文章，根本不用急。我跟你说，急了反而对你不利，人家会看轻你，以为你只是个漂亮女孩，这个定义对你来说太不公平了。她知道爸爸曾经向哥哥家炫耀过她发表作品一事。

她跟嫂子，从最初无话可说的尴尬，到今天看似亲密自然的闲聊，这个过程可不短。

她几乎是拖着拉杆箱去领毕业证的，证一到手就直奔火车站，带着满腔沸腾的热血，从火车站笔直赶到哥哥家门口。家里没人，她料到了，她把行李寄存在门房那里，轻轻松松踱出来，先逛逛周边也不错。傍晚六点多，她逛累了，撤回小区，拿回自己的行李箱，再次摁响哥哥家的门铃。

哥哥开的门，他系着围裙，指挥她放好行李箱，赶紧闪进厨房。哥哥正在煎鱼，拿着锅铲，望着表皮正在变黄的鳜鱼问她：你认为你适合什么工作？

按专业来说，我应该去做财务，我有些同学进了事业单位，有些进了银行。

在上海，你说的那些单位都不现实。简历投了多久了？

快一个月了。

那就等于有结果了。

其实她也这么想过，不知道是不是想承认，还是害怕承认，她每天都在暗示自己，应聘者肯定很多，招聘方肯定还在讨论筛选方案，她还有希望。

姐姐还没下班？老家的习惯，不兴叫嫂子，要叫姐姐。

在子航房间里。

她推门而入，房间里两个人同时惊讶

地转过身来。

哟！来了？子航，叫姑姑。

子航看了她一眼，不吱声。他看上去比她这个姑姑高不少。

姐姐和她一起来到外面，顺手带上子航的房门。

工作找好了？

还没呢，不过快了。

快了是什么意思？已经招录只等上班吗？

她只好老老实实说了当前的现状，姐姐"哦"了一声，去了厨房。

那时哥哥家还没有搬到浦东，还住在市区的老房子里，客厅之外，两间卧室的门紧闭着，一间小客房也关着。他们都有随手关门的习惯，就像刚才姐姐从子航房里出来一样，轻轻地、稳稳地带上了子航的房门。

那是她成年后第一次在哥哥家吃饭，晚饭桌上很安静，能听得见每个人不同频率的咀嚼，子航吃得最快，也最敷衍，感觉他完全不饿，被迫给别人表演吃饭一样。姐姐吃饭像猫，没有声音，也不见进度，似乎在假装吃饭。很快，饭桌上就只剩下了兄妹俩。

财务不错的，一般从出纳做起，做得好，是可以慢慢升的。

但她告诉哥哥，她想找个文案策划方面的工作，她的简历大部分都寄给了这类地方，她在简历里热情洋溢地介绍自己从小到大在写作方面的爱好，摄影方面的爱好。

哥哥喝下最后一口啤酒：爱好不能说明什么。我觉得你应该先回家，等你投寄简历的地方有消息再来。

我想先熟悉熟悉环境。

收拾好厨房，哥哥抱出一床被子，放在沙发上，她有点意外，还以为她会睡在客房里呢。哥哥告诉她夜灯的开关，还扔过来一副眼罩。你准备一下，明天我带你去见一个人。

准备什么？她压低声音，紧张地问：见什么人？

当然是工作上的事啦，你怎么都不知道着急？毕业证，其他能证明你能力的证书，统统带好。不要穿得稀里哗啦的，正式一点。

第二天早上，她被哥哥下厨的声音惊醒，太早了，她起不来，动了一下又睡了过去，再次醒来时，哥哥已开始摆饭桌，子航打着呵欠出来，找眼镜，理书包，然后姐姐也出来了，她还穿着睡衣，第一时间给自己弄了一杯水，边喝边来到饭桌边交代子航：今天放学后有考试吗？没有？那就先写作业，等我来接。记得把外套带回来，再不带回来，估计老鼠蟑螂都要在里面做窝了。

子航走后，才是三个大人的早餐时间，衣泓和哥哥吃面条，姐姐站在破壁机面前做她的果蔬汁。她整理沙发的时候，姐姐走了，她喝水的时候，哥哥走了，关门之前，哥哥探头进来对她说了个酒店的名字，以及地址。

下午三点半赶到那一带候着，听我电话。

她就在那天遭遇了第一次真正的求职打击。下午三点多，哥哥在电话里告诉她，去酒店二楼咖啡厅。这之前，她已在那一带徘徊了将近一个小时。

哥哥和一个半秃顶的男人坐在一片空椅子中间。哥哥说，这是酒店生活部的林经理。她点着头浅浅地鞠着躬，找了个位子坐下,心想,难道哥哥想让我在酒店生活部工作?

林经理把兄妹俩看了又看:没想到你还有这么小的妹妹,长得一点都不像你。

哥哥没反应。林经理转头问她:会说上海话吗?她说不会。英语呢?会一点儿。

会一点儿不行哦,我们这里的员工,口语要相当熟练。会计证之类的证件有吧?

不好意思,我可能更擅长文案策划类工作。她不得不插了句嘴,因为她突然意识到,酒店也是需要形象策划工作的。

酒店是有这个部门,里面好像还有不少人呢,但没听说招人,酒店这两年都没招过人了。可惜我跟他们不熟,我这里又不需要这类人才。林经理对哥哥说:酒店有规定,我们不能有自己独立的形象策划,我们要服从酒店统一的形象管理。

三个人之间出现了一小段尴尬的静默。哥哥让她有事可以先走,他还要跟林经理再聊一会儿。

她一进去就知道没戏,那个细皮嫩肉头顶光亮的林经理,皮鞋锃亮戴着戒指的林经理,那双眼睛丝毫没有掩饰他对她的看法:有点土气不说,还这也不会,那也不行。

晚上,他们一起开了个小会。哥哥说:一开始就不想专业对口,这会给人留下什么印象?姐姐却说:专业有那么重要吗?我们家有个亲戚,人家是学档案管理的,大学毕业来上海,第一份工作是在咖啡馆里学做咖啡,人家本来是来旅游的,在街上闲逛,想给自己买杯咖啡,看到咖啡店门口有招聘广告,就走进去报名应聘,第二天人家就给了聘用通知。其实任何工作都一样,大学毕业证只是个入场券。

她垂下眼皮,不置可否。不管怎么说,她还是更喜欢文案策划,她一定要拼尽全力先找到这类工作,她不想在别处浪费时间。

她开始投第二轮简历,在学校的时候,抱着想当然的态度,清一色投的都是大公司,几乎颗粒无收,经过了酒店这一回,她才知道对于那些大公司来说,她的确条件不太好,现在她改变策略,专攻小公司,而且尽量上门投递。连续两天早出晚归,一边递简历,一边疯狂搜索下一个递简历的地址,同时打电话询问之前递简历的结果。累了,就躲进麦当劳,点一个最简单的汉堡,顺便在那打个盹儿,积蓄点体力。三四天下来,她已累得不行,第五天,她身心疲累,想在家里稍稍多待一会儿再出门。

没想到就在多待的那段时间里,竟弄出了一桩祸事来。哥哥家的水龙头是可以转动方向的,从左边水槽转动到右边水槽,但它最近开始闹脾气,转动过后不太容易出水,像耳朵不太好的人,要么延迟反应,要么干脆没有反应。那天她在左边水槽手洗完自己的内裤和袜子,放进右水槽里清洗,结果等了好久都不出水,她一时性急,就把衣服拿到厨房那边去清洗,走时忘了关掉那个不出水的龙头。直到把一切料理清楚,带上大门出发,还是没有想起来。等那个反应滞后的龙头终于畅通起来时,她已经投递完第一份简历了。

中午,她接到哥哥的电话,脑子里"轰"的一声,跳起来就往家里赶,一路上,她设想了各种可能,最后发现她的想象力远远不如眼前的现实。整个家泡在了水里,每走一步都是浩浩荡荡的水声,鞋子,衣服,纸帐,在水面上飘来飘去。水从大门底下流出,在楼梯上挂起了瀑布,水从屋里每个角落往下渗漏，楼下人家的天花板、衣柜、电器无一幸免，水冲出阳台，恣意奔流，哗啦啦似水帘洞。

最终，在消防警察的协助下，一切归于平静，只剩下满屋子的水渍，以及挥之不去的潮湿的霉味，哥哥姐姐挨家挨户向楼下人家道歉，主动提出赔偿，低眉耷眼接受物业管理人员的批评。他们故意不看她，也不跟她说话，她一直在掉泪，却连任何道歉的话都说不出，语言已无法表达她此时的内疚和犯罪感。

一直收拾到将近傍晚，哥哥姐姐累得瘫倒，谁也没有力气做饭，哥哥叫了盒饭，姐姐说她不想吃，只想赶快去洗个澡。很快，姐姐捂着脱去一半的身体，抽泣着从卫生间跑了出来。

不行！我不敢听水龙头放水的声音。

哥哥冲过去，抱着瑟瑟发抖的姐姐，推着她往卫生间走。她站在客厅，想着要不要去厨房拿把菜刀，砍自己一刀以示谢罪。

九点多钟，她开始清理沙发上的东西，准备铺床，姐姐出来了，她显然哭过，眼睛是红的，脸也有点浮肿。

不好意思，你今晚可以去住宾馆吗？钱由我们出。

好的。

她转身就去贮藏间，取出自己的行李箱，又去卫生间收拾好自己的洗漱用品。拉开门的时候，哥哥追上来，塞给她一小沓钱，她没看，接过来往口袋里一塞。不要不行，她身上钱不多了。

出了小区大门往左，大概五百米就有一家。

好。她尽量不让自己的声音显出哭腔。

招牌很大，进去一看才发现根本不是宾馆，只是有点像宾馆而已。她要了一间最便宜的没有窗户的房间，进门就躺下来，心口开始怦怦跳。哥哥家，她大概再也去不了了吧，那里不会欢迎她了，她给他们带来了巨大的损失，她给姐姐带来了心理阴影。她翻了个身，面朝下趴着，千遍万遍地骂自己。

第二天，她继续给投过简历的地方打电话，一连打了五个电话，都是很不乐观的回应，有一家甚至都不记得她投过简历，对方让她介绍下自己，还没说完，人家直接回复了她：我个人认为，你的可能性不是太大，因为我们只有两个岗位，现在收到的简历有三十多份，老板肯定优先录用有相关工作经历的。

但我明明看到你们是对应届生招聘的呀。

我们的确收到很多有相关工作经验的人的简历。

难道没有工作过的人就没有工作的权利吗？不让她工作，她上哪里去获得相关工作经历？她忍不住嚷了起来，还没嚷完，对方把电话给挂了。

哥哥发来一条长长的消息，大意是，像她这样住在上海找工作是不行的，她的学历没有优势，专业也没有优势，不如先回去，一边投简历一边等。另外，她也可以尝试在老家工作，如今国家的政策是要平衡发展，中小城市机会更多，她不一定非要在强手如林的地方争得一席之地。又说，人活着最重要的是要找到好的感觉，在上海这种竞争激烈的地方，要想找到好感觉是很难很难的，他在此地都工作二十多年了，还是没有找到想要的感觉，对她来说就更难了，人生并不长，不要把最宝贵的时光浪费在求生的泥潭里。

她痛快地回复道：明白，我马上回去。

现在就回去，也太好笑了吧，感觉不是被上海打败了，也不是被职场打败了，而是被一个水龙头打败了。就像一个参加比赛的骑手，不是自己的技术不行，也不是胯下的马不行，而是出发时被突然冲过来的一条狗绊了一下，摔倒在地。她看了看自己的钱包，决定再给自己最后一次机会。

她带上简历，背上双肩包，再次出发。这回她要改变策略，不仅要上门投递简历，还要争取留下点印象。

下午到达的这家公司不像其他广告公司，有个花里胡哨的英文名，这家公司有个老老实实的名字，叫致远。

一个小伙子拦住了她，这点跟别的公司也不一样，那些公司多半有个前台，这里没有前台，进门就是大厅，里面像教室一样摆放着桌椅。拦住她的小伙子就坐在第一排。当她说明来意时，小伙子把她引向里间，那里有三个人正在讨论什么。小伙子把她的简历递给其中一个中年男人，男人看了两页简历，又看了看她，突然笑起来：好，你来得正好，现在正好有个面试的机会直接给你。中年男人递给她一份资料，是一种洗发水，瓶身有点像腰鼓，有三种颜色，分别是：淡粉色，淡灰色，象牙白。分别适用不同发质，从包装来看，整体比较素淡、简约。

你能给它想出一句精彩的广告词来吗？

她久久盯着那三个瓶子，瓶身上的logo是三道略略弯曲的飘逸曲线，象征着灵动的秀发，不知是不是盯得久了，产生了错觉，她依稀看到那三道曲线从瓶身上站起，朝她直飞过来，温暖地抵住她的脑门。她闭了闭眼睛，想象自己的头发瞬间变得干净，还有一股清新迷人的味道，整个人都要跟着飞起来一样。这样想着，她突然头皮一麻。

她对坐着的中年男人说：好的洗发水，能滋养灵魂。

中年男人看着她，其他两个人也在看着她，她突然有点害羞：不好意思，太突然了，仓促间只能想到这个。

中年男人突然指着一个人说：写下来写下来！写下来看看！

几个人反复念着这句，有人开始点头，很快，这个动作被传染了，大家脸上有了笑意。中年男人问她：你以前做过这个工作吗？

没有。

那就把你的处女作奉献给我们公司。老屈，让她进你的组，你指导她。

接下来像做梦一样，她跟在那个叫老屈的男人后面，高一脚低一脚走进大厅，她得到了一个卡座。她摸着硬塑的椅背，提醒自己，这是真的，你找到工作了，你可以待在上海了。

刚刚坐定，宾馆打来电话，问她是否要续费，她答应晚上回去续费，但宾馆的人要求两点前一定要续，否则就作退房处理。真是为难呀，上班第一天，难道还没坐定就要请假？说了好一阵，总算答应她，尽可能地替她保留到下午六点。屈老师似乎明白了她的处境，问她：你没租房？住宾馆？她不好说真实缘由，只说还没看到合适的房子。屈老师碰了碰旁边一个女生：你们谁对这事比较熟？帮帮她这个新手。那个女生说：正好，我有个朋友最近想要搬家，我问问他那个地方可不可以续租。几分钟以后，女生过来回复她，那个朋友问过房东了，房东答应可以续租给"他朋

13

友"。

真的是一顺百顺，几件大事，都在瞬间轻而易举得到解决。她来到卫生间，拧开水龙头，在哗哗的水声中独自咧嘴笑了起来。

当天晚上，衣泓就在同事的带领下去见了那个朋友，朋友答应带她去见房东——一对本地老年夫妻。到了那里才知道，她要租的房子是房东套间中的一间，虽然她有自己的房门，也有自己小得仅够容身的卫生间，以及恰好能放一只电磁炉的厨房，但她要跟房东共用一个大门。一切都被设计得极尽巧妙，简直用尽了每一寸空间，总共二十平米不到的房子，除了厨卫，居然有卧室、客厅和一个可视为小书房的空间（其实是包进来的阳台）。这就是上海吧，她想，早就听说上海人在利用空间方面有大智慧，这回算是见识了。她很满意这个盆景般的微型房间，尽管小如花生壳，但应有尽有，一应俱全。

想来想去，没敢告诉哥哥她找到了工作同时也找到了房子，她怕她的声音会泄漏她的喜悦，毕竟哥哥那边还沉浸在水漫金山的飞来横祸当中，她这个罪魁祸首，没有理由高兴，也没有理由收到好消息。

她保留了前任房客的一张画，是一个跳芭蕾的女孩，单足立地，优雅地旋转，她想，这有点像自己，她终于在上海找到了一席之地，虽然很小很小，也不够稳当，就像这个女孩的足尖，但毕竟，她站住了。

一个月后，她拿到了第一个月工资，她把工资全数放在一只红包里，下班后，她来到哥哥家。拉开门的一瞬间，哥哥大声嚷嚷起来：你怎么还没回去？不是说好回去的吗？

真是个美好的夜晚，他们原谅了她，她也用一只红包消除了内心的不安，她第一次体会到坦荡和自信的快乐。就在那天，姐姐告诉她，他们也有个好消息，他们决定搬到浦东去。我妈说，火烧过的房子可以住，水淹过的不能住，不知道是什么道理。姐姐这么一说，她又陷入沮丧不安之中。

跟房东同处一室有个好处，那老两口几乎时时刻刻在家，她可以永远都不带大门钥匙，轻轻一推就进了门，站在玄关脱鞋，再打开自己的房门，比站在拥挤的楼道里掏钥匙要从容得多。

冬至那天，房东大叔意外地敲开她的房门，送来一碗水饺，胖胖的六只，卧在紫菜虾米汤里，饺子皮很薄，能看得见里面粉色的肉糜和隐约的菜泥。来来来，自己包的饺子，冬至大过年呢！吃完了把碗给我。

这个夜晚注定温暖至极，刚刚吃过冬至饺子，妈妈又发信息来，说给她寄了个包裹，注意查收。

你给我寄了什么好吃的吗？她第一时间打电话过去。

才不是，知道什么叫费尔岛毛衣吗？你知道我织毛衣的水平不咋地，这回我找了个高手教我，先用水粉画彩图，再根据彩图去配毛线，我买的可不是普通毛线，包子西施当然要用西施级的毛线，所以我买的是最贵的羊绒线，可惜包子西施老了，眼花了，中途几次错针，总共拆过十一次。

爸爸抢走了妈妈的话筒，大声对她说：你妈妈最近出名了，那件毛衣，人家说那不是毛衣，是艺术品，让她不要寄给你穿，让她拿去拍卖。对了，你怎么不到哥哥家去过冬至呢？

她忍不住呛道：冬至又不是节日！

聊完了，她去给房东还碗。老两口正在看电视，虽然再三谢过，还是不好意思放下碗就走，总得跟人家聊两句。

你们平时出去健身吗？我看外面好多你们这样的叔叔阿姨……

房东大叔说：我们不健身，我们静养，你看乌龟，一动不动活千年。

阿姨说：我们很少出门，一出去就是八块钱。

什么八块钱？

地铁呀，地铁不是四块起价吗？出去了不还得回来吗？平白无故不高兴去花这个钱。

钱不钱的倒也无所谓，主要是外面细菌多，她出去一次就病一次，免疫力低下，没办法。

那个，刚才的饺子真是太好吃啦，我刚刚还在想，要是你们开个小店，就卖这种饺子，生意肯定好得很，我肯定天天买，顿顿买。

不不不，我们不干这种事，我们也不需要那么多钱，我们有退休工资，挣那点钱干啥，开店很辛苦的，到头来很可能挣的钱还不够支付这费那费的。

是呀，我爸爸的观点也跟你差不多，他也反对退休以后再就业。

你爸爸都退休了？那是提前退休了吧？

不是，他是正常退休的，他四十九岁才生的我。

这么大年纪才生小孩？那你惨了，小地方本来工资就低，退休工资更低吧？

他？感觉还好，另外我妈有自己的店。

哦那不错，那他们应该过得很舒服。房东大叔的脸迅速变化着。赶紧让你爸妈给你在上海买个房子呀，在上海没有自己的房子不行，老是租房，我实话实说啊，你不划算，房租每年都会涨。

会买的，但我要自己买，我不想用他们的钱。

靠你的工资？那有点难，说实话，非常非常难。

偏远一点的地方，应该买得起的吧。

大叔摇头：你把事情想简单了，的确有些人白天在上海上班，晚上回江苏睡觉，尽管这样，也不是每个人都买得起的。不过你呢，还有一条捷径可走，你长得还可以，嫁一个有房子的应该不算太难。

那样不太好吧，毕竟是人家的，还是要自己有房子才行。

错！大叔一脸郑重，挥起一只手，在她眼前砍来砍去，一副要为她的人生贡献智慧、绘制蓝图的样子：你听我说，房产证上没你的名字完全不是问题，你进去后，用点心思，以小换大置换一下，房子就变成婚后财产了，就是你们两个人的了，懂吧？

衣泓不是太懂，但还是点头：不过，既然我们都知道这个办法了，估计人家也想出对应的新招来了，有房子的人也不是傻子。

没说他是傻子，但有时候聪明人也无路可走，因为路就两条，要么这条要么那条，没有第三条。

大叔跟衣泓讨论这些的时候，阿姨在一旁用锡箔纸折元宝，脚边一只蛇皮袋，已经装了大半袋。衣泓问折这个干什么，大叔说：清明节上坟用的。衣泓大吃一惊：清明节还早呢，要明年呢。

她没事嘛，早点准备，真到了清明节期间，锡箔纸都涨价了，买不到了。

这也太多了吧，你家祖先肯定都成大

富翁了。

亲戚多嘛，朋友也多，都委托她帮忙。

从房东大叔那边过来，衣泓感慨横生，大叔跟爸爸年纪差不多，爸爸一天到晚到处玩，前段时间据说还报名参加了一个自行车观光团，一到周末就骑上插着小红旗的自行车，浩浩荡荡长途跋涉。以她的观察来看，大叔和阿姨之所以不出门，很可能是不想花钱，如果爸爸也在上海，会不会也跟他们一样呢？毕竟爸爸生活在小地方，除了吃饭穿衣看病，没什么地方花钱，退休工资显得很经用，要是搁在上海，大概也会为"出门就八块钱"而费尽踌躇吧。她无从评判爸爸跟大叔阿姨哪种生活方式更好，她只有一个强烈的感觉，她既要待在上海，又不要过大叔阿姨那样的生活。

十一点多，突然有人敲门，她有点迟疑，又一想，不是大叔就是阿姨，就没再多想。门刚一拉开，一个陌生的青年男子不由分说挤了进来，一股奇怪的臭味随之涌进房间，她大声叫喊，大叔闻声赶过来。不好意思，是我儿子，他从外面回来，他妈在卫生间洗澡，他内急，在你这边借用一下厕所。不好意思不好意思。

从来没听你说过你有个儿子，他也跟你们住在一起吗？

他很少回来，今天是临时有事。

那家伙真的径直去了卫生间，自始至终，这个当事人没说一个字，衣泓越想越气，租来的房子，就是她的家，他怎么能不经她同意说进就进呢？她突然想吓唬大叔一下，就说：他也不吭声，我门还没拉开他就挤进来了，我差点就报警了，真的，110已经拨出两个数字了，你要是再慢一步，这会儿警察已经在路上了。

千万别千万别，他只是来借用一下厕所，他不是坏人。

她不敢关门了，半开着，好让那老两口能听见这边的声音。

卫生间在抽水，接着是开门的声音，那家伙果然没有刚进来时那么急了。衣泓板着脸说：希望这是最后一次，我不喜欢别人用我的卫生间。

你不喜欢？小伙子转向她，当他说话的时候，臭气更浓，他肯定喝了不少酒，浑身酒气。你搞搞清楚，这是我的家，哪里轮得到你说喜欢不喜欢？

我租了它，租期内它就是我家，你进来得经我允许。

我可以叫你马上搬走，我叫你走你就得走。

我有租房合同，没到期让我搬就是违约。

违约就违约，你走，马上走！

你行了！给我回去。大叔冲过来，使劲扯住小伙子，把他拖了过去。

人是走了，屋里还留着一股酒味，卫生间里更是令人作呕，她取下淋浴头，冲洗了好一阵，总算消除了大部分异味，又去把窗户打开，直到屋里彻底凉了下来，味道才算基本消失。

躺在床上，越想越怕，如果他突然闯进来不是为了借用卫生间，而是为了别的，为了做坏事，她又能怎么样呢？即便报警，恐怕也难以毫发无损。这个冬至真是，一会儿感动得要死，一会儿又恐惧得要死。

第二天早上，她一开门，就见大叔站在玄关，原来大叔特意在这里等她。

对不起，他昨天喝多了，过来跟我们说了会儿话，我就把他送走了，他不会再来了，我知道你会有想法，但我向你保证，绝对绝对不会再出现昨晚那种情况。

大叔这么小心翼翼，她倒觉得不安起来，她让大叔放心，她不舍得搬走的。

但没过几天，又发生了件意想不到的事，她下班回来，站在玄关怎么也找不到她的拖鞋。她的自言自语惊动了大叔，大叔听说后，脸上很复杂，但还是果断地提醒她：是不是脱在你屋里了，是不是记错了。

不可能，我没这习惯。

大叔回屋去了，很快拿出一双一次性拖鞋来：要不，你先将就着用这个吧。她觉得不对劲，连四块钱地铁都舍不得坐的人，凭什么这么慷慨地给她一双新拖鞋？莫不是他的儿子又回来了、又喝酒了？她拒绝了大叔的拖鞋，赤脚进了屋。大叔追过来说：能不能帮个忙，今后你的鞋就不要放在玄关了，说实话，我那个儿子最近不知怎么回事，比以前回来得勤了，我估计你的拖鞋是不是被他不小心当垃圾带走了。

回到屋里，越想越不对劲，她想办法联系上前任房客，问他觉得这家人的儿子怎么样。那人说，我没见过他儿子，好像听说他儿子一直住在养老院里。

那么年轻为什么要住在养老院里？

应该是脑子有点问题吧，但又不至于住在精神病院里，具体什么情况我不太清楚，反正我从没见过他。

衣泓第一个反应是搬家，立刻离开这里，她觉得她已经被大叔的儿子惦记上了，被这种人惦记上，比被坏人惦记上还要危险。

第二天她就去了中介，虽然才住了不到三个月，她还是决定搬家。

登记才过了两个多小时，中介的电话就打了过来，问她是否介意合租，她回答：如果对方是一位各方面记录良好的女士的话。

中介哈哈一笑：你们俩真有缘，你听听她的招租条件，我念她原话给你听哈：工作稳定，形象好，爱清洁，有品味。就像是照着你写的。她现在就在我们公司。

半个小时后，衣泓见到了她的合租对象，一个黑衬衣黑长裤的高挑女孩，跷着二郎腿坐在中介办公桌一侧，听见动静，侧过脸来，一脸挑剔地看着她。

恋爱中吗？黑衣女孩问。

没有。

有脚气吗？

衣泓一愣，继而哈哈大笑：要我脱下来给你看吗？

换成别人这样问她，她肯定会毫不留情地呛回去，不知为什么，在这个女人面前，她竟然毫不介意。

事后她告诉衣泓，她用这个办法吓跑了两个女孩，那两个女孩不一定真有脚气，可能只是受不了她的说话方式，但如果连她说话都受不了，又怎么能住在一起呢？

女孩把身份证拿出来晃了一下，似乎叫彭什么星。女孩说：叫我星星就行了。

衣泓也模仿她的样子，拿出身份证晃了一下，说：叫我衣泓就行了。

房子在外环外，挺不错的小区，带健身器材的小花园，还有一条人工河。比原来那个楼道黑洞洞的老小区好多了，虽然离上班的地方有点远，但地铁方便，十二站到家，无须中转。地铁坐多了，她渐渐觉得，一旦上了地铁，三五站跟八九站其实没什么区别，执念于上班远近真的没什么意义。

房子里面也不错，精装修，木地板，

属于面积较大的一室一厅，进门左手的厨房有点小，台面上放着两盆多肉植物，灶台不大，丝毫不见油腻。客厅里的宜家沙发是新的，可坐可睡，沙发肚里两个大抽屉。异乎寻常地干净，异乎寻常地整洁。

星星说：睡床的一个月两千五百元，睡沙发的一个月一千五百元，其他公用。衣泓选择沙发，倒不一定是贪便宜，她觉得既然是对方招租，那对方肯定是主人的身份，主人肯定要睡主卧。

你怎么想到合租的？这种房子，一个人住最舒服了。

我一个人在这里住了一年多了，想通过这种方式找个好朋友，顺便也可以降降生活成本。

星星宣布纪律：不许养宠物。不许添置无纺布衣柜。不许带朋友进来，包括男朋友。不许在家做川菜和火锅。不许放手机外放，手机铃声音量调到二分之一满，包括闹钟。

衣泓笑呵呵地看着她：完了？跟我的标准一模一样，我觉得我们俩天生就适合住在一起。

还没说完呢，但我一时想不起来了，等想起来再发布补充规定。

当天晚上，两人一起出去吃饭，庆祝衣泓的乔迁。

我有自己的房子，在市区，有点旧，就是外面所说的老破小，我把它租出去了。别看它小，房租却是我这里的一点五倍。

衣泓扳起了手指：四千，加两千，六千，减去两千五，再加上我的一千五，哇，你每月仅房子就赚五千块啊。

我还有儿子要养呢，我离婚了，儿子目前跟公公婆婆生活在一起，周末我去把他接出来玩，他还小，搞不清状况，以为我平时都在上班，只有周末才下班。他爸爸再婚了，现在有了新宝宝，但我们约定，他必须每两天去一次他爸爸妈妈家，且对儿子隐瞒再婚的事实。其实有段时间我们很幸福，他考上了哈佛的博士，我刚生下我们的儿子，为了每天跟他视频，我晨昏颠倒，没睡过一个好觉，饶是如此，他还是出轨了，跟一个同样出国留学的女生。公公婆婆劝我不要离，说他会改的，我不相信。我会再婚的。我不相信爱情，但我要结婚。这个社会歧视没有婚姻的女人，他们以为没有婚姻的女人是不会处理男女关系婆媳关系的女人，我一点都不喜欢婚姻，但我不想被歧视。四十岁以前一定要解决这个问题，三字头的年龄和四字头的年龄天差地别。等我结了婚，把家安顿好了，就把儿子从公婆家接回来。现在放在那边对他只有好处，有爸爸，有爷爷奶奶，外加替我省钱。

星星的句子短，语气急迫，像有人在催她，她不得不尽量一口气说完。这语气让衣泓渐渐头皮发紧。

上个星期我也在这里请了一个女人吃饭，她是做投资这一行的，她所接触的人，不是私募大佬，就是各色老总，她很聪明，我们刚一开聊，她就说：太幼稚太不懂事了你那个老公，我一定要给你介绍一个高富帅，我们一定要让他肠子都悔青。我当然知道她不一定帮得上，但机会有时就在看似完全没有希望的角落里，否则还能怎样呢？我们不是公众人物，我们缺乏关注，就算人品和才能满分，也没人知道我们，难道就这样在角落里无声无息老去？死去？光阴如梭，我离婚已经四年了，仍然一无所获。

衣泓一个劲地点头附和，完全找不到

置喙的机会。

有一天，我会把现在的房子卖掉，重新买个大房子。我肯定会有两个孩子，因为男人一定会想要有自己的孩子。我也劝你一句，从现在开始，明确目标，努力赚钱，买个房子，养个孩子，只有这两样东西谁都拿不走。

好像我爸爸也这样跟我说过，买个房子，生个孩子。

这才是生活的真谛，所有认真生活过的人都会得出这个结论。

星星问到衣泓的工作，衣泓大致说了下致远。

这一行不错哦，机会好是能挣大钱的。

我看我们老板，还有那些经理，并不像特别有钱的样子。

说明那个公司不行，不行就早点跳槽，不要浪费自己的时间。告诉你，先摸清你们这一行有哪些经营得很好的公司，然后锁定几个属于自己的客户，再带着客户跳槽过去，你有了这一行的经验积累，手里又有客户，人家自然高看你一眼。

啊？跳槽？我才来没多久，而且有点喜欢它。

要时刻有这个思想准备，很多公司破产是没有预兆的，要辞退你也不会提前通知，公司不在乎你喜不喜欢它，为它干活、给它带来利润就行。千万别在工作上讲感情。

也对。衣泓点点头。

总之，一刻都不能放松警惕，时刻要盯紧，要像炒股一样，随时准备低进高出降低成本。

你炒股吗？

稍微有点收入的人，谁手里没有一两只股票呢？炒股可以培养你关注时事的能力，培养你的进击性思维。

哇！跟你相比，我就像个白痴一样，什么想法都没有。

我像你这么大的时候也一样。

可是，你的外观给人的感觉不是这样的。

这就对了，不要让人一眼把你看透。记住我的教训，如果你将来结了婚，千万不要为了他放弃自己，不要不计代价地支持他、迎合他，他的进步是他自己的，让他有个好前途只会拉开你跟他的距离，他连他爸妈尚且报答不了，又怎么可能报答你这个外人呢？

衣泓应接不暇，开始求饶：帮帮忙，我连男朋友都还没有呢，我对未来可是满怀憧憬的。

憧憬没错，最后能落地就行，你到时候若遇到问题，尽管来问我。我已经收获了这么多经验教训，随便掏哪只口袋，都是锦囊妙计。

星星，我说句话，你不要觉得肉麻，直到此时此刻，直到遇上你，我才觉得，我在上海真的安顿下来了。

丛向阳

对她而言，这间办公室，是比家还熟悉还亲切的地方，因为单位有全职清洁女工，她的办公室陈旧而干净，木制窗框裂开许多细纹，像人的皱纹一样。她不止一次长久地打量这些细纹，她奇怪那个清洁女工怎么可以做到如此干净，永远像刚刚开封一样。因为这些干净的细纹，她甚至爱上了掉漆的、斑驳的木地板。

进进出出了十八年的办公室，俨然成为了她的私产，墙上的油画，柜子深处的折叠床，打印机旁边的胶囊咖啡机，抽屉里的洗护用品和零食，保险柜里的各种票证和首饰。

中午就餐的时候，人事处那个彬彬有礼的小伙子过来问候她，她有点受宠若惊，因为平时跟他没什么交流。

丛老师，您今天下午需要出外勤吗？

不，我不用。

那，您下午三点有空吗？我有事过来请教您。

好的好的，三点我在办公室等你。

三点整，小伙子敲开了她的房门。

丛老师，祝贺您，下个星期三就是您正式退休的日子，其他相关人事手续我都已经替您办好了，您终于可以休息了，您的退休工资，我们用足了各种政策，最后算下来，您是我们所有退休人员中工资最高的，仅次于前台长。小伙子说得很激动，她不理解他为什么那么激动，只是退休，又不是得奖，何至于如此激动。

她无动于衷的表情让小伙子渐生尴尬，她有点同情他，算了，又不是他让她退休的。她调整一下情绪，笑着对小伙子说：下周三我就不用来了，是这个意思吗？

是的是的，其实，如果下周三之前，您家里有事，或者您个人有事，也是可以优先处理的。

啊！我懂我懂，谢谢你！

小伙子出去后，她就一直站在窗口，看了一阵那些干干净净的细纹，再看窗外那棵巨大的香樟树。她刚来这里工作时，香樟树还是一棵小苗苗，十八年过去了，香樟树变成了树中的祖先模样，她还是老样子，没升职，没提拔，如今甚至被名正言顺地出局。怨谁呢？谁都怨不着，你是被岁月淘汰出局的，被政策淘汰的，怨不得任何人。

但怨气无法消散，在体内激荡。

她年轻的时候背了很多毛主席语录，因为记忆太深，影响太深，以至于现在还会冷不丁冒出几句来。此时此刻，她想起了那句：村上的人死了，开个追悼会。退休虽然不是死，但在职场来说，退休跟死有什么区别？她在这里兢兢业业几十年，到头来的待遇就是这个陌生的年轻人向她宣布了一个通知。他是谁？他算老几？她进入这个单位工作的时候，他大概还是个吃奶的小娃娃。

细一分析，她发现冷落不是近期才开始的，先是看好她的台长调走了，然后是对她寄予厚望的社会新闻部领导退休了，再然后，她的几个好搭档不是跳槽了，就是转行了，那时候他们就警告她，电视台这一行没得搞头了。自己到底是抱持着一种什么样的理念，才会一直待在这里的？她想不通，也许就是懒，懒得动弹，懒得重起炉灶。

她开始联系小李，小李是最后一个从电视台出去的，她走的时候来过一趟她的办公室。

丛老师，我是不得已才走的，有劲无处使，我怕把自己养废了，我废了不要紧，但我还没买好房子，总得把一切都搞定之后，再慢慢废去吧？丛老师，请您以后定期去我那里指导指导，可以吗？其实，我更希望您能去我那里兼职，您不觉得我们社会新闻部，一直都在用您一个人的脑子吗？

幸亏她当时没有一口拒绝，她答应小李把她算作公司一员，头顶一个艺术总监的虚名，但她很少去，一个月顶多去上个十次，每次待不到半天。

在窗口站了一会儿，她开始收拾自己的物品，所有属于自己的东西统统收走。不是这些东西多有价值，而是不想留在这里被别人来处理。她再也经不起一丝一毫的践踏了。这样想着，她突然激动起来，这不就是弃妇吗？男人看上了更年轻貌美的，把老妻一脚踢开，连道别都不用，只需家丁出面说一声，她就得走。她在这里兢兢业业大半辈子，所有的心血、最好的年华，都奉献给了这里，结果她得到了什么？一个口头通知，你可以回去了，你不用再来了，你的办公室该腾出来给别人用了。

她去水槽洗玻璃水壶，不知是手滑，还是手走在心的前面，替她做了主，水壶在水槽重重一顿，壶身碎了，她看了一会儿，懒得去收拾，回到房间拎起收拾好的包包，转身走了。

用大半辈子光阴，支付了一个处理碎玻璃壶的小小麻烦。没法考虑值不值的问题，只能考虑眼前，只能关切地问自己：你心里舒服了一点没有？

小李的公司叫诺贝，她问她这两个字是什么意思，小李一笑：关乎一点个人私事。她就不往下问了。小李比她年轻很多，看上去很随和，其实内心有些东西比钢铁还要硬。

她在诺贝有个单间办公室，她没告诉小李她已正式退休的事实，不是不想告诉她，是没机会。小李明显比以前忙了，因为摊子铺得越来越大，她不得不专门设置了一个法务办公室，法务助理整天提着个四四方方的小箱子，跟在她身后碎步急跑，另外两名法务工作人员整天在办公室忙着影印资料，长时间地打电话。

有天中午，小李难得在公司吃午饭，她提醒小李，拓展业务只是一方面，另一方面还是应该抓好制作，要有精品意识，这才是立身之本。

小李笑了：不拓展业务，怎么出精品？拿什么出精品？又不能虚构一个精品出来，虚构的是电影，我们是为实实在在的产品服务。

服务也能出精品啊。

我不管，这一块交给丛老师您，我只负责外面。

但她并没有完全交给她，每当她拿出一个方案，总有另一个艺术总监出来跟她抬杠。有一次她生气了，对那个人说：我做东西你不要过问，你做东西我也不过问，我们都是艺术总监，我们都对自己的工作负责就行。

话不能这么说，我这个艺术总监，是全日制的，肯定要比你这个半日制的更了解公司，也更爱我们的公司。

她很生气，但她不得不克制，电视台已经把她踢出来了，这里不能再被踢，她意识到属于自己的地盘越来越少，她必须紧紧抓住已经到手的。

她渐渐萌生起了那个念头。其实这个念头最早萌生于她在电视台工作期间，因为社会新闻部的约束越来越多，导致她没法选择自己的角度，展开自己的思考，只能做一些浅表性的报道和分析，那时她就想，总有一天，她要自己动手做一个作品，自己选材，自己拍摄和剪辑，她一定要拍一个完全属于自己的东西。她在电视台工作了一辈子，参与制作了那么多作品，如今已无影无踪，连垃圾都不如，垃圾至少会被运送到垃圾山，会焚烧，留下灰烬，会压缩，变成某种垃圾制品。

也许现在是时候动手了，设备都是现成的，时间也是大把大把，现在不做，更待何时。她老早就想做房子这个选题，在上海，没人敢轻视房子，没人不对房子肃然起敬，房子是一切的母题。

不去诺贝的那些天里，她就带上高清摄像机，一个人不慌不忙地拍，不急不徐地想，直到有一天，她看到一个消息，一家工厂的工会干事，利用业余时间，用苹果手机拍摄了一部关于《下班后》的纪录片，她才惊觉，她的速度太慢了。慢本身不可怕，可怕的是，万一她的选题被某个急性子先一步抢拍出来，那就轮到她傻眼了。

但她需要一个助手，除了拍摄的相关事务，还有大量文字工作，她一个人是能对付，但她没法提速，对于创造性工作来说，一个人一天的量是恒定的，不会像牛一样，在屁股上抽一鞭子，就能跑得快些。

衣泓

刚一上班，衣泓就接到客户的电话，说是老板临时出差，原定的见面只能改期，后续见面时间等老板回来再定。衣泓正要给屈老师打电话，公司通知开会，因为涉及到员工社保事宜，大家都听得很认真，人事经理不停地解答大家的疑问，衣泓也问了两个跟切身利益相关的问题，会刚开完，又有财务过来跟衣泓核对上一笔业务的付款，其间还涉及到当事人签字，领导签字，这么一通折腾下来，衣泓不知不觉忘了客户的电话。

十一点多钟，屈老师挂着两只眼袋进来了，衣泓猛地想起早上那个电话，就跑上去跟屈老师说了个大概。屈老师说：没事，改期就改期。想了想还是拨了个电话回去，听着听着，屈老师脸变了。

衣泓！你给我过来！屈老师涨红着脸，眼睛能冒出火苗子来。

人家早就给你打了电话，你为什么现在才告诉我？

衣泓嗫嚅着，说不成句。

现在好了，煮熟的鸭子飞了，你负责？

不是说改期了吗？不是说等他们老板回来再约的吗？

你听得懂人话吗？知道什么叫托词？什么叫婉拒？还大学毕业，书都读到哪去了？我辛辛苦苦在外面找客户，好不容易敲定了，被你丢三落四搞黄了。你要是接到对方电话立刻告诉我，我肯定有办法让它起死回生，现在人家那边木已成舟，你让我怎么办？我几个月来的心血都白费了，还有我的公关费，我赔出去的笑脸和尊严。

屈老师声音越来越大，大家纷纷朝这边看过来，连老板也过来了，问怎么回事。屈老师抢前一步：你问问她，不及时向我转达客户电话，错失良机，到手的客户给她放跑了。

别那么夸张，能因为一个电话就跑掉的客户，根本就不算到手的客户。

衣泓得救般望向老板，老板却回她一个凌厉的眼神：不管手上有什么事，客户的电话都要及时反馈给经理。说罢，根本不给她反驳的机会，扭身就走。

屈老师怒气未消，看什么都不顺眼，几天前送到他手上的文案，此时被他狠狠扔了回来。

早就跟你说过，不要这么文艺腔，酸溜溜的我拿得出手吗？

作为文案助理，衣泓没资格直接把文案呈给老板，只能先交给屈老师，而屈老师跟她，就像牛头和马嘴一样永远不相匹配，只要看她的稿子，屈老师的眉头就皱得像正在便秘。不管她怎么修改，屈老师都不会满意，但明天，或者以后某一天，屈老师会受了天大劳累似的，哎哟哎哟叫唤着，把自己终于完成的文案交到老板手上。最终成形的作品她看了，屈老师并没完全否定她的创意，他把她剥开了，打散了，再掬起其中精髓，就像她端给他一盘剥好的虾仁，他上去把它剁了几刀，然后才下锅一样。虽然面目全非，但那主体材料不还是她的吗？

这次她留了个心，看看这次是否还像以前一样。

过了两天，真的给她看到了，那个名叫光华的淡水养殖珍珠广告，在屈老师整饰一新的文案里，"盈盈光华，真的华光"广告词，完完整整就是她的原版，这回干脆连剁几刀都省了，直接端上，再堂堂正正署上他的名字。她转身拿来自己的文案，把她的文案和屈老师的放在一起，质问屈老师：这不是我的原话吗？为什么还总是批评我？

屈老师满不在乎地一笑：有件事你必须明白，我们不是在搞个人写作大赛，我们是集体作战，每个人都是集体的一分子。

那你就不要骂我文艺腔、酸溜溜。

你是不是理解能力有问题呀，我那不是在骂你，是在肯定你的特点。我可没少在老板面前夸你，说你脑子好，反应快，不信你去问他。

果然是老滑头，难怪他们都说，你跟上屈老师，可是一点便宜都沾不着。她一点都不喜欢这种滑头，也不喜欢他每天上午挂着两只肿眼泡来上班，还进门就振振有词：某某客户太难缠啦，某某客户不守信用啦，好像他天一亮就去跟客户斗智斗勇，一直斗到现在才筋疲力尽地赶回公司。每当他这样自我掩饰的时候，大家都会偷偷交换心知肚明的眼神。

几天以后，衣泓照例从地铁口爬出来，风风火火往公司赶，老远就见公司门口聚着好几个人，她以为那是今天准备出外勤的人，再往前走几步，发现不对劲，没有一个人是工作状态，大家都在不安地张望、走动。

很快她就知道怎么回事了，老板已经失联，老板家里更是宣称，三天前就跟他联系不上了，现在他的家人也在四处找他。她去问屈老师，屈老师一脸焦急地摊手：最想找到他的人大概就是我了，他刚刚找我借了二十万。

两个多小时后，另一股骚动又起，有人开始搬东西，老板办公室里的真皮沙发，投影仪，书柜，激光打印机，复印机，甚至办公椅，衣泓呆站着，像在做梦一样。

跟她相邻而坐的同事过来说：你不拿点什么？

衣泓一脸茫然：拿这些东西作什么用呢？

我也知道没用，但人家都在拿，我们不能什么都不要。同事抱了一台台式饮水机。

衣泓找到脸色发灰的屈老师，问他：

为什么？老板为什么要这样？

我想他肯定也有不得已的理由吧，只是这么做，对我们来说太不公平了。你还好一点，反正没在这里干几天，我们可都是老员工，对公司有感情的，也投入了那么多，突然来这么一手，真是受不了。

有人通知了大楼物业管理人员，考虑到还有房租水电物业管理费之类的没有缴清，物管人员第一时间赶过来将公司大门上了锁。

大家只能来到走廊里，谁也不想最先离开，谁都抱有最后一丝希望，希望老板能在最后一刻赶过来，说明情况，宣布一切都是虚惊一场，一切重新开始。

一直等到中午，也没有出现期待中的那一幕，不仅如此，还有更糟糕的消息从客户那边传来，几个正在进行中的项目，已经向老板支付了超过进度的款项。

一切都是有预谋的。

慌乱之中，衣泓本能地想要给爸爸打电话，拨出去之前又掐掉了，爸爸又能怎么办？这可不是以前，学习上碰到问题，跟他讨论一通，他总能想出办法，要么自己解答，要么给她找一个对口的老师。也许找哥哥更管用一点。拨通哥哥电话，大致说了下这边的情况，哥哥很突兀地笑了一声：还有这种事？

电话里沉默了一会，哥哥说：已经这样了，也是没办法的事，只能重新去找工作了，下次不要这么盲目，要上网查一下公司背景，别又遇上这种草台班子。说真的，我觉得你不如回去，找个稳定点的工作，离家近一点，家里也少一些担心，小地方一样可以干出大事业。

嗯。

平时你也没注意观察？一点预兆都没有吗？

那么多有经验的老员工都没看出来呢。

跟哥哥的通话加深了她的沮丧，她迫切需要一次建设性的通话。她想到了星星，星星完全有资格知道她的最新消息。

星星的反应果然跟哥哥很不一样，她先是哈哈大笑：老板跑路了？真的跑了？这是个什么流氓老板？很快就严肃起来：这是好事！我跟你说，真的是好事！这说明你们公司真的不咋地，我以前就劝你，要有跳槽的准备，怎么样，被我说中了吧？他要是不跑路，你还下不了决心离开呢，现在正好，赶紧去找一家好公司，你现在不是刚参加工作那会儿了，你资历有了，手上应该也有了一两个客户吧？时机正好。我一会儿把你们这一行的前十给你搜出来，前十可能不行，估计门槛有点高，前二十吧，你记住一定要找那些大公司好公司，不要担心人家不录用你，你只要敢去，人家首先就为你的勇气高看你一眼。

几句话瞬间点燃了她，她看了一眼聚在走廊六神无主的同事们，突然觉得她连再见都没必要跟他们说了。星星说得好，这个公司不欠她，顶多只欠她一个月工资，这点损失她承受得起。

原来的求职简历她一直存在手机里，她马上跑进一家熟悉的商务中心，在原来的简历上，加进了工作经历这一项，现在，她觉得这份简历比原来的有分量多了。

刚刚打印完毕，星星就把她搜出来的资料发过来了，她决定立刻行动，先去离这里最近的一家试试。

路上，星星又发来消息，叫她不要告诉人家老板跑路的事，她心里一惊，正在寻思人家若问她为什么跳槽，她要不要实话实说呢。星星说：千万不要这么说，老板跑路不就是公司破产吗？那你不就成了丧家犬吗？人家会嫌不吉利，你还不如说，我觉得待遇有点差，离我的目标收入有点远，如果她继续问你的目标收入，你就胡诌一个数字，当然是大一点的数字，你要知道，像他们这么好的公司，肯定不缺人才，说不定缺的是有趣的人，我觉得你可以扮成个憨傻直，谁都喜欢憨傻直，真的。

她笑到抽筋：如果他们真的录用我了，岂不是以后要一直扮成憨傻直？

你真的不知道吗？你的本色就是个憨傻直呀。

你开玩笑的吧？我记得你说过我挺聪明的。

聪明跟憨傻直不矛盾。

按照星星给她的信息，她来到一个巨型商业广场，停在一栋巍峨的大楼前。诺贝广告有限公司，十二楼，就是它了。衣泓一眼就在一楼大厅墙上找到了公司的名字。

正要进电梯，又收到星星的短信。

先不要贸然闯进去，偷偷观察一下，再去卫生间整理整理自己，把自己弄得精神些。你是很聪明，但还需要更聪明一点。

衣泓听话地找到卫生间，对着镜子打量自己，收腰白衬衣，黑西裤，黑皮鞋，没什么特别，但也没什么错处，就这样吧。

星星又有消息来：资料显示，公司最著名的广告是几个厨房家电，老板是个女的，叫李艾薇，你可以直接找她，这样显得你是有备而来，有诚意，也有气势。从我搜索到的成功面谈经验来看，你至少要准备一个过往的成功案例，向她展示你的能力。

衣泓谢过星星，拧开水龙头，打湿头发，把软塌塌的马尾巴梳埋成硬橛橛的一根棍式，又用空气粉饼在脸上拍了一遍，重新涂过口红，在裤腿上擦了皮鞋，再用湿手抹净裤腿，一咬牙，走进了电梯。

幸亏刚才整理了一下，诺贝的人个个穿得很有质量，按响门铃，一个留着清爽短发的短裙女孩走过来，衣泓向她打听李艾薇李总，女孩问她有没有预约，她老实回答没有。不知为什么，女孩犹豫了一下，竟也放她进去了。

短发女孩指引她走向左边一个房间，透过玻璃门，衣泓看到一个精致而丰满的女士，正端着咖啡杯在看电脑。李总，有人找。

在一个和颜悦色的人面前反而容易露怯，这是衣泓自认为的毛病，反而是面对挑剔眼神时，更能激发她的斗志。这次也一样，当她说出求职的意愿，并把自己的简历放在李总面前时，她气恼地听出自己的声音虚弱不堪。

李总一脸微笑：我们暂时不招人呢，你在哪里看到我们的招聘启事的？

不，我没有，我只是慕名而来。

这样啊，谢谢你，那你知道哪些我们做过的案子吗？

衣泓心里一阵欢呼，幸亏刚才星星发给她的资料里有，她全都仔仔细细看过了，这会儿便如数家珍地报了出来。

看得出来，李总很满意她对公司的了解，但态度还是没有动摇。我们最近的确没有招人的打算，我们现在几乎是满员前进了。

但是，我觉得，一辆全速前进的车，并不会因为多了一只好用的轮子而有所拖累，只会跑得更快。

李总哈哈大笑起来：真是个聪明的女孩，那么，你这只轮子有多好用呢？

衣泓趁机说起了自己之前参与做过的几个案例，从中学时代起，一直坚持至今的爱好，几个自己开发的客户，以及对李总公司长久以来的心向往之。正说着，一个年纪偏大的女士径直走了进来，此人衣着打扮看似普通，却有种说不出来的气场。看得出来，她跟李总之间不是普通员工跟老板的关系，她进来后，不经允许就拿起桌上衣泓的简历看了起来。

她讲完了，李总点了头，还是有点为难：你的确很优秀，但我们真的满员了，你看看外面，大厅里真的再也摆不下一张办公桌了。

我不要办公桌也可以，我可以接受居家办公，有必要时才来。

不好意思，被视为超载员工对你是不公平的。

刚进来的女士说：李总你考虑得太多了。随即在李总耳边说起了悄悄话。

真的吗？你觉得这样真的可以吗？

女士又俯下身去说了几句什么，李总笑了起来。

然后，李总转过身来，对着衣泓说：你快点感谢丛老师吧，丛老师是我们公司的艺术总监，对你赞赏有加，坚持认为我们应该留下你。

衣泓感激地望向丛老师，丛老师调皮地向她比出一个OK的手势。

做好相关注册登记后，衣泓被丛老师叫到了她的办公室。

我看了你的简历，你爱好摄影？写过小说？现在有什么新作？

衣泓很不好意思，说那只是几年前的一个尝试，后来因为学业紧张，后来又急于找工作，被迫搁下了。

不要紧，总有一天，时机成熟的时候，你还会再捡起来的。先不说那些，你先跟着公司的节奏走，等哪天我有新的项目要做，我希望你能加入进来，我的项目不是谁都能参与进来的，必须是我看中的人。这就是我留下你的目的。

她简直不敢相信自己的耳朵，不会是在做梦吧？

晚上，两个女孩约在小区附近吃火锅，喝啤酒。

你觉得那个丛老师真的在用含情脉脉的目光打量你？你学一下我看看，什么样的目光？

衣泓做了个模仿的眼神，星星捂着嘴笑得浑身抽搐。

李总说她是公司请来的艺术总监，什么样的人才能做艺术总监？

你说她年纪有点大，估计是从哪个地方退休了被聘来的，估计以前也是这个领域里的专家，管她呢，反正是公司用得着的人物，这样的人物现在竟看上你了，你真是个幸运的家伙。

衣泓突然面露愁容：如果以后她处处以恩人的姿态来要求我指使我，那我岂不是很难受？

知道什么叫小贱人吗？你这样的就是，你怎么不想想你遇上她是多么幸运啊，你还记得你刚刚失业了吗？你连一天的过渡都没有，这一切都是拜她所赐。

其实是拜你所赐，要不是你给我提供那些信息，我现在还不知在哪里愁云惨雾呢。

知道就好，今天的晚饭你买单。

真的星星，你比我哥哥好太多了，在打给你之前，我打给我哥，我哥叫我回去，找个离家近一点的工作。在他眼里，我就不配在上海工作和生活。

他帮不了你才这么说的，远水不解近渴嘛。

我没跟你说过吧，我哥一家在上海，我嫂子是上海本地人。

这样啊！那就另当别论了，下次你给他打电话，你让我来说几句，哥哥对妹妹，应该像疼爱老婆和女儿一样，怎么能动不动就想把她赶回去呢？

她想说，我们是同父异母的兄妹，话没出口又咽了回来。如果要忘掉同父异母这几个字，应该从自己开始做起，所以她对星星说：我这个哥哥，是天底下最不容易激动的人，我们很难在一个频道上对话。

说完就后悔，她怕一语成谶。

丛 向 阳

她把退休当成一个巨大的创伤。

那些专家都是乱说，什么退休综合征，什么更年期，统统都不对，就是一个被辜负者、被抛弃者、被践踏者的应激反应。

早知道有今日，当初不该那么投入，不该把单位的事看得比自己家里的事还重要，单位就是提起裤子不认人的负心汉，就是红口白牙吃了不认账的白眼狼。

她曾经多么卖力，全心全意，起早贪黑，为此她把家庭荒芜了，丈夫不堪冷落，起了外心，终至离婚收场，儿子的学习她管一天，不管一天，才初中二年级就谈起了恋爱，进入高中就不大跟她说话了，所幸最终考了个本地大学，搬去了学校，从此她跟儿子见面难上加难。她怠慢了本该万分重视的人，去追逐所谓的事业，如今事业还看不出个眉目，退休的时间到了，她像一个没进过球的球员，正因为没进过球，她一直一直、每分每秒都在奋力奔跑，都在渴望进球，但是，时间到了，裁判的哨子吹响了，她必须汗水涔涔地离开。

她以为会有一个欢送会之类的仪式，哪怕是在某个会议的间隙，顺便提一嘴也可以，她设想了很多种可能，就是没想到，竟然是一个小办事员来通知她，你可以不用来上班了！

这一生算是白过了，汗水白流了，心思白用了，荣誉也白得了，她的努力，她的心血，全都白瞎了，在被丈夫抛弃过一次以后，现在的她，又体会到了比那一次严重得多的抛弃。

前夫到底还是对的，离婚前，他一再地劝她：别那么拼命，单位是大家的，不是你一个人的，它就像大海一样，你使出吃奶的劲，往大海里舀水，大海会有反应吗？人家加一瓢，你加十瓢，有区别吗？大海会记得你比人家多加了九瓢吗？没意思。告诉你，悠着点，身体劳伤了划不来。那时她特别讨厌这种腔调，他总劝她，她就总跟他吵，嫌他没有上进心，一天到晚惦记他的股票，最终，他们离了，他很快娶了年轻的老婆，又生了孩子，从此杳无音信。消失起来真快呀，不管是人还是感情，就像风吹走了云，转眼间，无声无息，无影无踪。

幸亏她的人生还有另一个小小的出口，她知道李艾薇是在利用她，毕竟她在这个领域摸爬滚打了一辈子，又认识那么多有头有脸的人，正像李艾薇自己说的：你也不用做什么，给我带几个客户来就行。李艾薇小她十岁，她们像男人一样，互称老李老丛,但当着别人的面,尤其是当着职员的面,总是互称李总和丛老师。

但她真的来到诺贝时,沮丧开始阵阵袭来。在电视台,她是主动进击的一方,她有自己的计划,她掌控着事情的进度,她知道方向在哪里,知道该以什么节奏运作,现在她完全被动了,她甚至需要仰望李艾薇的脸色,比如出去见客户,明明她觉得可以拍板了,但李艾薇一脸的讳莫如深,让人家摸不着头脑,让她也不知所措。从客户那里出来,她问李艾薇总在犹豫什么,李艾薇说,我感觉还不适合出手。

李艾薇"感觉"到的东西,她一点都感觉不到,她发现她跟李艾薇有着难以形容的差距,就连她们的友谊,她现在都觉得似乎不是她想象的那样了。

她想起前夫的比喻,那是个多么贴切的比喻,大海不行,李艾薇的桶也不行,留给她的时间已经不多了,必须得往自己的桶里舀水了。

又是没有外出任务的一天,她外出越来越少了,李总更愿意单独外出,或是带上某个男性员工。她打开那个密码的文件夹,题目暂定《上海的人与房》,她把声音关掉,开始回看之前收集来的第一个素材,正是这个素材让她动了搞这个项目的心思。女主是一个年轻的外地来沪女人,五官周正,身材窈窕,可惜满脸因焦虑而起的憔悴遮住了她的光芒。

我可以算是世界上最倒霉的人了。当时也是想买房,但政策对我不利,积分不够,光是单身这一条,就让我损失了好几十分,我让中介帮我出主意,他们说,赶紧找个人结婚,房子一到手就离婚,很多人都是这么操作的。可是,上哪去找这样一个人呢?在上海我总共不认识几个人,中介说,到老家去找,找熟人,找亲戚朋友,自己人不帮你还有谁帮你?我就打电话回家,让他们去帮我找,结果真找到了,算是我的表哥,他本来是结过婚的,后来离了,儿子判给了他。整个事情是我爸妈去沟通的,表哥很支持,说什么条件也别提,只要将来有一天,他到上海来旅游的时候,能到我家里来看看,吃顿我烧的饭就行。就这样,我们很快拿了结婚证,我买了房,房子到手,我一边联系装修工,一边上班,同时让家里联系表哥,让他来上海跟我离婚。没想到表哥还没出发,就遇上了车祸。我让爸妈去表哥家里把结婚证悄悄拿出来,没想到我爸妈怎么找也找不到,又不敢大张旗鼓地找,说出去毕竟不好听。我爸爸还安慰我说:他们家人都是忠厚耿直人,不会有事的,何况他人都不在了,还能怎样?没想到表哥的五七还没过完,表嫂打电话给我了,说她知道我们结婚了,也知道我们在上海买房了。我说感谢表哥出面帮忙,表嫂说:帮忙不帮忙的,法律上可不这么认为,法律上他就是结了第二次婚了,你就是我儿子的继母,他死了,属于他的那一份财产,儿子是第一继承人,还说她已经咨询过律师了。

年轻而憔悴的女人眼眶红了,却流不下泪来。

我眼泪已经哭干了,我知道这是我的报应,我不应该起贪心,不应该投机取巧。我也去质问过中介,为什么要给我出那个馊主意,中介反过来骂我,说我太粗心,买完房都一个多月了,还没去办离婚,说人家都是在一个星期之内就搞得妥妥的。没办法,我只能去找律师,稍一咨询,我就发现这可能又是一个坑,因为律师是按标的收费的,而且我打赢官司的胜算并不大。我现在已不知道该怎么办了,我去求我表嫂,求她开恩,看在曾经是亲戚的面上,放我一马,开始还能在电话里沟通,后来她索性不接我电话了,她说她也没办法,是法律在追究我,不是她在追究我。爸妈后来迫于无奈,居然问我愿不愿收养表哥的儿子,我说如果真要走到那一步,我就死给她看。我爸说,那才真的是亏呢,你死了,整个房子都归她的儿子。也就是说,我现在是活活不下去,死又不甘心。我要是不买这房子多好,为了买房子,我连理发店都不敢进,我的头发都是自己剪的,我的衣服都是从朋友们那里捡来的旧衣服,我出门总是随身背一个双肩包,里面装几只水杯,在外面遇到饮水机就装满,带回家里喝。我收集一切免费的生活用品,不得不买的东西,通通都上咸鱼买二手货,我过得像葛朗台,结果都是在为别人谋福利。所以现在,我还没结婚,但已经是某人的妻子,某人的妈妈,那个小孩的妈妈,隔三岔五就问我要钱,我说没钱,她就让我卖房,把她儿子应得的给他,还威胁我说要把她儿子送到上海来。我爸妈现在成天都在挖空心思讨好表哥的爸妈,毕竟他们也是那个小孩的监护人,但他们年纪已经很大了,他们哪天要是死了,我就只得直面表嫂了,我绝对斗不过表嫂,她动不动就拿法律说事,我快被这事逼疯了。现在我真怀念没有房子的日子,虽然不停搬家,但心里坦荡,能感到活着的愉悦。

她关掉视频,事情过了这么久,看完依然有点激动,说明这东西是有生命力的,只是她现在没了同事,没了助手,只能一个人干了,一个人也能干,但总有些事情,一个人是没法进行的,比如有时候需要有人拿挑竿,有时候需要有人代她掌镜,长期一个人干,容易走偏,落下无法弥补的瑕疵,要是能找个助手就好了,有点文字能力的,对影视有兴趣和见解的,这并不容易,毕竟她现在只能以个人身份来做,在片子做完并成功卖出去之前,她无法支付那个人报酬。她看看外面,那些忙忙碌碌的新同事们,他们当中也许有人能胜任,但她相信没有一个人愿意做无偿的劳动。

直到她看到那个来求职的小姑娘。一看就是没有太多职场经验的人,再看看她的简历,不错,喜欢拍摄,写过小说,简直就是为她定做的,但她肯定缺钱,是那种工资发晚一点就可能吃不上饭的主。要不让她先干公司的活,吃李总的饭,再慢慢靠近她。

李总不想招人,公司的确不缺人,但话又说回来,这种公司,多一个新手也不至于让公司遭受多大损失,而且新手都有试用期,试用期几乎没什么成本,等试用期到了,李总不要她再出手。

当着小姑娘的面,她悄悄向李总表达了她的意思,李总有点怀疑:你确定?你都还没跟她说过话。

蛮有灵气的样子,万一真的是个彩蛋呢?过了试用期再辞不迟。

李总就替她留下了她。

女孩办好手续后,她把她叫进来。

女孩很纯朴,红着脸一个劲地谢她。

女孩说她叫衣泓,爸爸是一名中学数学老师,妈妈自己创业。她说:果然,我正在想,泓这个字不错。我被你的简历吸引了,小小年纪,却有着不俗的爱好,还有不俗的成绩,我年轻的时候也想写小说,但我一次也没有发表过。这是个难得的天赋,不是每个人都能拥有的,要好好珍惜。

她一夸,女孩就开始有点失控,竟讲

起了爸爸讲过无数次的关于"逢生人"的故事,她恰好对类似的故事有着浓厚的兴趣。总之,两人的第一次交谈相当成功,她从女孩的眼神里,看到了她的单纯与热情,她感觉她能驾驭好这个女孩。

她直接说正题了,她希望有一天,当她的项目启动的时候,女孩能加入进来,跟她一起做。女孩像她想象中的一样,又激动又不安:就怕我太笨,达不到你的要求。

不怕,我会教你,这么聪明,又有灵气,肯定一教就会。

当然她也让女孩好好工作,在不影响本职工作的前提下,参与这个项目。女孩激动得都快哭了。

衣 泓

这个周末,星星想要安排儿子跟她的男朋友见见面。

其实还是准男朋友,儿子通过了,我才会考虑我和他的走向问题,在此之前,我不想白浪费时间和激情。星星说。

衣泓直觉这种计划有点问题,但她也想不出更好的主意来,她怕万一她出来阻止,反而被星星误会,因为她的周末行动,需要衣泓友情参与,这样一来,他们的见面就不是三个人,而是四个人,四个人的见面,孩子比较会不拘谨,大人也更放松。人只有在放松状态下,才容易看出真我。

星星很用心地安排三个大人周五一起吃晚饭,目的是提前让衣泓和她男朋友认识一下,这样明天的四人活动才会显得自然。

衣泓按时赶到时,星星已经和一个男士坐在那里了,小伙子乍一看很不起眼,未经打理的头发,普普通通的夹克衫,表面看跟星星完全不在一个档次。看到衣泓走过来,星星赶紧给他们介绍:这是衣泓,这是何枫。何枫直愣愣地盯着她,过了一会儿才说:你这个姓挺少的。

星星利索地点菜,问到要喝什么饮料时,星星看都不看何枫,直接说:你就不用问了,可乐。又对衣泓说:坐在你面前的,就是传说中的IT男,在他们眼里,世上唯一可喝的东西就是可乐。

真是厉害!我一喝那个东西就要打嗝。

何枫说:打嗝又不是坏事。

星星撇嘴,衣泓笑起来,觉得这个何枫言语之间颇有点孩子气。

菜很快就上来了,何枫脱去夹克外套,露出里面的格子衬衣,衣泓不禁偷笑起来,没想到他真的就像外界传说的那样,可乐,格子衬衣。星星小声在衣泓耳边说:这种优衣库衬衣,一共买了五件,夹克外套也来自优衣库,去一次优衣库,差不多能把一年的衣服都买齐。衣泓点头:倒也省时省力。我们是不是该向他们学习?

我才不要,我会因此得抑郁症的。

大家开始聊吃的,一聊才发现,何枫的老家在湖南,跟衣泓算是地理邻居。

湖南人老厉害了。衣泓说。

天上九头鸟,地上湖北佬,你们更厉害。

我是给咱们湖北丢脸了,我是天底下最笨的人,在超市这种地方都会上当,比如有人来向我推销洗发水,我总是乖乖地买了人家推销的东西,回去一用,并不见得好。

我也一样，你问她。何枫指了指星星。

星星又一次撇起了嘴：有人向他推销包包，说何枫，给你女朋友买个包呗，谈恋爱哪有不给女朋友买包的。于是他就在人家手机上扫码购买，说是LV，我都不用去检验，肉眼一看就知道百分之百是假的，咖啡色那么深，走线那么菜，编号也没有，里面的里衬还滑溜溜的。

你就把它当真的用就行了，干吗总强调它的真假呢？市场上没有几样东西是真品。前几天我看到一个消息，有个很有名的内衣品牌，它的工厂两年前就不存在了，可市面上这个牌子的内衣源源不断，大家都买得不亦乐乎。

好吧你又赢了，反正你每次都是要赢的。

终于说到明天去迪士尼的安排。星星指着何枫对衣泓说：你相信吗？这人居然没去过迪士尼？

其实，我也没有去过哎。

……你们两个怎么回事？

何枫似乎很高兴衣泓也没有去过迪士尼。作为一个成年人，不喜欢小孩子喜欢的东西，再正常不过，我还觉得那些喜欢迪士尼的成年人不正常呢。

如果是这样，那我们明天的活动是不是应该取消算了？否则太难为你们两个成年人了。星星笑盈盈地说，但在场的两个人都听出来了，她有点不开心。

不不不，我很想趁机去体验一下的，我喜欢所有的人生第一次。衣泓赶紧表态：你昨天告诉我这个安排后，我连攻略都整理好了。

何枫也意识到了什么：我也想托你儿子的福，去迪士尼开开眼界。不过，迪士尼里面不会也有假东西吧，这回你可要好好把关，别又让我买到假东西。

放心，我们不会在迪士尼买东西。

第二天上午九点，衣泓第一个到达迪士尼门口，发现门口已排起了一眼望不到头的长队。没过多久，更早出发去婆婆家接儿子的星星在电话里告诉她，何枫已经到了，而他们母子还在地铁上，总之，大家聚齐了一起进去。

何枫大约也接到了星星的电话，也在转着圈地找衣泓，最后，两人竟然在没看到对方的情况下撞到了一起，他们同时伸手扶住对方，尴尬又欢乐地大笑起来。接着，他们在回味昨晚菜品的基础上，自然而然地聊起了家乡菜，衣泓说：湘菜馆可多了，就没听说哪里有鄂菜。何枫说：是没有，一部分被湘菜干掉了，一部分被川菜干掉了。

没关系，马上你这个湘菜就要被鲁菜干掉了。她知道星星是山东人。

不一定哦，也可能是湘菜干掉鲁菜。要知道辣可是很霸气的，辣可以消灭一切不服从。

何枫的确是个家乡菜的忠实拥趸，对大大小小的湘菜馆如数家珍，对各家各户的菜品也是了如指掌，他向衣泓推荐的并不是菜单上的所谓招牌菜，而是一些名不见经传的菜品。招牌菜都是哄外行的。他说，似乎很得意自己发现了其中的奥秘。

两人起劲地聊着菜，何枫突然换了个频道：你有男朋友吗？

没有，我现在对这个城市还不了解，更不了解这个城市里的人，等我彻底熟悉这里以后，我会去谈一个的。

那你找一个熟悉上海的人谈恋爱不就一举两得了？

不行，我不想靠别人转述，我想自己去了解。打个比方，如果我跟你这个熟悉上海的人谈恋爱，你肯定就知道带我喝可乐、找湘菜馆子，跟我自己一步一步去了解的上海肯定是不一样的。

有点道理。何枫看着她，似有所思。

你和星星谁先熟悉的上海？

当然是她，虽然我比她早几年到达上海。我的生活就是两点一线，像装在密封管道里一样。认识她以后，我们跑了很多地方，最后坐下来一想，除了浪费时间精力和金钱，好像也没什么收获。

但你收获了爱情呀，看看你们，都到谈婚论嫁的地步了。

谈婚论嫁？星星这么跟你说的吗？

衣泓觉得奇怪，何枫的反应似乎跟星星不太同步。来不及多想，星星和孩子牵着安全锁走过来了。

小宝，快叫叔叔、阿姨！

小宝却直往她身后躲。

没想到小宝是个如此纤弱的小男孩，一身白色运动装，头戴一顶黄色棒球帽，真的就是一根细细的豆芽菜，头上顶着一棵充分吸水的黄豆。尽管有安全锁，孩子还是牢牢抓住妈妈的手，怕冷似的紧贴着妈妈的身子。

果然像大家描述的那样，在迪士尼，大多数时间都在排队，排一个多小时，进去玩十多分钟，刚开始的新鲜劲过去后，小宝一直在哼哼叽叽地闹，这时何枫和衣泓就必须跑前跑后，开展各种有趣的服务，买吃的、买玩具，何枫还会拿出手机跟他打游戏。星星好几次想摘下安全锁，悄悄套在何枫手腕上，但小宝总能在第一时间发现，大力拒绝，他可以跟着何枫打游戏，可以吃何枫买来的东西，但坚决不能跟何枫锁在一起，当何枫靠近他的时候，妈妈必须寸步不离地陪在他身边。

阳光直射，外加无聊，衣泓越来越困，简直困到两眼昏花，恨不得就地一倒，不管不顾地睡上一觉。她一点都不喜欢迪士尼的气氛，到处闹哄哄，到处排队，为什么那么多人喜欢在如此做作不堪的地方兴冲冲地跑来跑去呢？他们到底喜欢这里的什么呢？

吃午饭的时候，她悄悄跟星星说：我可以提前离开吗？再留下来我就是个两百瓦的电灯泡了。

不要，你没发现小宝更喜欢你吗？他不让何枫靠近他，也不让何枫靠近我。

这事得有长远计划，一个周末是解决不了的，慢慢来。

总之你不要走，我感觉何枫也快要支撑不住了，我看到他至少打了二十个呵欠。

午饭吃完没多久，小宝就睡了过去。何枫说：可怜！看你把他累的，要不我们回去吧，下次再来，孩子体力有限，没法坚持到晚上的。

睡一觉应该就好了，在家也要睡午觉的，晚上的烟花才是重点。来都来了，要尽兴，不要留遗憾。

最终决定先找个咖啡馆坐一坐，休息休息，哪知刚一起身，孩子醒了，坚决不肯跟大人进咖啡馆，非要去玩，还点名要去玩海盗船。

疲惫之师只好努力打起精神来，重新去排队，去接受阳光暴晒。

在飞越地平线门口排队的时候，何枫突然流起了鼻血，大家一起手忙脚乱找餐巾纸，所有的餐巾纸都用完了，鼻血还没止住，只好任由它滴滴嗒嗒落在衬衣前襟，先是鲜红的一大片，渐渐变成了深红、老红，看上去蛮吓人的。

在其他游客七手八脚的帮助下，血总算止下来了，何枫鼻子里多了两个大纸坨，情形相当狼狈。何枫自我诊断：可能是晒的，我一般不流鼻血的。

别紧张，流点鼻血不算什么。星星用湿纸巾帮他清理着嘴巴周围的血迹：说不定反而有好处，可以帮你更新造血系统。

衣泓建议何枫去旁边的小店坐一会儿，等排到他们的时候，她再过去叫他。何枫感激地看了衣泓一眼，往不远处一个小店走去。

现在的男人怎么这么脆弱，晒晒太阳就流鼻血，还不如我们的小朋友呢。

IT人士嘛，会不会是因为平时坐得太久？

约摸过了二十多分钟，星星对衣泓说，他是不是可以过来了。本来想发消息，但衣泓说，万一他听不到呢？说不定在打瞌睡。她决定亲自跑一趟，总比一动不动站在太阳下、站在人缝里好受。跑到小店一看，何枫的鼻血似乎还没完全止住，两个大纸团全都被鼻血浸透了，手里还捏了一把湿透的红色纸团。

要不你先回去休息吧，或者我来打电话叫医生，这里应该有医疗站之类的。

不用不用，还是你好，你真的是个好人。他让衣泓帮他打一个电话，衣泓刚一拨通，他的手机响了起来：这是我的号码，你存好。现在你过去陪他们吧，天塌下来我都不走了，我头晕，只想坐在这里休息一会儿。

见衣泓一个人回来，星星老远就黑了脸。

项目结束，原路返回，三个人一起走进何枫休息的小店，何枫却不在那里。也许去卫生间了。衣泓说。

星星一边打电话，一边眼睛嗖嗖地四下乱看。

你在哪里？什么？

星星的脸突然灰白一片，却睁大眼睛，对着衣泓咧出一个夸张而惊讶的笑脸：你相信吗？他回去了，他说他已经在地铁上了。

他肯定是感到不舒服，不会无缘无故流鼻血的，我来叫他的时候，他还没有止住，还在继续流，是挺吓人的。让他回去休息吧，不到万不得已，他不会就这样走掉的。

星星不说话了，脸上看不出来什么表情。衣泓抖抖手里的地图，大声说：来！让我们看看下一站是哪里。

走了一个人，队伍寂寥了很多，衣泓建议去城堡，那边荫凉，还可以买到冰淇淋。

有意思吧？没想到吧？星星终于正脸对着衣泓了。

你别想多了，我觉得他肯定很难受，有些人就是特别害怕流血，再说，我们主要是来陪孩子玩的，孩子开心就行了，目的就达到了。

你想得太简单了，正因为他不善于掩饰……我觉得我们结束了，我不喜欢拖泥带水，这样也好，有问题就应该早暴露。星星果断地咬下一大口冰淇淋，却因为太冰不得不捂住嘴巴。

别这么草率，人家情有可原。

你是没经历过，他这是在用这种方式告诉我，他不在乎小宝，也不在乎我生不生气，他最在意的只有他自己。一个待在你身边，却不能为你排忧解难的男人，不是好男人。无论干什么，及时止损最重要。

你太夸张了吧？

你放心，这事伤不到我，今天的节目本来也就是用来检验他的，既然他跟我儿子没缘分，那就立即停止，免得浪费大家的时间。

虽然我对你的生活没有发言权，但我有评论权，我觉得你这样考虑问题，会把压力放到孩子头上，将来不愉快，你会脱口而出：当年要不是为了你，什么什么。

星星做了个噤声的手势，因为小宝在喊妈妈，看样子他要上厕所了。星星说，你能不能吃完了冰淇淋再去呢？小宝夹了夹小屁屁说：我现在就要去。

只能举着冰淇淋去找卫生间了。衣泓也陪他们一起去。星星说：看到了吗？我们俩的生活是不一样的，所以我们对今天的何枫看法也不一样。

何 枫

一切都不对劲。就像以前的考试，正要交卷，突然发现有一道题可能做错了。

越往前走，这种感觉越强烈。为了打败这种感觉，他尝试了很多次。每靠近小宝一步，小宝就往他妈妈那边退两步。每跟小宝说一句话，小宝的小身体就向外倾斜一度。为免孩子摔倒，他只好停止说话。星星似乎看不到这一切，一个劲把孩子塞到他面前，非常明显地想要把他们俩捏拢在一起，结果孩子不是藏到她身后，就是望着地面说话。他有直觉，孩子不是认生，是不喜欢他，不想接近他。

小宝，何叔叔是学霸哦，你有没有问题问他？你问问他，恐龙是什么时候消失的？

他立刻一阵紧张，他真的不知道恐龙是什么时候消失的，他从没关注过恐龙这个东西，幸好，孩子跺起了脚：不要不要，我不要问他，我什么都不想问。

他去买来冰淇淋，递到孩子面前，孩子把小手藏到背后，望着妈妈，妈妈替他接过来，再递给他，他才乖乖地接了，开心地吃了起来。

坐云霄飞车的时候，孩子坐在他左侧，此起彼伏的尖叫声中，他伸手抓住孩子的小手，想给孩子一点安慰，没想到孩子立刻停止喊叫，满心厌恶地甩开了他的手。

他感到没趣，还觉得累。

见到孩子之前，他做过一些心理建设，也知道孩子不会在第一次见面时接受他，他们之间会有一段很长的路要走，他要一点一点去打动孩子，赢得孩子，没想到一见之下大受打击，他感觉自己根本没有机会开始那段路程，纵然他有万丈雄心，奈何小宝十足就是一桶劈头盖脸的冰水，彻底浇灭了他心头的火焰。他想这大概就是缘分，他跟这孩子没有缘分。

而与此同时，他发现自己跟衣泓倒是挺投缘的，来到外面，湖南湖北就是一家，两湖地区的女子他认得出来，他们都有圆润的脸，清澈的眼神，湿润的皮肤，带点娇憨的笑容，第一眼看到她，他大吃一惊，仿佛回到了老家的女孩子们中间，但她一开口，又明显不是老家那些女孩子们，对他来说，她是个生活在上海的让他感到亲切的女孩子，这样的女孩子不多。一度他以为星星是那样的女孩子，不做作，不矫情，自自然然，体贴入微，虽然两人常有争执，但那恰好说明他们都很坦诚，不藏不掖，所以争执并不伤及他们的内心。这一切在遇到衣泓之前是成立的，现在他已完全推翻了自己。

从昨晚的第一次见面开始，他就有所动摇，可惜，他是作为星星的男朋友跟她见面的，他像一列装满货物的列车，正在铁轨上飞奔，她却在另一条铁轨上，他跟她就要擦身而过了。他满脑子都是不甘心，但他毫无办法，他不知道该怎样从现在的轨道上下来，掉头随她而去。

他越是这样想，就越觉得迪士尼的阳光炽烈难当，像一桶晃晃悠悠的开水，悬在头顶，又像一束束嘤嘤作响的钢针，持续不断地朝他飞来。他快要走不动了，每往前走一步，不是在靠近迪士尼的某个游玩项目，而是在一步一步靠近他的刑场。

他不能再往前走了。

但他找不到中止这一切的理由，这是不对的，正人君子不该产生的念头。但他越是这么想，就越是想要立刻停止这一切。他开始一次一次地掉队，走着走着，就落到了星星的后面，衣泓的后面。星星问他：你怎么呆头呆脑的？他只好撒谎：我感觉快要中暑了。

星星冷笑：五月份就能中暑？你也太娇气了吧，小宝都比你有精神，快打起精神来，如果你实在觉得热，待会儿我们去城堡，那里可以看节目。

小宝一听，马上抗议：我不要看节目，我要去玩海盗飞船。

他一听，脑袋更沉了。

星星过来跟他说话：小宝是个慢热型的孩子，一旦他确认了你，他就会非常依恋你。所有慢热型的人都是痴情的人。

他点头。

下下个周末，我想我们三个人去一趟天文馆，以后还有自然博物馆、美术馆我都想带他去，我们还可以去崇明、奉贤，总之，以后的周末，我希望我们都在外面度过。

他一边嗯嗯着，一边心里发凉，他将再也没有悠闲清静的周末了吗？他从此就将一头扎进家务里，一心讨好一个本能地拒绝他的孩子了吗？

你下周末不加班吧？我来预约自然博物馆，听说很难预约上的。星星打开手机。

他本能地说起了不，接着又解释：我得问下我的老板再说。

他趁机闪到路边，在手机上划拉起来。再抬头一看，两个女人一个孩子已经走到前面去了。

如果此时不离开，他就要踏上一条已经确认充满错误的道路。如果此时不离开，他将来改错的机会都没有。如果此时不离开，他将再也没有彼时。

他背过身去，趁着没人的时候，闭上眼睛，使出吃奶的劲，往自己鼻子上砸了一拳。他的眼睛仍然死死地闭着，但他清清楚楚地看见，无数两寸来长的金色的细针，呈放射状嗖嗖往外飞去，飞向无穷尽的黑。与此同时，他闻到了一股浓浓的血腥味。

他小的时候，父亲在阁楼里往下递东西，他是地上的接应者，一不小心，一段木头径直砸向他的面部，他感到自己的身体瞬间消失了，唯一存在的只有鼻子，整个天地间都是他的鼻子，巨大的，疼痛的，轰轰作响的。那是他第一次因为外力而流鼻血，鼻血源源不断淌下来，漫过他的衣服，下雨一样砸到鞋子上、地上。那时妈妈就说，你以后要当心，从今以后，你就成了沙鼻子了，稍一碰就会流鼻血。

他捂着湿滑的面部，走到路中间，给星星打电话。

你往后看！你往后看！

她们全都过来了。他满脸是血，捂着鼻子的手上也全是血，血还在顺着下巴往下滴，顺着手臂往裤腿上滴。

衣泓急中生智，脱下自己的小开衫，团成一团，让他堵住鼻子。他拒绝了，他不想弄脏那件白色的小开衫。

他独自一人在小店坐了一会儿，再三权衡他这么做的后果，最后决定，他必须去做，否则就没机会了。他不是一个善于说不的人。

当她们随着所排的长队拐弯之后，他拔脚就走，一个人径直出了迪士尼大门，直奔地铁站。他越走越快。真的就像以前做考卷，就要交卷了，突然发现做错了一道题，当然要改过来，不改的话，他对不起自己的自尊心。

你不地道啊！他骂自己。

如果你做不到义无反顾，就是害了别人，既害自己也害别人。他向自己申辩。

你起码应该把今天的活动应付到底。他批评自己。

必须有个突发事件来中止这一切，否则我会硬不下心肠。

半个多小时后，星星给他打来电话，他告诉她，他实在头晕，必须先回去了。对不起，非常非常对不起，扫你们兴了。

星星那边暂停了，过了一会儿，才简单回复道：没事，那你好好休息！

晚上七点多，衣泓给他发来一条视频，是迪士尼的焰火，她们坚持到最后了，她们正在那里看焰火，华丽、精彩、令人神往。

你走之后，星星一直都不开心。衣泓告诉他。

我的罪过，我对不起她，对不起小宝。

是不是所有的IT身体都很弱？

流鼻血不是病，我从小就比较容易流鼻血。

给你个建议，晚上给星星打个温柔的电话。

恐怕她已经对我失望了。

所以你要全力挽救啊。

她哪里知道，他所想的恰恰相反。

他和星星通常都是在周五以前敲定周末的方案，也就是说，他必须在周五以前把他的决定说出来。

他坐在电脑前，戴上耳机，循环播放他选中的那几支曲子，闭上眼睛思考他的人生。他自认不是一个市井之辈，他几乎是毫不犹豫地接受了离婚的女人做自己的女朋友，为何却在衣泓出现之后全盘崩溃？到底是他想移情别恋，还是他潜意识里并没有准备好做那孩子的继父？话说回来，那孩子的确跟他想象中的太不一样，他连跟孩子如何对话的预演都做好了，没想到一见面，那孩子就用他的小眼神结结实实将他拦在了外面，他知道要有耐心，要有爱心，但偏偏旁边就有一个衣泓，似乎她的存在就是来提醒他，他犯了个显而易见的错误，就像他明明是来游泳的，却穿了一双溜冰鞋，他第一次为他的错误感到惭愧。是的，他感到了惭愧，这是比错误与否还要致命的感觉。

这一晚，他几乎没睡，在他得出结论前，他没法入睡。

凌晨三点多，他感到两只耳朵一阵焦疼，要么是耳机压迫太久，要么是声音摩擦太久，他关掉音乐，拿下耳机。不管怎样，一定得有个结论，一定要在天亮以前解决此事。

他拿起手机，写了一条信息。

星星，今晚我们公司开了个紧急会议，我们要研发一个新项目，因为涉及到商业机密，我们不能外出，只能就地休息，这种情况将持续一段时间，直到最后结项，所以这段时间里，我们恐怕不能见面了，若有急事，可给我发微信，但我不一定能及时回复，一旦我们闭关，各种管控也是蛮严厉的。抱歉这么晚打扰你，因为担心明天一早会强令我们关机。你和孩子多多保重。

他又看了一遍，发了出去，星星肯定在睡觉，她明天早上会收到的。只能这样了，他要看看，按下暂停键之后，他们之间会怎样，他自己会怎么。这不是什么好办法，但他只能想出这样的办法，世事纷繁复杂，他就只会两种应对，要么摁下开关顺其自然，要么摁下暂停键让一切沉淀。

接下来就是衣泓了。

今天也许不适合给衣泓发信息，她和星星住在一起，搞不好星星能看到她的手机。但是，一些话不吐不快，所以他想今天把它写出来，存在备忘录里，明天再一条一条地发给衣泓。

他仰头沉思了一会，嘴角浮现出一抹笑意。

有些话，我不得不说了，再不说，恐怕这辈子都没机会说了。

这是他想出来的第一条，其实根本不用想，他只要看到衣泓这个名字，她的样子就活灵活现出现在他面前，他想要说的话，就像自来水一样源源不断地涌出。

你一出现，我就知道自己走错路了，你为什么这么晚才出现？你要是早点出现，我不会走那么远的弯路。

你不必在意星星，她是个优秀的独立女性，说实话，我很欣赏她，正因为我很欣赏她，我才没法跟她一起生活，因为她让我感到自己很无用。

也许你会对我那天从迪士尼提前走掉的事有所看法，会因此瞧不起我，但我其实是为你走的，你的出现惊醒了我，让我意识到我正在走上错误的道路。与其费尽口舌向你向她表达我的态度，不如快刀斩乱麻，让大家都知道，一种状态完了，另一种状态正在开始，我认为那么做是最高效的办法。

我们俩自带一切加持，我们都是楚人的后代，我们的饮食也很接近，我们的文化背景相同，将来跟两边的家人也会更有共同语言。

我们会有一个孩子，我本来已经做好准备将星星的孩子视同己出，我也答应她不再生我们的孩子，但是，当我看到小宝的时候，我才发现我跟小宝，就像石头和泥土一样毫不相容，这个发现对我的打击非常大，我就此开始怀疑我和星星之间的很多事情。

我也许不是一个浪漫的人，但我对浪漫有自己的理解，从迪士尼跑出来，从跟女友的约会中跑出来，然后沿途都在想着怎么向另一个女孩子表白，对我来讲，已经是最大的浪漫，我长这么大，没做过比这更浪漫的事。

你不要觉得难以面对星星，首先，这事错在我；其次，这根本不算错误，因为我们都是自由的，我们还没到把自己的人生交对方的地步；第三，星星很睿智，有了这次迪士尼逃跑，她肯定知道不应该在我身上浪费时间。总之，错误都在我，跟你无关，你只不过是遭遇了一场"飞来横祸"而已。

很多年来，我断断续续做着同一个梦，梦里总是有个大眼睛的陌生女孩，不说话，安安静静地看着我，现在我知道了，那个女孩就是你，你就是我的梦中女孩。

写完了，他再次审阅了一遍，觉得无可挑剔，满意地睡觉去了。

早上起来后的第一件事，就是把昨晚起草的信息拼成一条发给衣泓，免得信号太多，引星星猜疑。

星星的回复来了：谢谢告知。尽管去忙你的，工作最重要。

难道她完全没看出他语气里告别的意思？他又把发过去的信息调出来看了一遍，的确只是关于近段时间见不了面的声明，完全没流露出他们就此别过的意思。但是，这种事不用明说吧，难道这不是一种经典的分手信吗？

衣泓的反应让他想要发疯，她一个字都不回，一点反应都没有。他分析，如果她反感他的说法，应该会站出来斥责他，但她没有，她只是不吭声，不表态，这让他看到了一线希望。

他想见她，无论如何，他想见到她，他想带她去吃湘菜，点一壶自酿米酒，温热了喝。

离那个小区还有两三百米远，他不敢再往前走了，站了一会儿，他钻进旁边24小时营业的便利店。

他知道这么做不太好，但是，带着遗憾结婚，结了婚就反悔、就出轨，难道会是更好的选择吗？

他极度渴望结婚，却一直恋爱不顺，他甚至想过去看看心理医生，又总是没时间，同时也害怕医生真的给他一个诊断出来的"罪名"。

有时他会怀念来处，他是老家第一个考上清华大学的孩子，也是第一个清华毕业后，又回去报效家乡的孩子。毕业那个夏天的轰动，不亚于高考揭榜那天，他的名字上了当地报纸，看那报道，似乎他的回家，能带动当地经济的快速发展。其实根本不是那么回事，他只是太听爸爸妈妈的话了，一开始他就对家里说，要么留在北京，要么去上海，自作聪明的小职员爸爸说，如果你去那些地方，你将一辈子在房奴孩奴的生活中挣扎，你的优势会被淹没得干干净净，他们会用你的短处去比他们的长处，清华大学毕业证只是你的入场券，这张入场券在你进门的时候就用光了，这之后你一无所有。如果你回来，财政银行这样的单位任你挑，进了这些地方，你的发展空间绝对无可限量，这些单位都是垂直管理的，你可以一步跨进地区，两步跨进省城，三步就进了北京，将来如果你能胜出，混个部级指日可待，上海能吗？很难，非常难，因为在上海，清华出来的人不稀罕，多得很。古话说得好，宁为鸡口，不为牛后。爸爸又说，你也知道，我们家经济状况不是很好，你妈没有固定工作，还常年生病，将来你在上海买房，我们无力支持，你可能连成家都困难。听爸爸这么说，他几乎立刻就做出了决定，回家！爸爸很开心：一个人只有生活无忧，才能专心搞事业，那个银行行长都专门到我们家来过了，他就等你回来，帮他把电脑清算中心搞起来，现成的房子给你一套，另外再给十万块安家费，想想这是什么待遇！多少人工作一辈子苦心经营最后才搞来一套房，去上海你能有这身价吗？想都不要想,何况还有看得见的前程。他真的去了那家银行,一去就是科技部的副手,颇受刚上任的年轻行长的重视,有种银行的未来直接落到了他肩上的使命感。说真的,那两年过得挺好,但没过多久,年轻的行长莫名其妙被拉下马,新上任的行长只知道抓存贷业务,科技部仅仅维持日常运转,不再有任何新的开发任务。最让他恼火的,是他一上班就得跑上跑下为那些连键盘名字都记不住的中年妇女解决愚蠢至极的电脑问题。他的心理落差太大,一天比一天抑郁,多大的太阳挂在天上都驱散不开他心里的阴霾,难道辛辛苦苦考上的大学白读了吗?难道就在这个小城窝窝囊囊陪着这些半文盲同事过一辈子?这里最时髦的女人也只知道偶尔赤脚穿穿皮鞋,稍不注意还会露出丝袜配凉鞋的丑陋小尾巴,留在这里,就意味着要在她们当中选一个作妻子。光是这样一想,他的脸就无趣地沉了下来,弄得人都以为他脾气差,难接近。三十岁那年,他狠了狠心,借着长假,逃到上海。长假快结束的时候,他向单位请假,说途中生病,需留下住一两天,其实是在等别人对他进行面试。一面成功,他又向单位请假,申请再延一天,虽然面试成功,但到底要不要回来办手续,他想最后给自己一天犹豫期。这一天,他想什么也不做,放空大脑,白痴一样在上海街头转转。中午时分,他来到一个商业中心,准备好好吃顿午餐。坐下没多久,身边陆陆续续来了好多俊男美女,正在惊叹自己是不是误入了某个拍摄重地,邻桌两个人的对话让他醒悟过来,这不是什么拍摄重地,而是他正好碰上了白领们的午餐时间。老天!为什么会有这么精致、雅致的打工人,为什么明明只是工作日,却

个个打扮得像从时装杂志上走下来的,男人的衬衣不见一条褶皱,女人们优雅时髦,香风习习,个个笔直坐在饭桌前,像在参加了不得的宴会。更重要的是,对他来说已经是赌气般的豪华午餐,竟只是他们的日常工作餐而已,可想而知他们的收入。他待不下去了,匆匆吃完,狼狈逃走。他头脑昏昏,心跳如鼓,他对自己说,你也可以像他们这样,吃着精致的午饭,而不是粗糙的十元盒饭,你也可以像他们一样,拥有衣着精致坐姿优雅的女朋友,而不是将一个粗声大嗓打呵欠都不知捂嘴的女同事发展成妻子,因为你有这个条件,就在昨天,这个城市已经向你伸出了一只邀请的手,已经证实你获得了进入这个城市的通行证。既然如此,你还在犹豫什么?

他一口气冲到大楼底层,再回头向上,巍峨的大楼淡漠而矜持地望向高处,似乎在说,不是每个人都有这个机会的,不是每天都有这种幸运的事情发生的。他耳边再次响起那个稳重矜持的声音:如果可以,希望你尽早过来,加入我们。这是那个IT公司人事部经理对他说的,他对他清华毕业却回到家乡县城的举动相当不理解:你的专业,那里能有什么平台?幸亏你及时醒悟,这里才是你施展才华的地方。

他直奔火车站,爬上回家的火车,跟来时不一样,他感到火车似乎高了些,道路两边的风景越来越低矮,越来越难看。离家乡越近,便越感到可悲,原来我竟在这个枯涩的地方消耗了这么多年,如果这次不狠下心出来,我还将在这里继续耗下去,直到耗掉一生。

家里人对他的决定伤心至极,上海那地方,在他们心里名声可不好,东西贵,还嫌弃外地人,他赤手空拳跑过去,衣食

住行都难以周全，更别说终身大事。就连他朝夕相处的同事，突然间都生分了：啊，你要去上海？为什么是上海？北京也好点啊，上海！我的老天！

他匆匆办好手续，匆匆爬上火车，生怕再待下去会改变主意。他没对人说他在上海最后一天的经历，他知道说出那个会遭人骂，一个男人难道应该因为那样一个虚荣的场景而改变人生道路？他一上火车就闭上眼睛装睡，他什么都不敢再看，也不敢再听了。

公司在浦东，那时候的浦东还没现在这么繁华，他在公司附近租了间民房，是那一带农民自盖的小楼，去了才知道，虽然是二楼，蚊子仍然多得要死，根本不敢开灯，一开灯，窗玻璃上就不断响起嘣嘣的蚊子叩门的声音，还有蟑螂，还有蜥蜴，还有蜈蚣，到了夏天，每天早上起来，床单上都有星星点点的血迹，不是他抠出来的，不是他的血，是他不小心压死的蚊子的血。他买了几大盒蚊香，小小一间屋子点燃三盘蚊香，勉强能在烟雾缭绕中睡一个整觉。没多久，他养的那盆净化空气的兰花死了，被烟熏死的。再后来，他食欲不振，呕吐，他怀疑是蚊香中毒，停止了点蚊香，似乎精神好了点，但蚊子重新滋扰得他睡不好觉。他跟房东说了这事，房东说：你弄个蚊帐呀，夏天就是要用蚊帐的呀。他抱怨这里离农田近，太招蚊子，房东说：夏天怎么可能没有蚊子呢？夏天就是有蚊子的呀，夏天没有蚊子就不叫夏天了，没有夏天就种不出粮食来了，没有粮食人就活不下去了呀。这是个大循环，是没办法的事呀，你这么年轻，忍一忍吧。他从没弄过蚊帐这种东西，以前在家里，好像只要钉上绿纱门绿纱窗就好了，家里

就凉悠悠的没蚊子了。他想退掉房子，重新去租个楼层高一点的房子，但房东说：还没到期呢，我们合同签了一年，提前退租你要负违约责任的。只能忍。有一天他跟一个同样没结婚的来自外地的同事聊起这事，问同事住在哪里，同事说：你真讲究，还去租房，我就没租。

他大吃一惊，原来同事只准备了一个睡袋，到了晚上，往睡袋里一钻就万事大吉，还省得第二天早上挤公交。除了吃饭，这栋楼里什么都可以解决。同事从某个隐蔽处拉开一只大袋子，里面装满了快餐面和各种零食。

还可以上网看片，这里的网速你是知道的，比任何一个家庭都好。

他如梦方醒：对呀，反正我们经常加班，为什么要跑出去花钱解决睡觉的问题呢？瞌睡来了，在哪里不是睡呢？

在同事的指点下，他也去买了个睡袋，准备合同一到期就回到办公室里来。

同事说，如果是我，我宁肯违约，大不了不要押金了，何况你可以跟他谈，至少可以要回一部分，毕竟他提前收回了房子。告诉你，没有哪个房东的房子有这里干净、高级，如果你不是拖家带口，真的没必要租房子。

他就这样过上了以办公室为家的生活，再也不用操心怎么样消灭蚊子了，工作效率也上来了，头儿几次赏给他赞许的眼神：不错呀！比我想象的快多了。半年考评的时候，他和睡袋同事一起得了五星，他们结伴来到饭馆庆祝，同事说：再过一个月，你就可以独霸十七楼了，我要退出了，我有了女朋友，人家不可能来跟我一起睡睡袋呀。

这消息让他始料未及，也让他陡添伤

感,来上海这么长时间,一来工作忙,二来换了工作,他全身心都在适应新环境,竟把恋爱这回事给忘了,他不也正当年吗?他不也应该去谈个恋爱吗?他还比同事大一岁呢。

两人聊起这事,同事说,他的女朋友是别人介绍的,否则他绝对没有机会去认识女孩子。你知道的呀,一天二十四小时,我起码二十个小时跟你在一起,根本就没有机会去认识女生的。

他挠了挠头皮:我就更没机会了,除了同事,我在上海一个人也不认识。

要不,我让她去帮你看看有没有认识的朋友?

可以啊,反正你知道的,一览无余地站在你面前。

你放心,现在市场上缺的是适婚男生,而不是女生。

市场上?

同事面有得色:你别看我普普通通,多少个熟人和非熟人牵线都指向我,所以你就放心吧,就算你想独身都不可能。

那不一定,我可不愿被挑,我想让别人做被挑。

被挑有什么不好,市场自有优胜劣汰的法则,自己出手,也不一定能有超越法则的交易。

市场?交易?

不要歧视这些词,我所理解的交易,就是匹配,拼内存的匹配,一个配置太高,一个配置太低,就是无效配置,市场法则就是帮你平衡配置,帮你规避无效配置。

跟我匹配的会是什么样的配置呢?他不禁期待起来了。

放心,现在市场对我们有利。我女朋友是陕西人,要不要帮你物色一个陕西姑娘?

为什么你不考虑本地女孩呢?

这就得看机缘了,我是不可能了,你说不定还可以。不过我提醒你,如果你想找本地女孩,那你的选择可不多,因为双方的诉求不匹配,你懂我意思吗?在本地姑娘眼里,我们的优势会在外地人这三个字面前打折。

没过多久,同事跟他说,好消息,我女朋友给你找了个本地姑娘。我就说吧,看个人机缘,没想到你还真碰上了本地姑娘。

那个姑娘就是星星。

四个人在一家餐馆见面,同事和陕西姑娘只在饭桌边喝了几口茶,就找借口溜了,留下何枫和星星。

何枫忍不住拿她去对比他第一次看到的午餐中的白领,总觉得有些不一样。星星个头是够的,也很苗条,但不知为什么,就是没有那些女孩的矜贵气质,他记得那些女孩都很白皙,而且细嫩,似乎从来没有经历过风吹日晒,也没有过坏心情和坏处境,星星也是白净的,但他这个外行都看得出来,她的白净有护肤品的痕迹。

他批评自己不应该用那个荒谬的尺度去衡量身边人,何况星星很有亲和力,当她跟他说话的时候,她的眼睛探究地望着他的,他能感到它们先是专注地打量他的左眼,再转移到右眼,这让她看上去眼波流转,盈盈欲滴,令人怦然心动。

你能通过电脑掌控世界,这太神奇、太了不起了。

她的睫毛也让他大吃一惊,像两把小刷子,在脸上刷啊刷啊,刷得他心慌意乱。

她一个劲地缠着他讲他的电脑世界,要怎么才能学得会,要学多久,是不是要从小时候就开始学，是不是要英文特别好，是不是要数学特别好，是不是要有极强的抽象思维能力。他明知不可能三言两语跟她说清楚，但还是尽量朝那个方向努力。

当他讲完他能讲的，当他的震撼终于不那么强烈，他的心慌意乱也慢慢有所好转的时候，他发现了一个问题，她的普通话非常非常标准，那些平翘舌，那些前鼻音后鼻音，清清楚楚，像播音员一样一丝不苟。他假装内行地评价道：

你的普通话简直是教科书级别的，完全没有沪语痕迹。

为什么要有沪语痕迹？我老家是山东的。

他有点上当的感觉，但也不能因为人家不是本地人就拒绝继续了解下去，何况星星似乎很爽气，第一次吃饭结束，她居然抢着买单，这跟他从前的女同事完全不一样。

他借故上厕所，打电话给同事，问他为什么要说星星是本地人，她明明不是。同事说：你对本地人有误解，她虽然来自山东，但她的工作是体制内的，是吃财政饭的，从身份上来说，她就已经算是本地姑娘了。

他们的话题慢慢转向生活，这个转换让他渐渐处于劣势，他发现星星是个生活能力很强的人，无论工作还是生活，都有自己的长计划短安排，人生弄得井井有条。他说起他以前的经历，她一脸的痛心疾首：你就是被你爸爸的小农思想害了，你要是一毕业就来上海，绝对不是现在的状态，表面看你只是迟来了三年，实际上，你错过了上海最最需要人才的重要时期，那几年来的人，后来都是元老级别的人物，你要是早点认识我，哪怕是冒着被你爸爸打

的风险，我也要劝你离开那里。幸亏你后来自我觉醒了，否则你真的要被那个小城埋葬了，不是说小地方的坏话，小地方真的很奇怪，那些所谓混得好的，所谓冒出头来的，都不一定是有真才实学的，有真才实学的人，他们反而看不惯。

他深有同感，感觉他们的距离再一次拉近，他甚至有了某种企望，如果跟她生活在一起，她说不定是个不错的好帮手。

一开始他们进展很慢，仅仅维持每周见一次面，聊聊天，吃个饭，每次见面，星星都会很贴心地给他带点小东西，保护脖子的理疗颈托，增进睡眠质量的护眼罩，最新款的电脑包，他几次把话题往那方面引，都被她岔开了，给他的感觉是，她并不急着跟他定下关系，但她明显对他又是有兴趣的。她说她从小就喜欢学霸，特别是像他这种学起来毫不费力却能轻松达到别人达不到的境界的人。他跟她讲过，他高考前夕，因为突发疾病，休学了一个月，结果一发榜，他的分数仍然遥遥领先。

你一定要有自己的孩子，你的基因值得往下遗传。她说。

他以为她就要往那个方向走了，结果她转了个弯：我一个朋友刚刚跟她男朋友分手了，听说是因为一场电影，我的朋友一边看一边流泪，结果一回头，发现她男朋友张着嘴睡着了。一出电影院我朋友就宣布不再来往了。

这也值得分手？

我朋友说，这可能是个隐患，终有一天要爆发的。

只是可能，也可能一辈子不爆发，他们太草率了，认识一个人不容易。

如果是你，你会怎么选择？

第一，我不会在电影院里睡觉，实在

不好看我可以吃东西，想别的事情；第二，没有第二了呀，没有第一就不可能有第二。

哪天如果我们也去看电影，你想睡就睡，我不仅不会介意，还会给你身上搭件衣服。

这次平平无奇的聊天，却让他们的关系神奇地进了一步，他说：你是个聪明的女人，我最讨厌那种愚蠢又自以为是的女人。

你在哪里见过那种女人？

我单位里的女同事，好多都是这种。

她笑起来：那是因为你没有爱上她们。

当然不能爱她们，否则就麻烦了。

不是那种爱，是大爱，一个人应该爱他自己周围的人，这样才可爱，才活得舒服。

她这么一说，他更坚定地确认，这个聪明的女人，他要定了。

他们果真去看电影了。影片平平无奇，但里面的爱情很动人，表面散淡内心热情的男主，爱上了一个单亲妈妈，经历了一些波折，三个人最终幸福地走到一起。从电影院出来，星星问他：你怎么看待他们俩？

他说：他们让我想到我的一个亲戚，是我堂叔，他就是跟一个离了婚带孩子的女人结婚了，我堂叔是个性格极度内向的人，结婚以后性格变得好多了，他们都说是他老婆给他带来的变化。后来他们又生了一个孩子，一家四口。我去很多亲戚家做客，感觉堂婶比其他女主人更会过日子，也更会招待客人，他们家过得比较节俭，但不知为什么就是让人感觉很舒服。

你是家中独子吧？

当然，现在谁不是家中独子？除非有两次婚姻，才可能有两个孩子。

他们没有急着去坐车，而是顺着马路步行。他去牵她的手，她缩了回来。我不能再耽误你了。星星说：我觉得你父母肯定不会接纳我。

关他们什么事？

你可能也不会接纳。好吧，我一定得告诉你了，我离过婚，还有个孩子，之所以事先没有告诉你，是因为我觉得我们走下去的可能性不大。现在我觉得情况不同了，我要是不告诉你，对你是不公平的。

他很意外：介绍我们认识的那个人不是这样说的啊？是你找的借口吧？

她根本不知道我结过婚。你可能不知道，现在除了人事部门的人看过履历表，知道一个人的婚姻状态，其他人都不大可能知道，除非当事人自己说出来。

他还是不相信：我觉得你根本不像结过婚还有孩子的人，你肯定是在找借口。

这么说来，你还是很在意我的这点经历的，对吗？

他有点急了，又不知该怎么说。还好，他的手无意中碰到了她的手，赶紧将它牢牢地拽住。

过了一会他说：如果一开始就知道，我可能会有犹豫，但现在情况不一样了，我不想放你走。不过，我有个要求，我想看看你的孩子，我想确认一下那个我要抚养他、要一辈子陪伴他的小孩。

他很可爱，你会爱上他的。

两个多月后，他们终于敲定了见孩子的时间，地点就选在迪士尼。他们想象，极度兴奋和欢乐中，孩子会张开手臂，扑进这个刚刚认识的叔叔的怀里。

他快要被自己感动了，他说不清那些感动他的东西，似乎是牺牲，但又不是牺牲，他并没有牺牲什么，相反他是得到了，他的得到超出他的预期，但是，一定有什么不寻常，否则他不会被自己感动到双眼湿润的地步。他寻思见孩子第一面该怎么表现，给他买个礼物？太普通。星星提醒他，什么都不要买，千万不要买，因为她要营造出只是偶然遇上的效果。

没想到迪士尼就是他们的滑铁卢，他感到他的恋爱就像一只美丽的气球，他们俩使劲吹它，越吹越大，越大越美，他们精心呵护着它，把它运到迪士尼，孩子一出现，就像一根边缘带刺的青草，轻轻一碰，气球"啪"的一声，爆了。

他不知道星星是不是真的相信他在闭关搞开发，星星很聪明，如果她相信，为什么不跟他保持通讯联系？如果她不相信，为什么不向他问个一二三？默默接受分手的结局，好像不是她的风格。总之，他们之间沉默了。

与此同时，他跟衣泓之间也是一片沉默，他给她发了那么长的信息，她一个字都没回。

他只好悄悄行动起来，他不能坐等，总得做点什么。

几个小时的蹲守过后，他看到她们了，她们竟然像两个上学的小女生一样肩并肩走了过来。他赶紧躲了起来。

他远远地跟着她们进入地铁站，他相信她们总是要分开的，毕竟她们不在一个地方上班。

她们分乘了不同的地铁。他紧走几步，尾随在衣泓后面。

衣泓今天穿了件酱紫色的衬衣，配上她乌黑光亮的齐肩长发，很是醒目。她飞快地穿梭在早高峰人流中，他死死地盯着这枚黑色与酱紫色配合而成的登记小照的背面，内心无比激动。这还是他第一次不错眼珠地盯着她，放肆地跟着她。

她下车了，他也随她一起在另一个车门下车，正想着怎样接近她，冷不丁她一个回转身，又上车了，他愣了一下，赶紧随之返回，车门差点夹住了他的衣服。差一点就错过她了。

她为什么要这样做？难道她察觉到了他的跟踪？他心脏狂跳，嘴角却不由自主地往两边咧开去。真够机灵的！

这次他吸取教训，不再急于求成，离她远一点，时刻为自己找份人肉掩体。

她下车了，从她悠闲的步态来看，她根本没意识到自己在被人跟踪。

他不紧不慢地跟着，心里乐得像早上刚刚爬上来的太阳。

她要过马路了，等红灯的时候，她无聊地看起了手机。

他走过去，碰了碰她，她抬眼一看，吓得脸都变了。你、你、你是从哪冒出来的？

不找到你我不会罢休的。他得意地眨眨眼睛。

你要干吗？你不上班？

当然要上班，但我要得到回复才能去上班，我给你发了信息，你不回复，我只好跑一趟。

天哪！听我说，赶紧回去上班，千万别迟到，好好干，我们楚人可就指望你了。至于你给我发的消息，我看了，我很感动，但我的回复是，至少两年以内，我不需要男朋友，因为我还不知道我到底需要一个什么样的男朋友。

两年以后就可以了是吧？

对，也许。

那好，我记住了。他笑着点头，重新钻入地铁站。他知道两年只是个说法，只是脱口而出的救场，但她毕竟没有不分青

44

红皂白地拒绝他,更没有糊里糊涂半推半就地接受他,她很冷静,而且有自己的逻辑。他尊重逻辑,也尊重持有逻辑的人。

衣 泓

得知衣泓一再搬家,最后搬到外环跟人合租一室一厅的房子,爸爸大为光火,立刻发出召开线上家庭会议的通知。

父亲和儿子在通会前电话。

你就这么一个妹妹哎,太说不过去了,你不认她,她也是你的妹妹,你不帮她,她也会活下来。你要是没能力,我也不说什么了,你有几套房子,你现在住的房子那么大,三代同堂都住得下,让你的妹妹进来住一段时间你能吃多大的亏?她又不会在你这里住一辈子,她必定会成家,会买自己的房子,到那时你求她来住,她都不一定会来。

儿子无法还嘴,无法说出衣泓最初其实是住在他家,"水漫金山"之后才搬出去。很早之前,他就和衣泓达成共识,那件事,最好别让爸爸知道。

爸爸喘息片刻,掀起第二波浪头。

是付洁的主意还是你的主意?我估计是付洁的主意,没想到你怕老婆怕到这个地步。你说实话,你们俩感情怎样?为什么她春节从来不跟你一起回来?如果真的感情破裂,我劝你趁早分开,再找一个,人生还长呢,还有一大半呢,连对方的家人都不能包容的人,必定是个刻薄之人。

不是你想的那么回事。既然说到付洁,他不得不开腔了:这事你真不能怪我,合租是个好主意,降低生活成本,还能交个朋友,现在的年轻人都是这么干的,还有好多家在本地的年轻人,也自己出来租房住,跟家里人生活习惯不一样,搬出去住,既获得自由,又能锻炼自己的处事能力。

跟自己的哥哥嫂子住在一起就不能锻炼处事能力?就不能结交朋友?别跟我提什么自由,正是怕她太自由了,才想让她住你家里,多点管束。你给我说实话,你是不是怕她不给你房租?

我觉得,你跟我讨论这事之前,最好先去问问她,到底是她不愿意住进来,还是我不让她住进来。

唉!父亲突然叹了一口气:当初鼓励她到上海来,就是想着她有哥哥在上海,可以关照她,帮助她,看来我想错了。

放心吧,她没你想的那么脆弱,她比你想象的强大得多,我去帮她,只会打乱她的节奏。

她一个小姑娘,能有多强大,工资低,没住房。

这不是一开始就该想到的吗?又不是现在才遇到的新问题。我如果收留她,只会让她回避问题,那是害了她,她最终还是绕不开这个问题。

好好好,你有道理,人越是自私,越是振振有词。工作工作帮不上,住房住房帮不上,我现在给你下个死命令,她的个人问题,你一定要给她帮忙,再不帮忙,你就对不起我。

话都说到这一步了,儿子只好答应,同时告诉爸爸,这其实是个比工作和住房更难解决的问题。

你什么意思?我女儿嫁不出去?

她哪里会嫁不出去哟,她是惜嫁,一

般人她都看不起。

这就对了！她当然不能找个一般的人！

衣泓是最后一个进会议室的，她后悔教给爸爸这个本领，自从爸爸学会开启会议之后，一点点小事都会说：来来来，我们线上开个会。她一上来就取笑爸爸：爸爸你真是的，搞得跟公司一样。

爸爸大惊失色：衣泓你怎么瘦啦？你吃得怎样？是不是不会做饭、经常挨饿呀？

这你就别管啦，这是我的私人问题。

你跟人合租，谁做饭呢？家务谁做呢？你们俩处得好吗？那个人是干什么的？有正当工作吗？有没有什么不良嗜好？对了，你看过她的身份证没有？

爸我已经跟你说过啦，人家是正规事业单位职工，好人家的女孩，人家还是个好妈妈……她突然住了嘴。

她是个已婚人士？已婚人士没有自己的家？爸爸过了一阵才反应过来。

这没什么稀奇的，她离婚了。

离婚了房子都没有？这是什么人，过的是什么生活？

哎呀爸爸你就别问啦，她有自己的房子，她把她的房子租出去了，然后自己在外面租房子住。你问哥哥呀，好多人都这么干。

哥哥说：我当年不也这么干过吗？把自己的房子租出去，自己到学校附近租了个学区房，可以让孩子早上多睡半个小时。

就为了孩子睡个懒觉就搬家？

哪敢睡懒觉哦，是没睡够，尽量让他多睡一会儿。

衣泓抢回发言权：所以爸你不能用你以前的标准来衡量现在的生活，很少有人像你一样，在一个单位干一辈子，在一栋房子里住一辈子。如果我听你的，住在哥哥家，那我每天上班得坐一个半小时的地铁，下了班再坐一个半小时，一天当中，我会有三个小时在地铁上，为了一份工作，为了养活自己，我要把自己困在交通工具上长达三个小时，这样做有什么意义呢？

爸爸顿时就没了会议主持人的底气：住在哥哥家，至少安全些嘛！

你所说的安全到底是什么呢？你以为我会碰上什么危险？打劫？你放心，我一看就没钱。劫色？我长得是不丑，但远远没有美到让人发疯发狂想要扑上来强奸的程度。骗子？就算我住在哥哥家，骗子也不会因为我住在哥哥家就吓得屁滚尿流地逃跑。所以爸爸你就不要替我操心了，我现在有吃有喝有住有工作，开开心心自由自在，你不如替自己操点心，你为什么不去练书画呢？练饿了就去找我妈要点吃的，真的，不要总想着我总想着哥哥了，想想你自己。好吧，我就说这么多。

她说到一半的时候，哥哥就咧嘴笑了起来，见儿子笑了，爸爸也跟着笑起来。儿子说：不用我说什么了吧？就她这样的，谁敢欺负她，这个阶段，你最好让她自由发展，找到一条最适合自己的路。

这个阶段也不能长，最多一两年，太长的话，也是浪费时间。

我觉得她还算比较成熟，知道自己的长项在哪里，知道自己喜欢什么。如果你不想她一直租房，不如帮她买房，靠她一个人的力量，有点渺茫。

好了，这个问题暂时不谈，谈谈她的个人问题，工作帮不上，住房也帮不上，成家的事你一定要出手，在识人方面，你肯定比她强得多，这件事你无论如何得帮她把关。

衣泓开始怪笑：爸爸你怎么像个老农

一样，你不要这样好不好？自说自话，婆婆妈妈，这就是变老的标志，我不想看到你变老爸爸。

爸爸呵呵地笑：我说什么都不对，我说一句，被你鄙视十句，看来我真是老了，没用了，其实我知道我说了也是白说，你们也不会听，但我要是不说，就是我的失职。

爸爸，我向你保证，我过得很好，我现在的一切，正好是我向往的，我喜欢的，你把心妥妥地放进肚子里哈。

爸爸明明是揣着一腔火气来开会的，结果被衣泓三下两下弄得忘了初衷，他发现这个女儿看上去漫不经心，讲起话来，倒有条有理，不容反驳，还大包大揽，替哥哥挡了不少子弹。不得不说，愿意替人化解尴尬的人，起码情商不低。

会议刚刚结束，哥哥给她发来一条信息：我有一张健身卡，卡上还剩几次没用完，以前子航在那里练过一阵拳击，后来没时间去了，你去用掉吧，别浪费了，四百多一节课呢。

她高兴地答应下来，公司里经常有人提到健身房，一直以为那是自己不配享用的昂贵消费，没想到突然间就到手了。

她来到哥哥指定的健身房，在前台亮出卡号，服务员打了个电话，一会儿，一个全身运动装扮的帅小伙从侧门进来，跟衣泓点头打了个招呼，她觉得这人有点面熟，又想不起来在哪见过。帅小伙在档案夹里抽出一张卡片。啊！这张卡很久没来用了，现在持卡人换成你了是吗？

他退后一步，上下打量她。你体型蛮好的，比例也相当优秀，只是稍显无力，如果你真想跟我练，三个月到半年，我保证你能从头到底焕然一新。

稍显无力是什么意思？没有朝气吗？

呃……我说实话你可不要不高兴，就是活力上有点欠缺，过于文弱，当然，这也很不错，很多女孩子都希望自己是你这种风格的，但我觉得如果能把自己往健康型转变是最好的，现在大家观念慢慢变了，都觉得跟一个面色红润、活力四射的人接触，是一件很吉祥的事儿。

但我不擅长运动，我在学校里体育从来只是及格水平。

没关系，跟着我练就对了，我连走路顺边的人都遇到过，最后也是大变样了。我叫吴敏昊，叫我小吴就可以了。

听你的，吴教练。

他带她去二楼，迎面就见一个穿着迷彩运动背心的女孩子正在教练指导下练拳击。吴教练在她耳边说：这个教练，她是从专业拳击队退役的，几年前在电视上参加过一个综艺节目，外号叫霸王花。

她想起她曾经看过的电影，《百万美元宝贝》《百元之恋》，不禁有点心动。

今天先给你一次体验课，你可以不用在卡上签到。

她去更衣室换好衣服，忐忑不安地上场。吴教练让她先来几个跳绳，适应过后，能跳多快跳多快。对她来说，跳绳还是小学时候做过的事情，虽然能跳，但跳得东倒西歪，吴教练忍不住笑了起来。又让她开背，双手举着一根弹性软绳，翻过头顶，缓慢向下，再原路返回。做一个回合，教练把绳子给她缩短一截，如此循环数次，她渐渐开始吃力，肌肉像生了锈一般不容易打开。然后就开始教她出拳的基本动作，胳膊怎样，身子怎样，腿怎样，反反复复做了几个示范之后，她基本上有了个样子。这时她已浑身是汗。吴教练停下来，喊了一声，旁边一个助手模样的人过来，把她带到拳台边，给她手上绑拳击带。转眼一看，吴教练不知何时已经把自己挂在了吊环上。天哪，那么高的吊环，她后悔没看见教练是怎么把自己挂上去的。

拳带绑好，手套戴好，吴教练轻捷如猫地落到地上。现在她要开始戴上拳击手套出拳了。

吴教练拿着手靶，提醒她用刚才学会的动作：打我，打这里，使劲打！连她自己都没想到，她的胳膊如此绵软无力，打出去的力道令她脸红。吴教练不停地喊着，示范着，不一会，她已汗如雨下。

不错！有点架势！

很久没有体会过汗水从每个毛孔里奔涌而出的感觉了，但并不觉得累，反而感到很兴奋，太奇特了，像是重新意识到了自己的身体，虽然每天每天都在洗澡、穿衣，都在往皮肤上涂抹东西，但都不曾像现在这样，强烈地意识到身体的存在。她开始喜欢这种感觉。

当她再也没有力气击出拳的时候，吴教练让她转入体能训练，腰腹，大腿，手臂，这时她已几乎睁不开眼睛，因为汗水不停流进眼睛里，流进嘴里，又疼又痒，还有种难以言喻的成就感。

体验课结束，她去冲了个澡，换回自己的衣服，吴教练说：正好我也下班，我们一起出去吧。

她心里咚地跳了一下，他什么意思？马上又想起公司的同事们常说"我的教练"怎样怎样，就想，健身教练大概都这样，毕竟是一对一的近距离关系。

吴教练将她带到不远处的咖啡馆。今天我请你，算是对你的欢迎仪式！体验课下来感觉怎样？

她点头。刚才在镜子里已经看过了，她的脸红润得像最新鲜的桃子，她很少出现那么可爱的脸色。热爱运动的人士她看到过不少，没想到有一天自己会参与其中，而且感觉如此美妙，健身房环境也好，还有宽绰豪华的盥洗室，比她跟星星合租屋里的浴室大多了，还有那个威猛的水龙头，包括盥洗室的灯光，她统统都喜欢。她是真的有点喜欢那里了。

他盯着她的脸看：运动是会上瘾的，运动过的人和没运动过的人完全不一样，热爱运动的人，大脑更活跃，工作效率更高。日本作家村上春树跑马拉松几十年，还专门为他的跑步写了一本书。我也跑步，我很多工作上的点子都是在跑步中产生的，因为人在跑步的时候思想特别集中，完全屏蔽了外界的干扰。还听说，坚持运动的人，老了不容易患上阿尔茨海默症。

他把手机举到她眼前，他刚才给她拍了些训练时的照片，她喜欢那些照片，那是她从来不曾有过的，原来她也有飒爽的一面。

你动起来的样子很美！他望着她说话的样子，让她心里酥了一下。

她故意岔开：有些人选择不上健身房，在户外跑步。

是的，有很多路跑族，但我不喜欢路跑，因为我不喜欢因为天气不好就给自己放假，也不喜欢被别的事情分心，我喜欢尽量专业、专注地去做每一件事情。

你是对的。她答应他，她下次还要来。

太好了，我敢保证，运动会改变你的状态，你的生活。那么，下次还是周末过来吗？

也许吧，不加班的话。

我的秘诀是，把健身服放在随身携带的包包里，一旦有时间，就赶紧去健身房，以免把时间浪费在回家取衣服的路上。很多人正是贪恋交通方便，却把时间不知不觉浪费在路上了。

这正是她还没来得及说出口的体验，比如去某地很方便，一来一回一个小时，但这个出去和回来的过程中，人的心思不会像电插头一样，一插就通电，人的心思启动很慢，收回也很慢，如果把这个过程加起来，那路上的时间远远不只一个小时。

他也讲他的日常安排，下班之后，他要去健身房上两到三节课，还要上网听一个财经方面的课程，晚上回家再理理家务，就可以睡觉了。

哥哥突然发来信息：你去了健身房没有？见到吴敏昊教练没有？她回：见到了。

他就是我让你看过他朋友圈的那个人。

衣泓恍然大悟，难怪她觉得面熟呢。哥哥不提这事倒还好，这一提，就像兜头泼了一盆凉水，虽然一个人的朋友圈不一定代表他的全部精神世界，但至少那些东西是他认可的，至少是一种态度，而态度，有时比表现更能定义一个人。

她站起来，很突然地宣布她要回家了。

吴教练有点迷茫：那么，我们下周见？下周还是这个时间？

好的好的。她敷衍道。她不确定还会不会来。

回到家，星星正在接电话，声音很大，似乎正在发火，见她回来，轻轻掩上了房门。

过了一会儿，星星出来了。

父母到底只疼自己的孩子呀，公公婆婆要把他的儿子也接过来，两个孙子一起带，我得赶紧把儿子接出来，不能让他知道爸爸原来不仅仅是自己的爸爸，还是别人的爸爸，不能让他产生幻灭感。

衣泓听到幻灭感三个字，有点想笑，但还是忍住了：那你要怎么办？请保姆？你自己的爸妈能来帮你吗？

都不可能，我爸妈要是能来早就来了，不行，我得赶紧给儿子找个爸爸。

要不这样吧，我们俩去换个大点的房子，我来帮你带孩子，反正他也快要上幼儿园了，晚上和周末有我们两个肯定没问题。

谢谢你，但这是行不通的，谁知道你哪天就开始恋爱了，恋爱中的人最不靠谱，孩子的事可是一天都不能掉链子的。

起码两年内，我不会变成你说的那种人。我在我们那个公司没什么存在感，没有存在感就没有安全感，在我改变这种局面之前，我是不会进入恋爱的，那只会把自己弄得更可悲，所以你尽管放心好了，只要你不嫌弃我，我一定可以帮你带小宝。

没想到你小小年纪这么冷静，我当年要是有你十分之一的冷静，就不会有这个孩子。他去留学的时候，很多人都提醒我，要么我跟过去，要么先不要这个孩子，我怎么可能放弃自己的工作跟着他去呢？那是我十年寒窗苦读换来的。要我打掉孩子我也做不到，我都看过他的B超图了，他活得好好的，再说我那个时候迷恋基因这一说，我不舍得浪费哈佛爸爸的基因，而且我们那个时候相当甜蜜，每天都视频，害得我总是睡不好觉。结果你猜怎么样？他后来向我坦白，他正是在我们每天视频的日子里遇上了那个女的。有时我在想，这个世界上，大多数小孩都是骗来的，男人几句不值钱的情话，加上女人无边无际的想象力，一个孩子就给骗到这世上来了。

我妈妈跟我说过，将来如果有人抢你

的男朋友，你不要去跟她争，因为在你男朋友心里，高下早就分出来了，如果你处于上风，根本就不会有那个人出现。

星星本来在整理她的衣柜，听到这话，突然不动了，转过脸来看着衣泓：你妈肯定没有遭遇过小三，任何一个女人，一旦你面对那种情况，第一反应就是不甘心，咬断牙齿都想赢回来，就算你赢回来了也不会再稀罕那个男人，你还是想赢。我算看透了，看起来是女人在挑男人，精挑细选，择良木而栖，但那都是阶段性的，最终还是男人挑到了自己中意的女人。

所以嘛，不谈恋爱最好，不谈恋爱就不会陷进这些鸡飞狗跳里。

那是不可能的，生命规律如此。我有预感，你可能会喜欢上文艺型的男人，别看何枫垂涎你，但他不知道他根本就没戏。

什么什么？瞎扯什么呀？她顿时心跳如鼓。

你以为我看不出来啊？失败的婚姻给了我一双火眼金睛，不过我知道你对他不感兴趣，他是自作多情。星星把手中的两件衣服往地上一扔：我发现我缺少一件像样的外套，鞋也不行了，等我弄齐这两样，就正式去启动备胎。

真的有备胎？

当然要有，除非我家庭康泰，无欲无求。

天哪！你是怎么做到的？

如果你有需要，你就一定能做到。

衣泓捡起地上两件衣服：这些你不要了吗？

不要了，已经有两年没穿过了。

可以给我吗？

你能穿就拿去穿吧，真的，我们完全可以内部调剂一下哈，这样还能避免浪费。

不穿的都给我吧，我不会嫌弃的，你的品位我很放心。

说到衣服，两个女人顿时开心起来。别看被淘汰了，当时也是我千挑万选买回来的，我买衣服有个原则，必须在九十五分以上，低于这个分数，别想我会掏钱买下它。

两人在衣柜前折腾到十二点多，手机响了，星星说：这么晚了还有人找？难道是何枫？

去你的！衣泓冲她亮了一下手机：我同学，黎晓，女孩子。

这个时候找你，估计不是什么好事。

星星说得没错，黎晓有点不对劲，她从来没有像现在这样深情和伤感过。

亲爱的，知道你在上海打拼不易，一直都忍着不跟你联系，不打扰你，今天我实在忍不住了，我伤感得要命，我究竟是如何失去你的？我还能不能找回你？我好怀念我们以前在一起的日子，真的非常非常想念你。

你怎么啦？要不你过来一趟吧，我请假陪你出去玩，陪你去吃各种好吃的，我发现了好多好吃的！

这回我可能真的要来了，再不来我都活不下去了。

你到底怎么啦？

见面再说吧。

黎 晓

她越来越频繁地照镜子，精心挑选衣着，用好几层脂粉掩盖脸上的孕气，用腹带修饰腰身。完了！她松开腹带，望着冬瓜般的腰身，必须离开这里了，这里是她长大的地方，是全家人寄存颜面的所在，她不能对它有丝毫破坏，唯一的办法就是她消失。

从她确认那个消息开始，她就知道这一天正在逼近。她相信人在每个阶段都有不同的使命，现阶段的任务就是像动物一样，找个秘密的地方，把孩子生下来，她从来没像现在这样，想起一个人，全身都会发热，会心跳加速，即使他现在吉凶难料，下落不明，正因为如此，她才需要躲起来，悄悄地生下这个孩子。打掉孩子很容易，很多种办法，神不知鬼不觉，只要她自己不说，没人知道，但她不能，打掉孩子，也就终结了她的爱情。没有人去爱，没有人思念，梦里也不见一个人，只有无边的混沌，她不想过那样的日子。

关于他乡，她只有一个线索，就是衣泓。她们曾经形影不离，但毕业前夕，为了不辜负妈妈（妈妈已经托人给她找好了工作），她回到了小城。很长一段时间里，她不适应，整天心慌意乱，无着无落，仿佛她不是待在她的出生地和成长地，而是在一个初来乍到的陌生之地，她不知道是什么让她和这个熟悉得不能再熟悉的地方深深地隔膜了。与此同时，妈妈开始托人给她介绍男朋友，有一次，她真的和一个男孩子见了面，见面的地方在一个饭馆，后来老板过来对他们说，他们需要换到楼上一个包间，老板在前面走，男孩紧随老板之后，她跟在男孩的后面，爬楼梯的时候，男孩灰蓝色的裤子包裹着的臀部近在她的鼻尖之下，男孩可真瘦啊，尖尖的小屁股几乎塞不满她的掌心，刹那间，她莫名地感到羞愧难当，脸颊发烫，只想掉头就走，但那实在太不礼貌了，只得硬着头皮往前走，可想而知，这次见面有多心不在焉。那以后，她拒绝相亲，拒绝让一个完全不了解她的陌生人，把她带向另一个更不了解的男人。

该怎样告诉衣泓这个消息呢？像现在这样把自己死死缠成一只粽子，还是索性放弃乔装，原形毕露，用自己的可怜换取她的眼泪和拥抱？

看到了吧？满意了吧？都怪你，如果你不撇下我，如果我们还在一起，我不可能这样。没有你在身边，我就像个瞎子，像个聋子，没有方向也没有拐杖，只能靠运气，只能破罐破摔。她准备这样向衣泓撒娇，她甚至在脑子里默念过这一段，她知道衣泓会被这些话感动的。

大学毕业那阵她就有预感，走出校门，她们的差异会越来越大，正如上海和小城的差距一样大，她们将来会有截然不同的人生，虽然衣泓并不这么认为。她说：我先去探探虚实，如果还行，就当我去打了个前站，你随后就来，情况不好，我马上回来，开始我们的餐饮事业，我们两个好吃鬼在一起，说不定能弄出个米其林来呢。

她们的确讨论过关于餐饮的计划，如果找工作不顺，她们就回家开餐厅，而与此同时，家里已经在开始帮她找工作了，是个事业单位，费了很多心思托人找到某个大人物才拿下来的，家里叮嘱她千万不要声张，免得被人知道后想办法使坏。就算他们不叮嘱她，她也不会说出去，这不是什么光荣的事情，尤其在衣泓面前，她为家里不能同时也帮衣泓一把感到难过，也为自己不仅不敢把这事说出来、还装模作样跟她讨论想象中的餐饮事业而羞愧，所以后来，报应果然就来了，暗地里背叛朋友，朋友干脆一脚将你蹬开。

她怀着洗心革面的心情来投入工作，什么活都抢着干，什么人都笑脸相迎，只一年，她就给所有人留下了好印象，并以全票收获了转正表决。

转正通过的那天，她一个人来到街头闲逛，小城这几年发展得挺快，老城区每天都在消失，城市建设像一张徐徐展开的图纸，今天多了一个商业中心，明天多了一条道路，只有当年的高中还没变，门前还是那两棵巨大的香樟树，左边还是衣泓妈妈的"苗苗早点"，可能是城市管理的需要，店铺的外墙被刷成了黄色。

她努力让自己尽量不要路过这里，因为一旦进入这条路，她就会被衣泓妈妈收进眼里，她就会迫不及待地从店里跑出来，第一句话永远是：你看你多好！衣泓就是个犟乖乖。

然后就是各种数落：你不知道她在那边有多惨，挣的那点工资都在养房东，房东一家人都不做事，就指望着一个外地来的小姑娘养着，前辈子欠了人家的，在家里怎么会吃这个苦，在家里挣的每一分钱都归自己花，犟乖乖，叫她回来她不回来，现在连件新衣服都买不起，我想给她寄点钱买衣服，她不肯要，给我退回来了，现在哪个小姑娘不是穿得漂漂亮亮的，真是急死我了。你帮我说说她吧，一个小姑娘，整天不是白衬衣就是黑衬衣，在那种地方是谈不到恋爱的。

每句话她都听出了炫耀的意味，但她笑着，顺着阿姨说：这话千万不要让我妈听见，她会鄙视我的，你看看人家衣泓，多么自立、多么有本事，你就只知道窝边转。

你不知道，她这是在跟我赌气，毕业前她说要去上海，我不让她去，我说那个地方消费高，又欺生，你又没人家那么过硬的文凭，你去了绝对活不出来。她说我看不起她，发誓不要家里一分钱，饿死不向家里求援。说着把手机掏出来给她看：你看看，我昨天给她的转账，她直接给我退回来了，之前也发过好多次红包，也是不收，统统给我退回来了。

您就别再替她操心了，真到了需要接受您的资助才能活下去的地步，她肯定早就回来了。

这样的对话来一两次还可以接受，每次都这样，就有点怕了，她有意绕开那条路，走了一条冷僻些的巷子。

这天她刚一绕过"苗苗早点"，就碰上一家新开的小超市，她决定去买瓶水。耷拉着眼皮在收银台前刷码，付账，正要走人，一个声音说：我就那么不好看吗？抬起眼皮看我一眼都不肯？

世界就在那一刻重新温暖起来，她发现，一个最最有趣的朋友，竟然一直藏在她看不见的地方。

高中的时候，她和陈越关系一般，不，应该说，那时她和所有同学关系都一般，进进出出身边只有衣泓，就连考试成绩，每次都像她俩的身影一样紧紧依偎在一起，幸亏她俩坐得比较远，才不至于让人怀疑她俩会在考试中作弊。其实有一阵她俩差点好不下去了，大家都知道她俩好，就像某个位置有人占了座一样，别人就不敢来了，久而久之，她俩都好得累了起来，可别人见她们无缝可钻，早就去跟另外的人交朋友去了，早就形成了相对固定的小圈子，她们要是不想变成孤家寡人，就只有继续好下去，所以她们审时度势之后，又很理智很平静地走到了一起。等到了大学，她俩要是不做好朋友简直要遭来非议，人家会说，那两个人都不是什么好人，你看她们一个学校出来的，却互不理睬！这个罪名她们担不起，于是她们继续做好朋友。

她把这个过程分析给陈越听，陈越笑到肚子疼：没想到你跟衣泓原来好得这么无奈。

也没有啦，好是真的好，我的意思是，我们的圈子本来可以更大一点的。

圈子不在乎大，在乎有没有生命力。

她心头懊悔，要是早点碰上陈越就好了。

小超市其实是陈越父母的，她那天回去蹭饭，顺便帮父母站一会儿岗。黎晓就一直在超市陪她聊天，陪她接待客人。三个多小时后，陈越的母亲来了，两人立刻从超市脱身。

路上，陈越问她男朋友出现没有，她摇头：我暂时不想考虑这事。陈越就笑：这事你根本无法掌控，不是你想考虑的时候它就来了，也不是你不想考虑的时候它就在某个地方冬眠，它有它自己的时刻表。

你的呢？出现了吗？

陈越一笑：也许吧，我还不能确定。

陈越先带她去找一个朋友，在一栋自建小别墅前，她叫出一个清瘦高挑的年轻人来，那人一脸的不耐烦。进来等我一会儿！都是朋友，进来坐坐不要紧的。

我才不喜欢看人打麻将。陈越脸上不太好看：有本事你回去跟他们说，不打了，下次再来。

你这不是故意让我为难嘛，我今天运气特别好，真的，我已经胡了好几个大胡了，这么好的运气不能糟蹋了。

那你还是回去享受今天的好运气吧。

哎你真走了？不要这样嘛。男人一副很矛盾的表情。

那你上来拉住我呀。

男人伸出手，看了看，又缩了回去。不行，我不能碰你，不能让你带走我这只手的好运气。男人看上去不像是在开玩笑。

陈越一跺脚，两大步走过去，偏要去拉男人的手。

不要不要，我的手！我的手！男人吓得举着两手直往屋里窜。

陈越翻着白眼回来，对黎晓说：你能相信吗？这还是个外科医生呢，中心医院的青年才俊，一到周末就是这副样子。

你管人家！周末，人家爱怎样就怎样。

但是，瘾症就是瘾症，不会只在周末发作，周一到周五就忘到脑后了。这人是别人给我介绍的对象，我本来挺满意的，观察了几次，发现他对麻将的兴趣比对我大，我就解除风险，把他降为好朋友了。

还能这么操作？佩服你。

佩服什么，人家也没看中咱呗，正好给彼此一个台阶。不过，我还有另外一个朋友，比刚才这人热情多了，但绝对是隐秘的热情，什么时候方便，给你过个目。她边走边摁起了手机。

黎晓有点不习惯她的说话方式，像个老油条，其实她跟自己一样，都是才毕业没多久。

她们走进一条庄严的小巷子，巷子底部就是政府机关，不过现在搬走了，搬到新区去了，还留了些未来得及搬走的，估计这条巷子迟早都要搬空，全部用作商业。

路过一栋三层楼时，一扇窗户"吱"的一声推开了，陈越应声抬头，她也跟着看过去，窗口露出一张脸，严肃地望向她们，最多不过五秒工夫，窗户关上了。

两人转身往回走，陈越望着前面说：

看到刚才那个男人吗？他就是我说的另外一个朋友。

你们为什么不打个招呼？

打了呀，他推窗出来看一眼就是跟我打招呼。

一声不吭，特务呀。

他办公室里有人呀，就算没人，其他地方还有眼睛呀。

天哪！我懂了，这不是很危险吗？

告诉你，这就是我们的前景，我们既然回来了，就只能接受这种命运，要么选择那个酷爱麻将的小医生，要么做这种人的情妇，我才不要医生那种人，身后拖着整个乡村，好几个没有退休金的老人，全自费的病人，还有好几个父母不管的留守儿童，我一点都没有夸张，他们家族全是这种人，他也很无力，只能在麻将中找点自信和安慰。做情妇当然不太好，但你知道吗？他们其实才是最有绅士风度的人，起码出去吃饭他们不会让你买单，每次见面还能给你送个小礼物，我知道那些礼物很可能是他出席活动时人家送的纪念品，但毕竟他把它送给了你，它们现在归你了，收到东西总是令人开心的，对吗？陈越拍拍身上的斜挂式LV包包。看到没有，这个就是他送我的，自己去买的话，一年不吃不喝都不够。我不是说我喜欢物质，喜欢礼物，我就是喜欢那个氛围，被人惦记被人讨好，被人捧在手心里哄着爱着，我真的很喜欢那个感觉。

但是，你觉得这算谈恋爱吗？

那你说什么叫恋爱？拎着大包小包跟着麻将医生去他家看望那些没礼貌的老人？当然，我们还有第三种选择，顶住一切压力，保持独身，包括顶住随时可能被性侵的压力。我有个表姐就是这样，她三十八了，还没结婚，有一次她悄悄向我哭诉，说她再也不想去小镇出差了，办完事，回家路上，她差点被喝过酒的同事强奸，第二天，她把同事揪到没人的地方，威胁他要是再干那种蠢事，她就报案，同事竟大呼冤枉，说你是在做白日梦吧？谁想强奸你呀，你有那么好看吗？也许你不相信，越是下面的小地方，对我们女人越不友好，所以，衣泓去上海是对的，那里的人起码更尊重女人一点。

那你，想走吗？离开这里，想过吗？

走不了了，现在我手上已经有块鸡肋，不到万不得已不舍得丢了。我指的是工作。

她又何尝不是这样！走了一阵，她叹了口气，对陈越说：你说的三种选择我都不喜欢，还有没有别的选择。

那就是像衣泓那样一走了之呀，的确有很多人都在往外走，但真正有好结果的没几个人，虽然说树挪死人挪活，但也不是所有人都适合移栽的。

走了一阵，陈越的手机响了，她看了一眼，脸上立刻涌起一层压制的喜悦：我要走了，他约我了。

哪个他？

刚才从窗户里面看我们一眼的那个。

那你要回到那栋三层小楼去了？

傻瓜！那里是他工作的地方，怎么能在工作地点约会呢？他刚刚已经出去了，我看到他的车了。

她们在前方的岔路口分了手，陈越叫住一辆出租车，关上车门走了。尽管天气晴朗，黎晓却感到一阵莫明的阴冷，就像全世界都从她面前消失了，只剩下她一个。

陈越给她发来信息：你会感谢遇见我的今天。等我的好消息！

她不知道这是什么意思。

两个多月后，正要下班的黎晓接到陈越的电话，让她到一个地方吃晚饭。

当她下班后匆匆赶到那里时，桌旁已经坐了好几个人，看起来都很亢奋。陈越把她拉到身边，向那些人介绍她：我同学黎晓，当年的学霸，你们要对她好一点哦。

那天的晚饭，从头至尾充斥着轻松搞笑的氛围，先是围绕宠物狗讨论了很久，接着谈到主人性格和生活习惯对狗狗的影响，有些人说着说着就站起来做模仿表演，笑得人泪花滚滚，最后不知谁说了句：我发现，越是压抑的人，越是爱狗。陈越补充道：对的对的，越是缺爱的人，越容易溺爱他人。一个男人接着说：但愿我能遇上陈越说的那种人。

大家哄然一笑，笑声中，黎晓瞥见一个中年男子朝她瞟了一眼，他的外貌普通到无法描述，唯一让黎晓印象深刻的就是他的T恤，那天晚上他穿了一件全黑的长袖T恤，在一众带图案的短袖T恤男人中，矜持稳重，简单有力。

那天他们吃的是那一阵特别流行的小龙虾，服务员一盆一盆地往桌上端，他们一边闹哄哄地闲聊，一边就着龙虾喝啤酒。黎晓有点难堪，她并不喜欢龙虾，也不喜欢戴着手套边剥边吃，更不喜欢啤酒，但她喜欢餐桌上那个氛围，为了跟这气氛协调，她只好拿起一只龙虾装样子。

虽然饭桌上加微信已成习惯，黎晓却是最不主动的一个，通常都是有人加了她，她确认了，却一声招呼也没有，也不向别人公开她的朋友圈，同时她对陌生人的朋友圈也没有兴趣。生活中不善寒暄的毛病，拿到网络上也一样。

过了两天，有人在微信上跟她打招呼，她知道是从饭桌上来的，但她无法把五花八门的微信名与那天晚上的面孔对接起来，只能用些安全的字眼跟对方周旋。

你大概记不起来我是谁了。

她发了个难为情的表情。

那人发了张当晚的照片，原来他就是穿黑色长袖T恤的那个人，运气太好了，她刚好只对那人有点印象，那人就找了上来。她依稀记得他在某个金融部门工作，不是普通的柜面员工，而是系统派来的某种角色。

他说他想单独请她吃个饭，因为他发现她那天完全在滥竽充数，几乎什么都没吃，作为当晚的东道主，他想弥补一下。

她问他是怎么认识陈越的，他却说，他并不认识她，他们是第一次见面。这种情况也让她高兴，不管怎么说，她不希望他们的联系被陈越知道，她说不清楚原因。

他说了个餐馆的名字，她不太熟悉，他给了她一个地址，又说了时间。你会喜欢那个餐馆的。她喜欢他说这话时的甜腻与暧昧的语气。

餐馆在郊区，类似于家庭餐馆，首先迎出来的竟是主人家的狗，接着是主人家的小孩，叫一声"毛线"，狗就开始冲他们摇尾巴。她开心地摸了两把前倨后恭叫毛线的狗狗。

他们进了最里面的一个小间，半只土鸡的小火锅，干煸小米虾，仔姜牛蛙，几样时蔬，一壶主人家自酿的米酒，温得刚刚好。

怎么样？比那天晚上的好吃多了吧？

那天真是太恐怖了，全是龙虾，那么大几盆，感觉都快成原始人了。实在消受不了。

我也不喜欢那样。但是，大家都喜欢

的话，我也不好意思说不喜欢了。

是的，我也一样，不敢说不。

所以最好的办法就是悄悄跑出来吃自己喜欢吃的。

近距离之下，她发现他比那天晚上帅，五官虽然没什么特别，但搭配得很和谐，他仍然穿着黑色长袖 T 恤。她有点好奇，试探道：谢谢你还好心地穿着那天晚上的衣服，让我老远就认出了你。

他揪着衣服前襟抖了抖：这个季节的衣服，我就只有这一款。一款五件。

她惊叫起来，称赞他的做法省时省力还有个性，他却说：懒人总有懒办法。

她想继续问，是他自己买的黑色长袖体恤，还是别人（女人）帮他买的，想了想，决定还是别问了，他们还没到那么熟的地步，不该问这么轻佻的问题。

于是就说吃的，本地各种美食，外地各种美食，最后在《孤独的美食家》这里停了下来。他们都很喜欢那个片头，喜欢那个人物对待食物的虔诚与单纯的狂喜，人类捍卫和彰显个性与自由的地方，就只有吃了，其他什么都没有了。这样聊了一通以后，再来吃他们面前的菜肴，好像变得更加好吃更加意味深长了，米酒也更加清甜醇厚了。他们专注地品尝，再认真地向对方讲述舌头上的感觉，胃里的感觉，身体的感觉，脑子里的感觉。

这个米酒真的很不错，我连手指尖都有感觉了。她伸出一只手，打量自己的手指，那里麻酥酥的。

黑色长 T 认真地说：你不要喝醉了。

米酒不会醉人吧。我查下。她真的在手机上查了起来，很快就有了结论，原来米酒喝多了真的是会喝醉的，米酒的酒精含量竟为 15‰～25‰。我发给你。

他收到她的消息，回了个手势，她的手机摆在桌面上，他看到了自己在她手机上的名字：黑色长 T。

他笑了：给你提个建议可以吗？不要给我署名黑色长 T，直接叫 T 吧，正好我的全名叫谭晓智。

她不好意思地大笑起来：好好好，这个名字好。T，我们今天吃得很开心。

T 说：下一次会更开心。要不这样吧，我们结个吃货对子，一旦我发现哪里有好吃的，就通知你，你要是发现哪里有好吃的，也直接叫我，我们一定把这方圆百里的美食给它吃光，吃它个片甲不留。

事实上，他们吃到第三家的时候，事情就有了些变化。

那天下班时分，T 发来消息：可以先不吃晚饭吗？留着肚子我们去吃宵夜。

她当然愿意，她从没吃过宵夜，早就想体验一下在沉沉夜幕里吃东西的感觉。

九点多钟，他发给她地址，让她赶过去。她看了一下，那地方在江对岸。

不好意思，因为要事先考察地点，评价厨师，确定食材，我八点钟就过来了，现在就不回来接你了，你得一个人坐轮渡过来。

她笑了，这个吃货搭子还真有心。与此同时，她提醒自己，不能再让他买单了，今天一定要抢先买单，他实在不让，两个人 AA 也可以。

这天他们吃的是用刚刚从江里打捞起来的新鲜白鲢鱼做的火锅，不像池塘里的鲢鱼有股土腥味，江鲢的味道，是纯正的鱼的味道，配上白葡萄酒，还没吃完，两个人就都有点微醺了。随着轮渡一趟趟靠近又离开，热火朝天的江边渐渐安静下来，一些店家开始关掉炉火，一些店家正准备

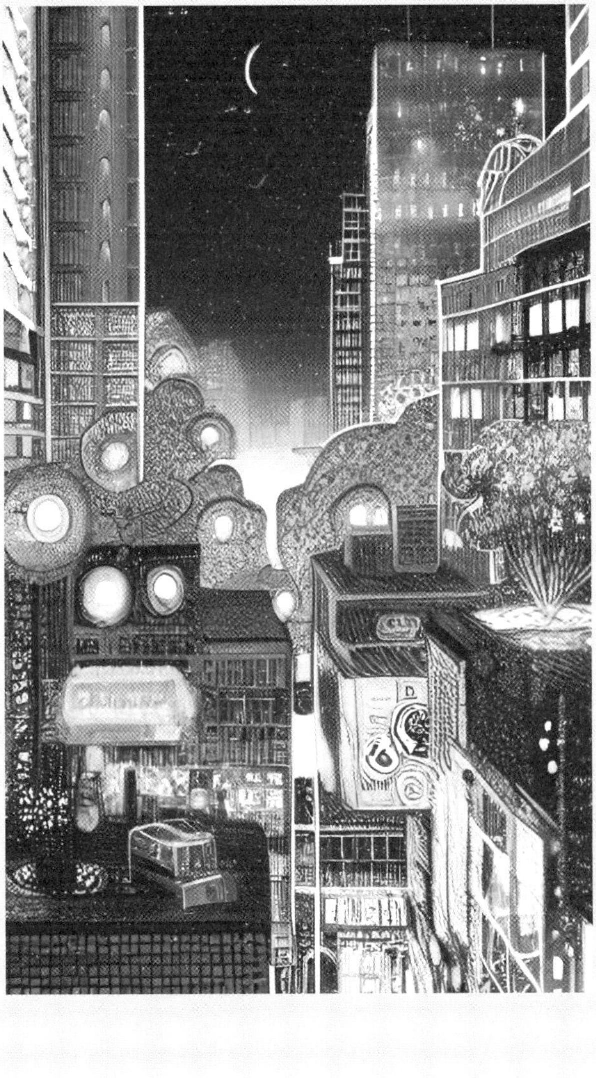

收起圆形帐篷，他们嘲笑那些走掉的人，江边火锅现在才显出它的独特况味来，而他们却走了。此时的江面，粼粼波涛闪耀着岸上的五彩灯火，汽笛像浑厚的男低音，昂然而过，他们找了很久，并没发现行走的船只，不知道那汽笛是怎么发出来的，难道泊在那里不动的船只也会鸣笛？

也许跟海市蜃楼一样，是别处的汽笛，或者是很久以前的汽笛。

也许这一切根本就是个梦。

听她这么说，他伸出手臂揉了下她的肩，很快就放下了。

再也不要这个时候来这里吃饭了，有种人去楼空的空虚感。他望着模糊不清的江面说。

看不到烟波，你也开始愁了。

是光线的原因吧，我在夜晚总是不如白天那么情绪高涨。

黎晓轻轻一笑：你有点严肃起来了，你不像活得很沉重的那种人呀，我觉得你悠然自得，游刃有余。

哪里哪里，那是我的理想状态，事实上我可能一辈子也达不到那种状态，我很笨拙，不善于处理复杂的局面，打个比方，如果我是个很谨慎很理智的人，就不会这样跟你吃饭，因为这对你对我都会产生一些负面影响，但我管不住自己。

我、我不想问你的工作，也不想问你的家庭，我猜这两块你都经营得很好，这也正是我不想问的原因，如果我让你有丝毫为难，我们可以立即终止两个美食家的活动。

你不要误会我的意思，我只是想告诉你，跟你吃饭的这个人，就快被你看穿了，一旦你看穿了我，不要嫌弃我。

这我就更不明白了。

好吧，让我们换个话题，平时你下了班之后做什么？

好像没什么固定要做的，上上网，看看电影什么的吧。

看电影很好，你跟家人住在一起吗？他们跟你一起看电影吗？

怎么可能？我喜欢看带字幕的电影，我家里人从来不看这种，幸亏我是独生女，有自己的房间，所以我的电影都是在几乎没有音效的情况下看的。

没有音效的电影多无趣啊！你是个好观众，应该有个好的观影环境。

我倒是喜欢上电影院去，可惜我要看的电影院里看不到。

关于电影的话题被礼貌的老板打断，要打烊了，他们不得不离开。他们来到江边，惊讶地发现轮渡已经停了，要想回市里，得穿过整个半岛，从另一个方向进城，他没有车，她更没有。他急得在岸边不住地走动，来回察看，她一点都不急，因为有他急就够了，这个半岛，她是第一次来，根本不知道它有多大，岛上是个什么情况。

她提议去问问刚才那个老板，他拦住了她：不能让他看出我们的困境，人心难测。你不管了，我来想办法。

他们装出若无其事的样子，沿着环岛马路边走边打量。

实在不行，我们只能在岛上住一晚，明天一早回去。

也只能如此了。她一边心跳如鼓，一边思考着如何跟家里撒谎。

最后他们看中了一栋似乎还不错的民宿，两盏八角形夜灯照着静谧的院子，透过玻璃门往里一看，前台坐着一个正在看书的帅小伙。他低下头来，在她耳边说：你什么都不管，一切看我的。

他登记房间的时候,她离他一步远,勇敢地挺立着,随时准备接受帅小伙审查,同时假装正在打量墙上的一幅画,但她发现小伙自始至终根本没朝她看。她渐渐自如起来。

他低声跟她解释:为了保护你,我只订了一间房,否则他肯定觉得好奇怪。

她想起那个专注地忙活着的帅小伙,觉得他说得很有道理。

房间里有电视,可以上网,而且信号很强的样子。他说:看来今天晚上我们可以尽情地看电影了。

她顿时兴奋起来。他说他下去买点喝的,边喝边看。

他下去了一趟,很快就拎着一大袋啤酒和零食上来。我把他的存货几乎都买空了,小伙子人很好,还是个名牌大学的研究生,这次是临时回来探亲,顺便帮父母看店。

原来是侦察环境去了,他到底还是谨慎的。她顿时明白过来。

他们把零食和啤酒摆满茶几,高翘着腿,惬意地吃着,喝着,聊着,她很快就发现,她根本看不进去,她不知道银幕上的人在说什么,在干什么,它变成了没有声音的默片,但她无力改变这一现状,他们俩一上来就把主次搞颠倒了,变成了就着电影喝啤酒,而不是想象中的就着啤酒看电影。他也发现了这一点。两个人都笑起来。

我说,我们干脆别装了,我们聊我们的,他们演他们的。

我们已经这么干了。

下一次,我们再去哪里开发美食呢?

这个任务交给你,你比较内行。她发自内心地说。

我快要技穷了,你知道的,有很多地方我不能带你去,那些地方有很多眼睛,他们会妨碍我们。

你真是个体贴的T!

你真是个聪明的黎晓!

他们俩都以自己的方式叫出了对方的名字,同时又被自己的举动恶心到了,一边喊着肉麻,一边狂笑起来。

明天早上从这里出去以后,我们就不再是以前的饭袋朋友了。

你不会是想跟我上床吧?仗着酒意,她索性捅破了那层纸。

除非你不愿意。

至少,此时此刻,我还不想。

那我等。

你很会跟女人打交道吧?

恰恰相反,我这方面最差了,当年在学校,我最不受女生欢迎,我那时个子很矮,高一的时候还不到一米五,那些女生在背后暗戳戳给我取外号,叫我根号2,高三的时候,我突然一下长到了现在的高度,把他们都吓坏了。但那时候学习非常紧张,已经来不及产生任何别的坏心思了。到了大学,那里天南地北的人都有,有些人简直高得不像话,而我不过是一个个头中等的男生,人家也不知道我突然一下蹿了个子的传奇经历,总之,我在大学里平平无奇,这样的人在女生眼里近乎透明。

很好奇你那时候的梦中情人是什么样子的。她准备绝口不提他的妻子,她猜他肯定有妻子,还有孩子,他的衬衣很干净,皮鞋质地也很好,脱掉鞋后,脚也没有太大味道,这一切都说明有个人在背后打理他的一切,他肯定不希望她提到那个人。

我没有梦中情人,因为我从不做梦,很奇怪,我可能是世界上唯一没有做过梦的人。

也许你的梦发生在午夜，醒来后忘记了，听说能够回忆起来的梦，多数发生在睡醒前不久。

他们正讲着梦，外面突然响起两声悠远的汽笛，她做了个噤声的手势，几秒钟后她说：我一直觉得，轮船汽笛很像梦境里的声音，梦里的声音就是这样的，很笨重、很遥远的响亮，就是这种感觉。

T说：你不觉得我们已经在梦中了吗？

黎晓立刻一阵恍惚，他的脸在她面前摇晃起来，一切就都乘虚而入了。

事后，她不知为何突然讲到了她的朋友衣泓。

她要是知道我此时此刻做的事，大概会笑话我的，她是个理想主义者，所以她跑到上海去了，她觉得她喜欢的东西不可能在家乡，她不喜欢家乡，不喜欢土生土长的一切，她喜欢外面的东西，大城市里的东西，她觉得好东西都在大城市里。

上海未必真有她喜欢的东西，此地也未必就没有她喜欢的东西。我的老家就离上海不远，你看，我现在在这里不亦乐乎。

她为他透露出来的这个信息感到惊喜，但也有点不解：不是说人往高处走吗？你怎么反倒要往低处走？

要看你的目标是什么，确定了目标，就要认可通往目标的道路，但它不一定是一条直线，也许是迂回曲折以退为进的。话又说回来，目标道路之类的，看起来是我们的选择，但真的是这样吗？我觉得我们其实是被选择的，半空中一定有一只看不见的手，像下象棋一样把我们拨来拨去，否则，我实在难以理解我为什么不像你的朋友一样去上海，我小时候的朋友们基本都去了上海，我却走了一条相反的路。唯一的解释就是，半空中那只手说，让那个家伙到这里来，到这个叫黎晓的小不点儿这里来，你那时候肯定还是个小得不能再小的小不点儿。

她一边笑，一边缩紧身体，恨不得嵌进他身体里去。瞎说！半空中的手，才不知道有个小不点叫黎晓。

这你就错了，每个人从一出生就在他的簿子上，他什么都知道，就看他会不会时常想起某个小不点儿来。我觉得你很幸运，起码你得到了他的特别安排。

你是指你吗？

怎么？不想接受吗？不满意吗？

聊着笑着，他们渐渐累到极限，最后一句话还没说完就睡了过去。

早上五点多，他醒了过来，径直去了卫生间，隐约的水声惊醒了她，她费了很大劲才明白过来到底发生了什么，啤酒还是有点威力的，她感到头疼，胃里也有点不舒服，觉得应该是自己先醒过来、先去享用卫生间才对。

他出来了，她听到他在卫生间门口穿衣服，很快，他穿得整整齐齐过来了，站在离床一米远的地方，他说：我今天一上班有个会，必须去赶第一趟轮渡，你也是要上班的吧，那你也不能再睡了。我就不等你了，先走了。

他轻轻关上门，一切平静下来，只剩下她和散了一地的衣服。

这以后，她开始留意他的行踪，她在许多新闻上都看到了他的踪影，他总是跟一些金融部门的领导们在一起，出现在一些经济开发类的会议上，不管他穿着什么样的外套，里面总是她最熟悉的黑色长袖T恤。

发现怀孕的时候，她给他打了电话，她觉得有些字眼不能出现在手机上，所以她选择语音。她想先搞清一件事。

我猜，你是有妻子的人，对吧？毕竟你之前有那么长的人生。

他犹豫了一下，说：嗯。

她很伤心，她的预感被证实了，他们注定没有前途，注定只是夜晚的秘密。

也有孩子？

她寄希望于最后的反转，也许他像某些男人一样，重视自己的子嗣。

哎！他的语气稍有改变。

他都有，老婆有，孩子也有。两种试探都落了空，她知道自己只有一条路可走：打掉这个孩子，从此跟他分手，因为他不重视她，他的人生规划中没有她。

然后她才告诉他，他们现在必须要面临的事情。我不会给你添麻烦的，你放心。

你别乱来，我会帮你安排好。他听上去竟然有点紧张。

一个星期后，他开车把她带到省城，逛了一通，吃了一通，还特别给她买了根分量十足的带圆牌子的金手链，他特别要求了订制款，圆牌子上刻了T和L两个字母，是他们两个的姓，交媾一样缠在一起。她有点遗憾，如果是戒指，她会更高兴。

订制好手链，他把她送到了三楼妇产科，叮嘱她去办公室找程医生。我表姐会帮你的。他说：我已经把一切都安排好了，我会在这一带守着你，你一出来就给我电话。他站在电梯口，向她飞吻，这是个前所未有的动作，多少抵消了一些她的恐惧。

她在门口喊了声程医生，一个中年女医生应声抬起头来，说：来了？然后示意她跟在自己后面，来到手术室，把她交给另一个年轻女医生，年轻医生对中年医生说：你表弟又来了？

嘘！中年医生做了个噤声的手势。

人缘这么好，却舍不得结婚，现在的人真是难以理解。年轻医生背过身，声音低了下去。

她被那些字眼击倒了：又来了！舍不得结婚？她两眼发花，耳朵里嗡嗡作响，她们说的是他吗？可她明明跟他确认过，他有妻子，有孩子，是她亲口问、他亲口答的。

别的男人都是假称自己没结婚，没孩子，单身汉，他是反着来的。她突然间很聪明地看透了他的意图，他要用虚拟的家室阻挡那些想要成为他家室的人，捍卫自己的单身身份，只为给他理想中的女性一个虚席以待的姿态。所以在他那里，她没什么特别，她只不过是另一个"又来了"。所以她的结局也是注定的，她注定是另一个"又走了"。天哪！这是碰上坏人了啊！

她想跑，但为时已晚，她已被人送到一条待宰流水线上，年轻医生把她交给了一个护士，护士递给她一件无纺布手术服，她抖开一看，竟然是连体开裆裤。手术服护士又将她交给另一个戴着长袖手套的护士，长袖手套护士将她带进了冷气森森的手术等候区。

不能坐以待毙！调动你的全部能量！使出你的洪荒之力！她脑子里轰轰作响。

她装出一副内急的可怜相，对护士说她急着上厕所。快去快回！快去快回！医生已经过来了。护士一边打开一只装满手术刀的无菌布套，一边火急火燎地催她。一进卫生间，她就冷静下来，不能让他得逞，她不能忍受欺骗，尤其不能忍受他红口白牙当着她的面撒谎。揭穿和指责都是后话，当务之急是从这里逃出去，从他给

61

她架好的火笼里逃走。但这个卫生间是内部的，它唯一的出路是通向手术室。

她从卫生间出来，冷静地走到护士面前：不好意思，我的胃突然好痛好痛，我有条件反射性胃痛，我可以出去休息一下再来吗？

我们不能等太久哦，顶多给你五分钟，否则就只好跳过你叫下一个了。

她逃出来，门外休息室的长椅上，七八个女人坐在那里等着叫号，她知道她不能马上出去，出去太早他会怀疑。她找了个空处坐下来，她听见自己的心跳声像戴了扩音器，每个无意中向她扫过来的眼色都让她惊慌失措，以为人家是听到她扑通扑通的心跳才循声望过来的。

待会儿见了他，要直接揭穿他吗？要骂他吗？要报复他吗？她慢慢想起来，这是在省城，在她不熟悉的地方。不，不能在陌生的地方情绪失控，万一有不好的事发生，你将会不安全。她劝说自己，同时尝试深呼吸，一遍又一遍。她感到自己慢慢活了过来。

护士探出头来叫号了，她早已闪进茶水间，她听见护士叫了两遍她的名字，她背对着候诊区，一动不动。停了一会儿，护士又开始叫她的名字，这次只叫了一遍。又过了一会儿，护士再次拉开门，叫起了另一个名字。她不敢往后看，但她感觉到了，候诊区有人站了起来，然后是门拉开的声音，她往那边瞥了一眼，"下一个"在手术室门口消失了。

她问了一下正在排队的人，两个叫号之间的时间距离，差不多有三十分钟。四十多分钟后，她出现在一楼大厅，她打他电话，他有点意外：这么快就出来了？还好吧？快，扶着我，我们找个地方休息一下，吃点东西。

你对这一套很熟练呢。她故意弄出惨淡的表情，和虚弱无力的声音。

这也不知道？你当我是儿童。

她没扶他递过来的胳膊，而是怕冷似的抱着自己。他们一起向停车场走去，中途，他几次回过脸来，问她：你还好吗？

还行。她看着自己的脚尖说。

她要求坐在后座，她说她想躺下睡觉。他殷勤地说：正好我车上有个小毛毯。他帮她安顿好，叫她好好睡，他会开慢一点。她忍不住说：太好了，正需要，这简直就是专门的产妇毛毯。他似乎愣了一下：毛毯还分用途？

到家了，他提议去某个饭馆吃饭，她说：我们找个安静的地方坐一会儿吧。

她裹在毛毯里想了一路，该说的话她都想好了。

他们来到一个僻静街角，那里有他们以前发掘出来的个性美食。

我猜你不想在这里成家，因为你觉得你前程远大，不想过早地在这个小地方被一个女人拖住自己吧？她尽量克制自己，一刀一刀地来。

我没说不想在这里成家，我成家不挑地点。

那就是挑人咯，既然我不是那个人，为什么又要来撩我？

你在说什么？我怎么听不懂，手术室里发生什么了？

原来你未婚啊！之所以不敢告诉我，是怕我会赖上你，这也太自作多情了，你未必就是我的理想丈夫人选。她不得不说得更直露一些。

是不是有什么误会？我跟你说过什么？

真的需要我重复吗？好，我重复给你

听，我问你，你有妻子吗？你说嗯，我说有孩子吗？你说哎。

他居然如释重负地一笑：我直接回答了吗？我说了有或是没有吗？

她呆了一会儿：好，算你聪明！我认输。

哪有什么输啊赢的，又不是在比赛，我们是在搞智力比赛吗？我理解你，身体上的痛苦会带来情绪上的波动，但你相信我，我也不平静，我并非恶意让你怀孕，同样，我带你去医院也非恶意，现在的确不是公开的时候啊，我是替你着想，你还这么年轻，不该因为一时失误而搞得方寸大乱，我说得对吗？

她不敢看他，脑子飞快地转起来：身体上的痛苦？是的，站在他的立场，他肯定以为她已经做掉了，那个包袱已经彻底铲除了。忍住！先别告诉他真相。他既然要了她，她也可以要回去！

对了，你还没回答我呢，手术室里到底发生了什么，出来后你一直都不对。

没什么，就是觉得很羞耻，情绪波动很大而已。

他似乎松了一口气，笑着刮了一下她的鼻头：每个女人都会经历这种事。

两个月后，在他们约会的地方，她让他知道了真相。

他突然呆若木鸡，过了很久才去打量她明显鼓起的小腹，上一次见面，他还笑过她：你似乎长胖了一点点。

你可以去任何地方，做任何事，你可以对我不理不睬，但你得给我一个恰当的身份。这是她思考了很久的说法。

他的脸开始发红，她从没见他有过那种脸色。

这事对你们男人根本没有影响，你还是你，什么都不会变，你将永远是你，改变的只有我，真正对他负责的也只有我，你完全可以置身事外。

你不应该这样对我！你这是欺骗！

你不能说这个词，是你先骗我的，为了把我挡在你的生活之外，你骗我说你有妻子有孩子。

所以你就用这种方法报复我？真是太傻太傻了，我从没见过这么傻的女人，你害了你自己，也害了他，你害了我们大家。现在你想怎么办？要我马上跟你结婚？你很快就会知道，结婚只会让你变得更加不幸。我不属于这里，我跟这里土生土长的人不一样，将来的人生之路也不一样，唯一一样的只有眼前，眼前我们都是健壮的成年男女。

得了吧，你到底有什么不一样？你不工作？不拿工资？不食人间烟火？

我一下子跟你说不清。

那就慢慢说，多说一点，不存在交待不清的人。

我可以用一句话来概括：我不会在这里停留很久。

我完全不介意有朝一日孩子的爸爸去外地工作，那只会让我们的生活更丰富，对孩子的成长只会更好。

我对我的前景一点都不乐观，我对我们每个人的前景都不乐观，我是个悲观的人，我这样的人不配当父亲。

配不配，只有你当了才知道。

人有旦夕祸福，万一我出点什么事……怎么办？

那不是更应该生下他吗？否则我们都没有机会了。

她看到他眼底红了一下，但很快就坚

定起来。

我建议我们再去一次医院,可能你会受点苦,但跟今后漫长的酷刑相比,你会乐意忍受现在的苦。

我不要,就算你突然消失,永久消失,再也不理我,我也不要。我有这个权利。

真是好笑!如果我消失了,你留着他,你们俩不是更痛苦吗?还有,你以为他愿意你留着他吗?你征求他意见了吗?

我不管,留下他,就是留住了你。

为什么一定要这样?往前看,你还有很多好机会,你会发现,很多人都比我好。

因为我爱你呀!我谁都不爱,只爱你。

他不再说话了,直直地望着她,眼里隐约闪过一抹亮晶晶的东西。

她知道她赢了。

接下来的一段时间,他们之间前所未有地好,她所有的消息他都第一时间不厌其烦地回复了,以前她没有这个荣幸,以前她每发一个消息,都要惴惴不安等很久,因为他很忙碌,而且很神秘,她永远搞不清他到底什么时候才能自由自在地看个信息、发送信息。这个变化让她高兴得仿佛要飞起来,幸亏她坚持下来,否则她不仅失去了孩子,可能也失去了他。

有天晚上,已经很晚了,她已经睡着了,他突然打来电话,问她,他还好吗?

在他们的假想中,那个孩子确定无疑是个男孩。

他很好,只是我越来越没力气,大概是他在抢夺我的营养。她躺在被子里瓮声瓮气地说。

手机提示她,她收到了五万块钱,是他转来的,接着又是一笔,又是一笔,又是一笔,她吓得彻底醒过来。

好好调养自己,好好照顾他。

不用给我这么多钱吧。

不算多。你会用得着的。

然后又给她发来一个地址。这是我家里的地址,你保存好,省得你担心我是个来无影去无踪的骗子。看情况吧,有机会的话,你们最好见上一面,让他们知道,我们谭家有后了。

这样过了几天,有天早上,他没接她的电话,看看时间,离上班只有五分钟了,也许他正在步入会场,也许正在跟那些衣冠楚楚的人说话,她赶紧掐断了电话。

到了下午,她再次打他电话,仍然无人接听。这没什么,他们的会议通常很长,甚至一个接一个,说不定他把电话静音了,又说不定,他因为各种各样的事情人机分离。一直以来,他们的电话并不是很多,他们从来不是那种整天电话不断腻腻歪歪的情侣。

整整两天,他们没有通过话,她没得到他任何信息。

正在着急,他给她打了过来,说他突然接到出差的指示,走得很急,他现在在海南,可能要待一段时间才能回去。我会给你带个礼物回来的。他说。

她深感安慰,同时为自己的暗自焦急感到惭愧。

一个星期后,她焦虑再起,因为整整一个星期没有收到他的只言片语,海南的事务有那么忙?打个电话的机会都没有?

她打电话给陈越,漫无边际聊了一会儿,突然回到T身上来。

你最近跟那个人有联系吗?她装出无意中想起那个人的样子。

陈越的回复让她慌了:你不说我都忘记这个人了。你找他?

64

是的，我点事要问问他，记得他是金融部门的人。

陈越答应去帮她问那天那个带T来吃饭的人。

陈越的回复很快就来了：带T到饭局去的那个人，跟T也不是很熟，T其实不是金融部门的人，而是一个什么融资公司的人，他们已经很久没联系了。我让他马上联系一下，他刚刚回复我，说不知为什么，他联系不上那个人，但他答应我，稍后会继续帮我联系。

还好陈越并没往下追问，而是随口说起了跟化妆品有关的事情。她似乎有经销某个品牌化妆品的打算。你想跟我一起干吗？

我不懂这个。她心烦意乱，想立刻结束跟陈越的电话。

不懂没关系呀，懂点流通，会计算成本就行。陈越仍然兴致勃勃：我现在对赚钱很感兴趣，赚到钱的感觉是最好的，比谈恋爱还要好，当然，一边赚钱一边恋爱就更好，实话告诉你，这个信息就是那天在三楼看了我们一眼的那个人告诉我的，他在一个饭局上碰到了那个化妆品的代理商。

她打断陈越，问了个愚蠢的问题：你说，海南那边的通讯会不会有时候不畅通？比如说，有人去海南出差，会不会没有办法及时跟我们这边联系？

怎么可能？现在哪还有通信不畅的问题，你说的那种情况在手机刚兴起的时候才会有。来跟我一起做化妆品吧，就算赚不了太多钱，至少可以把自己用的化妆品赚回来。

我不用化妆品的。

废话！女人都要用，化妆品能带来幸运，这是我的亲身体会，真的，我最近收获了一个小幸运，电话里不能说，哪天有机会当面告诉你。

她假装掉线，掐断了电话。

又过了一个星期，她正在办公室里整理内务，陈越电话找她。

你要找的那个金融公司的人，我有他下落了，他被抓起来了，他那个融资公司，好像涉嫌违规还是诈骗，听说数额还挺大的，本地银行也有人牵扯进去了。你找他什么事？

她啊了一声，结巴起来，勉强说：只是想咨询一个问题，既然这样就算了。对了，你觉得这人多久会放出来？

那谁知道，要看有没有人捞他吧。我们怎么见面？我送点试妆给你，你用了就知道，你非拥有一套不可。

她本能地拒绝了，现在还是夏末，她已穿上宽松的初秋外套，她怕万一被陈越看出来。

她一路扶着各种东西往外走，努力不让自己倒下去。

当务之急是把肚子里的问题解决掉。她站在路口，寻思着要不要现在就去医院，但万一他只是暂时关押、接受问讯呢？万一他过不了多久就出来了呢？她听说过这种情况，都以为某人要坐牢去了，结果那人安然无恙出来了。要是能得到最新的、确切的进展就好了，虽然她帮不上他，但如果他出来那天，她给他送上一个肉嘟嘟的宝贝，他该有多么惊喜。有了这样的礼物，他们就是真正的患难夫妻了，就真的情比金坚了。她搜寻自己的通讯簿，寻找跟公安系统有关的朋友，一个也没找到，她从来没有那方面的朋友。

她想到了衣泓，还在高中的时候，她

们俩有一次出去逛街，路过公安局大门，她说：很奇怪，我看到这个白底黑字的招牌就害怕，一笔一画都在往外散发冷气似的。

衣泓说：害怕来自于陌生，我就不怕，因为我有个亲戚在这里面工作。

那时她眼里的衣泓，是个时不时就会诞生格言的人，比如这句"害怕来自于陌生"，她一直记得，也记住了两人在公安局门口的细节。

她打通衣泓的电话，她们很久没有通话了。通话的感觉跟互发微信是很不一样的。

怎么想起来给我打电话了？难道你已经到了上海？

没有，哪能啊，我是轻易走不出来了，不过我有事求你。

她仔细回忆了高中的那一幕，没想到衣泓完全没印象，但她承认她有个亲戚在公安局，现在可能已经退休了，而且她跟那个亲戚从没单线联系过，她建议黎晓去找她妈妈。

还是不要去打扰你妈妈了，她忙得很。她还没听衣泓说完就绝望了，她不可能去找衣泓妈妈，妈妈们眼睛都很毒，肯定能从她身上看出什么来。

是你家人出什么事了吗？

没有，只是一个朋友。

你朋友叫什么？要不我让我妈妈有空的时候去打听一下，就当给她一个八卦的机会

她把T的名字告诉了衣泓，到底是好朋友，贴心又主动，顿时浑身上下暖洋洋的。

只过了一天，衣泓就有回话了，说妈妈专门去找了那个亲戚，亲戚说，那个人现在在看守所里，坐牢是肯定的，目前还不能确定的只是坐多少年的问题。她本来正在走路，突然一阵心跳加速，脸上身上冒出一层虚汗，不得不停下来，靠在路边的行道树上。

衣 泓

火车晚点，见到黎晓的时候，已是晚上十一点多钟，车站灯光功率强大，如同白昼，从头顶直射而下，让人显得矮小疲惫，黎晓看上去不像是坐了九个小时火车，而是坐了九十个小时。

她大叫着，直直地冲过去，撞向黎晓，像她们以前常做的那样。黎晓的反应让她惊讶，她似乎躲了一下，她们俩差点因此摔倒在地。

第一夜，她把黎晓安排在宾馆里。她和星星之前有约定，谁都不许带人进来借宿。

刚进房间，黎晓就直冲卫生间，片刻，她听见黎晓在卫生间大声抽泣。她吓坏了，要去抱她，黎晓伸出手来，把她挡在外面。

别碰我，我太倒霉了，不要把霉运传给你。

不管她如何追问，黎晓都只是哭，越哭越凶。她生气了，瞪着她：既然什么都不打算告诉我，为什么又要来见我呢？

终于平静下来后，黎晓说：就是那个人，我让你找公安局亲戚打听的那个人，我有了他的孩子。

她霍地站起来，难怪黎晓在车站里看

起来又苍白又疲惫，难怪她看上去又像胖了又像瘦了。

一般人碰到这种情况，首先想到的是撇清关系假装不认识吧，但我真的很倒霉，我非但不想撇清，反而比以前更沉溺其中，你知道我的，我不太容易喜欢上一个人。

但是……但是，你有没有想过，等他出来后再生孩子呢？

那是不可能的，那时候他年纪肯定大了，心情也变了，说不定也不想生了。这些都是后话，当务之急是我的腹带快绑不住他了，你帮我想想办法，我该怎么办？我不可能在老家生下她，一旦消息传开，我妈的老命绝对保不住。

你的意思是，你想来上海悄悄生下这个孩子，然后再回去上班？

黎晓声音低了下去，她显然考虑过这个问题：回去是不可能了，人家不可能给我那么长时间的假，我的工作肯定是要弄丢了。

天！这代价是不是太大了？国家事业单位呢，有编制的呢。

黎晓抬起头来：你不也没有编制吗？你一开始就没想要它，但你一样活得挺好。

可我妈一直都在说，你看人家黎晓，穿着制服，不慌不忙，旱涝保收，再看看你，起早贪黑，像个扛长工的。

黎晓竟然笑了一下：我也没想到会有这一天。看来还真有命运一说。小时候我妈找人给我算过命，说我这一生很孤独，老了会独在异乡。去年我妈还在说，算命瞎子真的是瞎说，你回到了家乡，安居乐业，亲人朋友都离得不远，哪来的异乡。

你妈还不知道吧？

当然不能让她知道，骗她是容易的，就说我跳槽了，找你来了，她只会生气，但不会多想。

那你得准备一笔钱，租房，生孩子，还有你自己的生活。

有所准备，生他应该没问题，养他恐怕就得吃苦了。

真的应该过几年，等我们实力雄厚一些，再来养孩子，会从容很多。

到那个时候，我就碰不到他爸爸，也没有生下他的激情了。

父爱缺失，还有经济压力，还有……还有，将来孩子在学校里填信息表，爸爸的工作单位一栏，他要填什么？监狱？职务是犯人？他会被同学嘲笑和孤立的。

也许就直接告诉他，他父亲去世了，死于车祸。

那不是违背了你的初衷了吗？你是因为太爱他才给他生的孩子，却告诉孩子他已经死了。

等他成年了，我再告诉他一切。

对孩子来说，终归是有缺陷的人生。

谁能没有缺陷？我们都是在完美无缺中长大的吗？也许完美本身也是一种缺陷。你再看那些动物，它们基本上是没有父亲的概念的，中国古代也有先例，孟母三迁的故事不就是这样吗？孟父去哪里了？为什么做搬迁决定的每次都是孟母？所以，我当好母亲应该就够了，太完美，说不定反而是种平庸。

当然，你执意这样做，也有一个可以预见的好处，等他出来后，他会非常非常感激你，他们全家都会对你感恩戴德。尽管如此，我还是劝你不要冲动，过几天，等你平静下来后，再做决定。

我已经平静很久了，刚得知这个消息的那几天，我简直要疯了，说出来你不要笑，我根本没法坐下来，我向单位请了假，一个人在外面暴走，走了整整十二个小时，鞋都走坏了。我甚至开始想劫狱的事，想着怎么样把他从里面抢出来。告诉你，这辈子，我都不可能像爱他那样去爱别人了，我前世肯定欠了他好多好多。

十二点多钟的时候，星星给她发来消息，问她今天还要不要回来，否则她就锁门了。这是她们的惯例，安全起见，每天晚上她们必须从里面把门锁上，锁门之前，必须确认尚在外面的人是否要回家。

她告诉星星她今天不回去了，她的老同学、好朋友过来了，她得在宾馆陪她。其他的话，她没敢多讲。

第二天早上六点多，衣泓的闹钟响了，她得去上班。黎晓也跟着起来，她说她想去外面逛逛，让衣泓专心上班，不要管她。

黎晓的到来，彻底扰乱了衣泓的平静，她几乎没法集中注意力工作，眼前老是晃着黎晓的脸，还有她突然解开腹带露出来的圆滚滚的肚皮，像在里面藏了个小冬瓜。她们分开时，黎晓再三交待：千万千万不能让你爸妈知道，他们知道了，就等于我妈知道了，就等于老家人都知道了。难道要眼看着黎晓陷入执迷不悟的爱情陷阱吗？万一错了呢？她不相信黎晓这个局中人的判断，对自己的判断更是没有信心，她迫切想要听听第三人的意见。

她决定跟星星说说这事，一来星星跟黎晓是陌生人，易于保守秘密，二来星星堪称自己的生活导师，自从跟星星合租以来，她觉得她一半的人生都挂在星星的肩膀上了。

午餐时分，她草草吃了几口，就来到大厅，坐在书吧外面。这个电话只能悄悄打。

话还没说完，星星就在那边冷笑，然后轻描淡写地来了句：你怎么会有这么糊涂的同学？她百分之一千要后悔的。

但是她……她很坚定呀，我越劝说她越坚定，弄得我都开始怀疑自己的人生观了。

对这种人，你没办法的，只有放她去撞南墙，撞得头破血流，她才会回头。

那不是晚了吗？不让她撞上去才对呀。

拦不住的！我遇到过这样的人，你去拦她，她还会瞧不起你，嫌你境界低。

星星，要不你帮帮她吧，你来说说她，肯定比我说管用。

我能怎么说呢？我找不到理论支撑呀，我就只有自己的人生经验，她不一定听得进去呀。

要不我们一起试试？今天晚上一起吃晚饭，然后你见机行事。我查过资料，她现在去医院勉强还来得及。

吃饭可以，但我真的没有信心说服她。还有一种可能，今天晚上我说服她了，明天早上她一觉醒来，一切又都回到原来的位置。

真要那样也没办法，我们尽力了就好。

我觉得与其费尽心机去说服她，不如向她展示另一种她向往的生活，看她能不能放下执念。

天哪！那样的生活在哪里？见面再说吧，你会对症下药的，我只相信你。

放下电话，她稍稍松了口气。跟星星说一说果然是正确的。

什么事还要对症下药啊？

背后响起一个声音，她吓了一跳，一个小立柜挡住了她的视线，导致她进来的时候没有发现丛老师就坐在后面。

不好意思，我被迫听完了你的电话。

这不稀奇，古今中外，历朝历代，总是会有这样的事情发生，也许你是当事者，也许你是旁观者，但你终归要给出你的答案，因为这是一道属于女人的必答题。

正好，丛老师你教教我们吧，我朋友她该怎么办？不管怎么说，这孩子不能生下来对不对？但她现在就像着了魔一样，非要不计代价生下来。她会把自己逼上绝路的，对不对？

你所说的绝路是指什么？

她在老家本来有不错的工作，如果她决定生下来，她就得离开那里，工作肯定是丢了，然后妈妈肯定也要瞒着，没有工作，众叛亲离，这不就是绝境吗？

的确是很现实的问题，但也要想想她为什么坚持要生下这个孩子。如果生下这个孩子的代价是摧毁她整个的生活，如果在这种情况下她仍然执意要生，那我可能会说，我支持她！这点我跟你们的考虑不一样，一个带着深刻爱意出生的孩子，是会受到祝福的，你别不信，奇迹往往就是从普普通通的地缝里炸出来的。

啊？衣泓大感意外，她满以为丛老师会是反对最强烈的一个。

没想到吧？丛老师一笑：我知道你们有句话，恋爱中的女人智商会变低，但是不对的，只能说，恋爱中的女人考虑事情没那么功利，她们只考虑了这件事情本身，那就是她爱他吗？他也爱她吗？如果两个人真的相爱，其他因素的权重就轻而又轻。我很欣赏你这个朋友，她的想法很单纯，很热烈，她爱他，她想生下他的孩子，那她就不顾一切地去做，这不正是爱情本来的样子吗？我倒觉得你朋友是个很纯粹很高尚的人呢。

真没想到丛老师原来是如此浪漫的一个人！我朋友真的应该跟你见一面呢。

这怎么是浪漫呢？尊重自己的内心，脚踏实地地生活，这恰恰是很现实主义的生活态度，我觉得我一点都不浪漫，而且我也不喜欢浪漫。

这么说也对吧，是很个人化的现实主义。我们继续讨论我的朋友吧，她接下来要怎么生活呢？要怎么养活她和孩子呢？

你见过有谁是饿死的？何况她是母亲，一个人只要做了母亲，她就不再是以前那个女人了，世界上最有力量的人，最有韧劲的人，不是男人，是母亲，孩子出世，她同时获得超乎想象的力量。历来如此，哺乳动物都是如此。

衣泓突然有了个想法，她要把丛老师拉到今晚的餐桌上去。

她刚一说出口，丛老师就答应了。可以，我喜欢跟年轻人混在一起，我的朋友大多都是忘年交，我不跟我的同龄人玩，我看不惯他们，整天不是养生就是旅游，要么就是栽花弄草，一听到他们讲起这些，我就要躲出去。

餐厅最初是衣泓定下的，当她通知星星的时候，星星问她多少钱，她说了个数，星星马上说：你先等等。

片刻，星星打电话来，叫她赶紧退掉，她有一个更好的去处，江景包间，还比她之前订的便宜。衣泓大叫：你怎么做到的？

这还不简单，我用别人的 VIP 卡订的。

我已经铁了心要跟你混了姐。

别姐啊姐的，房产中介男才一口一个姐，讨厌！

星星和丛老师可以在约定时间自行过去，黎晓却必须由衣泓去接。她还没告诉黎晓今晚会有个聚餐呢。

衣泓上班的时候，黎晓也没闲着，隔一会儿，衣泓就会收到她发来的照片，一会儿在商场，一会儿在甜品店，一会儿又在公园。衣泓想，这么兴奋，会不会已经忘了肚子里的东西了。

听到要聚餐，黎晓立刻严肃起来：嗯，跟你合租房子的人，那就相当于你的家人，还有一个同事，也可以说是你的领导，两个人都挺重要的呢，我得准备一下，不能空手过去。

不用不用，你发个定位给我，我来接你。

当衣泓赶到的时候，黎晓已经拎着个小纸袋站在路边等她了。上了车，打开一看，是三盒巧克力。黎晓拿出一盒，递给衣泓：这是给你的。

衣泓坚决不要。你自己吃吧，你需要营养。

我不能吃，巧克力咖啡之类的对他都不好。

衣泓心里一震，随即忧心忡忡：她是认真的，她是真的要生下这个孩子了。

她决定先铺垫起来，告诉黎晓待会儿要见到的两位，都是过来人，也都尊重你的决定，万一她们说出什么比较尖锐的话，希望你不要在意，她们的出发点都是为你好。

我懂，这正是我所期望的，我就是想听听不同的看法，在我的环境里，别说讨论，我连提都不敢提，谢谢你，我对今天晚上的见面充满期待。

她们到达的时候，丛老师已经坐在那里了，看到黎晓，立刻老熟人似的将她揽到自己身边。我知道一点点你的事情，你知道自己在做什么，也知道自己要做什么，

这很了不起，很多人都是不清楚的，也没想弄清楚，人家怎么过我也怎么过，糊里糊涂一辈子就过掉了。

黎晓盯着丛老师：丛老师，我是不是在哪里见过你啊？怎么觉得这么面熟呢？我想起来了，你特别像一个人，《天水围的日与夜》里面的那个演员。

丛老师会心一笑：之前也有人这么说过，许鞍华，她不光是演员，还是很不错的导演。

对对对，就是她。哇！真的好像！

听她们这么一说，衣泓也想起来了，似乎真有点像，只是看上去比许鞍华老一点。接着就有点懊恼，为什么自己从没想过把它说出来呢？看着眼前越来越近的两个人，心想，如果早点说，估计跟丛老师的关系还要更亲密一点吧，看来黎晓比自己更会融入环境。

不知丛老师又说了句啥，黎晓马上低头垂目：之前其实是有点犹豫的，知道他出事以后，我就铁了心了，但我不敢说出来，我怕人家骂我是非不分好坏不分。

犯了错误的人就不配得到爱情？不配拥有孩子？人犯了错误，爱情也跟着错了？连没出生的孩子都错了？混蛋逻辑！谁骂你谁就是没文化，没文化的人你根本不用理他。

衣泓看一眼黎晓，顿时觉得大势已去，黎晓两眼湿润，亮晶晶的，一看就是被丛老师彻底鼓动起来了，一只手不知不觉放到了肚子上，在此之前，衣泓还没见过她如此理直气壮地抚摸孕肚。

星星打来电话。

亲爱的，我要带个小嘉宾来哦，人家今天刚刚打了疫苗，想要跟妈妈多待一会儿。我不是说过吗？要向你的朋友展示另

一种生活，我觉得有必要让她见识一下真正的单亲宝宝和单亲妈妈，没准儿一下子就把她吓回去了。

太好了，来得太及时了。

放下电话，衣泓对两位说：一会儿，星星要带她的儿子过来，可能我们说话要小心一些，她儿子还不知道爸爸妈妈离婚的事，她想以后再告诉他。衣泓注意到，黎晓的眼睛果然更亮了。

当星星牵着小宝进来的时候，三个人同时站起身来，夸张地惊呼：哇！衣泓心想：坏了，太热情了，会把小家伙吓坏的。果然，小宝嗖地一下藏到妈妈身后，怎么也不肯露脸。

经过星星和衣泓的再三努力，小宝总算不情不愿地回答了几次大人的问话，脸上仍然不好看，像憋着一股气。星星给他布菜，他皱着眉头，一脸嫌弃，似乎对每一道菜都没有兴趣。星星将一只虾仁切成两段，喂到他嘴边，他嘴唇紧闭不为所动，星星用虾仁碰碰他的嘴唇，他突然一摆头，虾仁掉进了汤碗里。

真羡慕你们大人，什么都吃。

见他实在不想吃，星星从包里掏出一本绘本，把他打发到旁边沙发上去看书。回头对着黎晓摇头：看到了吧？就是这么烦人，不是一天两天，而是每天每天，磨破嘴皮，吼破嗓子，总之，没有一件事情是顺利的。

没关系呀，他不吃就不要硬逼他。

所以他瘦啊，发育不良啊，你知道这会有什么后果吗？会导致他大脑发育滞后，这还没关系吗？

但是，不管怎样，真的好可爱，真的就是小天使的模样。黎晓痴痴地望着沙发上的小宝。

你只看到了他百分之一的部分，还有百分之九十九是不够天使的部分。

魔鬼！小宝在那边清清楚楚蹦出两个字。

大人们一愣，丛老师看着仍在淡定翻书的小宝，小声对星星说：他在抗议，你说他百分之九十九是不够天使的部分，他用魔鬼两个字在回应你。星星赶紧摇手：应该是书里的内容吧。

丛老师偏了偏头，念道：史前动物大荟集，这本书里应该没有魔鬼。

四个大人一起偷笑。黎晓一脸迷醉地问星星：身边有这么个人，什么烦恼都没有了吧？

看你怎么定义烦恼。星星瞥了一眼小宝的方向，掩着嘴低声说：拜他所赐，花钱如流水、筋疲力尽、心力交瘁、心急如焚、一地鸡毛，真的，我一点都没有夸张，你会觉得你的生活突然变成了一锅沸水，而你正抓耳挠腮打算从里面捞出点什么。

但是，从你身上实在看不出来这些词，你看上去从容干练，游刃有余。

这正是我接下来要说的，你要把我刚才说的那些感觉全都打包，扎得紧紧的，藏在内心深处，让所有人都看不出来，然后假装没事一样去面对他，面对人生，等于说，你从此就要用假面生活，真的一面只能留给人群背后的自己。

黎晓求救般看向丛老师。丛老师说：我们那个时候跟现在不一样，我们那时候只担心孩子生病，别的任何焦虑都没有。我想这跟养宠物是一样的，我们当年养宠物，人吃什么，猫狗就跟着吃什么，现在的宠物，又是主食又是零食，主食还要根据营养成分来搭配，脂肪、蛋白质、维生素、矿物成分，一样都不能缺。宠物尚且如此，孩子就更不用说了，但这样养出来的孩子，果然就比我们当年养出来的孩子更强壮更聪慧吗？我看不见得。

黎晓点头：也许，不去跟别人比，家里什么条件，孩子就过什么生活吧，这样就不会焦虑了。

星星说：是可以咬着牙自欺欺人，但你知道会有什么后果吗？同学会歧视他，老师会另眼相看，他自己会不开心，会抑郁，很多青少年自杀都是抑郁导致的。

丛老师说：不会只有家境这一项比较吧，打个比方，假如我们的孩子经济上不如人家，但他成绩好，或者他运动好，为什么不拿自己的长项去比人的短项呢？

丛老师，运动是要钱的，成绩好也是可遇而不可求的，都不是轻易能够达成的。

局势渐渐明了，基本上，星星是在表述有孩子的烦恼，丛老师则是在反驳星星。衣泓放心了，有了这两个人，今天晚上的座谈基本上没她什么事了，让黎晓从她们两个人的对话中去慢慢品味吧，到底要还是不要这个孩子，也许明天就得出结论来了。

不要让小孩子从小就有攀比的想法，这一点全靠大人影响他。

星星拿出了辩论的架势，她把座位移开一点，免得碰翻桌上的碗碟。

丛老师，比较是无处不在的，不管一个人有没有意识到，愿不愿意参与到这场大比较中，他从家里一出来，就已经置身于比较当中。当一群孩子坐在一起，表面上是没有任何比较，但仔细观察就能发现，有一种综合指数对比始终跟随着每个人，现在我们把那个综合指数叫做气场，想一想我们周围，什么样的人才有强大的气场？

有强大气场的人毕竟只是少数。

局面往往就控制在少数人手里。

那就做个普普通通的大多数吧。

少数人靠什么来体现权威呢？当然是欺负大多数里的个别特别没有气场的人，别看他们现在还小，已经无师自通地在搞斗争了。

天哪！你说的是幼儿园吗？

对呀，这就是如今的幼儿园风云。他们班就有一个特别有领袖气质的人，是幼儿园某老师的孩子，特别受大家的追捧，他可知道展示权威了，每天入园，都像在走红毯一样。

就算是这样也没关系吧，幼儿园的时光很短暂，长大的过程上，人会慢慢加强自己的实力。

乐观一点可能是这样，但是，有些伤害是无法逆转的，比如一个在童年经历过霸凌的孩子，长大了要么怯弱，要么走向反面。

小宝突然扔下书，跑到桌边来问：为什么你们要吃这么久？

黎晓摸摸他的后背问：小宝，喜欢你的幼儿园吗？

喜欢。

你看！黎晓惊喜地看一眼星星，继续问小宝：你有没有当班干部？

我是卫生委员，我负责管理鞋柜，还有水杯，我还要负责捡教室里的垃圾。

管这么多事情？真能干！对了，你的卫生委员，是小朋友选举出来的，还是老师任命的？

老师任命的，因为我爸爸是哈佛博士，因为我英语好，算术也好。

哇！爸爸是哈佛博士，好了不起！

我们班就我一个人有哈佛博士爸爸，我长大了也要成为哈佛博士。

好了好了小宝，你去看书吧，我这里还有一本你没看过的新书哦。星星及时打发走了小宝，掩着嘴巴轻声对黎晓说：这是因为，老师的弟弟是小宝爸爸的学生。

大家一起沉默下来。

丛老师说：给你们讲讲我儿子小时候的故事吧。我儿子小时候相当不自信，还有点孤僻，不管去哪里，永远坐角落，回答问题也是小声小气的，我很不喜欢男孩子这样，有一次我看到我们家附近有个网球训练基地，我在场外看了好久，我发现那些打球的孩子一个个都很阳光，四肢灵活，高声大嗓，活蹦乱跳，我就想，我儿子要是这样该多好啊。我就去问教练，我的孩子能不能学。一问才知道，那是个业余体校，那些打网球的孩子都是准备当专业运动员的，我就求那个教练，我说能不能让我的孩子也来学，我们没有专业打算，我们只想强身健体，我说我可以出学费。教练开始不肯，说没有这个先例，经不住我再三恳求，教练说，让他先来帮我捡球吧。你们知道我儿子不自信到什么地步吗？他不敢一个人进去，他怕人，也怕球砸到他，我想我得做个表率出来，我就陪他一起在那里捡球，看人家练球，看了一个多星期，他捡球的动作终于自信起来了，敢跑着捡球了，也敢把球使劲扔给学员了，看了两个多星期后，那个教练终于朝我们走来，把球拍给他，说：挥一拍我看看。照他那个脾气，我以为他会扭头就走的，没想到他接了过来，学着那些球员的样子，奋力挥了一拍，虽然球并没有过网，教练还是笑了：在你这个年纪，这可能已经是最好的成绩了，这样吧，从明天开始，等他们下课了，我教你打五分钟，只有五分钟哦，因为我后面还有别的事情。回家后，我给他买了个练习发球的网球和球拍，我发现他兴趣慢慢上来了，在他小学三年级的时候，他成了全校网球打得最好的人，成功当上校体育委员，每天早操的时候，站在全校学生面前领操。再后来，他考上大学，又去了国外读研究生，不管他走到哪里，他总能找到一项运动，这些年，除了网球，他打过篮球，踢过足球，跑过马拉松，他的休闲服装只有一种风格，全是运动装，随便走到哪，都能立即开始运动。至于最初的不自信、孤僻，早就不见了，他结识了很多喜欢运动的人，没事就凑到一起去运动，这么一来，哪里还有不自信？哪里还有孤僻？热爱运动的人，根本不担心他会害怕孤独，空虚的人，懒惰的人，才会害怕孤独。所以我想说的是，现在的人带小孩，都太功利了，小孩子不应该这样带。

星星的脸色慢慢变了：丛老师，你们那个时候是计划经济，没有竞争意识，加上你的地位摆在这里，小孩就算散养，也不愁前程，现在谁还敢散养？还在娘胎里，就开始竞争了，所以并不是大人功利，而是环境逼得我们别无选择。所以我是不赞成黎晓生下这个孩子的，以你现在的条件，在各个方面都已经落后于别的小孩一大截了，撇开父亲、家庭这些先天的缺陷不说，你开始早教了吗？幼儿园找好了吗？有些幼儿园是有入园考试的，你如何准备？

黎晓满脸疑惑：还没生呢，怎么早教？怎么准备幼儿园？

你几个月了？五个月？那好，我告诉你，胎儿四个多月就有了听力，如果你还没有每天把胎教资料放给他听，你就已经落后于其他妈妈了。

天哪，我还以为早教是指幼儿园阶段

的教育呢。

你看，你根本就还没有进入角色，我劝你还是先过好自己的日子吧，你还这么年轻，应该先享受生活，享受爱情，孩子是曲终人散的时候，给自己的一个安慰和寄托，你还远远没到曲终人散的时候。

丛老师有点不耐烦了：堂而皇之，庸而俗之。

这就是现实我的丛老师，跟你们以前大不一样了。

她的表情看上去不是在开玩笑，为了掩饰尴尬，衣泓带头笑了起来，笑声中，星星半真半假地说：我倒想听听丛老师有什么不俗的好建议。

我没有建议，我只有一个感觉，我庆幸我的孩子出生得早。

小宝又翻完了一本书，跑到妈妈身边，嚷嚷起来：你们为什么要吃这么多？这么久？

小孩子一闹，大人纷纷趁机撤退。丛老师最先走，临走前，特意对黎晓做了个加油的手势。

趁黎晓去卫生间，星星问衣泓：她还住在如家？这一天天的，能吃得消？

好像正准备找一家便宜点的。

大着个肚子，还要找便宜点？那不遭罪吗？而且不安全，要不就让她去我们那吧，我破个例，发个善心，允许她去我们那开个地铺，你睡地铺还是她睡地铺我就不管了。

衣泓狠狠拥抱了星星母子，算是感谢，也是告别。

星星走了两步，又回来交待：叫她别听丛老师的，丛老师那个年代的人，认不清我们的现实，她的智商仅够应付她的人生。

没想到黎晓拒绝住到合租屋去。

改天吧，明天一早我要去趟无锡，他父母家，火车票都已经买好了。我想跟他们见个面，告诉他们，我已经算是他们家的一员了。等我从无锡回来再决定要不要搬去你那里。

原来你下定决心了，早知道今晚就不叫她们两个来讨论了。那这个话题我们就不再提了，需要我陪你去无锡吗？

不用了，你好好上班，不要为这些事分心。

不要紧的，就请一天假，我还从来没有请过假呢。

还是不要吧，我去找他们，应该算是家事，万一他们不想让外人知道呢？我指的是他被抓的事。

黎晓告诉她，这几天她收获颇多。首先，她确认自己非常喜欢上海，她第一天就喜欢上了，后面几天越来越喜欢，根本没有人在意她的肚子（她取下了腹带，孕味明显），即使有人注意到，对她也是格外温和有礼，这跟在老家是不一样的，老家人看孕妇的肚子，有种见了不洁之物的眼神。其次，找工作的事已经启动，她考察过了，肯德基麦当劳有很多分店，也一直有招聘的海报出来，今天白天，她已经找值班经理填过一张表了，过几天就能得到消息，如果人家录用她，她打算就在上海待下来。

黎晓，你比我想象的厉害多了。

换上你是我，你也会这么做的。

你真的不害怕吗？他进去以后，你们见过面吗？

没有。说来不怕你笑话，他进去以后，我把《西伯利亚的理发师》重新找出来看了两遍，看到男主被发配到西伯利亚去的时候,我哭死了,然后我就想,我的结尾不可能像电影里那样,我的结尾一定是我带着我们的孩子,走了很远很远的路,一起去看他。

衣泓一脸震惊,如果黎晓是这么想的,那么任何人都不可能劝她回头了。

黎 晓

八点多钟,黎晓出现在无锡高铁站。

他没有告诉她家里的电话,只有地址,所以她没法事先跟他们联系,只能当一回不速之客。

她在手机上检查自己的脸,拢了拢散乱的头发,上了网约车。

他的家就在城区,不一会,她就站在一栋陈旧的公寓前,家家户户封阳台的金属大网都生锈了,透过密集的栏杆,能看到里面放满了盆栽和各种杂物,以及五颜六色垂挂下来的衣物。

只敲了两下,门就开了,就像有人站在门边,专等着她敲门一样。

她一眼就认出了他爸爸,完全是他的老年版,不禁眼眶一酸。老人点了点头,就像知道她是谁似的,侧身让她进了门。

伯父,我是谭晓智的……

我知道,你是黎晓,你看,我这里有你的照片。老人拿起放在桌上的手机,找出一张照片,她知道那张,是他们坐轮渡到江对面吃火锅的那天拍的。

一个头发全白的老太太慢腾腾从里屋走了出来,虽然还是秋天,却穿上了羽绒服。伯父上前介绍:这是谭晓智的妈妈。

伯母似乎身体不太好,需要伯父搀扶着才能慢慢坐稳。

我们猜到你可能会来,所以一直都不太敢出门。

屋里的气氛沉重得像铅块。她不知道该说什么才好,两个老人似乎也不知该如何开口。阳台上的小鸟短促地叫了一声,又自觉不合时宜地闭了嘴。

当时我就跟他说,那边去不得,穷山恶水的地方去不得。伯母虚弱地看向自己的脚尖:他不听,我说什么他都不听,觉得我没见识。

少说两句!伯父一脸疼惜地制止了她。

她觉得味儿有点不对,穷山恶水指的T出事的地方吗?她的老家吗?难道他们家还存在地域歧视?

他妈妈,一直希望他留在无锡,起码留在长三角,他不听。年轻人嘛,看事情的角度跟我们不一样,他可能更看重公司的发展前景,自己的发展前景,而不是地理位置好不好,原则上讲,我是认同他的想法的,但他到底太年轻,太单纯,低估了社会的复杂性。任何地方的人都是欺生的,明明大家一起做的事,最后都让他一个人来背锅,就他一个是外地人嘛,就他一个年轻人嘛,没人替他出头,没人替他喊冤。可惜我们帮不上他,我们家祖祖辈辈在那边就没一个熟人,只能看他自己的造化了。

你相信他们说的吗?伯母突然抬起头来,逼视着伯父:我的儿子我了解,他从小就不是个贪心的人,他当年读书,当班长,管理班费,从没发生过一分钱差错,三岁看老,他不可能犯经济错误,肯定是那些人为了脱身,把他推出去,替他们顶包。肯定是这么回事，不信你去问他！你去问他呀！

我现在怎么去？我去了也见不着他。

所以你就只能眼睁睁看着他们害你的儿子！你算个什么父亲？从小到大你帮过他一次吗？伯母开始大声抽泣：完了，什么都完了，儿子这样了，我还活个什么劲？

越是这样越要好好活着，把这个家给他撑着，不然他出来找谁啊？

算我一个吧，我跟你们一起帮他撑起这个家，等他回来。她觉得她必须开口了：其实，不止我一个，而是两个人。

伯父的表情顿时柔和起来：是的，他是说过，说他可能快要当爸爸了，我们还跟他说，那就赶紧结婚，把孩子生下来，千万别堕胎啥的。那是他最后一次给家里打电话，后来就出了事。这阵子我们家里有点乱，居然把这事忘了。你是个好人，我们本来以为，他都这样了，我们的孙子肯定保不住了。

伯母也朝她看过来，但她没说什么。

好孩子，我一看你就知道你是好人家的孩子，将心比心，我想提醒你一句，他不知道什么时候才能出来，如果你有难处，不想生下这个孩子，我们一点都不怪你，都是人生父母养的，我猜你的父母肯定不支持你的想法，他们有任何想法我都理解。总之，无论如何，我们希望你把自己的生活摆在第一位，我的意思你明白吗？

谢谢你们的好意，我不会因为他目前的处境就看低他的人品，我也不会选择让一个坏人当我孩子的爸爸，这就是我的态度，你们想的没错，我家里是不会支持我的决定的，所以我才决定辞职，离开老家。

你是想来无锡吗？哎呀，这个……

伯母咳嗽一声，伯父硬生生咽下后面半句话。伯母提醒他：茶泡好了。

片刻，伯父端着一杯茶出来，放在她旁边的小几上。

姑娘，你看这样好不好，你先回去跟你父母商量一下，如果他们都同意你来无锡，那我们没什么好说的，否则将来你父母问起来，我们担不起责任。另外，如果可能，我也希望能得到谭晓智的确认，他告诉我们这个消息时，他还是自由的，现在我不知道他改变了主意没有。如果他改变了主意，那我们最好也不要站在自己的立场上一意孤行，你说对不对？孩子的确是件大事，我们都要想得周全一点，希望你能理解。

她没想到老人会是这种态度，她还以为老人会感动得当场落泪呢。老人家接着说：在这种情况下，我们也不敢做出任何承诺，我已经七十五了，不知道还能活几天，他妈妈身体一直不太好，三天两头跑医院，虽然我们很想抱孙子，但我们真的不敢对你有任何承诺。你还这么年轻，前程远大，我说句对我儿子、对我们家不利的话，我很怕耽误你的前程。

她心里一急，眼泪掉了下来。

孩子已经五个多月了，晓智那里现在又不能见面，我只能自己做决定，你们帮不上忙也没关系，我不来无锡也没关系，我今天来找你们，只是想告诉你们一声，你们有孙子了，不管晓智什么时候出来，不管我会不会来无锡，我和孩子都会努力活着，一起等他出来。他失去了自由，不能再失去做爸爸的资格。

那你要去哪里？你刚刚说你辞了工作？以你现在的情况，可不好找工作。

她刚想说出上海两个字，又咽了回去，她还不确定，万一她在上海不顺利呢？岂不是给两个老人留下不可靠的印象？

我暂时还不知道。她只能这样说。

老人想说什么，他的嘴角一直在翕动，但他总在看伯母的脸色，伯母不给他指示，他不敢乱说。

她起身往外走，老人说：我送送你。

老人紧随着她来到门外，在电梯口拉住她，小声说：实在不行，你还是来无锡吧，她不赞成你来无锡，是怕你父母怪罪我们，我们担不起这责任，相信这一阵过去了，大家都会心平气和一些。

她谢了老人，但她心里清楚，她根本不会考虑无锡，她不会让孩子生在一个不受欢迎的陌生的地方。

重新来到一个多小时前刚刚离开的高铁站，家是回不去了，无锡也不可能，现有只有一个可去的地方，就是虽然陌生，但对她最为宽容的上海。还在火车上，她就忍不住给衣泓发去了消息：我已决定，迁居上海，请帮我租房，要求干净、便宜。

片刻，衣泓的回复来了：放心，亲爱的，一切有我！

过了一会，又发来一条：鉴于今晚找房子已来不及，你就暂住在我和星星的家吧。

星星、衣泓和黎晓

衣泓本来不打算再去健身房了，没想到那天她无意中看到了吴敏昊一条朋友圈。

我就扶了！我没有被讹！配此文的有两张图，一张是老人摔倒在马路边，小布包和拐杖散落一地，一张是老人拿着布包，拄着拐杖，一脸感激地向着镜头挥手。

这让衣泓对他陡增好感，至少在对待老人这件事上，挺有男子气概。一时冲动，就决定还是不要中断健身，至少把哥哥的卡用完。

她先在微信上跟他约好时间，吴敏昊叮嘱她：带个空杯子，虽然健身房有纸杯……

她愉快地接受了他的建议。

一个小时拳击课下来，衣泓浑身湿透，像从游泳池爬出来一样。她去更衣室那边冲澡，里边有个女孩刚刚吹干头发，正不慌不忙地化妆。看见她，女孩犹豫了一下，问她来这里多久了。

衣泓笑着说：今天才第二次。

我们是同一个教练呢，方便加个微信吗？这样以后我们调课就很方便了。

好啊。衣泓开心地回答。女孩的微信名叫信子。她直觉这不是真名。

她最近越来越喜欢认识陌生人，她来到这里，丢失了所有原来的同学和朋友，必须从零做起，慢慢构筑她的友谊大厦，所以她从不放弃任何一个认识陌生人的机会。她也不担心会遇上坏人，那是妈妈才会有的想法，怎么可能有坏人呢？就算那个人是大家所说的坏人，你不参与坏人做的事，坏人的坏在你这里就无从发挥。再说，坏人也不是时时处处都坏，坏人有时候也是好人、普通人。

信子仅穿着黑色运动文胸、黑色底裤，大大方方在屋里走来走去，修长的双腿赏心悦目。衣泓忍不住说：你很完美，根本不用上健身房。

谢谢，你也一样！女孩说。

又是一次成功的尝试，她相信她们一

定有机会在健身房再次相遇，她相信她的健身房时光会因为信子而变得更加快乐。

刚到门外，手机响了，是刚刚才认识的信子。

亲爱的，我可以问你个问题吗？你是怎么认识吴敏昊教练的？

她谨慎地回复道：熟人介绍的。

你有这家健身房的卡吗？

有啊。

是全价还是有折扣的？

衣泓心里一松，原来信子是为这个才加她微信的。

有点折扣。虽然是用哥哥的旧卡，但她记得吴敏昊说过，如果她续费，他可以给她九折。

明白。我再问一句，既然是你的熟人介绍的，那你应该对教练有些了解吧。

你想打听什么？她觉得自己也许猜错了。

实在冒昧得很，我其实是有一个越来越大的疑惑，希望没有冒犯到你。我跟吴敏昊是相亲认识的，见面第一天，他就告诉我，他在一个健身房做兼职教练，你知道的，两个陌生人见面，总得找到一点可以聊的话题，我们就在这个话题上多聊了一会儿。他说，如果没急事的话可以去他的健身房看看。我真的跟他去了，发现健身房里设备什么都挺高端挺专业，可见他这个教练不算是浑水摸鱼。他见我似乎有兴趣，当时就提议可以给我一节体验课。我答应了，因为我也想趁这个机会多了解他一点。那是我第一次上健身房，体验课结束以后，他问我下次还来不来，我答应了，否则我会不好意思，毕竟蹭了人家一节不花钱的体验课。第二次来的时候，我正式上了一节课，他上课很用心，指出我比上次进步在哪里，指出我的弱点在哪里，他口才很好，让我立马感觉到，如果我长年坚持下去，我一定可以把自己练成芭比娃娃。下课以后，他说我给你一张健身卡吧。我说好啊。我刚一说完，他就说他可以给我八五折。我当时真是……我承认我很小气，我还以为他要送我一张卡呢，你都是我潜在男朋友了，送我一张健身卡不过分吧。就这样，没办法，我被迫买了一张健身卡，真的好心疼啊！我们都是自食其力的女孩子，你应该明白我的心情，除了买衣服，没有谁可以让我们如此大手笔地花钱。然后就只能一周一次、两周一次地上课，我发现他人其实也挺好的，就是太忙了，他有正经工作，下了班才能来这里做兼职，忙得我们见了面，都说不上什么话，上来就练，练完就走，因为后面的学员已经换好衣服等在旁边了。往往要等到晚上，很晚了，他才会给我发个消息来，问我今天吃了什么呀，发生了什么呀，谈得最多的还是吃了什么，因为健身要跟食物相搭配，才有最好效果。我心想，这人可能是个老实人，明明人家是介绍我们谈恋爱的，但他似乎从来不往那方面想，也可能他想了，但他不好意思说出来，看来我们是要谈一场古典式的恋爱。这么一想，我倒开心起来了。可是，接下来恐怖的事情发生了，来了几次健身房以后，我发现他的学生，除了几个中学生男孩子，其他都是我们这个年纪的女人。我怕自己想多了，想错了，壮起胆子在更衣间问了一个女孩子。她似乎有点不高兴，问我要不要买卡，她可以把她没用完的课卖给我。我问她为什么要卖，她说她不想再来了，还说当初也不是以健身为目的而来的，她对健身其实没兴趣。我问她是怎么认定吴敏昊教练的，是不是因为这个教练特别有名，她说不是，是有人介绍他们认识的。我当时就懵了，这不跟我的情况一样吗？我怕自己误会了他，还特别问了那个女孩子，这个介绍，是以相亲为目的介绍吗？她一声冷笑：你说呢？我听了很难受，但又一想，他是不是对这个女孩并没有兴趣？他是不是对我更有兴趣一些？直到后来，你出现了，我意识到他对你似乎更有兴趣。前前后后结合起来想了又想，我似乎得出自己的判断了，我觉得他可能就是那种人，借着相亲的机会，用他特有的暧昧把我们带进健身房，让我们稀里糊涂买他的健身卡，却对其他的事情绝口不提。我不认为他是骗子流氓之类的人，事实上他也没对我做过什么，但我仍然很生气，我觉得，如果你对我没兴趣，那你就应该大大方方说出来，别让我在你这里浪费时间。

每一句话都在打击她的信心，她感到难过，不是因为信子的话，信子根本没有改变她的立场，甚至相反，她从信子的阵营转身过来，站到吴敏昊这边来了，因为她从中看到了吴敏昊无奈的处境，就像她有段时间恨不得把所有认识的人、有过一面之缘的人都发展成公司的客户一样，对吴敏昊来说，只要是他能接触到的人，相亲对象也好，陌生人也好，他都想把人家发展成他的学员，因为他是健身教练，而且还是个急于求成的健身卡推销员，很可能他的收入就与这个卡相关。理解他吧，理解他，理解人人。不过，她是不会续费的，把哥哥这张卡用完为止。以她目前的收入水平，她支撑不起一张健身卡。

回到家，星星正跟黎晓气鼓鼓地说着什么，见她进来，星星立刻丢下黎晓，朝她扑上来。

今天可把我气死了，一个同事，一个死女人、丑女人、老女人，一个说话嗲里嗲气的老狐狸精，在办公桌上摆了一只小香薰瓶，大家都说她这是公开骚扰。她说我也是迫不得已。过了一会儿，我出去了，但中途我突然想起我落下了一个东西，马上返回，刚到门口，就听见她在说：我就是不喜欢有些人身上的地铁味！我气昏了，你知道吗？整个办公室就我一个人是坐地铁上下班的。我还不能当场去跟她吵，因为她并没有点我的名字，我只能像个忍气吞声的奴才一样，悄悄退了出去。我他妈的哪点比她差了，她以为她的财富真的都是她的吗？她无非是生在上海，继承了祖祖辈辈积攒下来的家产而已，占了政策的便宜而已，那都是死人的财富，跟她一点关系都没有。除此之外她还有什么本事？跟我单拼，她分分钟败在我的手里。死女人！臭女人！真恨我自己，为什么不当场给她骂回去！你知道她这话有多伤人吗？我一整天都没办法安心工作，一听到她的声音，我就浑身发抖。

衣泓夸张地笑出声来：你看，你已经知道你比她强了，何苦还跟她一般见识？话说回来，有些人说话就是不过脑子，只图嘴上快活。

都把香薰带到办公室去了，还叫不过脑子？根本就是深思熟虑过的，故意做给我看的。我知道她嫉妒我，去年评职称，我上了，她没上，还有很多别的，我比她高，身材比她好，我乒乓球比她打得好，午间休息跟一帮男同事聊得不亦乐乎，而她总是一个人待在一个角落里，这些她都嫉妒。没想到她终于朝我下手了。

你看，你知道她为什么气急败坏，就当是给她一个自我疗愈的机会吧。

我是真的很气愤、很伤心，我那么努力，但有什么用，一个老女人用"地铁味"三个字轻而易举就把我打倒了。并不是我买不起车你知道吧，而是车这个东西还没有成为我的生活必需品，但是被她这么一嘲笑、一欺负，就变成了我是一个买不起车、只能天天挤地铁的穷光蛋单亲妈妈，我怎么想怎么不服气。

那怎办？赶紧去买辆车，然后告诉她，我买得起，我只是不想买？太孩子气了吧，太肤浅了吧。

星星渐渐觉得好过一点了：你可能没体会过，毕竟你的公司外地人多，很少有这种死女人，我那边几乎都是这种人，只是有些人修养好，不说出来而已。不行，这一回，她做得太露骨了，我得想办法回敬她。

我总觉得是你误会了，她那种人，不至于这么没城府呀。

她就是心理不平衡，她还有半年就退休了，每次看我们这些比她年轻的女人，满眼的幽怨谁都看得出来，最近天天在微信上晒她当年的艺术照。

尽量理解吧，我们也会有这一天的。

我到她这一步，绝对不会这样，心甘情愿接受自己的处境，老天是公平的，每个人都只年轻一次，过了就不要回头。

黎晓过来叫她们俩吃晚饭。三个女人的晚饭相当素净，一大碗素拌凉菜，一小盘卤牛肉，三个煮鸡蛋，三杯牛奶，三根香蕉。黎晓说：我有好消息，我今天去过医院了，没有结婚证，也可以做产检，只是不能建产检卡，需要像看病那样，每次都去挂号登记做产检。

那家伙上辈子一定为人类做了什么了不得的贡献，否则这辈子不会如此有福气，得到你这么好的女人。

衣泓说：人家都进监狱了，还说什么有福气。对了黎晓，给我们讲讲你们的罗曼史吧，我总是在想，你能为他做到这一步，你们的爱情肯定惊心动魄。

星星说，这你就外行了，我只想知道，你们是谈了多久上床的。

黎晓没有扭捏，大大方方地说：我们第三次见面就上床了。

他是你的初恋对吗？

算吧，学校里虽然谈过，但没什么身体接触。

难怪！第一个男人会夺魂，你的魂魄一辈子都在他手里了。

衣泓和黎晓面面相觑，想笑又不敢笑。

但他的魂却不一定在你的手里。星星继续说。

这是什么意思？黎晓的脸色有点难看。

别理她，危言耸听。为了避免话题引向深入，衣泓主动提到自己：我也跟你们汇报一下，丛老师今天给了我一个提议。

她讲她在丛老师家里看过的片断，讲她当时的激动，她也讲了她的犹豫，丛老师已经退休，拍纪录片是个人行为，可能不会按月付给她工资。黎晓打断她：做兼职呀，现在很多人都做着几份工作。

衣泓一一列举不能做兼职的理由，星星又说：那要看她有没有把握做好，做得好的话，腾出两年来也没关系，很多人在你这个年纪还没有开始工作呢。

真的吗？你真的这么认为吗？

如果真的能做好，你应该感到庆幸，有丛老师这种内行带着你，当你的引路人，这么年轻就开始启动自己的事业，把你的同龄人不知甩了几条街。前提是你要搞清楚，丛老师是不是业内高手，圈内人脉如何，自身水平如何。

应该不错，她做了一辈子电视专题，获奖无数。

如果真的都不错，是可以去的，就当这两年还在学校里，还没有毕业。

衣泓给她说得激动起来，转身一把抱住星星：你真是我们的镇家之宝！

丛 老 师

她不喜欢在公司的餐厅吃午餐，她喜欢走出那栋大楼，买点东西到小公园里坐着吃。

她又想把那个小姑娘叫出来聊聊了。

小姑娘有点憨憨的，一望而知没什么心计，简单透明，这种秉性好是好，也有个毛病，翻起脸来，特别绝情。但她实在喜欢小姑娘身上天然的灵气，不是什么人都能随口吟出那些清新脱俗的广告词的，那些简单的词句，浑然天成的优美韵律，在她那里根本无须裁剪，轻轻松松，信手拈来。

这次仍然是在小公园吃饭团。

丛老师你行吗？这饭团是凉的，要不我们去找个小饭馆吧。

不用，这里更自由更节省时间。她停下来，指向对面：看到那边三个女孩了吗？有说有笑的那三个，肯定也是趁午休时间出来散步的。

衣泓不知她要说什么，漫无头绪地应了声。

上班只有八个钟头，加上中午休息一个小时，说是休息，实际上还是跟工作伙伴在一起，等于还是处于工作状态，也就是说，一天当中，我们用于工作的时间其实是九个小时，加上上下班路上的时间，可能就是十个小时，甚至十一个小时，再算上加班就更不止了，但我们得到了什么呢？温饱，衣食所安，也就是说，我们几乎付出了全部时间和精力，到头来一无所获，因为所有的付出，都像自己拉出去的屎一样无影无踪，没有什么东西能证明你活过。

衣泓点头，眼神游移，不太明白这场感慨要朝什么方向发展。

这样的一生，就像一个人举全身之力，拿着水瓢往大海里舀水，舀了一辈子，而大海对你的贡献毫无察觉。

这大概就是芸芸众生的命运吧。

如果你不是往大海里舀水呢？如果你把水舀进自己的桶里呢？很明显，你每舀一瓢，你桶里的水平面就会上升一次，你很快就能舀到满满一桶。

衣泓放下手里的饭团，认真地望着她。

知道你来求职的时候，我为什么力挺你吗？我看到了你的文笔，也看到了你那些视频，我觉得你应该待在更有用的地方，你应聘的那份工作什么都不能带给你，顶多只能回报你一个温饱，相对你的才能来说，太浪费了，那种好文笔好感觉，是上天对你的恩赐，不是人人都能得到这种恩赐的。

丛老师你太高估我了，你知道我现在面临的压力吗？尽管是跟人合租，每个月的房租也占去了我工资的大半，其他各项开支就不用说了，也就是说，我连温饱都还没能解决。我妈经常问我，为什么总穿旧衣服，实在挣不到钱就回来。她一直盼着我灰溜溜地回去，她希望我离她近一点。

人家都盼着自己的孩子在外面有出息，你妈妈怎么反倒要把你往回拉？

她有个小饭馆，经营了几十年了，这让她有一种轻微的优越感，觉得不管在哪里，有自己的事业才是好的，所以她对我一定要来上海的执念有点不屑一顾。

她眨巴两下眼睛：你妈妈的想法是对的呀，当然你的想法也是好的，就算是执念，也是值得鼓励的。如果你和妈妈的想法揉在一起，那你就是人生赢家。

她开始提起那件事：上次就想跟你说，但你当时心思浮动，我就没提，这次一定得跟你说说了，我觉得我们可以合作一个项目，我们来做个纪录片怎么样？从你的文笔来看，我觉得我们可能趣味比较接近，应该能够合作。

纪录片？我没听错吧？

是的，我退休前基本上一直在做社会新闻，其间有很多想法，可惜没有机会实施，那时我就想，等有一天，我退休了，行动自由了，时间自由了，我要去做我想做的纪录片。

当时为什么不能做？

因为那不是我工作范围内的事，我是个很听话的人，从不越雷池半步，上面说做什么我就做什么，说不能做什么我就不做什么，因为我是七七级的大学生，是从插队落户的地方考上来的，我非常非常珍惜自己获得的一切，不敢冒任何风险。

纪录片算是大制作吧，就我们两个人，能行？

当然行，还有一个人制作的呢，但一个人做也有个坏处，拿我来说，我很容易偷懒，所以我想找个伙伴，找个助手，彼此有个监督，有时也能讨论一下，长期一个人做，在什么地方走偏了都不知道。等你方便时先去我家里看一下吧，看完我做的那部分，你再决定要不要参与。

衣泓明显被吸引了。要不，就这个周末？

如果你方便，今天晚上都可以。

衣泓脱口而出：我没事，我很方便，我每天都很方便。

她意外地多看了女孩一眼：没有约会？下了班就回到你们那个合租屋？那你真该跟我一起做点事，这么好的时光，应该一个小时当成两个小时花，否则实在是浪费。

这样吧丛老师，如果你方便，今天一下班我就跟你走。

我不必等到下班，我随时随地都可以走。

当天下午四点不到，两人在微信上一碰头，就一前一后跑了出来。

家在市中心，小区比较老旧，到处都是线缆和杂物。衣泓一脸的意外，没想到丛老师居然住在这种地方。

房子不大，进门的客厅变成了书房，或者说是工作室，书柜里的书籍摆放得很随意，茶几上堆满杂物，书桌是整个房间最显眼的，差不多有乒乓球桌那么大，款式简单，就四条金属腿上搁一块白木板。书桌后面是一个来自宜家的坐卧两用沙发，上面堆着毯子和靠垫，一看就是在上面睡过觉的。

有点乱，但如果弄得太整洁，我做起事来会找不到感觉。

丛老师又领着衣泓到厨房，打开冰箱，拿出两片面包放进小烤箱，同时把香蕉和酸奶倒进料理机，一分钟后，两杯香蕉奶昔做好了，面包也烤好了。两人把挂在墙上的折叠餐桌支好，各抱一只盘子，就着奶昔吃面包。

我通常在这个时候吃晚饭，然后出去散步，再回来剪剪片子，不想剪就看个电影，然后就睡觉。你呢？会出去玩吗？在这里朋友多吗？

我暂时还没发现什么朋友，通常都是两点一线。

两点一线好，生活就是要简单，简单的生活利于思考，太繁杂了人就沉不下来，长期处于躁动不安的状态，那种状态下人是会变得灵活，但也会失去思考的能力。

她们像吃食堂的学生一样，吃完了，各自拿着自己的盘子到水龙头下冲洗干净，放进滤盘，又回到客厅。

现在可以看看我的片子了。其实还只是一些原始素材。我想做个名叫《上海的人与房》的纪录片，工作量有点大。我准备分成几块来做，其中一块是上海的别墅，我想看看那些又大又漂亮的房子里都住着谁。知道我为什么会动起这个念头吗？我还在电视台的时候，有一天我看到一个新闻，一栋别墅发生了火灾，烧死了一个人，当时就有同事猜测说，别是情杀哦。当天下午，新闻出来了，是一家外地人住在里面，夫妇两个开了一间水果行，那天男人一早就出去工作去了，女人送完上学的孩子就没回家，不知去哪办事去了，家里还有个老人，因为是冬天嘛，老人夜里用了电热毯，也许是电路老化，也许是起床后忘了关上开关，着火的时候，老人正在一楼的厨房里，可能因为耳背，加上抽油烟机声音比较大，根本不知道屋里着火了，等她终于发现的时候，火势已经很大了，就没跑出来。悲伤之余，我特别震惊，我真的没想到，竟然是那样一家人住在外环边上的别墅里，我原来一直以为住别墅的人，都是些……丛老师做了个不言而喻的表情。可能这事给我印象太深了，我一直都在想啊想啊，然后就动了这个念头。先声明，目前这些还只是一堆原始素材，还没有经过剪辑。

画面出来了，一个穿着棒球衫的中年男人在接受采访，他身体微胖，满面红光，样子极其寻常。面对采访，推心置腹，滔滔不绝。

我是江苏宜兴人，一九九六年来的上海，宜兴一家针织品公司来上海开分公司，我是分公司的二把手，后来，公司因为经营得不是很好，撤回去了，但我没回去，熟悉上海之后，我就不想回去了，我辞了职，留下来开始进入餐饮行业。过了几年，我女儿考上了上海的大学，也到上海来了，紧接着，她妈妈也来了，我们全家从此就在上海定居了，根据政策，我的居住证上的积分也够了，我们就在浦东买了套小公寓，那时候浦东的房子并不贵，太贵了我们当时也买不起，没过几年，房子突然一下涨起来了，我赶紧把那套公寓卖了，买了这个二手别墅，当时这个别墅算是很偏远的，她们母女两个都嫌太远，说像住在农村里，还不如宜兴我们原来的家。也就过了三四年，忽然一下，这里成了重点开发区域，我们的房价猛地一下涨了将近八倍，这下她们都不怨我了，还夸我有眼光。其实不是我有眼光，是上海发展太快了，你随便从哪里上来，就能被这辆特快列车带出去很远很远，条件是你要上来。只要上来了，时时有机会，处处有机会，真的，在上海，没有什么东西可以被埋没，也没有什么人会被埋没，只要你想干，只要你立刻动手去干，总会有所收获。你知道后来怎么样了吗？有些沪漂知道了我的事情后，跑来向我讨教，怎样才能在上海拥有一套自己的房子，怎样才能一步一步捣腾到最大最美的房子。问的人越来越多，我看到了商机，就开了个关于如何置业的工作室，不是中介，是购房顾问，类似于置业设计师，指导那些沪漂如何变成不漂，在上海这个地方，你只有拥有了自己的房产，才能去掉沪漂的帽子。这里面真的有窍门的，首先你要有欲望，有目标，然后你的第一个目标不能太大，买不起两居买一居，一居也买不起，那就买远一点的，我还指导一个人，买过一户两居室人家的一间，真的，就是买了人家套间里面的一间，两家共有一个大门。不在乎什么样的房子，也不在乎多大的房子，在乎有没有房子，哪怕你的房子只有一张床那么大，也是房子。有了房子，你的心态就会不一样。

听到这里，衣泓笑了起来，她向丛老师请求暂停。

这是真的，我租过这样的房子，两居室中的一间，房东非常体贴地给我造了个刚刚好放进一只马桶的卫生间，以及只能放一只单灶的厨房，那是我最豪华的一次，居然在市区租到了带独立厨卫的房子，重要的是，价格并不是很贵。

有意思吧，市场就是这样，你有任何需求，都能得到恰如其分的满足。我再给你看个更有意思的。不过这个不属于别墅这个板块。

丛老师打开另一个视频文件，是一个瘦削的小伙子，看上去三十多岁，说起来鼻音浓重。

我是个特例。严格地说，我并没有买房，但我有一间属于我的房子。我对买房没什么很强烈的欲望，我觉得有住的地方就行，管他是租的还是买的。我甚至觉得租房也很不错，想住哪就住哪，哪里方便就住哪里，我想用这种方式把上海的角角落落都住个遍，因为你只有在哪住过，才敢说你真的了解了那个地方。大约换了五六个住处之后，我遇上了一个很特别的邻居，他是个单身老人，老工程师，当年支援"三线"建设去了内地，在一个山沟沟里工作了一辈子，后来"三线"工厂全部撤迁，他就回了上海，一个人住这套四十多平方的老破小。他有个习惯，不喜欢关门，总是把门半掩着，他起得很早，每天我出发去上班，他都坐在门边，面无表情地看着我，出于礼貌，我得跟他打个招呼，我说大叔早，他不吭声，我以为他听力有问题，就想，他听不到，应该看得到吧，所以每天都跟他打招呼。过了几天，他不再面无表情地看着我了，我跟他说早上好，他会跟我点头。后来，我下班的时候也能看见他了，我们互相点头，但不说什么。再后来，我在外面买吃的回家，会给他也带一点，毕竟他年纪大了，出门不多。他没有拒绝，有一次他给我钱，十块钱，我没要，我说那点吃的不值什么钱，他也没有坚持。有一次，我突然意识到他有几天没在门口露面了，就去敲门，刚一敲，门开了，原来他根本就没关。我推门进去，他躺在床上，我叫了几声大叔，他没反应，我以为他死了，壮着胆子走过去，他突然睁开眼睛，吓了我一跳。我说明来意，他又是一笑，这次他说话了：我正等着呢，就看你会不会进来。这一次我们聊了很多，他体力很差，说话慢，声音也不高。我问他家人都在哪里，他点了下头，拒绝回答。但他说他会算命，他算到我会住到这里来，还说我马上会有贵人相助。我发现他厨房里什么都没有，就一点面条，几个鸡蛋，一瓶盐，就问他有没有手机，可以在手机上购物。他用力摇头，说他用不着太多东西。他还问我有没有啤酒。我马上下楼去买了几瓶，又买了点囟菜。从他喝啤酒的架势来看，他年轻的时候可没少喝。他喝完一杯，对我说：借个轮椅来，我们一起出去走走吧。

他的语气直截了当，似乎我们不是陌生人，而是朋友，是亲戚。我也没想太多，一口答应下来。接着我开始借轮椅，安排路线，准备各种出行设备，包括为他准备一副墨镜，一顶帽子，当然都是我用过的。我从来没有护送轮椅老人外出的经验，我以为我们这样的组合走在马路上会非常抢眼，结果我发现，根本没有人朝我们多看一眼。他似乎很有目标，每到一个路口，就指给我方向。休息的时候，他问我家里都有什么人，干什么的，又问我有什么打算。我说我没有打算，就像现在这样一天一天往前走，有机会就结个婚，没机会，不结也无所谓。我没想过问大叔的家庭情况，我不是那种会聊天的人，我也不知道该聊什么，我只知道上海的家庭不像我们老家那边，非要一家人守在一起，吃在一起，住在一起。我单位有个同事，上海人，他说他大学一毕业，就从家里搬出来了，自己租房，请钟点工料理家务，必须得请，因为有时出差回不了家，家里的宠物得有人照料。我说你让你爸妈过来照料一下不行吗？他说不行，爸妈给你做了事，你就有义务听他们的话，钟点工就不一样了。鉴于同事的情况，我猜大叔肯定也有子女，只不过他们没有住在一起而已。

我们一起吃了顿午饭，咸肉菜饭，炸猪排，是大叔指给我的店，很小的店面，只有两张桌子，开在一个不容易发现的小弄堂里，我们走进去的时候，老板迎出来：哟！你今天怎么跑出来了？看来大叔跟老板是熟人。这是我吃过的最好吃的咸肉菜饭和炸猪排。老板没收我们饭钱，临走时还给我们灌了一瓶水。在路上，大叔说：我以前常来这里吃，一年三百六十天，有三百天在这里吃。腿坏了之后就很少来了。我说：我们下次再来吧，他家东西挺好吃。大叔说：下次我们去另一个地方。就这样，大叔指点着我，我们利用周末，吃完了大叔以前吃过的所有小饭馆。吃完最后一家的时候，大叔说：我可以闭眼睛了。过了一段时间，大叔又让我借轮椅，还是他指路，我们来到公证处，在门口，大叔示意我留在那里等他，他自己摇着轮椅进去。过了很长时间，大叔出来了，我迎上去，他严肃地看了我一会儿，说：我们今天去吃点什么？我已经把我喜欢的店吃光了，我没什么好吃的了。我把他带进我常去的一家日式料理店，他吃得很开心，边吃边看价格：也不是很贵呀，没我想象的贵，好吃！还说：活到最后，你就会发现，你的终极满足，其实来自于食物。他也问我，为什么不见我周末出去见朋友。我说我朋友本来就不多，他们多半都有家室，周末是没法跟他们见面的。所以你得成家呀，不然就很孤独。我说我已经习惯孤独了。有些事情我没法跟他讲，比如我说我习惯孤独，并不是因为我喜欢孤独，而是我能力有限，不得不踏上独自一人的旅程，时间一长，慢慢也就适应了。

长期孤独会让人能力低下，我的腿就是这么变瘫的。

我笑起来，觉得大叔真会开玩笑，孤

独可能会让思维变钝，怎么可能让身体致瘫呢？

不信你就等着看。

就在这天，大叔告诉我，他在"三线"工厂工作时结过婚，还有个女儿，女儿长大后，进了当地县城一家棉纺厂，很快就被县城里一帮男孩子带坏了，有一天，厂里通知他去一趟，说他女儿出事了。他疯了一样往县城赶，却被眼前的事实惊呆了，女儿涉嫌卖淫，被厂里的保安抓了现行，三个男保安正在审问她。他把女儿领回来，关在屋里打，妻子上来替女儿求情，他就连她一起打，他觉得女儿变坏就是因为她这个母亲没有管好。打完了，他把女儿反锁在家里。妻子又来求情，说女儿并不知道那是在卖淫，她只知道那几个人喜欢她，而且他们对她都很大方，给她买漂亮衣服，买好吃的，她的工资太低了，根本买不起新衣服，更别说来自外面大城市的漂亮衣服。

去你妈的大城市！老子就是从大城市来的。他骂道。

你是从大城市来的，她呢？她就三岁那年回去过一次，你把她生在山沟沟里，养在山沟沟里，你把她养成了一个十足的乡巴佬。

他气极了：那么多乡巴佬，人家怎么没去做这种事？

人家没她漂亮！再说，你这个当爸爸的，难道不应该保护她吗？不分青红皂白就站到保安那一边，她这一辈子都跟你亲不起来了。人家是送她礼物，不是她向人家要，所以那不能叫卖。你不知道吗？保安也是会欺负人的，你女儿被那些臭保安欺负了，你还站在保安一边！

她是没吃还是没喝？干吗要收人家东西？收了东西就是交易，就是卖。他气得脑壳里嗡嗡作响。

既然你说收了东西就是交易，那你自己呢？你把工资交给我，你给我提供住房，我陪你睡觉，做家务，还给你生孩子，这算不算交易？如果算，那我是不是也在卖给你？

去你妈的！他用力挥起胳膊，狠狠扇在妻子脸上。

女儿在敲门，大概是听到妈妈在挨打，想出来干涉。他冲过去，隔着门喊：你还有脸敲门！老子这辈子都不会放你这个贱货出去丢人现眼了！

哐的一声巨响，是女儿房间的窗户发出来的声音。他愣了一下，猛地跳起来，拿钥匙打开房门，女儿房间的窗户大开着，人却不在里面。他探身往下一看，地上躺着一个人，是他刚刚打过的女儿。

三三两两的人围了过来。地上并没有血，但女儿胸前有点异样，一个尖尖的东西高高地支起来，像撑伞一样把衣服顶得高高的。有人轻声对他说：别碰她，千万别碰，会碰坏的。我们已经帮你打了厂里的救护车了，马上就到。

他傻了一样望着女儿，她有一头浓密的黑发，她的眉毛像她的头发一样又浓又黑，她居然戴耳环了，一只金灿灿的螺旋状圆环，死死咬着女儿肉乎乎的耳垂。应该不是真的金子，那么大一块金子，她应该买不起。女儿的上衣卷了上去，露出一截腰，他想把衣服往下拉一点，又怕碰疼了女儿。他什么也做不了，唯一能做的就是看着女儿，不错眼珠，不漏过一分一秒。

救护车开过来了，几个人把女儿放到担架上，刚抬到车边，身后一声巨响，他回身一望，地上躺着他的妻子。

他在厂医院醒过来时，得知妻子已当场死去，女儿还活着，但相当危险。他守在急诊室外，里面有从县城请来的医生。一直守到晚上六点多钟，厂区的路灯都亮起来了，医生们才陆续出来，厂医院的领导跟他解释：来了三个专家，实在无力回天。

他目送那些最后放弃他女儿的人们，早知如此，不如不请他们来，不如让他去陪着女儿，抱着女儿。那些人上了车，驶过昏暗的厂区公路，驶进黑暗的乡村，县城在三十公路外，厂区与县城之间，此刻一团漆黑。

哎！他突然跳起来，冲了出去，他想叫住他们，让他们把女儿从这里带出去，带到光明的地方去，带到女儿喜欢的地方去。但那些人的车很快就没了影子。

正在讲述的年轻人湿润着眼睛，鼻音也更浓重了：当我听大叔给我讲那些事的时候，我真的、我简直、我完全不敢相信自己的耳朵，我以为他在向我讲述一部电影，但那真的就是发生在他身上的故事，他把照片给我看了，他们一家的合影，他女儿真的很漂亮，一点不比现在的电影明星差。他妻子也很漂亮。他从此一蹶不振，后来"三线"厂撤迁，他就带着妻子和女儿的骨灰盒回来了。

我对大叔说：你不该告诉我的，听了你的故事后，我这一辈子都高兴不起来了。

大叔后来没有再婚，也拒绝跟家人来往，拒绝跟任何有家有室的人来往，所有的家庭，甚至是结伴而行的猫狗，都会刺激到他。我终于明白大叔为什么会接受我了，我也像他一样，孤独地活着，孤独地来去。有天晚上，大叔把我叫过去，拿出一份文件给我，那是一份经过公证的遗嘱，

他把他的房子赠给了我，原来那天他让我送他去公证处就是办这事。他让我保管好这张纸，有了这张纸，我住在这里就是合法的。作为代价，他让我到时候给火葬场打个电话。我不接受，我说我当然会照顾你直到你最后一口气，但房子我是不会接受的，我可不想将来有人跟我打官司。大叔告诉我，不会有人跟我打官司，他有个弟弟，但他们一家在国外，他们活得很好，不会在乎这间不值钱的房子，而且他已经告诉了他们我跟他的事情。

现在，大叔已经去世两年了，我还住在这里，我没去办过户，也没去办任何相关手续，我决定就在这里等，我希望有一天，大叔的弟弟家会有人来这里看看，然后我们一起聊聊大叔在"三线"厂的事情，聊聊那些毁了大叔一生的事情。

视频到这里就结束了，衣泓深受震撼，却说不出话来，她从没想到生活的背后竟是这样，那些普通的面孔背后，藏着那么多忧伤，以及深不见底的黑洞。如果没有<u>丛老师</u>的这些视频，她相信自己永远都注意不到这一点。

怎样？想跟我一起干吗？

衣泓转过脸来，重重地点了点头：我觉得这个工作很有意义。

如果你同意，恐怕你得辞职，我们一起辞职，专心一意来干这个事情，三天打鱼两天晒网是不行的，完全利用业余时间也不行，激情不能中断，而且，要想成事，必须有破釜沉舟的勇气。

那，我把丑话说在先，我辞职来做这个的话，您会付我多少工资？

<u>丛</u>老师愣了一下：严格地说，我们必须把片子卖出去才能有收入，在此之前，我们所做的一切都得自掏腰包做的，当然，

我尽量不让你掏。

好难过啊丛老师，我真的很想跟你一起做这个纪录片，但我要是不工作的话，就没有收入，没有收入的话，就付不起房租，也吃不上饭。

你一点积蓄都没有吗？

此时此刻，我卡上大概有五千多块钱，这是我全部家当。

好，我知道了，你别急，先好好工作，我来想办法，等我想出一个万全之策来，我们再商量。

柒零捌

出发吧！丛老师给她发来信息：我已经帮你请了假，说我要带你去见客户。

两人前后脚从公司出来，丛老师对赶上来的衣泓说：我今天不开车，我们坐地铁过去，我想让你熟悉一下路线。

她们进了地铁，坐了很久，一直坐到终点站，出来后骑了十五分钟共享单车，来到一片别墅区。这片别墅是这一带建得最早的，当年很便宜。丛老师说着，带她进了大门。

原来丛老师也是富婆呢！

什么富婆呀，这只是最普通的水平。我告诉你啊，在上海人的财富面前，你千万不要自卑，随便一个工薪阶层至少四套房，爷爷奶奶一套，外公外婆一套，自己一套，再随便倒倒弄套新的，不要太容易，那不是他们挣来的，是他们继承来的，所以你不要跟他们比这些，你就跟他们比才华，比能力，只有才华和能力，能打败财富。

两人走了很久，才在一栋小楼前停下来。衣泓笑道：这里每栋房子几乎都一样，你不担心回家的时候走错门吗？

你看到门前那个小牌子了吗？那上面有我们的门牌号码。

衣泓跑过去一看，门廊上果然有个不太起眼的小牌子，上面写着"柒零捌"，不禁大笑：是这样的"柒零捌"呀，这个好，比数字708好。

这里是小区的底部，房子后面有一片竹园，还有一棵高大的乌桕树。房子是四层独栋，地下一层，地上三层，衣泓在合租房里憋屈久了，突然来到这么宽敞的房间，兴奋得跑来跑去。

喜欢吧？喜欢就对了。我们的工作室就在这里，在这个项目期间，我们的工作和生活都在这里，我不收你房租，也不给你发工资，等项目结束的时候我会跟你结算。你赶紧把自己的生活用品搬过来，我们就算正式开始了。一到两年之内，我们一定可以完成这个项目。

这样好吗丛老师？听起来像是我白白住在你家里，我还是付点房租吧，这样我心安一点。

丛老师不耐烦地摇了摇手：年轻人，洒脱一点。我买这房子的初衷，也不是为了把它租出去赚钱。现在你什么都不要想，就想着怎么把我们的项目做到最好就行了。至于公司那边，我去跟李总谈，最好能给你争取到一个不必坐班的岗位，比如客户开发，你在外面联系好了，交给李总，李总再派人去接洽。

衣泓一听就嚷了起来：这恐怕不行，客户开发是我的弱项。

你以为我不知道？放心吧，这事就交给我了，一年能挖到一两个客户，吃饭就够了，就不用我养了，所以你完全可以一边靠李总给你的提成养活自己，一边在这里孵化自己的事业。

丛老师，你对我这么好，我、好怕我会让您失望。

我不仅仅是在对你好，也是在对我自己好。至于失望，你不会是在怀疑我的眼光吧？别忘了当时是我说服李总把你留下来的。相信我吧，相信我就是相信你自己。先给你打个预防针，我工作起来是很玩命的，我曾经创下过三天只睡八个小时的纪录。接下来，我要给你看很多我以前做过的节目，让你了解一下我的风格，同时我也要给你推荐一些我比较喜欢的纪录片，总之，你现在就可以一边学习、一边酝酿感觉了。

谈到她什么时候搬过来时，衣泓突然想到了黎晓。如果自己搬走，留下黎晓跟星星这两个刚认识不久的人单独相处，她们会不会觉得不自在？特别是星星，她会满意一个孕妇合租者吗？如果她不满意，黎晓就得搬走，她一个孕妇，一个人住是不是太凄惶了点？她请求丛老师给她一点时间，她需要先帮黎晓解决住房问题，毕竟她初来乍到。

黎晓，她有什么特长？丛老师望向远处，似乎在琢磨什么。

好像没什么特别的长处，她是学经济管理的。

我在想，如果她能马上去学一点我们所需要的技能，她也可以加入我们。

你是说，她也可以住到这里来？

当然，这里的房间足够多。我住一楼，你和黎晓住二楼，三楼暂时空关，没怎么装修，堆点杂物之类的。

我们还有些什么工作要做？

多呢，制作方面。我现在能想到的，起码我们需要一个配字幕的，给每天拍回来的视频做好字幕，虽然不难，但很耗时，我想在尽量短的时间内完成这个项目，那样的话，我们俩就得把主要精力放到外面的拍摄上。

我去问问黎晓，如果她愿意马上去学，也是来得及的，上次她还在跟我说，工作时间太短了，想找份兼职来做。

但你跟她说清楚，我们是不发工资的。想了想又说：其实她学这个正好，不是吗？她的肚子会越来越大，有些工作是不能接受孕妇员工的，正好可以在家里帮我们做这个。其实也不能说完全没有工资，毕竟她不用掏钱付房租，也算省去了一部分生活开支。对于工薪族来讲，节省开支就是赚钱。

我现在就打电话问问她。

她来到室外，打通了黎晓的电话，说了下这边的情形。因为之前已跟黎晓说过丛老师的想法，黎晓并不陌生，只是没想到自己会被邀请。

不收房租，还给我工作？不可能吧？她图个什么呢？

我也这样想过，你和我，我们有什么好图的，我们只是运气好，碰上了丛老师这种大格局的人，人家生来就不是个小市民，不会斤斤计较那些鸡毛蒜皮，人家眼里只有事业。

真的是刷新了我对上海的认识！但是，我对字幕完全不了解呀，你告诉我哪里可以学，我不信我学不会。

这才是你该操心的。她突然有了主意，她让黎晓先挂掉电话，她先去联系一个人。

她直接打了何枫电话，那个熟悉的压抑着惊喜的声音传来：衣泓，你找我呀？

你会给视频配字幕吗？

中文还是英文？

嗯，应该是中文。

那个不难，你要做这个？

我也想做，但我首先需要你教一个人。

衣泓把她跟丛老师正在创办的工作室的事从头至尾说了一遍，她正好也想听听其他人的看法，目前，知道丛老师这个人的，就她和黎晓、星星三个人而已。

你是不是觉得我很草率，好不容易到手的工作，可能就这样丢了？

没想到何枫特别支持：我觉得这份工作很有意义，比你在那个公司打工有意义多了。这是一个作品，能有自己的作品，这是多么牛的事情啊，不管以后是继续干这个，还是去找别的工作，这绝对是一段不错的经历。

也别盲目乐观，也有可能不成功，白忙一场。

但你收获了经验！不是某项单一的工作经验，而是做成一件事情的全套经验，这是在任何地方都收获不到的。

他让衣泓放心，配字幕的事他会先备课，把一切准备好，尽快地教会黎晓，必要的话，他甚至可以亲自上阵。

兴冲冲挂掉电话，回到房间，丛老师正在拖动几张桌椅。

衣泓你看，这个客厅现在就不叫客厅了，它是我们的工作间，你和黎晓住楼上，我住一楼的客房，离工作间最近，我一旦忙起来，会很吓人的，床上也会摆满工作笔记。

我已经跟黎晓说好了，她非常愿意加入我们，我还给她找了个电脑专家来培训她，这个电脑专家也很愿意帮我们，表示到时候他甚至可以亲自上阵。

电脑专家？太好了，我们正好需要一个电脑专家。但这一切你都要有言在先，所有的支持都是义工，我暂时没有办法支付他们工资。等这个项目做完了，我还有酝酿已久的新项目要上马，如果我们合作顺利，那就原班人马继续往下。

如果不顺呢？

不顺？不存在这个可能，我做事向来全力以赴，不达目的不罢休。

两个星期后的周末，丛老师、衣泓、黎晓率先赶到"柒零捌"，过了个把小时，何枫也赶到了。在此之前，他们已经在市区见过一面，讨论过关于搬去柒零捌的一些具体事项。

何枫扛着一只大纸箱，打开一看，是打印机。

我猜你们应该用得上这个，估计还有其他需要，我来慢慢帮你们配齐。

大家一起凑上来，三下两下将打印机安装妥当。

这就算是工作室正式营运的第一天了，没什么仪式，何枫和黎晓即刻开始工作，丛老师和衣泓出了门，今天她们要去附近拍一个人。其实衣泓上个星期基本上就住过来了，丛老师手把手教她如何使用高清摄像机，如何保存素材。

后面我还会教你剪辑，我们俩必须都是全能型的。今天要见的这个人是我插队时的朋友，他们家今天卖房，我们去看看有没有什么故事。

我认识他的时候，他才二十岁出头，但我们都叫他老程，他的样子显老，叫着叫着就把他的名字给忘记了。丛老师边开车边说，因为路上堵，必须时刻关注路况，丛老师讲得断断续续。

老程当时很红的，他是第一个被抽调到县城工作的知青，后来还在县城成了家，生了孩子，就在他孩子出生的那年，知青开始陆续返城。他也想回来，但老婆孩子动不了，如果非要回来，家就要散，留在那里嘛，也不甘心，非常挣扎。最终还是留在那里了，据说他想试试走另一条路，好好工作，慢慢升迁，慢慢往上海调。太难了这条路，最终也没走通。九十年代中期，我们这些插友组团，到当年插队的地方去怀旧，第一眼看到他，几乎认不出来了，他不仅没升迁，反而处于半失业状态，老婆生病了，孩子没考上大学，整个人萎靡不振。

丛老师，这事说明一个道理，千万不要太早结婚。衣泓咯咯咯笑。

碰上痴情的人没办法。他当时为了爱人，宁肯不回城也不离婚。

但你刚才说今天要卖房，意思是他最终还是回到上海了对吗？

不是他的房子，是处理老人留下来的房子。他们家有四兄弟，十年前母亲死了，去年，父亲又死了，市区一套老破小终于可以卖掉了，据说挂了大半年，这次终于遇上了一个买家。

她们把车停好，丛老师打了个电话，聊了几句，就挥起了手，衣泓抬头一看，一个头发花白、衣着暗淡的小老头边挥手边朝这边走了过来。

你还是老样子，还是那么年轻，那么漂亮。小老头对着丛老师盛赞道。

丛老师敷衍几句，指着衣泓对他说：我学生。

老头很有礼貌地跟衣泓打了个招呼，又对丛老师说：当年我就看出来了，你会有出息的，你是我们当中最有出息的，下地劳动那么累，我们回家都只知道玩，就你会捧本书看，也不知道你上哪搞来的书。

不说我了，说你吧，房子怎么分配呀你们几个？

怎么说呢，房子本来就不大，值不了多少钱，他们三个也都不差钱，最穷的就是我了，你知道我们下面工资比上海低得多，他们的工资都是我的几倍，我的意思是，把这个房子借给我住，我向他们三个付房租，反正现在这个房子也是借给别人的。结果他们不同意，老三是同意的，那两个不同意，有一个人不同意就不行，不行那就卖吧，但我有个条件，卖了之后我的那一部分要能让我买个安身之地，不管多小都行，只要能放一张床就行，不管怎样我老了要回上海，生不能在上海，死也要死在上海。他们已经帮我打听好了，外环一个三十平米的小房子，卖了房子我得的那份钱刚好够买下它。这回我什么都不管了，我爬也要爬回上海，爬进自己的房子里。

老程手机响了，他看了一眼，头也不回，边走边说：买主来了。

丛老师有点着急：要是我们能去现场就好了，可惜他们不同意我们拍。

衣泓自告奋勇：我去用手机偷拍怎么样？

不行！你想将来惹官司啊？千万别搞这种事情。

两人就在附近等着。

约摸过去了四十多分钟，老程回来了，头发散乱，衣襟敞开，走近一点才发现，他的衣服不是自己解开的，好像是被人扯开的，纽扣掉了一只，上面还留着一簇线头。

他在喘气，拿着手机的右手簌簌发抖。

没卖成！

为什么呀？价格没谈拢？

本来都要签合同了，卖老房子，买小房子，一买一卖两个合同一起签，中介突然问我要户口，我说我的户口还在外地。中介说那不行，那你没资格买这个房子。如果说我不知道这个政策还情有可原，他们三个老本地市民也不知道吗？分明就是想哄着我赶紧把房子卖了，他们好分钱。他们又不缺房子，他们都有几套房子，太冷血了，对待一母所生的兄弟，就像对待没见过世面的乡下人。既然我不能买，那我也不能同意卖，只要我不签字，他们就没办法卖那个房子，所以他们也是急了，恨不得上来捉住我的手，逼着我签字画押。我当然不会妥协，好不容易才扯脱他们三个人的手跑出来，太可怕了，亲人又怎样？一样只认钱。

你那边的房子怎样？家里的。

一般，勉强有个住的地方吧。跟那边的房子没有关系，那边就算是金窝银窝，我也要回来，叶落归根，天经地义。

三十平米的小房子，你一家人也不够住啊。

你以为我不想住大房子？我只买得起那么小的呀，当年那么小把我赶出去，现在让我拿外地的血汗钱来买上海的房子，不可能呀！打个比方，外地工资是一毛一毛地挣，上海工资是一块一块地挣，你说我有那个能力吗？所以我一分钱都不会加，卖多少钱我就买多大房子，没有户口买不了，我就让他们都卖不成，这是他们欠我的，是上海欠我的，不还不行。

你的孩子呢？也许你应该在孩子身上下手，让孩子通过上大学这个办法，回到上海，然后你再跟着孩子回来，这种事得从长计议，急不得。

老程脸色马上变了：不能指望了。女儿读了个中专，刚一毕业就嫁人了，两年前就当妈妈了。她妈妈早就发过誓，望都不会朝上海这边望一眼，为什么呢？我们结婚后的第二年，回过一次上海，那时父母都还在，三兄弟也都来了，大家一起聚餐。我妈的糖醋排骨烧得特别好，大家都在称赞，我妈也是想跟她聊一聊吧，就问她：听说你们那里都不喜欢吃新鲜肉，只喜欢吃腊肉，也不切，大块煮了，抓起来用手拿着啃，筷子都不要？她是个很敏感的人，当时就变了脸：谁说的？我们又不是野蛮人。我哥站出来打圆场：什么野蛮人不野蛮人的，那叫民风淳朴自然。她更不高兴了，回敬我哥：我们没有特别的民风，我们跟全国人民是一样的，都是中国人。大家都不吭声了，嘴上扯平了她还不满足，还想赢一把，指指桌上对我说：什么都是甜的，炒青菜都放糖，难怪你嘴那么甜，早知道是吃出来的，我就不会上你的当了。没有一个人接她的话，从那以后，不到非说不可的时候，没人跟她说话，气乎乎地憋了三四天，回来以后指着上海的方向发誓：直到我死，我都不会再朝上海的方向望一眼。她连带着也恨上我了，她现在跟女儿一家关系搞得非常好，女儿要她帮忙带孩子嘛，我的事情她一概不管，我就跟死了老婆的人没两样。

你想多了，等小孩大了，你女儿就不需要她了，她自然就回来了。终归是一家人，互相体谅。

老程摇头：你不知道，女人一旦绝情……总之，她不许我在上海买房，叫我把钱带回去，我呢，也不想回去，但现实又不允许我留在上海，没想到我一个土生土长的上海人，回到上海却无处藏身。我是真的想回上海啊，我在火车站，一下火车，一闻到上海的空气，我的眼泪都掉下来了。

你真是的！一个大男人，我当年都没这样。

我也没想到，现在回头想想，最幸福的其实还是刚到农村那几年，什么想法也没有，什么负担也没有，条件那么差，但每天开开心心，干活就是干活，不操心挣钱，不操心买房，有吃的就多吃点，没吃的就少吃点，从来没有隔夜的烦恼。

没烦恼就好吗？没烦恼证明你跟这个世界不相干，还是有点烦恼好，说明你还有事没办完，心里还惦记着某人。

老程笑起来：不说我了，说说你吧，看你样子就知道你过得不错。老程掏出一根烟，正要塞进嘴里，丛老师伸出手去：给我一根。

丛老师抽烟的时候，老程夹着一根没点燃的烟，愣愣地看着丛老师，直到丛老师一根烟抽完，老程才说：这些年没少抽吧？

丛老师微微一笑：谁说的？我一年也抽不完几包，今天是想陪你呀，走，我们去商场，我给你买件衣服，把这件没扣子的换下来。

老程倒也没推辞，跟着丛老师来到商场。

只要丛老师没给她手势，衣泓就一直扛着摄像机跟在后面拍。丛老师帮他挑好衣服，问他愿不愿意把三个兄弟的电话号码给她，她来帮他说服他们，让他们别卖房了，留给他住，或租给他住。老程猛烈摇头：他们不会同意的，我了解他们。

不管怎样，我要试一次。

有你这句话，我就感恩不尽了。老程目光柔和地望着丛老师，好久才说：小丛，当年我们要是成了，如今会是什么样子？

这是什么傻话？我们当年又没怎么样。人啊，不管自己怎么倔，不管别人怎么劝，也不管跟谁结婚，最终还是会走在自己的道路上，其他都是小插曲。

你是叫我认命？不，我不认，命运把我赶出了上海，我现在偏要回来，我死也要死在上海。

你还不明白吗？这正是你的命啊，你正在朝你命中注定的结局跑过去。

她们离开的时候，老程还沉浸在刚才的谈话氛围中，他向她们挥手：再见！再见！满脸的不舍。

在车上，衣泓说：他很想跟你多聊一会儿的样子。

不能再聊了，这种氛围就像浓硫酸，会腐蚀人的意志。

我猜你年轻的时候不大看得上他。

你说错了，当时只有那个环境，发情期的人总是在自己目力所及的范围内挑选一个可以寄托的对象，即使那个范围内的人她全都看不上，也会从中择优录取一个。

衣泓笑得东倒西歪：丛老师，你太犀利太有趣了，我要做你的终身粉丝。

想想下次怎么样才能采访到他的三个兄弟吧，不是所有人都愿意接受采访的，尤其这种涉及到家产纠纷的。

衣泓想了想说：我觉得不一定非要采访那三个人的，有他的讲述就够了，我们又不是法庭，也不是什么仲裁机构，我们可以只是站在老程的角度。可以多采访老程几次，从中自然可以看到这事的进展，

93

以及他们三个人的态度。

丛老师嗯了一声：我想想。

还有。衣泓鼓起勇气说：丛老师，我有个非常幼稚的想法，我觉得《上海的人与房》这个题目似乎有点太大了，我们的记录方式只是一种私人的交流，是民间的、极其个人化的购房经历和经验。

那你有想出另外的题目吗？

我是想过一个，可能不是太好，有点说不出口。

说来听听。

《沪居博物馆》，怎么样？

丛老师目视前方，专注开车，衣泓屏住呼吸，等着她的鄙视与嘲弄，她不会喜欢这个标题的，她肯定觉得它太学生气了，正如她在广告公司得到的评价一样，她的草案交上去，十有八九会得到"学生气十足"的评价。奇怪得很，她在学校里从来不是严格意义上的好学生，她很早就向往着冲向社会，开始职业生涯，结果，当她真正来到社会上时，得到的评价却是学生气太浓。

汽车转过一个弯，缓缓靠近路边。

我专门把车停到路边来告诉你，我非常喜欢你的题目，我觉得比我之前的好，《沪居博物馆》做完了，我们还可以继续往下做别的，我曾经有过关于旗袍的想法，你的《沪居博物馆》启发了我，说不定接下来我们可以做一个《旗袍博物馆》，我们可以做一个"博物馆系列"。

衣泓听得心花怒放，却什么也说不出来，就望着丛老师傻笑。

丛老师愉快地将车重新开了出去。

丛老师，幸亏你当年跟那个老程没成，否则我今天就遇不上丛老师了。

什么成不成的，我们根本就没开始。他那个时候非常红，是我们知青组的组长，我是个落后分子，有人就派他这个大红人来做我的思想工作，乱七八糟说了好多，我根本就不想听，那些话，大会小会听得太多了。有一次，为了报复他，我心生一计，大声问他：你刚才是在跟我说话吗？我听不见，今天山上放炮，把我耳朵震聋了。他一副很震惊的表情，然后，他拉出挂在口袋上的钢笔，在烟盒上给我写：赶紧写假条，我签字，回去治耳朵。就这样，我意外地得到了一个探亲机会。我回来的那天，他来村口接我，还给了我一包草药，是我回去后，他走了很远的路，找一个草药医生弄来的，我想我这时要是把实话告诉他，肯定挺伤人的，只好接过他的草药，同时把我妈妈给我准备的几只咸鸭蛋给了他。那以后，我就跟他就越走越近了。后来，当地的小学在知青当中招代课老师，我当然要报名，因为可以显示我比他们都有文化。老程得知我报名后，跑来劝我：你要想好，当了代课老师，回城的机会就会更小。我说我管不了那么多了，我讨厌蛇，讨厌蚂蟥，让我离这两样东西远一点，哪怕一天也行。他说，既然你这么想，那我也去参加招工吧。我猜他的意思是，他估计我将来是回不了城了，所以他也不回去了，留下来陪我。我那时是个很羞涩的人，我心想，你不明说，我也不会明说，万一我会错了意呢？岂不是被人笑话自作多情？后来我真的去当了代课老师，他也进了县城里的钢窗厂，我们开始通信。这样过了半年，突然有一天传来消息，我们这些往届生，也可以参加高考了，我就报了名，后来得知他也报了，但我们之间没通气。后来我考上了，当地就我一个人考上了。那以后我们就没怎么联系了。就这么个故事，我从来不认为我们开始过，继续待下去的话，说不定有可能。你在拍我吗？算了，这些就不要拍了，这既不是《沪居博物馆》的故事，也不是老程的故事。

这当然是老程的故事。我先拍在这里，到时候你不喜欢就剪掉。

九十年代中期，我们知青组团故地重游的时候跟他见了一面，那时候他已经是个小老头了，一个人过来见我们，没带家属，态度过分谦虚，面带微笑，举止拘谨，完全没了当知青时的霸气，他的双手，他的眼睛，他的语气，甚至他的着装，无一处不让人心疼。到底是什么改变了他？大家感叹了一阵，也就走了，还能怎样呢？然后就是前段时间，他突然联系上我，说到房子的事，我就告诉他，我在做一个节目，我想关注他和他的房子，他说可以，你想怎么做都可以。我到今天才知道，他跟他的家庭、还有自己的弟兄们闹得这么僵，还想一个人回上海，还想在那么小的房子里死去，这不是一个正常的老年人的状态呀，他身上到底发生了什么呢？

你为什么不当面问他？

不能问不能问，一旦我知道了结果，就不想袖手旁观，但我现在又能做什么呢？一个退了休的人，只能同情一下罢了。

但你内心是不会平静的，我看得出来。

看到他我总是很伤感，我在想，其实我们是一样的人，我们差不多在同样的年纪，离开家，离开上海，去到那个完全陌生的地方，毫无准备地成为一个农民，如果不是一场突如其来的高考，如果我没有考上，我一定会跟他一样，嫁给一个当地人，老了开始疯狂想回上海。

你不会的，那时你都已经开始做代课老师了。

几年以后，这种模式就不存在了，代课老师统统回到了原岗位。

晚上九点多，两人才回到柒零捌，黎晓一个人在家，说何枫已经回去了，这里离他上班的地方太远，几乎要斜穿整个上海，走太晚会影响明天上班。

衣泓开始用文字创作白天拍下来的部分。老程这个人物让她心潮难平，光是老程和丛老师的故事，都够写一本书了，但她不能，必须克制，压缩，把他们的故事扭转到《沪居博物馆》里来。她对县城生活比较熟悉，几乎能想象老程老婆的样子，她肯定反对老程死在上海的计划，上海是老程的，不是她的，即使她跟老程结了婚，生了孩子，她仍然是那个大口啃腊肉连筷子都不用的地方的人，跟上海没有任何关系。她哪里知道，在上海人眼里，甚至在老程的三个兄弟眼里，她的上海人丈夫已经不属于上海，他成了外地人，他在上海连买房子的资格都没有。他的最后一搏更是悲怆可笑，他也许还能实现死在上海的梦想，但别想死在自己的房子里，也许会曝尸大街，因为他不可能在上海拥有一张寿终正寝的床，最终他只能以外地人的身份，在上海"客死他乡"。

她现在有点理解丛老师的伤感了。

星期一晚上，新一周的第一个工作日，都以为何枫不会来了，没想到都九点了，何枫背着一个巨大的背包出现在门口。

他告诉丛老师，他把睡袋带过来了，因为他不想坐两个小时地铁，过来教她一个小时，再坐两个小时地铁回去，所以他打算上完课就在这里将就一晚，明天早上再赶回去上班，他问丛老师：你不反对我在你家睡一晚帐篷吧？

95

丛老师夸张地喊起来：热烈欢迎热烈欢迎！我看你干脆兼职做我们的制作成员好了，除了字幕，将来肯定还有好多电脑方面的问题会向你求援，如果把你拉进来，就不是向你求援，而是要求你履行职责了。这样吧，你也不用睡你的睡袋了，我在这里给你安排一个房间，准备好床上用品，你就跟她们两个一样，把这里当成你的第二个家。

就这样，何枫也正式加入柒零捌，成为《沪居博物馆》制作组的一员。他住在二楼最小的一间房里，两间大一点的房子已经给了衣泓和黎晓。

深夜，字幕教学工作结束，何枫把衣泓叫到了客厅。衣泓心里有点忐忑：他还会提出以前那个让她为难的话题吗？但愿他能意识到在柒零捌再提那件事有多么不合时宜。

何枫伸展胳膊靠在沙发上，惬意地叹了一口气。

太舒服了！我好久没像这样伸展过身体了。

你们那可是大公司，听说大公司的办公室都很宽敞，还听说你们的免费午餐有三文鱼。

办公室大小对我没有意义，我的睡袋永远小得像个花生壳，至于三文鱼，的确有，但我对那个东西没什么兴趣。

星星知道你一直在办公室睡睡袋吗？

她没问过我，我也就没告诉她，我们在一起，永远是向前看，向远看，所以我去迪士尼前两周才知道她原来有过一次婚姻，还有个儿子。

现在很多人都不在乎继子继女的。

我也不在乎，我在乎的是女朋友本人，而不是女朋友的家人。

两人正说着，黎晓一脸紧张地过来：衣泓你过来一下！

衣泓刚一出去，黎晓就在她耳边说：怎么办？我妈说要来上海看我。

我爸也说过好多次要来上海看我，都被我找各种理由挡了回去。别太当真，他们有时说这种话，只想告诉你，他有点想你了。

你不一样，你有哥哥在这里，你爸很放心，我妈隔几天就一惊一乍：我昨晚做了个梦，梦见你没吃没住，在街边乱走，像个神经病。

看来你妈第六感觉还挺灵验的，今天晚上她不会再做一个关于你怀孕的梦吧？

黎晓紧张得直顿脚：你还开玩笑，我都急死了。千万不能让她知道这个啊。

看看我是怎么应付这种事情的，我爸有次说要来，都已经问我要买几点的火车票了，我就跟他说：哎呀，我正准备下个月回来一趟的，既然你来，那我就不回来了，本来我还蛮想回来吃火锅的，全世界的火锅都没有我们家附近那个火锅店里的好吃。他一听就高兴了：好好好，你回来你回来。到了下个月，我再找个理由，说我回不成了，突然接到了大单，又要忙活一阵了。他就没话说了。

我跟你不一样，我妈刚刚从我辞职带来的重大创伤中苏醒过来，她一定要来看看我现在工作的地方，如果她看到我在麦当劳卖汉堡，肯定当场就气晕过去了，然后我出来扶她，她一看到我的肚子，立马再次倒地，人事不省。绝对就是这样。

要不，拍一些你的工作照给她？

你不会是要我拍一张跟麦大叔的合影给她吧？

衣泓眼睛一亮：有了，我们让何枫拍

几张他公司的照片，然后拍一张你戴着工号牌的照片。跟何枫约好，哪天他办公室人不太多的时候去。

工号牌怎么办？我只有麦当劳的工号牌。

很简单，网上图片店做一张。

如果她要去公司看看呢？她没你爸爸那么好糊弄，她不会轻易死心的。

放心，那种公司，外人根本进不去。

黎晓沉默了一会儿说：好像也只能这样了。

话说回来，你的下一份工作已经在打算了吗？你不会真的要在麦当劳一直干下去吧。

看情况吧，我现在还没有很明确的方向。麦当劳也不差的，它的员工有很多层级。我觉得在上海只要你不懒，活下来很容易，在我们店，每个周末早上八点到九点，都有一个老叔叔在店里给两个小朋友上英语口语课，一老两小，全程英语，不说一句中文。后来我才知道，那个老叔叔有过一段国外工作的经历，退休以后，就开始给小孩子教英语口语，他也没有课本，就是日常对话，从早餐开始，吃完饭又换成一帮在公园练轮滑的小朋友，他自己也是个很棒的轮滑爱好者，一边玩轮滑一边教口语。一天两次课，双休日就是四次课，一个周末轻轻松松两千元到手，他还有退休工资，你想想他过得多有趣多滋润。我们以前把工作看得太死板了，好像只有早出晚归进门打卡的工作才叫工作，实际上工作有很多种。最近我还发现一个有趣的店，它的名字叫"夜包子"，它只在下午五点以后才营业，而且只卖包子，各种各样的包子，据说生意好得很，永远在排队，还限购，每人每次不能超过十只。我猜那个店主应该白天另有别的事情要做。我们身边的丛老师更是个绝好的例子，她可不单单是在挣钱，而是在追求自己的事业，她都这个年纪了，丛老师真是我最敬重的人之一。

衣泓点头，目光不经意间滑向黎晓的肚子，也许是睡衣太软的原因，看上去比白天更有孕相。

你有他的消息吗？还需要我妈妈去找那个亲戚帮你打听吗？

当然不能了，那会被你妈妈发现的，你妈妈发现了，我妈妈知道的日子也就不远了。这就是为什么我上次一定要去无锡，他有什么进展，他们总会通知他家里人的。我前几天刚给他爸爸打了电话，已经判了，八年，听到很快就要送到劳改农场去。

也就是说，他现在要去当农民了？

开始几年肯定是要吃点苦的，他爸爸已经在考虑想办法帮他减刑了。

他会不会像《肖申克的救赎》里那个人一样，凭自己的特长找个轻松点的活干？

还是让他在劳动中去完成救赎吧，我的计划是，等他出来的时候，就让他到上海来找我，然后从零开始。

你准备去探监吗？劳改农场是监狱吗？

我想等孩子出生以后去看他，给他一个惊喜。

把孩子带到那种地方去不太好吧。

很小的时候无所谓吧，三岁以前没有记忆，我准备在他几个月的时候去，肯定不会给他留下任何记忆。

他一定会非常非常感激你，如果我是男人，看到一个女人如此待我，我一定幸福得每天都在发抖。所以说，虽然你现在会吃点苦，但你的后半生一定会过得非常幸福。

我可不是为了所谓幸福的后半生而做的这个决定。说实在的,有时我都忘了到底为什么要做这个决定,也许我只是想把这段感情固定下来,也许我那段时间脑子里一片混沌,糊里糊涂。

何枫的脚步声由远而近。衣泓说:不如现在就跟他说说拍照的事吧。

不等黎晓同意,衣泓跳起来拉开了门。

衣泓比比划划说了一通,何枫慢悠悠地说:这有何难?我还可以把我的工作服借给你。

于是当场试穿何枫的工作服,虽然有点大,但别上几个别针就可以完美解决。何枫坐在一旁,并不像他们那么兴奋。

你难道想一直对家里隐瞒下去?他问黎晓。

至少不能让我妈看到我大肚子的样子,我的想法是,几个月以后,等孩子生出来,等我的身体完全恢复过来,再考虑怎样告诉她。

他到底是个什么样的人啊?如此有魅力,实在是超出了我的想象。

我也不理解,据说猫一闻到薄荷就会失控,对我来说,他可能就是猫薄荷吧。

何枫转头对衣泓说:你看看人家,再看看你,你多谨慎啊,瞻前顾后,小心翼翼,你永远都不会像黎晓这样。

你怎么知道?也许我只是还没遇上我的猫薄荷而已。

不过黎晓,话说回来,你也不可能就靠闻着猫薄荷的味道过一生吧,这样过一生你肯定会后悔的。

黎晓顿时变了脸,衣泓赶紧把何枫往外推:好了好了,谢谢你的帮忙,现在你可以回你的男生寝室去了。

他一走,黎晓就变了一个人,一副快要崩溃的样子。

他的话是有道理的。前几天,在麦当劳,有个女的让我给她做杯咖啡,当我递给她的时候,她突然问我,几个月了?我就站在她旁边跟她聊了几句,她说她对麦当劳特别有好感,因为她怀孕的时候,特别特别喜欢吃麦当劳的炸薯条,最好是稍稍炸得老一点,表皮脆脆的,早上一睁眼,她就想要吃到它,多亏了老公,她怀孕期间,他几乎没睡过懒觉,不管是工作日还是节假日,从床上一坐起来,就拉开门往外冲,把她想要的东西买回来。她特别叮嘱我,怀孕的时候要充分使唤老公,这时候他对大肚婆是百般呵护,激情满满,孩子一旦生出来,就不会再有那样的好日子了。听她这样说,我心里就像突然裂开了一样,我也有想吃的东西呀,我特别特别想吃酸辣粉,我也是一睁眼就想吃,原来怀孕的女人还有这种特权啊,我居然什么都不知道。从那天起,我就变得特别容易多愁善感,所以何枫刚才是真的击中我了。

你得了吧,这种话他不说你自己还不清楚?你是因为不清楚这种话才走到今天的?胡思乱想只会徒增烦恼,认准了就往下走,不要一边走一边多愁善感。

星 星 与 吴 敏 昊

深夜,星星跟衣泓在电话中闲聊。

你们突然一下都走了,我一个人好寂寞,又寂寞又昂贵,偏偏这么昂贵的觉我还睡得不好，凌晨三点多还没睡着，早上起来头昏眼花，浑身无力，唉，我说你还是回来吧。

你赶紧再招一个合租的呗，至少目前我是回不来了，我这边赶时间，晚上都要工作的。

你看看，个人比公司的剥削更厉害！

也不是啦。如果你睡眠不好，我有个主意，我这里有张健身卡，正好我最近太忙，住得又远，不方便过去，你去玩一次吧，保证你累一身臭汗之后，睡得特别香。

你还有健身卡？看不出来呢。

衣泓把自己的健身卡发到星星的手机上。

两人聊到工作室，聊到丛老师，星星问她：丛老师好相处吗？感觉她个性很强的样子。

她是个很自律的人，当然，对别人的要求也不低，但我觉得这不是坏事，我这种慢吞吞的人就需要有人逼着、拖着往前走，我啊，这辈子就是个奴才命，人家越给我派活，我越踏实越幸福。

你这是在控诉她还是在庆幸自己遇到了一个满意的老板？

是庆幸吧，真的，看到她这么大年纪还这么拼命，我都忍不住积极起来了，我原来只想随便找份工作，挣点工资求个温饱，现在都快变成工作狂了，就连大肚子黎晓，现在下了班都在家里研究怎样给视频配字幕。

她还会干这个？

不好意思，我没打招呼就把你的前男友何枫引荐给她当老师了。其实是这样，是我先把黎晓拉进了丛老师的队伍，因为丛老师只对工作人员提供免费住宿，黎晓要想进这个工作室，就必须为工作室承担一份工作，丛老师说，我们还缺个做字幕的，黎晓肯定不会，情急之下我就去问了何枫，懂电脑的我就认识他一个呀，不好意思我都没经你许可。没想到后来丛老师也看中了何枫，把他也拉进工作室，做起了技术顾问，所以现在何枫只要有空也会出现在工作室里。

别说什么前男友、什么许可不许可的，凡是没有通过小宝测试的，都不能算我男朋友，所以他现在跟我没关系，你怎么用他我无所谓。我问你，这个丛老师，她为什么要招募这样一支奇怪的队伍？孕妇也要，现学现卖的也要，我怎么感觉你们就像一组老弱病残？

你怎么能这样想呢？黎晓是被我拖进来的，是对她的特别照顾，毕竟黎晓是因为我而来的，我不能丢下她不管。

她以前在电视台是干什么的？出过什么作品？你查过没有？

她以前是一名高级后台人员，没有选择、也没有机会做自己想做的作品，早就期待着退休以后搞个工作室。

真正想干的人，早就辞职出来了，哪会等到退休？退休以后还有战斗力吗？

每代人的想法都不一样，她是当过知青的人，跟你们这种人的想法很不一样。我看过她以前做的作品，包括现在正在做的，我觉得蛮有现实意义的。

你自己把握吧，只是这个不发工资我觉得有点苛刻，虽然她给你提供住的地方，但你吃饭穿衣、零花怎么办？

诺贝那边，丛老师帮我做了点工作，允许我作为居家办公的员工，停发基本工资，只拿业务提成，丛老师说她会帮我开发几个客户过去。

等于说你现在就是完全依赖于她了，

要是跟她闹翻,你得回到大街上去。

呃……不至于吧。

今天先不说了,哪天有空我要到你们这边来看一下。我现在先去健身房看看,我还没进过健身房呢。

去吧,记得报出教练的名字,他叫吴敏昊。

唉!你走了之后,我感觉自己突然变懒了,也不想再招室友了,就想一个人像个傻子一样躺在家里,欢迎你哪天有空回来重温你的旧窝,你没带走的东西我都替你留着。

给你这么一说,我真的想回来一次了,明天吧,明天我回老家。

明天不行,明天我要相亲。在这件事上我可勤奋,上个星期我相了三个,一个是保险公司的,那家伙,一看就是卖保险。还有一个中年警察,不笑的时候,紧绷绷的,一身的铁锈味,我害怕。第三个是个居委会干部,西装革履,告诉我他在炒股票,给我讲了好多股票知识,还教我看 k 线,我真想 k 他的头哦!你别笑,我还没说完呢。在我回绝他们之前,这三个人居然都抢在我前面拒了我,我好感慨啊,老娘现在真的是白菜价了。

星星,咱不嫁了不行吗?听你这么说我好心疼,那些人算什么呀,居然拒你!真是有眼无珠。

不,有眼无珠的是我,你知道吗?被人家拒了之后,我居然又有点后悔,万一那些人跟我儿子特别有缘呢?我是不是给他错过了?

你不要这样想了,他又不是没有爸爸,无论他后来是谁的丈夫谁的爸爸,他都是你小宝的生父,这一点无法改变。

生父!是啊,生父,不就是陌生的父亲吗?我的小宝,他需要一个饭桌边的爸爸,可以给他开家长会的爸爸,周末可以带他出去玩的爸爸。

这些事情你都可以自己做。

我是可以做,我也正在做,可每当我这样做的时候,他总是会问我:我爸爸为什么不来?为此我已经撒了不下三千个谎了。

直接说给他听算了,这种家庭又不止你们一家。

不可以,我表姐就是像你这样想的,她儿子后来动不动就骂她,你这个讨厌的死女人,就是你赶走了我爸爸,你害得我从小就没有爸爸。

既然这样,我倒有个主意,你别想双管齐下,指望一个人既是你的丈夫又是孩子的继父,在一个人身上同时解决两个问题可能难度有点大,你不如把这两个人分开来,你找你的丈夫,孩子找孩子的爸爸,不一定要在同一个人身上强求两个身份。

这不是更难吗?假设甲是我的丈夫,乙是孩子的爸爸,那乙要住在我家里吗?我可不会同意乙把小宝弄到他家里去,那这么一来,正常的三口之家,就变成四口之家啦?

衣泓也没想到会是这样的结果,嘿嘿嘿笑:看来小宝只能要一个"走读制"的爸爸。

什么"走读制"爸爸!不就是我们老家所说的干爸爸吗?

对呀,给他找一个干爸爸,是不是聊胜于无?

不行不行,你这是个馊主意,只会把事情搞得更加复杂,还是得坚持我的原则,必须既是我的也是他的,否则不予考虑。

还没聊完,她听到了接收消息的声音,

立刻紧张起来。一般来说，如果公公婆婆打不通她的语音电话，就会给她发微信。

果然是婆婆发来的，说小宝想跟妈妈说话。

电话交给了小宝，小宝的声音带着哭腔：妈妈，我想跟你睡。

她费了很大劲才把小宝安抚好，放下电话，立刻振作起来，为了儿子，必须豁出去。

她冲进卫生间，洗脸，敷面膜，再打开衣柜，仔细搭配明天要穿的衣服，检查明天要用的化妆品，在男人眼里，颜值永远是第一位的，谁知道明天会碰上什么人，必须时刻保持最佳容颜。

她早已暗暗降低标准了，再想找个哈佛博士丈夫几乎不可能，那种人除了骨子里的骄傲，别的还有什么？除了给自己带来深深的、致命的伤害，除了给孩子形成"被父亲抛弃"的终生伤痕，哈佛博士丈夫又给她带来过什么呢？她算是彻底弄明白了，学霸都是自私的，因为他们从小在呵护和赞美声中长大，身边所见无一不是心甘情愿为他付出的人，久而久之，他得出一个结论，这个世界上的人都应该为他付出，他命中注定只能是笑纳他人付出的一方，他不可能去为任何人付出，因为他的生命比那些人的更有意义。他去美国不到一年，她就感受到了他的冷落，以及他为什么会产生这种冷落。他们开始为澄清她的感觉而吵架，越吵越凶，每次都闹到歇斯底里的地步，她一遍遍地数落远在美国的他：我给你生儿子，替你陪伴你父母，一个人支撑起这个庞大的家。他的回应差点没把她气疯，他说：儿子又不是为我一个人生的，他只会跟你感情更深。至于替我陪伴父母，难道我父母没有帮你带孩子？更不存在你一个人支撑起这个家的事情，我跟你通话，就是在帮你支撑这个家。不管怎么说，你在那边有孩子有父母，你什么都有，我在这边就我一个人，我的痛苦和压力你根本不懂。

她自认不算那种口拙的人，但她就是吵不过他，因为他拥有奇异的逻辑，振振有词，不准反驳。她除了气得发疯，大叫大嚷，全身冒烟，没有别的办法。末了，他还会无限遗憾地来一句：你变了，你以前不是这样的，你以前没有丁点市井妇女脾气。她真想扑过去抽他几个大耳光，咬他，踢他，可惜她能做的只是把手机狠狠摔在床上，她都不敢痛痛快快地摔到地上，摔坏了，还得自己买，他是不可能承担这个损失的。直到有一天，他们再次大吵起来，她突然听到他那边有女人的声音，这下好了，她把战火烧到了公婆那里，她向他们投诉，公婆当着她的面，狠狠批评了他，扬言绝对不会容纳除了星星以外的任何儿媳。那段时间里，婆婆简直变成了她的闺蜜，指导她如何吵架，如何打击那个女人，公公更加勤勉地烧饭，老两口把她当公主一样地宠着。就在她以为她已完全赢得他的后方时，他回来了，目的只有一个，他要离婚，非离不可，否则他宁肯不活了。一听说他不想活了，公婆马上不再帮她了，他们显然更希望他活着，他们一边骂他，一边安慰她，发誓要把她当作他们的女儿。局势已经明了，她全盘皆输，无论怎样都赢不回来了。婆婆说得好：你就当他死了。他天生就是个没良心的，人家小朋友吃东西，很乐意跟父母分享，他就不，怎么要都要不来，果真是三岁看老。与其跟这个没良心的耗下去，你不如及早抽身，为自己打算。婆婆让她去找个有良心的好人，在她料理好自己的生活以前，她负责孙子的一切。

他们离婚的第二个月，他结婚了，女方就是那个在哈佛跟他搞上的博士。不到一年，他又一次当了爸爸，他跟她终于有了一次平心静气的谈话。他知道自己对不起她，但他并不是有意的，更不是蓄意已久，他只是没想到，只是防不胜防，有些冲击远远超出他的防御能力，他完全无力抵挡。她这时已经丧失了愤怒的能力，只是无力地笑了一下：你就是个天生的王八蛋，学位帽就是王八蛋的包装纸盒。但她有个条件，她叫他不要告诉儿子真相，她会对儿子撒谎，说爸爸工作特别忙，只能周末的时候来爷爷奶奶家看他。一旦她发现他没有坚守这个谎言，她会冲进他的新家里，把他的家杀得个人仰马翻。他答应了。

很快，她也搬了出去，总不能三天两头往外跑，然后告诉公婆，我今天又去相亲了。她做不到，她相信公婆也接受不了。

现在，新的难题又出现了，他也想把双哈佛博士生的孩子交给父母，这当然不行，绝对不能让小宝知道他的爸爸已经成了别人的爸爸。虽然她大吵一架之后，他暂时中止了这个计划，但她相信，这事很快又会逼近，因为他的新妻子那边没人可以帮他们带小孩。

她没有选择周末去健身房，因为周末属于孩子，她的所有外事活动均选在周中。

前台人员带她去找她指定的吴教练。

吴教练正在给学员上课。他穿一身黑色点缀荧光绿的运动套装，虽然只是教练，模样却比学员更加投入，加上不停地发出各种指令，声音在八十多平米的健身大厅内发出轰轰烈烈的回响，她渐渐有了点血液在升温的感觉。

他安顿好学员，过来接待她。

隔着一米远，她感到一股热力源源不断地朝她传送过来。

衣泓的朋友是吧？衣泓好久没来了，这样吧，你今天先不用她的卡，我们给她节约一次，我先送给你二十分钟的体验课，让你感受一下，看你能不能接受这个强度。

他让她先等一等，前一个学员的课还没上完。她正好想要观摩一下拳击课到底是怎么回事。

那个学员也是个女生，身体瘦瘦的，随着教练的指令，每次出拳，嘴里蟒蛇一样发出嘶嘶的声音。

女学员下课了。今天不错哦，腰背的力量上来了。

女学员经过她身边的时候，扫了她一眼，边走边扯下头上的绑发带，去了更衣室。

他朝她走过来，像个刚刚下场的运动员。

现在是我们俩的时间啦！他笑起来的时候，牙齿闪闪发亮，眼里闪着噼里啪啦的电波。怎么会有如此活力四射的人哪！她定了定神，提醒自己不要想多了，不要流露自己的感情饥渴症状，她知道她饥渴着。

他拎起她的胳膊，打量她的身形，用手指头检验她的肌肉，充满信心地说：给我半年时间，我可以把你打造成霸王花。

不要霸王花，我只想减减肥，增加点活力。

别误会了霸王花，霸王花并不意味着孔武有力，它指的是气场。气场十足的人，终归都是不可小觑之人，生活中也不会被人踩。

那行，把我练成霸王花吧。

他先帮助她做热身运动，五分钟下来，她已气喘吁吁。他不想让她停，马上扔给她一根弹力绳，让她做一些拉伸，她没想到自己的筋骨如此僵硬，龇牙咧嘴怎么拉都拉不开。

他站到她身后，两手分别卡在她的肩胛处，说：你的问题不是出在身体上，你这么年轻，身体不可能有问题，你压力大吗？别不好意思承认，我见过很多像你这样的美女，表面上光鲜亮丽，内心一片焦土。如果你把情绪出口给它关闭了，它会主动找到另一个出口，比如你的筋骨僵硬症，就是它的另一个出口。你这种僵硬度，是五十岁以上才能达到的水平。

星星警觉地问：衣泓跟你说过我吗？

没有，她没跟我说过她的任何朋友，你进来之前，我对你一无所知，我是凭着自己的手感，对你做出的初步测评。

她笑了一下，略带讽刺地问：你的意思，拳击课可以帮我缓解内心焦虑？

当然不能，但是运动能刺激多巴胺的分泌，多巴胺能让你产生积极情绪，放松心情，放松神经，还能提高大脑的反应能力。当你拥有了这些能力，你的压力理所当然也就变轻了，因为你内心的驱动力运作起来了，没有什么可以形成你的压力了。

如果我的压力是担心环境变坏、世界失去和平呢？多巴胺也能帮我消解这种压力？

这个嘛，不需要多巴胺，我都可以帮你解决。我会对你说，很遗憾，上帝没有选中你去执行那个任务，他另有任务分配给你，那就是活得健康一点，为人类贡献你的美，为家人奉献你的力所能及。

她有点被打动了：听说你并不是专职教练？

不是，我另有工作，健身房只是我的兼职。

做你同事挺倒霉的，我刚进来的时候，一眼看到你，别人就都不存在了。星星也不知道今天是怎么了，说话如此大胆，这在以前是没有过的。

我知道。他一点都不谦虚。

别的女学员也对你说过同样的话？她想起刚刚离开的那个女学员，她还记得那个女学员的眼神，她说不清，总觉得那不是一个陌生人该有的眼神。

从来没人对我说过这样的话，你是第一个。

她们都比我有城府，不像我，心里有什么，嘴上就说什么。

我喜欢你这样的。

哈哈哈，帅哥人真好，刚刚赞美过你，马上回报我一个。

不是，是我们一见面就互相喜欢上了。

星星使劲忍住笑，好久没这么开心了。与此同时，她想起了小宝，要是能把小宝带过来，让他看看健身房里的妈妈，他肯定也开心的。

想到这里，她问他：小朋友可以进健身房吗？

我有个学员就是小学生，他太瘦了，他妈妈想让他长得壮一点。他可喜欢来了，每次上完课，还要到器械上玩一玩，性格都变了，原来文文静静像个女孩子，他妈妈说他现在活泼多了，在学校里也特别自信。

星星停下来：小朋友的健身卡比成人便宜，对吗？

不会，小朋友的运动方案跟成年人是不一样的，对小朋友，我们会更用心，毕竟还要考虑到儿童自身的成长规律。

如果是我带来的小朋友呢？

你的亲戚吗？是你带他来吗？

是我儿子，当然是我带他来。

天哪！我以为你还没有结婚。这样吧，我给你一个最划算的建议，你给小朋友办张卡，你和孩子爸爸同时免费享用我们的健身房，相当于一张卡三个人用，也就是花一张卡的钱办了三张卡，你觉得怎样？

打个折吧，因为只有我一个人来享用你们的健身房。

他爸爸不爱运动吗？

反正他不会来。

教练深深地看了她一眼，说：这样吧，我给你九折，但你千万不要说出去。

试练结束的时候，他问她：你儿子有什么特别的喜好？他玩游戏吗？喜欢巧克力吗？

你说的这些，对小朋友来说，都是被禁止的东西。

他做了个尴尬的鬼脸。最后，当他知道孩子才五岁时，刚才讨论的一切都作废了。

天哪太小了，这里不适合他，过两三年再来吧。

好吧，我本来是想，给他一些适当的运动，让他可以快乐起来，强壮起来。

虽然我不赞成给他办卡，但我会给他设计一些适合他的运动方案，最好是户外运动，呼吸呼吸新鲜空气，晒晒太阳，适合他这个年龄段的运动很多，放风筝、跳绳、轮滑、滑板。

唉，可惜我从小就是个体育渣渣，你说的这些，我就只会跳绳，我也带他跳过，但他总是跳几下就没兴趣了。

也许你应该叫上几个小朋友一起，人多了就容易进入状态。

好吧，但是，这可不容易。算了，我们今天不讨论这些。

临走前，他问她要不要办卡，她说：过段时间吧，等我儿子能办卡的时候，我给他办张卡，我就作为附属持卡人陪他来玩玩。

这样啊，也好，那我留下你电话吧，到时候提醒你。

三天后，吴敏昊打电话给她。

我要向你推荐一个特别适合你儿子的项目。

原来，吴敏昊刚刚组建了一个星期天"阳光宝宝"班，目前已经有三个学龄前男女宝贝报名了，他是他们的教练叔叔，他将带着孩子在公园里开展室外游乐活动，共有十二项适合这个年龄段的运动，陪送的家长可以在一旁为孩子打油打气，也可把孩子交给他，自己去附近找个地方喝咖啡，时间到了过来接孩子。

她立刻嚷嚷着报了名。一直以来，她觉得她和小宝缺少的就是这个，虽然她一个人也可以带着小宝去公园，去树林，但到了那些地方一看，每个小朋友身边都蜂拥着一大群人，爷爷奶奶，爸爸妈妈，大狗小狗，笑语喧哗，吃喝不断，他们母子两个就像初登舞台的人一样，首先自己就怯了场，只想躲着那些声音，避开那些人流，而那些人，他们一看到这无声的母子俩，也会不由自主地投来一瞥，就像他们是一对怪人一样。小宝照例会问她：爸爸为什么不来？她照例回答：爸爸开会去了。上一次，小宝这样问她，她说的是：爸爸出差去了。

到了星期天，她准备好一只大背包，里面装着孩子的替换衣服，各种吃的喝的洗的，带着小宝赶到公园，吴教练早已候在那里，他身边摆着一大堆红的绿的蓝的东西，两个大人大声招呼的时候，小宝早已自作主张朝那堆鲜艳的东西冲了过去，原来全是小型运动器械，呼拉圈、皮球、气球、风筝、纸飞机、跳绳，还有一些东西她看不出门道。小宝不知怎么摸了把大刀在手里，吴教练走向小宝：想玩刀吗？叔叔教你好不好？

小宝乖乖地把刀递给他，急切地看着他。

看好啦！看叔叔怎么玩的啊。

吴教练起了个范，刷刷刷，虽然只有四五个动作，星星却看得呆了过去，没想到人运动起来是如此好看，那线条，那节奏，那速度，包括最后收回时的亮相，韵律感扑面而来。她发现人无论站姿还是坐姿，都不如运动起来好看。

紧接着，她再次被惊呆了，她看到胆怯软弱的小宝，阳光下一步一步向教练靠近，一只小手搭上了教练的大手，另一只小手跟过来，扳起了教练的手指。他想要从教练手上拿回那把大刀。

告诉我，你想不想学，想学，这把刀就给你。

小宝点点头。教练站到小宝身后，弯下腰来，握着小宝拿刀的小手，一个动作一个动作地教起来。

另外几个小朋友陆陆续续到了，他们的反应都跟小宝差不多，一来就跑向那堆鲜艳的器材，再也不肯朝大人回头看一眼。

陪同其他小朋友过来的，也都是妈妈，大家很快就聊了起来，原来她们都是吴教练的熟人，都知道吴教练是某中学的体育老师，周末出没在健身房里，现在又新办了个"阳光宝宝"班。她们都觉得这个班太好了，解决了她们的一大难题，因为她们都不擅长运动，现在有了个专业人士带着孩子们，又是在户外，又是有小伙伴，一举多得。

正聊得热烈，小宝一脸要哭地跑过来，因为其他小伙伴抢走了他心爱的大刀。

小宝，你可以跟小朋友换着玩呀，你不能总玩一种东西，你可试试玩点别的，等你玩够了别的东西，再回来玩你的大刀，好吗？

玩不了了，他们都要玩大刀，我要不回来了。

我记得你还喜欢滑板的，对吗？你可以让吴叔叔教你玩滑板，等你学会了滑板，将来可以踩着滑板去上学，那才酷呢。

我不要，我今天只想玩大刀。

吴教练也过来了。小宝，快过来，我们要去放风筝了，我把这里最好的风筝留给你了，你看，一条超大的蜈蚣，飞上天绝对第一名。

小宝不动，但心里已经有点向往了。

快点，再不过来蜈蚣要被别的小朋友抢走了。

小宝一听就哭了起来：他们会把我的蜈蚣抢走的，他们什么都抢。

星星扶着他的小肩膀说：你也去抢啊，你不抢，你就什么都得不到。

吴教练过来牵小宝的手。

不用抢不用抢，小宝来吧，我刚刚已经宣布好纪律了，所有东西大家轮流玩，每个人玩五分钟，时间一到，就要让给别人。你看，他们现在再也不抢别人正在玩的东西了。

小宝抹了一把眼泪，跟着教练走了。

很快，孩子们那边就传来愉快的笑闹声，刚刚还在抹眼泪的小宝，正在教练的指导下，有模有样地耍大刀。真想不到平时安静羞涩的小宝，会喜欢玩大刀。星星一直盯着他，眼睛都舍不得眨。教练接过了大刀，向小宝演示一个动作，小宝双眼死死地跟着教练的手和脚，比小时候吃奶还专心，教练停下来，把刀还给小宝，小宝毫不犹豫地开始了他可爱的模仿。

一旁的妈妈们说：将来吴教练要是结了婚有了小孩，大概是不需要像我们这样出来报班的。

我儿子刚才跟我说，哇！妈妈，我们的教练好帅啊！连小孩子都喜欢长得好看的人。你们说，像吴教练这样的英俊和帅气，到底是运动塑造而成的，还是天生的？

各一半吧，运动跟不运动，区别很大的，长年运动的人，阳气十足，鬼见了都躲着走。

关键我们这个吴教练看起来情商还挺高啊，看他多会挣钱，健身房的私教只能一对一，我们这可是一拖四，效率多高啊。

也是他赶上了好时候，我们读书的时候，体育老师是最落魄的，又不能像其他的老师那样去办辅导班，在学校也不受重视，看看他现在！我敢说，他这个"阳光宝宝"班马上就要火起来了，说不定比他那个健身房私教还赚钱。

那也是他应得的，体育老师那么多，并不是每个人都像他这样利用业余时间出来挣钱。他就属于有脑子又有行动能力的那种人，将来谁嫁给这种人，可有得福享了。

远处，孩子们一起大叫起来，他们的风筝飞起来了，妈妈们也停止聊天，一起冲了过去。有教练就是不一样，从没成功放飞过风筝的小宝，此时他的蜈蚣风筝飞得最高，小宝仰着头，不停地跑着，两眼只顾盯着风筝，全不管脚下，教练弯着腰，全程紧紧跟随，伸出双手松松地护着他。她知道这种姿势有多累人，不禁有点感动。

四只风筝，小宝的风筝得了第一名。小宝不要命地朝她跑过来。

我第一名！第一名！声音都喊哑了。

星星蹲下去，张开两臂，小宝湿热的小身体像一发炮弹狠狠砸进她的怀里。开心吧？她使劲揉着他头发湿哒哒的后脑勺。

开心！今天最开心！小宝响亮地回答。

吴教练过来了，他专程过来叮嘱她，赶紧给小宝换衣服，运动停止后，湿衣服在身上超过五分钟，就会诱发感冒。

这是体育科学吗？

是我的教训。我小时候特别好动，因此经常感冒。

星星拿出早就备好的毛巾，为小宝擦汗，小宝突然转身，抱住星星亲了一口：妈妈，我还要玩。

好呀，我们休息一下，吃点东西，接着玩。

我不要吃东西，我要跟教练叔叔玩。

教练叔叔下课了，要回家了，我们也该回家了，我们下个星期再来好吗？

我不要，我要玩一天。

那会把我的小宝累坏的，累坏了会生病的。

我不累我不累，我还要玩，我要跟教练叔叔玩。

星星看看正在走向自己行李的吴教练，突然动起一个念头，对小宝说：你自己去跟教练说好吗？如果教练叔叔同意，你就接着玩，如果教练叔叔说下课了，要回家了，我们也回家，好吗？

小宝低着头犹豫了一会儿，迈着细碎的步子朝教练走过去。

吴教练正在起劲地收拾他带来的那一大堆东西，根本没注意到小宝就站在他斜后方。

星星兴奋地注视着这边，她根本不在乎教练会不会陪他玩，她只看到她的小宝此时此刻正在创下人生第一个纪录，第一次主动靠近一个家人以外的人，去跟他说话，去向他请求一件事情，她不在乎这件事情的结果，他能走出这一步，她已经感到了一种难以形容的幸福。

教练终于注意到他了，他停下来，蹲在小宝面前，说着什么。

她以为教练会回过头来看她，征询她的意见，或者请她过去帮忙解决这个小麻烦，但他根本就没有回头的意思，不仅如此，他还转了个方向，背对着星星这边了。

她不知道他们在说什么，也看不到他们两个人的表情，教练是背影，正好又挡住了小宝。

大约过了两三分钟，教练站起来，跟小宝并排往某个方向走。

星星不紧不慢地跟在他们后面。

他们去了公园里的儿童游乐场，小宝站在双杠架下，小宝跳了一下，身体不够高，没抓住，他把小宝举起来，让小宝双手抓住其中一根，他在说什么她听不清，就看见小宝荡起身子，猛地一下将双脚架在了两手之间，教练轻轻搭了一把手，小宝的身体就轻轻松松在自己的两条胳膊间转了一个圈，稳稳地跳了下来。小宝似乎愣了一下，不相信自己完成了这么高级的动作似的，接着，他再次伸出两只手，向教练投去求助的眼神。

教练这次没有帮他，只在一旁发号施令。

她看到小宝的双腿先是荡到另一根杠上，待放稳了，再往怀里收，两腿穿过自己的双手，不等她看清楚，这个刚刚团起来的小球，已经变成了稳稳站在地上的小宝。

小宝突然获得了一项新技能，乐此不疲。玩了七八次以后，教练让他两手分别撑在两条杠上，尝试前后摆荡，再借势翻一个跟头，落到地上。小宝很快又掌握了这一玩法，兴奋得停不下来。

星星不得不走过去，一定要在教练嫌烦之前把小宝弄走，不是每个成年人都喜欢孩子的，尤其是别人的孩子。

感谢教练，小宝今天玩得好开心，他很少像今天这样开心。

他跟我玩得挺好。教练对她说：他运动能力很强的，你应该让他多玩玩，运动对大脑的发育很有好处，比关在家里背唐诗好。

小宝对教练还是有点依依不舍，如果不是教练坚定而果断地跟他告别，小宝估计还会缠着教练。

回家路上，小宝突然说：妈妈，我今天真幸福！

嗯。星星摸着小宝温热的后脑勺，差点就要掉泪了。

教练真厉害！只要他在我身边，我什么动作都能完成。

真的吗？我怎么觉得是小宝厉害呢？

不是的，他一走开，我就不行了，他不在我什么都做不好。

把小宝送回公婆家后，她把婆婆叫到一边。

妈，小宝爸爸周一到周五回来过吗？

基本上一周会回来一次，他工作很忙，家里现在也很多事，你知道的。

基本上是吧？就是说他并不是每周都会回来至少一次？

哎……我也不好特别要求他，你知道我嘴笨，我根本说不过他。

可我们当时讲好的，小宝放在你们这里，就是为了让他在爸爸身边多待一些时间，让孩子尽量多享受一点父爱，看来他没有守信，真是可怜了我的小宝，早知道我就应该把他带在身边的，也不至于弄得像个无父无母的孤儿。

你不能这么说话，你带在身边，你要上班你怎么照顾他？请个保姆未必比我们对小宝还好，小宝跟着我们至少吃得好喝得好，照顾得也好，多少小孩三天两头跑医院，你看他去过几次医院？不管你们两口子怎么样，小宝总是我们的亲孙子，我们不疼他谁疼他？

不是说你们不疼他，而是说他缺少运动，缺少户外活动。

谁说的？我们每天都带他去外面散步，一直走到他走不动为止。

散步不是运动。他需要真正的运动，最好是有他爸爸在一起的运动。

你可以直接跟他讲呀，你说你得带小宝去运动。婆婆说着说着有点不高兴了：我不懂运动，我也没时间运动，别看家里就这么两三个人，我忙还忙不过来呢，打扫，做饭洗衣，经常是这顿的碗还没洗，下一顿的菜又要洗起来了。

妈，我知道您很辛苦，所以我才想说，请让他多回来陪陪小宝，也给您减轻一点负担，只能您跟他说，我不敢跟他联系呀，万一被他老婆知道，要闹矛盾的，既然他这么忙，我何必添乱呢？

婆婆长长地叹出一口气，脸都灰了：不听话的东西！你也看到了，我骂了他多少次，哪一次不是骂得狗血淋头，根本不管用！好好的家庭，搞得这么复杂。我再说句不怕得罪你的话，我现在还不敢骂他了，给那个听到了，我也不好做人，说到底，他们才是主人，我只是个旁观者，没我说话的地方。

我理解，我只是想提醒妈，您方便的时候悄悄跟他说一说，小宝也是他的儿子，他这辈子都是小宝的爸爸，跑不掉的，所以还是要认认真真做好自己的本分。

放心，我会找机会说的。小宝其实很亲他爸，每次他爸爸来了，他就追着问他，爸爸你工作很忙吗？你在忙些什么呀？那你很辛苦吧，那你要我帮你吗？

我现在就是迫切希望他能多带小宝出去玩玩，并且是在不带那个小孩的情况下，小宝很敏感的。您就跟他说是我说的，他是过错方，孩子这样都是他害的，他应该弥补孩子，最起码要把该给的父爱尽量给他，不要因为他的原因，让孩子心里带上终生的伤痕。他没资格这样伤害孩子。

婆婆开始流泪：从小就不是个好弄的孩子，脾气大，要求高，没想到把他养大了，还要帮他操这种心，我无能为力了，快要跟不上了。有时我想，我宁肯早点死了算了，省得我在一旁看着揪心。

流泪代表她的语言终于触及到了婆婆的内心，只有看到眼泪，她才觉得谈话基本达到了效果，否则就不叫谈话，而叫寒暄。只有谈到这个程度，婆婆才会把她的意思传达到儿子那里去。她不想当面去跟小宝爸爸吵，虽然她很想吵，她内心的愤恨从来没有消失过，但她害怕自己会失控，她想她这一辈子都将无法平静地面对他的那张脸，她一见到他，血压就会呼地上升，脑袋里就会发出"噼里啪啦"着火的声音。点燃自己对她没好处，吵架导致皱纹横生，眼眸无光，口角歪斜，还导致表情凶狠，脚步滞重，总之，吵一架，她满抽屉的化妆品都白抹了，细致的裸妆也白费了，不仅如此，她甚至会把怒气传染出去，小宝小小年纪就学会了观察她的脸色，他曾经好几次问过她：妈妈，你心情还好吗？

眼泪是个巅峰，巅峰处不可久留，否则事情容易走向反面。她站起来，照例很正式地给公公婆婆深深鞠了一躬：爸、妈，小宝就拜托了，等他长大了，我会告诉他，你小时候是爷爷奶奶一手一脚带大的。

不知是不是这句话带来的效果，婆婆叫住她，从厨房里端出一盒生饺子，让她带回去煮了吃。

出了小区门，她陡地放慢速度，就像卖力完成一项重要工作，非得停下来喘息一会儿不可。

她一直都在很用心地维护这一处重要的联络点，除了这里，这么大个城市，她没有可以助她一臂之力的人，何况她名正言顺，小宝的爷爷奶奶和爸爸，她再委屈、心里再不舒服，都要忽略不计，她一定要给小宝稳住这个大后方，这是多少钱都买不来的。从这个大家庭里搬出去了才知道，有个温暖的窝是多么好，即便在窝里吵架，也是热腾腾的，而一个人在外面，呼出去吸进来，每一口都是冷冰冰的。

刚一到家，她就接到个电话，是"阳光宝宝"群里的一个妈妈。

小宝妈妈，有件事想征求你的意见，你觉得今天的"阳光宝宝"班怎么样？是的，孩子很喜欢，但是，两个小时五百块，四个孩子就是两千块，他这个钱也太好赚了。我们的意思是，如果他能降到四百块，那么我们就报这个班，你觉得怎样？那好，那我们就统一口径啦。

没过多久，刚才那个妈妈又打电话来，语带怒气地宣布：喔哟那个教练居然不同意，说他的方案是相当专业的，值得那个价。

放下电话，星星却很平静，不知为什么，她是站在吴教练一方的，价格是专业的吊牌，更是人的尊严，你嫌贵，你可以不选择他。虽然她也嫌贵，但她觉得吴教练做得对，宁肯不赚这个钱，也不要自降身价。

转眼就是星期五了，她正要问吴教练明天的"阳光宝宝"班是否依旧，吴教练打电话来了，他问她，如果这个班只剩下小宝一个人，她还愿不愿继续。

她能想象那个妈妈跟他有过一番怎样的交流，她突然有点同情吴教练，当然，她作出如下决定并不完全是因为同情，而是真正出于自己的考虑，小宝喜欢"阳光宝宝"班，喜欢吴教练，喜欢在太阳底下跟着一个善于启发他调动他的教练活动，才那么小，就知道什么是令自己愉悦和幸福的事情，实在是难得，所以她果断地说：吴教练，我家小宝喜欢你，认定了你，那还有什么好说的呢？是他的事情，当然要听他的。我不管别人要不要参加，我们是要参加的。

小宝妈，你真是个好妈妈！吴教练的声音听起来有点奇怪，星星突然意识到，自己的决定可能让他有点为难，如果这个班只有小宝一个人，对他而言，就不是一个划算的项目，难道，他不是来征求她的意见的，而是来宣布取消这个班的？

这样吧，回头我好好想想我们怎么安排这个时间，毕竟一个人是一个人的教法，四个人是四个人的教法。总之，你放心好了，既然你们信任我，我一定会为小宝量身定制一个最适合他的方案。

她斗胆提出学费的问题，他说你放心，我不会提高课时费的，课时费就是课时费，不跟学员人数挂钩。

她正在感动不已，吴教练又打来电话。

你看这样好吗？我们把小宝的课时拆分成三次，每次一小时，以足球训练为主，偶尔也加进一点别的运动，这样等于把他的课时从两小时延长到了三小时，然后这三次我们分别放在周一、周三、周五的傍晚，也就是我下班以后。小宝有了足球这个基础，将来在学校里肯定非常受欢迎，对提升他的个人自信相当有用。这一点你完全可以相信我。

吴教练，小宝的幼儿园离你这里有点远哎，再说我也不可能为了接他而提前下班。

你听我说完，我知道他在哪里上幼儿园，他幼儿园附近有个足球公园，你们可以把小宝接出来，送到足球公园门口，我四点十分放学，赶过去大概四点半的样子，那么我们的训练时间大概是在四点半到五点半之间，如果路上有堵车，时间就顺延，总之，要扎扎实实地保证他一个小时的运动量。等我们训练完了，你们再把小宝接回家。

完全没想到会有这样一个结果，星星激动得语无伦次，支吾之间，竟连声说道：太好了太好了！我们小宝怎么会有这么好的运气，怎么会遇上这么好的教练。

她想跟他见个面，请他吃个饭什么的，但吴教练说他时间不多了，他得马上赶到健身房那边去了。

吴教练，你把生活安排得好充实。

我的确不喜欢无所事事地待着。

他告诉她，可以提前为小宝准备一些运动必需品，调整日常饮食，为接下来的训练做准备。

让他拥有一项擅长的运动，会让他受益终生。他将来会感激你的。

如果真有那一天，我们母子首先要感谢你。

小宝的训练开始了。爷爷对吴教练特别满意，问她：你在哪里找的教练？这一个小时太扎实了，从头至尾，就没见他们停过，运动量好大！小宝的饭量也跟着变大了，觉也睡得香了，不到九点就主动上床。奶奶说：过两年，等小的大些了，我们让吴教练教两个。

这话星星不爱听，绝对不能让小宝知道爸爸已经不独属于他，宁肯小宝有个"忙得回不了家"的爸爸，也不要一个分给别人一半的爸爸。不过，话说回来，等他的小儿子长到能踢足球，小宝已经大了，早就离开吴教练了。这么一想，星星又对婆婆笑了：还不知道他的儿子喜不喜欢足球呢。

就算他不喜欢，大人也可以引导他喜欢。

小宝可没有人引导，他就是喜欢户外运动，也喜欢这个教练。

你说小宝没人引导我也是不相信的，小宝怎么可能认得吴教练呢？大人不带他去，难道他会自己找过去，拜人家为师？

星星这才明白婆婆的心思，笑了一下：妈你知道妈妈群吗？妈妈群里什么样的课程都有，什么样的老师都有，就像个大杂货店。我们这个"阳光宝宝"班，本来是四个孩子，后来他们因为时间不合适，都退出了，就小宝留了下来。

话说回来，星星你也该考虑考虑自己的终身大事，我是真的拿你当女儿，你这件大事不解决好，我死了都不能闭眼睛。

很难了妈，那么多未婚女孩都嫁不出去，更不用说我这个既不年轻又不漂亮还带着个孩子的人了。

姻缘天定，跟那些没关系，很多人都四五十岁了，才遇到自己的正缘。不过我也要提醒你，有些人来到上海，啥都没有，见到你这种有工作有房子人也不错的，就想打你的主意。这种人要警惕。

星星立刻明白婆婆指的是什么，心里冷笑一声：这点您放心，我那个老破小房子，那份勉强饿不死人的工作，不会有人打我主意的。我倒想去傍大款呢，可惜人家瞧不上我，早些年，不被小宝爸爸拿去耽误几年，说不定还行，现在不行了哈哈哈。

婆婆脸上就灰灰的，半晌才说：我也不知道我怎么生了这么个儿子，你知道我当时是怎么劝他的，他不听啊，事情坏就坏在不应该让他出去留学，都说夫妻不好分开太长时间的。

还是看人的，留学的人那么多，出轨的没有几个。我也想通了，人品方面的问题，越早暴露越好，可惜还是迟了，要是更早一点，我是绝对不会跟他结婚的。

婆婆脸上更灰了。

妈你也不要自责，他是他，你是你，我为有你这样的婆婆而自豪，真的，我朋友同事当中，没一个婆婆有你这么好。她不知道自己何时轻而易举地掌握了这一套，

一方面，把心里的怨恨通过这种零打碎敲的方式不间断地发泄出来，另一方面，又保持一个讨好甚至亲昵的姿态，以求从婆婆这里得到些好处，比如帮她带儿子。婆婆如果不是太老实，就是过分精明，有时竟真的以母亲自居，就像星星真的从儿媳变成了她的女儿似的。

但婆婆到底还是说出了心里话：这个吴教练，他是不是想打你的主意？

妈，人家还是个未婚小伙子呢，我一个离过婚的中年妇女，还带个拖油瓶。

小宝算什么拖油瓶啊，小宝基因好，聪明，不是谁都能当我们小宝继父的，有福气的人才遇得上我们小宝。

有了这次对话，星星就不大去训练场了，她不想听婆婆那些旁敲侧击，除非是周五，周五是她接小宝的日子。

这个周五，她带了一些食物，来到训练场边。训练结束后，她把大汗淋漓的小宝擦干，换了衣服，三个人席地而坐，吃了起来。

小宝突然抬起头来，对星星说：妈妈你知道我有个弟弟吗？

什么弟弟？星星心中一炸，但强作镇定：是上次我们见过的张阿姨家的弟弟吗？

不是，是我的弟弟，爸爸的儿子。奶奶说，他是我弟弟，我是他哥哥。

他到奶奶家来了？谁带他来的？

不知道，我从幼儿园放学回家，看到家里有个小朋友，他才有四颗牙，总在流口水。后来，我睡着了，早上醒来，弟弟不见了。

星星很生气，又不便于当着两个无辜的人发泄出来，但又实在忍不住，便找了个机会，跑到小树林边，给婆婆打了个电话。

早就讲好的，怎么可以出尔反尔不守信用呢？他伤害了我还不够，还想接着伤害我儿子吗？妈你怎么能允许他这么做呢？他的儿子是你的孙子，我的小宝就不是你孙子了？她连来龙去脉都不想交代，直接冲婆婆开了火。

下次要是被我看到，我不会再忍了，毁了我的人生还不算，还想继续伤害我的儿子！

婆婆这才慢悠悠地说：我没有办法阻止他呀，他是我儿子，我老了不能动了还得指望他来把我送到医院去，我死了还得由他把我送到火葬场去，他既然来看我，带着自己的孩子来看爷爷奶奶，我能堵着门不让他进吗？我觉得小宝也到了可以理解这种事的年龄了，你不妨慢慢跟他讲，他总要面对这个现状的，与其大一些再来受打击，不如一开始就让他知道，慢慢习惯。

别人可以，小宝不行，他本来就比别人敏感，我不想让他知道自己是不受欢迎的，被冷落的，我不想他长大了自卑。

星星啊，是不是你想得太多了，你这样想，对你、对小宝一点好处都没有。

那是因为没人设身处地替我着想，替小宝着想，你们的温馨和幸福是建立在我和小宝的眼泪之上的，你们不顾一切地伤害我们……

星星你听我说，谁都不是故意走到这一步的，说实话，事到如今，我不可能为了你们，跟他们一家断绝来往。

但我跟他有约在先呀，忍一忍，别在自己幼小的、可怜的、被他抛弃的儿子面前秀幸福，就那么难吗？不秀出来他们一家三口会死吗？行了，我也不想说得太难听，这样吧，妈，最后麻烦你一件事，请你现在就动手，把小宝的东西一样一样收拾好，我一个小时内过来取。既然嫌我们碍事，那我们就走，我们不戳你们眼睛。

你这是何苦呢？小宝跟我们过得蛮好。

你已经有了真正的亲孙子，小宝不算什么！

这是你的想法，对我来说，小宝是我的第一个孙子，是我的大孙子。

算了，妈，小的才是最新鲜最珍贵的，你还是去陪小的，小的多好，可可爱爱，父母双全。行了妈，麻烦你赶紧把小宝的东西帮我收拾一下，我一会儿来拿。

妈妈还在努力说着劝慰的话，她听到爸爸突然在那头嚷了起来。

要走让他走，不要强留。人家都是父母自己带孩子，帮她带了还说上这么多，你的脾气呢？老人也是人，也有人的脾气！

她立刻觉得，是时候彻底离开这个家了，曾经作为一家人的情谊，拖拖拉拉耗到现在，终于消耗光了。

甚至都没必要再去一趟婆婆家，小宝的那点衣服玩具，丢了也不可惜，她可以重新去买。这个年龄的孩子本来就长得快，为什么要在意那点注定丢弃的东西呢？为什么要拖拖拉拉不肯放手必须放手的东西呢？

她把自己妥妥地说服了，才回到野餐席上。吴教练深深地看了她一眼，她怀疑他可能听到了一点刚才的对话。

吴教练说：时间过得很快，小宝很快就长大了，到那时，你会为自己没有缺失今天的陪伴而感到欣慰。

她几乎可以确信，他听完了她刚才跟小宝奶奶的对话。可是，大话说得爽，小宝怎么办？把小宝接到她现在住的地方，他的幼儿园、足球公园怎么办？周末的两天里能搞定小宝转学的事吗？能重新规划小宝的户外训练、还有她在上班而小宝已经从幼儿园放学的那一段时间吗？

她不得不告诉吴教练，因为某个突发事件，小宝今天不能回爷爷奶奶家了，他得回去，跟她在一起，这意味着小宝的活动范围要大转移，他将不能在这一带上幼儿园，也不能再在这里训练了。

是刚才接了个电话带来的变故？吴教练问她。

是的。她老老实实回答，她无心去想任何托词，反正教练只是无心之问，也不会追问太多。

他问了她的住址，略一思忖，说：要不我来帮你打听打听看吧，给我两天时间，有结果了我告诉你。其实主要就是小宝幼儿园转园的事，至于训练场地，很好解决，我基本上熟悉所有的运动场地，这一块你完全不用考虑，交给我来搞定。

声音不大，语气却十分肯定，星星听得浑身一软，她从来没有过这种体会，以前跟星星爸爸在一起，凡事都是她拿主意，她设计一切，规划一切，从谈恋爱到结婚，大到婚礼现场和宾客人数，小到在哪里过周末吃什么玩什么，样样都是如此。他总是说：你决定呗！我都听你的！那时她还喜滋滋的，以为在未来的家庭里，会是女王一般的角色，他信任她，依赖她，这样的感情是最最牢固的。谁能想到，结婚不到两年，孩子生下来才五个多月，他就理直气壮地跟同学好了，还说：人家是物理高材生，我跟她在一起有聊不完的东西，跟你在一起，我就像个弱智，什么都说不出来，什么都不想说。她提到孩子，问他将来怎么面对孩子，他却说：孩子长大以后肯定会理解我的。那段时间，她连把他杀了的心都有，他背叛了她，还振振有词，红口白牙，厚颜无耻。

过程当中如果有什么开销请一定告诉我，要不要我先给你一点活动资金。

暂时不需要。他盯着小宝，语调冷静，既没有讨好她的意思，也没有类似施恩的优越感。

事情解决得出乎意料地顺利，小宝转到了家附近的地段幼儿园，这帮她避免了很多额外收费，她也不必找保姆，因为吴教练放学后会去幼儿园直接把小宝接到附近的市民广场，遗憾的是，市民广场没有足球训练场，他准备让小宝暂时改学网球，问星星同不同意。

她哪有不同意的，她原本的意思只是让小宝多一些户外运动时间，根本不计较运动是什么内容。只是这么一来，小宝的课程就变成一周五次每次一小时了。星星主动跟教练提出，要不要我再找一个小朋友给你？一个学生有点浪费你时间了。

没想到吴教练拒绝了。

这个时间段，又是户外，我怕人多了我顾不过来，万一出点什么事我可负不起责任。

教练说得句句在理，她惭愧万分，感谢的话已经说不出口，这样的恩德，根本不是感谢两个字承载得起的。她总算想到了一点得体的回报，每天下班后，冲过去接小宝时，她都会拎两杯咖啡过去，吴教练一杯，她一杯。中间有一次，她因为有急事，晚到了一会儿，没来得及带咖啡，小宝一看就变了脸：你为什么没买咖啡？此后一直不高兴地嘟着嘴，路过一个自动贩卖机时，小宝停下来，没好气地说：你给教练买点矿泉水或者雪碧也可以呀。她愣了一下,哈哈大笑起来:你就这么护着你的教练呀!

教练笑眯眯地接过她买的矿泉水,摸了摸小宝的头。

我跟小宝,前世一定有了不起的缘分,我们一见面就莫名其妙地互有好感,对不对?

小宝重重地点头。

跟教练分手后,小宝就像一个有了漏洞的气球,情绪以肉眼可见的速度消沉下去。

小宝,喜欢你的新幼儿园吗?

我喜欢上吴教练的课。

也不能只上吴教练的课呀,幼儿园对你来说才是最重要的。

妈妈,能不能让吴教练住到我们家来?

啊?不能哦,只有一家人才可以住在一起。

反正爸爸已经跟你离婚了,我们家缺一个爸爸,让吴教练来当我爸爸不正好吗?

谁告诉你我们离婚了?

我早就知道了,我们班的壮壮他爸妈也离婚了,离婚就是爸爸妈妈不住在一起,也不说话。

她让小宝停下来,蹲在小宝面前严肃地说:以后不可以再说让吴教练来当爸爸这种话了,这会让吴教练难堪的,知道吗?

为什么?他不愿意当我爸爸吗?

因为这是个很复杂的问题,是需要大人去解决的问题,你一个小朋友是没有决定权的。

但是,叫爸爸的人是我啊,为什么我没有决定权?

总之,你听我的,这话你只能跟我一个人说,外面谁也不许说听到没有?

星期六上午,星星正在准备午饭,小宝在画画,小宝爸爸敲开了房门,手上拎着一只红蓝相间的大蛇皮袋。

不是说那些东西都不要了吗?赶紧拿回去吧。星星厌恶地扭过头去。

好好的东西为什么不要?不管怎样还是节约点过吧。

爸爸喊小宝,小宝画笔画得刷刷响,既不喊爸爸,也不朝爸爸看。

小宝,为什么不理爸爸?让我看看你在画什么。

小宝一听,左手立刻捂住画纸,右手继续在指缝间画着。

小宝,想爸爸吗?

小宝不吱声。

小宝,跟爸爸回爷爷奶奶家吧,奶奶今天过生日,我们准备了一只超大的蛋糕,我们一起去给奶奶唱生日歌吧。

爸爸在小宝身边纠缠了很久,小宝始终不吭声,也不看他。爸爸来到厨房,对星星说:妈今天过生日,我专门过来接你们的,一起去吃顿饭。

你的新妻子和新儿子也在?

话不要说得那么难听嘛。

是你做得难看。你是在向我们炫耀你如今有多么幸福吗?是想反衬我和小宝有多灰头土脸有多可怜吗?对不起,我们不准备配合你的表演。

我就知道会这样。最后问你一句:去不去?

不去。

一直以来,我妈妈对你不薄吧?你就这样回报她的?

她只是在替你赎罪。

还没完没了!那我把小宝带走。转身喊小宝,小宝却不见了,小桌边只有打开

114

来的画笔。

房间里都找了，到处都不见小宝，星星说：你还不明白吗？他不想跟你走，躲起来了。

爸爸走后，小宝轻悄悄从卫生间的储物柜里爬出来，星星扫了他一眼：小宝你过来，妈妈有话问你。

小宝乖乖地来到厨房，站在她旁边。

爸爸叫你，跟你说话，你不回应，这是不礼貌的，无论怎样，不能不讲礼貌。

哦。小宝乖乖地应了一声。

你还没告诉我呢，刚才为什么要躲起来？星星把小宝扒拉到自己后边，怕油星溅到他身上。

我只是想试试，没有这个爸爸行不行。小宝小声嘟囔。

星星"啪"地关了火，蹲下来，拉着儿子两只手：傻瓜！爸爸就是爸爸，你可以不跟他生活在一起，但他永远都是你的爸爸。

我更喜欢跟吴教练在一起，我跟他在一起最开心。

吴教练对你好，所以你喜欢他，但他对你好，是因为妈妈出钱买了他的课程，爸爸对你的好，是天然的、无条件的，是你与生俱来的，是你人生中巨大财富，这样的人，除了妈妈，就只有爸爸了。

那你可以一直出钱买吴教练的课吗？

星星慢慢站起来：如果你喜欢，我当然可以考虑。

她真正想说的是，你以为买吴教练的课像买一盒蜡笔那么简单吗？是凭着多年来的面部表情修炼，再加上对小宝的无止境疼爱，才促使她没有在吴教练报出的课程费前吓得大惊失色。

柒零捌

早上五点半，衣泓就被丛老师发来的信息吵醒了，这比平时早了半个小时。

你快下来，昨天约好的那个人，刚刚给我发消息，她想提前。

她的生物钟还没到点，眼皮睁不开，听这话陡地清醒过来，换上昨晚就配好的衣服（也是按照丛老师的微信命令做的），径直冲到卫生间，匆匆洗了把脸就往下跑。

丛老师正在啃一个小圆面包，她也打开冰箱抓了一个在手里，这是昨天回家路上，她们看到一家面包店买一送一，顺便买回来的。丛老师把面包咬在嘴里，两把就把车倒了出来，衣泓摇下车窗，清晨的空气扑面而来，忍不住惊呼了一声。

你得学会开车！丛老师边吃边说：我一个六十多岁的老太婆，一边啃着面包一边开车，载着一个两手空空的年轻人满世界跑，你觉得像话吗？

好，等把这个片子一做完，我就去学。

根本不用专门去学，我当年都是坐在人家驾驶员旁边偷学的，考驾照对我来说就是个形式，一考即过。你在我旁边坐了这么久，一点都没找到感觉？

衣泓更加不好意思了：是稍微学了点，我还以为偷学你开车是不礼貌的，还故意不让你发现呢。

我不反对任何形式的学习，我年轻的时候还偷过书店里的书呢，有些图书馆里借出来的书，我就扛着不去还，结果人家也没拿我怎么样。

那好，我会尽快学会，尽快去考驾照。

在城市里，尤其我们干这一行，车是很重要的工具，不要什么好车，能跑起来就行。

知道了，我会计划起来。

我如果是你们这种年轻人，我就不要买房，我先买车，车代表你的速度，你的节奏，有车和没车的人，思维是两样的。

这天她们去拍一个外地来的女人，衣泓看过一小段她视频，其貌不扬，乡音浓重，一头仿佛出自五元店的短发，但就是她，却在来到上海的第六年，就买下了一幢前滩的别墅。丛老师联系她的时候，衣泓听见她在电话里一个劲地笑：丛老师啊，又涨了！我刚才看了下，值三千多万了，我买的时候才八百多万。

那个口音，衣泓听不出它属于哪里，但每个字都洋溢着欢乐和骄傲。丛老师一边说着祝贺的话，一边朝衣泓撇嘴：这个女人，看上去其貌不扬，绝对精刮刮。

丛老师，精刮刮也是一种天赋对吗？

绝对是，教是教不会的。

我在想，如果真有这门课，它该叫个什么名字呢？

如果叫精刮刮的人来取这堂课的名字，她可能会叫它"热爱生活"。这种人是不会留下什么把柄让人去琢磨的。

说话间，她们到了目的地，一个小个子女人笑眯眯地走了过来，她就是那个叫乐小琴的女人，她们今天将在这个女人家里拍摄。

女人上了车，指挥丛老师直接开进了她家的车库。

也许是房龄比较新的缘故，这里比丛老师那个别墅显得更高级，总共是五层，地上三层，地下两层。车库在地下二层，进入电梯，她带领她们自下而上先参观她的房子，地下一层是她家的健身房，里面有一台跑步机，一张台球桌，以及一个飞镖盘，如果这也算健身设施的话。

地上一层是起居室，客厅较大，枝形吊灯，大沙发，大电视，不知为什么，总觉得一切都没什么生气，卫生状况也不太好的样子。其他房间看上去也都缺乏料理。

乐小琴解释，她实在太忙了，老公更是很少在家，此刻正在外地出差。楼上主要是女儿的房间，女儿还在上大学，房间主要用来过周末。女儿的房间什么都是红粉粉的颜色，连墙上的镜框都是粉红色，可见这对夫妇对女儿的宠爱。第三层她决定不带她们看了，因为第三层很少有人进去，她把它做了贮藏室。

见丛老师盯着窗外的花园，乐小琴就问：要不要去看看我的菜园？丛老师满口答应。其实衣泓一进客厅就看见了窗外的那个大花园，顺便隔着玻璃把它拍了下来。这是她见过的最有特色的花园，除了边上有几盆不知是玫瑰还是月季的寻常花草，其他全是一垄一垄的蔬菜。甘蓝、韭菜、大葱小葱、鸡毛菜，还有各种叫不出名字的菜，整个花园弄得挤挤挨挨，无处下脚。因为头天刚下过雨，园子里还有点湿，三个人的鞋很快就踩满了泥巴。

衣泓一只脚陷进了泥巴里，拔出来的时候鞋却没有带出来，因为扛着摄像机，衣泓来不及找鞋，就光着一只脚跟在她们后面拍。

丛老师问：种这么多菜，吃得完吗？

当然吃不完，我都拿来送人了，每次出门办事，我的车里都要放好多菜，分成一份一份的，起码有十几户人家，他们就指望吃我种的小菜，说我的菜比外面买的好吃太多了，每次还顺便送出几只蜗牛。也不知道哪里来的那么多蜗牛。

说到正题，乐小琴说她正打算把这房子卖出去。

从八百多万到三千万，我做了这么多年人力中介，都没赚到这么多钱，有钱赚为什么不赚？我老公不同意，他是个保守派，觉得好不容易安定下来，应该牢牢守着这个窝。我跟他的想法不一样，我觉得就应该继续滚雪球，既然八百多万能变成三千万，翻了将近五倍，为什么不想想如何把这三千万再翻五倍呢？他一听吓死了，千万别，万一一脚踩虚了，前功尽弃就完了。那我就想，不就是捣腾个房子吗？实实在在的东西，实实在在的买卖，怎么会踩虚呢？怎么会前功尽弃呢？除非我是傻子。

三千万乘以五，那就是一点五个亿呀。

所以我老公吓坏了嘛，他认真工作了一辈子，现在每月工资一万不到。

说说你要把他吓坏的方案。

我打算把这个房卖了，再去市区买套别墅，我已经看好了，中心城区，1923年的房子，环境优雅得不得了，国家保护建筑，两百多平米，独立车库，一个月光租金就是二十五万，我一看那个房子，我就走不动路了，那才叫房子，那才叫体面，跟它比起来，我现在这个房子一点气质都没有，但我老公死活不同意，因为要四千多万，把这房子卖了还要贷款近千万。他说他年纪大了，不想再折腾了，他甚至想把这个房子卖了，去买两套公寓，一套给女儿，一套给我们，从此躺平，啥也不干。我跟他想法不一样，除非我不能动了，我才会躺平。能吃能睡的，干吗要躺平呢？活蹦乱跳平躺着不难受吗？我是这样想的，反正现在女儿住校，我们可以把新买的房子租出去，再去租个小房子住，以租养贷，很好的循环。他就是不愿意，说什么情况都可能发生，万一租不出去，还不上房贷会惹上官司。我就无语了，我说你躺在床上，天花板还可能掉下来呢。

他的想法也有一点点道理，有些人喜欢在高压下生活，有些人不喜欢。

没人喜欢在高压下生活，被逼到这一步没办法呀。我原先也跟他一样，也是有工作有编制的，天天坐在办公室里，舒舒服服。后来因为要过来跟他团聚，又没法调动，只能一走了之，到了这里什么都没有，没工作没户口没朋友，一穷二白，还要养女儿，能不想办法吗？第六年吧，在人力资源这一块，我就慢慢上道了，然后我就认识到，市场其实很肥很大，你只要一脚站上去，死死抓住不放手，总是会喝到一口汤的。只有旁观者才觉得好难好难，好怕好怕，那么好，永远当你的旁观者。

丛老师点头：这大概就是所谓置之死地而后生吧，你是重生了，但你老公无法获得重生的机会，恕我直言，你们之间不会出问题吧？

乐小琴哈哈大笑：绝对不会，你可能不了解我们外地来上海的人，我们都非常珍惜在家乡土生土长的朋友，因为在这里交个朋友太难太难了，普通朋友尚且如此，夫妻就更不用说了。说难听一点，他是我的退路，有他这个退路在，我才敢横冲直撞。出于安全的考虑，我们也不敢出问题。

最后怎么样？你们在房子的问题上达成一致意见了吗？

后来我们决定，等女儿周末回来，让

117

她来决定。乐小琴掩着嘴巴狡黠地一笑：女儿跟我是一条心的，所以我基本上赢了。

我觉得你老公的考虑也有一定道理，发展的同时也要享受生活，不要过分压榨自己。

我认为，如果压榨之下能出成绩，那么压榨其实也是享受，成绩越大，享受越彻底。没有压力，哪来成绩呢？没有成绩，哪里谈得上享受生活呢？那些四平八稳上班的人，永远别想这种享受，我庆幸当年被迫放弃一切，赤手空拳来到这里。

老公呢？他没有自己的追求吗？

他有！他的追求就是维稳，他负责研究国家政策，用足国家政策，大人的政策，孩子的政策，我就负责挣钱，当然他有时也参与我的事情，孩子什么都不管，只负责读书。我不指望我老公在工作上有多大成就，他年纪不轻了，学历也不太高，没什么发展空间，再说，越往上走风险越大，做个小老百姓虽然好事轮不到你，反过来说，坏事也轮不到你，安安稳稳过一生，多好！我老公这场人生，实在太舒服了。

乐小琴跷起一条腿，甩甩脚上的泥巴，示意客人们到屋里去。

她的动作提醒了丛老师，丛老师也提起一只脚，很有节奏地踢腾起来，还一边笑着说：好久没用这个动作了，这还是我当年插队的时候学会的动作。

当她换了一条腿，踢另一只脚上的泥的时候，一个不注意，人就倒了下去。

啊！丛老师皱着脸大叫，乐小琴赶紧去拉她，刚一碰到胳膊，丛老师叫得更加瘆人。看上去似乎是左手腕出了问题。

衣泓打了120，报地址的时候，衣泓把电话凑到乐小琴嘴边，她看到乐小琴嘴唇发白，微微抽搐。看不出来，能说会道的乐小琴还有这种时刻。

乐小琴把丛老师架回屋里。等车的时候，才发现衣泓一直光着一只脚。丛老师忍痛笑起来，乐小琴赶紧去帮她处理脏鞋。

本来是想让你们就在屋里聊一聊的，我连茶水都准备好了，有绿茶、红茶，还有咖啡，要是听我的先喝了茶再出去，就没这回事了，有些事情真的是有专门的时辰的。乐小琴把鞋递给衣泓，顿时又恢复了刚才的铁嘴模样。

手腕是比较容易出问题，尤其丛老师这个年纪。

丛老师比你大不了几岁。衣泓忍不住呛了她一句，她觉得乐小琴无非是想推卸责任。

120车来了，丛老师和衣泓坐救护车，乐小琴开丛老师的车，一起往医院赶。

到了医院，乐小琴为丛老师跑了一会儿腿，中间接了个电话，就说有事，先走了，不过她答应等丛老师离开医院的时候，她过来帮忙开车。

一切处理完毕，已是下午五点多钟，衣泓想要打电话给乐小琴，让她过来开车载她们回家，被丛老师制止了。

我不要她送我回去，我发现我的预感是对的，见到她的第一眼，我就不喜欢她，那双眼睛太精明了。我在不喜欢的人面前就是容易摔跟头。这事交给你，不管你用什么办法，给我找个会开车的人来，把我们送回去。

衣泓迅速检视了一遍自己的朋友，发现会开车的人只有吴敏昊一个，但她已经很长时间没跟吴敏昊联系过了，不过现在也顾不得那么多了。

她打通吴敏昊电话，说了这边的情况，

吴敏昊没有丁点犹豫，痛快地答应下来。

刚刚挂掉，吴敏昊又追着打了过来。

我现在跟星星和她的儿子在一起，她们听说了丛老师的情况，也想到医院来看看，可以吗？

你们怎么会在一起？衣泓脱口而出。

我现在是小宝的户外健身教练。详情见面再说。

半个小时后，吴敏昊和星星母子一起出现在丛老师面前，吴敏昊还给丛老师和衣泓带了咖啡。

丛老师很开心：终于遇见绅士了！

星星表示要跟着一道去看看衣泓的新家。丛老师多少听说过一些星星的事情，半开玩笑地说：去吧去吧，说不定还能把你拍进我的片子。

衣泓吓得赶紧给黎晓打电话，问她何枫今天在不在，黎晓说：他临时打电话说他的公司要加班，过不来了。

谢天谢地！衣泓松了一口气，她生怕星星跟何枫在丛老师家见面会难堪。

一路上，大家有说有笑，只有丛老师一直沉默不语，但也不像在生气。汽车驶上高架后，周围陡地安静下来，丛老师突然问：小吴，你每天早上几点到岗？

吴敏昊说：我是全校到得最早的，一般七点十分就到了，其他老师可能七点半以后才会到．

有点早呢，每天都这样吗？是学校要求的还是你自己的习惯？

学校也没有硬性要求，因为有课间操，周一还有升旗仪式，所以作为体育老师我通常都会到得早一点，做些准备工作。

很好。你有家吗？我的意思是，你家务多吗？

哈哈家务不多的，我还没有结婚。

这样啊，那太好了！我有个请求，在我胳膊痊愈之前，你能不能住到我家来？我们每天早上一起出发，你去学校，我和衣泓去拍片，虽然对我们来说有点早，但我们可以笃笃悠悠去吃个早点，再开始工作。到了下午，你下课了，我们收工了，我们约在一起回家。你觉得怎样？

这个嘛，好像也可以，只是你们这么早就跟我一起过去，会不会太辛苦了？那边都是九点才上班的。

没关系，我们的拍摄对象都是一对一单独预约的，说不定有些人喜欢早一点开始，总之，我们的时间比较灵活，就是要辛苦你了，每天都要早起。

我没事，能给丛老师当司机是我的荣幸。

正好我们有多余的房间，可以分给你一间。

也就是说，我又多了一个家了。吴敏昊笑起来。

被子什么的都不用准备，我们应该还有多余的，你就带点自己的私人物品就可以。

到家了，吴敏昊第一个跳下车，拉开车门，服侍丛老师下车。从丛老师的声音可以听出来，她对衣泓找来的吴敏昊相当满意。

黎晓正在厨房里大张旗鼓地准备晚饭，衣泓放好设备，立刻一头扎进厨房，她想她多做一点，她的孕妇同学就能少做一点。没过多久，星星也带着小宝进来了，三个女人一起动手，晚饭因此变得高效又有趣。

衣泓两次来到客厅，她有事请教丛老师，见丛老师正兴致勃勃地跟吴敏昊聊着，就没敢过去打扰他们。吴敏昊连说带比划，好几次，丛老师笑得前仰后合，这种情形太少见了，吴敏昊到底说了什么这么好笑？

衣泓回到厨房里，见小宝正起劲地玩着那个刨菜板，就问他：小宝，吴教练教你些什么呀？把你学会的东西教教我行不行啊？

我教不了你，你这里没有滑板。小宝认真地说。

衣泓看向星星，星星说：还不是拜你所赐，上次你让我用你的卡去找吴教练，结果我自己没开始运动，倒给小宝安排上了。

挺好的，小宝多运动，有助长高。

小宝特别喜欢这个吴教练，本来有三四个孩子的，结果后来只剩了小宝一个，变成私教了。

了不得啊小宝，小小年纪就有了私人健身教练。

星星做了个鬼脸，用嘴形告诉衣泓：好贵！

值得！衣泓点头：是运动过的原因吗？我觉得小宝比上次在迪士尼看到的高了好多，也强壮、活泼了好多。

这让星星来了兴趣：真的吗？能有这种感觉那可太好了，那这个私教费就真值了。

小宝去找黎晓，要求再给他一个可以刨丝的蔬菜，黎晓递给他一个土豆。他拿到土豆，却不走，转着眼睛问三个大人：你们在讲我吗？

衣泓抓住他的小肩膀，问他：听说你很喜欢你的教练，你喜欢他什么呢？

因为他是唯一喜欢跟我们小孩子玩的大人。

这么说对我们不公平哦，上次你妈妈、还有我，我们不是跟你一起去过迪士尼吗？那可是专为陪你而去的。

教练说，玩跟运动是不一样的，玩会把人玩傻，运动才会使人变聪明。

晚饭上桌了，黎晓煮了一锅饭，烧了两荤一素三个菜，一盆汤，再加上一大盘她下班时带回来的烤鸡腿，看起来非常丰盛。

丛老师突然笑起来：要不，星星你们也加入我们这个家怎么样？每天早晚跟着吴老师一起上下班。你会不会觉得离上班的地方太远了？

星星吓得赶紧放下饭碗：丛老师，谢您好意，我无力胜任你的工作，还是不要跑来给你添乱了，如果你有其他用得上我的地方，我一定尽力而为，随叫随到。

那就依你吧，但我总感觉我们哪天会用到你。

好的好的，我时刻等着丛老师的召唤。

晚上十点多，他们开始往城里走。小宝上车就睡着了。星星说：他小时候就这样，车子停了才会醒。

多好！多会休息！会休息的人才会工作。

你将来要是有了孩子，肯定是个特别好的爸爸。

可能吧。话说，刚才你为什么一口拒绝了丛老师啊？

第一，这里离市区太远，离我的生活太远。第二，我跟衣泓和黎晓都不一样，她们是一人吃饱全家不饿，我可是家长，家长不能跑，家长跑了，家就没了。吴敏昊嗯了一声。

星星把毯子扯过来，盖在小宝身上。小宝可喜欢你了，自从跟你上了户外体育课，他整个人阳光了不少。

我看出来了。小宝跟他爸爸是不是很

少接触？我感到他很渴望跟成年男性接触的样子。

唉！一言难尽。

他真的睡着了吗？

睡着了，都在打呼了。

那好，我告诉你一个秘密，你凑近点，他说他的弟弟很可爱，说他戴一个有耳朵的白帽子，像个小兔宝宝。

她狠狠地瞪着他。

他望了一眼后视镜里的她：你别这种眼神啊，小孩子只是说实话而已。

他还跟你说过什么？

后面的确还有，但你的眼神弄得我不敢说了。

说吧，这都不是什么新鲜事了，我早就知道了。

还有一句话你肯定没听到过。

别卖关子了，快点告诉我。

孩子的心真的是金子做的，我怕我说出来会伤害到他。

什么？说嘛。她再次探身往前，脑袋几乎伸到了他肩头。

他问我，可不可以做他爸爸。别生气，我没有任何别的意思，我只是转述他的原话。对不起对不起，希望没有冒犯到你。

我才应该说对不起，让你难堪了，他只是想表达他喜欢你，但他用错了词，希望你不要介意。

她缓缓跌回原位。这不是小宝第一次说这种话了，第一次见到教练的那天，他就有过类似的流露，但她一直以为那只是发现了运动的乐趣所导致的。她也知道小孩子不懂得掩饰自己，里外透明，无遮无挡，但是……

喂！你怎么是这反应啊，告诉你，我高兴得很，一个成年人，被一个天真无邪的小孩子喜欢上，这是一种巨大的荣耀，我真的很高兴他喜欢我。你可不要误会，我本来没想告诉你的，就怕你误会，你看你，果然还是误会了。实话告诉你吧，听到他这么说，我当时就想告诉你，但又怕你误会我想占你便宜。今天也不知怎么搞的，看到他在睡觉，就想说点悄悄话。

你才误会了，我根本不会误会你。

车窗外骤然大亮，他们进了市区，路况复杂起来。经过一片陈旧的社区时，星星说：其实我的房子就在这里，我住的是顶楼，没有电梯，小宝应该对它没有记忆，他只去过一次，那是夏天，他穿着短袖短裤，那么干净，没有沾染过一丝红尘，像个小天使，而我却让他突然出现在堆满杂物的污黑破旧的楼梯上，那情景一下子就让我崩溃了，我凭什么把他从宽阔的电梯间铺满大理石的现代公寓里弄出来，带进这种地方？所以，我忍痛把他送回了爷爷奶奶家。在我改善自己的条件之前，我不想把他接回来。

吴敏昊笑出声来：真是太巧了，我家也离这里不远，要不我带你去看看我的公寓，也不进去，就像这样在外面看一眼。

十几分钟后，他们来到另一个同样陈旧的小区前。

这里的房子，跟你的应该是一个级别，可能比你的房子还要便宜一点，因为地段没你的好。

我们不会拥有它太久的，只是个过渡。

是的，这远远不是我们的最终居所。真没想到，我们俩有这么多相似之处。

不同的是，我比你多走了一段弯路，不，是多走了一段多余的路，现在终于回到属于自己的道路上来了。

不会是多余的，任何经历都是财富，

这不是有个小宝吗？这可是无价之宝。

也对！星星望望路边的小店，问吴敏昊：你想喝点什么吗？

不，在完成今天的任务前，我什么都不会喝的。

你今天还有什么任务？

我要收拾一下明天带到那边去的东西，我劝你也收拾一下，跟我一起搬过去，不是又可以省一笔房租？

我觉得，我跟小宝还远远不到需要救助的地步吧。

这不是救助，是合作，避免资源和劳动力的浪费。

不行不行，我可是家长，稳定第一，不要随便搬家。

好姑娘！我反正是得过去的，我已经答应了当她的司机。

衣 泓

自从吴敏昊当上柒零捌的司机，衣泓就觉得上午是最漫长的，六点起床出发，上车就开始联络拍摄对象，一直到十二点才能暂歇，整整六个小时，神经一直紧紧地绷着，连水都想不起来喝一口。这天他们七点就开始拍摄一个妆容精致的女人，她非要在她的车上拍，因为空间有限，衣泓折腾出了一身老汗。一直拍到八点四十，她要求暂停，因为她今天中午要请人吃饭，早就花高价预约好了九点的美容师。拍摄只好转移到美容室进行。衣泓看了看她那张脸，真不明白还有什么地方需要美容，她的妆已经画得很浓很精致了。

女人老家是温州的，老公也是温州人，名下有三间工厂，浙江一间，内蒙一间，河北一间，他们做皮具，现在也做服装和化妆品。他们有一对双胞胎儿女，都在美国上寄宿中学。

才十五岁，你放心他们吗？

我放心得很，他们十四岁就过去了。

可能他们是两个人，多少有个照应，比一个人强多了。

他们不在一个学校，姐姐和弟弟性格不一样，所以选了不同的学校。我每个月飞过去看他们一次。

每个月？天哪！何不干脆就在那边陪他们。

他们不需要我，是我必须每隔一个月看他们一次。再说我也有自己的事情要做，我有一间物流公司，不大，做着玩。

尽管这个人很有趣，很值得拍，他们还是决定先从她的房子下手。

刚开始我们没有资格买上海的房子，我们就买商铺，一个接一个地买，这些事情都是我一手操办的，我这人胆小，一赚钱我就卖，绝不贪心，后来证明我的操作是英明的，很多人因为无法脱手而砸在手里。这样过了五六年，我们拿到了买房资格，高高兴兴买了个大房子。我喜欢看到我的孩子们在房子里跑跑跳跳，房子太小了可不行，太小的房子没有风水，风水不好的房子不养人。

美发师是个扎辫子的帅哥，见有人录像，特意放下工具包，去了趟卫生间，出来时，脸上明显多了些神采，细一看，他连眼线都画上了。

她从手机里找了张照片出来，对美发师说：给姐照着做。美发师看了一阵，对她说：这需要挑几根空气刘海哦，你舍得？

有什么舍不得的？头发剪了还会长起来，我从来不在乎这些小细节，你尽管剪，只要效果好。

我就喜欢姐这种态度，有些人就不行，这里不能动，那里不能动。

有病！不就是几根头发吗？大不了我不喜欢刘海的时候，弄个卡子把它卡起来，我只要今天中午美美的。

美发师信心大增，手指更加灵活。

恰在这时，衣泓的手机震动起来，拿起一看，是爸爸。她想也没想，直接掐了。早就跟爸爸打过招呼，如果她正在工作，可能会直接挂断，事后她会回拨过去。

两三秒钟过后，震动又起。丛老师示意衣泓出去接，摄像机交给她。

衣泓只好握着手机往门外跑。

我在你公司门口，为什么人家说你不在这里工作了？你到底在搞什么啊？

爸你来上海啦？为什么事先不跟我一声？

你是辞职了还是怎么了？

我换了一份工作，刚换，还来不及跟你说。

还在瞒我！人家说你都走了好几个月了。

爸，我现在正在工作，我们能不能待会儿再谈？

你现在在哪里？你把地址发给我，我要来看看你工作的地方。

爸，要不你先去哥哥那儿，我下了班过来看你。我现在真的不方便跟你多说。我挂了哈。

刚一进屋，电话又响了，这一次，衣泓索性把电话关了。这种事，她只在爸爸面前干得出来，妈妈那里，她是没有这份胆子的。

抬眼一看，丛老师一动不动盯着她。你爸爸的电话？不能不接爸爸的电话。丛老师放下了摄影机。

她要去接过来继续拍，丛老师拦住了：为什么这样对自己的爸爸？我不喜欢你这种处理方式，你就一点都不担心会有什么不好的后果吗？他身体怎样？如果他本身就有病，出了事谁负责？你负得起责吗？

衣泓站了一会儿，拨通了哥哥的电话，她让哥哥去接爸爸。哥哥也很意外：你换工作也不跟我说一声？

她没想到自己换个工作他们会这么在意，但还是说：新工作肯定更好我才愿意换的。你现在赶紧去把爸爸找到，接到你家里，我下了班就过来看他。我现在正在拍片子，不能离开，否则我肯定赶过去了。

拍什么片子？还是广告公司？

见面再跟你说。

十一点多温州女人去陪别人午饭，两人决定也去吃点东西，等温州女人回来了再接着拍。

两人去了兰州拉面馆。面很扎实，小脸盆似的一大碗，下单的时候，丛老师说，我们要一荤一素吧。

她无所谓，点头。

面很快就端上来了，正在想这荤素怎么分配，要不要主动把荤的那份给丛老师，丛老师利索地把牛肉一片片夹到素面里，夹到一半的时候还嗯了一声：这下我们都有牛肉面吃了。

她震惊得倒抽一口凉气：没事，丛老师，牛肉全给你好了，我喜欢素的。

不行，必须有荤有素，一个人吃一份牛肉其实有点多了，这样正好，一点都不浪费。

123

中途，衣泓跑出去打了个电话，她想知道哥哥接到爸爸没有。她也不敢直接打爸爸的电话，就先问问哥哥。

你自己过来跟他解释！他一直在跟我吵，说我不关心你，不管你。哥哥的语气不太好。

我下了班再过来，现在走不开，你先稳住他，我又不是小孩子了，换个工作的自由也没有吗？又不是他帮我找的工作。

你嫂子也被她吼了一顿，说我们对你漠不关心。

我发誓我没跟他说过一个字，都是他自己想当然。这真是！如果是这种情形的话，我干脆不过来了，我不喜欢争吵，也不喜欢解释来解释去。

你要来！赶紧来！你不来我们会吵翻天。

如果他因我而吵，那我更不想来了，你就跟他说，就说我说的，工作是我自己的事，不用他操心，不管我干什么，我能养活自己，我从没找他要过钱，所以他也没理由对我工作的事指手画脚。

这是什么逻辑？他千里迢迢跑来看看你工作的地方、住的地方，他还错了？赶紧过来跟他说清楚。

好吧，我下了班才能走，现在还是工作时间。

几点来？过来吃晚饭。

我事情一结束就赶过来，不一定等到晚上。

拉面还没吃完，温州女人的电话就打过来了，很激动的样子。你们还拍不拍？拍就马上去我公司。

原来她的午餐社交不顺，对方放了她鸽子，只派了两个助手过来，她精心做好的发型完全没有用武之地，难怪她会生气。

她们赶到的时候，温州女人气已经消了，正在一脸思索地总结：还是怪我下手不够狠，没有到位，谁能想到他们的喉咙已经这么粗了。

衣泓正要问，丛老师使了个眼色，制止了她。

她们继续聊关于房子的事。

我不知道你们为什么还对房子感兴趣，反正我是不感兴趣了，我好多朋友也对房子不感兴趣了，现在他们对国外的房子感兴趣，你想想，如果你在夏威夷有一套房子，平时交给当地中介帮你打理，你想去度假的时候就收回来，我去过几次，但我都没住在自己的房子里，觉得好麻烦，也要替租客考虑对不对？我宁肯去酒店，但我会去我房子周围看看，有时还会偷偷窥视一下租客的生活。

财富达到一定程度会空虚吗？衣泓忍不住问了一句，这是超纲的，丛老师不让她问可能激怒别人的问题。

财富多了怎么会空虚呢？穷人才会空虚呀，穷人活在这世上没着没落的，满眼的东西，一样都不属于他，好机会一次都轮不到他，穷人才会空虚，富人是不会空虚的。打个比方，我今天有两三个小时空闲，干什么呢？去做个头发吧，去做个美容吧，去趟健身房吧，去购物吧，穷人这两三个小时干什么呢？大不了去趟免费公园，或者去网上看个不花钱的电影。但你知道吗？你做头发也好去健身房也好，都是在给你的身体充电，到了我们这个年纪，已经不需要学习来充电了，给身体充满电才是最重要的，

你穷过吗？

穷过，我们这个年纪的人谁没穷过？我小学一二年级的时候，家里经常没饭吃，

长年不吃晚饭，有时傍晚进门，看见屋顶在冒炊烟，高兴坏了，跑进去一看，原来是在烧水，顿时就没了力气，连去洗澡的力气都没有了。后来慢慢可以挣钱了，突然觉得，当年我们的父母不像我们这样爱孩子，因为一个人如果爱他的孩子，至少会想方设法让他吃饱饭，哪能吃饭时间到了，就烧一锅水打发孩子洗了睡呢？我还记得那时候我喜欢做梦，每个梦都是关于吃的，大块大块的肉，满到堆尖的米饭，到现在我还在想，当年我们的父母咋就那么狠心，居然可以让孩子饿着肚子上床，自己去梦里找吃的，他们的心不疼吗？别跟我提大环境，那种环境下，也不是每户人家都不吃晚饭的，区别在于，人家的大人会想各种办法，不一定让孩子吃得多好，至少让那些小嘴巴得到满足，我家父母的办法就是干脆不点火，你知道这有什么危害吗？当你肚子空空冲进家里，看见的是冷冰冰的锅灶，那种沮丧足够让人记一辈子，它让你害怕穷，害怕饿，还让你一点都不留恋那个家。如今我的症状表现在喜欢囤货，囤各种吃的，如果有人把我反锁在家里，我在里面可以半年安然无事。也是奇了怪了，我越是喜欢囤吃的，我的孩子们就越不爱吃，完全不像我当年，看到食物，就眼睛发绿。

房子也一样。聪明的温州女人看出了拍摄者眼里的疲倦，话题一转，重新回到房子上来。

我刚到上海来的时候，看到那么多漂亮的房子，眼睛都直了，我就想，要是我也能住进那样的房子里该有多好啊！从那时开始，我没事就出去看那些房子，回到家就想我看到的那些房子，反正我脑子里天到晚装的都是房子，我征求了好多人的意见，他们给我出了好多好主意，最终，我得到了我想要的房子。我常常拿这事教育我的孩子们，你必须多出去看，然后确定你的目标，你心里一定要有目标，没有目标，你就没有动力。从上小学开始，每年寒暑假，我都带他们兄妹出国旅行，每到一个国家，我都要带他们去看那个国家的大学，有一天，我女儿说，妈妈，我长大了要去国外上大学，我问为什么呀？她说我也说不上来，我就是喜欢那些大学的样子。

大房子有了，孩子也快要实现愿望了，接下来呢？还有目标吗？

有！怎么能没有？但我怕我说出来，你们会笑话我。我想去陪我的孩子们，为了达到这个目的，我必须创造条件，目前能想到的办法是，我去那边申请一个社区大学，一边陪读，一边自己也读书，正好也圆一下自己的大学梦。我当年读的是中专，初中毕业就去读了中专，那时候的中专是一定能找到工作的，家里也可以少负担几年，两全其美的好事，我那个家哪能不抢？

衣泓在摄像机后冲她点头，伸出大拇指。

那你老公怎么办？他不能去美国吧？

他不能去，他要照看他的厂子，只能偶尔去探亲。我知道你要问什么，很多人也这样问我，两个人不在一起要是出了问题怎么办。关于这个问题我是这样想的，如果给予他一定的政策，应该不会出太大的问题，至于小问题嘛，人无完人。再说，我已经咨询过律师，也有了各种制约他的措施。

拍完，温州女人招待她们俩下午茶。衣泓躲出去给爸爸打电话。

爸爸不像上午那么焦虑了，看来跟哥哥一家中午吃得很舒服。

晚上，我和你哥哥想来你住的地方看看。

衣泓一听，赶紧捂着话筒问丛老师，能不能让家里人去柒零捌看看。

丛老师说当然可以。

放下电话，丛老师赶紧起身跟温州女人告别，衣泓觉得奇怪，刚刚还说要在这里磨蹭到吴敏昊来接他们的，怎么突然就要走了。

来到外面，丛老师点着衣泓的脸说：你忘了一件大事，你爸爸认识黎晓吧？你爸爸要是突然看到黎晓，会怎么样？

衣泓还没听完就捂住了嘴巴，幸亏丛老师提醒，不然今天晚上要出大事。

我马上给黎晓打电话，让她晚点回家。或者干脆让她在外面住一晚。

丛老师想的却是另一回事：我们一起工作的事，你还没有跟你爸爸讲，对吗？我猜也是，你得说，不说清楚他不会放心的。这样吧，今天晚上你让他来，我来跟他解释。至于黎晓，我的意思是，不要为难她了，你没觉得她身子越来越沉重了吗？还是住在家里方便、安全，我们可以把她反锁在她房间里，不让你爸爸看到就行。

对了，吴敏昊今天也不能住我们那里，要是被你爸爸看到男男女女住在一起，他肯定不放心。

这倒是衣泓没想到的，不得不佩服丛老师心思细腻。

两人回到家，赶紧着手收拾现场，所有跟黎晓有关的东西全部收进她的房间，包括卫生间和厨房里的各种小东西，同时打电话给黎晓，让她下了班赶紧回家。黎晓听说后也是吓了一大跳，本能地提出不要回家，躲过衣泓爸爸。衣泓说：不行的，万一我爸爸兴致上来，要多待一会儿、待到很晚呢？你一个人在外面多不安全，丛老师说你现在是非常时期，一定要回家，万一有点什么事，我们多少可以帮到你。黎晓答应下班就走，绝不拖延。

七点四十分，哥哥开车载着爸爸到了，衣泓笑嘻嘻地跑出去迎接。

坏丫头，天天通电话，结果这么大的事你瞒着我！你到底还有没有别的事瞒着我？爸爸一见面就瞪着眼睛数落她。

不是怕你担心嘛。

你瞒着我我更担心，我告诉你，这回我不走了，我要留下来，监督你，照顾你。

她当然不相信爸爸真的会留下来，除非妈妈敢放下她的餐馆，一起过来。

你在这里上班？这不是生活小区吗？怎么可能是工作的地方？

这你就不懂了吧，我们的纪录片工作室就设在这里。现在都这样。这也是我没跟你说的原因，说了你也不懂。

爸爸疑惑地看向哥哥，哥哥却不接爸爸的视线，像个私家侦探一样，机敏而不动声色地四下里打量。

他们进入室内，丛老师从工作台边站起，衣泓给双方介绍。

哥哥郑重其事地跟丛老师握手，爸爸也冲过去，模仿着哥哥的样子跟丛老师握手.

衣泓有点贪玩，一定给您添了不少麻烦。爸爸的样子，像家长在见孩子的班主任。

没有没有，您养了个好女儿，衣泓是个很主动很勤奋的小姑娘，也很有才气，当初她进公司，就是我一眼相中的，后来，我决定出来弄一个纪录片，需要一个助手，我就挑了她。关于工作待遇，您完全不必担心，片子做成了，绝对会卖出个好价钱，我给她设定的目标是，三年内买套属于自己的房子。

衣泓浑身一震，丛老师从来没有跟她说过这个，不管怎么说，最后一句话的确让人很是振奋。

爸爸有点被唬住了：这个，上海的房子很贵的呀，她哪能买得起。

既然她有那个才气，就一定能过上跟她的才气相匹配的生活，就不应该像普通人一样，把大好光阴都荒废在打工上面，打工永远只能满足衣食所需，打工者永远都是无名小卒，永远都在兢兢业业成就别人的事业，为自己的事业而打拼才是最有成就感、最有意义的人生。

啊！您能看中她，真是她的福气。请您一定对她严格要求，该骂骂，该罚罚，您放心，她很皮实的，经受得起。

谁说的，我很脆弱的好吧。衣泓不满爸爸太过卑微的态度，忍不住轻声插了句，也算是替丛老师解围，她觉得丛老师应该很难适应爸爸的说话风格。

爸爸立刻把目标转向她：你可不要辜负了丛老师，这才是教你谋生和做人的真正的老师，用我们老家的话来说，丛老师就是你的师父，一日为师，终身为父，其他的话我不多说，相信你都明白。

您客气了，不过，衣泓跟着我，以她的机敏，肯定能把我积累了大半辈子的经验都学到手。您是老师您应该知道，这种一对一的言传身教，比什么上课实习都有效。

是的是的，没想到她还有这份好运气好福气，碰到您这样的好老师好领导。

主要还是她自己有这个爱好和潜力，否则我也不会把她挖过来。您就放心吧，跟着我，她不会吃亏的。我们的纪录片，不仅要热播，还要得奖，这对衣泓的将来无比重要。我们的工作室，虽然偏远一点，但比较舒适，这里的工作区和生活区是分开的，楼上是她生活的地方，您完全不用担心她的生活质量。

于是又说到免费提供住宿的事，爸爸又是一通感谢，丛老师说：我只想让年轻人没有任何后顾之忧地投入工作，现在生活压力太大了，年轻人都给压得没有一点活力没有一点闯劲了。

说到房租，爸爸自然又提到衣泓的第一个房东。如果不是衣泓告诉我，我根本不敢相信上海还有人在这样生活，把自己的家活生生分一半出去。

丛老师说：是有很多老年人都喜欢这么干，到了那个年纪，自己的儿女都没空理他们，就把房子租出去，租给像衣泓这样的，每天有个生机勃勃的小姑娘进进出出，赏心悦目，还有钱赚，多划算啊。

衣泓第一次听到这种论调，爸爸也瞪大了眼睛，只有哥哥轻轻点头。

丛老师对哥哥说：其实你妹妹这代人比你们当初留下来更难，你们那时候外地来人少，各方面条件都宽松些，现在就多了去了，满大街都是外地人。

应该说，我们那时候，想来的人也不多。丛老师看起来不像退了休的人，电视台应该返聘您的，让您这样的人退休是国家的损失。

哪里！那么多年轻人在后面排着队呢，我们不能光想着自己，也该给别人留个位子，更新越快，一个单位才会越有活力。

哥哥点头称赞：丛老师境界真高！

除了想要给年轻人留个位子之外，我还有个想法，我跟衣泓交流过，我说打工就像往大海里浇水，你使出吃奶的劲，一瓢一瓢地浇，大海完全感受不到你的存在，但如果你把这水浇在一只桶里，你自己的桶，浇个两三年，你再来看。

哥哥一个劲地点头：丛老师说得太对了，我当年也是这么想的，所以才出来自己开公司，我只是没想到大海和水桶这个比喻，太形象了。

那你算是很有魄力的人了，当年敢这么干的人可不多。

可惜衣泓对我那个领域没兴趣，要不她是可以跟着我干的。不管怎么说，工作如果能与自己的爱好一致，那真是最幸福的事。

你能这么想我就放心了，我生怕你们嫌我这里不是大公司，把她给我抢走了。她现在所做的，正是她所热爱的。你们也可以上楼去看看她的房间，她绝对有自己的个人空间。

衣泓趁机将爸爸和哥哥带往二楼她的房间，丛老师在后面说：你就陪爸爸和哥哥好好说话，其他的不用管，我马上送咖啡上来。

她听懂了，丛老师的意思是，不要往黎晓的房间那边走，茶水什么的她会送过去。

一旦离开丛老师的视线，爸爸马上就变回来了。这不等于在给个人打工吗？你不会是贪图这里的舒适才跳槽的吧？我觉得还是在公司好，平台大，接触的人多，眼界也更宽广。

爸你觉得你女儿是个贪图享受的人吗？再说这里有什么可享受的？比在公司里辛苦多了，根本没有白天黑夜之分，回到家里只是上班的另一种状态。

那你图什么？

总之工作的事你就别管了，我有自己的计划。

丛老师推门进去，她用托盘送来了咖啡。

简单聊了几句，丛老师就下去了，三个人再度严肃起来，爸爸说：我很好打发，但你得帮我想一想，我回去怎么跟你妈交待，我说你跟一个退休的女人干个体，她肯定气死了，她肯定觉得那就跟她店里招个洗碗工一样。

你就跟她说，我跟一个剧组在拍电影，拍纪录片，事实上也就是这么回事，并不是在糊弄她。

你觉得怎样？爸爸转头问哥哥。

既然是兴趣所在，我觉得可以拿出两年来赌一把，反正她也才刚毕业。这事做成了，对她是个不错的起点，做不成，也是个经验的积累。至于工作，也不用把它看得太重，爸你在担心什么我知道，你是怕她损失两年工龄对吗？工龄在你们那个年代是比较重要的东西，现在真的不算什么，现在更看重你的职业经历，你做过什么，做成过什么。

衣泓觉得哥哥完全站在自己这边了，得胜一般向爸爸摊摊手。

爸爸不置可否，却想起另一个问题来：你刚才说你住这里不付房租？世上没有这么便宜的事吧，她给你多少工资？我猜肯定不多，肯定把房租从工资里扣掉了。

这才是真正的问题所在，衣泓一时语塞，父子俩目光都集中到她身上来了。

项目结束的时候，我才能拿分成。

啊？现在没有工资？一分钱都没有？

我同时还在原来的公司做客户开发工

作，是不用坐班的，这一块主要靠丛老师帮忙。总之你们不用担心，爸你看我是不是都胖了？我有吃有穿有住，工作也很开心。

这个片子要做多长时间？我跟你说，时间太长了不行的哦，时间太长了你就跟同事生疏了，跟社会脱节了。

嗯，我知道的，我会注意的。

这个纪录片，你们是要卖给电视台和网站吗？据我所知，现在几乎都是这么运作的。哥哥到底比爸爸更了解行情。

是的，丛老师在这个领域工作了一辈子，人脉深厚，渠道都是畅通的，现在的任务就是赶紧做完。

不一定哦，人走茶凉。整个剧组就你们两个？

本来丛老师是打算一个人干的，后来觉得工作量有点大，就把我拉过来了，我也觉得是个不错的学习机会。

你确定她不是因为受伤了，临时拉你来帮忙的？我看她手上绑着石膏。如果是帮忙的话，性质又不同了，到时候你的名字很可能上不了制作名单，那就不能算是你的工作经历。

那是前两天拍片子的时候摔的。其实，拍这个片子的同时，我已经有了新的想法，说不定这个项目一结束就要开始拍第二部了。不过我还没有告诉丛老师我的新想法。我的意思是，不管丛老师决定怎么用我，我都想以此作为起点，探索自己的事业。

隔壁黎晓的房间里"啪"的一声响，似乎是杯子之类的东西掉到地上了。

隔壁还有人？丛老师的家人？

衣泓急中生智：肯定是猫，这猫就喜欢把东西往地上扒拉。爸爸让她赶紧去收拾一下，她不敢动弹，只说：钟点工明天会来收拾，我不想被玻璃渣划了手，也不想抢钟点工的饭碗。

丛老师家里有些什么人？他们不住在这里吗？

爸，这里是工作室，是干活的地方，她家人过来干什么嘛？常住的基本上只有丛老师和我。

爸爸拿出手机。我得把你住的地方、你工作的地方拍几张照片回去，这是某人交待我的任务。

爸，工作间你就不要去拍了，丛老师还在那里工作，多不礼貌啊，等明天有空，我拍好了发给你。

爸爸听话地坐下来。

你们有没有备用方案，万一片子做好了，却卖不出去，你们打算怎么办？哥哥突然提出这个问题。

我也问过丛老师这个问题，她很生气：在你眼里我连这点能量都没有吗？后来她跟我解释，说目前我们是卖方市场，如果我们做得好，更是皇帝女儿不愁嫁。

过分自信也不对吧？

我想她是有把握的，她每次都是跟我谈，到底是卖给A还是卖给B，不管是A是B是C还是D，都是丛老师一起工作过的朋友，要不就是曾经有过愉快合作的，她经常告诉我，谁谁又在催她，还没搞完吗？总之我们的作品不愁销路，唯一的风险就是做出来的东西没有想象中的好。但那是不可能的，丛老师在电视台工作了一辈子，她之所以离开那里，不是她不合格了，而是她年龄到了，必须退休。其实好多艺术家都是晚年才出好作品的，可惜她被剥夺了工作的权利，所以只能建立自己的工作室。放心，你担心的那种情况是不可能出现的，丛老师以前一直在专题部工作，长项就是制作大型社会专题，有些节目我还看过呢，如果她的东西卖不出去，那别人的更卖不出去了。

哥哥说：就怕身份有了变化，那些关系都不好使了。总之，不要盲目信任，要注意观察。

衣泓不再辩驳，她知道她说得越多，他们的反证只会越多，她不想听那些，也不喜欢听那些，她只想跟着丛老师好好干活，好好去"开采"那些受访人。

衣泓问爸爸打算在上海待多久，爸爸突然不高兴起来：我明天就走，你们一个个忙得连面都见不上。

爸你一把年纪了怎么还是毛毛躁躁的，你以为你是来主持会议的？你一到，大家就鱼贯而入，坐在你面前，听你说话、跟你互动？做不到啦爸，我们都是为生计奔波的人，说实话，现在最羡慕的就是你，生活无忧，又有自由。

爸爸再次愠怒起来：自由有什么用？自由就是无人理睬，大中午的，你居然关机，把我像条野狗一样晾在街上，幸亏有你哥，要不是你哥我晒都晒死了。

衣泓觍着脸往爸爸身上蹭，蹭了几下，爸爸也就不生气了：你妈说得没错，你的心又野又狠。

送走爸爸和哥哥，本想直接上二楼的，突然想起应该去告诉丛老师一声，她很顺利地应付了家人的突然探班。

刚进门就吓了一跳，黎晓半躺在沙发上，哼哼叽叽地带着哭音，丛老师跪在地上慌慌张张地翻找：我记得我的医药包是放在这边抽屉里的。

原来他们听到隔壁房间那"啪"的一声，是黎晓的保温杯倒了，开水溅出来，把她的小腿和脚烫出一串串燎泡。

我记得我有湿润烫伤膏的，还有一些别的药品，一起放在一个黄色的帆布包里。

衣泓赶紧打开手机，在网上找烫伤救治办法。

快！第一时间用冷水冲，泡在冷水里，现在应该还来得及，你为什么不在手机里查一下呢？很多地方都可以查到。

我不能第一时间出来呀，要是被你爸爸看到就完了。

正要去给黎晓准备冷水，丛老师抱着一个黄色手包喊：找到了找到了。不能轻信那些小偏方，还是要用药。丛老师把药膏轻轻涂在烫伤处。好些了吧？我以前下厨，老是被烫，就准备了这个，刚涂上去的时候，凉浸浸的，很舒服。衣泓啊，下次我们进城，要多买一些常备药品，要把我们的小药箱建起来，小伤小病的，我们要能自救。

衣泓正要说话，手机响了。泓啊，我的外套掉你房间里了。

你等下，你在哪里？大门口？好，你不要进来了，我给你送过来。什么？你已经进了停车场？

去二楼来不及了，快去我房间。丛老师抄起黎晓的一只胳膊，扶着她往自己房间走，黎晓走得慢，声音却急得什么似的。衣泓等一下！等一下！

一切安定下来，三个人再度坐在一起时，竟有点疲惫不堪。

黎晓，这样下去不是办法，你不可能永远躲躲藏藏，等孩子生下来之后，更不可能，你得以某种方式大大方方地亮相。

我也想过这个问题的，所以我准备近期去一趟劳改农场，我需要给自己一个身份，也给孩子一个身份。

黎 晓

丛老师给了衣泓一天假,让她陪黎晓去劳改农场看孩子爸。

火车上,黎晓几次把衣泓的手拿起来,放到她肚子上。第一次摸到胎动时,衣泓吓得惊叫起来,手心下面,真的有个东西在拱动,像套在布袋子里的小猫咪。

我很好奇你们现在怎么联系的?他在里面可以用手机吗?

当然不可以,里面连邮路都不是很通畅的,他在信里告诉我,他不想写太多信,因为有些信,干部是要审查的。到底是哪些信要审查,我也不好问。到目前为止,他就给我写过那一封信,我已经给他写过近十封了,也不指望他回,就当是夜深人静的时候,说说话解解闷吧。

对了,他见到我会不会不好意思?他真的是光头吗?像电影里的那样。

你不一定能进去,说不定你只能在门外等着我。

无所谓,反正我是来陪你的,又不是来看他的。

下了火车,两人爬上一辆汽车,到站后,又叫了一辆出租车,终于来到一个规模很大的农场。出租车在田间公路上飞奔,微风送来禾苗的清香。衣泓深深地呼吸:空气里面真的有庄稼的味道!

出租车司机只能停在离农场大门几百米远的地方,她们必须步行过去。

那是一条直达农场大门的道路,比公路还要宽阔、平整,光秃秃,空荡荡,明晃晃,一只蚂蚁爬在上面都会是个耀眼的黑点。衣泓感到莫名的紧张、压抑,她接过黎晓身上的背包,她带了好多东西来,除了棉质内衣裤,还有各种食物。

听说这些东西在里面可金贵了,我猜他不会自己全部吃掉,可能会拿出一些来跟别人分享,搞搞关系。

一阵奇怪的动静传来,回头一看,是一群从田间收工回来的犯人,排着方阵往这边慢跑过来,黑压压像一只巨大的可以移动的车厢,里面装满黑色的石头。很奇怪,虽然个个都是光头,一眼看去,一颗一颗仍然是黑黝黝的。他们拿着一样的农具,步伐整齐得像蒸汽火车的喘息,他们的方阵边缘整齐,如同刀切。方阵之外,有两个着制服戴头盔骑着大功率摩托车的人,他们向衣泓和黎晓大吼:让开!让开!

衣泓扶着黎晓,退到路边,退到路基以外,站在草丛里。衣泓本想好好看看他们的样子,但她只坚持了一秒钟,就败了下来。清一色光头男人从她面前走过,尽管他们全都目不斜视,就像路边没有她这个人一样,她还是能感觉到扑面而来的男性的压力。她有点恐惧,也有点兴奋,她没想到劳改农场的人是这样的,她还以为他们真的会像农民一样疲惫而闲散呢。

片刻,另一只不太整齐的小队伍以稍慢一点的步伐开了过来,有三个男人在跛行,两个人头上绑着绷带,其他人看不出明显伤势,但一望而知,他们的精气神远远不如刚才那个方阵。

押送者仍然骑着摩托车,马达在不耐烦地突突颤动,如雄狮压抑的咆哮。他们疲惫、痛苦,却没有一个人停下,也没有一个移动一下眼珠,朝她们两个瞥一眼。

全都走远了，两人重新回到路上，面面相觑。

刚才那些人里面，不会有他吧？有的话，他应该已经看到你了。

黎晓脸色苍白，嘴唇发抖。衣泓一把搂住她：不会有他的，他不会在那些人里面的，你说过他很聪明，聪明人在这里不会混得很差，聪明人在这里根本不会去干重活。

那些眼泪，就像是被衣泓碰落下来的，扑簌簌往下流，瞬间打湿了衣襟。

我没想到是这样的，我以为他们在阳光下劳动，在大自然里自由呼吸，我没想到是这样的，他一定受不了，他对自己很苛刻，我跟你讲过吗？即使在夏天，他也只穿黑色长袖T恤。

他会变的，人总是会努力适应环境的。如果你真的不想让他过得太艰难，可以经常来看他，这样他的心情可能会变得好一点。

还在大门之外五十米的地方，就有穿制服的人走出来，严肃地问她们来此地的目的，那个人说：你运气很好，今天是探视时间，但已经只有一个小时了。当即让黎晓填表，填到关系，黎晓停顿了一下，写上未婚妻。

那人看了看黎晓的肚子，表情变了：严格来说，未婚妻不算家属，未婚也不能怀孕。

衣泓上去求情：老总，我们从很远的地方来，你看她的样子，也不太方便，他们没有结婚，纯粹是因为他出了意外，而且她也很想配合你们改造他，所以她没有去打掉小孩，也没有跟他分手，执意等他出来。衣泓灵机一动，从随处可见的标语上借用了一个词。

那个人端起保温杯喝水，目光从眼角里溜出来，上上下下打量黎晓。

老总，她真的吃了很多很多苦，她真的是个很善良很可爱的姑娘。

黎晓一听，眼泪立即飙了出来，赶紧低下头去。

那人放下保温杯，说：那你改下，不要写未婚妻，哪怕写表妹都可以。

总算填好了表，衣泓接过笔，也要填，那人嗖地抽走表格。一次只能一个人。

但是，她身体不好，我要照顾她的。

她身体哪里不好啦？身体不好跑出来干吗？那人进去之前，用食指指着黎晓说：别走远，等我通知。说完就进去了。

黎晓安抚一下气呼呼的衣泓：我一个人进去吧，你就在这等我。

天很蓝，风很轻，田里像铺了一层厚厚的绿毯，随风翻动。尽管如此，空气中仍然有一股浓浓的杀气腾腾的味道，这味道令她们不敢交谈，也不敢乱动。

十几分钟后，铁门"哐"的一声响，那个人出来了，指着黎晓说：你，进来。

黎晓刚一进去，门就关上了。衣泓听到自己的心脏发出轰隆轰隆的巨响。为了转移注意力，她抬眼打量紧闭的大门，门上方有八个大大的黑体字，仿佛从铁门顶端自然长出：坦白从宽，抗拒从严。每个字足有一张桌面大小，她盯着它们看，越看越觉得冷飕飕。

她觉得自己隐隐约约听到了什么声音，有点像摔打，有点像吵嚷，但也许是太过安静产生的幻觉。

很快，黎晓出现在门口，满脸通红，鼻涕眼泪糊了一脸。她冲过去，扶着黎晓，想找个地方坐下来，黎晓不让，靠着她的身体要往外走。

你这个样子怎么走？休息一下再走。

走！走！黎晓只能抽抽噎噎说这一个字。

她们顺着来时那条光溜溜的田间甬道往外走。黎晓抽泣的声音越来越大，快要拐上公路的时候，终于"哇"的一声大哭起来：他不要孩子！他骂我！他骂我不是人！骂我落井下石！骂我用孩子羞辱他！骂我找不到男人，连他这种人都要讹！

衣泓松开扶着黎晓的胳膊，她想冲进去找那家伙算账，但那是不现实的，重重铁门，被八个大字压着，门口还有黑塔似的看守。最终，她只是朝着大门的方向狠狠啐了一口。

他变了！他不是原来的他了！黎晓的抽泣已变成号啕，张大的嘴里牵起了缕缕口涎，鼻涕在嘴巴周围鼓着泡，因为怀孕，眼睛本来就浮肿着，这时更是鼓得像两颗烂桃。肚子那么大，坐下来时不得不尽可能地叉开腿，胸部也是大得一塌糊涂，脖子都被挤压得鼓胀起来。看她把自己糟蹋成什么样子了啊！她在心里喊，同时第一次意识到，她们可能犯下了一个大错误。

黎晓，你起来！别在这里哭了，回去，马上去医院，就是用挖的，也要把他挖出来，既然他这么不受欢迎，你还生他干什么？这种混蛋的基因，不值得遗传。走！我们直接从火车站去医院，到了医院我打电话让吴敏昊去医院接我们。

黎晓居然被她吼停了，她掏出纸巾盒，一把一把地擦脸，脸上终于慢慢显出五官来。她不再哭了，她们开始往前走，前面两里多远的地方，有个汽车站，她们要在那里踏上回程。

路上，两人一直没说话，埋头各走各的。到了车站，一个开店的老人过来提醒她们，进城的班车没有了，不如打个出租。她们听了老人的建议，上了一辆破旧的面包车，面包车刚开出去没多久，班车就从后面开过来，跟她们的面包车擦身而过，扬长而去。

衣泓咬牙切齿骂：这鬼地方，没一个好人！这地方可以毁灭了！

黎晓还是不吱声，她的眼睛仍然红肿着，目光到处试探，找不到可以停下的地方。

折腾了好久，终于上了回城的高铁，黎晓伸出手来，压在衣泓的手背上：我不能拿孩子撒气，从现在起，孩子不是他的，是我一个人的，我怎么可能杀掉自己活蹦乱跳的孩子呢？

衣泓抽出自己的手：虽然我一直都很支持你，但我真的很讨厌那个家伙，你作出这么大的牺牲，他不但不体谅，还骂你，我觉得他简直不是人。

他还有一句话我没告诉你，我进去的时候，他本来是坐着的，一看到我，突然从椅子上蹦起来，紧接着就哭了，他说你在搞什么鬼？！啊？你为什么要把自己搞成这个鬼样子？！我觉得他还是心疼我的。突然看到我肚大如箩的样子，太震惊了，才说了那些讨厌的话。也怪我，我要是不说那句话就好了，我说，你要当爸爸了！这话不仅多余，还加重了对他的刺激！他没有办法当孩子的爸爸呀，所以他一听就崩溃了，就开始骂我。

哪里多余了？你说的是实话。

设身处地想一想，我真的把他刺激到了。

那也不能骂你。他在里面享清闲，根本体会不到你在外面有多艰难。总有一天，我要当着他的面，劈头盖脸骂他一顿。

其实，我都替他想过了，我想等他出

狱的那天，和孩子一起去接他，然后我们一起去大理，或者某个地方，安安心心待一段时间，直到我们变成真正的一家人，再到上海来，也许我们都去打工，也许开一个小小的只有一两张餐桌的小饭馆，也许骑上摩托车去送外卖，总之我们什么都不想，就一心一意过自己的小日子。

大理我建议你别去，听说那边消费有点高。衣泓一心想要把黎晓逗笑。

三天后的晚上，吴敏昊刚刚把大家接回家中，黎晓的手机响了。

我是。请问你是……

然后就没声音了，衣泓觉得不对劲，一回头，黎晓站在那里像一截木桩。衣泓快步走过去，手机里，对方还在讲话，而黎晓两眼发直，似乎已不在意对方在说些什么。

衣泓试着替她接过电话，里面是个女人的声音。

……我跟他爸爸一直都在信里安慰他，做他的工作，就当是遭遇了地震，遭遇了车祸，就当是被疯狗咬了，至少你现在身体是健全的。我们承诺会想尽一切办法帮他减刑，我们已经开始行动了。他答应得好好的，在里面表现也很好，还劝我们注意锻炼，保重身体，他都已经是这种状态了，怎么可能做出这种事来呢？他本来就不是个冲动型的人，一向都很理智，所以原因只有一个，就是你去刺激了他。上次见面我就跟你说过，叫你不要给他太大压力，你为什么还要大着肚子跑过去？你就这么着急地要向他炫耀你的肚子吗？怀孕有什么了不起，又不是只有你一个人才有这种本事，是个母的就会怀孕。你别不承认，你根本就不是出于好意才去看他的，你了解他，知道他的弱点在哪里，他自尊心强，好胜心强，所以你就专门趁这个时候去看他，向他展示你的所谓包容，收获你所谓道德上的优越感，你们看，我不仅不嫌弃坐牢的男友，我还主动给他生孩子。你摸着良心问自己，你怎么可能真的嫁给一个坐过牢的犯人呢？所以你才会故意大着肚子去找他，轻而易举不留痕迹地逼死他，然后再去找别的男人，毫无心理负担。你别以为消除了他这个障碍，你这辈子就能过得有多好，他不会放过你的，他会一辈子缠着你。就算他放过你了，还有我，我是不会放过你的，我们家所有人都不会放过你。鬼知道是谁的孩子，就算你生下来，我也不想看到他，我只要我的儿子，你还我的儿子，你这个杀人犯！你这个丧门星！

衣泓一边默默忍受着那边的辱骂，一边看着黎晓慢慢矮下去，就像双腿在一点一点融化似的，最后"咚"的一声倒在地上。

丛老师闻声赶过来，让衣泓扶正她的脑袋，用左手拇指狠掐黎晓的人中，一直掐到都快出血了，黎晓才喘出一口气来。

他死了，他割破了手腕，用牙膏皮。黎晓声音微弱，浑身抖个不停，像没穿衣服置身于冰天雪地。

丛老师单手将黎晓搂进怀里。别说了，闭上眼睛，深呼吸，跟我一起，深呼吸。

他妈妈说我不应该去看他，去刺激他，应该躲在一边，悄悄生孩子，养孩子，等他出来了，再请求他过来看一眼。我应该这样，是吗丛老师？我错了吗？

她放屁！别说话了，什么都不要说，你是个好孩子，该来的都让它来，丛老师帮你顶着，你只需要闭上嘴巴。

我欠他一条命，我还给他好了，反正

134

我也不想活了。

瞎说！你的命就这么不值钱？你还有妈妈呢，你要是死了，她老了谁管她？

提到妈妈，黎晓又掀起了新一轮痛哭。

她要是知道了我做的事，我跟她两个人都活不了了。

吴敏昊提议把黎晓送到医院去，丛老师摆手：让她安静一会儿，给她弄点喝的米。

你们的缘分就只有这么多，不怪他，也不怪你，相信我，就算他没有坐牢，就算你没有大着肚子去看他，你们终究也是要分手的。这种人，总是把自己的感受看得高于一切，完全无视别人，这种人终究是要被教训的。

黎晓的哭声更大了。

想哭就哭吧，谁在恋爱的时候没有哭过呢？我当年也哭过，我还差点做了蠢事呢，谁都是这么过来的。不过你要注意身体，现在几个月了？

衣泓替她说：七个月了。

你看，千万注意，可别早产了。我以前有个同事，她也是怀孕的时候受了点刺激，七个多月就早产了，孩子太可怜了，还没有一根筷子长，肚皮薄得能看清里面的肠子，在医院躺了一个多月温箱，才接回家中，后来那孩子一直体弱多病。

黎晓慢慢止住了哭，打起精神说：我得去收拾东西，我明天要去火葬场送他最后一程。

要去可以，但你不能一个人去，我们派人陪你去。

不不不，这是我的私事，我不想给大家添麻烦。我已经给你们添了太多麻烦了。

别说你现在不方便，就算你好好的，也不适合一个人前往那种地方，你看看刚才那个电话都在说些什么啊，就不怕万一被人动了私刑？

丛老师跟衣泓核实了一下第二天的工作进度，又问吴敏昊可不可以请假。吴敏昊说：不管能不能请假，我都应该去。

丛老师拍了拍吴敏昊：谢谢你！我们还有谁可以去？多去几个人，造点气势出来，不能让他们小瞧了咱们。不是还有何枫吗？好像有几天没看到他人了，衣泓，叫上他，大老远的也不用他赶过来，约好明天碰头的地方就行。那种地方，还是需要有男人壮势的。当着那老两口的面，你们不要叫吴敏昊也不要叫何枫，要叫吴总，何总，相信我，这样叫效果会好很多。

黎晓还在低低地说：谢谢大家，但真的、真的没有必要。

丛老师拍拍黎晓：你别说了，你的事就是柒零捌的事。提醒大家，明天最好着黑色正装，没有正装的，最好也穿得庄重一点。好了，今天到此为止，大家早点睡觉。解散！

衣泓送黎晓回房，她知道黎晓今天一时半会儿是睡不着的，想陪她聊聊，没想到黎晓一口拒绝：我好想睡，我好想一觉睡到地老天荒。

早上六点，闹钟响了，衣泓闭着眼睛坐起来，按照柒零捌的值日表，今天归她清理房间，准备早点。

蒸上馒头和鸡蛋，温好牛奶，她来到二楼的卫生间。她含着电动牙刷来敲黎晓的房门。刚一碰上，门就开了，看来黎晓已经起床。

但屋里没人，床上也不像刚刚起床的样子。

也许她心情不好，很早就起来到外面散步去了。她准备待会儿去外面找找看。

135

当她从二楼下来时，丛老师顶着一张隔夜的脸也出来了，她说了声丛老师早，丛老师嗯了一声，两人擦身而过。

吴敏昊照例是热气腾腾跑进来的，他有晨跑的习惯，不管在哪里都不耽误他晨跑。衣泓问他有没有在外面看见黎晓。

吴敏昊说没有。丛老师缓缓转过脸来：她不在房间吗？赶紧打她电话。

黎晓的电话无人接听。

衣泓挂掉电话，再次往黎晓房间里冲。与此同时，脑子里闪过她刚刚看过的床铺，枕头和靠垫是立起来的，要么她起得很早很早，已经把自己房间料理得清清爽爽了，要么她昨晚根本没睡。她在卧室门口停了一下，直接奔向卫生间，抬手摸了一把，黎晓的洗澡毛巾是干的，也就是说，她昨晚可能没洗澡，难道她昨晚就出去了？

她跑下楼，向大家说了她的怀疑，吴敏昊说：我去看下监控。

调出监控费了点周折，但总算看到了，清晨五点，黎晓出现在小区主干道上，她背着一只双肩包，匆匆往大门口走去。

丛老师说：罢了，大家都去上班吧，看来她是真的不希望我们参与到她的事情中去，她昨天说过，这是她的私事，要自己去解决，她肯定是到劳改农场去了。没想到她这么固执。

大家一起吃饭，一起出发，走了一程，衣泓突然惊叫一声，她想起来了，何枫可能还在昨天约好的地方等他们，赶紧给他打电话。

何枫好像并不觉得意外，只说：好，我知道了。衣泓一个劲地道歉，同时也表示很担心黎晓。何枫有点敷衍：不会有事吧，我觉不会有事。衣泓觉得他今天淡定得出奇。

何 枫

他在睡前接到衣泓的电话，让他明天早上七点在某个地方等他们，一起去某个地方，参加那个人的葬礼，也许没有葬礼，也许只是个简单的告别。

那个人是黎晓肚子里的孩子的爸爸，他没见过那个人，现在却要为这个没有见过的人做点事。答应下来之前，他谨慎地问：你确定你也会去吗？你今天不用去拍片子？

得到肯定的答复后，他高兴万分，看来明天又是个好日子。

他从来没像喜欢衣泓那样喜欢过别的女孩子，他在别的女孩面前总是很羞涩，带点试探，生怕犯了什么错，惹恼了别人，但衣泓不一样，衣泓是那种可以抱她亲她又可以在她脑门上敲爆栗子的姑娘，他喜欢那种充满笑闹的恋爱，但他从没碰到过那种恋爱，他碰到的全是文质彬彬有条不紊穿着高跟鞋梗着脖子走路的姑娘。那样的姑娘好归好，但总有一种橱窗女郎的感觉，不像衣泓那么生动，尤其是她张嘴大笑的时候，眼睛和鼻子皱成一团，连槽牙都一览无遗。她的声音也很特别，有股辣椒和茄子的味道，玉米和土豆的味道。他发现人的欲望真的是参差不齐，他喜欢上海，上海的一切他都喜欢，但当他一眼见到家乡（其实只是家乡的邻省）来的衣泓，立刻发现她才是他的喜欢之最。即使她回绝了他的表白，依然不能打击他对她的喜欢，她的口音，她的气息，她的皮肤，她吃饭的姿势，她走路的时候胳膊摆动的样子，任何一样都能引起他的默默欣赏。

他比约定的时候早了二十分钟到达那家超市门口，前面一百多米处，就是地铁站。他去超市买了好几只饭团，还买了一些零食，这些东西在路上用得着。

有人过来了，很奇怪，只有黎晓一个人，大而笨重的身躯，单肩挎一个尼龙大包。黎晓似乎没想到他会出现在这里，吓了一跳，很快，疲倦冲垮了她的惊讶，她一屁股坐在花坛边，莫名其妙抽泣起来。

哎？不是说大家一起去的吗？不是说好在这里碰头的吗？怎么只有你一个人？

我是逃出来的，我不想麻烦他们，我给他们带来太多麻烦了，没想到我现在体力这么差，才到这里，我就快要走不动了，两条腿越来越重，我开始害怕了。

怎么是走过来的？为什么不打车？

我坐公汽来的，你知道的呀，柒零捌那边很偏僻，不好打车。

还是跟他们一起去吧，多个人多份力嘛。他不停地张望黎晓过来的方向，就像衣泓会突然从那边走过来似的。

黎晓的眼泪再次奔涌而下：我不想别人看到他最后的狼狈样子，我也不想因为个人的事老是麻烦大家。

那现在，你是打算一个人去吗？

我本来是打算一个人去的，但我一看到你，突然觉得我一个人做不到了。

那马上给他们打电话呀。

我都出来很久了，他们现在应该已经走在上班的路上了。

你的意思是，现在回去？回柒零捌？

黎晓摇头，一副要哭的样子：何枫，要不，你陪我去怎么样？我出发的时候真的以为我可以，但我现在，我不知道……

咦？你不想他们看到他狼狈的样子，却不怕我看见？何枫摆出夸张的笑脸，掩饰内心的慌张，

我觉得你跟我一样，都是老实人，老实人是不会笑话老实人的。

这话我不同意，陪你去可以，但我声明，我可不是你以为的那种老实人。

对不起，我表达不准确，我的意思是，你是我觉得可以拜托的好人！黎晓望着他说，眼泪同时掉落下来，何枫更加慌张了。

你确定他们不会来了吗？

没有我给他们带路，他们是没办法去的。

那还等什么？那就……走吧。

黎晓想起身，试了两下，居然站不起来，只得向他伸出手。他一拉，居然没拉起来，差点带翻了自己。

你低估了我的分量。黎晓再次伸出手。

这一次，他运了运气，稳稳地伸出手。饶是如此，黎晓起身的时候，他还是明显地感到一股强大的压力，从手指迅速蔓延到肩背、到全身，他不得不全力以赴。

我的妈呀！你每天拖着这么重的身体来来去去，是不是很累？

谢谢你的关心，但它不是突然之间变得这么沉重的，是一点一点不知不觉累积起来的。

我说句话你不要生气，你这么爱他，他却干出这么混账的事来，说明他没有替你着想，你今天不去他们也不能把你怎么样。

她停下来，当她站定的时候，她的肚子往前凸得更远。

知道吗？你是第一个跟我说这种话的人。说完晃了一下，一步一步重新启动步

行。为什么他们都不说这句话呢？为什么就你会脱口而出呢？

不好意思，我这个人有点自私。

这跟自私没有关系。我问你，如果我是你妹妹，你同意我去吗？

怎么可能？他轻而坚定地说：不仅不会同意你去，还会把那个男的暴打一顿，打死都有可能。

如果是我自己坚持不堕胎的呢？

那就连你一起打，大人再任性，不能累及孩子。我们现在是要坐地铁去火车站吗？后面要怎么走，你都清楚吧？

路线我都知道，不过，黎晓犹豫了一下：我们先吃点东西再走吧？我饿了。

他们选了附近的一家水饺馆。他要了牛肉馅，黎晓要了虾仁馅，刚刚坐定，他又站起来，出去了一趟。不一会，他拿着一盒牛奶两只卤鸡蛋过来。

隔壁超市买的，你可能需要补钙吧。

黎晓点点头，拿起鸡蛋剥了起来，吃两口，再喝一口牛奶。好香！她说。

香什么！平时不也是这么吃的吗？我见过柒零捌的早餐。

今天的最香。黎晓用力吸着吸管，直到牛奶盒被吸得瘪下去，发出尖锐的响声，与此同时，两颗眼泪滚落下来。她抹掉它们，望着他笑了：谢谢你！这是我吃得最舒服的一顿早餐。

她剥开第二个鸡蛋，冷不丁放进他的碗里。

我有预感，我妈快要来了，上次在你们公司拍的那些照片，她看了并没有很欣喜，而是问了个问题，你猜她问了什么？为什么你身边没有同事？我说我是周末拍的，周末公司里没人，我在加班。她问，那谁给你拍的照片呢？我说是保安，我请保安帮我拍的。我能想象她仔细研究那些照片的样子，我总觉得她在怀疑什么。

他吃完了，放下筷子望着她，但她谈兴正浓。

我觉得我妈近年来肯定一直被噩梦所缠绕，我来上海之前，有一天她突然对我说，我做了个梦，我见你跟一个穿黑衣服的人谈恋爱。我吓了一跳，你知道吗？他只穿黑衣服，他把同一款式的黑T恤买了好几件，而就在几天前，我妈在电话里告诉我，她说她做了个非常奇怪的梦，她梦见我生了个小孩，还是个儿子，浓眉大眼，就是皮肤不太白净。听她这样说，我真是吓死了，我真怀疑她会跑到上海来验证一下她的梦。

睡眠太充足才会做梦，像我，每天只睡四五个小时，从来不做梦，深度睡眠是不会有梦的。

手机响了，黎晓看了一眼，顿时变了脸色。

妈妈！哦是爸爸呀！为什么？可是我已经出发了，不行，我一定要见他最后一面，你把电话给妈妈好不好？妈妈生我的气我知道，可是，这种情况下，能不能先暂停一下指责，等办完这事再接着生我的气？爸爸你知道的，错过了这次，这辈子都没法弥补了，你跟妈妈好好说说行不行？算我求你，给我们最后一次见面的机会。

然后她突然硬在那里。对方直接把电话挂了。

不行！凭什么不让我去，我还非去不可了。黎晓猛地推开面前的大碗，面汤四溅，她看也不看，抬脚就往外走。

他追出去，接过她的大包。这一次她走得真快，他不得不加快步伐，才能跟她保持并肩。他听到了她粗重的喘息声。

你慢一点，不要这么疯狂好不好？

两个老疯子！居然不让我们见最后一面，还有没有一点人性？

你等一下，前面有个杂货店，我得去买把刀带着，剪刀也可以，以防万一他们对你动粗。

他们不敢的。我是孕妇。

如果他们不欢迎这个孩子，打到流产正是他们的目的。

他感到她在减速。

真的，他们可能担心你拿这孩子讹他们的财产，我了解他们这个年龄的人，像刚下崽的母狗一样守护自己的财产，所以他们才不想在火葬场见到你，以后也不想见到你。

她走得更慢了，脸上沁出一层密密的汗珠。她轻轻呻吟起来，走向旁边的垃圾桶，她扶着垃圾桶，捂着肚子，闭着眼睛喘气。

要不要去医院？他紧张起来。

她闭着眼睛摇了摇头。让我先休息一下。

他看到一条细细的血线，像蚯蚓一样爬过黎晓的鞋，爬向地面。与此同时，黎晓大声抽泣起来，他吓得赶紧拿起电话，打给衣泓。他早就想打这个电话了，但他一直都在震惊和疑虑中，没找到机会。

他说了他和黎晓的位置，说了黎晓现在的状况。衣泓的电话里突然传来丛老师的声音。

何枫你就在原地陪着她，不要动，我们马上赶过来。

黎晓坐在自己的大包上，没有支撑，身子歪歪倒倒，急得向他招手：你的腿，借我靠一下。

电话又响了，是丛老师：现在路上有点堵，我怕万一我们来不及，你赶紧打120，我们随后就到。

120的接线生告诉她，在救护车赶过来之前，让孕妇平躺下来，不要动。他说我们在街上，要怎么躺啊？接线生说：请立即想办法躺下来，不要动。

他向黎晓转告医生的意思，黎晓这时倒镇定下来。躺就躺，你要是觉得丢脸，你就跟人说你不认识我，你是在见义勇为。黎晓说着真的侧躺下来，头靠在她的尼龙大包上。

看来我跟他是真的没缘分啊！救孩子要紧。何枫，快给我拍张照片，这种机会太难得了。

他有点为难。不管怎么拍，都躲不开这个垃圾桶，你还能动一下吗？我们换个地方，哪怕只往旁边挪十厘米。

算了，这也是缘分，这孩子的名字一定要跟这个垃圾桶有关才行。何枫你注意少拍一点腿，我腿都肿了，拍出来很难看。

傻瓜！你浑身都肿得厉害。

救护车来了，黎晓被抬进车里，她对他说：看来今天火葬场是去不成了，你回去上班吧，回去销个假，顶多算迟到。

废话！他拎着黎晓的尼龙大包上了车，车开出一段，他才抱怨道：把我想成什么人了？你这个样子去医院，却要我回去上班？我那么喜欢上班啊？我挣那点钱去死啊我？

丛老师和衣泓赶到医院的时候，大厅的钟刚好敲响八点，黎晓已经被护士按在带滑轮的床上，安置在急诊台前，何枫正要去替她办手续，丛老师一把拉住了他。

丛老师看了看他手上的单子，直接去找值班医生。很快，丛老师回来了。

听我说黎晓，你现在有两个选择，一，住院，卧床休息，但没什么治疗。二，回家，卧床休息，一旦再次发生出血，立刻送到医院，送迟了可能面临保大还是保小的问题。除此以外，你还有第三种选择，现在情况变了你知道吗？我以前支持你，是因为我很欣赏你对感情的态度，我以为你们俩一心一意目标一致，事实证明不是这样，他逃跑了，他宁肯命都不要，也不要迎接这个孩子。你觉得你还有必要一个人撑下去吗？你会遇到各种困境，物质上的，精神上的，心理上的，你的，孩子的，更重要的是，你很可能看不到困境得到缓解的那一天，如果你咬牙坚持，那就是可以预见的悲惨世界，如果你后悔，那更是你的噩梦。

谁也不吭声，大家一起沉默着。

丛老师又说：我的建议是，你可以重新考虑一下了。

衣泓轻轻地对黎晓说：丛老师的话很有道理，你考虑一下吧。

黎晓躺在床上，抬手捂住眼睛，谁也不知道她在想什么。

过了一会，黎晓说：我先打个电话吧。

大家纷纷背过身去，给她打电话的空间。

爸爸？不不不，你听我说，我来不了了，走到中途，我出了点事，我出血了，现在在医院里。嗯，没事的，我就是想问一下你们那边现在什么进度了，还有，爸爸，你收到他的遗物了吗？里面有我的东西吗？他有给我留下字条吗？我给他写的信还在不在？不可能啊，是不是农场的人给他销毁了？我不相信，如果他有给你留下字条，一定会有我的，你不要骗我。爸爸，你不要以为我来找你们就是想给你们找麻烦，我永远都不会给你们添麻烦，我真的不能理解你们，如果我的儿子死了，我会去拥抱他的每一个朋友，我会跟他的女朋友抱头痛哭，互相安慰，而不是跟她划清界限。时至今日，我知道他为什么要走这条路了，你们的自私和冷漠，给了他一双悲观的眼睛……

谁都听得出来，对方挂断了电话。

何枫往外走：不管怎样，我先去付掉账单。

黎晓喊住了他。

都不让我生，我偏要生，我回去保胎，如果因为我生下了这个孩子，天就塌下来了，那就让天压死我和孩子吧。

丛老师果断地说：那就回去吧，吴敏昊再跑一趟，把她送回去，我和衣泓要去工作了。何枫你也可以回公司去了。大家赶紧各归原位。

不，我不回去，反正我已经请假了，我也送她回去。他去拿黎晓那个大号尼龙袋。

吴敏昊先把丛老师和衣泓放在拍摄地，再回来载着黎晓和何枫往柒零捌赶。

黎晓对他说：其实你不用陪我，你可以去做你的事。

闭嘴！医生不是说了吗？连上厕所都要用便盆，你以为你还能自己走上二楼？你以为吴敏昊一个人能把你抱上二楼？

吴敏昊赶紧说：对对对，我真的需要有人帮忙。

你们小看我了，就算我不能走，我还不能爬着进去吗？

两个男人笑起来：别把宝宝蹭出外伤来了。

兄弟们，帮我想想主意，麦当劳我是不能再去了，虽然我还有一点积蓄，但我的原则是不把积蓄拿来吃饭，有什么事情是可以躺在床上做的？

良久，吴敏昊说：看监控。说完自己也笑了：工作什么呀，你就休息一个月呗，反正一个多月后就生了，你就当比别人多休一个多月产假得了。

不行，一定得找点事做。

看看书，追追剧，彻底放松自己。

不要。

何枫有什么想法？怎么听不到你的声音了？吴敏昊在后视镜里瞟了何枫一样。

我正在想，编程怎么样？不如你来跟我学编程吧。

黎晓尖叫一声：我可以吗？我是零基础哎。

很多零基础的人，靠自学，也能学到开发APP的程度。如果你愿意，我可以从最基础的入门开始教你。

啊！黎晓再次尖叫起来：我真的可以吗？你真的觉得我可以吗？

可以不可以，取决于你多想学会它，只要你想，就一定能学会。

吴敏昊吹了声口哨：这个绝对要赞美一下，好人何枫，绅士何枫，真心问一句，方便的时候能不能也教教我呀，我也想学。

你肯定不如黎晓学得快，人家是要用它来吃饭的。等你学会这个，我推荐你到软件公司去应聘，肯定比麦当劳强得多。

黎晓张了张嘴，都以为她又要尖叫，结果她大声哭了起来。何枫你为什么要对我这么好？为什么？

我也不知道为什么，我之前从没这样帮助过一个人，今天真是超级震撼的一天，从早上到现在，发生了太多事，比我一辈子经历的事情还要多。

非常感谢，等方便的时候我要正式行拜师礼，将来孩子长大了，我要叫他报答你。

别说这些没用的，你用心学，早日学会就是最好的报答。我先帮你计划一下，上次教你配字幕的时候，你说过你是有一点C语言基础的是吧？那就好，我们先从JAVA开始，然后了解一下XML文件结构，这是一个文本文件，有不少规则需要了解，另外还得熟悉开发环境，比如Eclipse，或者android studio，最后安装起来就可以试着做了。

哇！听起来好复杂。我行吗？会不会太难了？

很多人都是被这些名称吓回去的，一旦你硬着头皮钻进去，你会发现，其实并没有你想象的那么难。今天回去后，我给你找点资料来。上次看到你的笔记本好像级别有点低，干脆我把我的电脑借给你用吧。我还有个懒人电脑支架，专门给躺在床上的人追剧用的，给你现在用正合适。

好的好的，我听你的，我都听你的。

吴敏昊在前面喊道：天哪！你们不要这么煽情好不好？我鸡皮疙瘩都起来了。

没有人回应他，过了一会，车里响起轻轻的啜泣声，黎晓捂着嘴，哭得满脸通红。

克制一下，这样对孩子不好。

我知道，我实在是太幸福、太感动了！

吴敏昊和星星

他知道自己状态不对，但不知道是哪里出了问题。

141

跟何枫一起抬着黎晓下车的情景直到今天还梗在心里，他从来没有体验过那种手感，肉肉的、温温的、沉甸甸地压在他手腕上，老天作证，他没有任何邪念，但他就是赶不走那种手感。

庄严的、隐秘的、宽厚的、温暖的、伤感的……他脑子里不断蹦出一些词，用来形容那只沉重的乳房搁在他手腕上的那一小会儿时光，它超越了性感，超越了美感，也超越了爱情，没错，它是一只爱情之果，但现在，无论是精神上的还是物质上的，爱情都已撤退了，它成了一个无根的果实，一个尴尬的存在。那个女人，她到底是怎么想的，那个让她怀孕的男人又在想些什么？

他问自己，如果那个男人是他，他会是什么感觉。荒谬的是，他离她那么近，他还接触过她，但他就是无法将自己代入，无法产生近距离的联想。问了无数次，他只得到一个确凿的结果，那就是更加深刻的焦虑和迷茫。

课间操结束后，他拉住另外一个体育老师，全校就他们两个体育老师，他教男生，她教女生，偶尔，他们俩会交流一下课堂表现，夸张地向对方描述那些将熟未熟的少男少女们的表现，彼此都被对方逗得乐不可支。但这天他想说点学生以外的事。

跟你讨论个事吧，我一个朋友，她男朋友自杀了，可她仍然坚持生下他的孩子，你觉得她这么做对吗？

女老师对他的这个问题不屑一顾：她不是个大傻瓜，就是个迂腐的笨蛋，生下来怎么办呀？连个爸爸都没有！她很有钱吗？她家里、她婆家逼着她生了吗？还是自杀，那个男人得有多嫌恶她、嫌恶这个孩子呀。

他有点懵：好像不是很有钱，也没人逼着她生，不，其实是反对她生。

那还用说吗？你怎么会有这么笨的朋友！

是啊，正是因为想不通，所以想问问你，她到底是怎么想的。

要么她特别特别爱那个男人，要么是个自恋狂。

有摧毁自己的自恋狂吗？

有啊，所谓自恋狂不就是用自己反常的行为收获关注吗？你看你不就对她念念不忘了吗？女老师不怀好意地挖了他两眼：我明白了，你是想让我帮你分析，为什么你就遇不到像她那样的女人，对吧？

是啊，为什么我就遇不到那样的女人呢？为什么没有人像那个女人一样，拼死拼活要跟我在一起，不计后果地要为我生孩子，为什么？我不配拥有热烈的爱情吗？

老实告诉我，你追过几个女人，怎么追的，然后我再帮你分析。

别老土了，现在哪还有什么追不追的，现在就是匹配，彼此见面，权衡一下对方的各项指标，差不多的，就有下一步，否则就直接取消。

你一直都是这么谈的？女老师像见了鬼似的。

难道不应该这样吗？

天哪！不会吧？感觉你更像是在搞供需洽谈，就这样还奢望什么热烈的爱情？爱情还是要有一点盲目、一点出乎意料的。

生活中没有这样的时刻呀，每天每天，都是规划好的，没有任何意料之外的事发生。

那就打乱它！把那把尺子撅了去！

就为了要那份所谓的爱情？

明明你刚才还在酸溜溜地说，为什么你就没有那种热烈的爱情。

女老师瞪了他一眼，昂然而去。

他看了一会儿女老师的背影，呼出一口气，拿出自己的电子台历，下周有国定假日，这个周六学校正常上课，他至少要跟四个健身房学员沟通调课事宜，把他们周六的课调到国定假期内，第一轮沟通就不顺，那个人说她要出去旅游，好不容易四个人的调课解决好，另一个人发来消息，说有另外的行程冒出来，国定假期内不能来健身房了，牵一发动全身，又是一番大调动，好歹圆满搞定，马上又有人发来消息，要求回到原定的上课时间，他气得眉毛都竖起来了，但还是得忍气吞声，心平气和地再次调整一番。有时他会突然把手机翻扑在桌上，望着某个地方独自大口喘息，气狠狠地对自己说：别理他了，大不了不上他这节课，直接取消。但他最终做不到，他要付房贷，付车贷，他的生活基本上被这两项大宗支付绑架了。但这是幸福的绑架，他何其幸运来到这个城市，又何其幸运拥有搞定生活的本领，虽然有点吃力，但一切都在可以掌控的范围内，美中不足的是，他没有自由支配的时间了，早上一睁眼，他就把自己摁进了那个电子台历，那个台历上的日程安排精确到分钟，他必须严格按照台历来操作，否则就会乱了套。有时他很自得，觉得自己没有浪费一分钟，也没有浪费与生俱来的任何一项求生本领，他的人生可以说是满仓前进，有时又觉得安排得太满了，他被挤压得连约会都没了时间，他很久很久没跟女生一起吃饭了，最多就一起喝个咖啡，看电影更是奢望，两个小时的电影，出了电影院还不能散伙，各自回家，还要走一走，聊一聊，太浪费时间了，他舍不得，他不敢轻仓前进，因为人生只有一次行情。

他第一次对电子台历产生了怀疑，真的要被这个东西控制得死死的吗？要不，先算一算，国定假期间如果不上课会产生多少损失。三分钟后，他彻底改变了看法，重新坚定下来，让他取消十七节课，取消一万多块收入，只为了让自己无所事事地去游玩、去花钱，这种事他万万做不到。除了不想损失那么多钱，他也害怕偷懒上瘾。

星星发了消息过来。

吴教，不好意思，端午节期间，小宝要请个假。她不知何时已经把吴教练的称呼简化成这样了。

你是说，他的四节课都取消吗？

对的，整个假期他都不能上课。

哦，好吧，但是，你早一点说就好了，我刚刚好不容易才调好课。

真的很抱歉。

他懊恼地抓了抓头，这是他最害怕的情形，好不容易把课排好，临时有人提出换课，或是请假，意味着他严丝合缝的电子日历上将出现一个大洞，就像一口整齐的牙齿突然掉了一颗，他讨厌这种黑乎乎的缺口，除了收入上的损失，还有被扰乱的节奏。没办法，只能考虑再来一次大挪移了。真是要疯了！

过了一会儿，星星又发来消息：教练，我有个想法，端午节期间的课，小宝的课能不能换成我来上？

他马上欣喜若狂：当然可以啊，我还以为你要带小宝出去玩呢。

不，这个假期，我和小宝分开玩。你们柒零捌的人假期有什么安排吗？

没有，大家各有各的事情要做。哎你

143

知道吗？黎晓的男朋友死了，还是自杀，然后黎晓受到刺激，差点流产，现在正在柒零捌保胎。

什么？天哪！既然这样还保什么胎呀？你们也不劝劝她？任她这么蠢下去？

哪天你过来试试看吧，好像谁劝都没有用。

你们都劝不动，我肯定也不行，要么就是月份实在大了，没有办法了，要么就是现在时机不对，毕竟尸骨未寒嘛，等他尸骨寒透了，她也冷静下来了，说不定就管用了。

长假的第一天，星星把头发扎成高高的丸子，兴致勃勃来到健身房。她到得有点早，她的吴教正在指导别的学员，她也不急着去更衣室换衣服，就在一旁看着。

这天的学员是个胖男孩，原本正在倦怠下去，不知是不是看到星星的缘故，索性提前结束，喘息着去了更衣室。

他向她走去：可以开始了吗？把他剩余的五分钟送给你。

好啊。她当着他的面脱去外套，露出里面的黑色皮肤衣。

你把小宝送到哪去了？他上下扫了她两眼。

送他爸爸那边去了，据说要去青岛。

你做得很好，他需要这样的假期。

他们开始训练，他喊着口令，她向他手上的手靶挥拳，她渐渐有点心不在焉，不是挥不出去，就是没有力度，也谈不上节奏。他劝她休息一下，先做点别的运动。她脖子一拧：不要，继续。力气是大了些，但完全不讲章法，练着练着，突然一偏，一拳打在空气里，人跟着往前一扑，幸亏他眼疾手快，一把托住她。因为这股缓冲，她像慢镜头一样倒在地上。

当年，跟他爸爸在一起，我也是像现在这样摔了一跤，他爸爸不仅没有扶，还往旁边闪了一步。

什么叫像现在这样？现在你并没有摔倒，我扶住你了。

那我为什么还在地上？

他向她伸出手，她无动于衷，他突然两手往她腋下一插，略一使劲，她便像孩子一样被高高举了起来。

他应该马上放她下来的，不知道出于什么心理，他久久地举着她，看着她，她也看着他，小声说：放我下来呀！他立刻换成一个恶作剧的笑：我只是想告诉你，我没有让你摔倒，我的臂力不可能让你摔倒。

当天晚上，他来到她的家。

她开门的时候，并不特别意外。他看看没有多少烟火气的厨房，问她有没有吃的，她说有面包和牛奶，还有水果。他拉开冰箱看了看，摇摇头，说他出去一下，马上就回来。

他一走，她就冲进卫生间，刷牙，扑粉，喷香水，整理头发，她拉开柜门想换件衣服，想了想又作罢。

他很快就拎着一只马夹袋回来了，里面有红酒、牛肉干、薯片。不好意思，门口超市里我能看上眼的东西就只有这些，啊！他嗅了嗅：我走之后，你洒了香水。

那又怎样，我只是想跟红酒相衬。

你居然知道我会买红酒！到底是老江湖。

就像你是新手似的。她动作幅度很大地拿出两只杯子，利索地倒好酒。

小宝不在，我们可以毫无顾忌地聊聊天了。其实我今天本来是要去相亲的，但我推了，真的厌倦了，知道我相过多少次亲？不说了，我都麻木了，每个女人看起来都差不多，着装、经历、背景，全都大同小异，之所以没有抽身就走，完全是出于礼貌。

拒绝媒人不就行了？你做不到，你好奇，你充满期待。

说得也对，另外，媒人多半是我朋友，或者是朋友的朋友，他们手上正好有个女孩，心里一扒拉，咦，吴敏昊还单着，试试吧。现在你知道我的困境了吧，全是这种礼貌性相亲，注定没有结果，作为一个男人，我还不能表现出来，只能硬着头皮上。

她笑出声来：听我一句劝，鞋要亲自去买，爱人要自己去找。

不对哦，现在网上买鞋也挺合适的，注意自己的尺寸就行。

好吧，那你继续相亲吧。

我一直都想问你个事，你现在还爱着你的前夫吗？

我神经病啊，人家都不爱我了我为什么还要爱着他？

那可不一定，你看黎晓，她真是把我震撼到了。

你欣赏黎晓那样的？

没有没有，但我很想知道，如果被一个黎晓那样的女人爱上，会是什么感觉。

结论不是已经出来了吗？说难听一点，我想到了宁死不屈这个词。我第一次看到黎晓，就觉得很奇怪，一脸的英勇牺牲状、甘愿奉献状，我觉得她是在奋力表现她的爱情观而不是在默默建设她的爱情。

爱情需要建设吗？

当然，不过建设这回事，是有大学问的，既不能建设过头，也不能建设不足。

以我为例，我当年就是建设过头了，我要是不鼓励他出去留学，就没有后来那场灾难。他是个不善于打理自己生活的人，到了异国他乡，束手无策。那个女人就看准了他这一点，不费吹灰之力就把他拿下了。黎晓的情况又不一样，我觉得她是在利用孩子，本来是没有太大胜算的，恰好那个男人出了事，身陷重围无力逃脱，所以她决定不计后果先把孩子生出来，等他出来，一辈子处于亏欠她、不得不弥补她的状态，她不就轻轻松松稳操胜券了吗？

他瞪大了眼睛：不会吧？黎晓能有这等谋略？

不是谋略，是女人的本能，漂亮女人扭个腰撒个娇就完成的事情，普通女人可能要付出一辈子的代价。

她电话响了，居然是小宝。

哎！小宝，你怎么样？玩得好吗？啊？为什么？她呼地站起来：好的好的，妈妈来接你，你放心，妈妈马上来。现在把电话给爸爸。

她的声音迅速变得冷若冰霜。你们在哪里？把定位发给我。我不管你们说了什么，我也不管你们给他吃了什么，我只知道他现在想回家，哪里的人真的爱他，哪里就是他的家。我怎么知道，你自己找原因啊。你这么聪明，你不会分析吗？行了，定位发我，我马上过来。

挂掉电话，她说：你听到了吧？陪我去一趟好吗？我们把小宝接回来。

接小宝当然没问题，只是，你要不要冷静一下，可以让小宝在那边克服一下吗？你想过没有，他这一回来，以后跟他爸爸那边的状态可能就固定下来了，恐怕不是太好。

不行。她飞快地穿上衣服，收拾小包，

检查钥匙。你知道小宝怎么说的吗？妈妈，我在这里怎么也睡不着，我想回家，我想跟你在一起。

两人快速下楼，他把车倒出来，她一上车，就开始唠叨：我就不该同意他的要求，不该把小宝送过去，肯定是他们做得不到位，小孩子不就是要哄吗？他们不哄他，说到底是因为他们不爱他，要么你就别把他弄过去，弄过去了又不好好待他，这下好了，就像你说的，小宝这辈子都不会跟他亲密起来了，都是他自己造成的。

冷静！万一是小宝误会了呢？我听说，小孩子到了晚上都喜欢找妈妈，这并不代表着爸爸对他不好。

不是这样的，我了解小宝，他受到了冷落，就会想逃跑，想找妈妈。

他感受到了她声音里越来越强烈的怒意，但还是小心翼翼地说：这不正是锻炼他如何跟人相处的好机会吗？

我知道，但我是他妈妈，不是教练，他在黑夜里向我哭，求我去接他，我无论如何也不能拒绝，就算是做错了，我也要去。

他不再说话。定位是某个小区，他们刚到门口，小宝挣脱爸爸的手，飞扑过来。

小宝爸爸也过来了，她下了车，没好气地问他：这是什么地方？

岳……她爸妈家。

搞什么！不是说去青岛的吗？早知道不去青岛我根本就不会让他过来！

她妈妈临时身体不舒服。

那你马上把小宝还给我啊，凭什么把他带到敌人的老窝里来。

回头一看，小宝早就爬进了副驾驶座，看都不再朝外面看一眼，还是星星提醒他跟爸爸说再见，他才摇下窗户跟爸爸挥了挥手。

小宝今天过得开心吗？吴敏昊望着前面问。

现在开始开心起来了。小宝甩着两条腿。

哎，你们饿吗？星星在后面说：要不我们去找个有宵夜的地方吧，难得都有空，又正好在外面。

没问题，我知道哪里有。他利索地转了个方向。

耶！耶！小宝在座位上一颠一颠的，发出快活的声音。

他们来到一条夜市街，这里的烤生蚝很有名，星星怕小宝过敏，不想让他吃。看到小宝馋得不行的样子，他说：让他吃吧，吃完了过敏，我送他去医院，要是不过敏，以后不就多了个乐趣吗？

像是故意气她一样，小宝边吃边手舞足蹈：真好吃！我从来没有吃过这么好吃的东西。

一口气吃完五个生蚝，小宝溜下座位，来到星星身边，蹭着她哼哼叽叽地问：妈妈，可以让吴教练今天去我们家住吗？

两个大人尴尬地笑起来。

不行哎，吴教练必须回到柒零捌那边去，因为他明天一早要带两个人去拍片子。

要不这样呗，你们俩也去柒零捌住。

我才不去，你们都是跟丛老师的项目有关的人，我又没有参与她的项目。

假期的最后一天，一直忙碌的柒零捌才宣布正式过节。

吴敏昊挨个儿挨个儿地问，在手机上写备忘录。他要进城一趟，自掏腰包采购食品，请柒零捌的人过节。问到衣泓时，他插了句：要不要把你的前室友找来一起玩呀？

衣泓如梦方醒：哎呀差点把星星忘了。立刻打电话，两人在电话里叽叽哇哇不歇气地扯了一通，吴敏昊在一旁听得云里雾里，完全抓不住她们的主题，唯一可以确定的是，他从中听出了自己的名字。

跟你说话真带劲！好啦，待会儿见，吴敏昊会来接你们的。衣泓终于意犹未尽地结束了通话。

丛老师不知从哪里走了过来，吩咐吴敏昊：给黎晓买些牛奶、酸奶回来吧。

何枫也走出来说：给我带两支白板笔吧，我手头的三支都写不出来了。

何枫为了给黎晓这个特殊学生教学，可以说是使尽了浑身解数，他给她带来了量身定制的可以躺在床上办公的电脑支架。因为学生只能躺着，何枫这个老师不得不坐在床边上，或是趴在黎晓枕头边，时间长了这两种姿势都不好受。后来还是吴敏昊提议，把黎晓的床搬到房子中间来，何枫便可以站在黎晓的脑后方，趴在床架上给她讲JAVA的操作。有一天，何枫实在站累了，黎晓说：要不你上床来躺一会儿吧。何枫陡地清醒：我还是躺地上吧。说完真的咻溜一声滑到地上去。

原来上课这么累呀。何枫望着房顶说。

是因为我太笨了，聪明的学生大概是不会累着老师的。

你实在要这么说，我也不想反驳。

后来还是丛老师提议，何枫应该弄一块白板来，像讲台上的老师一样边写边讲，活动空间大些，就不会这么累了。

将近十一点，星星和小宝被吴敏昊接过来了，吴敏昊拎了好几个大袋子，稍加摆放，餐桌上顿时琳琅满目。

黎晓躺在一张折叠床上，被何枫和衣泓两人抬了出来。黎晓本来不想出来的，但大家一致认为，所有柒零捌的人都应该坐在一起。丛老师上去摸了摸黎晓的肚子：快了，你快要卸货了。

因为一直躺着的原因，黎晓比以前胖了很多，看上去像变了一个人。何枫冲回去拿来两只枕头，塞在黎晓背后。

小宝呆呆地看着黎晓，过了很久才问：她得了什么病？

大家一起哈哈大笑。星星过来跟他解释了好一会儿，又让他猜黎晓肚子里是弟弟还是妹妹，小宝一扭头：太幼稚了，我才不猜。

就因为这句话，小宝瞬间成为柒零捌的明星，每个人都在跟他说话，讨好他，逗他开心。

小宝说：我喜欢这个趴体。

丛老师纠正他：这是柒零捌的家庭聚会。

我喜欢趴体，不喜欢家庭聚会。家庭聚会会吵架，趴体不会，每个人在趴体都很开心。

星星过来解围：小宝，家里人在一起，有时候会争论一个问题，那不叫吵架，叫各抒己见。

反正谁都不想跟小孩子争论问题，小孩子不许说话。

衣泓真的觉得他变了很多，尤其话比以前多了，就说：如果你有想说的话，今天请尽管说，我们这里最喜欢听小朋友发言。

我今天什么都不想说，我只想出去玩，吴教练，我们现在可以出去训练吗？

小宝不要，今天放假，让吴教练休息。星星赶紧制止。

没想到丛老师挺支持小宝的，说小区里面好像有个网球场，她曾经看到过有人玩滑板。

小宝一听，放下筷子就往外走。星星只得放下碗筷，追了出去。母子俩一走，吴敏昊也跟着走了。

他们三个一走，餐桌边顿时安静下来。衣泓盯着黎晓的脸，她真的胖了好多，整个面部增厚了一层，五官因为受到挤压，统统小了一个型号，同时也白了不少，真成了个白胖子。

我变丑了吧？见她盯着自己，黎晓问。

没有！丛老师抢着说：看你皮肤现在变得多好，像化了妆，估计是个女孩，通常女儿能让妈妈皮肤变好。

正聊着，门外响起小宝的声音：衣泓阿姨，有人找你。

衣泓跑到门口，尖叫一声，捂住了嘴巴。接着高声嚷嚷起来：

爸爸！你怎么还没回去？我以为你早就回去了。怎么阿姨也来了？您什么时候来上海的？您跟黎晓联系上了吗？黎晓知道您要来吗？

黎晓妈妈听说我在上海，专门过来找我，她知道找到我就等于找到了你，找到了你就等于找到了黎晓。

天哪！爸爸你真是的！来之前打个电话嘛，现在哪还有你这种人，说来就来，万一我不在呢？

怕什么，你不在我就回去，反正每天的任务就是到处瞎转。我发现上海的街道很特别，怎么转都不觉得累。

衣泓想把两个人尽量留在外面，给里面的人争取一点时间，上去拉着黎晓妈妈的手说：阿姨，正好我们今天都在加班，要不我先带你们在小区里转转吧。

让黎晓妈妈看一眼吧，我告诉她你们在拍纪录片，你的工作室设在别墅里，她是专门过来看看你的工作环境的。

但是今天真是不巧，我们在加班，阿姨……

说话间，两个大人已经来到大门口，正好看见何枫和丛老师抬着折叠床上的黎晓，往电梯口移动。

黎晓妈妈转过头来，神色恍惚问衣泓：这是在拍戏吗？那个人有点像黎晓呀，她也在参加你们拍戏吗？她不是在那个软件公司工作吗？

折叠床三人组从视线里消失了，衣泓过来拉黎晓妈妈：阿姨，我们去外面走走再回来吧。

也许是衣泓的表情泄露了什么，黎晓妈妈突然清醒过来：不对，刚才那个就是黎晓。一把甩开衣泓，大步冲进来：黎晓！你给我出来，我看到你了。

电梯那边传来一点响动，黎晓妈妈冲过去，正要进电梯的折叠床三人组停了下来。

黎晓妈妈瞪着折叠床上肚大如箩的女儿，震惊得脸变形了，好一会才结结巴巴地说：你、你、你是黎晓吗？你到底是不是黎晓呀？怎么这么像黎晓啊？她摸摸自己的身体，摸摸紧跟着过来的衣泓爸爸，又去捶打墙壁：这是在做梦吧，你们谁来提醒我一下，这到底是不是在做梦。

妈！黎晓叫她了：这不是梦。

黎晓妈妈怕烫似的摸摸黎晓的脸：你不是黎晓，黎晓的脸没这么大。又去摸她的肚子：黎晓怎么可能就怀孕了呢？她还没结婚，她连男朋友都还没有。

妈！黎晓哭了起来：妈，对不起！

哭声将黎晓妈妈拉了回来，她呆呆地站了好一会，突然怒目圆睁，抡圆了胳膊，一巴掌抽在黎晓脸上：不要脸的东西！你瞒着我跑到上海来，就是为了变成这样吗？说！是谁的！叫他来跟我说话！叫他来！马上来！

丛老师过来拉住黎晓妈妈。

消消气黎晓妈妈，先过来跟我聊聊。

黎晓妈妈一把打掉丛老师的手：这个房子是你的对吗？为什么她会在你这里？你这里是个什么贼窝？她明明是在软件公司工作，怎么会在你这里？又冲回黎晓身边：

你不要给我装出这副鬼样子，你给我滚下来，给我讲清楚，我千辛万苦把你养大，供你上学，不是为了让你躲起来生私孩子的。

她扑上去拉扯黎晓，拽胳膊，扯头发，间杂巴掌和拳头，黎晓不吱声，低着头，本能地伸出双手来抵挡。何枫想去阻拦，黎晓妈妈一脚踢过来：我看你们谁敢拦我！黎晓最终被她扯得坐了起来。丛老师过去阻拦：黎晓在保胎你知道吗？你这样她会有生命危险。

死了更好！还保你妈的胎！婚都没结，你还有脸保胎！祖宗八代的脸都叫你丢尽了。

黎晓两手抓住床帮，默默抵抗。

妈，你就当我死了好不好？我死了就不会给你丢脸了。

那你去死啊，赶紧去死！死要见尸，没有尸体我怎么跟人交代。

衣泓过来抱住黎晓妈妈，劝她先冷静一下。

黎晓妈妈一把搡开衣泓：这事你从头到尾都知道对不对？阿姨一直以来对你怎么样？你就是这样回报阿姨的？她做这种蠢事肯定跟你商量过的吧？你为什么不告诉我？为什么不拦住她？你巴不得自己的朋友倒霉是不是？你见不得你的朋友过好日子对不对？那个王八蛋是谁？你告诉我，我去找他算账。

阿姨，黎晓就是担心你会这样，才不敢告诉你的。阿姨，黎晓也是成年人了，她对人生有自己的规划，你给她一点空间好吗？

她要个屁的空间！你看她现在还有没有个人样，半死不活藏在别人家里。你还有脸抓住床帮！你就这么想活呀，你这条烂命还有什么好活的！

黎晓妈妈抬脚去踢她抓住床帮的手，再飞起一脚朝黎晓的身体踢过去。我今天非弄死你不可，弄死你我抵命。

吴敏昊突然冲了过来，不费吹灰之力一把将黎晓妈妈抱住。

失礼了阿姨，不管什么原因，你这样对待一个孕妇都是不对的，也是犯法的。

你们谁都不许在我面前提孕妇两个字，谁提我跟谁拼命！犯法就犯法！你们今天不把那个坏蛋交出来，我就一把火烧了这个鬼地方。

阿姨，坏蛋不在我们这里，我们这里没有坏蛋。

不可能，是你们把他藏起来了。她往后踢脚抱着她的吴敏昊：放开我！你想干什么？是想要我报警吗？

吴敏昊赶紧松开，阿姨冷不丁扑向黎晓，死死掐住她的脖子：你们要是不说出那个人的下落，我就掐死她。

她真的下狠手了，黎晓很快就涨红了脸，但她也不反抗，似乎准备认命。

衣泓急得扑过去：阿姨你听我说，我知道那个人……那个人已经……死了。

黎晓妈妈愣了一下，马上反应过来：别以为你拿个死人就能把我糊弄过去，我没那么傻。

衣泓急得哭了起来：黎晓你说呀，你把他告诉妈妈呀。

黎晓闭着眼睛，不说也不动，一副听天由命的样子。

阿姨你放手，我把我知道的全都告诉你。

丛老师也说：无论对错，当妈的都应该先搞清楚情况，怎么能不管青红皂白就惩罚自己的孩子呢？

黎晓妈妈受到侵犯似的，抬起头来，恶狠狠地瞪着丛老师：你有什么资格在这里说风凉话？你等着，我等一下跟你算账！

衣泓好歹把黎晓妈妈拉到客厅一角，仔细讲起黎晓的秘密恋爱、谭晓智的被抓，以及黎晓的无锡之行、她和黎晓的劳改农场之行，讲黎晓如何来找她，如何跟自己一起住进丛老师的工作室，现在何枫又如何当她的老师，为未来的职业规划做准备。黎晓妈妈开始流泪：你以为我心里不疼？我疼得没法喘气，我恨不得戳瞎自己的眼睛，我宁愿我没有来，宁愿我没有看到她。

衣泓也哭了起来：阿姨，她是真的爱那个人，这我是知道的，否则她也不会让事情发展到这一步。

衣泓啊，你知道这事第一步错在哪？你不该跟她一起瞒着我，你一看到她那个样子就应该赶紧告诉我，我保证能把她拖回去，想办法把孩子做掉。第二步还是你的错，你妈妈怎么教你的？没结婚能生孩子吗？当然不能，这种事情你都不敢做，为什么要怂恿她去做呢？她来找你，你第一时间应该通知我，那个时候还来得及。现在你让我怎么办？第三步仍然是你的错，你不应该把黎晓带到这里来，你对这个女人了解多少？她为什么要对你这么好，听说免费让你们在这里住？就算她对你有所图，黎晓呢？黎晓对她来说有什么用处？

阿姨，不是你想的那样，丛老师想让黎晓业余时间给我们的纪录片配字幕，这样她就能免费住在工作室里，丛老师还专门为她找了软件公司的何枫当老师，现在何枫正在教她学编程。

都是借口，她真正的目的只有一个，她想看你们这些小姑娘的笑话，她巴不得你们这些外地来的小姑娘活得一塌糊涂，她要看到你们围着她跑前跑后，拍她马屁，感恩戴德，然后看到所有的年轻人都活得不如她好。

衣泓目瞪口呆，过了一会才反应过来：不是这样的，不是您想的这样……

任何一个成年女人都做不出来这样的事，把一个未婚先孕的姑娘藏在自己家里，而不是通知她家人，也不帮姑娘解决问题，这是最缺德的事，在我们那边，一个人做这种缺德事，是会引来杀身之祸的。

阿姨，恰恰相反……

那边一阵惊呼，回头一看，黎晓不知怎么站起来了，在她脚下，鲜血正缓缓向外蔓延。

快！快去医院！

骚乱中，连暴怒的黎晓妈妈都不再说话，大家七手八脚，收拾东西，找水杯，拿纸巾，黎晓大喊：何枫，我的包！何枫奔进屋里，不一会，拿出一只尼龙大包来，里面装着黎晓早就准备好的婴儿用品，他没意识到，当黎晓喊出他的名字的时候，黎晓妈妈正犀利地盯着他。

好不容易把黎晓抬上车，吴敏昊三下两下带着大伙利索地冲出车库。车上，黎晓妈妈开始跟何枫说话。

听说你是软件公司的？

我主要开发金融产品。何枫侧过身，

毕恭毕敬地回答。

听说你在教黎晓学编程？你觉得她能学会吗？

只要她真心想学，肯定能学会。

你是个好人，世界上像你这样的好人已经不多了。

阿姨过奖！

有上海户口吗？

有。

在上海买房子了吗？

没有。

很好，生活是不会亏待好人的。

到了医院，黎晓立刻被放到急救床上，马上住院，绝对静卧，黎晓妈妈怎么求都不行，没钱付不起住院费都不行。两个动作利索的护士将黎晓推进房间，转移到病床上，另一个护士同时到达，将手中的便盆放到床下。你的便盆哦！黎晓脸都红了：我不用这个东西。护士用熟练却不带感情色彩的声音说：如果你不用，你的孩子可能因为大出血窒息而死，你也可能因为大出血而有生命危险。

黎晓看一眼妈妈，妈妈扭脸向外，气鼓鼓的脸上几乎是青紫色。

护士觉得黎晓的亲属有点多，再次过来清理，黎晓妈妈让其他人先回去，只留下何枫。何枫本来已经悄悄挪到了门外，听到点名，不禁皱起了眉头。

阿姨，我可以回去交待一下工作上的事吗？

电话里交待一下吧，我有事情要跟你聊聊。

衣泓过来跟黎晓道别，小声对一脸惶惑的何枫说：你先在这待着，我出去处理点事情，马上过来换你。

那我就等你哦！何枫一脸依赖地望着衣泓。

同病房的孕妇去做检查了。黎晓妈妈坐到何枫身边来。小何，我有事跟你商量，事到如今，我也顾不得脸面，就实话实说了，你觉得黎晓人怎样？凭你在她这种特殊时期，还愿意教她学编程，我觉得你对她应该不反感吧？那，你愿不愿意好人做到底，再帮她一把，跟她去领个证，让她有个活下去的理由？没有结婚就生孩子，无论是我的家乡，还是我自己，都是绝不允许的，要么孩子死，要么大人死，我是她妈妈，我当然不想她死，所以我厚着脸皮问你，你愿意帮她这个忙吗？今天拿证明天离婚都可以，就当是做件好事，就当是救人一命，给她开一扇活下去的小门，否则我真的宁愿她死了算了。

黎晓一拳砸向妈妈的后背：妈妈你在说什么呢？你这样还不如拿刀把我杀了。

静默片刻，妈妈回过身来，咬牙切齿地咆哮：我是很想一刀把你砍了！但我下不去手啊！既然下不去手就只得想尽办法让你活，让你活得有理有据，不被人家戳脊梁骨。

宁愿我死也不能害人家。

何枫安抚好黎晓，对黎晓妈妈说：阿姨，你这样安排，太委屈黎晓了，黎晓爱的人不是我。

黎晓妈妈大概没想到何枫会这样回答，呆怔片刻，慢慢换成一脸的萎靡不振：都这么会说话了吗？难怪我女儿会栽跟斗，我女儿不是你们的对手啊。

阿姨，不是我不帮忙，我没说不愿帮忙，我只是觉得，应该由黎晓本人来跟我说。

黎晓妈妈似乎看到了一点希望，热切地看向黎晓。

黎晓说：妈，你去楼下服务中心帮我买点东西吧，卷筒纸、湿纸巾、卫生巾、牙刷牙膏、内裤袜子，再帮我买点零食。

黎晓妈妈赶紧站起来，何枫的话让她重新燃起了一丝希望。

妈妈一走，黎晓就一个劲地道歉：对不起对不起！给你带来这么多麻烦，真的非常非常过意不去。

你妈妈真是！好吓人啊！不过，我还是被她的母爱深深震撼到了，真的是为了孩子不顾一切。

你可能还不了解我妈，这事既然她提出来了，你也没有逃跑，她是不会轻易放弃的。这样吧，待会儿我妈进来的时候，你就说你先出去吃点东西，然后你留意我给你发的信息，听我的指令办事。总之，你出去后就不用回来了。

行不行啊？万一晚上发生什么事呢？

我都住到医院来了，身边这么多医生护士，还怕什么？难道你想留在这里，明天被我妈押着去登记结婚？照我说的办吧。

那好吧，真的很抱歉，其实我真的很佩服你、欣赏你，但现在这个场合，实在不适合提到这事……

我懂我懂，你不用多说。

黎晓妈妈回来后，何枫果然开始照黎晓说的做。为了尽量真实，黎晓还特地交待他，给她带点口香糖回来。

约摸半个小时过后，黎晓给何枫发信息。很快，她的电话响了。

啊？这样啊，好的，没事，我好得很。

挂掉电话，黎晓对妈妈说：何枫被一楼的值班人员拦在外面了，说是过了探视时间，不让进来了。他准备去医院旁边的小旅馆登记个房间，这样的话，我这里一有情况他马上就可以赶过来。

到底还是让他跑了。

没有啦妈，人家不让他上来他也没有办法呀，就算他上来，也会被护士赶走的，晚上只允许留一个陪护。他又没有走远，还答应明天一清早就给我们送早点来呢。

半夜，妈妈和另外一个陪护去了走廊，那里有些公共长椅，可以作为病人家属的临时休息点。

同病室的高血压孕妇睡着了，房间里格外安静，黎晓摸着高高隆起的肚子，平常这个时候，孩子会特别活跃，今天却一直没有动静，难道孩子已经预感到了今晚的命运、不敢乱动了？

她缓缓起身，躺得太久，竟有点不适应站立的姿态了，她慢慢进了卫生间，开始做一些非同寻常的动作。她反复多次去够墙上的淋浴喷头，努力弯腰，试图去整理一只装满各种沐浴用品的行李箱，她试图跳起来，但这个动作实在太难了，她试了几次，结果只是可笑地颤了几下。实在找不到什么动作可做了，她就在狭小的空间里一圈一圈地踱步。不一会，她就感到身上发热，两条大腿酸得根本抬不起来。

当她筋疲力尽、再也拖不动沉重的身体时，才扶着墙壁慢慢走出来，回到床上。

她很快就睡着了。

后来，她被一阵奇怪的感觉弄醒，她睁开眼睛想了想，似乎是想确定自己到底在哪里。她伸手摸了一下大腿间，很湿，应该是血无疑了。但量还不够大，她又闭上眼睛睡了过去。

不知过了多久，她被高血压孕妇叫醒。孕妇躺在床上喊：喂！喂！你在流血！流了好多血！

她一惊，半闭着眼睛从床上滚下来，站在地上。

你不能站，你要躺平，快点躺下！

声音惊醒了正在走廊里睡觉的妈妈，妈妈冲进来的时候，一眼看到黎晓傻傻地站着，浑身是血。

护士！护士！妈妈狂呼着奔了出去。

护士还在门口，就开始大声呵斥她：为什么不好好躺着？为什么要站起来？叫嚷声中，一块猪肝那么大的凝血块啪地掉到地上，护士的嘴张成一个圆洞，床前地上血红一片，孕妇的两只脚踩在血水里，猪肝大小的血块共有两个，岛屿一样半插在血河中，一动不动。

护士奔出去叫人的时候，妈妈突然冷静下来。

晓晓别怕，听我说，这样也好，这样很好，这是天意，别想太多，我只要我儿好好的。妈妈的声音出乎意料地温柔。

孩子因为缺氧，胎死腹中，大人因为极度贫血，必须住院治疗。

妈妈一反在柒零捌凶巴巴的模样，变成了一个无原则的宠溺者。她谢绝了所有要去看她女儿的人，一个人在医院照料女儿。她不停地走来走去，跟护士交流，去领药，去交费，不停地收拾东西，擦擦洗洗，一切都忙完的时候，就搬个小凳子坐在床边，给黎晓剪指甲，涂抹润肤霜，按摩手指脚趾和背部。

你还记得吗？你小时候，每天晚上睡觉前我都要给予你捏脊，小学以前，你的脊背像猫一样，软软的，上面一层极薄极薄的皮，上小学后，皮下有了一点点脂肪，捏起来像在捏双层纸，大概是在初二那年，你的脊背突然厚实起来了，能捏到了肉了。初中那几年，是你最胖的时候，后来你瘦下来了，脊背上又只有一层薄薄的皮了。现在你又长了好厚一层肉，等满月了，你必须减肥，一定要在半年内把这身肉减下去。我待会儿去给你买点指甲油，女孩子的手，跟脸一样重要。还要给你买点阿胶回来，你现在要补点气血才行。

当妈妈从外面回来的时候，除了阿胶，还有一只金手镯，简简单单一个闭口圆环，套在黎晓手上，整条手臂都生动起来，连手指的形状都有了某种微妙的变化。妈妈说：金子养人，洗澡睡觉都不要取下来。

妈你干吗花这个钱？都够你去旅游一趟了。

旅游有什么意思？我好不容易抢回我的女儿，不应该买个纪念品纪念一下吗？

真是的！你以为我不知道这得多少钱啊。

我挣的每一分钱都是你的，你这一生，工作也罢，感情也罢，都不要太委屈自己，别看妈妈只是一个长途汽车司机，一辈子都只跑了那一条路，但妈妈见过的人，比吃过的饭还要多，妈妈也从来没有拿过低工资，也从来没有下过岗，将来你买房也好，成家也好，有需要随时找妈妈，但妈妈有一个要求，什么事都不要瞒着妈妈，妈妈也是女人，也有过你这样的年纪，也经历过一些事情。我跟你说，一切都会成过去，一切都会自我痊愈，咱们吃一堑长一智就好，再不要不分青红皂白就把自己一生都押上去，世上坏人多得很。

你喜欢大城市，能在这里留下来也可以，我也不再计较体制内啊编制啊这些东西，但有一条，你要有进步，听衣泓说，你在跟着何枫学编程，这很好，我支持，希望你能坚持下去。

我刚刚给你账上转了一笔钱，这段时间你要对自己好一点，吃点有营养的，买几件好看的衣服，去美容院做做保养，我看你的鞋很旧了，等你一出院，第一件事就是去买双鞋，这双旧鞋当场扔掉，鞋是你脚下的路，好看又舒适的鞋，会给你带来好运气。我说的这些，你都记住没有？

妈，我都听你的。

我不建议你住在柒零捌，你的工作在市区，没必要住到这么偏远的地方，虽说有那个什么项目，你在里面做的工作又不是很重要，不要被别人左右，要走在自己的道路上。我会去红庙里给你许个愿，点个灯，你从此要谨言慎行，再不要轻易相信人，除了你妈，这世上没什么人值得你无条件信任。你说你当时要是跟我透露一点点那个人的情况，我肯定要去查他的祖宗三代，就不至于弄成现在这局面。算了，不提了，幸亏你换了个地方，要是在家里，我们俩早就不在了，被人家戳脊梁骨戳死了。

整整一个星期，黎晓被妈妈无微不至地照顾，絮絮叨叨地教育着。傍晚，妈妈突然说：我今天晚上八点多的火车，我回去。你的朋友们早就想来看你了，我在这里，他们都不敢来。

为什么突然要走？我还准备出院了带你出去玩的。

妈妈突然一脸痛苦：我也要回去看病，我的心脏似乎出了问题，稍微动一动，心脏就跳得要掉出来了，还很疼。

黎晓捂住脸：我知道是因为我，我对不起你。

要想对得起我，以后就好好活。

要交待的话都说完了，妈妈说她下楼去走一走，吹吹风。

过了一会儿，妈妈打电话给她：我就不上来了，我直接去火车站了。黎晓急得叫起来：你上来跟我说句话再走啊，不急这几分钟。

我怕我一上来就走不了了，希望你没有忘记我跟你说的话，如果还有没说完的，我会在手机上发给你。最最要紧的，出院之后，回家之前，你要去给自己买双鞋，之前的鞋都扔掉算了，包括拖鞋在内，全都换掉。

妈妈走后没多久，何枫和衣泓就来了。他们约好来接她出院。

衣泓有点为难，因为丛老师还在外面等她，她们今天有很多任务，绝对会是忙碌的一天，说不定晚上还要加班。黎晓没等听完就把她往外赶，让她赶紧去工作。衣泓只得很正式地把黎晓托付给何枫。

何枫，黎晓就交给你啦。

病房只剩下他们两个人的时候，气氛变得有点尴尬，何枫挠挠头皮，想起一件事来：对了，我刚才好像看到你妈妈了，衣泓走在前面，她没看见，我正准备叫住衣泓，突然发现你妈妈好像在哭，就没敢惊动她，直接上来了。

黎晓一听，抓起外套，拖着何枫的胳膊就往外走。快告诉我，她在哪里。

何枫把她带到一条偏僻廊道。现在已经不在这里了，我看到她当时就坐在这里。

你怎么知道她在哭？

她背对着我，一下一下捶打着廊柱，一边捶打一边顺着廊柱滑下去，我感觉她还哭得挺厉害的。

黎晓的脸慢慢变红了：你怎么确定一定是她？

就……我见过她呀。

但你看到的是背影。你说说她什么发型，穿什么衣服。

这我没细看，我就是感觉很像她。

不可能，她已经走了，你们来之前她就已经去火车站了。

哦。

所以你看到的人不是她。她回去了。

哦。

我妈妈这个人，她会愤怒，会吵架，会打架，但她不会哭，哭不是她的风格，她最大的特点就是从来不哭。

啊～～啊～～啊～～这样哭的。何枫小心翼翼地坚持说完。

那不是她！她是不会哭的！她不敢回头看何枫，她怕何枫看到自己的眼泪。

何枫不再出声了，她反而控制不住哭了起来，何枫递给她纸巾，对她说：我会竭尽全力帮你，包括你设想中的那个小程序，然后你应该可以凭着它进入某个软件公司。另外，我也有个建议，我觉得你可以进入与这个小程序相关的行业，到了那里，编程就成了你的优势，但如果你到专业的软件公司，你就没有优势了。

好的。

以后遇到问题，你仍然可以随时找我。

好。

其实我很感谢你，让我体会到帮助别人的快乐，我之前从来没有帮助过任何人。

吴敏昊和星星

趁着午休，吴敏昊把星星从单位接出来。他在电话里说，我带你去看个东西。到底是什么东西，却怎么都不肯说，只说，反正准时送你回来上班。

他载着她，驶进中环内一个中高档小区。

你要干吗？买房子？这里的房子可贵了我跟你说。

一个挂着胸牌的年轻小伙子迎了过来。从小伙子的反应来看，他肯定把他们当成夫妻或是情侣了。

星星心里有点明白过来，原来吴敏昊是带她来看房子的，心里不禁一阵跳荡，这家伙，是在对她耍那种可爱的小手段吗？

房子不错，三室两厅，一百四十多平方米，房主要出国，急卖。

看完房子出来，星星忍住笑，等着吴敏昊先开口。

我就直说了，和我一起买房吧，卖掉你的房子，再卖掉我的房子，我们一起买下这套房子，怎么样？地段、面积、档次都还可以，比你我原来的房子强太多了，最重要的是，两年之内会有地铁经过，还有规划中的商业中心，升值是一定的。

怎么好好的突然说这个？你先说说，怎么买。

就是我刚才说的呀，你卖你的小房子，我卖我的小房子，然后我们合起来买下这个。

我们合伙买，那你要住进来吗？我们要像以前的团结户那样生活在一起吗？如果你不住，是否是把你的那一半租出去？那样的话，我就要长年面对陌生的房客，我觉得似乎不太好。

我当然要住进来。

你住进来，当然比租出去好，但是，会不会产生一些误会呀。

如果我说这正是我的目的，你会拒绝我吗？

别拿我这饱经风霜的人开玩笑了。

谁跟你开玩笑！你真的没想过为什么小宝那么喜欢我、我为什么会打破惯例给一个小孩子一对一上课？看来我掩饰得太过分了。我之所以掩饰，是想给我们一个自由发展的空间，免得给你压力。

你能不能把话说直白一点？我脑子不够用了。

我不想说请你嫁给我吧，这说法太俗套了，我想说，让我做小宝的爸爸、我们结婚，你愿意吗？

啊？我、但是、我有点……

你不用现在回答我，我也希望你能好好想一想，给自己、也给我一个理智审慎的回答。

我觉得应该不大可能，你的家人，他们不会喜欢你这个决定的。

我这边会是什么情况你完全不用考虑，你只须考虑你自己，你和小宝。请你不要笑，我们都是成年人，我们都有自己的价值体系和思考能力。

你什么时候开始有这个想法的。

小宝要求我当他爸爸的时候，我就这么想了，当一个小男孩直视着我的眼睛，对我说，你做我的爸爸吧！说实话我当时差点哭了，他是一个那么小的小孩，如果他大一点，我也不会那么激动，但他偏偏那么小，别说他的眼睛、他的心灵，就算是他的脚丫子，几乎都未沾染过红尘。

为什么过去了这么久，你一直都没提起过。

我不敢提，我担心你嫌弃我是个体力劳动者。

星星"扑"的一声笑起来：照你这么说，舞台艺术家都是体力劳动者。

经过这段时间的了解，我觉得你可能不会，所以我才敢斗胆提起。

你都直奔主题了，还说什么斗胆！

我觉得我们这个组合会很成功，因为我们有小宝喜欢我这个基础，我和小宝之间不存在磨合，这一点很重要，你跟任何人组合，都可能存在磨合的问题，只有我没有。

你就这个理由吗？

当然不是，我听说，小宝他妈有个执念，一定要找一个高学历的男朋友，要把小宝他爸比下去，这个条件让我这个体力劳动者望而却步啊，不过后来我又想，这世间其实存在一个荒诞逻辑，一个女人越是想嫁给某种人，就越是嫁不到，越是不想嫁给某种人，偏偏最后就嫁了那种人，我有个亲戚就是这样，她很难接受某种方言，结果真就嫁给了说那种方言的人。我虽然不是博士，但我曾经是拳击冠军，国家级的，武警部队要招我去，我放弃了，我不想一辈子靠拳头吃饭，我选择了上海。我在想，如果博士是某个领域的塔尖，冠军算不算拳击界的塔尖呢？我知道女人们为什么大多喜欢你前夫那样的塔尖，你们想为自己的孩子争取到最优秀的基因配置。不过，既然我们已经有了个较高配置的小宝，也没必要再来一个配置一般的小小宝了，所以你不必有这个顾虑。

难道你是说……

他打断她，抢着说：就是你想说的那个意思。

为什么要这样？你完全可以有更好的选择。

我知道，但我不想再选了，这么多年，我一直在选择、选择，我早就得了选择困难症了。我想学学盲人，不用眼睛，仅凭自己的味觉去寻找。

嗯，这样吧，我们都给对方三天冷静

期，三天过后，我们再讨论。

吴敏昊高兴地叫起来：太好了，但是，一定要三天吗？两天行不行？一天行不行？

星星白了他一眼，接着又笑了：提醒你，小孩子都是想到哪说哪，说过就忘了，很有可能他看到我们真的在一起，又不那么喜欢你了，我猜他肯定不愿意有人来夺走他的妈妈。

这个我也想过，我肯定有办法留住他对我的好感。就算他不喜欢我了，就算你也不能容忍我了，我们也可以友好分开，房子也随之友好分开，它们就像两个半圆，合到一起凑成一个圆，这个圆随时可以分开变成两个半圆。但你会发现，当它们再次分开的时候，我们各自的半圆肯定比以前的半圆大了好多。

噢！这才是你真正的目的对吧？把你的小半圆变成大半圆。

当然不是，我只是在计算各种可能，万一我们这个方案失败了，我们都要能承受得起失败的成本。目前来看，无论怎么算我们都会赢。

前面都说得挺好，最后几句话有点倒胃口。星星掉头去看窗外，突然觉得这个午休白白浪费了。

第二天，吴敏昊给她发来信息，让她有任何疑问，都可以跟他讨论。

她看了一眼，没回。

他又发来一条：如果你想征求小宝的意见，我提醒你，你不能问他超出他认知的问题，你只能旁敲侧击。

她忍不住说：我们这是相当于合资办了个公司啊，相信你把我们两个的股份都算得很清楚了吧？

你要这么想也可以，不管什么形式，越过越好才是目标，不能因为感情不顺而耽误财产的增值，对吗？

但我好像还在期望一份感情，很严肃地期待着。

他不再回复她，他突然没反应了，他消失了。

她有点不安，但又觉得自己没说错。晚上十点多钟，小宝都睡了，她突然收到一条微信：我在你门口。

她刚一拉开门，还没看清楚他的样子，就被他卷进了怀里。她不能说话，急得直打手语，叫他轻点，别吵醒小宝。

她去关好小宝和房门，回来压低声对他说：我们现在还在冷静期，你这么一来，我们就没法冷静了。

去你的冷静！

他吻住她的嘴，一只手摸索着脱她的衣服。她推拒着他，只推了一下，就放弃了，他全身上下像铸铁一样硬，她再也没有办法保持冷静了。

事后她怪他：你过来色诱我，你犯规了。

是你激将我的，居然说什么还在期待一份感情，现在还期待？期待吗？如果不是担心拿下之后，我可能没法像对待学生家长那样对你，我早就出手了。

只是，这样一来，我们的冷静期恐怕还要延长，因为我现在完全没法思考。

柒零捌

晚上通常是衣泓学习剪片的时间，常常夜晚一两点还在电脑前兴致勃勃地操作。

与此同时，丛老师在她的房间打电话，最近她总是有打不完的电话，从一开始热情万丈地寒暄，到渐渐变得严肃，再到略有争执，最后挂断，若有所思地静坐一会，衣泓知道这个时候千万不要去打扰她，否则她会相当生气，会跳起来大吼，骂她偷听别人的电话，天生的八婆。她想反驳，如果你不想被人偷听，为什么不到另外一个房间去打，而要坐在离她不远的地方呢？当然，她并不敢真的说出来，她对丛老师有种深刻的忌惮。她分析过这种情况，这也许说明了一件事，表面看来她们是师父与徒弟，实际上她们更像是雇主与雇员。不过衣泓不在乎，徒弟也好，雇员也好，只要她能在拍摄方面有所收获，只要她能从中学到东西，怎么看待她都无所谓。

黎晓有点让人担忧，从医院出来后，她似乎一天比一天沉默、沮丧，她没觉得有什么不对头，毕竟突然失去了生命中两个最重要的人，不可能连起码的哀悼期都没有。但是最近几天，黎晓开始有意无意地拒绝吃饭，衣泓决定跟她好好谈一次。

你这样不行的亲爱的，你得尽快回到原来的节奏中去，这一页已经翻过去了，沉浸在过去中是没有意义的。

你以为真的翻得过去吗？别看我的肚子瘪了，但他并没有死，他只是换了个地方，从子宫里爬到了我的心里、我的脑子里。

衣泓坐下来，揽住她的肩，不禁心里一惊，手感告诉她，黎晓跟以前几乎不再是一个人，以前的黎晓近乎直角肩，现在她的手掌搭上去，不再是小小的肩头抵着她的掌心，而是浑厚圆实如膝盖，一只手远远不够抓的感觉。

黎晓房间里只开着一只床头灯，黄色的灯色从她身后照过来，全身被镀上一层脆弱的金黄，暗影中的脸只看得清鼻尖和下巴。衣泓习惯性地想，这是多么好的拍摄角度啊，马上又觉得不该这么想，应该尽量进入好朋友低落的情绪当中，同悲同喜。

你想听听他的故事吗？

谁？

几天前被我杀死的孩子，你不会已经忘记了吧？我估计你快要忘了，毕竟你没看到过他，也没跟他有任何交流。

衣泓全身一紧，汗毛竖了起来：快给我讲讲，我早就想问你，但又不敢。

其实我是真的想把他忘掉，但我越是这么想，他的样子就越清晰。当时，她们把他放在我旁边的不锈钢台面上，我感到他的四肢似乎在动，只是有点慢，越来越慢，像电影里的慢镜头，他的手指像开花一样张开着，手指头很细，像花芯里面的花蕊，一根一根，指尖近乎透明，他的动作持续了一会儿，就没再动了，手指仍然保持着张开的姿势，我能感到生命像一缕烟，从那些小手指尖慢慢溜走。你知道我什么感觉吗？我感觉我体内有颗炸弹突然被引爆了，我被炸成了无数块碎片。我不能说我后悔，后悔太肤浅了，我应该说，我仇恨自己，我多么愚蠢，多么伪善，我应该在他还是一个胚胎时，就把他处理掉，让他像屎尿一样排出去。如果我那么做了，他的爸爸就不会死，我的男朋友不会死，我就还是一个有爱情的人。当初，他说什么都不想要这个孩子，是我耍了诡计，悄悄把他留了下来。我太愚蠢了，愚蠢到邪恶，我不仅断送了他们父子两个，我把自己也断送了。我欠着两条人命，从今以后，我唯一可做的就只有惩罚自己。所以，我发誓，我这辈子都不会再要孩子了，我没脸再生孩子，我不配被孩子叫妈妈。

做这种手术的人不止你一个，你不要过分夸大……

黎晓不理她，继续说：做手术之前，我想过无数次他的样子，也梦到过他，但都没有亲眼见到他么震撼，他跟我一样，有温度，有呼吸，有疼痛，他在挣扎，在拼命呼救，直到无力地死去。从那天开始，我一躺下，一闭上眼睛，就有个奇怪的声音在喊：妈妈！我真恨那些医生，他们为什么要让我看到他？为什么就不能把他放远一点，放到我看不到的地方？从今往后，我没有好日子过了，他在报复我，他和他爸爸一起报复我，我不明白为什么会这样？我全心全意，真心真意，换来的却是鸡飞蛋打。

我想，这是一个很自然的过程，我的意思是，这是很正常的反应，你不要太伤心，更不要惊慌，如果你想独处一段时间，我会支持，也会叫他们不要来打扰你。如果你想说话，我随时都在，你叫我一声就行。我相信你最终是会走出来的，时间会治愈一切。

我根本不想被治愈，我愿意我的伤口永远裂开，在我做了所有的事情之后，如果我还想尽量消弭痛苦，还想追求所谓的快乐，那我就太无耻了。

唉！我甚至很羡慕你呢，你所体会到的一切，我一概不知，跟你相比，我就像个情感的白痴一样。但又一想，没有爱情是不是也值得庆幸？因为我这个人天生应付不来麻烦、事故之类的，我只会弄得一团糟。

我现在常常回忆我们俩一起疯的日子，那样的日子怎么就一去不复返了。

如果当时你来上海找我，我不是支持你，而是拼尽全力阻止你，现在会怎么样？

很明显，我不会有现在的痛苦，也不会有这一身肥肉。

天哪！你不会是在怪我当时没有阻止你吧？

不，我不会怪你，你跟我一样，什么都不懂，我不理解的是丛老师，她都过了一辈子了，她什么都经历过，她肯定知道我们不知道的事情，肯定知道那些事情的严重后果，她才是应该站出来阻止我的人对吗？结果她竟然是支持的一方。

天哪天哪！不会吧？这跟丛老师有什么关系？

我一直对我妈妈的言论不屑一顾，因为我觉得我们三观不合，但在这件事上，此时此刻，我认为我妈妈说得对，她说丛老师作为一个长辈，作为过来人，应该站出来阻止我，而不是怂恿我，支持我，为我提供方便，因为她的支持会让我产生错觉，以为是比小地方更文明的大城市在支持我、大城市里的精英女性在支持我。我当时也跟你的反应一样，觉得不能怪丛老师，觉得丛老师是我们的恩人，直到前几天我妈在电话里对我说，有些人看起来是在抱着你，但你知道吗？被别人抱起来摔可比自己摔要疼得多。

我不喜欢你这样理解丛老师，我真的不喜欢。你别忘了，此时此刻你还免费住着她的别墅。

我知道你会这么想，我以前也是这么想的，但我现在不这样想了，我们住在这里也不是白住的，我们是她的长工，长工当然是包吃包住的，所以你尽管坦然地住在这里，不要觉得受了她的恩惠。

你为什么会这样想？我真的不能理解。

当你流过血流过泪以后，一切都会变得不一样。

又不是丛老师让你流血流泪的。

她本可以阻止这一切。

因为她很尊重你，你不能自己后悔了，就把责任推到别人身上。

黎晓低下头去，过了好久才抬起头来：你已经被她彻底洗脑了。

求你了，真的不要继续沉浸在这件事里了，已经过去的就让它过去吧。其实大家都不容易，你看看丛老师，都这个年纪了，一天工作十几个小时，再看看吴敏昊，除了睡觉，其他时间都在工作，还有星星，漂亮的单亲妈妈，这些人谁没有过难以启齿的过去，但你看谁提起过，要把那些东西像旧衣服一样扔掉，或是打包，藏在不被注意的角落。甚至包括我，我也是窘事一箩筐，还没来得及跟你说而已。

我都懂，但我实在做不到，至少目前我做不到。

那天谈话以后，衣泓一直留意黎晓的动静，不管怎么说，她觉得应该尽量把黎晓从房间里勾引出来。

她站起身，赤着脚往厨房跑，出来的时候，怀里抱着一只大大的冰水壶。

她在手机上给黎晓发消息，叫她出来喝水、聊天，黎晓迟迟没有动静，正准备上去把她拖下来时，黎晓拿着自己的水杯，慢腾腾地上来了，苍白的脸没有一丝表情，隔着睡衣，也能看到她胖胖的大腿，雄浑的腰身。看在黎晓终于肯下楼的分上，她决定先不提衣服的事，她觉得不应该大白天也穿睡衣，太松弛不利于恢复体型。

说真的，好想吃个冰淇淋。她讨好地望着黎晓，希望自己的热情能感染到她。

你这种腰围七十的人当然可以吃，我现在就只配喝凉白开。对了，吴敏昊最近好像没住柒零捌了，他要是在，开车出去给你买个冰淇淋倒是蛮方便的。

估计在健身房吧，他是不会浪费时间的，他的每个小时都有用途，都有收益。

但何枫说他是瞎忙，说他的工作都是时间密集型的，是在拼体力，效益不高。

何枫这么说人家？他以为人人都能像他那样，坐着不动，每敲一下手指头都是钱？再说，他那个工作也是一碗青春饭，年纪大了也是容易被淘汰的。

你这么说我也要反驳了，搞程序开发的怎么会是青春饭呢？他们公司就有好多六十年代的。

我知道，我就是不喜欢他那样说吴敏昊，不应该在吴敏昊面前有优越感。两个人在不同的领域，根本不存在可比性，干吗说得那么难听？

你看，同一屋檐下，就这么几个人，也有鄙视链。毫无疑问，我是被压在鄙视链的最底端了。

别说这种丧气话，你怎么在最底端了？你比谁差了？我不喜欢你这样说自己。别人认不认可不重要，自己首先要认可自己。

我现在只有一个愿望，能穿得下自己的衣服，能在阳光下睁开双眼，能像以前那样轻快地走在大街上。

你意识到了，就朝这个方向努力呀，去吴敏昊的健身房吧，晚上在小区里跑步，我陪你一起跑。

我试过跑步，不行，没跑出五十米，我的胸口就疼得像要裂开一样，头也疼，膝盖也疼，全身都疼，你知道为什么会这样吗？杀人犯正在遭受报应。

正说着，丛老师突然穿着睡袍从她房

间出来了，两人赶紧站起来打招呼，丛老师看也不看她们，一手夹着烟，一手拿着手机，匆匆往大门外走去。

会不会是嫌我们吵到她了？

我们声音不大呀，应该只是想出去抽根烟。

我很少看到她抽烟，会不会是碰上什么事啦？

她们来到窗前，撩开窗帘往外看，丛老师在门口小径上走来走去讲电话，对话似乎很激烈，她夹着香烟的手不停地划来划去，就像对方正站在她面前似的。

她在吵架吗？跟她的前夫吵？

不可能，他们应该完全没有来往了，听说前夫再婚后，又生了两个孩子，怎么可能还有来往？丛老师真是个劳碌命，这把年纪了，还在没日没夜地干活，从没见她穿个名牌，吃的也简单得要命，不是饭团就是面条。

丛老师推门进来了，跟出去时相比，她神情轻松了很多，对她们两个点头：你们还不准备睡觉？

快了，我们正在喝睡前水。

没想到丛老师在她们旁边坐了下来。

我们一共采访了几个人？有二十五个了？行，拍摄暂时告一段落吧。

不是计划拍满一百个人与房的故事吗？

我刚刚跟一个人沟通了一下，他觉得一百个太多太多了，而且都是些普通人，他希望我们去拍那些有一定知名度的人，他是出于收视率的考虑，我说我一辈子就没考虑过收视率的问题，现在退休了，更想撇开收视率做点东西。刚才跟他掰扯了很久，最终是我让了步。这样吧，我们先做二十五个人的，试下市场效果。

丛老师伸直两腿，往沙发上一躺，闭上眼睛。衣泓懂事地给她倒了杯水，她接过来，一口气喝下，突然精神高涨。

我来做个市场调查，黎晓，我问你，你喜欢看知名人士的买房故事，还是普通人的买房故事？

可能还是知名人士吧，普通人的故事，跟自己的故事差不多，可能没什么惊喜。

你呢？丛老师向衣泓转过脸来。

可能是与那些受访者近距离接触过的原因，我倒觉得普通人的故事更有生命力。黎晓你看过《孤独的美食家》吗？那些比较随意的街边小馆，那些吃得心满意足的脸，如果换成巨贵的米其林店，巨大的盘子，中间摆一丁点食物，还能有吃得酣畅淋漓的孤独的美食家吗？

但你不觉得《孤独的美食家》后面越来越不好看了吗？明明就是极其普通的饭菜，他还吃得那么陶醉，一看就是演出来的。

说到美食，黎晓！丛老师的目光停留在黎晓身上：你可得节制些了，都是保胎惹的祸，你比以前胖太多了，得赶紧减肥呀，这个样子走不出去的。让那个吴敏昊给你弄个健身方案，自己嘴上也控制起来，多动少吃，多管齐下，否则很难减下来的。

好不容易情绪有所好转的黎晓，瞬间变得阴云密布。我正在努力，我今天还只吃了一顿饭。

光节食不行，得运动，实在不行，还要辅以药物。丛老师突然走过来，摸了一把她的腰身。我的天哪！腰在哪？骨头在哪？赶紧的！

丛老师说完，丢下她们回房去了。衣泓转头一看，黎晓已满脸是泪。

你别往心里去，丛老师你还不了解吗？说话特别直，不会拐弯，她也是为你好嘛，把你当自己人才会这样说。

我怀疑我根本减不下来，我一天到晚饿得要死，稍微一动就眼冒金星，这些该死的肉还是不掉。

再坚持一下，说不定就差最后一口气了。重回麦当劳还可能吗？也许工作起来减得更快。

就像她刚才说的，我这个样子走得出去吗？你要是老板，你肯雇我吗？

我陪你，我们现在就去跑步，就在小区里跑。

我试过，不行，严格地说，我现在还在月子里，不适合剧烈活动。

那我们就去散步，总比躺在家里好。

我不要，我头晕，我真的完蛋了，我很想重来，我拼命减肥，我每天在家上网课学编程，我想从里到外都重来一遍，但我做不到，老天爷不帮我。

没有老天爷，只有自己帮自己，你已经做得很好了，你只需要再坚持一下下。我向你保证，曙光就在眼前。

丛老师突然拉开门，探出头来：衣泓，你来一下！

从明天开始，我就要启动后期兼出差模式了，白天出差，晚上做后期，会很累，但别无选择。先在本地跑几天，然后去北京，说不定还要去其他地方。你可以稍微休息几天，也可以马上回诺贝，黎晓也要催她尽快回到原来的节奏里去，特别要督促她减肥。我那边一有好消息，立刻通知大家。

丛老师，我想跟你一起做后期。

为了赶时间，还是以我为主，等这趟忙完了，我再找机会教你。

那，你出差需要我陪吗？就让我当你的保镖好了。

不用不用，你赶紧回去好好工作，同时思考下一部片子。

她知道坚持也没有用，丛老师要去的那些地方，要见的那些人，都是多年来积累的资源，是不可复制、也不能分享的。

一连跑了两三天，第四天晚上，丛老师满脸疲惫地回到柒零捌，衣泓过来问候她，丛老师看也不看她一眼，哼了一声，就把自己扔在沙发上。衣泓见她累成这样，吓得都不敢说话了，蹑手蹑脚想要进自己房间。

你过来。丛老师闭着眼睛也看到了她的动静。

从这几天的结果来看，不得不说，没我想象的好，他们都说买房这事有争议，搞不好容易惹上宣传炒房的罪名。

那他们这是拒了我们，还是提出了修改意见呢？

你觉得我们拍的那些东西好修改吗？又不是一篇文章，添一点删一点。还早呢，我才刚开始接触这些平台。丛老师似乎压着一股怒气，衣泓吓得不敢说话，只能关切地望着丛老师。

拍摄手法上也挑了些毛病，说很单调，只是一组采访，说人物缺乏典型性，不能引起观众的共鸣。讨厌这些人，什么东西都能挑出一堆毛病来，他自己来拍拍看。丛老师闭着眼睛说话的样子，有种满满的疲倦感，像刚刚结束了一场大吵。

过了一会。丛老师像是睡着了，呼吸逐渐均匀，衣泓脱下外套，想给丛老师盖上，刚一碰到丛老师身体，丛老师醒了。

我没睡着，我怎么睡得着啊！急都急死了。

丛老师起身回房，刚刚进门，又探出身子来说：我明天要去北京，还有其他地方也要去，我会很忙的最近。我走之后，柒零捌的日常管理由你负责。

黎晓要去医院复检，却在穿衣上犯了难，以前的衣服统统都穿不下了，怀孕时候穿过的孕妇衫，她又觉得太夸张，而且她现在讨厌跟怀孕有关的一切。

最后，还是衣泓想了个办法，她找出自己秋天的风衣，让黎晓把它当裙子穿。

等候黎晓检查的时候，衣泓在朋友圈看到了吴敏昊，突然想跟他贫两句。

你不再回柒零捌了吗？

吴敏昊回了几个笑脸给她：怎么可能，只是最近有点忙，再说我也没接到丛老师给我派活。

她告诉吴敏昊，丛老师出差了。接着又调皮地说：你只为丛老师开车吗？我陪黎晓复检，现在正在医院，你不想帮一帮两个可怜的女士吗？吴敏昊大笑：我马上过来。

两个人在医院门口等了一会儿，吴敏昊过来了，上了车，系好安全带，衣泓继续刚才调皮的语气：我有预感，你正在抛弃柒零捌。

没有没有，其实，上个星期，我结婚了。吴敏昊慢悠悠地说。

后座上两个人"蓬"地一下炸了起来，当她们终于知道那个人就是星星的时候，瞬间安静，就像有人拧住了水龙头。

为什么？衣泓下意识地问了一句，语气很不客气。

什么为什么？

气氛莫名有点怪异，最后还是黎晓乖巧地说了些祝福的话。

星星拿着我的卡去你的健身房，那是你们的第一次见面吧？衣泓尽量想装得轻松，说出来的话却显得生硬。

客观地讲，确实如此。

你不觉得你们还需要一点时间吗？衣泓说完了才意识到自己的话很可笑，但她管不了那么多了。

你知道这跟时间没关系，有人认识三天就结婚了。

但是……

什么？

衣泓不知道该说什么，她只是觉得有好多话想说，但又不知该从哪里说起。

吴敏昊因为还要往回赶，决定不送她们进小区，就在小区门外把她们放了下来。

黎晓刚一下车，衣泓猛地扑到驾驶座后背上。

我要跟你回去，我要去见一见星星。

你的意思是，我待会儿再跑一趟送你回来？

我自己打车回来。衣泓气呼呼地坐回去：我去看看星星不行吗？我跟星星在一起的时间比你长得多！

吴敏昊笑了，开始掉转车头。衣泓摇下车窗对黎晓说：我很快就回来。

刚一驶出小区，衣泓就让吴敏昊停车。

我不一定非要现在就去看星星，我只是想跟你说几句话，我可能知道一点关于你的健身房女孩，我去你健身房的第一天，在更衣室里就领教过了，一个女学员正在吃另一个刚进来的女学员的醋，因为她是你的相亲对象。我不禁在想，你的女学员是否都曾经是你的相亲对象？你明明对她们不感兴趣，却用一种既像恋爱又不像恋爱的手段稳住她们，又用感情上的吝啬来折磨她们，让她们最终对你失去信心，而你这样做的目的，不过是想让她们买你的健身卡，是这样吗？

吴敏昊一脸严肃地望着某个地方：我不明白你的意思，是我骗了她们还是什么？

没说你骗了她们，但你不该一边对人家没兴趣一边又热情洋溢地对待人家，你想用这种含混的态度把人家发展成你的学员，买你的健身卡。话一出口，衣泓也心虚起来，觉得自己的逻辑似乎有问题。

果然，吴敏昊笑了：你的意思是，相亲不成功就是敌人？就不能友好相见？更不能继续用我的健身房？

衣泓感到自己渐渐失势，努力自救：我只是替星星感到不安，星星可能还不知道那些健身房女孩，而且她着急给她的儿子找个爸爸。

不安什么？你觉得我会把她怎么样？

我担心你会辜负她。

任何一对夫妻，双方都有这种风险。

星星的风险系数明显高于你的。

你应该先跟星星沟通一下，了解一下星星的想法。你现在似乎在以星星保护人的身份审问我，事实上，我觉得星星比你成熟得多。她对我也有过许多拷问，她的拷问显然比你的更有质量，但最终，她选择跟我结婚。当然，我为她有你这样的小姐妹感到开心，也很羡慕，但你得明白一件事，任何事情你都可以为朋友两肋插刀，只有感情这件事不能，因为这件事没人吃得透，当事人更是如此。

衣泓的质问都抛出来了，但怒气和疑虑仍未消失，就默默地坐在那里生闷气。

我再多说几句，对这件事，我是这么看的，原则上讲，任何一个男人跟任何一个女人都有可能友好相处，甚至结婚成家，比如我们俩，当初也不是没有这个可能。问题是，人是喜欢在小细节上较真的动物，最初的两次见面，你给我的印象挺好的，你应该能感觉到，但你每次都是说走就走，连再见两个字都不愿给我，就像我是一把公共椅子，你上去坐了一下，抬屁股就走。星星就不同，她会很认真地望着我说话，每一句话都不是命令式的，从不对我用祈使句，有商有量，和颜悦色，我知道这可能就是她的性格，但我就喜欢她这样待我。

不要提别人，就说你和星星。我希望你是做了一个慎重的决定，你要知道，稍有不慎，你伤害的不止星星一个，还有小宝，小宝不能再受刺激了。

那是当然，我不是一个轻浮的人。虽然如此，此刻的慎重决定仅仅代表此刻，以后的事谁也说不准。

你看，还没开始你就已经这样想了。

我应该怎样想？脱离实际画一个大饼，几年以后抱着破碎的梦想呼天喊地？听起来像是一个古老的故事。

沉默了好一会儿，衣泓突然去开车门：我说不过你，总之，我希望你们之间真的有着我不理解的默契，祝你们幸福。

等一下，我送你！他关好车门，开始掉头：我也祝福你能跟丛老师一起拍出个好片子来，丛老师选中你，不是没有缘由的。

第二天，衣泓专门进城去找星星。她们约在一起吃午饭。

你请我，你都结婚了，应该请我吃顿好的。

啊！你知道了？不是想要瞒着你，是事发突然，没来得及告诉你。

她们去吃米线，还有烤面筋，当她们还是室友的时候，下了班，两人常常会挤在一张长凳上，一边喋喋不休地说话，一边津津有味地吃这两样东西，最后还要一杯酸梅汤。

这一次，她们没以前吃得欢，也没叫酸梅汤。

我觉得吴敏昊配不上你。衣泓单刀直入。

我知道。

衣泓瞪大眼睛望着星星，星星拿起叉子，张大嘴，慢慢将裹着汤汁的面筋干干净净塞进嘴里，却没有弄脏嘴唇。她闭紧嘴巴咀嚼的时候，俏丽的唇峰在跳舞。

在小宝的这个阶段，特别需要一个可以带他玩、带他疯、带他运动的阳光小爸爸。

你呢？你就不考虑你的感受吗？

至少是不讨厌，就当是为我儿子做点事吧。

荒唐！不是每个人注定就该享受一百分的生活，就算小宝有什么缺憾，也不是你弄个吴敏昊就能治愈的，我最讨厌的就是什么童年的病需要一辈子去治愈的论调，不治愈又怎样？又不会死人。

一向能说会道的星星今天似乎不准备跟衣泓打嘴仗，她拨着碗里的面筋，拨着拨着，突然放下筷子。

除了小宝，还有一件事也促使我下定决心。告诉你吧，结婚不仅仅是结婚，也是一次不错的理财机会，他有个小房子，我也有个小房子，我们都嫌弃自己的小房子，所以我们各自把它卖了，合伙买了个比较满意的大房子，过几年，不管我们还能不能继续在一起，我们都可以把这个大房子卖掉，如果不幸必须分手，那么增值部分按现在的入资比例分成。说不定到那时，我一个人也差不多买得起大房子了。所以你说什么都没有用，为了孩子和房子，我什么都做得出来。话又说回来，吴敏昊虽然学历不高，但他脑子好用，模样块头也很不错，这样的丈夫不丢人，这样的继父也不丢人。要说丢人，把小宝带进我那个连电梯都没有的小破房子里，让他在堆满杂物的肮脏楼梯上爬行，那才是我这个当妈的应该感到丢人的。总有一天，你也会走上我这条路，你也会想要建设自己的家，也会希望你的孩子为自己生在这个家而感到自豪。为了这一切，我们需要长年累月地榨取自己，直到榨干最后一滴血。

衣泓放下筷子，她吃不下去了。生活必须过成这样吗？

活着的意义本来就是为了让你体会到生活的不易。我之前跟你说想要找个比他爸爸更有学问的人，那只是气话，我不可能找到比他更有学问的人了，而且我看透了他那样的人，优越感十足，极度自私，以为自己真是天之骄子，以为别人都必须为他让路，为他作出牺牲，然后还打心底里瞧不起为他让路为他作出牺牲的人。

你之前跟我说的话，你现在跟我说的话，在我听来完全是两个人说的，我不想跟你讨论这个话题了，你已经让我迷失了。

哈哈，是你自己迷失了好吗？我的世界简单明了，不可能迷失的。你呀，多想想你自己的事吧，既然你认定了这条路，那你四十岁之前一定要拍出好片子来，一旦你实现了这个目标，那你这一生就顺了，财富、爱情、快乐唾手可得，反过来，你要是做不到，那可就难说了，孤苦一生，大器晚成，这还算好的，就怕你一直以为自己会大器晚成，结果直到死也没成大器，这样的人多了去了。我说话有点直，你不要生气，我的意思是，如果你不能确定四十岁以前能成器，那就一定要两手抓，趁着年轻，一边拍片一边给自己找个男朋友，在这个鬼地方，一个人很难独自活下去，必须找个队友，两人组成一个经济共同体。

经济共同体？

本来就是呀，你想想我们俩一直以来的AA制吃饭，同样的价钱是不是比一个人吃得更好些。

行了，如果必须像你说的去找那样一个队友，我肯定瞬间失去性欲。

总是要失去的呀，你以为你能拥有它一辈子？就那么几年，就靠它给你指引方向，帮你找到你要找的人，过了那几年，失去那个指引方向的东西，你就真的不知道该找什么人了，也什么人都找不到了。说到这里，我倒是替你担心呢，自从你跟丛老师搞到一起以后，你好像把其他的事情都忽略了，比如恋爱的事，你貌似变成了一个事业狂，我的担心在于，万一你全身心投入的事业，其实并不是你的、而是丛老师的呢？万一这份事业真的不属于你，而你又因为忙于工作而错过了恋爱季节呢？

衣泓哈哈一笑：你替我担心的事情我都不担心，就算这个事业不是我的而是丛老师的，但我从中学习到的东西总归是我的吧？我也没有因为忙于工作而错过恋爱，我可以一边工作一边恋爱，问题是我没有碰到让我动心的人，你让我怎么办呢？

你成天跟丛老师混在一起，当然不会碰上让你动心的人。

你对丛老师有偏见吗？一会儿说我跟丛老师搞到一起，一会儿又说混在一起。

我是有偏见，她一个退了休的老年人，既不是行业翘楚，又没有拿得出手的团队，凭什么把一个年轻人死死拉在身边替她干活？

你想过没有，如果她既是行业翘楚，又有拿得出手的团队，她会接纳我这种人吗？我跨得过那种人的门槛吗？

好吧，总之你自己放精明点，不要被人坑了。

我知道我在做什么，也知道我想做什么，不管怎样还是要谢谢你，在十四亿人的中国，除了我父母，你大概是唯一一个愿意替我着想的人。

那可不，吃吧，今天的面筋好像比之前的都好吃。

黎晓的复检情况良好，她问过医生，现在可以开始一些锻炼了，她选择每天晚上在小区慢跑，因为她实在没有信心在大白天秀出自己的体态。除了慢跑，再加上一天一顿无主食减肥餐，尽管如此，减肥速度还是慢得让人沮丧。

衣泓安慰她：现在是瓶颈期，过了这个阶段，就会嗖嗖嗖掉秤了，我看好多文章都是这么说的。

也有些人再也恢复不到以前。看黎晓的表情就知道安慰没什么效果。

你不是在跟着何枫学编程吗？一边学习一边递简历，一家一家投，投得多了，总会有回音的。一旦你开始工作，每天早出晚归，不掉秤才怪。

自从何枫回去攻克他们的项目，他就很少有时间给我上课了，不过我的网上课程有听不懂的地方，可以请他帮我讲解一下，就是不及时，有时今天问的问题，他要第二天甚至第三天才有时间回复我。

有这样的老师多好啊。到时候让他给你推荐一份工作。

他觉得我不能去找专业的软件公司，应该去相关公司找个懂得软件操作的工作，他完全是在想当然，我工作过的麦当劳不就是他所说的那种公司吗？但人家并不需我这种自学过一点皮毛的软件工作人员，人家需要的是出自名校计算机专业的工程师。

不管怎样，学过的东西总有一天会用得上的。或者你可以再去麦当劳试试，毕竟你之前有在麦当劳的工作经验。

在我减掉十公斤以前，我不想出门。

你应该换一个思路了，麦当劳现在招很多阿姨，连空姐也在变成空嫂、空姨。这不仅仅是指年龄上的变化，更多的是体态上的变化、观念上的变化。

不行，我不想放过自己。

衣泓自己也有难题，丛老师出差以后，她去过一次诺贝。李总说：你原来的岗位已经没有了，你现在只有一个办法，继续去做业务拓展，然后带着你的新客户一起来公司建档。

新客户不是那么好找的，一靠固有资源，二靠机缘巧合。幸好丛老师走之前帮她敲定了一个客户，加上现在不用付房租，谨慎点用那笔钱够她维持几个月。至于新客户，她不得不向哥哥发去了求助，哥哥问她：片子拍完了？分成多少？她有点羞愧，只好说：还在销售中。

哥哥说：在我意料之中，做好卖不出去的准备吧。

为什么？丛老师很有能力的。

那是你认为。

哥哥的话非但没有让她感到沮丧，反而有点小小的开心。这就是家人，家人总是把不利的一面过分放大，这样提前预演一番过后，如果接到好消息，那就是喜出望外，如果接到坏消息，也已经有了思想准备，构不成太大的打击。哥哥这样想，是越过那一半陌生的血液，把自己摆在了亲人的位置。她想，哥哥终于接受我了。

为了开发新客户，必须在外面不停奔走，这一走，便复活了初到上海时四处看展的小习惯。她跟黎晓打电话，问她愿不愿意出来一起去看展。她觉得可以借此机会把黎晓拖出来逛逛，改善一下心情，顺便还能减肥。没想到黎晓犹豫了一下，果断拒绝了。

我这个样子，会污染了漂亮的展会，我还是知趣一点，不要去了。

她气死了：黎晓，你这个样子真让人烦你知道吗？就算胖，也要当个开心的胖子，外面好多比你胖的人，人家没有像你这样。

我知道，我甚至不是一个合格的胖子。

不管她怎么死缠硬磨，黎晓就是不出来，她只好一个人去看展。

一个人去看展也有个好处，她会越走越快，而走得越快，脑子里小念头就越多。新的客户会来的，新的带着神光一样的好点子也会来的，一切都会像清晨草尖上的露珠，你在黑暗中等了它一夜，它都无动于衷，但到了早晨，你一睁眼，就看见它亮晶晶地立在草尖上了。一切你期待的，都会突然降临。很奇怪，这些美好的念头就像是疾走的分泌物一样，簇拥在她脑子里，催促她越走越快，越走心情越好。

难免又想到黎晓，黎晓不来也好，身边跟一个垂头丧气的人，恐怕很难产生这些美妙的想法。

上海长年有着各种各样的展览会，建筑、绘画、电影、工业设计，应有尽有，她甚至看过一个叫绳艺的奇怪展览。门票不算贵，带上干粮和水，在里面泡多久都可以。

这天是一个安滕忠雄的展览，图片加

视频的形式，有点小失望，观展惊喜竟不如那篇介绍安藤忠雄的文章多，也许关于建筑的展览只能如此。看毕，已是下午四点多钟，天地间渐有暮色，她坐在展馆外的长凳上喝水，啃着在包里挤压得又扁又丑的面包，几只麻雀闻到食物的味道，大大方方落在她脚边，她索性把面包撕碎，分给它们。正玩得开心，有人说：我可以给你拍几张照片吗？转头一看，一个穿牛仔连体裤的女生，拿着手机向她示意。她笑了：拍吧！

拍完，女生过来给她看，那是有史以来衣泓拍得最好的一张照片，除了把人拍得很漂亮，暮色也拍得很美，淡金色的光线，醒目的明暗分割，跳动着觅食的麻雀，四周正在散去的人群，因为光线用得好，半低着头喂麻雀的衣泓，五官看上去深邃有力。

她们很自然地坐在长凳上聊起来。女生是个在读博士，她说她喜欢小动物，她拍过的最小的动物有正在吸血的蚊子，还有宠物身上乱钻乱窜的跳蚤。几乎每个周末她都要出来拍它们。她把她拍的视频调出来给衣泓看，真的是各种各样的小动物：蚯蚓、蚂蚁、蟑螂、螃蟹、小猫小狗、小鱼小虾，菜市场里装在笼子里的蛇，各种家禽，刹那间，衣泓分不清自己是在城市还是在野外，是在电影里还是在现实中

拍它们的过程，真的是又开心又幸福。你看这个小奶猫，这天使的眼睛，这粉粉的小嘴，我一看到它心里就酸酸地想哭，就想教它说话。还有这个乌龟，你看它的眼睛，还有这狗，它们都有一个共同点，它们的眼睛特别清亮，特别单纯。我失恋的时候，就是靠这些照片帮我走出来的。

女生的声音不高，但每个字都铁钉一般钉在她心里。

你每次拍它们都会像我们这样跟人聊天吗？

才不会呢！我很少跟陌生人说话，今天真是太罕见了，我明明可以不用跟你打招呼的，我只是想拍那些麻雀，后来我发现你的脚很有意思，就想，还是跟你打个招呼吧，不然不太礼貌。

衣泓赶紧又看了一遍，果真有她的赤脚，在展览馆走了几个小时，累了，当她坐下来后，就脱了鞋，把双脚放出来透口气，她还以为她的脚藏在长裙底下，没人看得见呢。

我倒是喜欢跟陌生人说话的，陌生人就像树洞一样，你可以随便说，想说什么就说什么，没有任何心理负担。

嗯，这说明你很善良。

这两者有什么关联呢？

心地复杂的人更喜欢关着门，善良的人才总是和盘托出。

衣泓看看暮色初上的天光，再看看身边这个细声细气的女博士，虽然才是第一次见面，却跟相交多年的老朋友没两样，突然有种异样的平静和满足，谁说人生险恶？谁说人心难测？她觉得简直简单透顶，而且还很愉快。她问女博士：拍这么多小动物，是否跟你的专业有关？

也不能说完全没有关系，女生眯着眼睛想了想说：我是学物理的，从小动物身上，也能发现物理，库仑定律，关于异种电荷相互吸引的定律。物理是最接近真理的学科。

天哪！我为什么没有早点碰上你？

我本来没想看这个展，我们实验室里有个讨论会，但今天突然有人请假，活动随之取消，我临时决定来这里。你是计划

好的吗?

不,我本来在办另一件事,走着走着突发奇想。本来我想请另一个朋友一起过来的,结果她不来,我觉得她是有点抑郁了。

抑郁这个词毫无防备地从她嘴里吐出,连她自己都吓了一跳,黎晓不会真的抑郁了吧?

她们在长凳上分吃衣泓的面包,继续闲聊。天快黑时,女生说:下个周末,我们可以一起去郊外爬落花山。我之前拍过一次黄色的松毛虫视频,听说落花山上有很多黑松毛虫,我想去拍它。

她们互加了微信,女生的微信名居然叫长尾夹。

没别的意思,就因为申请微信时,我的桌面上刚好有个蓝色长尾夹,于是就用了它,没想到用得挺好,基本没遇到过同名的。

不知为什么,衣泓没问长尾夹的真名,如果有必要,长尾夹应该会主动告诉她。

为了答谢这些面包,长尾夹又给衣泓拍了些特写,虽然自己也爱好摄影,但她觉得长尾夹拍的照片才是她最喜欢的,她今天很享受被拍,那些镜头,每一帧都有电影截图的感觉。她突然觉得,也许她能跟长尾夹共同走一段。

衣泓仔细研究了长尾夹的朋友圈。

几乎全是小动物,除了小动物就是风景,清晨的湿润花草,正午焦干的城市上空,傍晚的习习凉风,最后一次是那天在展馆外拍的麻雀,以及麻雀旁边她的裸足,这算是唯一与人相关的拍摄了。为什么她从不透露哪怕一点点私人生活呢?从这一点来说,她简直不是个女生,没有哪个女生在朋友圈完全屏蔽自己的生活的。

她以为两人分手那天的约定只是随便说说,没想到才周四,长尾夹就发来消息:记得明天准备一点外出要吃的东西,后天一早就要出发,可能来不及买哦。

她心情大好,愉快地回复:一定会带足的!

周六早上,还在地铁上,她就收到长尾夹发给她的定位,长尾夹已经到了约定地点。

郊游的前半场都没什么特别之处,长尾夹一直在专心致志地寻找小动物,衣泓有点心不在焉。与其说她对风景有兴趣,不如说她对长尾夹有兴趣,她期待着更多地了解长尾夹,几次想把长尾夹从小动物身上拉回来,都没能成功。直到她说:你这样可能找不到男朋友,因为你的兴趣完全转移到跨物种身上去了。

我故意的。长尾夹从小动物身上收回视线,认真地说:否则,我怕我会跑去找前男友,我跟他分得很艰难,比断奶还难,我一度以为自己活不下去了,靠着这些小动物才慢慢活过来。

但是,你已经拍了这么多小动物了,走出来的过程真的要这么长吗?

要的,哪怕他现在已经结婚,而且当了爸爸,我还是怕我会管不住自己。

难以想象,真有难以自拔的感情?

如果你没有那种感觉,很可能你谈的不是真的恋爱。

你们分手多久了?

两年了。

衣泓回想一下自己那点可怜的大学恋爱史,两人只谈了两个多月,男生就被另外一个女生吸引过去了,还说什么你不能控制我。有点难受,但也没办法,与其说她为失恋痛苦，不如说她为失败痛苦，她发现，一个女人只要进入恋爱，免不了会失败，就算取得阶段性成功，进入婚姻，中年男人更是出轨的高发期。也就是说，一个女人一辈子都要提防男方出轨，这太没意思了。尽管如此，她还是用了两个多月才走出来。开始是有点沮丧，一个人走在外面，脑袋沉甸甸的，眼睛好像还有点畏光，酸酸沉沉地睁不开，直到那天，她在一家店里看到一个小丑娃公仔，她的嘴就像被人扯住往两边拉了一下，不受控制地咧嘴笑了起来，与此同时，一股灼热上涌，她流下两行酸泪，擦干眼泪后，她就开开心心抱着那个小丑娃回家了。那以后，这事就算翻篇了。

看来分手真的需要借助某个东西，长尾夹是小动物，她是一个丑公仔。

长尾夹透露她准备出版一本关于这些小动物的书，除了照片，还有相关的文字，所以她现在每拍一种动物，就得收集整理跟这个小动物有关的大量资料。要有科学含量，还要有趣，图片还要清晰，这是出版社的要求。他们现在定期跟我联系，催我进度。从长尾夹的语气可以看出，她对这份突然冒出来的工作相当热情。

多好！到时我要买一本你的书。

爬到半山腰时，两人坐下来休息，衣泓拿出包里的零食，长尾夹是一只饭盒，里面竟然是腌黄瓜和炒花生，长尾夹说：这是在我们学校食堂买的，我只要了腌黄瓜，卖菜的阿姨自作主张给我加了两勺花生。衣泓馋得眼泛泪光：说得我都怀念起学校来了，不把我们赶出来多好啊。

明年我就毕业了，也要被赶出去了。

留在这里吧，留在这里我们继续拍小动物。

此地虽好，却是我的伤心地，我还是回去吧，让家乡口音和家乡美食彻底治愈我。

到底为什么分手？

肯定是不爱我了吧，他后来的女朋友比我漂亮，比我自信，是夏天会穿BRA出街的那种人。

衣泓望着远处摇头。我有个忘年交朋友，她很优秀，已经退休了，还在追求自己的事业，她告诉我，爱情只是发情期的本能表现，不用看得太重，过了那段时期就不算什么了。

有些滋味，只有受过伤的人才知道。

长尾夹突然发现了目标，是一只全黑的松毛虫，小拇指粗细，全身都是鞋刷一样的黑毛，因为黑毛过于浓密，当它爬起来的时候，根本看不到它的身体，只能看到一簇条状的黑毛在地上蠕动。看久了，衣泓有种又害怕又恶心的感觉。

你看！长尾夹把她拍的视频给衣泓看。

奇怪，当镜头里只有松毛虫的时候，衣泓没有了那种感觉，反而觉得它一拱一拱往前爬的样子很可爱，就像身体里装了个小弹簧一样。

长尾夹说：它应该是从树上掉下来的，它不喜欢在地上爬，它喜欢生活在松树上，所以它被称为害虫，因为它吃松针，会把松树吃干毁尽，农民们都恨它，说它是害虫，但我还是喜欢它，看它多可爱啊，它的黑毛毛看起来多有光泽，难以想象这么柔软的身体是怎么把粗硬的松针吃下去的。其实不应该有害虫益虫之分，每一个生命都是珍贵的，每一个生命的生存之路都是正义的，也是艰辛的，松毛虫吃掉松针活下去，对它来说，就是最大的正义，我们却要以正义之名毁灭它。

"扑"的一声，又一条松毛虫掉了下来，在地上翻滚一下，马上开始飞快地蠕动。

长尾夹又开始拍摄。中间，她压低声音对衣泓说：看它们的腿，太漂亮了！太精密了！

长尾夹屏气凝神跟在松毛虫后面拍，那虫子就像明白了她的意图似的，一会儿趴着不动，一会儿爬得飞快，摆明就是想甩掉这个跟拍者。

五分钟过去了，十分钟过去了，半个小时过去了，长尾夹还在跟那条松毛虫较劲。最后，长尾夹实在等不及了，折下一根棍子，把松毛虫接引到棍子上，再小心翼翼地放到附近的松树根部。松毛虫顿时精神大振，没几下就爬了上去。

这种小动物视频，你拍了多少了？

十几种吧。

可以尝试把它剪成一部电影。

这个我可不会。长尾夹突然想起来，问她：你是干什么的？

我跟人合拍过一个纪录片，但还没有播出。对了，以后你去拍小动物，可以带上我吗？我可以带上设备，比手机要复杂一点，但效果会好很多。

从山上下来的路上，她们一直在兴奋地聊着关于小动物的电影。你说，小婴儿算不算呢？

我绝对不想拍同类，我连猴子都不想拍，就因为它太像人了。如果不是因为猴子，我甚至可能去动物园求职。

你如此痴迷小动物，家里的人知道吗？支持吗？

我妈骂我玩物丧志，她觉得我应该跟紧老板，多搞科研。

从小到大，逼着你刷了多少题，草稿纸都用了几百斤，结果你一头扎进了小动物堆里，还想跑到它们那里去讨生活，她肯定不开心的。

从小学一年级开始，我让她开心了将近二十年，每次家长会后，她都会给我一个大大的拥抱，因为我的成绩给她长脸。她已经开心了那么多年，她够了。

她们在一块大石头上坐下来歇脚，衣泓打量长尾夹因为流汗而显得湿润的脸，棒球帽遮去了上半部分，她只能看到挺直的鼻梁，倔犟的嘴唇。她习惯性地将镜头对准了长尾夹。长尾夹没说话，但她的嘴唇在轻微地颤动。她不记得在哪里看到过这样一句话：嘴唇比眼睛更能传达一个人的情绪。

拍完了，她把镜头转过来，给长尾夹看。

长尾夹看了一阵，什么也没说，却突然伸出手，在衣泓弓起来的膝头上拍了一下。这以后，她们沉默了好久，谁都不说话。

我有个提议，你跟我去一趟我们的工作室吧，我非常喜欢你的讲述，你的故事，为什么我们不把它用视频的方式记录下来呢？这种自然状态下的闲聊，可比演播室的访谈精彩多了。我们就聊你和你的小动物的故事，既然我们已经有了很多小动物的视频，那它们的主人必须出镜，否则就变成导演拍的东西了。

我可不是它们的主人，它们没有主人。虽然我拍了那么多小动物，但我自己却很害怕镜头，我在镜头前很不自然。

不会的，你可以戴上你的帽子，一旦你有了帽子，你眼里就不会在意任何镜头了，不信你试试，这是有科学依据的，关于视线在物理支持下会更加犀利的问题。

我怎么不知道。

因为这是野生物理。

长尾夹答应随她去工作室。衣泓想起穿着睡衣活动在柒零捌的黎晓，决定先打个电话通报一声。

也许是太激动了，衣泓讲述长尾夹的时候，有点颠三倒四，结结巴巴，也不知黎晓是根本没听懂，还是对她的讲述不感兴趣，突然打断她说：衣泓，我决定试一试睡眠减肥法，这是我最新找到的办法，不吃不喝，就是睡，醒了接着睡，你回来的时候，不要试图来叫醒我，不要干扰我的计划。

还有这种办法？那不会把人饿死吗？

有人真的成功了，总之我想试一试，我就剩这一个办法没有试过了。不过，我需要你替我保密，也希望你支持我，不要过来干扰我，你能做到吗？真希望我能通过睡眠法回到从前，希望我能做个成功的"睡美人"。

放心，我肯定是最支持你的那一个。不过，你实在饿得扛不住的时候，记得出来吃点东西哦。

我知道，切记，替我保密，我想再次出现在大家面前时，从头到脚、从里到外都是新的。

祝你成功！你一定会成功的，亲爱的！

打完电话一看，长尾夹又开始趴在地上拍一只黄豆大的圆形小爬虫了。

衣泓问她这小家伙叫什么名字，长尾夹说：我也不知道，等我回去上网一查就知道了。所有的小家伙我都是通过这种途径慢慢认识、慢慢喜欢上的。

她们从山上下来，直奔柒零捌。

长尾夹一扫之前的淡定，在屋里走来走去大呼小叫。

你怎么会有遇上这么好的老板？我也喜欢在这样的环境下工作，请让我来这里工作吧，我一定会加班加点马不停蹄把工作做得棒棒的！

行啊！你来吧，除了你和你的小动物，我对你和你妈妈的关系也特别感兴趣，你说到她的时候，语言不多，但特别有画面感。

其实我很爱她，她也爱我，据说她已经立下了遗嘱，指定我为她的唯一继承人。

这还用立遗嘱吗？你当然是她理所当然的唯一继承人。

法盲了吧，我还有外婆，外婆是有一部分继承权的，如果外婆死掉，外婆继承的那部分就要给我舅舅。

衣泓瞪圆了眼睛：这才是真的亲生母亲啊！

你是这么想的吗？我怎么觉得她是在操控我呢？她买上海的房子也是，不由分说就买了，然后告诉我，将来你就住这。我跟她说，我不会留在上海的，我不喜欢上海，她完全不考虑我的意见，说有了房子你就会喜欢的。她就是要牢牢地把我抓在手里，死了也要抓在手里，她要把我变成她的工具。

恕我直言，你这种情绪发展下去很危险。

你真是太神了！你知道吗？前段时间我做了一个梦，我说服她，带她去旅游，去华山，你知道华山有个龙脊吗？有一年我们学校毕业游，去过那里，我当时因为害怕，走了几步就回来了，但我在梦里上了龙脊，我和她，当时雾很大，风也很大，我不知怎么突然一抬手，碰到了她，她就掉下去了，那可是万丈绝壁。

她望着呆怔的衣泓诡异地一笑：好了，

不说她了,说说你这里,真的相当不错,自由自在,自由创作,这是好多人奋斗了一辈子都达不到的境界啊。

其实我穷得像个要饭的。

你在别墅办公,还说穷。

你不知道,说来话长。衣泓突然意识到,对着一个在读女博士哭穷,这事挺可笑。

衣泓向她介绍曾经住在这里的人,一个一个如数家珍,但他们现在都不在,不是搬走了,就是很少回来了,只有她和黎晓还坚持住在这里。

那,这个地方,算是你们的共享客厅了,你们每天都会在一起聊天吗?长尾夹脚后跟立地,旋转一圈,面对衣泓站定。

共享客厅!衣泓走神了,多好的名字,新项目有谱了,就叫《共享客厅》,把看中的嘉宾都请到这个客厅里来,一起聊聊他们的故事,就像现在她和长尾夹正在做的一样。表面上,她们聊的都是生活琐事、各种细节,但这些琐事和细节却能让人物的内心显露无疑,跟《沪居博物馆》不同,《共享客厅》更能挖掘人物的内心和精神世界。

整个晚上,衣泓都在聚精会神地捣鼓长尾夹那个小动物视频,最后做成了一个带有字幕和背景音乐的十分钟短片,发给了长尾夹。

片刻,长尾夹问她:我可以把它发在我的账号里吗?

当然可以,它也是你的。

第二天一早,她就被电话吵醒了,长尾夹兴奋地告诉她:短短六个小时,我们那个视频有一万多人点赞,有六千多人转发。还在继续!还在继续!你知道这说明什么吗?

衣泓当然知道,她顿时睡意全无,刷牙的动作都变得铿锵有力,同时伴随着一个声音:我有观众!我要继续!

长尾夹又打电话来:我这里有一个很有趣的人,我敢打赌,你肯定会想拍他的,中午过来,我介绍你们见面,顺便在我们学校食堂吃饭。

在学校食堂吃饭几个字牢牢抓住了她的心,她才想起来,昨晚竟忙得忘了吃饭,这会儿早已饥肠辘辘。

出门前,她才想起去看看黎晓。

门上贴着一张不起眼的小纸片,上面写着一个字:嘘!

她笑了,收回要敲门的手指,往长尾夹那边赶去。

长尾夹和一个满头白发的男人在校门口等她。

长尾夹给他们介绍:这是老顾,是我们实验室的校工,我的好朋友。老顾,这是我刚认识的新朋友衣泓,立志拍电影的衣泓。

老顾提议她们先去食堂,他去校门口的超市买些零食,然后回来找她们。

他走以后,长尾夹继续介绍:跟他做朋友很舒服,可以无所顾忌地聊天,可以请他代我去食堂买饭,甚至可以请他去超市帮我买卫生巾。他看了我们的视频,然后对我说:拍这个东西的人了不得,看起来拍的是小东西,实际上拍的是你的内心、你的灵魂。然后他主动跟我说,让你的朋友拍我吧,看看他能把我拍成什么样。

衣泓很为难:我一点都不了解他。

你觉得他多大年纪?

应该六七十了吧,头发都白成这个样子了,身板倒还没有佝偻。

其实他才刚刚五十，他的白发是染的，七八年前就开始染了，他故意让自己提前进入老年。现在你觉得有东西可拍了吗？

衣泓恍然，跳起来抱了长尾夹一下。

吃饭的时候，衣泓一句话就拉近了她和老顾的距离：

我看到过一首诗，里面有这样一句话：唯愿速速老去。

老顾像是冷不丁被人拍了一掌，愣怔片刻，放下碗筷说：我会在镜头里向你解释我是如何践行你刚才这句诗的。

他们就在老顾的斗室里拍摄，里面只有一张小床，一把椅子，一张课桌，那是实验室给他腾出来的一间用于休息的小库房，因为实验室的工作不像其他单位那么刻板，每天朝九晚五。

衣泓鼓励镜头里的老顾：我没想到你这么上镜，你会爱上镜头里的自己的。你的白发很衬你的肤色，有些人就不行，有些人的脸在白发映衬下显得很脏，还显得老，但你恰恰相反，似乎两种质地互相成全了对方。

唉，很多人不喜欢白发，一出现白发就要染，我就特别不理解，黑发和年轻真的那么好吗？看看那些年轻人，每天早出晚归，两点一线，像驴拉磨，还有更年轻的，牛马样驮着个大书包，我只看一眼就替他们感到累。相反我觉得一个人老了才是在真正地活着，不攀比，不斗狠，做点力所能及的工作，做点不需要器材的运动，煮点自己喜欢吃的食物，收养一条本土小狗，收获一点点友好和信任，日子过得很舒服的。

你什么时候开始提前进入老年人生活的？

不记得是哪一年了，只记得是从我下岗那年开始的，我突然不想去找工作了，作为富余人员，我可以领点基本工资，延续生命没有问题，为了不跟社会脱节，我在大学里找了这份工作，工资不高，但我喜欢大学的环境。

可以问你那年你多大年纪吗？

四十三岁，从时间上来说，不算老，但我的心已经无比苍老了，我厌倦了所谓的末位淘汰制，厌倦了所谓的竞争上岗，你必须时刻绷紧那根弦，每个月一过十号你就开始紧张，就开始不停地打量那只象征自己业绩的箭头，但你知道吗？人的开拓能力是有限度的，不可能永远爬升、永远前进，一旦你掉下来，他们就要给你记录一次，超过三次，你就得到一张黄牌。我一共得到了三张黄牌，在实施末位淘汰制以前，我是个很优秀的员工，我喜欢我的工作。但这个制度一实施，我突然不喜欢工作了，我不知道把人逼上那个连喘气的工夫都没有的轨道有什么意义，工作不被认可的打击是无法承受的，因为它相当于当众羞辱你的自尊。所以我就走了，按说我还可以在那里挣扎一下的，但我放弃了。四十三岁去找工作有点尴尬，试了几次我放弃了。完全不工作，信马由缰似乎又早了点，容易引发别人对你人品的怀疑，思来想去就有了那个办法，干脆我扮老人好了，一个满头白发的老人，还出来找一份不太功利的工作，那多有境界，多让人尊敬。事实证明果然如此，有了这头白发，我可以在别人赶着去上班的时候大大方方晨练，我上地铁，有人主动给我让座，我去医院，志愿者主动上来询问我。有一次我骑着自行车逆向行驶，交警把我拦下来，我立即假装自己是帕金森患者，他看看我的白发，再看看我抖个不停的手，不但仁

174

慈地挥手放行，还叮嘱我应该从哪里过马路到对面去。我的总结是，如果你没法让自己变强，不如索性装孬，装孬要比装强简单多了。

你觉得这算消极的生活态度吗？

我不认为我是消极的，我只是没有积极的机会。我被出局，是因为我出局成本最低，换成任何一个人，都会反抗，会大吵大闹，鱼死网破。他们知道我不会，知道我是宁可退一步海阔天空的人，他们太了解我了。

为什么你会让他们感到你不会反抗？

因为我的人生哲学。我觉得活着不是竞赛，不需要斗智斗勇，更不需要以干掉你的同事和朋友为代价，如果一个人一辈子都要拿出竞赛的姿态才能活下去，那根本不是活着，那是在接受惩罚。

你的家人怎么看待你的出局？还有你的白发？

我的妻子是个格局挺大的女人，她从不干涉我，但她有个条件，当她的亲人们来我们家做客，我尽量不要待在家里，工作也好，散步也好，总之，找点事躲出去。实在不能外出，就假装接几个工作上的电话，以此表现我很忙，很重要。

说明她其实很在乎你的出局啊。

在乎，但不苛求，这已经是意外的惊喜了，我本来以为我们会分手，我都做好了这种准备。现在她越来越开心了，随着时间的流逝，我的同龄人，那些没有被末位淘汰制所伤害的人，现在共同面临淘汰了。他们还不如我当年，四十三岁还可以找一份我现在的工作，六十岁可就找不到了。

所以你现在平衡了呀，为什么还要顶一头白发呢？

满头白发可以从生理上暗示我，对待事物，尽量超脱一些，一切都会老去，一切都是过眼云烟。

为什么你会跟长尾夹成为朋友？在我看来，你们很不一样。

我觉得我们在某些处境方面是相似的，她的压力很大，来自家庭的，来自工作的。是的，她还没有工作过，但她找了很久，她的简历改过好几个版本，打印过很多次，据我所知，从来没有回音。她讲她并不喜欢读书，但找不到工作，就只能读书。她本科毕业的时候就想找工作，没找到，只好读研。研究生读完了，又想去找工作，还是没找到，只好读博。现在，博士眼看又要读完了，看样子她可能会继续进博士后工作站。

你支持她进博士后工作站，还是希望她走向社会，去找份工作？

老顾沉默了一会，突然掉头，望向远处。发自内心地讲，我并不希望她能找到工作，如果一个博士都没有工作，如果一个博士后都没有工作，对我来讲，是不是深入骨髓的安慰？当然，她最终是会找到工作的，但我特别希望她能在大学多待一段时间，我会帮她多找一些小动物……

等等，她拍小动物的爱好，跟你有关？

最开始，她没事的时候喜欢拍实验室里的蟑螂，拍了两次之后，我开始帮她找蟑螂，你知道，我的工作总是很容易碰上蟑螂。后来，我又向她介绍蚊子、螳螂、跳蚤，她太孤单了，学习上的压力也太大了，正好借这个解解压。没想到这一拍，倒拍出点名堂来了，前不久听说还要出一本书，还有人想请她去参加一个什么节目。但她导师不喜欢她搞这些，说她哗众取宠，不务正业，她听了很不高兴。很多导师跟自己的女弟子关系都不错，她是个例外。

为什么你这么有自信，居然跟一个女博士交朋友？

老顾扬了扬眉毛：这跟自信没有关系，恰恰是因为不自信。在实验室那个小角落里，最不自信的弱者就是她和我，弱者的目光总是望向弱者，弱者本能地知道哪里还有个弱者。

弱者本能地知道哪里还有个弱者。衣泓不自觉地重复道。

世界上只有两种人，强者和弱者，如果非要跟年龄挂钩，年轻人和老年人在强弱指标上差不多，他们应该统称弱者，中年人是真正的强者，他们拥有很多，也能掌控很多，他们是今天的强者。

老实说，老顾的拍摄让她感觉很不好，老顾的一些话多少少刺痛了她，比如他对长尾夹的认识。长尾夹怎么可能是弱者呢？她是个宽容的有大智慧的人，否则也不会跟老顾这样的人交朋友。还说什么年轻人和老年人同属弱者！她不想跟他争辩，她也不会把这段视频保留在她的《共享客厅》里。

拍完老顾，长尾夹把自己的手机递给她看。在长尾夹的视频号上，那个十分钟的短片，弹幕占满了整个屏幕，全是排山倒海的好评，清一色的夸奖，看得衣泓热血沸腾。

怎么会有这么可爱的人！

好治愈的小动物！我也想要去拍。

我要把它存进我的手机里，上厕所和睡前看。

学物理的女孩居然这么可爱！

长尾夹两眼发亮：我在想，你是不是也来开个视频号，每拍一集，上传一集，你肯定会收获巨量粉丝。

衣泓本来很激动，听长尾夹这么一说，突然冷静下来：关于你的这一集，你可以上传，其他的就算了，我还是希望能拍成真正的纪录片。

有什么不一样？不都是给人看的吗？不一样都是观众吗？

不，当然不一样，我不想拍成一个消遣的东西。

手机响了，居然是吴敏昊。

我有一个好消息给你！先想想你怎么报答我吧。

你都还没报答我呢，还要我报答你！你欠我一个报答，我记得可牢了。快说，什么好消息？

咦？我欠你什么报答？

你是忘了还是根本没有意识到啊？不是我，你能认识星星吗？

吴敏昊在那头哈哈大笑：一说到星星，你那张嘴巴就特别利索。告诉你啊，我们健身房要拍新的广告大片，我向他们推荐了你的公司，你赶紧过来接洽吧。

衣泓高兴得叽哇怪叫：我会报答你的，我真的会报答你的，我把我的提成分一半给你。

算了吧，穷得叮当响！谁好意思要你的提成。若有下一次，再跟我分成吧。

迫不及待去公司向李总汇报，一路走得行云流水。

无意中一抬眼，半个天空绯红一片，像浓重的胭脂。果然就像她在看展的路上想的那样，新的客户会来的，新的带着神光一样的好点子也会来的，一切都会像清晨草尖上的露珠，你在黑暗中等了它一夜，它都无动于衷，但到了早晨，你一睁眼，就看见它亮晶晶地立在草尖上了。

李总也很高兴。终于可以拍一个漂亮的片子了，这是他们最喜欢拍的片子，画面好看，环境也好，又很容易拍。

李总问起丛老师，她说丛老师出门找买家去了，已经出去十多天，至今都还没有跟她联系过。李总似乎很意外：

不至于呀，按说在拍摄的过程当中，就应该有人上门联系了。如果有人跟她联系，你不会完全不知道吧？

我，好像，真没听她说起过这方面的事，只知道她经常会长时间地跟人讲电话，应该是跟片子有关的电话，但她从没正面跟我说起过那些电话，我以为我不应该打听。

你们拍完多长时间了？快两个月了？到目前为止一点播出的消息都没有？难道她想走国际电影节的路子？很多人这么干，拍完先捂着，送去参加电影节，获个奖回来好抬身价。

衣泓很振奋：很有可能哦！上次丛老师还说碰上了一个了不得的大咖，批评她没有剪好，丛老师还打算请那个大咖再剪一次。我来看看最近有哪些电影节。

我只是说有这种可能，并不是说她一定在走这些路，这条路的成功率并不高，也不是每个人都走得通的。说到这里，李总用特别的语气说：有时候，激情和才华不一定会带来成功，但一定会带来即将成功的预感。

从公司出来，心里多少有了点不安，她想跟丛老师联系一下。虽然丛老师有过交待，她在外面会很忙，那意思是叫她不要随时随地都想着跟她联系，但联系一次总可以吧。她拨通了丛老师的电话，响了六七声，无人接听，难道正在跟人谈事情，所以把手机开了静音？她不敢继续等下去，等丛老师忙完，应该会根据来电记录打过来的。

正准备回柒零捌，爸爸发来信息：你哥哥明天生日，今天记得问候一下。

看看高德地图，现在去的话，倒是最方便的，省得明天从柒零捌出发，又是一趟漫长的跋涉。何况老家的习惯，成年人过生日，客人们都在前一天到达。

趁着新客户拓展成功的好心情，衣泓来到香烟店，哥哥是烟民，送什么都不如送烟最实惠。她记得哥哥常抽的牌子，买了一条，好贵呀，不过她买得理直气壮，毕竟新客户有了，心里没那么慌了。

路上跟哥哥联系，哥哥说正好，今天都在家。

不知是不是自己心情转好的原因，今天看哥哥一家，全都温暖美好，大家言语投机，轻松且有喜感。她掏出给哥哥买的烟，连同生日快乐一起送出去，哥哥难得笑眯眯的：还这么客气！

一家人出去吃饭，席间，她手机响了一下，是哥哥给她的红包，红包封面写着：戒烟中。她看向哥哥，哥哥扬了扬眉毛，她知道哥哥是在替她心疼钱包。

席间，侄子很难得地跟她说了话：姑姑，方便的话，我想看看你是怎么拍片子的。

这是侄子第一次叫她姑姑，她拼命点头，她能想象这里面的过程，首先是哥哥的讲述，然后是一家人的讨论，然后是傲慢的往下看的眼神慢慢变成了平视。他们接受了她也好，她把他们征服了也好，总之，哥哥正在变成她真正想要的哥哥。

说到拍片，哥哥问片子卖出去了没有，她讲了丛老师的情况。

她好忙，我到现在都还没联系上她。

177

别是把片子卖了跑路了。

嫂子说：不可能，土生土长的人，规规矩矩上班直到退休的人，能跑到哪里去？

她决定今天晚一点再联系一次，不管多忙，总有休息的时候，总有睡觉的时候，她想趁那个时候打过去。

从饭馆出来，衣泓没再去哥哥家，直接上了回柒零捌的地铁。

看看时间，快十点了，丛老师就算在外面洽谈业务，就算请人吃饭，这会儿也该吃完了。她找出丛老师的电话号码，直接拨了过去。万一丛老师在没有信号的地方，收不到微信呢？

依旧无人接听，她突然有点焦躁，再次拨打，再次拨打，每次都是无人接听。

今天一整天都过得不错，现在却因为一个电话，一天的好感觉都毁了。丛老师到底在干什么？为什么不接电话？什么情况下，电话才是通了却无人接听的状态？

她要去问最聪明的星星。

我早就怀疑过，但我不忍心说出来，她肯定早就把片子卖出去了，把你们几个小长工撂在这里不管了，现在你明白她为什么免费让你们住大别墅、不向你们收取房租了吧？在她的算计里，房租就是你们的工资，两相抵扣，两不相欠，现在她不理你们，就是熬你们，活人总不能饿死在别墅里，等你们都走了，她再回来，把门锁一换，彻底不认你们。如果真的是这样，那她就是骗子，一个文化骗子。

我觉得丛老师不是那样的人。

那你就继续等吧，等她接你电话，等她回来给你计算报酬，应该等不了太久，过几天，说不定新的房客突然驾到，到那时，你们什么都没得到，却也不得不搬家。

我觉得不会，这次你肯定想错了。

我也希望我是错的。

闹钟响了，她没睡好，迷糊间想起今天要跟诺贝的人一起去健身房谈计划，猛地坐起来，冲向卫生间，刷个牙就能把自己彻底叫醒。

从卫生间出来，她再次来到黎晓门口，又看了一眼那个"嘘！"字，敲了敲门，里面没有动静。看来黎晓这次是真的豁出去了，支持她吧。

不知是出于什么目的，她对着"嘘！"字拍了一张照片。

在地铁上，她用划线法算了一下黎晓的"睡美人"计划。她是前天和长尾夹在山上拍松毛虫的时候接到黎晓电话的，如果黎晓挂了电话就开始睡眠减肥法，到现在已经足足有四十五个小时了，四十五个小时不吃饭，人会饿成什么样子？这个女人，对自己真狠哪！不过这也说明她挺适合这个办法，起码她能坚持下去，之前的办法她没有一个能坚持下去。

她相信她敲门的时候，黎晓并没有真正睡着，她只是在里面硬扛，作为好朋友，她能有什么办法呢？除了支持她，还是支持她。

待公司的人跟健身房接上头后，她就找借口溜了出去。看看时间，已近十一点，回去的话，免不了要去干扰黎晓的计划，不如在外面多待一会，想起好久没有面见星星了，索性联系了她：中午去吃面筋如何？

星星回复得挺快：十一点半，老地方见。

她算了一下，步行过去应该是足够的，结果当她赶到时，星星已经坐在里面了，老远就瞪着她：

你约的我，结果你自己还迟到了。

两大碗热腾腾的食物端上来时，她忍不住说了句：感谢上帝赐我享受美食的资格！

你信上帝了？

没有，就是突然很想感谢一句。

享受美食的资格是什么意思？

你知道吗？黎晓最近在搞一个"睡美人"计划，就是不吃不喝，光睡觉，所以又叫睡觉减肥法。还专门叮嘱我，叫我要支持她，不要干扰她，还在门上写了个纸条。跟她想比，我是不是很幸运？至少我可以大口吃饭。她打开手机相册，让星星看那个"嘘！"字。

至于吗？她现在到底有多胖？不过，保胎会变胖那是肯定的，

我不好意思问她体重，反正她以前的衣服全都穿不下了，现在整天在家穿睡衣。

什么睡眠减肥法！没听说过，我的理解，这不就是绝食吗？

咦？我怎么没往这上边想呢？

她不吃不喝睡了多久啦？

她把自己用划线法算过一遍的时间线调出来。

四十五小时？你确定她四十五小时内没有进过食，也没有喝过水？

她是这么说的，应该也是这么做的，她非常非常有诚意减肥。

我怎么觉得不妙呢？你真没觉得有什么不对吗？

没什么不对吧，她最近一直在琢磨减肥的事情。我敲过她的门，她不理我，事先跟我说过，让我要支持她，不要干扰她。

希望她只是不理你，而不是不能理。

衣泓突然紧张起来，盯着星星：老实讲，你想到了什么？

星星也盯着她：你知道我想到了什么。

给你这么一说，我饭也吃不下了，你告诉我，我要怎么样才能弄开她的房门。我唯一能想到的就是厨房里的菜刀。

菜刀肯定不行的，打110吧，如果她反锁了，或是里面有什么情况，他们会有办法弄开的。

衣泓放下筷子就往外跑，星星在后面喊：有事给我打电话。

在地铁上，她迫不及待地搜索了一下睡眠减肥法，没有所谓的睡眠减肥法，只有一些减肥产品，宣称服用过程中，即使在睡眠中也能减肥。她想现在就打110，又担心是自己多虑了，万一警察破门而入，发现黎晓在家好好的，她会涉嫌报假警，而黎晓肯定也会生她气，因为她再三交待过，要支持她，不要干扰她。

回家再说吧，回家后一定使尽浑身解数，把黎晓的门敲开。实在敲不开，那就打110。

那个字还在门上，时间的原因，四周正在干枯翘起。她使劲敲门，连敲带喊，请求她，威胁她，再不开门就报警了。闹腾一阵过后，她安静下来，把耳朵贴近门锁，想听听里面有没有什么动静。什么也没有，只有死一般的寂静。死这个字吓坏了她，为什么会想到这个字？

没办法，她报警了，就算黎晓在里面好好的，她也要报警，她不能等她饿死了再报警，报警的意义在于阻止她的不当行为。

110来了两个警察。她把在报警陈述里说的话再说了一遍，关于黎晓的怀孕和保胎，关于引产和发胖，关于工作压力和身材焦虑，关于睡眠减肥法。与此同时，她还没怎么看清楚，警察就把门打开了。

黎晓躺在床上，脸色青紫，一动不动，她扑过去，一个警察喝令她退后，另一个警察扳开她的眼皮，用手电筒察看她的眼睛，然后就听见他在电话里说到120救护车。

她哭了起来：她是不是死了？她不会死的对不对？

她看到床头柜有个小纸包，纸包有点磨损，有些陈旧。警察把纸包小心翼翼装进一个塑料袋里。

另一个警察从枕头底下小心翼翼抽出一张纸，是一张字条，衣泓冲过去要看，警察一抬胳膊，把她挡了回去。

为什么不让我看？她是我的好朋友。

警察不理她，径直问她问题，同时查看她的身份证。

听到她说最近只有她和黎晓住这里时，警察问她以前还住过哪些人，她只得说出吴敏昊和何枫的名字。

房东是谁？

衣泓一下子没反应过来，因为没交过房租，她几乎没有房东的概念。最终，她说出了丛老师的名字。

这是她的房子，她的工作室，我们是工作室的员工，我们住在工作室里，我们不交房租，所以丛老师不叫房东。

过了一会，警察接到了同事打来的电话，他们频繁地提到丛向阳这个名字，她心想，完了，会把丛老师牵扯进来的，她现在正在外面忙大事，没时间理这些生活琐事，丛老师肯定会很生气。我一走，你们就把柒零捌弄得乌烟瘴气！丛老师肯定会这样吼她。

你确定吗？不是丛向阳？是杨文意？文化的文，意义的意？警察边讲电话边扫了衣泓一眼。

警察挂了电话，坐下来，写上杨文意这个名字。

这个房子不是丛向阳的，是杨文意的，丛向阳以每月一万五的价格从杨文意手中租下了这个房子，租期一年。那个杨文意马上就过来了。看样子，你们这属于群租，丛向阳是二房东。

她不是二房东，她从没向我们收过一分钱房租。她一直跟我们说，这个房子是她的，她把工作室设在自己家里，我们是她工作室里的工作人员。

你的信息不对。警察轻描淡写地否定了她：最多的时候你们这里住了多少人？

衣泓扳着指头一个一个默数名字：五个。

于是，逐个登记五个人的姓名和电话。

你说黎晓怀孕了，她的丈夫是谁？也住在这里吗？

没有，他不住这里，他们没有结婚。

曾经在这里住过？

没有，他根本不知道这个地方。

他有妻子有家庭？

不是，他是单身。因为种种原因他们必须暂时分开。

男方的姓名、电话？

他……已经去世了。

有人可以证明吗？他的去世。

他的父母。他们在无锡，我应该能从她手机上找到他父亲的电话，但不一定能打通。

他怎么死的？

自杀……在劳改农场。衣泓的声音低了下去。

警察记下了他父亲的电话和劳改农场的名字。

与此同时，另一个警察在拨打丛老师的电话。

180

喂，你是丛向阳吗？

衣泓大吃一惊，冲过去对着警察的手机喊：丛老师，我打过你好多电话，丛老师，你在哪里？

警察站起来，扭过身去，避开衣泓。

……你需要尽快回来配合我们的调查……一切以调查结果为准。

衣泓问警察：请问，丛老师说她什么时候回来？

警察看了她一眼，又开始电话联系她提供的另外几个人。等警察电话打完了，她过去问丛老师什么时候回来，警察完全不理她的问话，却说：你的笔录已经做完了，待会儿可以随120救护车一起去医院。

她想起丛老师临走前的交待，让她负责柒零捌的日常管理，忍不住哭了起来。

警察说：别哭了，赶紧把你们的租房协议找出来，你们这里是群租，房东杨文意很快就要过来跟你们解约。

我们并没有签过任何协议，如何解约？

一个秃顶的中年男人进来了，原来他才是真正的房东杨文意。

租期其实还没有到，还有二十多天，我的意思是，立刻解约，但二十多天的房租我是不退的，押金更不必退，协议上就是这样规定的。按规矩，在我的房子里搞出这种事来，你们是要付我赔偿金的，出过人命，下一次谁还敢租？

当初我是跟丛向阳签的协议，现在你先代她签解约协议，以后你再跟丛向阳补签一个代理协议。杨文意对衣泓说。

于是衣泓代替丛老师在解约协议上签了字。那你们就尽快搬吧。房东说。

衣泓一脸张惶，完全没有准备，这一下能搬到哪里去？

120救护车到了，黎晓被抬到担架上，放进车里，衣泓也一起上了车。握着黎晓冰冷的手，她剧烈地抽泣起来。

何枫神情悲伤地出现在医院里。他刚刚做完笔录，想过来跟黎晓告个别。

还有四五个小时，黎晓的妈妈就要到了，我好害怕，你还记得上次她怎么对黎晓的吗？这次她会掐死我的。

有我在，她不会把你怎么样的。

他们一起来到院区空地，何枫说：有件事我想坦白，那天晚上我不该对她说实话。我刚才算了下时间，可能就是在她吃下安眠药的前一天，很晚了，她突然打电话问我，今年春节，如果她请我跟她一起回家看望她母亲，我愿不愿意。我当然知道这话意义重大，我觉得我必须得把话说清楚了，所以我跟她说，其实我心里已经认定了一个人，很早的时候就认定了。她说那你为什么要一直帮我，一直对我这么好？我只好说，这一切，也都是为那个人做的，因为我知道她肯定希望我这么做，她希望我能帮你渡过难关。黎晓很聪明，一下子就想到了你。她当时情绪好像有点受打击，说自己完蛋了什么的，我想尽办法安慰她，她没听完就挂了。

你到底想坦白什么？你觉得你刺激了她？

还有，我向她供出了你，我说我一直、一直认定你是我的女朋友。

你这算什么？表白？你都不会看时候看场合说话的吗？你觉得现在提这个合适吗？

我们公司最近上一个项目，忙得很，我怕我没时间跑到柒零捌去找你嘛。

对了，你不用跑了，我要从柒零捌搬走了。真没想到，柒零捌居然是丛老师租

181

来的，早知如此，我们肯定不忍心白住她的房子啊。

咦？这倒是个机会，干脆我们俩一起租房吧。

瞎说八道！想得美！

你急什么！是合租，又不是结婚。我说真的，我来找个人帮我处理这个事。

等等，黎晓就在我们身后，你觉得当着黎晓的面说这个合适吗？

这就是生活，有的人放弃了，有的人还要继续前行。老实讲，我尽我所能帮助过她，遗憾的是，我能力有限，无法从根本上改变她的生活。

从发生到现在，我一直恍恍惚惚的，一会儿觉得是黎晓躺在那里，一会儿觉得是我躺在那里。原来我觉得死是很遥远的事情，现在才知道，它竟然离我这么近，就像我每天都走在死亡的边缘。

所以我要跟你一起住，我保证会驱散你那些阴暗的想法。

一只青色的蚂蚱突然落在何枫的鞋面上，何枫正在去捏它，衣泓喝道：别动！

蚂蚱一动不动地趴在那里，两个人也不错眼珠地望着它。

小时候我经常听我妈说，刚刚去世的人会变成一只小蚂蚱，跟自己的亲人挨个告别，这时你不要惊动她，更不要伤害她，越是她舍不得的人，她越是会跟你告别得更长久。

何枫专注地盯着那只小蚂蚱，片刻，一滴眼泪砸下来，差点砸到小蚂蚱身上。它飞走了。

你知道吗？她真的不是太聪明，一个JAVA都学了好久。

我当然知道，她一直都是个特别特别用功的学生，稍有放松，马上成绩下滑，

所以她应该一直都挺累的。

幸好警察那里有遗书，否则她妈妈不会放过我们的。

就算她放过我，这辈子我也无法放过我自己。就好比我们去市区，一路要经过多少十字路口，每一个路口，我们都可以调整方向，把她从某条路上拉回来，但我们谁都没有出手拉住她，任她自说自话地往前走。

我们以为那是在尊重她，支持她。

但有时候，冒犯也是尊重，强烈反对也是支持。

要跟柒零捌告别了。

她像来时那样背上双肩包，一个人在柒零捌这里转转那里摸摸，住进来的时间虽然并不太长，却像经历了一场由盛到衰的漫长人生，此刻，除了满心的酸楚，她什么话都说不出来。到底是从什么时候开始的，柒零捌从兴致勃勃热火朝天的状态慢慢冷却下来，直到现在，曲终人散，一片荒凉，这个分界点在哪里？她想来想去，没有答案。

她拿出手机，明知丛老师不会接她的电话，还是拨了出去。警察打通她电话的那一刻，深深地刺伤了她，她不明白丛老师为什么突然间不想理她了，她就想问一问，她到底做错了什么，丛老师要这样惩罚她。

意想不到的是，这次丛老师竟然接了。

你干的好事，看你把柒零捌搞成什么样子了？

她本能地说对不起，然后急切切地说：丛老师你现在在哪里，找不到你我急死了，我一直都在等你下达任务，接下来我们要

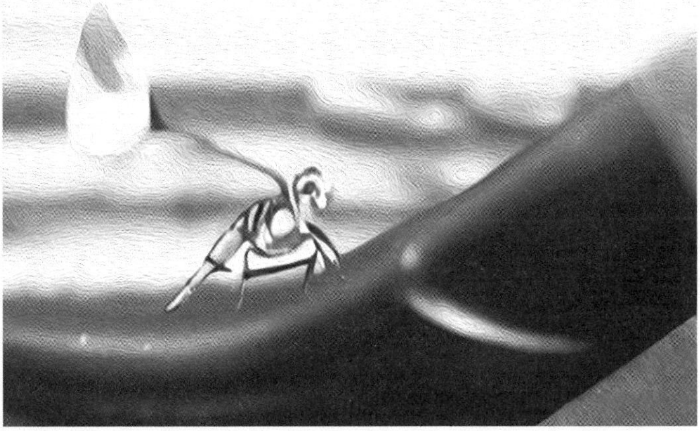

做什么，怎么做。

没有以后了，什么都没有了，连柒零捌都没有了，还能做什么？那个片子也没卖出去，知道我为什么不想接你电话吗？你的声音会让我想起，我们刚刚完成了一个失败之作，我们这个组合是失败的，我们的工作是无意义的，在我有生之年，我绝对不想再来一个失败之作，所以你不要再找我了，你想做什么，你自己去做，我们的联系到此为止。我不欠你们，相反，是你们欠我，我自掏腰包租工作室，为了减轻你们的内疚，宣称房子是我自己的，我付出这么多，得到了什么？得到了一个废品！

丛老师，我以为我只是来帮忙的，我以为只要听你指挥，表达你想表达的就可以。

最后几个字根本没有传送过去，丛老师把电话挂了。

她顺着墙壁往下滑，不可控制地往下滑，直到她已经坐在地板上，感觉还在继续往下滑，滑向无底的深渊。她两腿发软，似乎再也没办法站起来，走出去。

衣泓终于得到李总的谅解，重新开始了全日制的上班。但她仍然在利用下班后和周末偷偷拍她的《共享客厅》。拍到第十个人时，衣泓不得不和长尾夹分开了。长尾夹果然不想听她妈妈的安排，她想去北京进博士后工作站，理由是，北京的冬天有暖气，她讨厌南方冬天的空调。

她很伤心，她担心在这个城市里，再也找不到一个像长尾夹这样的拍档了。没有朋友的独行，会因为寂寞，更显艰难。

走之前，长尾夹很正式地对她说：我想求你一件事，把你的《共享客厅》发一集到网上去，看看效果如何？我已经帮你打听过了，如果一周内点击达到三十万，是可以跟网站谈版权的。试一下吧好吗？否则你辛辛苦苦拍它干什么呢？现在情况不同了，观众需求越来越个性化，很多人不一定非要去看大片，他们反而更喜欢看一个篇幅不大的视频。关于我的小动物那一集，直到现在还有人在看呢，还在问下一集什么时候出来。

她有点犹豫，长尾夹步步紧逼：你知道丛老师的片子为什么没有卖出去吗？虽然我没有看过，但听你的描述，我大概知道是怎么回事。大多数人本来就活得不如意，偏偏她所挑选的嘉宾都是特别善于投机取巧的人，都是不再为生活发愁的人，老百姓看到这种人，很容易被提醒自己的贫穷和弱势，由羡转恨，甚至留下差评。你可不要向她看齐，你的作品本来就跟她不一样，她的作品有点像电视台的节目，你跟她完全两样。总之，你从我那个视频的弹幕就可以看出一些端倪，你跟丛老师的观众群是不一样的。

最终，她依了长尾夹。

我知道你不想费时间守在网上，你尽管去忙你的，我来帮你照看它。

只过了两天，长尾夹就发来消息：点击率已达二十万，还有人问《共享客厅》招不招嘉宾。她大为振奋：你去谈版权吧，我授权给你去谈。

等过了三十万我再去谈。

长尾夹赴北京的前一天，她们决定出去玩一玩，像她们第一次见面那样，看看展，吹吹风，拍拍小动物。

下午三点多，所有计划中的项目都已完成，她们却不甘心回家，决定像以前那样，随便上一列地铁，随便找个站点下来。也许是习惯使然，她们踏上的正是当年在柒零捌经常乘坐的那条线。

我有个提议。衣泓突然灵机一动：我们再去一趟柒零捌，看看以前自己住的地方如何？

长尾夹也同意：我喜欢那个房子，喜欢那个小院儿。

我们肯定进不去，那个杨文意肯定把它租出去了。不过，站在外面看看陌生人在自己生活过的地方活动，应该也挺有意思。

两人兴冲冲出了地铁站，直奔柒零捌。

果然有人住在里面，一扇窗户半开着，一楼入口处有盆不错的绿植，种种迹象表明，此时此刻，屋里正好有人。

衣泓说：进去吧，遇上有人就直接说，我们以前住在这里，今天路过，特地来看一眼。人家要是不同意我们就走，也没什么。

院门居然没锁，两人推开院门，还在外面，衣泓就看到客厅里的桌椅还像以前那样摆放着，一个跟衣泓年龄相仿的女孩匆匆走来，在桌边坐下，毛玻璃挡去一半，衣泓只能看到她的头肩部分，似乎在操作电脑，因为她头颅挺直，一动不动。

看了一会，衣泓决定敲门。女孩闻声扭过头来，一看就是刚出校门没多久的女孩，脸上身上，无一不在对外释放着学生气。看见衣泓和长尾夹，一点都不意外地问她们：你们是接到电话通知才过来的对吗？

衣泓支吾着应付过去，女孩叫她稍等。过了一会儿，女孩从旁边的房间出来，那里以前是丛老师的房间。

你们俩谁先来？

衣泓急中生智，指着长尾夹说：是这样的，我朋友是陪我来的，她对你们这个活动还不是太了解，你能不能先给她简单地解释一下？

好的。女孩非常爽快：是这样的，我们这个项目的名字叫《一天中的24小时》，面向全国各地征集一批有兴趣的人士，拍下自己身边每个时辰的情景，比如早上六点，妈妈开始起床，做早餐，收拾屋子，挨个挨个催家里人起床。比如上午十点，大楼的保安站在商厦的玻璃门里，等着大钟整点敲响，同时拉开大门，迎进排队已久的顾客。比如下午六点，一个白领走出写字楼，他来到楼底抽烟，因为太疲倦，他被自己吐出的烟呛住了。总之，要尽量拍得与众不同，我们现在已经收集了来自全国各地上十万条视频。女孩问长尾夹：请问你是哪个行业的？

长尾夹故意说：我没有工作，我是全职家庭妇女。

好啊，你可以拍自己的日常，也可以拍你的家人，你的宠物，你的邻居，随便什么都可以，唯一需要注意的是，在你的文件名上要注明拍摄的时刻。

你们这项目做了多久了？是你负责的吗？

我们已经做了两个多星期了，我当然不是负责的，我只是个志愿者。

你们这里还招人吗？我可以报名吗？

原则上不再招了，不过我提醒你，我们这里的工作是没有工资的，

衣泓心中一动，继续问她：你住在这里吗？

对，你怎么猜到的？这里就是我们的工作室。

住在这里，不付房租？

185

请问你是……

我只是觉得这种模式很熟悉。你们负责人是丛老师吗？

女孩做出一个惊诧的表情：你好像对我们很熟悉？

衣泓拔腿就往丛老师房间冲，房门虚掩着，她轻轻一推，房门开了，丛老师在里面坐着，还是那头灰白色的短发，就像她们在柒零捌最后一次见面时那样。

我听到你的声音了。丛老师示意她把门关上。该说的我跟你说过了，片子没卖出去，我也没想到会是这种结局，太伤自尊了，我不想再提这事了，幸好我不欠你们，不欠任何人，我只欠我自己，因为我发过誓，今生今世，一定要拍一个作品出来，否则我死不瞑目。

丛老师，我有个想法，那个没卖出去的片子，我们可以把它发布到网上去，我看了一下，网上很多视频拍得远远不如我们的好，却火得很。

那不是自甘堕落吗？

为什么？不一样收获观众吗？

不好意思，那样的观众，不能让我产生成就感。我做的是艺术品，不是消费品。

丛老师，我还想跟着你，希望你不要扔下我。衣泓说着竟哭了起来。

不可能了，你应该知道，我不是一个优柔寡断的人，再说，你在我这里也没什么好学的了，你完全可以自己放手去干。

衣泓的眼泪慢慢干了，她打量一下丛老师的房间，又看看客厅那边正在忙碌的小姑娘，小心翼翼地问：丛老师，你怎么认识的这个女孩？

跟认识你的过程差不多。

[特约编辑：钟红明]

"你的屋子",或一种现实

行 超

姚鄂梅的小说《我们的朝与夕》以曼德尔施塔姆的诗句作为题记:"如果你只关心某些瞬间的事物/你的命运就会成为恐惧,你的屋子就会不稳。"这让我感到意外。姚鄂梅素以擅长书写日常生活、家庭关系而著称,这些在我们通常的理解中,大概都属于"瞬间的事物";小说题目中的"朝与夕",也多少包含着类似的意思。以这样的方式题记这部小说,或许也是作家的一种宣言:这一次,她将走进那些不够稳固的屋子,直面其中令人恐惧的命运。

一

一旦深入小说的阅读会发现,曼德尔施塔姆的诗句仿佛魔咒,笼罩在其中每一个人物身上。小说围绕四位女性的人生展开,主人公衣泓出身平凡却自强自立,大学毕业后从小城来到上海打拼。在租房过程中,衣泓遇到了室友星星,两个独身女孩遂成为相伴相助的朋友。在星星的帮助下,衣泓找到了心仪的工作,也结识了令她景仰的丛老师。老友黎晓未婚先孕,瞒着家人来到上海,与衣泓生活在一起。至此,四位女性人物在小说中完成了相遇。

于是,便不难理解小说题目中的另一个关键词:"我们"——"我们"是小说中的四位女性,更是无数现实生活中的女孩们、女人们。在小说中,无论是衣泓还是星星、黎晓、丛老师，她们都必须面对工作、事业与情感、家庭之间的复杂关系，这些空气般生长的朝朝夕夕，正是她们各自生命的全部过程与意义。女性如何在社会身份与家庭身份之间找到一种平衡，进而重塑自我的身份，实现自我的价值，一直是历代女性写作关注的问题。从《简·爱》《傲慢与偏见》开始，即便拥有出走的娜拉般的勇气，女性最终总还是要回到具体的家庭生活中去。古典主义为女性搭建的最为幸福的图景，便是拥有一位尊重自己的先生，由此组建一个两性平等的家庭。然而，进入现代社会以来，女性的生活不断收获着新的可能，家庭和爱情不再是本质的、唯一的归宿，我们的时代正在塑造越来越多的"大女主"，她们光鲜亮丽、事业有成，凭借自己的力量在职场战胜异性，在城市站稳脚跟，她们不为情感所牵绊，甚至接受着男性的崇拜却并不珍视——一如男权社会中曾经的"成功男性"一样。应该说，这是现代社会为女性提供的最为美好的幻景之一。

《我们的朝与夕》中，衣泓就是这幅美好幻景的忠实信徒。来到上海之后，她疏离家庭关系、拒绝谈恋爱，一心一意跟着丛老师工作，想要做出一部成功的纪录片，以实现自己的艺术理想。小说中，丛老师所提供的"柒零捌"寓所仿佛一座女性的堡垒，在这里，女孩们朝夕相伴、守望相助，为了一个共同的目标而努力。柒零捌里充满了珍贵的女性情谊，面对黎晓的生育问题时，丛老师大力支持把孩子生下来，因为"一个带着深刻爱意出生的孩子，是会受到祝福的"；而星星的反对则是出于单亲妈妈的亲身经验，"花钱如流水、筋疲力尽、心力交瘁、心急如焚"，更艰难的，是要把这些感觉"全部扎得紧紧的，藏在内心深处，让所有人都看不出来，然后假装没事一样去面对他，面对人生"。两种意见的差别，来源于两人的年龄、性格以及各自成长背景的巨大差异，但无论如何，她们都是出于对彼此真心的关爱。小说中的柒零捌像是一个美好的乌托邦，生活在同一屋檐下的四位女性，她们有爱、有希望、有理想、有情有义，甚至还有何枫、吴敏昊这样的男性追求者们，心甘情愿地随时提供帮助。

然而，乌托邦归根到底还是想象中的世界，星星那句略显无情的断语似乎得到了现实的印证："丛老师是那个时代的人，认不清我们的现实，她的智商仅够应付她的人生"。寄托着各自尊严与理想的纪录片"沪居博物馆"，在成片之后无人问津，此刻的丛老师甚至连自己的人生都难以应付，只好选择逃避和消失。黎晓为了一段想象中的爱情泥足深陷，怀孕、保胎、引产、发胖，最后死于压力和焦虑。衣泓陷入深深的自责，如果没有能力提供真实的帮助，那么，无谓的祝福和鼓励究竟意义何在？——如同曼德尔施塔姆的预言，柒零捌这个"屋子"正在渐渐"不稳"。

《我们的朝与夕》中，女作家姚鄂梅虽然搭建了一个美好的"屋子"，但最终不惮于令其坍塌，作家显然不想提供某种"大女主"的例证，对于这一通俗想象，她应该是有所怀疑的。小说在处理女性命运走向时，所依据的，是一切真实的、甚至有些残酷的现实经验，而不是被想象、被营造出来的美好幻觉。小说中，女性社会身份的实现可谓举步维艰，丛老师始终身体力行现代女性的生活，她把自己的大半生都献给了工作，导致丈夫与她离婚，临近退休年龄却被单位清退。衣泓的艺术理想随着纪录片的失败而宣告破灭，不得已又回到了原来的工作中去。在感情与家庭关系方面，小说的四个人物分别代表着当下都市女性的四种典型处境：独身、离异、单亲妈妈、未婚先孕，男性在其中无一例外是缺失的。小说中婚姻幸福女性的只有两位，一个是衣泓的母亲，"在最最盛开的年纪嫁给了身后学校里丧偶的中年数学老师"；一个是衣泓的嫂子，嫁给了外地人的上海女孩。这两段婚姻中，女性多少都有些"下嫁"的意味，然而若非如此，多半遭遇的就是黎晓和星星曾经的命运：一个试图用孩子留住爱人，最终却连自己的性命也搭了进去；一个义无反顾地送丈夫出国留学，结果惨遭抛弃。不同于那些"大女主"的设想，《我们的朝与夕》所呈现的女性命运多少有些狼狈甚至残忍，但这无疑更接近并不完美的现实。在真实的职场与婚姻中，为了获得认可，为了寻求一种安定稳妥的关系，女性总是进退维谷，乃至步步退让。"大女主"的幻想固然提供了令人愉悦的欲望补偿，然而在现实生活中却几近失效。在这个意义上，与其说《我们的朝与夕》是一部女性主义的作品，不如说它是一部打破女性主义幻梦的作品。

小说中，唯一没有入住柒零捌的星星也是唯一最终收获了爱情的人。与另外三位女性不同，一场失败的婚姻让星星成长为一个清醒自知的人，她劝衣泓"明确目标，努力赚钱，买个房子，养个孩子，只有这两样东西谁都拿不走"，"这才是生活的真谛，所有认真生活过的人都会得出这个结论。"与衣泓、黎晓理想主义、浪漫主义的爱情观不同，星星的务实几乎达到了世故的程度，"我不相信爱情，但我要结婚。这个社会歧视没有婚姻的女人，他们以为没有婚姻的女人是不会处理男女关系婆媳关系的女人，我一点都不喜欢婚姻，但我不想被歧视。"婚姻在星星这里只是为了解决现实的问题，她将一切爱情的浪漫、美好和憧憬都划约为实际的考量，这背后也折射出现实生活中许多女性的无奈和苦楚，她们为了争取最基本的权利已经竭尽全力，谁还有力气去奢望一场完美的爱情？吴敏昊选择星星当然是真心的，但不可否认，这真心当中掺杂的都是自我的权衡，共同买房、财产增值，这些现实因素成为二人的婚姻起点，如他所说"此刻的慎重决定仅仅代表此刻，以后的事谁也说不准"。同样是"认真生活过"的人，吴敏昊深知爱情的不可靠、未来的不可知，在这种情况下，他选择了残忍的诚实，以避免"脱离实际画一个大饼，几年以后抱着破碎的梦想呼天喊地"。小说中这唯一一对新人，非但没有给我们带来多少爱情的甜蜜，相反，他们更加令人感到悲哀——这个时代大概再也不需要爱情了。

二

衣泓、丛老师的理想主义，星星、吴敏昊的实用主义，以及他们各不相同的对美好生活的设想，这一切，让小说《我们的朝与夕》具有一种鲜明的时代感。它热闹而鲜活地代表着当下，代表着驳杂的时代现实与人们多元的价值，尤其以上海这样大都市的青年生活为标志。在中国文学的漫长谱系中，上海是一个具有独特意义的空间，从新感觉派到张爱玲、苏青，再到今天的王安忆、金宇澄，一代代作家热情书写着他们所生活的上海，他们笔下饮食男女、围炉夜话，逐渐构成了上海这座城市的标识与特征——正如小说《长恨歌》中反复刻画的，这种日常生活的底色，正是上海的"心子"。但是，在姚鄂梅笔下，《我们的朝与夕》当中，上海"心子"几乎是隐遁的，没有弄堂、没有鸽子、没有怀旧的老克腊，姚鄂梅写的是另一个层面的上海，这是外来者、闯入者所置身的上海，换句话说，小说写的是与老上海并存的新上海，尤其是新上海人的悲欣交加。

做一个粗略的区分，小说中的人物身份主要包含三种：一是土生土长的上海人，即便收入不高，有一所自己的房子，便不存在身份焦虑，比如衣泓的第一任房东、她的嫂子以及丛老师；二是从外地来到上海，但工作在体制内、吃财政饭，甚至还有属于自己的房产，比如星星，也算得上"本地人"；三是衣泓、何枫这样的年轻人，他们怀着对上海的向往赤手空拳地闯进来，却在切身体验中距离那个想象中的上海越来越远。在小说中，以上三种身份的人群在新上海彼此交错，这是一个抽离了文艺作品中的上海想象，破除了唯美、雅致和罗曼蒂克，进而显得干涩而坚硬的现代都市，这里的人们既多元又疏离，既混杂又彼此隔膜。

在新上海，尤其以何枫、衣泓这样的"沪漂"为典型。小说中的何枫是一个标准的"小镇做题家"，他是家乡第一个考上清华的高材生，大学毕业后回到老家的一间银行工作，在日复一日的蹉跎中几乎抑郁。三十岁的时候，何枫下定决心逃到上海，面试结束后的犹豫时间，他看到一幅商业区的午间景象:"老天!为什么会有这么精致、雅致的打工人,为什么明明只是工作日,却个个打扮得像从时装杂志上走下来的,男人的衬衣不见一条褶皱,女人们优雅时髦,香风习习,个个笔直坐在饭桌前,像在参加了不得的聚会。更重要的是,对他来说已经是赌气版的豪华午餐,竟只是他们的日常工作餐而已",这便是上海留给何枫的第一印象。也就是这个偶然遇见的美好画面,让何枫下定决心来到这里。然而在真实的上海,何枫遭遇的是破旧的出租房、以办公室为家的窘迫、外地身份的局限……他的人生在此发生断裂,曾经辉煌的过去有如一夜清零,那些曾经令他无比艳羡的白领也像消失了一样,又或者,根本不存在那些光鲜靓丽的人群,不过是何枫对自己理想生活的一种想象。

与何枫类似,衣泓也是出于这种想象挤进了上海。按照黎晓的说法,衣泓是个理想主义者,"她觉得她喜欢的东西不可能在家乡,她不喜欢家乡,不喜欢土生土长的一切,她喜欢外面的东西,大城市里的东西,她觉得好东西都在大城市里。"然而真实的上海究竟带给了衣泓什么?房东的骚扰、居无定所的日子、失败的创业,这些当然不可能是她喜欢的,说到底,衣泓喜欢的东西和何枫看到的那个画面一样,传递着的,是一种大城市的新鲜感、希望感与不确定感,这才是所有新上海人真正的渴望。

近年来的一些文艺作品中,我们看到了无数何枫、衣泓这样的年轻人,他们的拼搏与受挫构成了与那个优雅闲适的老上海并存着的日新月异的新上海生活。这些人物面临着一个共同的隐患,当漫长的生活来临,曾经带给他们希望的"不确定感"将会转化为另一种焦虑,内心的孤独、人与人的疏离、自我感知的渺小,这些城市生活的基本问题在激情褪去之后,必然降临在他们面前。于是,对于"家"的渴望成为大多数城市外来者的共同心理。《蜗居》《心居》等文学或影视剧作所强调的"居",正是这种心理渴望的外化,因此也成为很多人最基本的归属感和安全感所在。小说《我们的朝与夕》同样探讨了"居"的话题,不同的是,通过设置拍摄纪录片"沪居博物馆"这一情节,小说得以从第三者的视角对这些购房者进行观察,也具备了展示更多内容的可能性。"沪居博物馆"里的人们,有的早年在极其偶然的情况下买了房,有的意外继承了陌生人的房产,还有的为了买房假结婚,却最终落得人财两空。其中,丛老师的同学老程是一个独特的案例。这个地地道道的上海人年轻时被抽调到县城工作,后来在当地结婚生子,错过了知青返城的机会。怀抱着"叶落归根"的强烈愿望,老程决心抓住老人留下的房子这最后的稻草,希望以此置换一套房产,"不管多小都行,只能放一张床都行,不管怎样我老了要回上海,生不能在上海,死也要死在上海"。但老程没有想到，如今的自己已经彻底丧失了在上海买房的资格——这正是他的身份矛盾之处：在妻子眼中，老程始终代表着那个优越的、排他的上海，因而一生与他对立，甚至发过誓，"望都不会朝上海这边望一眼"；但在老程的三个上海兄弟眼里、在现实生活的层面，他已经成为一个越走越远的"外地人"。老程的人生仿佛错了位，既不属于故乡上海，也不属于生活了半生的异地，这种内心的错位感终于在买房这件事面前无比显豁地爆发出来，他的归乡愿望也随之几近于虚妄，"一个土生土长的上海人，回到上海却无处藏身"。房子的问题看起来那样现实、物质乃至于庸俗，但是它背后其实代表着一个人的身份认同，像老程一样，房子在哪，他的归宿就在哪。这一点上，沪"居"的问题再次印证了曼德尔施塔姆的预言，对于许多城市外来者来说，房子就像是一道脆弱的心理防线，它摇摇欲坠地代表着一种自尊。"沪居博物馆"让人看到了这一现实逻辑的荒诞，更让人看到了其中的酸楚。

三

小说接近尾声的部分，出现了两个与其他主人公迥然不同的人物形象，即女博士长尾夹和校工老顾。他们既不是丛老师这样的理想主义者，也不是星星那样的现实主义者，他们跳出了二元对立的思维方式，创造着自己新的生活，也为小说打开了一个全新的空间。

同样是拍摄短片，丛老师的"沪居博物馆"有预设的风格、内容，甚至受众群体，她固守着自己坚持了几十年的艺术准则，却最终屏蔽了观众，丧失了与人沟通的本领。而长尾夹拍摄小动物仅仅是为了摆脱失恋的痛苦，在观察与对话中，她逐渐爱上了这些奇妙的生灵，出于一种简单的分享欲，长尾夹将短片投放网络，出人意料地收获了好评。在这里，小说传递出一种全新的价值：今天，丛老师为代表的"艺术至上"主义正在遭受挑战，它们过于孤芳自赏以至于失却了最基本的真诚；而那些看似简单的、大众化的表达，正在为艺术注入新的活力，它们不仅令创作更加多元开放，而且为整个审美体系的更新开辟着新的可能。

长尾夹与校工老顾成为朋友，大抵也是源于两人相似的人生观。老顾其实不老，他四十三岁遭遇下岗，于是干脆主动"扮老"退出竞争。看起来，这是一种消极的、逃避矛盾的生活态度，但是从另一个角度看，老顾的选择却比大多数人都勇敢，他不再遵从整个社会公认的单一标准，不再追逐世俗意义上的成功，转而专注自己内心的安稳。"煮点自己喜欢吃的食物，收养一条本土小狗，收获一点点友好和信任，日子过得很舒服的"，这些平凡琐碎中的满足感、幸福感，除了老顾，有多少人真正享受过？在我们今天的现实中，不乏老顾、长尾夹这样的年轻人，他们有的辞职去旅行，有的举家迁居小城镇，他们厌倦竞争，反对"内卷"，在另一种人生维度上追求幸福，努力开拓新的价值。在这个意义上，小说中的老顾和长尾夹是我们当下时代非常新鲜的人物形象，这样的人物无论是在小说中还是在生活中可能永远都是"边缘"的，他们看起来是弱者甚至失败者，但是，他们的人生选择其实需要更大的勇气，他们所代表的新的精神、新的价值，对于越来越狭隘、压抑的现实空间来说，无疑是十分珍贵的。

读姚鄂梅的《我们的朝与夕》，我想起上世纪八九十年代风靡一时的"新写实小说"。聚焦普通人的日常生活，以"零度感情"描摹"生活原生态"，这些新写实小说的特征在《我们的朝与夕》当中都有非常明确的体现。但与此同时，新写实小说曾因作家立场与价值的平庸、流俗等，引发了文学界的争议乃至批评。不可否认，《我们的朝与夕》也或多或少地存在这样的问题。小说中的丛老师、衣泓、黎晓等，她们以理想主义的冲动处理现实问题，终因脱离实际而失败告终；而以星星、吴敏昊为代表的另一些人，他们站在一种目的论的、实用主义的价值立场，在现实生活中却迅速获得了幸福——这很有可能就是我们当下生活的真相：理想主义者受挫，现实主义者更容易接近世俗意义上的成功。然而，我们大概都认可，文学作品需要提供的，不仅是现实的写照，更是对现实的反思；我们今天之所以还在阅读小说，并不在于它可以展示多少现实内容，而是它所提供的对现实的多重认知。因此，如果作家本身完全认同于现实，甚至沉湎于世俗的价值，那么，小说就很难具有一种超越的精神，它的意义也必然因此而受限。如同鲁迅先生在谈论陀思妥耶夫斯基的小说时曾说，"他把小说中的男男女女，放在万难忍受的境遇里，来试炼他们，不但剥去了表面的洁白，拷问出藏在底下的罪恶，而且还要拷问出藏在那罪恶之下的真正的洁白来。"只有经历了这种层层深入的"拷问"，作家才能真正认识多层次的现实，进而呈现人生与人性的复杂。

我同样想起，在九十年代围绕现实主义的争论中，童庆炳先生曾有一个判断，他认为优秀的现实主义作家应该同时具有"深情"和"冷眼"，"他们希望尽快把社会的弊病消除掉，因此他们对现实生活不但不冷漠，而抱着常人所没有的'深情'"；"冷眼"则是"现实主义作家描写人物、场景时的极度的冷静和客观，不把自己的同情与憎恨等感情直接地显露于作品的艺术描写中"。在我们今天的大部分现实主义作品中，我总感到"冷眼"有余而

"深情"不足。《我们的朝与夕》也多少存在着类似问题，作家对于现实的观察不可谓不细致，也多有敏锐的发现，但是，如何认识、判断和评价这些现实，在小说中表达得并不明晰，以至于作家的立场也略显模糊混沌。因此，我想，在今天重提现实主义的"深情"与"冷眼"这一法则，无论是对于姚鄂梅，还是对于今天的大多数作家来说，仍然具有启示的意义。

[特约编辑：钟红明]

云头艳

畀愚

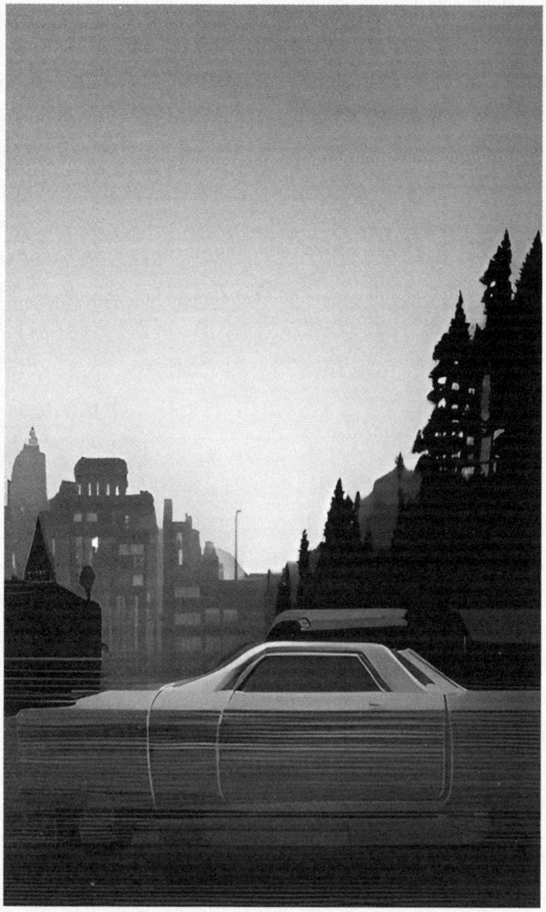

人的一生中会做多少个相同的梦？这是谁也回答不了的问题。

婉豆同样无数次地问过自己，尽管她知道，只要还在这个世界上存在下去，这个答案就会不断地被刷新。可是，在那个古怪的梦里，她每次都能看见自己浸没在漆黑的水里。她拼命地挣扎，就是动弹不了，也叫不出声来。她像一段没有浮力的木头，只知道一个劲地往下沉。她甚至能在黑暗中看清眼前游过的那些鱼儿，有时黑白，有时彩色，它们竟然还朝她吐着水泡……

通常，那个梦到了这时就会被憋醒，气喘吁吁，满头是汗，如同真的在水里浸过那样，但有时结局完全不一样。有时，忽然有只手将她一把提出水面。在一片清晰可辨的水声里面，她却怎么也看不清楚。

婉豆知道那是明晃晃的一张脸，像道光。

一

对于大部分年轻的白领来说，公司酒会无异于一场无偿的三陪——陪吃、陪喝，还得始终赔着笑脸，尤其是大客户部门的那些小经理们，一个个穿着盛装，那副舒眉浅笑的模样，就像婚礼上的伴郎与伴娘。刚调到总部那会，婉豆还是挺喜欢这种场合的，灯光、音乐与美酒，还有体面或装得体面的客人，尽管时常会穿着租来的小礼服，却难免有种社交名媛般的恍惚感。只是，次数一频繁她就有点厌倦了，甚至还有那么一点的反感，觉得每个人都是那么言不由衷，那么惺惺作态，包括她自己。但是没有办法，这就是一名客户经理的工作。用 Office 里一贯的讲法这就叫 Customer maintenance.

夜晚的风被隔绝在巨大的玻璃幕墙外，城市的喧嚣与璀璨也被隔绝开来。酒店的顶楼是一家旋转酒廊，它每时每刻都在改变着窗外的风景，只是没有人会去留意。这种场合里，人们更关注的是宴会的主题、到场的嘉宾与身边的陪伴，哪怕是红酒的产地与年份。不会有人在意窗外的风景。

酒会随着一位影星的到场达到高潮。他由公司的执行董事陪同，快步登上临时搭建的舞台，接过麦克风开始分享起多年来的投资经验，以及与公司的合作，风风雨雨，可谓历久弥新。这让在场的很多人都感到惊艳，影星不光口才好，嗓音动听，而且对资本市场的风向也了如指掌。

婉豆扭头对宋丹萍说，他不会是在背剧本吧？

他们这种人到哪不是演戏？宋丹萍涂着浓重的眼影，一副见多识广的样子。她原先只是财务部的一名小会计，拉了几个大单过来后，上面指名把她调进大客户部，而且一来就带一个组，以至于很多人都在背后说她是上头有人，外面也有人的那种。这样的女人天生就像戴了金钟罩，有时连总监也得给她几分面子。其实，宋丹萍并不是那种盛气凌人的女人，相反，常常在人前露出一副大大咧咧的模样，男女老少，跟谁都能聊到一块去。她一边喝着加了冰块的黑糖梅酒，一边八卦台上的影星，说别看他长着那么男人的一张脸，其实是个 Gay。

婉豆对这类话题不感兴趣，但入乡就得随俗，酒会本来就是个品头论足与散布流言蜚语的地方。她还得故作惊讶地瞪大眼睛，说，不会吧？他不是整天跟老婆在网上秀恩爱？

怎么不会？长得 Man 就不可以是弯的了？宋丹萍把一根食指伸到她面前一伸一曲，说，人家可弯可直不行吗？

说心里话，婉豆从不在意一个人在这方面的取向，不管男人还是女人，只要对这个世界还残存一点想法，有时就得身不由己。这是周易曾在她耳边说过的话。这个当年差点就要了她性命的男人，到现在仍然阴魂不散，许多说过的话、做过的事总会在不经意间从脑海里冒出来，能让人的心一下跳到嗓子眼里。

婉豆又像是被拖进了那个水底，很久才缓缓地吐出一口气来。

这时，宋丹萍揉了揉她的胳膊，在一片掌声中问她考虑得怎么样了？

什么？婉豆扭头望着她。

不想去你要早说，过了这个村可就没那个店了。

宋丹萍是要拉她一起跳槽。对方的条件也开出来了，进去就给个中层。那家公司挂牌在即，而且掌舵的齐总还是新晋的年度十佳，正处在到处招兵买马阶段。这在圈里已经不是秘密，光同事间就有好几个人接到过猎头的电话，可婉豆并不是特别想，这不光是出于一个雇员对公司的忠诚度，主要是资本市场忽冷忽热，受政策面的影响太大，尤其对于资管行业来说，谁也不知道天上掉下来的是馅饼还是陷阱。不过，底总是要摸一下的，有备无患。她随口说了句：我跟你不一样，我在哪都是个让人踢来踢去的皮球。

你有我呀。宋丹萍张着猩红的嘴唇说，我们凭本事吃饭，你还怕这个？

看来传言都是真的，她是冲着那个总监位置才这么来劲的。婉豆在肚子里冷笑：人家这是做完小姐想当老鸨了。不过，她脸上一点儿都看不出来，反倒略显关切地说，我估计樊总马上要找你谈话了。

谁来谈都一样，人往高处走，水往低处流，这再正常不过了……要是换作他，说不定溜得比我们更快。说着，她伸手拦住经过的酒保，换了杯鸡尾酒，抿了一口后，扭头看着那些围在舞台前的嘉宾们，又说，你说这些人，一个个人五人六的，他们靠的是什么？

当然是他们的资本。婉豆说，没那点身价，他们连这扇门都进不来。

资本个屁！站在风口上猪都能飞起来。说着，宋丹萍把手勾在她肩上，在她耳边又说，我们也是在投资，我们的资本就是我们自己。

这话怎么听都让人觉得有点心酸。宋丹萍却莫名其妙地笑了，搂着婉豆，一副喝得很到位的样子。很快，两个人就咯咯地笑出声来，看上去那么愉快、私密，笑得又是那么莫名其妙。

事实上，有些事都是心照不宣的，那就是在演戏。宋丹萍要的就是这个效果，把别人的目光都吸引过来，好让每个人都觉察到她俩间的那股不同寻常的劲道，好像藏着小秘密。婉豆觉得很可笑，所谓公司里的人际关系说穿了就两种，既简单，又复杂。他们既是相亲相爱的好同事，又是业务上的竞争对手。尤其是大客户部，一向采用的是末位淘汰制，每两个季度就会有一个人离开他们这个团体，要么去接受再培训，要么到别的部门坐冷板凳，自尊心强一点就索性选择辞职，但婉豆决不会走。她在宋丹萍的臂弯里做出决定——她哪都不会去，巴不得他们都走了才好呢——别人腾出来的空间同样是给自己创造的机会。

这话也是周易说过的。

酒会快到结束时，钱新荣来了条微信，说在底下的大堂里喝咖啡呢。婉豆看了眼，没回。虽然他是自己的大客户，而且是属于很稳健的那种，固定、省事，对盈亏也看得很淡。钱交给你们打理就是用来托底的。有次闲聊时他还说过，要是哪天落到山穷水尽的地步，至少还有这么一块可以养老。

您这么高瞻远瞩的人，怎么可能有这一天呢？那个时候，婉豆已经跟他很熟，说话的语气里难免有了些揶揄的味道。

这也是漂亮女人的优势，她们可以在适当的场合里适当地放肆。钱新荣却一本正经地看着她，说生死由命，富贵在天，在他眼里财富本身就是一场游戏。婉豆问他这话怎么讲？他没有回答，而是眯起眼睛看着她。男人对女人的那点心思不管有多微妙，总是万变不离其宗。婉豆早已经见怪不怪，连这点小状况都应付不了，怎么可以担任一家资管公司里的大客户经理？

不一会，手机又震动起来。钱新荣发了一张图片过来，是杯一箭穿心图案的卡布奇诺。他在下面写道：再不下来，你的咖啡要凉了。

自以为是向来是成功人士的通病，有时候特别的无聊，却也让人无奈。婉豆跟身边的客户又聊了几句后，借故去了洗手间，顺便补了补妆后才下到大堂的咖吧，不加寒暄地在他对面的空位里坐下，说，您不是去澳洲了吗？这么快就回来了？

钱新荣是做食品进出口的，只是原先那些生意大多已经变现与收缩，现在只剩下几只红酒品牌还在国内代理。他穿着一件翻领毛衣，里面系了条爱玛仕橙的丝巾，在咖吧暗淡的光线里，看上去越发油头粉面，像个在等待女网友奔现的老渣男。

见他笑而不答，婉豆拿起刚放下的手包，又说，广发跟平安那几位领导还在上面呢，我陪您去打个招呼？

钱新荣摆了摆手，这才拉开脖子上的丝巾，露出里面粘的那条无纺布绷带，嗓音沙哑地说他在瑞金医院里做了个小手术，前天才出的院。

婉豆记得给他去送酒会请帖的那天，是他亲口说的，要动身去澳洲考察几个酒庄，顺便度个假。于是，就用关切的眼神看着他，开玩笑似的说，您这假度的，是怕我来探望您吧？

我是不想让你看到我插满管子的模样。钱新荣微笑着，手伸过桌子，用手背碰了碰那杯卡布奇诺的杯壁，说，有点凉了，让他们去换一杯。

喝不下了。婉豆说完，避开他的目光，扭头望着外面绿化带里那些鬼火一样的灯光。

钱新荣并不在意，一边用小勺搅着自己的咖啡，像是在解释，说刚开始检出来的指标不太好，连专家都判断那个肿瘤是恶性的，他跟谁都没说，除了司机。说着，呷了口咖啡，靠进沙发里，长长地吐出一口气后，又说，一场虚惊，老天爷还是长眼睛的。

那就别喝咖啡了。婉豆说，您这会儿应该在家里休息。

你这是真关心我？还是想早点打发我？钱新荣笑着说，医生说我那手术的切口比你们整个下巴还小。

谁整下巴了？婉豆故作生气地白了他一眼。

钱新荣显然很受用，说，坐会儿吧，陪我等个人。

200

婉豆几乎是一下子进入到职业状态的，收腹、挺胸，只是并没有问那个要来的人是谁。这是职场上不成文的规矩，有些话人家不说，你就永远不要去问，尤其是在前辈与地位远高于自己的人面前。后来，完全是为了打发时间，她大致说了说楼上的酒会，公司配发了两只基金，要是近期A股市场没有太大波动的话，它们很快会建仓。见钱新荣沉默不语，她话题一转，又说起了海外的债券市场，受美国大选影响连续暴跌，建议他如果有闲散资金的话可以逢低吸纳。婉豆说，至少目前投资界还是很看好美债市场的。

钱新荣只是看着她，那眼神像是在欣赏，又像是审视，嘴角始终保持着若有似无的微笑。婉豆终于闭嘴了，发觉自己是有点急切了，还有那么一点的班门弄斧。

她低下头，掩饰性地抿了一小口咖啡。

匆匆赶来的是位精壮的小个子中年男人，敞着西装，没打领带。他一见婉豆有点意外，就朝钱新荣微微点了点头。

钱新荣早已起身相迎，恭敬而随意，握手的同时，掏出一张房卡交到对方手里，说，这次待几天？

小个子中年男人并没有回答，又看了眼婉豆后，一拍钱新荣的胳膊，道了声谢，转身离去。

钱新荣随步相送，那人只是稍稍地抬了抬手，示意他留步。

从气度与作派上婉豆就可以确定来人是位官员，而且还是职位不低的那种。果然，钱新荣返身入座后坦言，那人是邻省的一位市领导，是来上海参加会议的。

婉豆脑子里转了转，不失分寸地调侃说，邻省都穷成这样了？领导出差还得由您帮着开房呀。

领导也是人嘛。说完，他又补充了一句：这也是一种信任。

傻子都能联想到一张房卡里包含的那些意味。婉豆直言不讳地说，这种事，有我在场会让人家觉得尴尬的。

我就是要有人在场。钱新荣摘下眼镜，用手抹了把脸，笑着说，我得让他知道，这个世界上没有事情是天知地知、你知我知的。

男人有时候真的是种令人生畏的动物，他们要是算计起来远比女人更有手腕，更加笑里藏刀、断水无痕。之前，钱新荣每次邀她作为女伴出席各种场合，她都以为那只是一个老男人在昭告天下，是他们那种人在场面上追逐异性的方式。婉豆并不在意，也不太在乎，职场上到处是真真假假、模棱两可的关系，如同春天里的柳絮，绯闻总是随风而来，也会随风而去，真的假不了，假的也真不了。可事实不光如此。其实很多时候，每个人都在不经意间充当了别人手里的一杆枪，就像在有些事情上，自己也会仰仗着钱新荣狐假虎威那样。

完全是好奇心驱使，离开时趁着上去取大衣的工夫，她在电梯里百度了一下邻省的政府网，找出那个小个子男人的照片，发现他姓姬，当过区长，现在是分管城建的副市长。婉豆一下想到了钱新荣刚在那边市郊投的那块地。他将在那里筹建一个物流的储运中心，同时用来安置他那些从澳洲运来的红酒货柜。

上海寸土寸金，海关、仓储再加上物流成本，都快够上小半瓶酒钱了。为了这事，他专门把婉豆找去，让她先拟一份融资方案，再由他出面去公司找樊总谈。钱新荣说，到时候，我会提出由你负责这个项目，等它落成，你也别在那边干了，过来帮我。

这对许多人来说是个天大的馅饼，但常常也会转眼变成一张空头支票。哪块迷人的诱饵里面不是埋着钩子？婉豆当场婉拒了，笑着说她一个学金融的，哪懂什么红酒，更不知道物流管理。

库克也不懂计算机，不照样当了苹果的CEO？钱新荣不以为然，仍然笑呵呵地坚持，说，我可是很看好你的，你也要给我一个机会不是？好让我来证明自己的眼光。

在对付女人方面，钱新荣是很有一手的，多少年摸爬滚打过来的人了。他就像个不急不躁的老中医，先望闻问切，然后对症下药，一锤子定音。女人所需的不外乎爱情与物质，这些他都有，也都给得了。只是，婉豆与他交往过的那些女人稍有不同，钱新荣这些年里早就看出来了，但凡有点事业心的年轻人，不管男女都有一个通病——他们都急需一个证明自己的机会。这个，他同样给得了。最后，钱新荣以一种过来人的语气说，有时候，决定人这辈子的可能就在一念之间。

话说到这份上，拎得清的人都不好再当面回绝。一个不知道顾及人家面子的人，最终会让自己失掉里子，这是个谁都明白的道理。婉豆能做的就是默默地低下头，看着自己露在裙子外面的那截大腿，一下如同看到了它正迈向那张铺好的床。

婉豆猛然仰起脸，就见钱新荣正含笑看着她，目光亲切而慈祥，隔着镜片都能让人感受到里面充满的期待，就像小时候父亲每次端着酒杯望过来的眼神。

我该怎么办？傍晚，在餐厅门外等位的时候，她把大半个身子都吊在了韩丽的臂膀上，脸靠着她的肩头，就像个无助的孩子。

你就别矫情了，该怎么办就怎么办。韩丽说话干脆，打扮得也很干练，烫着一头短发，跟她在大学那会简直判若两人。

什么叫该怎么办就怎么办？

跳个槽而已，用得着想那么多吗？说着，韩丽看了她一眼，抿嘴一笑，又说，你是怕将来回到家里不好交代吧？

婉豆的表情一下有点发愣，松开韩丽的胳膊，望着马路说，有几个人能知道将来的。

就是嘛。韩丽反倒挽住她的胳膊，也望着马路上那些行人与车辆，由衷地说，生活就是用来磨灭梦想的。

她是婉豆大学里的校友，学的是计算机专业，平时也只在学生会搞活动时才见上几面。她们是在这座城市里再相逢后才真正热络起来的，把寡淡的同学关系快速地演变成了无话不谈的闺蜜。这个当年每次上台讲演都要对着镜子背上好几天的姑娘，一毕业走了一条父母为她指定的道路——进机关——反复地相亲——闪电般地成婚。

婉豆记得给她当伴娘那天，两个人对着她新房里的梳妆镜，韩丽忽然一笑，说她的一生恐怕就这样了，都能从镜子里望到头了。

可是，职业与婚姻对一个女人的改变，有时候就是这么的彻头彻尾。当年见个陌生人都会脸红的女学生，现在已经没有什么话是说不出口的了。坐在餐桌前等上菜的工夫，婉豆支着下巴，凝神细看眼前那张刚做了医美的脸，忽然地说，阿丽，你就没想过离婚吗？

怎么没想过？想过一百遍都不止了。韩丽不假思索地说完，拿起桌上的水杯喝

202

了口后,抿嘴一笑,又说,到那天你也会想明白的,两个人结了婚,躺在一张床上就是一场修行。

那晚,两个女人竟然喝光了一瓶红酒。婉豆却没有一点醉意,回到屋里,躺在床上觉得比任何时候都要清醒。只是,最近发生的那些事又像PPT的投影那样,在脑袋里一页页地掠过,反反复复。钱新荣至少看上去算是个还不错的男人了,虽然上了点年纪,但还行,不怎么显老,身材也可以,一看就是经常健身的,而最关键的是他对婉豆的那份心思,昭然若揭,却又让人有种润物细无声般的舒适感,跟那些有几个钱就烧包的男人不同。这些年,他每次介绍客户过来,说话的语气都是那么谦逊与随和,每次都口口声声地说是请婉豆帮忙的。

那些人,基本上都跟钱新荣有生意上的往来。他们,有用闲钱投资的,也有上门来求融资的,正是这些人很大程度上奠定了婉豆在这一行里的基础,一跃从分理处抽调进总公司,成了一名真正的"白骨精"。

而且,在婉豆众多的男性客户里面,钱新荣应该算是挺规矩的一个,几乎就没在她面前说过出格的话,更没有出格的举动,可这样的男人更加杀人不见血。他们不主动、不拒绝,那也就意味着对谁都不会负责;他们就是游走在水泥丛林里的猎人,淡定从容而又贪婪无情。钱新荣跟任何人没有区别,只是给人在感觉上与众不同了一点而已。

婉豆刚认识他那会就这么认为了。那时,她刚在分理处见习,是个每天忙着迎来送往与端茶倒水的司阍。钱新荣风尘仆仆地进来,整个人都灰蒙蒙的,一看就是刚下工地的包工头,胳肢窝里夹着个手包,也是灰蒙蒙的。

接待的同事有点冷淡,显然不愿意在这么一个人身上多耽搁工夫,说了几句就把他晾在了靠墙的那排沙发里。婉豆照例上前斟茶递水,发现他戴的眼镜虽然镜片上粘满灰尘,却实实在在是德国的Lotos,更脏的皮鞋也是Johu Lobb的手工定制版。

这些都得益于她在网上买的那个时尚教程。里面的讲师是位貌似优雅而知性的女士。婉豆记得她在介绍那些品牌时,却讲了一句极不得体的话——她说佛靠金装,那人靠什么?当然是靠衣装。

婉豆接着又去冰箱里取了块毛巾,躬身递到钱新荣手里时,他有点突兀地解释了一句,说家里在装修,他由工地直接过来了。说着,拉开手包取出一本账户,说这个户头已经停掉很多年了,他是需要激活呢?还是重新再申请一个?

那个时候,钱新荣刚归国不久,不仅家在装修,公司也正处于筹备状态,每天的大部分时间不是在酒店,就是在飞机上。有天傍晚,他贸然地打电话给婉豆,请她帮忙去浦东机场接位客户。钱新荣的口音里带着股台湾腔,听上去很温婉。他一口一个抱歉,一口一个不好意思,说实在是万不得已,原先安排去接机的人出了点状况,这会正在医院急救,为此他跟司机正从徐州往回赶呢。

婉豆多少是有点警觉的,他那个筹备中的公司里难道就没人了吗?于是,拿着手机迟迟不作声,好让对方知难而退。

最后,一直到钱新荣说那名客户是位女士,第一次来上海,还带着个孩子。婉豆这才松口,勉强说了三个字:那好吧。

电话里又是一连串彬彬有礼的道谢声。

悉尼来的航班误点了。接到那个叫苏珊的女人与她的孩子时已近深夜。看着女人那张妆容精致的脸,听着她那口软绵绵的台湾腔,婉豆觉得她应该是钱新荣的妻子,至少也是关系很亲密的人,但好像又都不是。反倒是女人,把她当作了与钱新荣关系很亲密的那种,走出机场的一路上,已经在不经意中上下打量了她好几次,还在出租车里用赞赏的语气,说了许多看似恭维钱新荣的话,说他是个懂得享受生活的人,是位真正的绅士,尤其在他喜欢的女士面前,诸如此类的。

婉豆当然听得明白这些话里的弦外之音,就在副驾驶座上回头,非常职业性地微笑着。发现孩子已经困得睁不开眼了,她小声说,苏总,两位是直接去酒店休息呢?还是先用点夜宵?

飞机上吃过了。女人扭头嗅着孩子头发,说,哈林累了,他要睡觉了。

这时,昏昏欲睡的孩子却睁开眼睛,看着婉豆,清晰地说,Are you Frank's girl friend?

苏珊抱歉地朝她笑了笑,说,哈林不会说中文。

婉豆心想,弗兰克应该是钱新荣的英文名字,就简单地说了个英语单词:No.

哈林认真地点了点头,说,Why did he ask you to pick us up?

婉豆只好用英文回答他,说,Because he is not in Shanghai.

小男孩的兴致有时就是来得莫名其妙,在出租车里跟婉豆聊了很多。苏珊也不阻止,只顾忙着在手机里回短信。在酒店大堂登记入住时,哈林忽然摘下挂在小背包上那只公仔,非要送约婉豆,还说这是他最喜欢的考拉。

婉豆就笑着逗他,说,Why did you give it to me?

I like you. 哈林一本正经地说,I want you to be my girlfriend.

婉豆笑了,一抬头却看到站在前台的苏珊神色有点异样,像是要举步上前,但转念间又停在了那里,望着他俩的目光里似乎还有种阴晴不定的东西在闪烁。这让她觉得不好意思了,如同占了小孩的便宜,当场给人拆穿了那样,拿着那只公仔还也不是,收起来更不是,只好顺手摸了摸哈林的脑袋,笑着道了声谢,说,When you grow up, you will have a more beautiful girlfriend.

考拉模样的公仔灰白相间,玻璃做成的眼珠里满是乖萌,样子很可爱,小小的,胖乎乎、毛绒绒的。

婉豆万万没想到,这对母子几天后忽然死于非命。

二

那两名警察一走进分理处的大厅,婉豆就听见了自己的心跳声。他们中稍稍年长一点的只站着环顾了一眼,就把目光落定在她脸上。

婉豆都能感觉到自己心要跳出胸腔了。

你是林婉豆吧?警察说着,一边从手包里掏出证件。

婉豆只看到他姓路,不禁下意识地说,你们找我干什么?

找你当然是有事。路天明自说自话地走到一张沙发前,把手包往茶几上一丢,随手从口袋里掏出香烟。

不好意思,这里不可以抽烟的。

那哪里能抽?

二楼。婉豆不由自主地说,二楼的贵宾接待室。

那好。路天明说,我们上去一起坐会儿。

婉豆看了眼正在远处冷眼瞥着他们的大堂副理,躬身一摊手,说了个请字。

路天明大大咧咧地在贵宾接待室的一张沙发里坐下后,并没有急着去点手里的烟,而是重新饶有兴趣地审视着她,说,你好像有点紧张。

婉豆充耳不闻,说,两位喝茶?还是咖啡?

不用忙了。路天明一指旁边的沙发,说,坐。

婉豆仍然充耳不闻,径直沏了两杯袋泡茶端过来,恭恭敬敬放下后,见路天明又指了指那张沙发,才抿嘴一笑,说,我们接待员是不能坐这里的沙发的。

请配合点,让你坐,你就坐。年轻的警察这时忽然插了一句,同时从包里取出录音笔放在茶几上。

路天明总算把烟点上了,深深地吸了一口,又轻轻地吹出来。透过烟雾,他仰脸看着眼前这个身材与脸蛋都挺出挑的接待员。

不等他问,婉豆就几乎脱口而出,我已经办过暂住证了,还有用人单位试用期的劳动合同与社保证明,我在上海工作与居住的手续都是齐全的。

那是片警管的事,我们是刑警。路天明再次指了指那张沙发,直到看着她坐下,才接着说,你知道刑警是干什么的?

婉豆当然知道,只是有点茫然,好像又回到了那个遥远而陌生的地方。

你放松点儿。路天明说,你不用这么紧张。

我没紧张。婉豆说,我连垃圾都不会乱丢,我怕什么。

路天明还在看着她,缓缓地抬起夹着香烟的手,说,你们这里没有烟缸吗?

婉豆一愣,说了声对不起,起身匆匆去了茶水台。

路天明接过烟缸的同时,像随口一问那样说了句,你跟钱新荣是什么关系?

婉豆又是一愣,忙说,工作关系,钱总是公司的客户。

除了客户呢?

还是客户。婉豆提着的那颗心开始放下了,随之而来的是抵触。她说,大客户,VIP。

你们是做金融的,平日里还负责帮客户迎来送往?

婉豆马上联想到了那对母子,低头在心里稍稍梳理了一下,说她现在只是个刚入职的见习接待员,按公司章程,钱新荣还不能算是自己的客户,但她既然学的是金融,总有一天是会做业务的……婉豆顿了顿,很快又说,我要是说客户是上帝是不是太矫情了?可钱总真的是我接待到的第一位大客户,我得维护好像他这样的优质资源。

所以优质资源让你们额外去干点什么,你们都会心甘情愿地去做?

婉豆显然是被话中的言下之意刺激到了,她扬起脸,说,去机场接人不犯法吧?

不犯法。路天明一摇头说,我们只是想知道,钱新荣为什么会让你帮着去机场接人?

我怎么知道?婉豆说,这得问他去。

我们能找到你,当然是问过了他。路天明换了种口吻,说,想到什么就说什么,作为公民,你有义务配合我们警方的调查。

205

问题是婉豆根本不想配合。她只想拂袖而去，但又好像有无形的一双手，把她牢牢地按在了那张沙发里。她只好轻描淡写地说给人帮点小忙，谁会想那么多呢？那天她就是去机场接了苏珊母子送到酒店，然后直接回家了；在路上倒是给钱新荣发了个短信，可是他没有回。婉豆说，我就是告诉他一声，那对母子已经入住了他预订的酒店。

路天明着重问的是苏珊的情绪。

婉豆想了想，说应该是有点累了吧，飞了十来个小时。

后面的问题换成了那个年轻的警官在问，反反复复，看似很认真、很详细，婉豆心里却清楚，那都是在例行公事，就回答得尤其认真与详尽。直到在笔录上签字，她才知道这名年轻的警察叫林小都。送他们离开接待室时，路天明在过道上像是临时想起来了，扭头问她：你平时不看社会新闻吗？

婉豆说干她们这一行的，一般只看财经频道。

你也不问问钱总出了什么事？路天明说，你好像一点都不关心你的优质资源。

我不问，是想让您明白，我跟钱总没你们以为的那么熟……他只是公司的一位客户。婉豆直视着那双带着眼袋、有点浮肿的眼睛，隐约觉得那里面就像长着一双手，让她有种随时被撕裂衣襟、扒光衣服的感觉。婉豆不由得垂下头去，一边引导两人下楼，一边语气诚恳地说她来上海还不到三个月，她只想做好眼下这份工作，好让公司早一点给她转正与换岗。

婉豆送他们到门口时路天明才说起，她从机场接来的那对母子出事了，前几天就上新闻了。但具体出的是什么事，他还是没说。

婉豆仍然不问，看着缓缓滑开的感应门，她忽然想起来了，说哈林那晚还给过她一个小公仔。

路天明不明白什么是小公仔，就伸手挡在电梯的滑门一侧，说，小公仔是干什么用的？

婉豆总算笑了，说公仔就是种小孩子的玩具，是只毛绒做的小考拉，很小的一只。她伸手比划一下，说，我把它挂包上了，我去给您取来吧，就在储物柜里。

路天明看了眼电梯里的同伴，说，不用了，暂时就这样吧。

大堂副理这时又远远地看过来，她只好硬着头皮过去，一脸歉意地解释，说是社区的民警，是来核对她暂住证上那些基本信息的。

一直到要吃中午饭了，婉豆才有时间打开手机，搜到新闻——一辆宝马车失控冲下堤坝，掉进了市郊的淀山湖里，事故造成一对澳籍母子当场溺水身亡，车主钱先生幸免于难，已于当晚送往医院。

婉豆下意识地翻了翻时间，事故发生在七天前的夜晚。

七天，是警方出具初查报告的期限，它将决定事件是否立案继续调查。婉豆又想起自己曾经度过的那个七天，那种漫长与煎熬足已耗尽人的一生。

林小都也是在车里提醒路天明的，今天是第七天了。他说，交警与法医科那边的报告早都出来了。

路天明只是嗯了声。他从上车之后就没开过口，嘴里叼了支没有点燃的香烟，双手把着方向盘，更没说他们接下来要去哪里。林小都是后来觉察到的，他们兜兜绕绕的路线，正是钱新荣载着苏珊母子那

206

天走的路线。难怪他曾专门去交警队调出事车当天的全部线路，还在地图上推划。

你是觉得这条路线有问题？林小都还是没忍住好奇心，扭头问道。

路天明有点答非所问，说淀山湖那边是景区，那辆车要是白天落水，就会有很多人看到，就有可能得到救援。

林小都记得，在给钱新荣录口供时，路天明就问过，为什么不是直接去淀山湖，而要在市区绕这么大一个圈子。钱新荣给出的回答也是无可辩驳的。他说他们原本是打算一早赶到淀山湖，先游大观园，吃了中饭再去西岑镇上逛逛——那里是他生活过的地方。然后返回上海，在黄浦江的游轮用晚餐。为了这天的行程，他提前做了预案，还出示了游轮船票与订位信息。是苏珊上车后临时起意，要让儿子哈林看看这座城市，让他见识一下东方魔都。

一个六岁的孩子懂这些吗？路天明随口问了句。

这我不清楚，我没这方面的经验。钱新荣有过两段婚史，都很短暂，都没有生育。苏珊是他的第二任妻子，台湾出身的澳籍华人。她跟钱新荣的婚姻只维持了不到两年，哈林是她后来跟一个美国人同居的结果。

那天的口供是在特护病房里录的，钱新荣还在发着低烧，脸上充满了劫后余生的平静，眼神里却有种难掩的悲伤与懊悔。他说他们之所以要去淀山湖，是因为以前他就答应过苏珊，要带她看看他长大的地方。

可你说你们离婚已经有九年了。

多少年我都不会忘记自己说过的话，有机会总要兑现它。钱新荣望向窗外，说男女之间有许多事情是说不清道不明的，旁人可能难以理解，其实他也不需要谁理解。

苏珊这次是来跟他谈合作的。她曾是名职业的德扑选手，跟澳洲好几家赌场都有千丝万缕的关系，这在谷歌上就能搜到。只是，近几年里运气不太好，陆陆续续变卖了以前置的产业。钱新荣说她是打算改行了，她要带儿子过点安稳的日子。

所以你就请她来了上海？路天明打断他，说，我们查过票务系统，她们母子俩往返的机票都是你公司订的。

可他俩再也回不去了。钱新荣闭上眼睛，停顿了很久，才接着说，苏珊是想靠他的渠道做点儿中澳间的进出口贸易，而他想的是复婚——男女之间最好的合作就是婚姻。说着，他起身离开沙发，回到病床上躺下，拉起被子替自己盖上后，又说他是因为在那边太孤单了，才决定回国的，到了国内发现还是一样的孤单。他还说离婚之后，他有时也会跟苏珊在一起，这种事情在前夫与前妻之间并不稀奇，他们都已经不算年轻了。钱新荣直挺挺在躺着，直愣愣地凝望着天花板，一颗泪珠不知不觉地从眼角渗落，滴进耳窝里。后来，他像喃喃自语般地说，这是天意，是老天爷不想让我们再在一起。

那天，钱新荣载着苏珊母子到达淀山湖畔时已近黄昏。他们就餐的湖光小筑离岸有几十米远，靠一条水泥堤坝连通。这个用水底淤泥堆积起来的人工小岛并不大，以前用以网箱养鱼，近几年的环境整治与腾笼换鸟下来，才被改建成了现在的这家农家菜馆。

选择这里用餐完全是随机的。钱新荣还告诉他们，以前的淀山湖里是没有这个岛的，他也是第一次上去。湖光小筑的门前就是一片停车场。离开时苏珊开车，因为他喝了不少酒，因为他高兴——在湖光小筑的大堂里，苏珊当着儿子的面答应了他的求婚。这些，菜馆里在场的人都已经证实。

湖面到了晚上常有夜雾飘过，堤坝上有时视线不太好。据菜馆老板的推测，可能是堤坝上蹿出了野狗什么的，这里是乡下，野狗出没是常事。

钱新荣却清楚地记得，当时离岛的堤坝上只有他们一辆车，大概晚上九点左右，视线还可以，路上也没有野狗蹿出，至少他没有看到。苏珊的情绪看不出有什么反常，虽说有点兴奋，但更多的是患得患失，她一上车就在用英语问哈林，问他愿不愿意在中国生活，愿不愿意在上海上学。

几十米的堤坝，穿过去也就是十几二十秒的时间。车忽然冲进了水里。钱新荣只觉得自己的头先撞在挡风玻璃上，接着水就从他这边开着的车窗灌进来。他反复说他是乡下人出身，水性很好的，要不是下面太黑，他一定能把她们母子救上来。

事后，通过验尸与对车辆的检测发现，苏珊有长期的吸毒史，血液里的酒精含量却很微小。她是在入水那一刻被弹出的气囊击晕，最终导致溺亡的。

为什么这辆车的副驾驶气囊是关闭的？如果气囊弹出了呢？路天明第二次去医院补录口供时，一坐下就问钱新荣。

钱新荣满脸茫然地摇了摇头，说那是公司的车，买来的时间不长，平时一直是司机在开。

林小都去找过他的驾驶员，还去了销售这辆车的4S店，都没能得到一个确切的答案。4S店的解释是一个气囊的售价要好几万块，一般副驾驶位不坐乘客的情况下，是会有客户选择把它关闭的。

宝马车副驾驶的气囊开关就在仪表台右侧，通过机械钥匙可以关闭或者打开。他们在大厅用餐时，钱新荣至少出去过一次，从后备箱里取了两瓶红酒进来。他是有机会关闭那个气囊的，只是停车的位置正处于监控的死角，恰好又没有目击者。林小都还认为，如果真要关闭这个气囊，钱新荣有的是时间与机会，不必非得在那个停车场。

他们后来去重勘现场也是在黄昏时分。落日下的湖面浩森而荡漾，在霞光里像极了一个年华流逝却仍然极不安分的女人，一下一下地撩拨着堤岸，发出哗哗的拍打声。沿着那条堤坝，路天明一直把车开上小岛，再调头回到那个落水的位置，踩住刹车，问林小都：如果你要让一辆行驶中的汽车瞬间跑偏落水，你会怎么做？

林小都伸手抓住方向盘，用力往下一拉。路天明同时松开刹车，汽车就冲出路基。他猛地一脚踩住刹车，说，要是当时钱新荣也拉了一把方向盘呢？

他的动机是什么？林小都说，他们是准备复婚的。

死者来上海不到三天，可他们在澳洲生活了那么多年。路天明说着挂倒挡，把车开上路面，又说，就算找出了动机又能怎样？只要他自己不说，就没人知道那晚车里发生过什么。

你要把这些都写进报告里吗？林小都说，澳洲那边驾驶座在右边，不熟悉驾况也是一个原因。

你别忘了，她在台湾长大，拿的是国际驾照。路天明望着波光粼粼的湖面，点上一支烟说，说心里话，有时候我是真不想当这个刑警了。

这有什么？林小都笑了，看着他入行以来的师傅，说，我上第一节刑侦课时，导师就说过，真相可能永远不会自己浮出水面，但它一定会在某个地方等着被发现。

苏珊母子的骨灰被送往台湾那天，天上下着细雨。

钱新荣费了很大周折，才让这个少小离家的女儿永远躺在了父母身旁。入土后的那天晚上，他独自在台北的街头走到筋疲力尽才回酒店，在窗前站到天亮，出神地眺望着远处的101大厦，一直看到它在泛白的天色里褪尽光亮，却怎么都想不起他跟苏珊的第一次见面，也许是在唐人街的哪家华人会馆，也有可能是哪家赌场或者夜总会。反正，那时的钱新荣刚从香港来到澳洲，无依无靠，仓皇而疲惫。他只想尽快找到一个安身之所，尽快融入到那些夜里透出昏黄灯火的窗户里面。

不过，他永远都不会忘记那天晚上。他在苏珊的公寓楼下也是一直等到天色发白。

墨尔本的冬天更像是深秋，一阵冷风刮过，就有无数的树叶刷刷地飘落。苏珊什么时候进屋的，钱新荣没有觉察，睁开眼睛只见自己身上已经多了条红色的羊绒披肩，上面还残存着香水与酒精混合的味道。

很快，苏珊手里提着瓶威士忌出来，跟他并肩坐在台阶上，两个人一直喝到阳光照在他们脸上。这是钱新荣第一次向她求婚，苏珊只是摇了摇头，说她每天都在赌场里面，除了会玩牌，也学会了看人，她见过太多像钱新荣这样的男人了。

钱新荣问她：那你想嫁个什么样的男人？

苏珊像在思考，却没有回答，而是劝他去唐人街，说随便哪家婚介所都有愿意跟他结婚的女人备选，还能尽快帮他完成移民手续。她说，只要给出合适的价钱，那里什么都会替你办妥。

我知道。钱新荣看着她，说，可她们不是你。

苏珊愣了愣，咯咯地笑了，伸手拿过他手里的酒瓶，对着灌下一大口后，说，我陪你玩牌，你会给我抽头；我陪你睡觉，那是我给你的返利。见钱新荣还在看着自己，就低下头去，过了好一会儿，才又笑了笑，说，我每年都会遇到很多你这样的顾客，如果每个人都像你，你说我这辈子要结多少次婚？

也许我跟他们不一样呢？钱新荣仍然想再坚持一下，说，有些事要试过了才知道。

我是不会跟任何人结婚的。苏珊把头靠在他肩上，又灌下一大口酒，说，除非让我嫁给爱情。

然而，两个人最终还是走进了教堂，在第二年的春夏之交。

圣保罗大教堂大概是墨尔本最古老的建筑了，地处联邦广场对面，边上就是唐人街。虽然，他们两人都不是教徒，可苏珊喜欢这样的仪式感。她从小就无数次地梦想过，穿上洁白的婚纱，手捧鲜花，与心爱的人站在上帝面前，抬头仰望那个穹顶。这是一场没有嘉宾，也没有婚礼牧师的婚礼，有的只是来自世界各地的游客，在他们身边熙熙攘攘。

离开教堂的时候，苏珊忽然问她的新郎：站在上帝面前，你心里在想什么？

钱新荣认真地说，我在回顾我的前半生。

那你以后就要记住了……苏珊伸手，一脸俏皮地捏住他的鼻子，说，你的后半生是从这一刻开始的。

可是，话一出口的瞬间她就感到了失落，不禁扭头望着草坪上的那尊雕像。一下子，连阳光也变得格外刺眼。

钱新荣没有作声，只是伸手默默地把她揽进怀里。

第二天，这对新婚夫妻就开始了他们的蜜月之旅。为了这一天，钱新荣已经筹划了近一年，从离开香港来到澳洲的那晚起他就在等待，等待有朝一日重返澳门。只是，苏珊的情绪看上去有点低落，在飞机上几乎一言不发，只顾闭着眼睛，用毛毯裹紧了自己。

钱新荣抓过她的一只手，轻轻地说，放心吧，你要相信我。

苏珊无动于衷，始终闭着眼，直到飞机降落。

前来接机的赌场马仔显然是钱新荣的老熟人，见面就一口一个荣哥，恭敬而热情。他在保姆车里说大老板要过两天才回澳门，让钱新荣有什么需要尽管吩咐。

钱新荣只是含笑点了点头。他又抓过苏珊的手，轻轻地握在手心里。

一进酒店套房，苏珊就环顾着四周的陈设，最后把目光落在钱新荣脸上，说，现在你可以告诉我了吧，你到底要干什么？

谈笔买卖。钱新荣说着，很绅士地替她脱掉外套，挂进衣橱后，又说，到时候你帮着收账就行了。

苏珊的眼神一下变得犀利起来，说，贩毒？

那倒不至于。钱新荣笑了，走进浴室，打开浴缸龙头。他的声音从哗哗的水声里传出来——你先好好泡个澡，你需要放松。

可苏珊怎么放松得下来？尽管此后的两天里钱新荣带她游遍了澳门。表面看去，这对蜜月中的夫妻更像是热恋的情侣。他们去了著名的大三巴、天后宫与妈阁庙，还排队等位吃了明记牛杂与盛记的白粥，但一到晚上他们就一头扎在赌场里。而且，不管他们去到哪里，苏珊发现总有几张面孔看似若无其事地在他们眼前晃过。

这些都是什么人？她还是忍不住，说，你要谈的到底是什么买卖？

那你得去问他们。钱新荣笑着回头看了眼，劝她不要害怕，没什么大不了的，等到明天一切都会结束。他说，我不会让你受到任何伤害的，我也会让所有交易顺利完成。

苏珊盯着他看了会儿，说，回酒店吧，我哪儿都不想去了。

可是，他们刚走到酒店套房门口，门就从里面被打开了。一名西装笔挺的保镖面无表情地说，莫先生已经等很久了。

莫先生是个头发花白的小老头，穿了身唐装。他面朝窗外，等钱新荣走近，才抬起那只盘着一串佛珠的手，指了指远处的机场，说他刚来澳门的时候，那里除了海，什么都没有。

钱新荣不敢多嘴，只是恭恭敬敬叫了声：莫先生。

博彩行业里很少有人不知道澳门莫先生的，苏珊只是没想到这么声名远扬的一个人，竟是如此瘦小与干瘪，看上去更像是哪幢大厦地库里看更的。

莫先生这时转过身看了眼苏珊，说，你失踪一年，就是为了带这位小姐过来？

这位苏小姐是澳洲赌场……

莫先生一抬手，没让他继续往下介绍，而是走到沙发前，坐下，淡淡地说，陪赌女郎,我楼下有的是。

钱新荣这才醒悟,莫先生其实哪都没去。他用了不到两天的时间,就把自己在澳洲的一整年都摸清楚了。他只好硬着头皮,说,苏小姐是我太太。

莫先生大度地笑了笑,说,既然在那边成家立业了,你完全可以把东西卖给澳洲人。

我答应过先生的,您就是我唯一的客户。钱新荣一脸的信誓旦旦,转而又很快恢复了恭敬与谦卑,上前说,东西一旦流出去,想要回流只怕就会很困难。

莫先生若有所思地盘了会儿佛珠,扭头吩咐站在一旁的保镖:带苏小姐下去开个贵宾厅。说完,他才第一次拿正眼看着钱新荣,说,那我们现在开始吧,能赢多少就看你这位太太的手气了。

钱新荣慌忙叫了声莫先生,他是想跟苏珊说句话的,但刚要上前就被保镖阻止,只能眼睁睁地看着她被带走。屋子里静悄悄的,每个人都在静静地看着他。

低头想了想后,钱新荣转身去卧房取了把车钥匙出来,拿过桌子上的便签,在上面写下两个号码,然后和钥匙一起放在茶几上,说东西就在香港华懋广场的停车场里,这是车牌跟车位号。

很快就有人拿过钥匙与便签,匆匆出了房间。

莫先生始终一言不发,只是一下一下地盘他手里的那串佛珠。

钱新荣都快喘不上气来了,说,您放心,我为的就是万无一失。

莫先生抬了抬眼,起身走到门口,才像忽然想起来了,对紧随着的那几名保镖说,你们两个留下,陪陪钱先生。

钱新荣坐也不是,站也不是,站得跟两块木头似的保镖守着,他只能去卧房,躺在床上,睁着眼睛度过了整个晚上,直到木头接了电话一言不发地离去。

苏珊回来时,阳光已经照得满屋都是。她脸色绯红,像是喝醉了,一进门就靠在那里,胸脯在卫衣里一起一伏。看着钱新荣走过来,忽然扬手一巴掌打在他脸上,抱着他说,你知道我赢了多少?

是我们。钱新荣脸上没有丝毫变化,轻轻地推开她,说,赶紧收拾一下,我们该走了。

法国南部的海边下着绵绵细雨,天空是灰色的,海面也是灰色的,看着就让人有种透不过气来的压抑感。苏珊却依然处在亢奋之中,每时每刻缠着钱新荣,一脸打破砂锅问到底的孩子样。但是,有些事男人是永远都不会说的,只能深埋在心底,就像当年那个没有一丝光亮的洞穴。

钱新荣躺在阳台上的浴池里,只说他跟莫先生交易的几件古董是不能公开拍卖的那种,光香港就有好几个买家,日本与新加坡那边也有,但都是些他招惹不起的人,所以才会跑到澳洲躲了这一年。至于最终选择卖给莫先生,是因为他有赌场,在赌桌赢钱是最正常不过的事情。至少,这些钱是干净的,可以带到世界的任何一个地方而不会被追查。钱新荣说他一无靠山,二无后台,如果把货出给其他人,还得想法去洗干净这么大一笔钱,那会随时招来杀身之祸。另一个原因,就与钱无关了。莫先生是位真正的收藏家,那些东西到了他那里就是伯乐相马,将会是最终的归宿。钱新荣说,我从另一个世界里把它们带来,我不想它们流落到国外去。

说完,他轻轻推开苏珊递过来的酒杯,慢慢地滑进浴池,让水把自己全部浸没,很久才冒出头来。出来时两只眼睛已经胀得通红，就像刚刚哭过。

那你为什么拉我进来？苏珊还是好奇，还是有许多问题要问。她嘴对嘴把一口香槟喂给他，甜蜜地笑着，说，现在不光多了一个人分钱，你还多了一个知道你秘密的人。

钱新荣看着她，眼神湿漉漉的。过了好一会儿才说，找人也是买家的意思，他不想让人知道跟我有过交易……而我，也需要一个替我收款的人。

为什么是我？苏珊说，这种事，谁都可以办到。

因为你牌玩得好呀。钱新荣笑了，说既然是生意，他就需要利润的最大化。

苏珊摇了摇头，说，我说的是你为什么要跟我结婚。雇人收账，你付费就可以了。

钱新荣笑而不语，伸手把她拉进怀里。

苏珊却一把推开，看着他说，我父母双亡，如果我出了意外，婚姻就可以保证你是我唯一的继承人。

出意外的也有可能是我呢。钱新荣说，风险跟机会从来都是对等的，我在这世上也没有别的亲人。

一年了，你就没想过，你那些东西要是不在了呢？

怎么没想过？它们还有可能是古代的仿品。钱新荣轻描淡写地说，不过，莫先生是斯文人，他下手应该不会太难看的，最多是把我们丢进海里。

苏珊闭嘴了，默默地喝掉那半杯香槟，然后哗地从水里站起来，瞬间发觉身上的每个汗毛都竖直了。

钱新荣抓住她的一只手，仰着脸说，只有想得更坏，才能做到更好。

苏珊用力一挣，跨出浴池，一边回屋一边说，明天我回墨尔本，我会尽快等你来离婚的……你放心，我不会多要你一分钱，我只要我们约定的那一份。

钱新荣耐心地等到她找出浴衣穿上，才从浴池里出来，浑身滴着水，一步一个脚印地走到她面前，仍然平静地看着她，说，可我们的后半生还没开始呢。

三

婉豆租住的地方在浦东，都快要到川沙了。每天一早起来上班，坐2号线过江到中山公园，再转乘4号线。下班从大木桥路的分理处回来时，一路上早已经是灯火阑珊。有无数次，她在给自己煮泡面时，望着窗外那些魅影般的高楼大厦，心里就有无限的失落与无助，觉得哪怕是个梦，此刻也远得杳无边际。可是，只要第二天手机的闹钟响起，一切就都会被抛诸脑后。婉豆的脑袋里就只剩下一个声音——忙碌才是城市最真实的生活，人一旦上了路就不会停下来。

时间也是有成本的，好歹你是学金融的，你就不算算那些花在路上的成本？韩丽早就说过她了，建议她换个地方住，还做了个假设，说，要是哪天你在浦西谈了个朋友，两个人这么一来一去的，不都变成异地恋了吗？

换房子还不如换公司呢，你知道市中心能放一张床的租金是多少？婉豆嘴上这么说，心里却从来不是这么想的。公司总部在陆家嘴的环球中心，她总有一天会为自己在那里赢得一张办公桌。她只是不知道这一天是什么时候。

韩丽却还在认真地提醒她，融入一个

地方最好的方法是跟那里的人恋爱，因为爱情是最容易让人脱胎换骨的，尤其失恋后。

婉豆扭头，一本正经地看着她，说，大姐，听上去你好像让人甩过多少次了。

两个女孩忍不住都笑了。在人头涌动的大马路上，她们无拘无束，笑得张扬而放肆。

那时候韩丽几乎每个周末都在相亲，要不就是在去相亲的路上，有时也会拉上婉豆，还直言不讳地说有吃有喝又不用你花钱，干吗不去？

看着她那副表情，婉豆就想逗她，说，我是怕人家万一看上我了呢？

那你就不用住浦东的城中村了。韩丽不假思索地说，就当是我给你找了个免费的房东。

什么城中村？那是个单身公寓好伐。

不过说心里话，婉豆还是挺喜欢相亲那种氛围的，尤其作为一名旁观者，看着男女双方坐在那里，紧张兮兮的，又有点尴尬，还得故作轻松，保持彬彬有礼的仪态，没话找话，但每一句话又都浅尝即止；听上去都是废话，又好像非说不可。婉豆觉得有趣。她就喜欢通过别人的言行举止窥看他们的心理变化。

这天，韩丽在电话里约她周末一起去七宝，在古镇吃吃逛逛，一天时间就打发掉了。

婉豆一听就明白了，说，又拿我当电灯泡呀。

谁当谁的电灯泡还不一定呢。韩丽说那两个男孩子是她在机关读书会刚认识的，关键是上海本地人。她说，我们不能辜负了这么好的天气。

婉豆是忽然想到淀山湖的，可话一出口，自己也有点吃惊，忙对着电话解释，说七宝不久前她刚去过，公司就在那边搞的团建。这个季节老街上到处是游客，人山人海似的，都快赶上南京路的步行街了。

挂断电话，她想了很久仍然觉得奇怪，自己为什么要提淀山湖呢？

更没想到的是韩丽在读书会认识的那两个男孩子，其中一个竟然是那天的小警察。婉豆一坐进车里，林小都就从驾驶座上回过头来，笑嘻嘻地说，原来是你呀。

你哪位？婉豆毫不客气地说，我们认识吗？

韩丽在她手里塞了瓶酸奶，忙给他们介绍。坐在副驾驶的小伙子姓宋，也是警察，在法院的执行局里当法警。婉豆马上想到了，这两个应该是警校里的同学。

很快，她又发现，没穿制服的警察还是警察，跟大部分男孩子有区别，闲话聊着聊着，他们就会问这问那，兜兜绕绕的，像是对你感兴趣，又像出于职业的习惯。尤其是那个林小都。婉豆索性问他——你们是不是每认识一个人，都会去系统里看他们的资料？

每个倒不至于。林小都说，关键得看认识的是谁。

宋天洋赶紧替他找补，说他们两个都没赶上那个时候，现在已经不允许警察随便查阅个人资料了；不管哪台电脑，只要一登陆，后台都会有记录，是随时可以追责的。

这就是法警与刑警的区别。相比林小都，宋天洋不管说话还是做事，都仔细、周全、滴水不漏。他不光在后备箱里备了烧烤炉、塑料毯，连牛肉片都是隔夜腌过的，装在保鲜盒里，这又让婉豆怎么看都觉得不像警察，倒像是那种整天就知道

"买、汰、烧"的上海小男人。

淀山湖畔有块专门供人烧烤与野餐的草坪，每到周末这里的四周停满了汽车，到处是成群结队的情侣和家庭，有的还支起了帐篷，架起了吊床，还放着音乐。婉豆并不喜欢这样的环境，乱糟糟的，太闹，也太假。有好几次，她都忍不住扭头望向那个波光粼粼的方向。

炭炉里的火快要熄灭时，林小都忽然把嘴凑到她耳边，说，我带你去个地方。婉豆扭头，眼神醒目地看着他，还没来得及开口，林小都笑着又把嘴凑到她耳边，说，我们总得给男女主角腾个空间不是？

婉豆第一次发现这个小警察的牙齿很白，也很整齐，上面闪烁着亮晶晶的阳光。她直截了当地说，你不会是对我有想法吧？

林小都看了看草坪上那些野餐的男男女女，还是笑嘻嘻的，说，想想总没关系吧？想又不会犯法。

那你一个人在这里想吧。婉豆拿过一瓶矿泉水，起身就走。

林小都忙追上来，一边走，一边像个导游那样介绍说，淀山湖就是黄浦江的源头，西北两面属于江苏，再往南一点就到浙江了。它的周边除了大观园，还有朱家角、保国寺跟太阳岛，离浙江的西塘古镇也就十几公里的路程……

婉豆一下站住了，完全是明知故问，说，你到底要带我去哪里？

林小都笑了，说，到了你就知道了。

湖光小筑前的那条堤坝在淀山湖的另一侧，他们的车刚拐过去，婉豆就一眼认出来了。她只是不说，直到车在堤坝上停下，才问了句：你什么意思？

这就是那起车祸发生的地方。林小都说，他跟宋天洋原先打算是去七宝镇上的，后来韩丽说是她同学提出要来淀山湖。说着，他下车，绕过车头，拉开婉豆那侧的车门，继续说，早上我见到韩丽的同学是你，就明白了。

你明白什么了？婉豆坐着没动。

林小都低头想了想，说那次做完笔录后，他回去查看过婉豆的档案。他说，我明白，一个人经历过那样的遭遇，是一辈子都不可能忘记的。

婉豆一下就感受到了冰凉的水正从嘴巴灌入体内。她说，这跟你们的调查有关系吗？说完，她又说，你们当警察的都是这么自说自话、自以为是的吗？

林小都也不分辩，只笑了笑就岔开话题，说他今天是第三次来这个地方，前两次是工作，勘察现场，走访过许多相关的与不相关的人，得出的结论是这就是一起普通的意外，可他心里总有一个声音会提醒他，每起事件背后都一个不为人知的真相。他用一种从没有过的眼神看着婉豆，说，有时候，我一直在想，这一行干久了，心理上会不会出问题。

不用干久了，我看你已经有问题了。婉豆是不想让他这么近地看着自己。她白了他一眼，顺从地下车，径直走到堤边。那里的野草正茂密地生长，早已经看不出半点车祸的痕迹，只有阳光透过水面折射在脸上，晃晃悠悠的，刺得人睁不开眼睛，可她又像看到了那个漆黑无边的水底。

林小都还在说这里的水深处有五米多，当时打捞时大半的车身都嵌在了淤泥里。他们后来是下了三名潜水员，连苏珊手袋里散落出来的东西都捞上来了，就是没能找到她的手机。

没点妄想症的人也许真当不了刑警。婉豆现在唯一想的就是尽快离开。她说，你知道吗？人在水底能听到很多声音的。

林小都一愣，说，什么声音？

你跳下去不就听到了？婉豆一下变得俏皮，头也不回地转身就回了车里。

事实上，远处的钱新荣是看着这辆车在堤坝上调头离开的，直到驶上沿湖的公路。他就坐在湖光小筑的窗边，还是那天晚上的位置，桌上摆的也是那晚点过的菜，两杯红酒，一杯果汁。

今天是苏珊母子离开这世间的第七七四十九天。按照乡间流传的说法，她们的灵魂将在这天、在天地的尽头最后回望一眼人间，然后开始就地踏上转世投胎之路。钱新荣一早就订了这张桌子，坐在那里一口一口地喝着带来的红酒，断断续续，一直喝到夕阳西沉，彻底消失在湖面。

店老板从没见过神情这么阴沉哀伤的男人。他不敢催促，只好小心翼翼地上前建议，要不要请人来做场法事？他们乡下都是这么办的。

她们不是乡下人。钱新荣摇了摇头，说，不信这个。

店老板垂手在边上站了会儿，又说，要不……我把菜再给您热热？

钱新荣又摇了摇头。他眼前尽是那天晚上，苏珊替儿子系上安全带后，坐进驾驶座，并不马上发动汽车，而是看着他，说，不是我逼你，我真的是走投无路了。

没有事情是解决不了的。钱新荣俯身过去替她扣上保险带，说，快开车吧，哈林今天累了。

宝马车就是这么驶出停车场的。在穿过堤坝时，苏珊迟疑了一下，说，你让我觉得……很对不起你，我食言了，我是真的走投无路了。

这没什么，这不很好吗？你留在我身边，我们都没有后顾之忧了。钱新荣说着，按下自己这侧的车窗，然后忽然抓住苏珊手里的方向盘，猛地往下一扳，车子瞬间冲下堤坝，轰然撞入水中。

母子俩几乎同时被弹出的气囊击晕，但钱新荣并没有急着爬出来，而是找到她手袋，从中取出手机后，等到整辆车沉到水底，才钻出车窗，浮上水面换了口气，又一头扎下去，朝着湖心的方向潜去，直到水底的车灯在他身后熄灭。在一片漆黑里，他只觉得自己已快要窒息。

一下子，钱新荣如梦方醒般地仰起脸，好一会儿才缓过神来，起身走到前台，对店老板说，还是请人来做场法事吧，让她们走得安稳点。

店老板连连点头，打开通讯录去找电话号码。

澳新商行有限公司正式成立前几天，钱新荣派人专程送了张请柬给婉豆，但上面的受邀人并不是她，而是他们分理处的主任——谨请他携同仁光临。

主任是个北方汉子，却长得白白净净、油头粉面的，怎么看都像个上海里弄里的肥宅。他接过请柬，看完上面那几行字，抬头又看了眼婉豆，让她到时候打扮得漂亮一点、精神一点，跟他一起去给钱总捧场。

婉豆这才意识到，男人之间那种套路都是心照不宣，便脸露难色地说她周末晚上有事，已经约好人了。

工作重要，还是你约的人重要？主任放下他那只硕大的玻璃茶杯，说机会不是从天上掉下来的，人家钱总花钱请来那么多领导与贵宾，无形中就是在给我们创造条件。他让婉豆说说看，这样的机会你能碰上几回？主任当然不需要她来回答。他只是提醒说，你刚从一楼上到三楼，能证明自己的方法只有两个字——业绩。主任竖起他的食指与中指，又说，你现在要完成的，就是把这只洄游的海龟尽快钓上岸，尽快地关门入闸。

婉豆真是不明白，明明是做资管的业务员，每个人却都把自己弄得像夜店里的公关。他们管拜访客户叫出台，签约叫上钟，资金进仓就是主任说的关门入闸。

那天晚上，钱新荣穿得很正式，神采奕奕的，西装的领扣里插了朵紫色的康乃馨，就像个过时的新郎，台上台下说了很多话，还举着酒杯，专门过来他们这桌寒暄了几句，而婉豆在他眼睛里却看到了一个男人的疲惫与无奈。

在转身离开时，钱新荣像是忽然想起来似的，又回过身来，问婉豆等会儿有没有时间，能不能散场后等他一下？

小林当然有时间。不等婉豆开口，主任就替她答应了，还咧着嘴，爽朗地说，钱总有什么事尽管吩咐。

钱新荣只是礼貌地点了点头，以示谢意。

后来，是餐厅的一名公关把她引上天台的。从这里，可以俯瞰到整条黄浦江。钱新荣并没有马上请她入座，而是像对老熟人那样，一动不动地望着对岸那些层层叠叠的灯火说，只有在夜宴过后，这个世界才是真实的。

婉豆不知道怎么接话好，就胡乱地说了句：这夜……其实，有点凉的。

钱新荣随即脱下他的西装，见婉豆躲了一下，并不勉强，而是笑了笑，把西装挂在椅背上，然后顺手拉开那把椅子，做了个请的手势，说，这家餐厅的菜一般，咖啡却是全上海最好的。

他回上海才多久？他怎么知道这里的咖啡是最好的？婉豆只是在心里这么想。入座后，她说，钱总，您找我是有什么事？

这段时间够累的，一直想好好地坐下来喝杯咖啡。说着，他指了指周围，笑着让婉豆自己看，又说，可要是光一个小老头儿坐在这里，人家是不是会觉得有点怪？

婉豆不知道说什么好，只能跟着笑笑。

钱新荣随手把桌上一个小盒子推到她面前，说这是一点小小的谢意，希望你收下。

婉豆一下就有点儿手忙脚乱了，连连摆手，说自己只是个小小的业务员，什么都做不了，也不能做。

你是个好姑娘。钱新荣忽然说了这么一句，然后靠进椅子里，目光悠长地望着婉豆，说那天他给苏珊母子做了场法事，就在岛上的那家菜馆，他远远地看见婉豆了。他说，难得你对只见过一面的人都这么长情。

婉豆松了口气，说那天是周末，她跟朋友一起在湖边野餐。

你们都姓林。钱新荣像是随口说起的：我以为你跟林警官是兄妹呢。

朋友的朋友。婉豆说完，忽然意识到，他好像更感兴趣的是林小都，就忙说，我跟林警官也是那天刚正式认识的。

收下吧。钱新荣一指桌上的小盒子，说不是什么值钱的东西，是自己做的一件小玩意。

这倒让婉豆好奇了，她打开盒子，里面是一对似玉非玉的耳坠，在这么暗淡的光线下都能看到它们晶莹剔透。她举在手里，一脸都是不可思议的模样，说，您做的？

钱新荣也一下变得兴致勃勃，说他这人没什么爱好，乡下人出身，就是喜欢跟泥巴打交道。在澳洲的时候，曾经自己设计过一口瓷窑，专门请了国内的师傅砌在屋子外，只要一有空，他就去世界各地收集各种瓷土，把它们炼泥、制胚、上釉、烧窑。他还感慨，说其实人就跟这些胚土一样，只有经过了千锤百炼，烈火焚烧，才有可能脱胎换骨，成为另一个自己。至于变成什么样子，那就得看造化了。可惜，后来让人投诉，那窑只能拆了。

婉豆觉得他这是在暗示自己，就顺应着他的兴致说，原来，外国人也拆违建呀。

同时，她也把一个女孩子所有该婉拒的话都准备好了。她可以听一个老男人信口开河，也可以始终用一种崇敬的眼神仰望着他，但决不会接受去K歌、泡吧或是夜游黄浦江之类的，更不会让钱新荣送她回家。

可是，钱新荣什么都没提，也没做。在婉豆觉得他聊兴正浓时，他起身穿上那件西服，彬彬有礼地一直把她送到餐厅门外，才抬手看了眼腕表，略带歉意地说他不能送婉豆回家了。

没事，我打车就可以。婉豆有点意外，还得露出一脸没心没肺的笑容。

这里怎么打得到车？钱新荣说着，几步走到一辆刚绕上来的车前，拉开后面的车门，对里面的司机说，先送林小姐回家，再到锦江饭店来接我。

不用，不用，我真的不用了。婉豆又有点慌乱失措了，站在那里连连地摆手，说，您不是还要去锦江饭店吗？

钱新荣抿嘴微笑着，看着她，像个侍者那样做了个请进的手势。一直等到婉豆坐进车里，他才俯下身，把半个脑袋伸进车厢，在她耳边说，好女孩要处变不惊，还要知道随遇而安。

什么意思？这是提醒，还是威胁？婉豆不出声，睁大了她那双乌溜溜的大眼睛，看着关上车门后的钱新荣。他站在餐厅门口的灯光里，冲着后车窗挥了挥手。

回到自己那间单身公寓，婉豆还反复在心里念叨着这八个字。她一下起身，从包里取出那个小盒子，打开，在灯光下细看那对小小的耳坠。它们就像两滴正在滴落的大水珠，似玉非玉，几近透明，在她手里晃晃悠悠。婉豆不禁皱起鼻子，挨个儿指着它们，说，你就是处变不惊，你就是随遇而安。

那一年，是婉豆离开学校的第二年。她还不到二十五岁，她把人家随口说的这八个字记进了心里面，也把很多人说过的很多话记进了心里。

四

有些事，永远不会被遗忘，人们只是懒得找寻记忆里的密钥。

一个智商太高的人，说出的话总是让人似懂非懂。周易有时倒像个学哲学的，但他却是数学系里最年轻的副教授，曾经也是这所学校最年轻的大学生，更多的时候他就像个诗人，冲动、敏感，又多愁善感，可在许多学生眼里并不尽然。他简直就是个天之骄子，一段行走的传奇。他的往事长期被人津津乐道，甚至还被编成舞台剧，只是后来小剧场里不让排了。

连他自己都是这么认为的，他的一生都将在世人的指指点点中度过。

婉豆从没想过会跟这样的人开始恋爱。

入院报到的第一天，站在经济学院的台阶上，她回望对面那棵香樟树时，在心里再次提醒自己——两耳不闻窗外事，好好念书，如果可能的话，谈上一场波澜不惊的恋爱，然后继续朝着心里那个既定的方向，走一步是一步。当时，婉豆最想的就是有朝一日成为一名金融分析师，用自己的分析来证明自己的判断。

为此，在主修金融管理之余，她还跨系选修了几门应用数学的课程。小周老师教的是数理统计，在学生寥寥的课堂上，他的注意力总是会被这个额发齐眉的女生打断。

你的眼睛就像黎明前的最后一颗星辰。

这类话只有在肚子里憋到脑子进水了才能说得出口，婉豆觉得有点滑稽。长着她这般模样的女生，经常会在食堂、在回宿舍的路上遭遇各式各样的搭讪与撩拨，只是从没碰到这么逊的，还这么讲究诗意。婉豆存心逗他，恭敬地叫了声周老师后，笑嘻嘻地说，为什么只是一颗？难道我是独眼龙吗？

那天就是在学生食堂，已经过了饭点儿，好多张桌上都已空无一人。周易自说自话地坐在她对面，看着她餐盘里的两个蔬菜，没话找话似的又说，你们女生晚上都不吃米饭吗？

婉豆还是想逗他，就晃了晃手里那半杯奶茶，指了指餐盘里的榨菜炒香干，说，老师，您不知道吗？榨菜下奶茶，人间绝配。

周易眼神清澈地注视着她，看上去半点儿都不像个数学系的副教授。他想了会儿，把筷子伸进婉豆的餐盘，夹了片榨菜放进嘴里嚼着，同时伸手拿过她手里的奶茶，对着吸管吮了一大口，歪着脑袋，皱紧眉头，一脸都是品尝与辨别。

婉豆的脸一下红到了脖子里。她腾地站起来，几乎是冲出餐厅的，到了外面却止步了。黄昏的校园有种树欲静而风不止般的骚动感，不用鼻子都可以嗅出那是荷尔蒙的气息。它们像青草、像泥土、像沙滩上弥漫过来的水气，无处不在、无孔不入，又丝丝入扣。婉豆站在餐厅的窗外朝里望，只见周易仍然若无其事地坐在那里，一手拿着她那半杯奶茶，一手举着筷子。他是那么沉稳与笃定，一举一动，还那么慢条斯理，活脱脱就是那个沉浸在哥德巴赫猜想中的数学家。

婉豆是忽然产生这个念头的：谈一场轰轰烈烈的师生恋也是种不错的体验。

后来，周易曾不只一次在她耳边说起他们在学生餐厅里的那片刻邂逅。他独自就着半杯喝剩的奶茶，吃光了她餐盘里的榨菜，而且还真吃出一种胡椒与樱桃交加的味道。有一次，他说完后又补充了一句：还有你嘴唇留下的味道。

婉豆顿觉甜蜜与温馨，就扭头用眼睛睨着他，说，你当我不知道，你那是在扮猪吃老虎。

那时正值入夏，校园里的凤凰花开满枝头，像火一样在阳光里摇曳，也在每个人的心头跃跃欲试。这场爱情为婉豆赢得了一个绰号，刚开始只在她的室友间流传，姐妹们都调侃着称她周师母。很快，这个绰号传遍了经济学院的金融与数学系。

婉豆把它归结为宿命。一个人浮想联翩时，心想当个周师母也不错。将来，他们一个著书立说，攀登科学的高峰；一个投身市场，挣钱养家，相辅相成、有里有面，这是最佳的家庭结合——婉豆都想到了日后的成家立业。她的脸又红到了脖子里。

你接受一个人的现在，就得背负他的过去。有些事是周易主动说起的，当然是在生米煮成熟饭之后。但凡脑子会转弯的男人都有这个通病，他们一旦在对某件事稳操胜算后，忍不住又会思前想后，担心与顾虑也会接踵而来。年轻的数学系副教授也不例外。一天夜里，他亲吻完怀里的女孩，望着窗外的月色，说得很坦率，也很直白。小周老师说，我的名声可是有点儿不好听的。

豌豆还是想笑，只是这次心里面微微泛酸。男人真要踟蹰起来，有时候比女人更加拿不起，也放不下。

这也是一种宿命。

在周易那个有点儿不好听的名声里，他被塑造为一位像风一样的天才少年，十六岁考入中科大，却为了追随心仪已久的学姐，执意要来这座面朝大海的城市。为此，父亲气得心律失常，在医院足足躺了两个星期。临行之际，周易站在家门口，低着脑袋，只有零乱的头发仍旧桀骜不驯地竖着。他让父母放心，是金子在哪里都会发光的。

可是，爱情有时就是一场狂风骤雨，来得轰轰烈烈、不顾一切，去时已经干干净净，如同雨后的天空。周易是一眼就被射中与穿透的，站在操场边，他第一眼见到玛丽安娜蹬着自行车穿过校园，风吹拂着她那头金色的卷发，同时也吹散了一个少年多年来对学姐的那点执念。初恋在周易这里来去匆匆。他怔怔地杵在那里，一直望到玛丽安娜的背影消失在绿荫深处很久，他才伸手按在胸口，发现里面那颗心几乎要脱腔而出。

玛丽安娜·摩尔是学校聘请的外教，从纽约的布鲁克林不远万里来到中国，一边教授美式英语一边翻译中国的诗歌，她那双大眼睛绿得让很多人都不敢直视。

周易开始疯狂地学习英语、旁听英国语言系的课程、研究语法以及词汇中的典故。爱情的煎熬同时也产生诗歌。周易把这些诗作发表在校报上，脸上却没有丝毫年轻诗人的兴奋。他只想某一天能鼓起勇气站在玛丽安娜面前，对她说，没有你就永远不会有这些诗。

大学的第二年，他去新华书店买来一本《唐诗三百首》，在夜深人静后一首一首地译成英文，然后塞进信封，用最传统的方式投寄给心中的女神。周易从来不敢在那些译作上署名，直到有一天，玛丽安娜在下课的铃声里举着其中的一叠信笺说，请站出来。周易面红耳赤，同时心也一下沉到了脚底。玛丽安娜又用英语说，我不管你是谁，我只是提醒你，这是在糟蹋你们国家的诗歌。

周易自始至终都没有承认过这些译作，哪怕到了后来，在许多溜进玛丽安娜宿舍与她幽会的深夜。

他只是没有想到玛丽安娜会那样直接，那样热烈而且直言不讳。她忽然出现在周易背后，就在他远远凝望她宿舍窗口的某个夜晚。她一手拉着身旁那株老榕树垂下的枝条，用低沉的汉语吟颂道：与其在悬崖展览千年，不如在爱人的肩头痛哭一晚。

周易一下僵直在那里，等到转过身时，已经恍若梦中。

玛丽安娜的宿舍在一幢老洋房的二楼，外面的墙上爬满了常春藤。在无数个海浪拍打沙滩的深夜，周易一次又一次溜出寝室，穿过寂静的操场，绕过人工池塘，站在那棵老榕树下远远眺望这个窗口。

窗口里经常没有灯光,这让周易越发想象那些在黑暗中陪伴玛丽安娜的人。他们也许是哪位年轻的讲师、也许是体面的教授或者像他一样的大二学生。周易曾无数次目睹男人从那扇大铁门里进进出出,每次都让他感到热血翻涌、心如刀绞,就是看不清那些人的面目。于是,周易就在白天仔细审视每张男性的脸,不管在课堂、操场、图书馆还是食堂里,他几乎能在每一张男人的脸上嗅出玛丽安娜的气息,那种淡淡的酷似香水的味道。

周易觉得自己迟早会因此而发疯,于是也忽略了那双绿色眼睛停在他脸上时的光芒。玛丽安娜看着他,这个瘦长而苍白的男生神态拘谨、表情孤独,就像一只惊惶失措的丹顶鹤。

他们第一次相逢的深夜,玛丽安娜就主动拉起他的手,问他,你是我的守夜人吗?

周易摇了摇头,此刻他只觉得自己更像个被捉住的贼。周易用英语说,我是你的罗密欧。

玛丽安娜笑得很轻,在黑夜里听上去却是那么地让人胆战心惊。

原来,她的窗台上架着一台望远镜。周易在步入她的房间以后再次感到了羞愧。原来,自己在窥视她窗口的每个深夜,她同样触手可及般地望着自己。

我喜欢东方式的爱情。玛丽安娜在枕边说这话时已是春暖花开,她轻咬着周易的耳垂。她也曾用双唇吻遍这个大二男生全身的每寸肌肤,但周易更惊诧于这个美国女人对诗歌的迷恋。

这个曾有过无数爱情的女人,在床上吟颂唐诗宋词,在淋浴的时候哼唱故乡的歌谣。可是,当周易在一天晚上问起她生命中有过哪些男人时,她收敛起脸上温婉的表情,出神地看着他,像个母亲那样抚摸着他的脸庞,说,所有的爱情都会像早晨的露珠一样消失。

一下子,周易感到无比的忧伤与屈辱,可是当玛丽安娜像个婴儿那样蜷缩在他怀里,说她取了个中国名字,她要以此作为他们爱情的见证时,天才少年在瞬间觉得自己又是世界上最幸福与幸运的男人。他听见这个美国女人深情地说,那是你的姓,我是你的周慕瑜。

周易抬起她的脸,让她看看自己的眼睛,说,我要做你最后一个男人。

暑假眼看来临,周易却被安排去了大西北做社会调查,这让他很纳闷,去问系主任,也就是他的导师,为什么是我?周易摊开那份通知,说上面都是研究生与博士生,而且还大部分都是学社会科学的。

这就更证明了学校对你重视。系主任说,这是在培养你。

周易喜忧参半,心里牵挂着与玛丽安娜老师的暑期之行,可心爱的女人总是善解人意。玛丽安娜用她湿润的嘴唇一遍又一遍地宽慰少年:暑假过后还有寒假,我们还有漫长的一生。

西北高原上天苍苍、野茫茫。灼人的阳光下,湛蓝色的天空是那么高远、深邃,到了晚上满天星辰又低得触手可及,这都越发平添了一个少年对心上人的思念,可天各一方的恋人只能用电话与短信倾诉衷肠。他们一会儿汉语,一会儿英语,不分日夜与晨昏。

这天,周易一直等到深夜,都没有等来玛丽安娜的只言片语,就一个人走到野外,在星空下连续不断地拨打电话,一直拨到满耳朵只剩下一片嘟、嘟的忙音。

带队老师是学生处的一位副主任。他不知是何时跟出来的，悄无声息站到周易身侧，默默地掏出一支烟，点上后，对着满天繁星长长地吹出一口烟雾，张嘴吟了两句诗：如此星辰如此夜，为谁风露立中宵？

周易愣了半晌，没闲心搭理他。

副主任笑了，拍了拍他的肩头，说，老师也年轻过，在你这年龄也喜欢过诗歌……人家都说愤怒出诗人，照我看哪，恋爱中培养出来的诗人更多。

有心事的人听什么都是话里有话。周易不禁再次扭头看着他，叫了声老师，说，我就是睡不着，大概是这里的空气太干净了。

年轻人要注意身体。副主任说，还要多注意影响。

那我回去睡觉了。周易想逃，慌忙说，老师再见。

你先回来。副主任冲他一招手，顺势深吸了一口烟，好像有点难以启齿，沉吟了一会儿，他莫明其妙地说了句：老师有时候就等于父母。

周易说，我的父母就是银行里的两个小职员。

所以说，你还太年轻嘛。副主任站在星空下，扔掉手里的烟蒂，用脚碾了又碾，说这次谈话其实不是他个人的意思，是院系里委托给他的任务。外文学院那边也会找摩尔老师好好谈一谈，说不定教务处也会插手。

周易到这时才彻底明白过来，这哪是抽他来搞社调？这分明就是处心积虑地要棒打鸳鸯。他无声地一笑，说，这有什么好谈，我又不是个高中生。

学历上不是了，可年纪上还是。副主任说，跟个十七周岁的男生……即便是在美国，那也是犯罪嘛。说完，他竖起两根手指，又接着补充道：告到他们那边，判个二十年都不为过。

我是中国的大学生，我上的是中国的大学。星空下，周易一下涨红了脸，气也有点儿急了，说，学术自由，恋爱也是自由的。

可人家摩尔老师是美国人。副主任多少是有点义愤填膺的，说，这算什么？说她摧残我们的青少年也不为过嘛。

这是爱情。周易说，我们是彼此吸引。

你还不懂。副主任断然地一摆手，换了种语气，语重心长地说自己也是个当父亲的人，要是他知道自己儿子在学校里这个样子，当父母的会是种什么心情？说完，他掏出香烟，又点上一支，连着吸了好几口，才又说，说句不中听的话，身体是革命的本钱，你身体要是给掏空了，光有那点儿天分还能管用吗？还能为科学做贡献吗？

周易的脸更红了。副主任语气软下去，毕竟也是知识分子，许多话说到后来越发地点到为止。最后，他仰面望着星空，让周易回去好好想想，心里有个准备，返校后院里还会有一次正式的谈话，总之是一句话——聪明人别干糊涂事。副主任眼中星星点点，凝聚在一起就是护犊情深。他收回目光，一只手按在周易肩头，由衷地说，初恋时我们可以不懂爱情，可我们得明事理、分轻重呐……今天的事再大，到了明天，还不都是小事一桩？等将来再回想起来的时候，它充其量也就是个故事了嘛。

周易一直要到多年后才明白，学生处

的这位副主任不光喜欢诗歌，还一定钻研过《金刚经》，只是当时顾不上细想。他的心里塞满了玛丽安娜。她那满头的金发就像秋天里熟透了的稻子，她的胸脯就像阳光下的海浪，相隔数千里都能感受它们热烘烘的气息。周易什么都顾不上了，那天夜里一个人靠着村口的饲料垛坐到天亮，睁着眼睛，仰着脑袋，对着满天繁星一首接着一首地唱歌，反反复复，无休无止。他的歌声穿过黑夜与山林，发出狼嚎般的回音——在那遥远的地方，有位好姑娘，人们走过她的帐房，都要回头留恋地张望……

第二天，他跳上一辆村里的拖拉机就去了县城，当晚乘长途汽车赶到市里，接着再坐火车与飞机，回到学校已是三天之后。可是，他的爱情已经不辞而别。

临行前，玛丽安娜在男生寝室的信箱里留下一封信，上面只有四句用汉语抄录的诗：

悄悄的，我走了，
正如我悄悄的来。
我挥一挥衣袖，
不带走一片云彩。

捏着那页信笺，周易一整天都没跟人说过半句话。他直挺挺躺在空无一人的寝室里，闭着眼睛像个死人；睁开眼睛，还是像个死人。

系主任闻讯赶来，站在床边俯身看了会儿，说，走是迟早的事，你要学会在哪里跌倒的，就从哪里爬起来。

我爬不起来了。周易睁着一双失神的眼睛，说，她把我的心带走了。

那就游过太平洋去。系主任大手一挥，说，你要是连这点儿挫折都受不了，怎么去把自己的心找回来？

可以说，周易真正的传奇人生正是始于这一刻。他一下从床铺上坐了起来，只用一年工夫就学完了两年的课程，次年考入纽约大学，从硕士一直念到博士。整整五年，他找遍了布鲁克林，找遍了纽约与大半个美国，最后还是网友替他人肉到的，久寻不着的爱人原来一直都在夏威夷的监狱里服刑。

玛丽安娜那双绿色的眼睛里仍然保存着令人心碎的温情，只是脸上过早地平添了岁月的痕迹。隔着探视室里的防爆玻璃，她慢慢地伸出手，像是要穿过它来抚摸周易的脸。

你长大了。她把话筒紧贴在耳边，说，再也不是个孩子了。

周易不知道怎么开口，来的一路上他在飞机里反复对自己说，看一眼，就看那么一眼，就当是自己对自己的告别。

这时，玛丽安娜微笑着又说，我知道你会来的……我知道，你是上天赐给我的礼物。

为什么？一下子，周易又有点不顾一切了，他说，你到底是什么人？

他们说是我的精神出了问题。玛丽安娜耸了耸肩膀，说，你觉得我的精神有问题吗？

我找了你六年。周易说，从中国找到美国。

你真是个傻瓜。玛丽安娜的眼神隔着玻璃都能把人熔化。她对着他摇了摇头，说，其实，我哪儿都没去，我一直都在你心里。

玛丽安娜犯的是故意杀人罪。她原名露易丝·特纳，第一次谋杀是在加拿大的

222

尼亚加拉瀑布前,死者是她的新婚丈夫,在忘情拥吻时被推下深潭。这一次,她在火奴鲁鲁的蜜月套房里,先用酒灌醉了她的第二任丈夫,然后把他溺死在了浴缸里。她说只有死亡才是最彻底的拥有。

可惜,我再也不能拥有你了。那天的探视到最后,玛丽安娜目光深情地凝望着周易,平静地说,现在,你再也不用满世界找我了。

后来,当年的系主任在诚邀他回母校执教时,专程赶赴美国。一下飞机,老教授就握住他的双手,由衷地说,说来都不敢相信,你可真是虎口脱险呐。说完,他又说,历史最终还是证明了,学校当初采取的措施是正确的。

五

事实上,周易回国后的教研之路并不顺畅,这从每年的考核评语里面就能看得出来——学术上虽然小有成果,教学方面却无大建树。系主任还在位时,大家碍于老教授的面子,许多话没人愿意拿到台面上来讲,可等他一退休,闲言碎语也开始登堂入室。有一次,汪副院长在例会上把话题扯开,特意讲了个《伤仲永》的故事,为了显示自己的古文功底,还背诵了几句"泯然众人矣"之类的话,然后干脆直截了当地说,天资高又怎样?关键还在于后天的培养。说完,她等了会儿,见没人附和,接着又说,照这么看来,纽约大学那点硕博教育也不过如此嘛。

小会议室里鸦雀无声。有人抨击一下年轻狂妄的副教授,同行们还是很乐见的,可把矛头带向一所常春藤盟校,大家难免都有点吃惊。汪副院长真是知无不言,尤其是挺起那两个大胸脯的时候,让人不由地在心里感慨——无知者就是无畏。

关于这点,汪亚蕾心里比谁都清楚,学院里的教授们从没把她这个副院长放在眼里过。在知识的殿堂里,知识分子除了看重名声与学识之外,还讲究传承与排资论辈。在这些面前,有时候连权力也不得不屈尊、放下架子,摆出一副笑脸来。

知识就是用来尊重的。老领导在她接到调令前就已事先提醒过了:到了新环境,要有新认识,地方上那一套,在知识分子堆里可是吃不开的。

汪副院长觉得有点委屈,但又无能为力。离开老领导小院的那天晚上,她沿着滨海大道一直开到没有路灯的地方,趴在方向盘上,平生第一次无助地哭了,也平生第一次深刻地体会到了,人情跟命运都是那么无常。这位初中数学教师出身的女干部,当过团支书、计生干部与乡镇长,在基层一路摸爬滚打,一次又一次奉献了青春与热情。有一回,在抗洪救灾中,她还跳进污水里整整泡了大半宿,被人拉上来时,一头昏厥在河堤上。这些事迹上过报纸,也赴全省做过巡回演讲。在后来的很多年里,她却一直停留在地市机关的副职上,来来回回在几个局里面打转,光文教系统就待了整整六年。汪亚蕾是有心再进一步的,老领导却一针见血地给她指出来,做人做事得两头兼顾,尤其是对手底下——一个干部如果处理不好下面的关系,往往就会在意想不到的时候打滑溜。

这也算是老领导的临别赠言。那晚,他破天荒地把女下属送到小院门口,告别时拉住她的手,一语双关地说,自己多保重吧,我也只能送你到这里了。

可这哪里是扶上马、送一程?去了大

学校园，还不照样停留在副处级的职位上？汪亚蕾心里明白，男人都是提起裤子不认人的东西，还忘不了拣漂亮话说。后来，她就更加明白了，人家这更是在为平安着陆打扫跑道呢。

不过，老领导的有些话她是记进了心里的，一到学院就主动组织了好几拨人的恳谈会，每次都推心置腹，声称这里是她的母校，这是她人生中的一次回归。她既是来为大家服务的，也是来向大家学习的。很有一种而今迈步从头越的谦逊与当仁不让。

周易一开始对这位女上司还是有几分好感的，不光因为是同乡，觉得她跟院校里的那些女领导不一样，说话干脆，办事也不含糊，风风火火的，而且举手投足总有那么一股子不同寻常的风情在里头，尤其是在院系一些论坛与研讨会过后的欢聚酒桌上，汪副院长很有种阿庆嫂的气势，八面玲珑，兵来将挡、水来土掩，每次喝多少都是微醺而不失仪态，穿梭在那些个老专家与老教授们中间。她到哪都像是一道清泉蜿蜒而过，既泉水可叮咚，又水过无痕。周易深知，那都是久经沙场操练出来的。女干部的沧桑与悲凉都掩盖在了她们绯红的脸颊后面。

有一次，陪同兄弟院校的几位同仁参观，在纪念馆门外的树荫下歇脚时，汪亚蕾一边喝着矿泉水，一边随口关心起了周易手头正在钻研的项目，说有什么困难尽管去找她，只要合理合规的，老乡不帮，她帮谁呢？

周易没往深里想，同样随口说他的忙谁也帮不上。说完，还在心里暗笑，女人当了领导就有点儿不知道天高地厚了。

汪亚蕾只是略显失望地扭过头去，一扬手里的矿泉水瓶子，大声招呼不远处的办公室副主任，问他水都发到每个人了没有？天气这么热，要让大家注意补充水分。

再次旧话重提是在副院长办公室。汪亚蕾专门泡了杯从家乡带来的绿茶，双手递到周易手里后，发出一声老大姐才有的不加掩饰的感叹，说她在这间屋子里办公也快大半年了，现在是越来越发现学院跟地方上不一样。

顺着她的思路，周易说学校里更单纯。

现在还有单纯的地方？汪亚蕾抿嘴一笑，顺势，一屁股挪到他身边，说在地方上的时候，只要有头脑、肯吃苦，多少会干出点成绩来，可学校里不一样，除了敬业，更需要的是专业。说着，她抿嘴又笑了，一拍自己那条藏在裙子与丝袜里的大腿，感叹道：可我那点儿专业，落下都有二十年了。

她学的那点几何代数也敢称专业？周易有心想笑，但忍住了，扭头看到的是副院长那张精心修饰的脸，文着眼线的大眼睛正像少女那样无辜地睁着，忽闪忽闪的，领子下面是挤成堆的胸脯。周易一下就嗅到了热烘烘的鼻息，里面还夹杂着那么一股淡雅的香味，像极了他曾送过婉豆的香奈尔五号。

女上司的魅力最终让人有点五味杂陈，很多时候对于一名男下属来说是远远超越了性别的。离开那间办公室后，周易沿着回廊走下楼梯，整幢行政大楼里静悄悄的。那会儿还是午休时间，每间办公室的门都关着，周易却每走一步都像踩在梦境里，直到出了大楼仍有点儿将信将疑，忍不住在大太阳底下驻足，扭头又望了眼二楼那扇紧闭的窗户。

为了刚才那一刻，汪副院长显然早有

准备。她内裤里头穿的是条开了裆的连裤袜，起身一边用餐巾纸擦拭时，一边用眼睛白着还横陈在沙发里的小伙子，依然是那副老大姐的语气，说，真是的，还教授呢，简直是个禽兽。

脱衣服的才是禽兽。周易仰着脸，满脑子都在回味那条开裆的连裤袜。发现除了彰显性感，它还有束身的功能，能替中年女人勒紧松弛的小肚子。于是，他笑嘻嘻地起身，从后面搂住她，手按在那块紧实的地方，低头嗅着她脖颈里那股香水味，说，我们都不是禽兽。哪有穿着衣服的禽兽？

别闹了，这是办公室。汪亚蕾推开他，转身帮着他把T恤衫塞回裤腰里，扣上皮带，才去打门保险。等到再次转过身来，女人的哀怨与无助瞬间凝结在了那双文着黑眼线的眼睛里。她说，你坐下，我有话跟你说。

汪副院长正襟危坐，说的是个院校里老生常谈的话题——有专业、有职称的教授们都想在行政岗位上再占个职务，当然是为了便于开展工作，而行政上的领导呢？特别是像汪亚蕾这样的，渴望的是在职务后面挂个职称，这也不光是个面子问题。她坦率地告诉周易，起步晚，终点近，她的机会不多了，但既然来了学院，就得有种归属感。最后，汪亚蕾回到她办公桌后面的皮椅里，意味深长地望着她的小老乡，说，其实，你也该想想了，我们两个是可以取长补短的。

原来，刚才不是一个中年妇女的意乱情迷，甚至连起码的半推半就都算不上。周易起身走到空调柜机口，心头那点荡漾的温存与得意一下被凉风吹散。他回头俯视着正仰望他的女人，看到的是她涌动在胸口的那团欲望与野心。

我又不是职称组的评委。周易淡淡地说，我怎么帮你？

你的团队需要我。汪亚蕾脸上又恢复了领导的笃定，柔声提醒他，你别忘了，我还兼着项目审批小组成员呢。

周易重新想了想，说他的团队其实都是他的学生，也就帮着做点演算与翻译的工作。接着，他故意吐出一连串的英文后，顿了顿，解释说数学研究不同于别的科研项目，有时候它就是一个人的冥想，一个人在迷宫里打转，然后抽丝剥茧，再把它们写成论文，靠的不是人多力量大。

女领导的脸躺在沙发上时没有泛红，这会儿反倒有点尴尬了，说为难就算了，她这也只是个提议。说完，她双手撑着办公桌起身，走过去、拉开门，眼睛回望着窗外那棵郁郁葱葱的老榕树，脸上挂着微笑，声音爽朗地说，那就这样吧，小周，你下午不是还有课吗？

关上门的瞬间，汪亚蕾就被自己的失望与愤怒淹没了，都有点要失控了。在门后靠了许久，屈辱才像汗水那样滋滋地从全身冒出来。这种感受，她不止一次地在权力面前体会过，没想到自己手底下的小老乡也是这样子，还知识分子呢？看来全天下男人都一样，都是一帮无情无义、只知道抹嘴吃白食的混蛋。在心里狠狠地骂了句后，她猛然拉开门，一头冲进卫生间里，只在走廊的地面上留下一串皮鞋声碎。

年轻的数学教授很快领受到一个女上司的报复，先是两年一评的科技领军人物，他连候选名单都没进去；接着是项目经费遭砍，还无端被查了几回账。周易不能不往心里去，但又有嘴莫辩，只能哑巴吃黄连，咬碎了牙齿自己往肚子里咽。

225

很多次，他靠在窗边那张躺椅里，出神地望着豌豆，都难免又会联想到那条无裆的连裤袜，心中无限的懊恼与悔恨只能化作对眼前的她更加无比的爱怜。这天黄昏，他仰起身，把豌豆轻轻地搂进怀里，脸深埋进她的秀发说，我会对你好的，我会爱你一辈子的。

懂事的女孩都善于在这种时候调节气氛。豌豆翻身跨坐上来，咯咯地笑着，说一辈子太长，她要只争朝夕。

暑期的长途之旅就在窗外的潮起潮落间确定。这是犯了错的男人能给予心爱女人最适当的补偿。第二天，周易花了一上午，亲自搜索路线，做好了攻略——他们将自驾先到柳州，然后横穿广西前往云南，再经云贵线绕道进入四川，最后到达稻城亚丁。那是恋人们的圣地，也是豌豆早已心驰神往之地，于他，这却是洗涤心灵、净化肉体之旅。

可是，意外发生在周末临时召集的一次会议上。暑期将至，上级照例要到访各个院系，无非是上情下达，与基层一线的教职员工们见个面，关心与问候一番，但这次在气氛上却略显不同。见面会被安排在小礼堂里，上级领导在主席台的正中入座，对着话筒稍作寒暄，就拿起桌上的发言稿，然后又重重地放回桌上，说他这次不想照本宣读，他要讲几句心里话。这些心里话，都是他长期以来在心里深思熟虑过的。

领导开口谈的是师德与教师的人品问题，洋洋洒洒，上下五千年，古今中外，领导把每个能想到的典故都例数了一遍后，抛出结论，重教先重德，作为一名知识传播者、学术研究者，业务能力强、专业水平高，没啥了不起的，他更看重的是人品，

但什么是人品呢？上级领导没有往下说，而是抬手看看表，说由于时间有限，他今天就说到这里，希望大家回去后多加自省。

他这是有所指的，就差指名道姓了。周易越回味就越觉得领导在台上的每句话都是针对他的。当晚，他憋着一肚子气去看望了退休在家的系主任。坐在老教授的书房里，他无可奈何地笑着说，我只是得罪了个女干部，没想到学校的男领导都专程赶来搞了这么一出。

你多心了。老教授伸手拍了拍他，让他要相信校领导，不管男女，领导们都是见过世面的，都是有眼界、有格局的，谁也不会针对一人一事的。

然而，年轻的数学系副教授却固执地认为这就是在针对他。许多事，他不便跟老教授明说，就在几周前学院的生活会上，汪亚蕾聊起了学校里的师生恋问题，同样不指名、不道姓，却把矛头直指周易。她笑呵呵地调侃有些同志是谈师生恋上瘾，当学生的时候专找年轻的女教师；自己当了老师，又开始找漂亮的女学生，兔子专吃窝边草。她倒要请问一下在座的男教师们：师生恋真的有这么吸引人吗？

众人哈哈大笑，小会议室里的气氛相当活跃，都已经有人在后面捅周易的腰眼了。他却在心里发出一声冷笑，说，汪副院长，这话你真不该问大家。

那我该问谁？汪亚蕾扭过头来，依然微笑着，点了点头，说，在这个问题上，小周老师是有发言权的。

周易在众人的哄笑声里，一指窗外草坪上那堆大师塑像，说，这问题，您可以去问鲁迅先生，也可以去问问徐悲鸿先生。

小会议室里又爆发出一阵笑声。周易收敛起脸上的笑容，说恋爱本身就是两个

人的事，是一个未婚男人与一个未婚女人间你情我愿的事情。师生恋也是合法恋爱的一种，它至少不是潜规则，至少这里面没有交易、也不存在什么裹挟。说着，他把目光落到那张饱满的脸上，忽然一笑，叫了声汪副院长后，站起身来，说，我就是你们说的那个当学生时谈过女教师，当了老师又谈女学生的，可学术自由、恋爱自由从来都是一所大学的风尚与传统，都是光明正大的，是可以拿到这台面上说的，这比起这幢楼里的许许多多的男女关系，它至少是见得了光的，至少它没有违背道德，也没有违反传统，更没有触犯法律。

这话的打击面就有点广了。小会议室一下变得肃静，每个人都在心里嘀咕，书呆子就是书呆子，说话太不知道轻重。倒是汪副院长，煞有其事地点了点头，说，小周老师说的是。说完，她面向众人，抿嘴一笑，又说，小周老师的情绪今天好像有点激动。

笑声再次在小会议室里响起，一切又显得那么的云淡风轻。

从专家楼里出来，夜已经很深了，周易更加确信无疑，那双无裆的连裤袜里曾招纳了很多人。他们像云雾一样飘渺不定、若有似无，却随时随地可以从中伸出一只巨大的手来，扼住你的喉咙。

经过那排女宿舍楼时，他掏出电话打给婉豆，让她快点下来，一起去学校后门吃烧烤。

我困了，想睡觉了。这些日子，婉豆一直忙于她的毕业论文，同时还得为考研做准备。这也是周易给她的人生规划——只有学习才能使人进步，想要成为一名金融分析师，最佳的途径是念完数学本科，再去读金融系的研究生。周易曾认真地对她说——既然你本科念了金融，那就得把数学补上。金融分析的本质就是逻辑思维，而数学是培养这种思维的最佳途径。

学校的后门外有条步行街，顺着山坡在树丛间蜿蜒起伏，一到晚上就更像是座天上的集市，星星点点的，好些商铺的门口还挂着红灯笼，尤其到了周末。

婉豆穿着一条睡裙来到他们常去的那个烧烤摊时，周易已经破天荒地喝掉了两瓶啤酒。他仰着脸，眼神清醒地看着恋人，咧嘴一笑，说，我知道你会来的。

婉豆知道，男人在这种状态下通常是有话要说，就知趣地说，你喝酒，我必须得陪着你。

可是，周易什么都没说，而是婉转地讲了个故事。他伸手一指远处影影绰绰的学校，说那座围墙里面就是个鸡圈，成筐的鸡蛋在这里一起被孵化、一起破壳而出，为了那把饲料还一起你争我夺，这就叫竞争。这也没啥不好的，可现在问题来了，当这个鸡圈里的一只鸡逐渐长成了鹤，开始鹤立鸡群，那他就应该离开这群鸡，去找到那群鹤，与鹤同行。

你是在说你自己吧。婉豆嗤地一笑，说，你就是那只鹤。

问题是这只鹤偏偏又飞回来了，那他注定要被啄得遍体鳞伤。周易看着她，你说，我该怎么办？

婉豆想了想，说，要是我啊，将来要是有机会命名自己的公式，我一定叫它"鸡鹤定律"，就用它来纪念这些恶心的人跟事。

周易发出一声苦笑，说有时候他真觉得自己就是那个堂吉诃德，都不知道跟自己对阵的那个人是谁？你跟他们讲专业，他们跟你讲道理；你跟他们讲道理，他们又跟你讲道德；等到你也跟他们讲道德了，他们又讲的是情怀；最后还告诉你一句，这是组织的决定。他抓起酒杯，用啤酒漱了漱口，用力吐到地上，总之是一句话，他们要搞你的时候，只需要说一句"据人反映"就行了。

她不就是想在论文上沾点儿光、混个职称嘛……婉豆说，好歹人家是个副院长，让她进来，还能省去你许多别的麻烦。

你怎么知道？周易吓了一跳，吃惊地看着她说，谁告诉你的？

这还用人告诉吗？你们办公楼里的那点儿事谁不知道？那就是一层窗户纸。婉豆笑了，现在哪个团队里没几个滥竽充数的？你就当她是个保洁阿姨不就行了？

问题是，这个保洁阿姨会把一块本来挺干净的地方搞脏。周易说他就是个搞科研的，科学终极的意义不在于发现了什么，而是怎样的去伪存真。他还说他知道自己不是个高尚的人，但总得给自己划一条底线。最后，他对婉豆说，华尔街上有世界上最大的证券交易所，我在纽约的导师还是好几家投行的独董呢。

这跟我有什么关系？婉豆明白他要干什么了，说，我学的又不是国际金融。

只要你肯下功夫，现在还来得及。

我不是你。她抿嘴一笑，低下头去，说，我知道自己几斤几两。

没试过，你怎么知道不行呢？

不用试。婉豆仰起脸，再说，我家里也没这个条件。

你有我。周易说，我们一起离开这里。

婉豆看他的眼神开始有了变化，在烧烤摊昏暗的灯光里，就像看着一只远在天边、遥不可及的白鹤。

六

学校的国际交流中心其实就是家三位一体化的宾馆，跟校区隔着两个路口。每年暑期，这里都会举办两岸三地的学术论坛，只是这一次，周易没有参加。他是一直等到会议日程都发下来的第二天，才拿起电话请的假。

论坛的负责人竟然一点儿都没有挽留的意思，只在电话里敷衍了声，可惜了，多好的一次机会。说完，又补了句：那我先祝周老师旅途愉快。

挂掉电话，周易耳朵里都能品尝到人情的凉薄，扭头见婉豆坐在桌边正仰面看着他，就笑了笑，把手机往裤袋里一塞，故作轻松地说，反正就几天的会议，事情办完我们就出发。

婉豆看着他，说，如果不是你想的那样呢？

周易走到桌子的另一侧坐下，拿过那份会议日程，翻到住宿人员那一页又看了一遍，说，那就当什么都没发生过。

按照惯例，论坛的第一天是报到，晚上聚餐，然后大家自由活动。那天晚上，婉豆坐在国交中心的大堂吧里，开着手提电脑，叫了杯花茶，一直坐到周易来电话才离开。她有点庆幸，甚至希望在余下的三个晚上那人都不要出现。

可是，就在第二天晚上，那位在主席台上大谈师德与人品的校领导来了，穿着短袖衬衫，手里提着公文包，进了大堂直奔电梯，那模样就像是外出应酬归来的住客。婉豆赶紧起身跟上去，跟着他一起进到电梯，随手按了个九楼。

校领导有点犹豫，看了她一眼，伸手

按的是十楼。

婉豆发现他看上去比校网站上的那张标准照里要老一点、胖一点，也黑一点，就抱紧怀里的笔记本电脑，低头看着自己的脚尖。

校领导忽然问了句：你是来参加学术论坛的？

婉豆忙抬起头，背了句韩剧里的台词：김삼순입니다（我是金三顺）。

好一会，电梯门总算叮地一声滑开。婉豆站到了电梯厅里，才敢长长地呼出一口气来。看着门边那盏上行的指示灯，她又长长地吐出一口气。

校领导很快从步梯下到九楼，站在走廊上两头看了眼，才提着公文包，一边走，一边对着手机轻轻地说了三个字：我到了。

后来，婉豆还是不放心，踮着脚尖走到他进去的房间门口，确认了上面的门牌是905后，才扭头就跑，下到电梯，一步小跑着离开酒店。穿过马路，一直跑到停着的一辆越野车旁，拉开门，喘得都快说不出话来了。

周易倒是很冷静，取了瓶水，拧开给她，然后随手拿过那台笔记本，敲了好一会儿的键盘，戴上耳机，对着麦克风，通过网络电话先打给校领导的家里，接着是汪亚蕾的老公。他想了想，索性又拨了个110，只说了一句话，简单明了——城南区教工路996号国际交流中心905号房间里有人吸毒。

见婉豆惊讶地看着自己，周易笑了笑，说，我怕警察不重视。

你没跟我说过要报警。

我是怕万一，打蛇不死随棍上。周易说婉豆还得在这里读两年研究生，按照他的想法，将来最好也能留校。等评上了职称、积累了人脉再出去，再去实现她金融分析师的梦想，那会少走很多弯路。他拉过婉豆的一只手，在昏暗的车厢里看着她，说，我不能让这对狗男女成为我们将来的绊脚石。

他都说到将来了，婉豆的心一下就化开了，把头靠在那条胳膊上，满是同情地说，你说，他们会不会是真爱？那可是学校的交流中心，他们也太不顾一切了。

这叫色令智昏，欲望就是用来冲昏理智的。周易笑了，凑过来索吻。

你才色令智昏呢。婉豆一把推开他，说，记住，到了广西你得连着三天请我吃酸汤鱼。

我保证。周易伸起三根指头，说，每天早上还外加一碗螺蛳粉。

我才不要闻那味道呢。婉豆一拳打在刚靠过的肩头。

警车就是在两个人嘻嘻哈哈、打打闹闹时赶到的，警灯无声地闪着。周易调直椅背，说，好吧，我们今晚就出发。

第二天，他们的车还在高速上，学校那些大大小小的群里就炸开了锅，接着是城里的论坛，网友把什么都扒了出来、贴了上去。两个人的姓名、职务、生活照、证件照，当然还有现场草坪上的几张照片，血淋淋的，打满了马赛克，比新闻报道都来得详尽——警察进入房间时，校领导已经从躲着的窗台外面掉下了九楼，身上只穿着条短裤。他那个时候竟然还不忘拎着那个公文包，摔出了老远，后来是清洁工在花坛里发现的。

周易的脸白得就像一张纸，双手紧抓着方向盘，只顾驱车朝着高速公路的前方疾驶。

我们回去吧。婉豆说，我们回去自首。

周易不作声，连眼睛都没有眨一下。

你听见没有。婉豆说，我们是可以说清楚的。

我们去说清楚什么？周易终于开口，说，这只是一起偷情引发的坠楼。

警察会找到我们的。婉豆说，你那个网络电话用的是我的IP。

我登的是虚拟网络池里洗过的海外基站，再怎么都不会查到你电脑上。

婉豆一下睁大眼睛，瞪着他，说，你早知道会有这结果？

怎么可能呢？我只知道首先得保护好我们自己。周易说着，减缓车速，靠边停在应急车道上，扭头看着婉豆，说，你先冷静一下，不会有事的，再过几个小时就到桂林了。

那是一条人命。婉豆这辈子都没这么大声地对人吼过。

那是天意。他为什么要爬出去？他不爬出去就不会掉下去。周易说完，使劲地搓了搓脸，又说，我们都冷静一下，我们现在不要急着做决定，好吗？

桂林山水甲天下，阳朔山水甲桂林。他们入住的民宿在阳朔城外的半山坡上，沿着山道往下走就是漓江的支流，此刻正像面流淌的镜子，倒映着天空与山峦。周易来过不止一次，老板娘记得这位喜欢在江里夜泳的年轻教授。她这里的房间满了，但没关系，她会去村里调剂一间。老板娘见两人的神情都有点不一样，就说，路上累了吧？累了先去我房里憩会，吃晚饭叫你们。

婉豆睡不着，也吃不下，蜷缩在老板娘的床上，把手机里那些帖子翻了一遍又一遍。

去吃点吧。周易说，我让老板娘做了酸汤鱼。

婉豆没出声。

周易又看了她一眼，起身拉开窗帘，推开窗户。暮色中的天空里有抹诡异的红。他回到婉豆身边，坐了会儿，把她扳过来，说，你想呀，如果真有事，我们的电话早该打爆了。

你说我们没事就没事了吗？婉豆在枕头上眼神清冷地望着他，又说，两个家庭就这么一下子都毁了。

周易嘴角动了动，却没能发出声来。后来，他俯身下去，发现婉豆的嘴唇潮湿而冰凉。他们的呼吸是一点点热切起来的，还夹杂着丝丝汗水般咸涩的味道。周易起身要去关窗，婉豆紧箍着他，不让，也不出声。他们的做爱就像一场沉默中的对抗。

事后，婉豆还是没怎么说话，顺从地起床，出去吃饭，尝了点儿老板娘家里自酿的米酒，把行李搬进村里竹楼上的一间小屋。月光之下，到处影影绰绰的，到处是昆虫鸣叫的声音。这样的夜晚注定是个不眠之夜。

周易撩开风吹在她脸上的头发，说，去床上睡吧。

婉豆没有动，很久才在门口的躺椅里睁开眼睛，出神地凝望着半空中的那轮月亮。他们都想对彼此说点什么的，但最终谁都没有开口，只是默默地起身，回房、上床。

周易在蚊帐里伸手搂住她，婉豆就由他搂着，一动不动，直到汗水从身体的各个部位冒出来，还是一动不动。可以说，她是听着周易重新下床的，听着他把自己脱光，换上泳裤，赤着脚，提着拖鞋，悄无声息地离开。她都能听到他脚底踩在山道石板上的声音，一步步远去，她就是不想睁开眼睛。

月光下的江水有种令人恍惚的暗淡与静美，几只竹筏靠在岸边，好像世界从来就是这个样子。婉豆一个人在河滩上走了会儿，拨了周易的电话，然后循着铃声找过去，很快在竹筏上见到了他的拖鞋与手机。

在学校时，周易几乎每周都会去游泳，要么去海边，要么去学校的游泳馆。有时，婉豆也会陪着他，但自己从来不下水。她讨厌任何的水，哪怕是盛在洗手池里的自来水，都会让她想起那个能把肺咳出来的童年。可是，这里不一样。这里的水，就像温暖的冰，不仅倒映着天上的月亮，还能让人有种踮起脚尖想去上面跳舞的冲动。

婉豆在竹筏上蹲下来，想把倒影里的自己看清楚，这时周易的脑袋哗地一下从水里冒出来。他伸着手，说，下来。

婉豆摇了摇头，说，你上来。

周易踩了几脚水，说，你下来，我带你去对岸。

婉豆看着他，又摇了摇头，说她已经想好了，明天就回去，跟警察把事情都讲清楚。她说，要不然，我们这辈子轻松不起来。

周易划过来，双手扒着竹筏，好一会儿，才问她想过这样做的后果没有。婉豆说想过了，她可以去考别的学校，再不行干脆直接就业。

这种事情一旦公布，你觉得还有学校会招你吗？周易仰脸看着她，说，就算你将来就业不成问题，那我怎么办？我还能留在学校里吗？我研究了两年的课题怎么办？你为我想过吗？

婉豆说，你可以去美国。

那我们一起走。周易哗地一声撑出水面，爬上来，在婉豆身边坐下，然后拿过手机看了眼时间，就打开通讯录，一边翻找，一边说他可以去请他在纽约的导师帮忙，以实验室的名义先给婉豆发份邀请函，这样办签证应该不成问题了。到了美国，他们再想别的办法。

婉豆静静地看着他，一直等他说完，才开口轻轻地说，我从没想过要去美国。说完，她想了想，又说，我不会去那么远的地方等着你抛弃我。

你说什么呢？周易盯着她，说，你竟然会这么想？

我是想明白了。婉豆抓起裙摆，顺势在竹筏上坐下，两条腿伸进水里，抬头望着天上的月亮，说，有些事情是不会有结果的，我们都得面对现实。

我讨厌现实，你别跟我说现实。周易站起来，想要看清她那双仰望的眼睛。他说，你就为了那两个跟你毫不相干、罪有应得的人？

婉豆没有说话，扭头避开他的目光。

周易忽然一头扎进水里，水花溅了婉豆一身。他一口气游到河中央，又反身游回来，用双手捧着她的脚，把脸贴在上面，很久才说，你是上天赐给我的礼物，我不会让你离开我的。

婉豆的心又有了化开的感觉，一圈一圈的，像水里的涟漪。她事后都没记起来，自己是怎样跟着他下水的，身上还穿着那条睡裙。

周易在水里抱住她，说，我不许你再说分开的话，连想都不行。

婉豆顺从地点头，说，那你听我一次，我们明天回去。

黑暗的河面上，周易的眼神里有种让

人心碎的忧伤，湿漉漉的，像水又像泪。他开始亲吻婉豆的脸颊与嘴唇，带着她像两条游弋的鱼一般动起来。

婉豆是一下意识到的，她在水里睁开眼睛，却什么也看不见。她拼命地踩水，拼命地想要挣脱那双摁住她的手，但是一张嘴就有无数的水灌进体内。在漆黑无边的水底，她唯一能做的就是紧抓着那双摁住她的手。她只想看清楚那张近在眼前的脸，可只能看到无边的黑暗。

她唯一能做的就是挣扎，在漆黑的水底。

后来，婉豆爬上河滩，趴在那些石砾上很久才哭出声来。她想起远在家乡的父亲，那个偏执而迷信的男人，为了治疗她的哮喘，刚会走路就逼着她去游泳，还曾多少年如一日地陪着她。两人一起把脑袋浸没在脸盆里，练习憋气。父亲说这是他们林家祖传的秘方，他小时候也是这么治好哮喘的。

第二天，村民找到了周易的尸体。他的一只脚卡了在河底的两块山石间。很快，警察来了。又过了一天，学校也派人来了，接着是他们彼此的父母。婉豆蓬头垢面，两眼红肿，坐在屋里始终不发一言，身上穿的还是那条湿透又干透的睡裙，直到警车把她带进城里才开口。

她翻来覆去说的就是那些话——她醒来的时候他不在身边，但她知道他去游泳了，他喜欢游泳，她也喜欢看他游泳，就找去了江边。婉豆翻来覆去说，他说他要带我去对岸。

警察问她：去对岸干什么？

婉豆说，他说他要带我去对岸。

警察又问：你们在水里都干什么了？

婉豆直愣愣地看着警察，直到泪水再次蓄满眼眶。她同样问自己：我们在水里干什么了？想了很久以后，她说，水里有很多手，每一朵浪花里长着一双手。

手？警察盯着她看了半晌，不问了，让她先回宾馆好好睡一觉，不行的话，就上医院让医生看看去。

可是，婉豆只想去看他最后一眼，不为别的，就觉得自己必须得去看这么一眼。警察不同意，她的父母也不同意。共同的经验告诉他们，这种时候，是最容易情绪激化的时候。

婉豆不管不顾，她的情绪一直都在激化之中。她几乎是冲进火葬场的，找了一间又一间。

是周易的母亲用胸脯挡住了她。悲伤欲绝的女人无力说话，能做的就是伸出手指，颤颤巍巍地指着她进来的门口。

婉豆同样摇摇欲坠，在母亲的臂弯里，她都快要跪下了。

女人的一个耳光啪地抽在她脸上。丈夫赶紧上前拉住妻子，还有一个箭步跨上前来的婉豆的父亲。

场面眼看要失控，婉豆倒是很冷静，轻轻地从母亲的臂弯里挣出来，上前轻轻地叫了声阿姨，对她说，要是躺在里面的人是我呢？

悲伤的女人终于闭上眼睛，在丈夫怀里吐了三个字：让她滚。

婉豆从进来的那扇门里出来，身后响起了女人的哭声。她直挺挺地走下台阶，一动不动地站在烈日下，仰着脸，像是在问太阳，又像问她的父母，还是那一句——要是躺在里面的人是我呢？

跟在她身后的父母面面相觑了好一会儿，才从她的后脑勺上达成共识，女儿受的刺激不轻，一定不能让她再受刺激了。

婉豆是转身一头扑进父亲怀里的，抱得那么紧，像要把整个人都嵌进去那样，眼泪鼻涕，全沾在了那件灰T恤上，弄得当父母的站在大太阳底下，越发无措，越发揪心。

事实上，那年暑假里还发生了另外一件事，同样足已影响到一个大学应届毕业生的一生。婉豆坚决不跟父母回家，那天她在这座陌生的县城一路走到黄昏将近，才进了一家理发店，出来后，对跟着她的父母说，你们打算这么跟着我一辈子吗？

父亲叫了声婉豆，说，你得让父母放心哪。

婉豆看着他们，摇了摇头，说，你们跟不了我一辈子的，谁也跟不了谁一辈子。

那天黄昏，婉豆剪掉了那头披肩长发。她站在房间的莲蓬头下一直洗到天色黑尽，然后仔细地吹干头发，对着镜子仔细地化妆。然后，穿上她最漂亮的裙子，从卫生间里出来，第一次对看着她的父母笑了笑说，这么多天了，我们吃顿好的去。

这就对了，生活还是得继续嘛。父亲一拍大腿站起来，这个小镇上的电影放映员有时说话就像在背电影里的台词。

除了那双红肿的眼睛，婉豆的脸上已经看不到悲伤，只是有点呆滞。她点了一大盆酸汤鱼，等菜上来后，父亲忍不住嘀咕了半句——这么大一盆……就马上刹住。

婉豆让他们都别动，一人给他们盛满一碗后，说尝尝看，这是她最想吃的酸汤鱼。她从小时候在电视里看过一回后，就一直在想念这个味道，果然跟她想的一模一样。

夫妻俩端着碗，又面面相觑，疑惑女儿是不是在犯糊涂，电视里做的菜，怎么尝得出味道来呢？

这时，婉豆咧嘴一笑，问他俩这几天没吵架吧？但马上一摇头说，你们也不可能吵，这七天，你们都在忙着看住我呢。

母亲起身，往她碗里添了勺鱼片，说，妈看着你吃，这几天你都没怎么吃饭。

婉豆很听话，低下头专心致志地吃鱼，把嘴里的鱼刺用手小心翼翼挑出来，放在桌上，直到把碗里的酸汤都喝完。她忽然叫了声爸妈，说，你们这婚到底还离不离？

父亲一下搁下筷子，看了眼妻子，说，你怎么了？

我念高中那会儿，你们两个天天掐着嗓子在房里吵，一吵就说等我上了大学就离婚，现在我四年的大学也上完了，你们不想离，就好好地过。我再读两年研究生，将来要工作，还会成家，我是不可能回那镇上了。隔着餐桌，婉豆看着他们，又说，你们看，在这里的七天多好，你们心里只想着一件事。

母亲也放下筷子，和颜悦色地说，父母的事你不要管，你也管不了。我们半辈子都这么过来了，我们只要你好好的，比什么都好。

你们明白这道理就好。婉豆也和颜悦色地让他们放心，她是不会让自己有事的，人也不可能把一辈子都过成一天的，她要回学校备考，她还有很多事情要做。

这就对了。父亲伸手一敲桌子，说的还是那句——生活还得继续的嘛。

这天夜里，婉豆睡到后来关了空调，趴在床上，让汗水与泪水尽情地流出身体。漆黑的屋里没有一丝光亮，也没有一丝声音，就像那个漆黑的水底。这些天里的每个夜晚，她都在反复地想，就是想不明白，周易为什么要溺死她。她只记得那双把她摁入水底的手，它们硬得就像两块铁。她

233

紧抓着它们,就想把眼前那张脸看清楚,哪怕只看一眼,直到它们无力地松开,她还紧紧地抓着,直到吐尽自己胸腔里最后一口气……

婉豆仍然没能看到那张脸。她的眼里只有无尽的黑暗。

七

县城的南街两侧群山林立,晚上在一片灯火之下,很像他们学校后门的那个街市。婉豆并没有像自己说的那样返校备考,她在校园论坛与那几个群里早就发现了,自己跟那位汪副院长一样,已经成了这个暑期学校里最大的两个瓜,让人啃得津津有味。有篇帖子甚至把她描绘成一个索求无度的女人,是她的情欲葬送了一位天才的数学博士。

更有甚者,几乎日夜都有莫名其妙的电话与短信,有骂她的、有安慰与同情她的,甚至还有求爱的、要为她维权的、替她辩白的。为此,婉豆换了号码,到后来索性连手机都不开了,只是世界决不会因此变得宁静。

Rangers开在南街的尽头,晚上是家酒吧,白天也售卖咖啡与简单的创意菜,门口挂满了酒瓶,风一吹过就发出风铃般的声音。刚开始时,婉豆是来应聘白班服务员的,这里包吃包住,她得挣钱先让日子过下去。住在后院的那个小阁楼上,某些片刻她甚至还想过,在这种遍地是过客的地方过完她的一生。

只是人的一生太漫长,有时长得第二天醒来,要花很久才能想起自己身在何方。

用琴姐的话说,不把心里的那些石块搬开,人的灵魂永远别想透气。

这个自称来自内蒙古大草原的女人,据说曾经是个小有名气的摇滚歌手,现在每天束起长发,穿着蜡染的长裙,蹲在Rangers门口喂食街上的流浪猫,到了晚上就坐进吧台,陪客人喝酒、聊天、摇骰子。有时一时兴起,也会抱着吉他,在麦克风前自弹自唱一曲。

不过,婉豆没几天就发现了,琴姐不只是卖酒与卖唱,偶尔她也会售卖一下她自己,就在后院她那间卧室里。这在酒吧乃至整条南街都不是什么大秘密。琴姐从来都是大大方方的,婉豆在走廊上撞见两人从屋里出来那晚,她也只是笑笑,主动招呼婉豆,问她是不是让前面的声音吵得睡不着觉?她说睡不着,就去坐坐。见婉豆又看了眼那个男人的背影,她还是笑了笑,也望了眼那个很快消失在走廊尽头的背影。

前面陪酒的那两三个女孩都不是固定的。她们有时来,有时不来,有时带着客人一起来,喝一会没劲了,又转去别的酒吧充当顾客,反正都是计价提成,第二天傍晚来结账。婉豆不会喝酒,也不会聊天,坐在那里只能充当游客,也是按时计价,日结日清。

你这哪像在泡吧。桑叶第一次过来搭讪时就说她:你坐到现在,脸上只写着四个字……等了会,见婉豆仍没拿正眼看他,他才咧着嘴,露出那口雪白牙齿,说,你知道是哪四个字?

婉豆仍然没有理他,主要因为他不是顾客,他是这里的驻唱。每晚抱着吉他,在那里对着麦克风唱一会,喝一会啤酒,跟顾客们打一会趣。桑叶是个看似很开朗的年轻人,对每个人都笑呵呵的。他皮肤黝黑,令牙齿看上去更加洁白。有一次,他仰着脖子喝完半瓶啤酒后，拨了好一会琴弦，唱起了那首《在那遥远的地方》。

这么年轻的一个小伙子，竟然能把这首歌唱得如此忧伤与荡漾。婉豆都不知道自己是在什么时候流泪的。她在歌声里又想起了周易，曾经有很多次，他同样哼着那段副歌里的曲子，眼望远方，让婉豆每次都像听到了他心中的那些前尘往事，但她只是轻轻地问过一次：你心中的那位好姑娘是谁？周易出神地看着他，说，除了你，还能有谁呢？婉豆说，可我就在这里。周易揽她进怀，说远在天边，才会近在眼前。

那晚，婉豆破天荒地去吧台又要了瓶啤酒，桑叶跟着过来，一本正经地对她说，以后我再也不唱这歌了。婉豆看了他一眼。他低下头说，我不知道它会把你唱哭。

原来他一直在留意自己。婉豆还是没搭理他。

琴姐特意提醒过，要她少搭理那小子。婉豆问为什么？她翻了翻眼皮，说，他跟你不一样，他们山里人野着呢，太随便。

婉豆当时就在心里想，他再野能有你野吗？他再随便，能有你更随便？她只是嘴上不说。

桑叶有时白天也来店里，要么去后面帮厨，或是蹲在街上喂那些野猫。有时，他也会坐在门口发呆，一坐就是大半天，抱着那把破吉他，任凭阳光无遮无掩地照在那张皮肤黝黑的脸上，眼望着远处的群山。他的眼光清澈而沉静，就像漓江那些透明的水。

他说他的家就在那些山的后面。有一次，他还对婉豆说，他之所以叫桑叶，是因为他有个哥哥叫桑树。

婉豆觉得有点滑稽，忍不住说，你要是再有个姐姐的话，那就该叫桑果了。

你怎么知道的？桑叶笑着，又露出了他洁白的牙齿，说他真有个姐姐，而且真的就叫桑果。

婉豆在这些日子里终于第一次有了笑容。

那你呢？桑叶问她有几个兄弟姐妹。

婉豆又闭嘴了。

有一天，桑叶坐在 Rangers 的招牌下，在叮叮咚咚的酒瓶声里，面朝阳光，旁若无人地一首接着一首弹唱。那些都是他自己填词谱曲的歌，他把它们记在一个破旧的本子里。他把那个本子交到婉豆手里时，竟然笑得有点羞涩，说像他这样的山里人，念的书不多，他从来没有把这些给人看过，今天也是第一次从嘴巴里唱出来。

婉豆不相信他一次都没唱过，就说，你不唱怎么知道好不好听？

我在心里唱过。桑叶认真地说，我每天都在心里唱自己的歌。

婉豆说，那你为什么要给我看？

桑叶又有点羞涩了，扭过头去，快速地拨动琴弦，扯着嗓子唱了起来。

桑叶的确没念过多少书，这从那个本子的字迹上可以看得出来。婉豆完全是被他那种天生的才华打动，专门去买了本硬面抄，零零整整的，花了两天把上面的歌誊抄了一遍，又改正了一些别字与错字，尤其到了最后那首《窗边的你》。婉豆看得出来，那是写给她的——

那天晚上我看见了你的泪花
在人来人往的地方
你是在想念那个不曾去过的远方
那里是不是有一个难忘的他
请让我为你歌唱

在这么喧闹的晚上，人来人往
我多想成为那个远方的他
虽然不能在你的身旁
我多想为你推开那扇紧闭的窗
跟你一起去看世界的繁华
……

婉豆马上又想到了，这一本子的情歌，他得遇见多少的女孩？还得被她们打动过多少次？

这天到了晚上，她一进酒吧就把破本子交还给桑叶。他低着头，随手塞进挎包，说他过两天就不在这里唱了，他要回家了。婉豆"噢"了一声。桑叶想了想，仍然低着头，说家里开了间民宿，要他回去帮忙。

婉豆又"噢"了一声，见他去吧台拿了支笔，在本子上歪歪扭扭地写下个地址后，接着又写了个电话号码，用力撕下来，但她没有伸手去接，而是看着他把那张纸放在桌子上。

桑叶出人意料地叫了她一声姐，然后一脸茫然地看着她，说，你迟早是会走的，这个地方不属于你这样的人。

说完，他回到麦克风前，坐在那里，沙哑地唱起了那首《窗边的你》。

婉豆决定离去那天，琴姐正蹲在街边喂猫。她头都没抬，就像在对那几只野猫说，丢了的魂是找不回来的。

婉豆愣了愣，蹲下身问她：你说什么？

琴姐这才瞥了她一眼，说，别为了几句歌把自己给弄丢了。

像是一下让人戳到了痛点。婉豆呼地站起来，张了张口，却最终没能说出来。她扭头就走，沿着这条南街，一边走，一边只能在心里对自己说，她要找的决不是几句歌，也不是为了一个人，她只是想在一个陌生的地方，谈一场短得不能再短的恋爱，哪怕短得就剩一夜，哪怕第二天醒来就像破鞋那样让人抛弃。她只想让自己的心再痛一次，然后用新的痛楚去掩盖旧的伤口。

可是，桑叶并没有在那个叫小瓦坪的村庄里。婉豆坐了大半天的车，到达那个长着一棵老榕树的村口时，太阳都快落到山的那一头。她有点后悔，也开始有点后怕，开机，打了那张纸上的电话，孤零零地等了好一会，才见一个女人从村子里匆匆赶来。

她应该就是桑叶的那个叫桑果的姐姐，只是皮肤并没有像她的弟弟那样黝黑，牙齿也没那么洁白。她不由分说，接过婉豆的行李箱就往村里走，一边说桑叶去了县城，要明天才能回来。婉豆说她就是从县城里来的。女人说他弟弟去的不是那个县城，而是东头的平乐城，他们这个村子的南面还有个荔蒲县，要是放在以前，这里可是个三不管的地方。她说，不过现在好了，现在村村都通公路了。

婉豆从没见过这么破落与幽静的村庄。路的两边长满了青苔，沿着墙根都快爬上屋檐。好在路上碰见了几个游客，背着登山包，三三两两的，有男有女，有的举着相机在拍照。女人的脚步不停，嘴巴也没闲着，时不时地跟那些人打招呼，提醒他们要搭车回住地的话，得抓紧点了。原来，这些都是她的客人。婉豆提着的那颗心到了这时总算开始放下。女人一路上还告诉她，村里的年轻人都去了城里打工，只有她是出去后回来创业的。她还说等明天让桑叶带着到处去走走看看，这边的景色都是原生态的，在别的地方还真不一定见得着。

事实上，他们的住地离这村子并不算远，就隔着一个小山头，但翻过去却得绕很长一段路。好在搭车的那几个背包客，一路上有说有笑的，那种快乐就像一家人在郊游。只是，婉豆更留意车窗外的风景，青山绿水在苍茫的暮色里，多少让人觉得心事重重。

那幢民宿看上去就像排刚翻新的仓库，收拾得倒是窗明几净，院子里种了许多花草与蔬菜，一看就是不经设计的，充满着农家气息。婉豆跟着众人进去，就见一个腆着肚子的男人站在门廊边打电话，嗓门不大，谈的生意却不小，开口闭口就是好几十万。他看了眼婉豆，捂住电话，招呼老板娘，让她再去杀只鸡，等会儿他要请大伙喝炖鸡汤。

晚上，院子里燃起了篝火。婉豆没想到这么普通的一幢民宿里，竟会住着那么多人，他们中的好些个人还那么热情高涨，赤着脚在院子里载歌载舞。在通红的火光里，婉豆是猛然意识到的，呼地站起来，转身回了房间，发现她的笔记本电脑没了，所有能证明她身份的证件连同钱包都已不见。

她刚掏出手机，就见那女人已经站在门口，看着她，说，这边信号不好，明天我带你上外头去打。

婉豆看了她一眼，随手把手机往桌上一丢，靠在床上，说，你不是桑叶的姐姐，你们是同伙。

女人示意身后跟着的小伙子离开后，走进房间，在床沿上坐下，劝婉豆不要害怕，这里没有人会伤害她的。说着，她拉起婉豆的一只手，说大家到了一个屋檐下，就是兄弟姐妹，既然是缘分让他们走在了一起，那就一定要相信明天会更好。女人接着还让婉豆一定要相信她，他们跟那些非法的传销组织不同，他们之所以会成功，因为他们都明白，只有团结一心，才会其利断金。她要婉豆一定要明白一个道理——赚钱靠大家，才会幸福你我他。

一口气说那些几个一定后，女人见婉豆在床上像是睡着了，不禁有点诧异，只好起身说，那你好好睡一觉。说着，她顺手收走了桌上的手机，走到门口，想了想后，回过头来又说，我姓王，是给大伙管后勤的。说完，她又说，明早起来记得找我，我带你去给家里报个平安。

这时候，院子里的歌声停了，很快传来一片口号声——忠诚合作、积极乐观、开拓进取、勇往直前……

第二天，婉豆主动找到王姐，主动搬去了集体宿舍。她觉得还是跟那些女人们住在一起安全些。

其实，所有传销的套路都差不多，先让你宾至如归，接着开始洗脑，没日没夜地给你上课，一遍又一遍重复他们的理念，用一个又一个的故事灌满你的脑袋，让它一刻都不得空闲。然后，逼你交会费，再出去发展下家与推销他们的产品。这些婉豆都知道，在学校里她就研究过好几个案例，还专门对照了金融与保险产品的营销方式，找出两者间的许多共同点与不同点，并进行过系统的分析。

负责授课的邱老师也发现了，这个女孩子跟别的学员不一样。他投身传销事业将近十年，从没见这么温顺听话的学员，而且还那么的年轻与漂亮。婉豆不仅每堂课听得认真，笔记做得尤其仔细，许多关键的地方，下面都划着双杠线、标着注解。

为此，他专门找婉豆谈了次心。沿着小院的围墙，转了一圈又一圈。邱老师腆着那个滚圆的大肚子，用赞许的目光看着他的女学员，再次重申，你跟他们不一样，你是大学生，你有文化，有知识，你将来一定会前途无量的。

婉豆低着头，谦逊地说，都一样的，我们都是您邱老师的学生。

邱老师优雅地摆了摆手，说，长江后浪推前浪，你要相信我的眼光，你迟早会超越我这个老师，成为这个行业里一颗闪亮的明星。

婉豆抿嘴一笑，又低下头去。

一周的课程眼看要结束的时候，邱老师在课堂上作出了一个大胆的决定，让大伙鼓掌欢迎小林同学上台来讲一讲，跟大伙谈一谈这些天里的学习心得。说完，他就笑呵呵带头鼓起掌来。

谁都以为漂亮的小姑娘会怯场，但是婉豆没有，上了讲台还大大方方地冲大家鞠了个躬。只是，她没有讲自己的感受与体会，而是把一堂金融产品的营销与个人综合理财分享课搬了上来，足足讲了四十多分钟。虽然，学员们都没听明白，邱老师却看出来，在心里反复对自己说了四个字：人才难得。

当晚，他又找婉豆在院子里谈了一次心。当老师的连她今后的人生都给规划好了，还是得从基础的销售做起，万丈高楼平地起，怎样从群众中来的，就怎样的到群众中去，学习经验，积累人脉。他伸出两根手，说，不出两年，你一定会做到我的职位。说完，他加了一根手指，又说，三年之后，我可以保证，你心中的目标就会是胡润财富榜了。

这一回，婉豆没有谦逊。她抬起那双漆黑的大眼睛，说，我等不了三年，也等不了两年。

慢慢来，慢慢来。邱老师心中喜悦，语气更加的中肯，说，我们不着急，心急吃不了热豆腐。

可是，后来的问题卡在了会费上。婉豆说她只是个刚应届毕业的女学生，她没钱交会费，也不能去跟父母要。因为，父母对女儿的规划是考研与读博。她说，他们要是知道我在这里，第一时间就会报警的。

这不是在婉转地威胁老师吗？邱老师的嗓门有点粗了，说，我们可是马上要在纳斯达克上市的美资公司，我们既对中国法律负责，也对美国法律负责，只有传销组织才怕你报警呢。说完，见婉豆又低头不语了，才收了收情绪，语重心长地说，万事开头难，这关键的第一步总得跨出去的。

婉豆显然是经过了深思熟虑。她很快给出两个方案，是不是可以由公司替她先垫上会费？等她赚到钱连本带利地还上；另外，她还可以给邱老师当助教，替老师分担一点教学工作。她是学金融的，在学校里市场与营销都是必修的课程。婉豆说她可以用工资来抵会费。

邱老师在心里冷笑一声，换了种开导式的语气提醒她，人除了父母亲戚，还有同学跟朋友呢，可以去跟他们借嘛。一个人能借到多少钱，其实就是一种社会关系与个人能力的综合体现。

我没同学，也没有朋友。婉豆竟敢说这么干脆与决绝。

你怎么可以跟老师要横呢？邱老师真的不高兴了，在如水的月光下重新审视女学员，发现那双大眼睛里不知何时已经蓄满了泪花，不禁在心里又发出一声冷笑，当老师的什么没见过？他双手一提裤管，在台阶上坐下后,反而开始劝说起婉豆来,父母的话是要听的,条条大路通罗马,念书也是一条不错的出路。说到最后,他都有点被自己感动了,双手一拍大腿,说,那这样吧,既然无缘,我们好聚好散,你明天一早就走,我也不送你了,邱老师祝你在人生的道路上一帆风顺。

你们让我走?婉豆睁大了一双泪眼。

什么让不让的?我们又不是非法组织。邱老师大手一挥,起身,说,来去自由。

学员里面不是没人离开过,沿着村外那条机耕路一直往前走,得翻过一座山,还得爬过一条沟才能上到公路。这些人通常是早上出门,到了夜里又被那辆面包车拉回来,关在后面的黑屋子直到反省完了,再重新开始接受培训。

婉豆才不上这种当呢。她第二天一早起床,依旧去了厨房里,帮着王姐给大伙准备早餐,然后去课堂上听讲,认真地做好笔记。哪怕后来被关在小黑屋里,等到反省完出来,她还是这个样子,一脸的无怨无悔,好像真把这个小院当成了自己的家。

邱老师是看明白了,漂亮的女大学生要耍起无赖来,哪怕是一大群无赖都会对她束手无策。这时,婉豆提出她的第三个方案——她学了四年的金融,最后的两年里一直试着在炒股,就是投入的资金少了点,是平时节省下来的生活费,那个账户就在她的电脑里。

她跟邱老师商量,虽说股市有风险,谁也没有太大的把握,可至少那是她的专业,她至少比别人会看K线图,多知道一点证券市场的规律。婉豆一脸的信誓旦旦,说只要让她筹够了会费,她一定会让自己一年一个样,三年大变样的。

邱老师最先是在检查那台笔记本时发现的端倪,当场上网搜了搜,一下就豁然开朗了。原来,女大学生是刚死了男朋友,而且还是那么一种死法。邱老师在心里面扼腕叹息——爱情就是个大粪坑,掉进去的往往都是好姑娘。

婉豆就是这样开始炒股的。一开始,整部电脑里就装了个证券公司的应用程序,连五笔输入法都卸载了。邱老师仍不放心,嘱咐王姐每次都搬了张凳子坐在她边上。婉豆也很识相,一波操作后跟着去厨房里打下手,忙完了还帮着洗洗晒晒的。王姐也专门试过她一次,故意把手机忘在了桌子上,扭头去了卫生间里,没等出来已经听见她在说,她哪都不会去的,也不会跟谁去联系,就算有人赶她,她也不会离开这地方的。

这话说的……王姐竟然想起自己远在家乡的小女儿,也是这么个直来直去的性子。

后来,她是主动提出来的,要在婉豆的账户里搭上一股。

婉豆也没客气,说,亏了我可不负责。

王姐毫不在意,说,这点钱,姐亏得起。

再后来,邱老师也来搭了一股,接着是院子里的那些工作人员与学员们。

这可不光是重在参与。邱老师在向上级汇报工作近况时都说了,他有了吸纳新鲜血液与留住学员的新思路,就是集资炒股。把钱都捆进了一个账户里,他们还会跑吗?要充分调动初级学员的主观能动性,这比逼着交会费可要体面,也省事多了。邱老师主动请缨,可以先在他这片做试点,再做评估,等到有成功经验,就推广到各个地区去。

因此,婉豆桌上的电脑也由一台增加

到了三台。她却开始忐忑起来，再三表示，肩上的担子太重了，心里的压力也太大了。她只是个金融系的应届毕业生。

这是老师对你的信任。邱老师说，你现在正式成为我们这个大家庭中的一员了。婉豆还想说什么，邱老师一摆手，让她什么都别说了，这是信任，也是考验，就是不能辜负了大伙的这一片心。

为了体现信任这两个字，邱老师亲自挑了个证券网站，下进电脑里。

用人不疑，疑人也得用。他又找来王姐，特别强调：还是得盯紧了，知人知面不知心，不能让她在网上做了手脚。

王姐觉得男人就是疑神疑鬼，但也不好多说什么，只能用力地点点头。

时间可以证明一切，时间也可以创造一切。婉豆最终还是找到了在网络里留言的机会。没有输入程序，她就用复制与粘贴，把SOS与三台电脑IP地址一起私信在了那个证券网站的论坛里，然后就是日复一日的等待。

警察包围住院子的那天晚上，她刚洗过了澡，正在王姐的房间里聊天。王姐一边给她擦干头发，一边说等她挣到了钱，也要让女儿去上大学里的金融系，要成为像婉豆那样的人。她还说她将来要给儿子在南宁城里买套房子。她把两只手一起搭在婉豆的肩上，说，到那时候，你可别忘了，你是他们的姨。

婉豆笑了笑，说她不会忘记的。

八

一天晚上，婉豆在电视里见到了桑叶。

他正参加一档歌唱选秀节目的决赛，穿了一身少数民族的服装，弹着吉他，唱完那首《窗边的你》后，面对主持人的话筒，他说这是他多年前写给一位姑娘的歌，那时候太年轻了。他不知道他们还有没有机会相遇，他只想借着这个舞台为当年的自己说一声对不起，这也是他参加这档节目的初衷。

林小都注意到了婉豆眼神里的变化，问她怎么了？

婉豆没有作声，起身去卫生间里敷了张面膜出来，继续偎进他的怀里，一起在沙发上看这档选秀节目。

恋爱很多时候更像是一种维持，两个人一起吃晚饭，看电影，偶尔也去听场演唱会，去酒吧里摇出一身汗，再穿过大半个城市，回家，洗澡，上床，在沉沉的黑夜里浮想联翩，却依然患得患失。婉豆觉得她跟林小都之间就是这样，并不是自己特别想要的那种，又有点身不由己，都那么熟了的两个人，明里暗里也曾拒绝过他那么多次了，可该发生的终究会发生，如同溃堤般的汹涌，猝不及防，又像是那么的水到渠成。

韩丽结婚那天，他俩是伴郎与伴娘，都排练过好几次，MV也拍了。林小都却在临场那刻忽然被警队召回，从酒店直奔案发现场。为了表达歉意，两周后他请新婚夫妇与伴郎伴娘们聚了聚，饭后又去钱柜开了个豪包。他们唱了很多歌，接着又喝了一些酒。

婉豆至今都觉得那晚是有预谋的，要不然这些人怎么会一下子都不见了？等到她从卫生间里出来，KTV的门厅里只剩下便装小警察孤零零地站着。

那天晚上，林小都在出租车的后座上吻了她。到了她出租房的电梯口，他俩谁也没开口，又吻了很久，婉豆才轻轻地推开他。昏暗的灯光里，他们相对着，都想把彼此看得更清楚，却只嗅到了对方鼻腔里的酒气。

天快亮时，婉豆在床上一下惊醒，睁大眼睛想了好一会，才记起昨晚的整个过程。她不由地用牙齿咬住嘴唇，闷在被子里，又想了很久，越想越觉得这像个凭空而来的梦。

只是，恋爱中的警察倒像变了个人，变得婉豆都快要不认识他了。每天，他会在微信里叫早，提醒婉豆该起床了，顺带发条天气信息过来，她人还没到公司，早餐已由外卖小哥送到了前台，而且是每天换花样。按照林小都的说法，早餐一定要吃饱，还要吃好，尤其是女孩子。有时，到了中午他还会发个定位过来，告诉心爱的人他这会在哪里出警呢。

你真不用这样，每天跟早请示晚汇报似的。婉豆对他说，我们要给彼此留点空间。

可我想这样。干练的刑警也会流露出羞涩的表情。他低头又说，我是忍不住地要想你。

原来，恋爱是真的可能改变一个男人。婉豆嘴上不说，心里还是甜丝丝的，至少有个男人在因她而改变。

入秋以后，林小都有时也会在婉豆家里留宿，基本上是在周末。第二天，两个人睡到中午起来，一起去超市或是菜场，就像新婚不久的小夫妻那样。婉豆很享受这样的感觉，有点像婚姻，但又不是。有时候身体上的愉悦，也会让精神放松，许多近在眼前的问题都不去想它了——人生最惬意的就是得过且过。

只是，谁都难免有任性的时刻。有次气氛所至，婉豆在床上缠着他，非要他老实交待，曾经有过多少个前任。她以为林小都会深情地凝望着她，说你是我最后一个，但年轻的警察却沉默了片刻，望着天花板那盏吸顶灯，说，你是第一个。

鬼才相信呢。婉豆故作生气地在腰眼里拧了他一把，说，你什么意思呀？是说我欺负了你呀。

林小都翻过身来，看着她，说是真的，他在上初中时暗恋过一个女生，到了高中又暗恋过一个，大学上的是警校，整个年级也没几个女生，到了警队更是这样。

婉豆还是不信，在枕头上列数了一下，从他们第一次在出租车上接吻，他的舌头就抵进了她的嘴里，这可不像第一个能做得出来的，还有他们第一次上床。一一数完后，她一下有点扫兴了，丢下一句：你不愿说就算了。

是真的没有。说完，年轻的警察笑了，露着雪白的牙齿，说，我没吃过猪肉，还没见过猪跑吗？

你才是头猪呢。婉豆翻身不理他了。

林小都忙把她扳过来，一脸认真地说，人家真的是新手上路嘛。

赤裸的男人一本正经起来就像个孩子。婉豆完全是被他的表情逗乐，笑得咯咯地，却在转念间发现泪水快要夺眶而出。

然而，男女间的结局从来不由相爱开始，决定它的往往是日常与琐碎的生活。婉豆忙，除了上班与下班，还得经常加班，参加单位的各种培训，应酬客户。每天只要出了租住的那扇门，好像每件事都是天大的事，要见的每个人都是比天更大的上帝，除了她自己。林小都也一样，警察的工作是不分日夜的，得看这座城市里发生了什么，而且每隔五天，他就轮到一班夜值。很多时候，两个人刚在一起，一个电话就得抽身而去。

那天也是这样，婉豆周三就预订了番禺路上的那家情趣酒店。网上推荐说那个房间里连天花板上都嵌着镜子，不光有个下沉式的巨大的浴缸，还有一张电动水床。恋爱中的人从来不会拒绝对性的探索。林小都更是兴致勃勃，一下班就去和风门口等位了，因为这家日餐店从不接受预订。路过花店时，他破天荒地进去买了一大束玫瑰。可是，那道风评五星的和风烤牛舌刚上来，他搁在桌上的电话就响了。

婉豆下意识地把头别在一边，等男友挂了电话，才用筷子挑了块芥末，在碟子里一下一下地把它捣开。

林小都犹豫了一会，说，很快的，我很快回来。说完，他又说，回来我给你带夜宵，你想吃什么？

既然接纳了这个人，就得承受他身上的一切。婉豆可不是那种不懂事的小姑娘，只是看了他一眼，连着夹了好几片牛舌在他碟子里，说，你点的，吃了再走。

那家情趣酒店开在一幢商务大厦的三楼。婉豆难受的是去到房间的那段路程，一个女孩子孤零零地去取房卡，孤零零地上电梯，再穿过大半条走廊，手里还捧着一大束玫瑰。即便低着头，她都能感受到人家瞟过来的眼神。

后来，她把那些玫瑰一瓣一瓣地扯下来，丢进放满热水的浴缸，再把自己泡进去。婉豆还是拍了照片发给林小都。那张照片里飘满了粉色的玫瑰花瓣，她的两条腿在水里若隐若现。可是，林小都整晚都没能赶来。他一直陪着路天明坐在殡房的门外，后来又坐到了大门口的台阶上，看着他一支接着一支地抽烟。

事实上，一开始都认定这是一起普通的交通事故，一辆轿车在市郊的高速上倾翻，由于前轮忽然脱离车体，车辆在连续翻转后甩出护栏，导致车内的两人当场死亡，其中一人竟是路天明的妻子。

朱林燕是家工程公司的财务，这一年多来，每个季度都会去济南出差，单位在那边有个项目，仨月一查帐是公司制度。路天明一大早送她去高铁站时，她在车里已经嘱咐过一遍，下了车，站在进站口的台阶上又强调了一遍，别忘了每天四点去学校接女儿，要是实在没空，就提前给她外公外婆打电话。她说，记住，提前两个小时去电话，他们到学校要转好几路车呢。

路天明只是看着她，用那双眼皮浮肿的眼睛，一直看着她拖着行李箱的背影混入客流，消失在两扇自动门内。夫妻关系有时就是这样，当一个用眼神来表达心里那些欲言又止的话时，另一个通常会越发地视而不见。

其实，朱林燕算不上漂亮，但女人有种美是在举手投足之间的，尤其穿着高跟鞋走在人群中，每一步都踩得那么与众不同，就像走在 T 台上。她上到二楼后，并没去过安检，而是掏出手机在柱子边跟对方聊了几句，换了部电梯一直下到地库，在一排排车辆间兜兜转转、东张西望时，一个西服革履的男人迎上来，接过她的行李箱，放进那辆黑色 A6 的后备箱。

两个人都没有说话。上了车，朱林燕拿过仪表台上的香烟，抽出一支点上，一连吸了好几口。男人好像并不急于启动汽车，兴冲冲地说，我们先在镇江住一晚，跟他俩吃顿晚饭，明天再上金山寺，你不是一直想去寺里求个签吗？

见了你父母，你怎么介绍我？朱林燕轻轻地吹出一口烟，说，你说这位是别人家的老婆，一个六岁孩子的母亲？

对我这不是什么难题。男人皱起嘴角，笑着说，你想怎么介绍，我就怎么介绍，我全家都是很开明的人。

你这是在逼我。

有压力才能产生动力。男人伸手撩开她挂在前额的一缕头发，说，有些问题我们该去面对了。

面对是一回事，解决又是另一回事。朱林燕看着他，就像姐姐看着一个任性的弟弟，说，其实你比谁都清楚，我们之间只有切割干净了才是彻底解决问题最好的办法。

那我们为什么还要开始呢？男人的眼神变得忧伤，拿过她手里的烟，放在嘴上深吸一口后，又说，你记不记得刚开始的那会，你问过我是不是认真的？我不知道怎么回答……你却哭了……

别说这些了，开车吧。朱林燕长长地吐出一口后，蹬掉脚上的高跟鞋，放倒座位靠背，闭上眼睛，说，我想睡会，昨晚没睡好，老是做梦。

男人默默地又看了她一眼，扔掉香烟，升起车窗。

后来，这辆黑色轿车在高速上翻出护栏时，路天明正赶往看守所去提审一名嫌犯。接到电话，他把车靠路边，半天都没有出声，直到对方一连"喂"了好几声后，问他是不是在听？路天明才嗓音干涩地吐出两个字：在听。

跟朱林燕一起遇难的石磊是她单位的总助，协管财务、审计与后勤，是总部空降过来的海归，有学历，有背景，是公司高管里最年轻的一个。这些，路天明都在暗中调查过，连他的血型都摸得一清二楚。只是路天明不知道的是他们之间是什么时候开始的，但他知道，自己的妻子不是那种趋炎附势的人。相反，她从来都是一只高傲的白天鹅，睡梦中都会在枕头上伸长了脖子。

有无数次看着熟睡的妻子，他都有一种冲动，把她一把从床上拽下来，掐住那条天鹅脖子，揪着她的头发，狠狠地给她两个耳光，让她把每一次都说清楚，跟那个男人在一起时都干了些什么？说了些什么？都是怎么干的、怎么说的，但是他不忍，也不敢。隔壁就睡着他们的女儿。路天明有时真恨自己，更多的是奇怪，自己这辈子怎么就没能真正地冲动一次呢？就连亲眼看着他们两个在体育馆的地库里车震，他都能安安静静地坐着，远远地坐在自己的车里，一口一口地抽着香烟。

不过，放浪的生活方式并不妨碍一个女人成为世人眼中的好妻子、好母亲与一名出色的职业女性。朱林燕就是这样的人，她在公司专业而尽职，只要不加班，回到家里除了操持家务，几乎每个晚上都在陪女儿，教她英语，给她讲睡前故事，哪怕是双休日去美容院，都是乘着妮妮在跳拉丁舞与学画画的间隙。这样的女人要偷情，只能是乘公司的午休时刻。

这也是路天明在办案之余常会去蹲守的时刻。有段时期，他都觉得自己好像上了瘾，每到了中午就坐不住，满脑子都是妻子跟那个叫石磊的男人，在各种场合里，变化着各种体位。他的两只耳朵里，甚至都能听到他们此起彼伏的喘息声。

但是，作为一名职业刑警他是决不会跟踪妻子的，射人先射马，路天明每次去盯的是他们公司的停车位。那天，他尾随石磊那辆黑色A6从地库里上来，沿着大厦绕到后面的星巴克门前，看着妻子拿着

243

杯咖啡上了车，就一路跟着他们拐入旁边体育馆的地库，远远地坐在自己车里，一直等到那辆黑色 A6 重新启动，驶离。他才下车，走过去，一边戴上手套，就像到了案发现场那样，用镊子把丢弃在地上的几团纸巾收集进证物袋，然后编号，写上日期，放进后备箱的收纳盒。

当晚，他回到家里已是深夜，发现朱林燕并没有在自己床上。路天明推开女儿的房门，就见母亲搂着女儿，两人挤在那张小板床上已经睡着了。这时，妻子睁开眼睛，见是丈夫，温婉地抿了抿嘴，一边抽身，一边轻声说，妮妮不肯睡，缠着要等爸爸回来讲故事。

朱林燕怎么看都是个合格的好母亲，一个称职的好妻子。出了女儿卧房，她把丈夫送到卫生间门口，转身去房间里捧来他的睡衣与睡裤，等他洗漱完出来，桌上放着热好的牛奶，而人已经在被子里等他。

路天明痛恨的是自己，做的时候满脑子都是趴在这具肉体上的别人，而且这竟然能让人越发地亢奋。事后，他像从梦中惊醒了那样，冲进卫生间里，站在莲蓬头下，连热水都没开，重新地冲洗自己，用力地重新刷牙，一直刷到嘴里的泡沫变成血腥的红色，一直冲到身上没有一丝人体的热气。

朱林燕又恢复了她白天鹅的睡姿，那么安静地躺在被子里，头侧在枕头的一边，睫毛盖在眼睛上，伸着那个长长的脖颈。路天明回到床上忽然明白，天鹅毕竟是天鹅，哪怕是给弄脏了，仍然是只曲颈向天的白天鹅。

事实上，他跟朱林燕是摊过一次牌的，就在一天中午，打电话上去让她下来。路天明说，我的车就停在你们公司后面。

朱林燕一上车就问他有什么事不能在电话里说？她说下午要开会，还有两份报表得汇总呢。

路天明只顾扭头注视着路边那个牵狗的年轻人，说，你知道一个人最悲催的是什么？他莫名地一笑后，又说，你明明是出来遛狗的，结果却让狗牵着遛了；你明明是养狗的人，却一不小心把自己活成了一条狗。

朱林燕横了他一眼，说，胡说什么呢。

路天明不吱声了，点火、挂挡，绕了个弯，就把车开进了体育馆的地下停车场。

朱林燕警觉起来，不等他把车拐进那个停车位，就问他到底是什么事？见丈夫拉上手闸，熄了火，她的心已经虚到不行，声音却更加硬朗，说，你快说呀。

路天明并没有看她，眼睛直视着前方，说，都到这里了，还需要我说吗？

不说拉倒。朱林燕说着，推车门就要下车。

路天明一把摁住她，说，你们是怎么做的？

什么？朱林燕的心怦地跳到嗓子眼，你说什么？

路天明重申：我说，你们是怎么做的？

什么怎么做？朱林燕一下没能挣开那只手，又挣扎了几下后，终于不动了，靠到椅背上，恼怒地看着他，说，你是不是吃错药了？

你们从不开房，因为我是警察，怕我会查到开房记录。路天明隔着车窗四下张望了会，又说，这真是块好地方，不会有车经过，又是监控的死角，你们真会挑地方。

朱林燕曾经无数次设想过这一天的来临，只是没想到是今天，路天明会用这样的方式。她反倒平静下来，淡淡地说，你要羞辱我，也不用在这里。

是你在羞辱你自己。路天明说，你有胆子在这里做，还怕在这里说吗？

朱林燕又仰起了那条天鹅般的脖颈，用一种挑衅的眼神看着丈夫，说，你真想知道？不等路天明有反应，她马上又说，你去后面，我做给你看。

路天明猛然扬起手，朱林燕也更高傲地仰起了脸。

那巴掌最终没有落到那张脸上。

那只是性，如果你受不了，我们可以离婚。朱林燕轻轻抓住那只手，把它拉下来，按在汽车的挡把上，仍旧看着那双浮肿的眼睛，说，好聚好散，我们心平气和地解决问题。

路天明以为白天鹅会垂下她细长的脖颈，会哭、会闹、会求他、会辩解。他有点失望了，用力咽了唾沫后，才说出一句：你以前不是这样的。

你以前也不是这样的。朱林燕终于低下头去，看着自己从裙沿露出来的两个膝盖，说，别说没用的了，你拟好协议，我会签字的。

那妮妮呢？

你愿意让她跟着我，就由我来带。朱林燕脸上已经看不出半点表情。她说，你觉得自己能带好她，我也没意见。

路天明又想一巴掌甩到那张脸上，就是抬不起手来。他觉得自己都快哭了，说，你把好好一个家活生生地毁了。

那个家是我们两个人建起来的，要毁也不会是我一个人。朱林燕想了想，忽然说，你跟踪我多久了？你不会没拍下视频吧？你也可以尽情地报复我，把它们都发到网上去，让全世界都来认识这对奸夫淫妇，只要你满足，觉得有快感，我不在乎身败名裂。说完，她竟然咧开嘴角一笑，看着路天明，摇了摇头，接着说，但你不会，你不会让女儿知道有这样一个母亲。

贱货。路天明巴掌终于甩出去，劈头盖脑地打在她后脑勺。

朱林燕却笑得更痛快了，说，没错，我就是个人尽可夫的贱货。

路天明是彻底被激怒了，二话不说，下了车几乎是把朱林燕拖出副驾驶室的，一把塞进后座，摁在那里，砰地带上车门，掀起裙子，抓住裤袜就往下扯。他终于开口了，说，你不是要做给我看吗？你做呀，你让我看看你到底有多贱。

朱林燕没有出声，连哼都没哼过一下。不过，她再也不是那只伸长脖颈的白天鹅。路天明从后面看上去，她的头发披散着，身体扭曲着，更像是匹不堪重负的母马，撅着一个白花花的屁股。

这时，电话响了，路天明停了停，伸手从副驾驶座上拿过她的拎包，找出电话，见上面闪着石总两个字，就往她面前的座位上一丢，说，接呀，你姘头在找你呢。

朱林燕抓过手机，使劲地咬紧嘴里的牙齿。

接，我要你接。路天明一把扯起她的头发，就像骑手拉住马的缰绳。他说，快接。

朱林燕只是深吸了一口气，就按下了通话键。在一片啪啪的撞击声里，她竟然还能思路那么清晰，把话说得那么云淡风轻。她对石总说她这会有点急事，在外面不能马上回来。她请石总放心，报表的数据她都已核对过了，就剩下汇总了，耽误不了下午的会议。

说完，不等对方再开口，她就挂了

电话。

路天明一下停住，如同整个被抽空那样，压在这匹马背上。他长长地吸入一口气，说，你为什么要这样对我？

你有病。朱林燕把脸紧贴在后座上，说，我们都有病。

后来，路天明回到驾驶座上，从后视镜里看着她把自己收拾整齐，把撕破的裤袜塞进包里，神色木然地推车门下车。瞬间，天鹅又恢复了天鹅的仪态，那双齐膝短裙下裸露的小腿，踩着米色的高跟鞋踏在环氧地坪上，离去时每一步都走得那么风姿绰约。

就像什么都不曾发生，朱林燕回到办公室时，还给大家每人带了一杯奶茶，说了几句闲话后，才抱起几个文件夹，先去了趟卫生间，然后敲开总裁助理的办公室。

石磊不等他关上门，就问：你去哪了？

他来找我。朱林燕说，说了点事。

什么事？

当然是我们夫妻间的事。朱林燕一笑，把手里的几个文件夹放到他桌上，说，这些数据开会时会用得着，报表等会我打印好了再送过来。

说完，她又抿嘴一笑，扭头离去。

你等等。石磊在她走到门口时忽然站起来，盯着她露在裙下的那两条小腿，说，我记得你上午是穿着丝袜的。

刚才在茶水间让柜门勾破了。朱林燕低头也看了眼自己的双腿后，马上抬起来看着他，说，我得记得去网上买几双，备在抽屉里。

九

路天明作为重大嫌疑人接受传唤那天，强忍着没有抽烟，但最终还是没忍住。他对市郊分局那两名刑警说大家都是同行，可不可以让他看看那份车检报告。

根据交警部门的鉴定报告，那辆黑色A6右前轮在行驶中脱离车体，完全是由人为造成——由于固定轮毂的五颗螺帽全部人为被拧松，在车辆快速行驶中导致刹车盘上螺栓断裂，造成了这起车毁人亡事件。

市郊分局的刑警导出这辆车的行驶轨迹，花了几天时间，集齐了它出入的各种场所的监控，只是没能找出那个作案人。也就是在那些视频里，他们多次发现了路天明。另外，奥迪车轮毂上那五个螺帽里有一个是带防拆功能的，需要有专门的套筒用以拆卸，所以在出厂时每辆车的工具箱里都会备有一个。刑警翻开桌上的另一份文件夹，看了眼后，说，你妻子有辆奥迪Q3，我们找过，她的后备箱里单单就少了这个专用套筒。

路天明点了点头，说，所有的表面证据都指向了我。

你有太多疑点需要澄清。另一名刑警说，我们不急，慢慢来，一件一件地说。

朱林燕那辆Q3是银行跟4S店搞活动时买的，价格优惠了很多。他们公司财务部的很多人都去买了，石磊那辆也是。不过，她平时不大开，一直停在地下车库里，出行基本上是坐地铁或是打车。事实上，朱林燕买来不久就后悔了，说这是次冲动性消费，以为捡了便宜，其实就是个鸡肋。

路天明记得当时就数落过她还是个会计呢。

是女会计。白天鹅也有娇嗔的时候，朱林燕横了他一眼，说，不冲动，不消费，那还叫女人吗？

强制问讯的那二十四个小时，可能是

路天明这一生中最难堪的一个昼夜，但他始终以配合的姿态，有问必答，一遍一遍，直到在笔录上签下自己的名字、按下手印。

第二天，看着他从市郊分局的台阶上下来，林小都觉得他老了好几岁，连走路的姿态都像换了个人。

路天明直愣愣地走到他跟前，直愣愣地说，结果不该是这样的，我们只是选择了一种还不被人接受的生活方式。

林小都愣愣的，看着他那双眼皮越发浮肿的眼睛，说，你没事吧？

路天明摇了摇头，又说，迟早有一天你会明白……有时候，人要痛到心里头，才会发现那叫痛。

林小都掏出一包烟递给他，说，队长派我来接你。

他想多了，我了解流程，也会配合调查的。路天明没去接那包烟，绕过车头，坐进车里。他闭上眼睛，说，回队里吧，早点开始就早点结束。

我先送你回家，回去好好睡一觉。林小都说，嫂子还在殡仪馆呢。

路天明这才睁开眼睛，愣了半响后，从衣袋里掏出半包烟，放在鼻子下闻了闻后，扭成一团，往仪表台上一丢，说他戒烟了。

林小都并不惊讶，一路想说点什么，可话到嘴边觉得哪句都不合适，直到把车停在他家单元门口，才听见他说，你们应该上去搜过了？

这案子归市郊分局，他们带了搜查证来。林小都说，队里跟居委会只作为见证方。

路天明点了点头，下车后俯身说，上去坐会吧。见林小都有点犹豫，他又说，上去陪我说会话。

说完，他掉头进了单元门，连车门都没有关。

路天明的家在七层，是套不大的两居室，但收拾得窗明几净，客厅里还摆放着好几盆花卉与盆景。可是，他却始终紧闭着嘴唇，进了门半句客套都没有，一屁股坐进沙发，很久才像是记起来了，起身去把每间屋子都环顾一遍后，在厨房里拿了两瓶水出来。路天明总算开口了，说，他们还算是给我面子，搜查后都恢复了原样。

是队里跟他们强调的。林小都说。

路天明点了点头，仰着脖子一连喝了好几口后，把余下的半瓶浇进一个花盆里。他忽然转身看着林小都，说，你怎么看？

林小都明知故问，说：什么怎么看？

这案子。

目前，你应该是唯一的嫌疑人。

路天明又一屁股坐回到那张沙发里，说，我得把真凶找出来。

这案子归市郊局。林小都说，他们会破案的。

路天明用力把那个矿泉水瓶拧成一团后，一松手，由它弹落到了地板上，发出一串空洞的声响。

车是姓石的，谋杀必定是针对他的。路天明说，调查得从他入手，他是公司高管，社会关系复杂……

你要相信市郊局。林小都打断他，说，你能想到的，他们也会想到。

现在是我老婆死了。路天明猛然一嗓子，瞪大了他那双眼皮浮肿的眼睛，看着林小都。那双眼睛里布满了血丝。他不停地摇晃着脑袋，喃喃地说，她不该死，她可以不死的，妮妮才六岁，她不该六岁就没了自己的亲妈。

林小都无言以对，只好提醒他，说，

先别想这些了，还有很多事等着你作决定。

朱林燕的葬礼，婉豆不想去参加，也不为什么，就是不想见到路天明那双浮肿的眼睛，心里总觉得膈应。

队里的家属都会去，我们也处了这么久了，你该在我那些同事前露个脸了。林小都说他们警队里有个不成文的规矩，进了那道门，大家就是一家人。

女朋友跟家属之间还差着十万八千里呢。话到嘴边，婉豆忍住了，推托说要去见客户，上周就约好的。

今天是周末。林小都扭头看着她，欲言又止。

婉豆不想在这事上再费口舌，就打开电脑，说等会电话联系吧，她现在还有些资料要准备。见林小都仍在望着自己，就仰着脸，拖长了语调，说是真的，人家是个大 BOSS，在念长江商院，也只有周末才有空。

那等会我去接你。林小都说，我知道那地方，在虹桥的万科中心里面。

情侣之间谁也逃不过猜疑的宿命。婉豆想起了书里曾看到的这句话，抿嘴"嗯"了声后，就觉得心里空落落的，有种说不上来的寡味。

事实上，在长江商院里就读的人是钱新荣。用他的话说，教什么跟学什么都不重要，重要的是这里汇聚着大量的人脉——人脉就是资源。坐在马路对面的一家露天咖吧里，他指着五号楼的入口处，说，你知道我们班上那几个女生都是什么人？

这种八卦在金融圈里不算什么新鲜事，婉豆还听说过，有个过气的模特甚至是贷了款去交的学费，为的就是可以结识像钱新荣这种单身且富有的大叔，但她不想跟一个男人聊这些，就从包里取出 IPAD，点开说，近期系统里老是有资产变动的提示，钱新荣账户里连着有好几笔大额的进项，而且大部分是外汇。她估计钱总是要有什么大动作了，或者是在等一个时机，所以准备了几款高净值的产品带过来，请他先过过目。

今天不谈这些。钱新荣眯眼望着街边花园里满目的阳光，说，这么好的天气，我们喝喝咖啡，聊点别的不好吗？

婉豆只好收起 IPAD，尽量让自己笑得也像阳光一样，说，那钱总想聊什么？

钱新荣笑眯眯地看着她，说，你恋爱了。

这也能看出来？婉豆一点都不惊讶，只是觉得无聊，完全是为了营造点气氛，就调皮地又说，你们商学院里这都教呀。

这用教吗？女孩子恋不恋爱都是写在脸上的。钱新荣重新把她打量了一遍后，抬手看了眼表，说，约了男朋友几点来接你？见婉豆不说话，他笑了，说，我要是你男朋友，知道你来这地方也会担心的。

担心什么？婉豆当然是明知故问，笑着说，在哪都是法制社会。

现在呀，哪个地方不是狼多肉少的？钱新荣似乎笑得更开心了，还让婉豆哪天把男友也一起带来，他可以帮着掌掌眼。他说看人，自问还是有几分把握的。

婉豆说，您见过的。

钱新荣愣了愣，马上就说，原来是小林警官。说完，他又肯定地一点头，说，小伙子不错的，挺有心的一个人。

可以说，婉豆去报读复旦的 EMBI 就是钱新荣那天给出的建议。常人都会把一生中最好的时光花费在男欢女爱上，但也

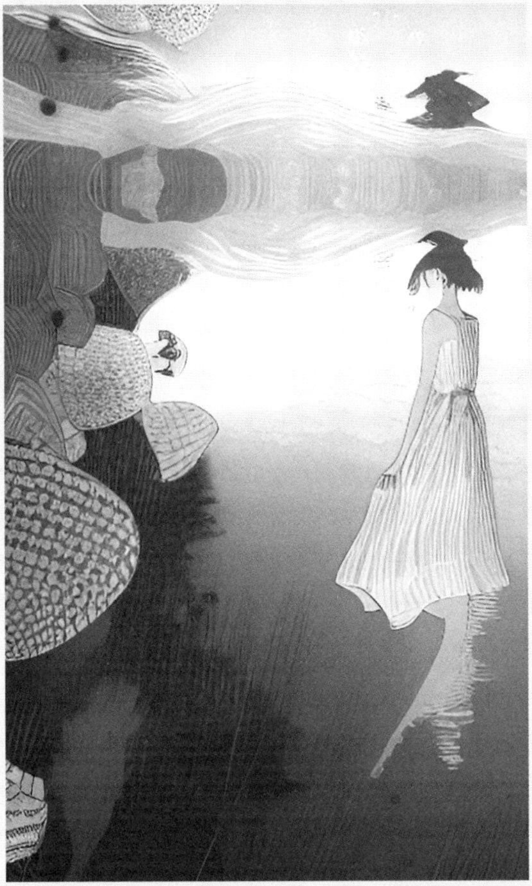

有人会用这些时间来提升自己，让自己变得更好。他说得就像在做招生广告，一边说，眼睛就注意到了她搁在桌上的挎包，伸手把玩起了上面挂着的一个卡通小饰件，若有所思地说，原来，你喜欢哆啦A梦。

您也知道哆啦A梦呀。婉豆笑得很开心的样子。那是跟林小都一起逛街时买的，一套两个，一模一样，另一个挂在了他的车里。之前，她包上挂着的是哈林送她的那只考拉。

钱新荣欲言又止，想了想后，打开手机，把一些学校的资料发到了她手机上，说都是在来读这个班之前秘书替他准备的，还去了实地考察过。他说，复旦的这个还可以，特别适合像你这样的职场精英。

钱新荣说的没错，那个 EMBI 就是为职场人士定制的，大部分课程可以自修完成，每周也只在双休日才去松江的新校区听满两天课。可是，更多时候婉豆并不觉得自己真的那么的求知若渴，而是想让自己更忙，忙到一刻都停不下来。

这天晚上，林小都开车来大学城接她，两个人开着车窗，一路的红灯，走走停停，穿过了整个市区，还在小区里转了很久，总算找到停车位。

婉豆在电梯口接过双肩包，说，我累了，听了一天的课，腰都直不起来了。

林小都还是一脸的兴致勃勃，说，上去，我给你做马杀鸡。

早点回去吧。婉豆说，你不累吗？

不累。林小都一摇头，说，明天一早我得送你去松江。

我自己坐地铁好了。

那得转两趟车。林小都见婉豆不语，就看着她，说，你没事吧？

叮地一声，电梯的两扇门无声地滑开。

婉豆这才像是如梦方醒，看着随后跟进来的男友，靠上去，无声地把头埋进他的肩颈。

林小都用一只手轻抚着她的后背，又说，你怎么了？

那天夜里，两个人其实都没睡踏实。婉豆趴在枕头上一动都不想动，可就是睡不沉，闭上眼睛，脑袋里如同在放电影，一幕幕的，许多画面既熟悉、又陌生，直到一头沉进水里。婉豆在那个深不见底的地方又见到了周易，他在漆黑的水里像水草一样飘摇……

林小都打开台灯，她才在刺眼的光亮里惊醒，气喘嘘嘘地看着眼前的男人。

你做噩梦了。林小都说，我听见你在梦里尖叫。

婉豆想了想，说，我说梦话了吗？

林小都摇了摇头，拿过床头柜上的一瓶水，拧开盖，说，你梦见什么了？

婉豆没接那瓶水，闭着眼睛，好一会才说，我梦见她了。

谁？

那个，她叫什么……朱……林燕？婉豆睁开眼睛，望着床顶的天花板，说，她就这么站在我面前，好像跟我认识很久了似的，还说了好多话。

可你们从没见过面。林小都有点惊讶，很快俯身把脸贴在她脸颊上，轻轻地摩挲着，说，是我不好，我不该把这种事跟你说。

婉豆顺应了一会，求他把灯关了，在一片漆黑中却仍然睁大了那双眼睛。过了好一阵，她忽然喃喃地说，要是哪天我也跟她一样，你会怎么办？

林小都一下停住了，说，你说什么呢？说完，他又说，你不要胡思乱想了。

250

婉豆温顺地"嗯"了声，可谁也阻挡不了一个人的思想，它像水一样无孔不入，你在这头堵住，它就从另一头冒出来。只是，她想的并不是那个素未谋面的死者。

每年的黄梅季节都会如约而至，天气一会阴，一会雨，一会又出太阳，就像人的情绪一样反复无常，而且还是粘乎乎的那种，感染了每个人，也感染着整座城市，连植物也变得蔫头耷脑，散发出来的气息中充满着一股霉味。这就是江南的春夏之交。婉豆却忽然被上调去了公司总部，不光她自己没想到，分理处的同事都觉得不可思议。才来了几年的一个小姑娘？上海的马路都没认全呢，而且去的还是大客户部。有人就悻悻地丢下了一句：上面不会是在扩充后宫吧？

真正替她高兴的人好像只有林小都，连着好几天都在忙着找房子，加了很多房产中介的微信，还到处地托人——最好是在陆家嘴金融中心与松江大学城之间的。

婉豆劝他算了。她在这方面有经验，方方面面哪都合适的，通常也是贵到离谱的。林小都却笑着说，我一个大男人，我不能老在你这里蹭床呀。

婉豆并没有太在意，继续熨着裙子，随口说了句：你这是打算娶我的节奏吗？

说心里话，恋爱中的男女有几对不想结婚？不想每日每夜地在一起的？拥有一个真正的、只属于他们两个人的家，忙碌而琐碎地生活着，过上两年，再添个孩子，让两口之家变成三口。只不过，有时候不是梦想太遥远，而是那套他们勉强按揭得起的新房子地段太偏，基本上都在市郊了，不是靠近江苏，就是推开窗户一眼可以望到浙江了。现在，林小都心里唯一想的，就是别让心爱的人太辛苦，不要每天都把时间与体力花在路途中。为此，他还专门从电脑里调出一张城市的卫星地图，把每个适合的小区都做上标记。

这天夜里，他在值班时路天明忽然来了，穿了件皱巴巴的T恤。没说上几句，就掏出烟来点了一支。

你不说戒了吗？

说管什么用？嘴巴是最靠不住的。

内审一结束，他就被安排去了警官学院参加学习。这是警队对内部人员的一种处理手段。叼着那支烟，路天明转身去到自己的办公桌前，收拾到一半时，又点了一支烟，说他要走了，过了今晚恐怕再也不会踏进这扇门了。

去哪？林小都一直在看着他。

路天明的老家在崇明，当年从警校出来，就没想过要再回那座小岛，而且还是用这种方式。收拾完那些个人物品，他接过林小都沏来的那杯茶，把半个屁股搭在办公桌上，说这些日子里，他是想明白了，即便不能从头再来，也得给自己一个交待，可他除了当警察，别的什么都不会。不过，老天在给人关上一扇门时，总会打开一扇窗的。他老家那边刚扶正的公安局长是刑警队长出身，以前来上海办案时，对路天明的印象很深，还曾请他双休日去讲过课。这次他一开口，那边倒很重视，已经在开始办手续、走流程了。

那妮妮呢？林小都提醒他，说，你也得为她的将来着想。

我们就是为她想得太少，才会落到今天这结果。路天明说他会把女儿留在上海，先由外公外婆带着。她还小，但终有一天会长大。人都会长大的。他要跟林小都谈的是那件案子，能够想到的市郊局那边都去查过了，连石磊在美国留学的那几年也

251

查了，就是找不出一条可以继续跟进的线索。他起身，拉过一把椅子坐下，扭头望着高挂在墙上的那个警徽，说，还是你导师的那句话，真相可能永远不会浮出水面，但它一定会在某个地方等着被发现。

那你就不该走。林小都犹豫了一下，说，有些事只要你不尴尬，尴尬的就是别人。

路天明只是淡淡地说，我不在乎你们怎么看我，但也不能当什么都没发生过。

林小都忙说，那是他们，不是我。

路天明摆了摆手，又喝了口茶水后，竟然说起了他亡妻的那辆车，有点像是在自言自语，说他把那车给卖了，亏了近一半。车子买来还不到两年，他妻子根本就没怎么开过，五千公里的首保还是他开着去跑出来的。说到这里，他停顿了一下，用那双眼皮浮肿的眼睛直视着林小都，接着又说，那几乎就是辆新车，里面却偏偏少了那个异型套筒。

这个细节，在传唤出来那天他就已经说过，两个人还在他家里把朱林燕的周边关系一一列出来，写在一张纸上。林小都记得当时就问过他：你对嫂子真有这么了解？是不是还有别的你不知道的人存在？

路天明愣了好一会，才说，要是有，传唤时就会问我，他们查过她手机，上面的记录一条都不会漏掉的。

那会不会是出厂时工人的疏忽？或者……嫂子自己弄丢的？

有这可能吗？一整辆车从下线、进库到出厂，再到进店，交给用户，要经过多少道检查？每个人都疏忽了这个套筒？路天明摇了摇头，说朱林燕就是那种传说中的女司机，常常连雨刮器与转向灯都会打错，根本分不清螺丝跟螺帽的一个人，她

不会知道后备箱底下还藏着个工具箱，就算知道了也不会去碰，哪怕你指给她看，她都不知道是干什么用的。

一口气说完这些，他都有点喘不上来了，瞪大了那双充血的眼睛。而此刻，这双眼睛暗淡得就像两个空洞，茫然地望着手里烟头上袅袅升起那缕烟，说，其实我们都明白，办案有时候就是盲人摸象，常常会被一个假象牵住鼻子，在迷宫里一遍一遍地转圈。

林小都不好再说什么，坐了会，就起身去给他的杯子里添满水。

临走的时候，路天明从裤袋里掏出一把钥匙，说他已经把那套二居室挂在中介了，留的是林小都的电话，他怕这几天里就会有人来看房，从警校赶回来太不方便了，还得跟督察室请假。

林小都心里一动，问他打算租多少钱？

她人走了，银行里的房贷还得一分不少地还。路天明说他是把房子租出去用来交朱林燕那份月供的，能扯平就行了，关键是租客，必须要能长租的，而且社会关系最好是简单一点的那种，这房子将来是要留给女儿的。他不想到时候让人住得面目全非。他说，夫妻一场，除了女儿，我跟她就剩这么一套房子了。

尽管路天明在队里向来不怎么合群，但他资格老，能力强，曾经破获的那个呼吸机杀人案，至今仍是警校刑侦课上必修的分析案例。林小都刚调来那会就看出来了，这样的人往往都有点傲慢，看上去像是倚老卖老，有时甚至让人觉得不可理喻，他却最终把自己活成了别人嘴里的一段八卦，而且还是那样的一种。

望着他抱起纸箱出门的背影，年轻的警察又有了那种莫名的心酸，就起身冲着

那个背影说，你走前，找时间一起吃个饭。

路天明有点讶异，回了下头，说，到时候看吧。

十

婉豆没想到会撞见路天明。

那天见完客户正好在附近，她就上网约了个师傅去换锁，打开门却见一个男人从卧房里出来。两个人都吓了一跳，等看清对方后，路天明慌忙解释，说该搬的都搬走了，他是来看看……看看还有什么东西漏剩的。

婉豆更多的是生气。林小都竟然租的是他的房子，却连半个字都没吐露过。给她钥匙的时候只说里面家具、电器什么的，一应俱全，拎包入住就可以了。

路天明见婉豆站在门旁，还有点惊魂未定的样子，就又说，你不记得了？我们见过的，我是小都的同事。

我记得，您是路警官。婉豆说，您来过我们分理处。

那是第二次。路天明竟然还没有走的意思，自说自话地进到女儿房间，把柜门与抽屉一个个地拉开又关上，一边像是在解释，说他这也算是强迫症的一种，做什么事，总忍不住要再检查一遍，有时候，门锁上了，到了楼下，还会再上来推上一把。

婉豆站在他身后，看着他，说，您说……什么第二次？

我第一次见你是在广西。路天明直起身来，说，阳朔的县公安局里。

婉豆愣在那里，淡淡地说，您想说什么？

路天明把拉开的一个抽屉轻轻地推上，说那年夏天他是出差去那边外调，正好看到婉豆从问讯室里出来，他从没见过一个女孩的脸能悲伤成这样，所以后来一见面就把她认出来了。路天明扭头看着眼前的姑娘，说，我到现在才明白，那种感觉就跟心被剜去了是一样的。

婉豆不想跟他说这些，就垂下头，侧身让到一边，可他仍然没走的意思，只好说她找了人来换锁。说完，又说，师傅这会应该快到了。

路天明说那他抓紧点。说完，他又说，一些常用的电话他都粘在冰箱上了，那几家外卖都不错的。

婉豆只是笑了笑，就退出了那间儿童房，在客厅里站了会后，一边给换锁的师傅去电话，一边下楼，沿着内道在四周转了转。其实，这个小区并不大，只竖着三幢高楼，还有一幢更高的是单身公寓，地面上也没种多少绿植，能划的地方都划上了车位，上面停满了各式各样的家用车，站在哪都能听到外面马路上的喧嚣声。等到婉豆领着换锁的师傅回到那套房子，路天明已经离去，只在茶几上放了一大把的钥匙，大大小小的都有，应该是屋里那几扇门上的，还有一些是抽屉与柜子上的。

正式搬家那天，林小都是有点感慨的，站在阳台上，双手把着栏杆说，一代人有一代人的机遇，要是他早生十年，也会在市区有上这么一套房子的。

你要早生十年，就没我们什么事了。婉豆还是挺高兴的，找了根皮筋把头发一扎，拉着韩丽去了超市又去了菜场，买来很多东西填满冰箱。

两个女人在厨房里忙活的时候，韩丽忽然说，还是你们这样好，没那么多的压力，更自在。

什么意思？婉豆说，你后悔结婚了？

后悔也正常，试过才能知道，婚姻就是做给人家看的。韩丽瞥了眼客厅里正打游戏的两个男人，伸手拉上滑门，说，要是老天再给我一次机会，我决不跟他结婚，跟谁都不结……谈恋爱多好呀，无拘无束的，想怎么样就怎么样，两个人想在一起就在一起，不想在一起了，收拾收拾各回各家。

婉豆笑了，说，我看你是受刺激了。

我是看到了事物的本质，那话怎么说的？韩丽歪头想了想，说，城里的人想出去，城外的人想进来，一点没错，就那么回事。

婉豆多少还是有点惊讶的，看着她，说，你们已婚妇女都这么想的吗？

什么已婚妇女？我就比你多了张证好伐。韩丽白了她一眼后，不禁由衷地说，可那一张纸，就是一道枷锁，就是用来锁牢你，让你把什么念头都断了。

你还想有什么念头？婉豆说完就有点笑不出来了，一下想起这屋里曾经的女主人。她说，有些事情它真要来了，只怕谁挡也挡不住。

那天晚上，四个人吃完饭，把桌子支到了阳台上，又喝了会啤酒后，宋天洋笑嘻嘻地提醒韩丽该走了，再喝下去就是妨碍人家小俩口了。

婉豆也没怎么挽留，把他俩送下楼后，挽起林小都的胳膊先在小区里逛了逛，接着又出了小区。

早点回去吧。林小都说，还得收拾呢。

婉豆没出声，只是更紧地挽住了那条胳膊，沿着人行道一直逛到开始有尿意了，才转身往回走。她对林小都说，小时候她老是想，觉得谈恋爱就是挽着心爱的人走在众目睽睽下。

那现在呢？

现在她知道了，谈恋爱不光是逛马路，手臂挽着的，也未必是当初想要的那个。婉豆当然不会说这种话，只是在影影绰绰的光线里冷不丁地说，回去你一个人收拾，我要洗澡睡觉了。

可是，这一夜她又失眠了，在床上躺也不是，坐也不是，抱着个靠枕一遍遍地刷手机，几乎给朋友圈里所有的人都点赞了。

明天我们去换张床。林小都说，我们一早就去宜家。

不用。婉豆说，这跟床没关系。

那就是跟我有关系啰。林小都像是又来劲了，伸着脖子把头凑过来，说，要不试试把我换了？

睡觉。婉豆蹬了他一脚后，关掉手机，躺下去，一闭上眼睛，脑袋里又开始放起了电影，一幕幕的。

过了会，林小都坐起来，说，我还是下去给你买安眠药吧。

你烦不烦呀。婉豆说，你睡你的。

说完，她抱起靠枕下床就去了隔壁的儿童房里，蜷缩在那张小床上，睡不着，就整夜都在那里胡思乱想。

女人大多这样子的，每个月里总有那么不爽的几天，情绪低落、易怒、烦躁，有时还特别的感怀，就像是脑子的程序出了问题。这些，当男友的都已经习惯了，见怪不怪。让婉豆深感失望的是他们两个的那七天年假。她是想再去趟桂林的，试着从噩梦开始的地方结束噩梦。为此，还特意在网上查过很多关于驱魂的方法，有人说焚香祭拜，用纸钱铺成一条远去的路，让逝者一去不返；也有人说得在月朗风清的夜里，请僧尼作法，用佛法来震慑与安魂。这些，婉豆从来都不会相信。她只想带着自己的恋人去到那条江边，去告诉那个沉在江底的人，她的生活已经重新开始，让他不要再对自己纠缠不休。她就是这么一个任性与决然的人。只是，有些话是永远只能放在心里的。

只是，那天林小都看着她的眼神从未那样古怪过，就像把她的心里看透了那样，很久才说，你到现在还没忘了他。

你连一个死人的醋都吃？话一出口，婉豆就意识到了，任何时候都不能忽略了他是一名警察，可以知道你记录在档案里的一切，比你自己还清楚。于是，她马上又说，你不想陪我去就算了。

林小都还在看着她，说，你那些梦里……是不是都是他？

婉豆愣了愣，说，你们当警察的管天、管地，还管人做梦吗？

不只是警察，我是你男人。林小都说，你别这么抵触嘛。

两个人有一句、没一句的，扯到后来，气氛更僵了。婉豆索性干脆地说，我知道你心里想什么。她的眼神冷冷的，口吻当然也是充满了嘲讽的，说，你真想知道，我就告诉你，我想拿年薪，做合伙人，我想成为全上海前十的基金经理，再也不用去受那些客户的气，让他们像狗一样呼来唤去，我还想有个我自己的家，不用每天住在租来的房子里，这些够了吗？我每天起早贪黑心里想的就是这些……你既然是我男人，那你看着办吧。

你这是在偷换概念，我也是读过弗洛伊德的，梦跟梦想是两回事，梦是潜意识里的自我表达。林小都说完，关切地叫了声婉豆，又说，有时候，把压在心里的那些话说出来也是一种解脱。

你不就想我说是周易吗？对，一点没错，我的梦里都是他，这样你满意了吗？这些话脱口而出后，婉豆就被自己吓了一跳。这些年来，她是第一次从嘴里吐出这个名字，而且还是当着现男友的面。她又强迫自己冷静了一下后，站起来，走到镜子前，冷冷地说，你还想知道什么？今天就一古脑地问出来，我会满足你的……你还想知道什么？别不好意思，你尽管问。

我是担心你，你晚上失眠，我也睡不踏实。林小都走上前去，从后面看着镜子里那张发白的脸，说，我不是那样的人，现在都什么年代了，谁还没点过去呢？但我们不能老把过去那块石头压在心里，放下包袱，才能轻装上阵。

轻你个头，你是害怕同床异梦。婉豆看似毫不领情，扭身回了沙发里，又说，你是自己心里有病。

好好好，是我有病，还病得不轻，只要你别喊我"大郎吃药"了就行。聪明的情侣间拌嘴，通常都懂得借梯子下坡，人民警察也不例外，也有顺杆爬的时候。林小都腆着脸回到她身边，笑着说，不就是去趟桂林吗？我这就订机票，你来做攻略。

可是，两个人的桂林之行最终没能成行。林小都临时变卦了，忽然要去澳洲看望他的母亲。

那个二十年前抛夫弃子的女人得了绝症。

有一天，父亲叫儿子回了趟家，一进门就指了指放在桌上的那封信，说，澳洲来的。

信是前妻写给前夫的，很短，也很淡漠，更像是在交代后事。她说她在澳洲这十几年过得挺忙的，忙得什么都顾不上想，现在快要走了，有些事必须得交代。她在那边有幢房子，还有点债券之类的，这是她留给儿子的，需要小都来律师那边办手续继承。她在最后说，如果儿子愿意，趁她还活着来见一面，如果还那么恨她，就等她下葬之后过来也没关系。最后，她还是二十年前说过的那句话——谁也不欠谁的，也用不着怨谁，每个人自己走的路都是自己选的。

在许多人眼里，林小都的母亲从来都是里弄里最妖娆的，也是最不要脸的一个。这位文化馆里的舞蹈老师，情人遍布各行各业，有工人、医生、营业员、大学生与文化局的干部，还有她的学生家长。她有时把男人带回家里，有时也会带着儿子去幽会。那时的林小都还没上幼儿园，每次她都会掏出一包大白兔奶糖，让他等在那些楼下与弄堂口。

妈妈去看病，你不要走开。她几乎每次都这样说，等你吃完糖，妈妈就回来了。

有一次，儿子袋里的奶糖还没吃完，抬头看见了推着自行车的父亲，就说妈妈在看病，等他吃完糖就回来了。

父亲一把将儿子抱在怀里，长久地抚摸着他的脑袋，说，你妈的病是看不好了。

这些，林小都从来没跟婉豆说过。一个脑子正常的人永远不会跟任何人说起。

要不我陪你去珀斯？婉豆那天说，我长这么大还没出过国呢。

这次不是去旅游。过了会，见她不语，林小都就又说，我很快回来，办完就回来……春节，我们今年春节去桂林过。最后，他低下头去，说，其实，我是不想让你去见她。

女人就怕什么都不问，什么也不说。婉豆当时就是这样，只在心里想，跟这个男人在一起这么久了，他没邀请自己去过他家里，连他的父亲都没见过，现在凭空又出来了母亲。长久以来的疑虑点点滴滴，就是这样汇成片、凝成块的，最后沉淀进心里，成为化不开的心结，而且常常还会发酵，时不时泛上来，但婉豆就是不开这个口。

林小都要走的那天，她跟往常一样，起床后忙着洗漱、化妆，把卫生间里的衣服统统扔进洗衣机。

别生气了。林小都在床上看着她，说，等我回来，回来我跟你说件事。

婉豆像是应了声，又像是没有。她头也不回地一边往外走，一边说，等会你记得，把洗衣机里的衣服晾出去。

接着就是一记轻轻的关门声。

当晚，林小都转机时就有微信不断发来，婉豆懒得去回。她抱紧双膝坐在阳台上，出神地望着对面的楼房，第一次发现里面住的是户三口之家。他们像在演电影，一会是中年的父亲在指责儿子，一会又像是夫妻俩在拌嘴，再后来是年少的儿子摔门出去了，夫妻俩穿着居家服就先后追了出去。

婉豆像是一眼看到了自己将来的日子。第二天，她的年休假开始了，在床上一直躺到中午起来，忽然决定回趟老家，去看望一下父母。可是，父母好像并不乐见这个女儿。父亲匆匆扒了两口饭就起身去上班了，换上鞋子才想起来，对着屋里说，晚上要没事，你来看电影吧。

母女俩谁也没吱声，当男人的也没往心里去，带上门就匆匆下楼了。

后来，母亲拎了个钥匙包也要出门了，一边走，一边说，碗你洗一下，我要来不及了。说完，还不忘提醒了她一句：下次回来，提前打声招呼，我也好多备点菜。

母亲这是去打麻将，每晚四圈，从六点到十点，自从退休之后，基本上是雷打不动的。

这就是生活。婉豆觉得从来没像今天这么厌倦过，在餐桌边呆坐了会，起身去了自己那个小房间，一头倒在床上，脸闷在枕头里，心里满是那种想哭都哭不出来的憋屈，只能一个人紧咬住嘴里的那两排后槽牙。

这时，林小都的微信又来了，倒像是提醒了她似的。婉豆跳下床，趿着一双拖鞋就去了外头。

斜塘镇自从开发旅游以来，就把自己命名为上海的水乡后花园。一到晚上就有大量挂沪牌的汽车云集而来，那些人都成双结对的，围坐在河边、桥头、廊下，不是夫妻，胜似夫妻。他们吃饭、喝酒、嘎讪胡，那么多的上海腔，还有远处酒吧街上传来的摇滚乐，让婉豆又有了走在小区旁边里弄里的错觉。

第二天一早，她起床收拾收拾就回上海，早饭都不想吃。当妈的追到长途汽车站，抓着她行李箱的拉杆，问她怎么了？出什么事了？

能出什么事？婉豆面无表情地说，你们忙，我就回去了。

你又不是孩子。母亲说，你总不能叫我们两个一天到晚陪着你，哄着你吧。

所以我回去了。

你一定有事。母亲说，你瞒不了我。

你也帮不了我。婉豆还是冷冷淡淡的，说，这个月还有两百万的指标没完成，你帮得了我吗？

完不成可以先欠着，干不了你也可以回来，回家又不丢人。当妈的都是这样子，说着说着就会语重心长起来。她说，婉豆，找个像样点的人家，比什么北京、上海都强。

婉豆再也不开口了，夺过行李箱，头也不回地进了候车室。

这天中午，她刚下长途汽车就接到快递员的电话，说有份EMS给她投放在了书报箱里。一直要到晚上洗澡时，才忽然记起来，头发都顾不上吹干，忙在那一大把钥匙里找出大概像是书报箱的那把，匆匆下到负一层。

地下车库的灯光从来都是忽明忽暗的，透着一股阴森的气息。整幢住宅楼的书报箱都嵌在电梯厅门外的那面墙上，一排排整齐地排列着，越朝它看，就越像是陵园的那面纪念墙。

婉豆取出EMS，顺手把书报箱清理了一下，把里面那些广告册页丢进纸篓，就一眼看到了躺在最底下的那把钥匙。刚开始，她还以为是原先房门上的，心想那对夫妻也想得出来，把备用钥匙藏在书报箱里，可马上又想到了，这世上有几个人在忘带了房门的钥匙后，还随身带着把书报箱钥匙的。

几乎是在瞬间，她想起了迈克尔·道格拉斯演的那部《超完美谋杀案》，不禁打了个激灵，但念头一转，婉豆又想到了别的。

心急火燎地上楼后，她直奔厨房，找出那把换下的门锁，插入钥匙，反复地拧，来回地转，都没能打开。她又翻出那把钥匙放在一起对照，发现是一模一样的品牌与款型，区别只在齿纹上。婉豆竟然有那么有点失望，原来不是。她还想着那些路天明值班或是出勤的夜里，有人会拿着这把钥匙悄无声息地打开门，悄无声息爬上

257

女主人的床。

女人在这种事情上的想法有时就是那么的异想天开与不着调。

在床上躺到后半夜,她忽然又想到了,强忍着才把这个念头一直压到第二天,拿起手机打了远在珀斯的林小都。

总算听到你声音了。男友的语调欣慰而深沉,说他母亲决定要做手术了,如果一切顺利,再坚持几年是没问题的,他只怕要推迟一些日子回国了。林小都说,再怎么说,毕竟是她生了我。

婉豆是想安慰他几句的,忽然发觉这个抛夫弃子的女人还是挺有心机的,说是让儿子去见最后一面,去继承她的遗产,其实是在借这场病来弥合母子俩二十年的裂痕。一下子,她什么也不想说了,贴着电话又听了会后,才开口,说,我有件事要跟你说。

等她说完,林小都在电话里又后悔了一次,说,我真不该把这些事讲给你听。

你要相信我,一定是这样的。婉豆说,这把钥匙就是那个案子的关键。

我信,当然信。林小都说,破案有警察呢,你也得给人家留口饭吃不是?

你就是警察。

警察也有鞭长莫及的时候。林小都说,要不,你先去报案,会有人来处理的。

打了110,他们让我交给物业。

那等我回来再说。林小都在电话里仍然关心着她的睡眠,说,你要少想点,你又一夜没睡好吧?

婉豆一下就按掉了电话。

这天傍晚已经过了饭点了,她听到敲门声时,以为是送外卖的,打开却见路天明穿着一身警服站在那里。

我来看看那把钥匙。他直截了当地说,接到小都电话我就赶来了。

婉豆犹豫了一下,让他进门后,转身去房间套了件衬衫出来,一声不吭地把钥匙交到他手里。

你再跟我说说。路天明穿上警服看着还是有一点英武之气的。

婉豆至今想不通,这样一个人怎么会接受那样的一种生活方式,就说,你要我说什么?

你在电话里跟小都说的。

婉豆说她在地库的报箱里发现了这把钥匙,刚开始以为是这扇门上备用的。她避开帽沿下那双眼皮浮肿的眼睛,扭头望着那扇入户门,又说,后来试了,发现不是。

路天明没有开口,在沙发里支着半个身体,仍然望着她,静静地听着。

婉豆垂下眼帘,只好接着说,她觉得这把钥匙应该可以打开这楼里的某扇门,也许是在小区里别的那两幢楼里的……

你不用有顾虑,至少我还是警察。路天明说,怎么想的,你就怎么说好了。

婉豆想了想,索性闭嘴了。

路天明等了会,说,你是不是想告诉我,她还有别的男人,就住在这个小区里,她经常会趁我值班、出勤,或是女儿睡着后,用这把钥匙去打开那扇门,去跟那个男人幽会。

您怎么想,是您的事。婉豆说着,站起来,一副要送客的模样,说,对不起,可能是我太多事了。

路天明并没有起身告辞的意思,而是仰脸着看她,说他已故妻子有病,一直瞒着他,一直在定期做治疗,但他没说是什么病。可就算不说,婉豆也知道。这在一个人死后,已经不是什么秘密。

那病在医学上叫性冲动控制障碍症，也就是人们俗称的性瘾。警察在查检朱林燕的工作电脑时，从中发现了整套就诊记录的电子档，还有办公室衣柜里的药品。当时，林小都回来一八卦这些，婉豆就想到了在网上看过的那部《女性瘾者》，就说，我们都不明白那种痛苦与孤独。

我们为什么要明白？林小都那时正在厨房里洗碗。婉豆记得，他在哗哗的水声里说，只要她能明白给别人带来的是什么。

此刻，婉豆又看到了路天明那一脸的孤苦，有点心软了，催他走也不是，让他坐着更不是，好在敲门声响起，是叫的外卖送到了。婉豆赶忙过去打开门，接过那袋快餐后，站在洞开的门边，说，我还没吃饭呢，我要吃饭了。

可是，路天明离去后，她却什么胃口都没了，坐在桌边越想越觉得烦躁，有种莫名的压抑，就起身去冰箱里拿了瓶水，仰着脖子一直灌到胸口隐隐作痛。

后来下去夜跑时，婉豆一出门厅就见路天明坐在台阶旁的花坛边沿，弓着背抽烟的样子就像落魄的保安。

两人都有点错愕。路天明见她那身运动打扮，就起身指了指一个方向，说那边有所学校是对外开放的，不远，操场上铺着塑胶跑道。

婉豆只是"噢"了声，走到小区门口时，忍不住回头看了眼，就见他又坐回了那个花坛的边沿，出神地望着门厅的方向。那里，暗淡的灯光中，不时地有人进进出出。

可是，那把钥匙最终没能打开这里的任何一扇门。

市郊刑警队会同片区派出所对小区进行了全面排查。警察与社区工作人员挨家挨户地上门，同时还查证了那些新换门锁的住户。他们大都跟婉豆一样，都是刚刚搬来不久的租户，通常入住的第一件事就是换掉门锁。接着，刑警队又抽调人手，对那些案发前后搬走的那些住户展开追查。最后，锁定了一个目标。

你先看看这张照片，按理你是见过的。市郊局的刑警把一张放大的证件照交到路天明手里，说，他住过你们那幢楼的四楼，只不过在案发的一个半月前搬走了。

路天明记得这个长相阳光、身材健硕的小伙子。他长着一头浓密的卷发，经常身穿运动套装。有时，他们会在电梯里碰到，偶尔也会点一下头。路天明记得，有一次他们一家三口下到四楼，小伙子一进电梯，就摸了摸妮妮的脑袋，笑嘻嘻地说小姑娘真可爱。

朱林燕当时拉起的女儿手，也报以微笑，说，还不快叫叔叔。

路天明接到电话就赶来市郊局的刑警大队，从崇明岛到市区，水都没喝一口。他嗓音干涩地说，你们怀疑他的依据是什么？

刑警打开桌上的一个文件夹，说根据暂住人口登记显示，这人名叫刘羿，男，二十八岁，陕西汉中市留坝县人，来上海有几年了，先后在市区几家高档健身会所担任健身教练，最近就职的一家是迪森健身俱乐部，于案发的前半个多月离职，去向不明。

什么叫去向不明？路天明说，这些日子里他没有使用过身份证与银行卡吗？

连支付宝与手机信号都处于停滞状态。刑警说他们已经查明，这个叫刘羿的提供给入职单位的学历证明也是伪造的，现在看来，他不光有很强的反侦察能力，而且不止有一张伪造的身份证，极有可能身上还背着别的案子，可惜，目前我们没法提取到他的DNA。

路天明看着那名刑警，说，可这些跟我们的案子并不关联。

刑警起身去办公桌上拿了两叠清单来，说刘羖这张身份证前后办过两个手机号，是在案发前一个月左右先后停机的，这里有两个号码全部的通讯记录，他让路天明翻看了一会后，问他有什么看去？

自己一般不太可能跟自己通话，他的另一部手机一直有其他人在使用。路天明伸手接过刑警倒的一杯水，喝了一口又一口，直到全部喝完，才抬头看着他，说，你们这次叫我来无非就是要问我，朱林燕是不是曾有过两部手机？

你是前辈了，你一定注意到了那些通话与短信的时间，基本都在晚上，有的还是深夜……刑警顿了顿，见他不语，继续说，我们在遗物里没有发现另一部手机，也对她生前使用的手机作过检测，没有发现使用过别的SD卡。

你也清楚，我们平时有多忙？平常都是什么时候回家的？路天明摇了摇头，说，她如果要在家里藏一部手机，或是要处理掉一部手机，我是根本不可能发觉的，也没有这种机会。

老路，我不瞒你，请你来之前，我们去了你的老东家，查过你的出警表，你也肯定发现了，这两部电话的通讯时间，跟你值夜班与出夜警的时段是高度吻合的……

你想说什么？

我们都是吃刑侦这碗饭的，在基础判断上，我相信，你我间的差别不会很大。说着，他犹豫了一下，拿过路天明手里的

纸杯，去续了杯水后，重新递回到他手里，换了种语气，解释说，我们也是考虑再三才把你请来，把这些情况通报给你，你应该比我们更清楚……法网恢恢……一个人，不管他是死是活，都不会凭空消失的，真相一定会水落石出。

路天明当然明白，只要在茫茫人海里找不到这个人，案子就会成为积案，成为档案柜里的一个档案袋。他低头看了会手里那杯水，又一口一口地把它全部喝光后，起身握了握刑警的手，什么话都没说，就转身离开这间大办公室，下到地库，坐进车里，点上一支烟，一口一口地，抽完后，又点了一支。

除了石磊，朱林燕应该还有一个更为隐秘的情人。参与这个案子的刑警们都有这个共识。那些丈夫晚归的夜里，哄完女儿入睡，她就用那把钥匙打开四楼的那扇门。路天明只是觉得奇怪，自己竟然依旧这么平静，除了胸口有点发闷。他看着地库里进进出出的那些警车，满脑子都是那条铺满落叶的武康路……

那是他们第一次偶遇，朱林燕穿着件米色的风衣，那条天鹅般纤细的脖颈里围了条丝巾，踩着双米色的高跟鞋从一家咖啡茶座里出来。

那天，天眼看就要下雨。

十一

两个人真到了分手那一刻都出奇的平静。

婉豆用剪刀把挂在包上的哆啦A梦从眼睛部位绞开，露出那个微型的太阳能信号发射器，放在桌上后，搬过一把椅子，踩上去，从空调的出风口里扯出一个摄像

头，一刀剪下，又放到了桌上，说，还有吗？你还装哪里了？

林小都站着没动，说，你听我解释。

婉豆在椅子里坐下，仰起脸，平静地看着他，说，你让我恶心。

我自己也觉得恶心，可就是忍不住。林小都显然早已料到这天会来临，许多话都是在心里说过无数遍的。他拉开一把椅子，在桌子的另一侧坐下，把那个小小的摄像头拿在手里，低头看了会，说，跟你在一起越久，我越发现自己是个太缺少安全感的人。

事实上，婉豆不是没有觉察，只是情侣间有许多事不由人细想，也不能细想。她那个EMBI班毕业前夕，同学们在学校边上的一家网红饭店里小聚，二十几个人拼了两桌。开始得早，散场也早，大家都要赶着回市区，出来一看，天上正下着密集的细雨。

一名也是做金融的男生拉着婉豆一起拼车，两个人躲在屋檐下有说有笑的，等着网约车赶来，林小都忽然出现了，打着一把雨伞，一下就站到了他们跟前。

婉豆先是一愣，马上露出惊喜的表情，说，你怎么来了？

当然是来接你呀。林小都一把把她搂进伞里，说，你看，这雨下的。

他还随口邀请了那名男同学搭他车回市区，人家当然不会当电灯泡，一边道谢、婉拒，一时间三人都有点尴尬。

婉豆一直忍到坐进车里，才扭头问他：你什么意思？监视我呀。

林小都说，这种下雨天，你打车，我也不放心哪。

可他今晚应该在队里值班。婉豆继续盯着昏暗中的那张脸，不依不饶地说，你不是跟踪我？你怎么知道我们在这边吃饭？

不在这里，也会在附近，你们学校边上就这几家饭店。林小都一边发动汽车，笑着，轻描淡写地说，你别忘了，我是干什么的。

婉豆什么都不想问了，连嘴都不想张一下。她只是目不转睛地盯着那张轮廓分明的侧脸，在车窗外那些一掠而过的灯光里。

林小都像是忽然记起来了，从口袋里掏出手机往她手里一塞，问她带备用电池了没有？带了就给它插上充会儿，万一队里来电话。他说，苹果的续航真不行，现在一天都用不到了。

真正把两人逼上末路的也是在夜里，漆黑的天空中下着更大的雨，刮着更大的风。那天，离开上海时太阳还若隐若现的，林小都一早开车把婉豆送到钱新荣的公司楼下，还是一脸的想不通，嘟嘟囔囔地说，你就是个做资产管理的，人家去竞拍，干嘛非要拉上你呢？

这是我的工作。婉豆有点烦，把手里那半杯奶茶放进杯架，转念间，索性在车里耐心地给他普及了一下，说钱总拿地需要募集大量的资金，她所服务的公司就承担了这个融资的通道，虽然不作为资金募集的主体，也就是个资金掮客吧，但事先会对借款人作尽职调查，对这笔资金的使用还要做定期的贷后管理，这也是银监部门的规定。婉豆说，我现在赶去现场要做的就是贷后管理。

可你的工作是大客户经理。

钱总是我的客户，他是通过我向公司提出融资计划的。婉豆说，我跟你们不同，你们的案子由上级分配下来，我的每个客户都得靠自己争取，我不光要维护好他们，还得保证资金的安全。

这时,钱新荣的车从地库上来,停在了大门口,后面还跟着两辆MPV。

婉豆用手一指,又说,这么多人呢,你该放心了吧。

林小都笑了,咧着嘴,说,我什么时候不放心过?

婉豆不再理他,一把推开车门。

钱新荣这次显然是志在必得,不光亲自出马,带上了公司里的大半个行政部门,连规划与设计团队都请去了,整整的两车人。只是,他并没有进入竞拍现场,而是坐在车里,等到司机知趣地离开后,从车载冰箱里取出瓶香槟,打开,倒了一杯,递到婉豆手里。

看着酒杯里的气泡,婉豆笑吟吟地说,现在庆祝太早了点吧?

没什么好庆祝的。钱新荣一口就喝干杯里的酒,又给自己倒一杯,说,我就是有点渴了。

您好像有点紧张。

有吗?他扭头看了眼婉豆,说,你这都能看出来?

那只是块工业用地。婉豆说,当初我们分析过其他几家参与的竞拍公司,基本都是当地的龙头企业,这是他们的优势,但地方保护有时也会成为劣势,当地政府如果有远见的话,应该更倾向于引进外来企业。

分析那都是纸上谈兵。钱新荣说,走到现在这一步,就凭价格说话了。

其实……它边上那块十九号地块也不错,更适合做仓储,因为中间有条小河,破坏了整体性,竞争力度也会相对减弱,我们如果把河拓宽加深后,正好在两边做码头,相对于将来运输成本来说,水运的价格会低很多。

钱新荣笑了,说,是你担心我拿不下来?还是你们樊总?

单作为物流与存储用途,这地块的标价是有点偏高的,还得分摊部分公共设施与一座公路桥的费用。婉豆快速地瞥了眼,见他不语,忙又说,樊总的想法也是几位投资人的想法,大家关心的是投资获利与资金的回收期限。

钱新荣不作声了,又一口干掉了杯中的香槟。

按照惯例,当晚是中标企业与当地那些职能部门的见面会,主要是上下都见个面,以便于今后各方的协调。然而,钱新荣并没有参加,脸上也丝毫看不出半点竞拍成功后的喜悦。他在嘱咐那两名副总时,像是忽然想起来了,扭头对婉豆说,等会你跟我走一趟。

这种语气完全是有更重要的事在等着去办,婉豆只能顺从地点头。可是,他们去的却是城外,恰好又赶上下班高峰,车在路上走走停停。婉豆好几次都想问他去哪里?到底有什么事情?钱新荣却始终闭着眼睛,靠在后座上,脸色阴沉得就像车窗外的天色。

车子终于上到高速,婉豆又看了他一眼,想了想,还是忍住没问,索性也闭上眼睛,把头靠到座枕上。钱新荣却睁开眼睛,冷不丁地说今天是他吃素的日子。

婉豆一下记起来了,中午的时候就没见他下来跟大家一起用餐,就说,今天是什么日子?

钱新荣没有回答,而是说每年里他都有几天会吃素,要么就索性禁食。他还说,在澳洲那会,每到这些天他都会把自己关在作坊里，实在没什么可干的就干脆清理炉子。说着，他扭头看着婉豆，又说，现在好了，我总算有地方可以建几口窑了。

钱总。司机这时忽然开口，说，后面有辆车好像跟了我们一路了。

钱新荣只是扭头向后瞥了眼后，又靠在头枕上闭上了眼睛。

等到车下了高速，在那条新铺的柏油路开了会，婉豆就知道他们要去的地方了。早在钱新荣决定融资投拍这块土地时，她就来做过尽调。当时，这里的地一块一块都圈在围墙里面，到处长满了茅草，风一吹就满天的飞絮，还有一些不知名鸟雀扑扑愣愣地惊飞起来。现在还是这样子，在乌云密布的暮色里，看上去越发苍凉。

灵光禅寺尽管离这片荒滩并不远，却是另一番景象，就像遥遥相望的两个世界。汽车无声地驶过一条弯曲的林荫小道到达山门时，就有一名年轻的僧人快步迎上来，拉开车门后，双手合十，称他为居士，说住持已在禅房里恭候多时了。

钱新荣点了点头，让他先带婉豆四处看看，一会斋堂里见。

其实，这座寺院并不算大，许多地方尚在扩建中，堆满了各种木料与建材，如同一个整洁的工地。婉豆那次来尽调时已经顺道来观光过了，还在网上搜了搜，知道它最早建于南北朝，一千五百多年里不断地毁于战火，又不断地被重建。最近一次被毁是在抗战中，整个寺庙烧得只剩后院的那座灵光塔。

住持的禅房在一排寮房的后面，门口高耸着一块巨大的太湖石，就像是面屏风。钱新荣熟门熟路，上到台阶也没有敲门，随手一推就进去了。

镜明住持是个面容清瘦的老人，穿了件灰色的僧袍，端坐在那张硕大的根雕茶台后面。他并没有起身相迎，而是看着钱新荣返身关上门后，翻起茶台上的一个紫砂茶盏，缓缓地斟满一杯普洱，说，你何必带个外人来呢。

我故意的。钱新荣在一张根雕的圆凳坐下后，端起那盏茶，说，他怎么说？不来了对吗？

你不想他来，他就不来。镜明住持指了指搁在一边的手机，接着说，有句话，他让我转告你……钱财是身外之物，该来的时候来，该散的时候散。

他这是崽卖爷田不心疼。钱新荣抿了口茶后，马上一笑：我可不像你们出家人那么看得开。说完，他放下紫砂茶盏，长久地看着眼前的老和尚，才又说，日子过得真快啊，又一年了。

前世的因，都会结成今世的果。镜明住持的眼神有种化不开的忧伤，他迎着钱新荣的目光，一直看到他低下头去，重新拿起那只茶盏，才如释重负般地说，这些年里，你们没有忘记，她也不会忘记……她每天都在那个漆黑的墓穴里正看着我们。

这时，屋外的云层里亮起一道闪电，接着是一声沉闷的雷声，豆大的雨很快落了下来，啪啪地打在屋顶的瓦片上。

灵光寺后院里的小斋堂一看就不是为普通香客准备的，尤其是上到二楼的那个小房间里，连供桌上燃的白檀香都是产自印度的迈索尔，馥郁中透着丝丝的奶香。

婉豆竟然没有听见钱新荣进来。她站在窗前，出神地看着这场在暮色里越下越大的骤雨，一回头，才发现人已经站到身后，就说，您还请了哪位？

钱新荣回头看了眼桌上摆的三套餐具，没有回答，而是一指远处的河边，说，用不了两三年，它会成为离上海最近的产业园区。

这些也曾写在他的融资报告里。婉豆是想说一个地块发展的关键取决于政策，尤其是那些两个行政管辖区的中间地带，但最终还是闭紧了嘴巴。对于小小的一名业务经理来说，没有比认清自己站位更重要的了。

这时，钱新荣抬了抬下巴，问她知道这条河叫什么名字吗？不等婉豆开口，他又说，河的对岸有个小村庄，就那些树丛的后面。

这些，婉豆在卫星图上都查过，那条河叫太浦河，是由人工开凿，为的是把太湖里的水引进黄浦江。她还知道，过了这条河就是上海地界，那边的村庄叫姚家浜。她只是觉得钱新荣说话的语气有点怪，不由地扭头，又飞快地看了他一眼。

钱新荣一摆手，像是把眼前那些水气都驱赶走那样，俯身关上窗户，走到桌边拉开椅子，很绅士地请婉豆入座后，拿起桌上的小铃铛摇了两下，就有一名和尚进来。他往桌上瞥了眼，说，把这套餐具撤了吧。

婉豆一点都不好奇那个失约的人是谁？她更多的感受是窘迫，还有那么一点的仓皇，跟一个老男人在寺庙里用餐，而且外面还风雨交加的，让人心里怎么想都不为过。钱新荣倒是一扫脸上的阴霾，像是一下来了兴致，每上一道素食就不厌其烦地讲解，从它的配制、烹饪到刀功、火候，就像是两个厨师专门赶来试菜的。

婉豆又看了眼戴在腕上的手表，强忍着没去回林小都发来的微信。他仍然视而不见，拿过茶壶给自己斟满一杯普洱后，话题一转说起了自己的身世。他的父亲就是在抢修这条河道时被洪水卷走，还有他的大伯与祖父。那一年他还不到三岁。钱新荣兀自一笑，说，要是他们还活着，说不定我这辈子就在那个村子里喂猪了。

几年后，他跟随改嫁的母亲去了镇上，但每年暑假都会回村里跟祖母一起过上两个月。钱新荣的眼神是一点一点变得暗淡的，扭头望着那排窗户，说后来长大了，他反而来得越勤了，几乎每个傍晚都从镇上骑车来村里，然后再到这条河边，脱光衣服从对岸游过来。那是因为他恋爱了。他爱上了一个姓金的女孩，金子的金。他又扭头看了眼那排紧闭的窗户，说，那会，他们什么都没有，父女俩就住在外面那座塔里。

金枝的父亲现在成了这所禅寺里的住持，但当时不是。当时，他只是个带着女儿流落至此的鳏夫，在砖瓦厂里替人烧窑时，他说他们老家是在江西的景德镇。稍稍攒了几个钱后，他就去镇上串来点日用杂货，挑着担在几个村里挨家挨户地贩售，有时也换回一些农民从地里挖出来的瓦罐、瓷器与破铜烂铁。

出家前的镜明住持就是个与众不同的人，每到夜里在塔里摆弄他收来的破烂，修修补补的。第二年，父女俩推倒庙里的一堵断壁，用那些砖在灵光塔边搭了两间房。又过了一年，他们在空地上砌了口瓷窑，空下来就在河滩上洗泥与拉坯，用那些河里沉积的淤泥来烧制日用器皿，再把它们卖到各个村子里。

这些，钱新荣都没有说。他对谁都不会说是父女俩教会了他制瓷，更不会说这位曾经的准岳父还教授过他堪舆之术与盗墓的技巧。他是忽然用一种失措的眼神望着婉豆的，说，你看，我怎么跟你说起了这些呢？

看来，是人都会触景生情，再深沉与世故的男人心里也有一块柔弱的地方。他们同样渴望倾诉与有人倾听。婉豆不由地说，那她后来怎样了？

钱新荣没有说话，而是拿起茶杯，轻轻地抿了口里面的茶水。

她死了？婉豆是一下意识到的，脱口而出后，她马上又想到了，今天应该就是那个女孩的忌日。

当时给出的结论是失踪。钱新荣放下茶杯，好一会才缓慢地起身，走到窗边，用力地推开。在哗哗的雨声里，他喃喃自语般地说，那晚的雨真大啊……那条河带走的都是我的亲人。

镜明住持就在这时敲门进来，身后还跟着那名年轻的和尚。他在看了眼洞开的窗户后，单手立掌笑呵呵地说了几句佛家的场面话，就转脸对着婉豆奉承起钱新荣来，说钱居士可是寺院里的贵人，当初重建大雄宝殿时，不光捐财捐物，连设计师都是由他去台湾请来的。

示意年轻的和尚关上窗户后，钱新荣的面色已经恢复如常。他对婉豆一笑，说，你看，大师傅这是来赶我们走了。

不敢，不敢。镜明住持连连地摆手，说前些时候，他去外出参学，带回了几块和田的籽料，请人雕了些挂件，都是已经开过光了的。说着，他朝年轻的和尚一招手，又说，男戴观音女戴佛，你带这位女居士去挑一件。

显然这是在支开她。婉豆朝钱新荣看了眼，就见他微微一点头，说，替我也挑一件，我们帮大师傅鉴定一下，看看到底是不是真的和田籽料。

镜明住持一直要听到脚步声下了楼梯，才把手垂进袖筒，说，他还是来了，有些话……他觉得还是当面跟你解释清楚为好。

木已成舟。钱新荣低下头去，看着衣襟上的雨渍，说，这世界上最没必要的就是解释。

人生在世，活得不就是一个妥协吗？镜明住持扭头看着那排紧闭的窗户后，伸手拍了拍他肩头，说，人事要尽、天命也得听，你们两个的日子还长着呢。

灵光寺的后门外依然是条林荫道，在哗哗的雨声里更加的影影绰绰。钱新荣打着一把伞刚出来，就见车灯闪了一下，等到走近才看清停着的是辆红色小车。

姬仲伟的头上戴着顶棒球帽，等到钱新荣坐进副驾驶座后，他并没有马上开口，而是出神地望着挡风玻璃外那些如注的雨水，好一会才说，你说怪不怪？这二十九年里每到这天都会下雨。

钱新荣愣了愣后，摘下眼镜，抽了张纸巾，仔细地擦拭着镜片上的雨珠。他忽然没头没尾地说了句：我记得你跟我说过，刚当水利局长那年就集资加高了这边的河堤。

我有说过吗？姬仲伟想了想，说，其实，我还跟你说过很多话。

姬副市长说过的每句话我都记在心上。

你就别寒碜人了。姬仲伟总算将目光落到他脸上，看着他把眼镜重新戴上，说，我也没想到会出这种意外……好在地你拿下了，这是最重要的。

我们之间是有约定的。钱新荣在黑暗中看着他，说，我出面拍下这块地皮，之后的问题由你来解决。

那天，姬仲伟专程赶往上海前心里就已反复盘算过，可以说是每一步都滴水不漏，连见面的场所也是选了又选的，挑在离澳新商行不远也不近的一家中式茶楼里。

钱新荣一进包厢就觉察到了,他的脸色不对,但依旧笑着调侃说,姬副市长这是来上海指导工作吗?

那时的姬仲伟刚被任命为副市长不久。看着钱新荣入座,他露出一丝苦笑,说,命运就是这样子,你担心什么,它就给你来什么。说着,他从包里取出一份蓝图放在桌上,轻轻地推到钱新荣面前,又说,这一天,终于要来了。

蓝图是他那个地级市新一届政府发展规划的部分。他们将在太浦河边打造一个滨河现代产业园,作为接轨上海的桥头堡。

钱新荣一下就听到了哗哗的雨声,半天都没能出声。

我们三个都不容易,都是一步一个脚印才走到今天的。姬仲伟的嗓音听上去有点干涩。他说,我想,她也不希望我们走到那一步。

你去找过老金了?钱新荣终于开口,说,他怎么说?

姬仲伟没有回答,而是给出了他那个深思熟虑后的方案,就是让钱新荣以澳新公司的名义竞标这块地皮。他说,这些地块很快会招标与拍卖。

都快三十年了。钱新荣说,即便重见天日,也已经过了追诉期。

这跟追诉期没关系,只要是枯骨,公安就会追查。姬仲伟说,你不会忘了吧?她身上穿的是我那件校服,上面有我的校徽。

那下面灌满了水,可能什么都没有了。

腈纶会烂掉吗?那校徽后面还刻着我的学号。姬仲伟看着他,放慢语速,一字一句地说,他们查到我,也会找到你……

他们会知道那晚发生过的一切。

钱新荣闭上眼睛,好久才说他只是个做进出口食品的,都是些小买卖,他吞不下这么大一块地,没有这个实力,也没这个能力。

这些,姬仲伟都想到了,包括前期融资与中期的贷款方案,甚至是将来的土地性质的变更,而且他已经在招标的要求里增添了物流与仓储这两项。这对一名分管城建的副市长来说不是难事。说完,他起身走到钱新荣身后,俯下身,在他耳边,喃喃地说,这些日子里,我一直在想……其实……命运从一开始就把我们三个捆在了一起,一刻都没有松开过。见钱新荣仍然沉默不语,他只好用手在那只肩膀上拍了拍,重新返回自己的座位,好一会,才又说,你还记不记得?老金决定回来重建灵光寺那年,你专程从澳洲赶来……

钱新荣当然记得,那也是他第一次回国,不光带着一颗赤子之心,皮包里还揣了份 Corrs Chamber Westgarth 律师事务所的文件。在锦江饭店的房间里,他把文件分别交到两人手里,说,这是你们那一份,两年前我就让律师准备好了。说着,他看了看面前的两人,最后把目光留在老金脸上,又说,金枝那份我明天就去提现,我想把它留在庙里,至少让她每天有香火……

所以,不等姬仲伟说完,他就扬起脸,说,你不用提醒我的,我们还是老办法,少数服从多数。

可是,计划永远都赶不上变化,问题出在了正式竞拍的前夕,中央环境督察组忽然下来了。因在区长任内违规开发商业地产项目,姬仲伟受到了通报与警告处分。

我的工作不久后也会有调整。姬仲伟

摘下戴着的那顶棒球帽，说这是他自己提出来的，这种时候一个人的姿态尤其重要。

是啊。钱新荣冷冷地说，你想得多，要的也多，你要平安，要前程，还要姿态。

商场如战场，官场上又何尝不是？你在前面冲，就会有人在后面捅刀子，使绊子，让你防不胜防。姬仲伟并没有介意，反而用一种诚恳的语气叫了声新荣，推心置腹地说，用我们乡下的老话说，我们这种都是没脚的螃蟹，我们的每一步都走得如履薄冰，所以要尤其小心……有时候，我真是受够了，我都不知道自己什么时候冲动过。

什么意思？钱新荣愣了愣，扭头看着他，说，你在暗示我什么？

你也太敏感了。姬仲伟一笑，戴上帽子，说，你不是过河拆桥的人，我也不是……只不过，我们原定的计划得有所变化，但也不会太大，至少在一段时间里，我是不便再插手这件事了。

之前你有插手过吗？钱新荣郁闷的是今天的土拍价格，到落锤那一刻，被人硬生生哄抬了近两成。

我插不插手都是这个结果，价格是由市场决定的，有人跟你争，就证明了这块地的价值。姬仲伟说，我一开始就说过，我会保证让你拿到进场的那张门票……我做到了。

短暂的沉默后，钱新荣说，你说的一段时间是多久？

现在还不好说。姬仲伟想了想，说，我们都要往前看，土地从来都是一种资源，你要相信一座城市发展的决心……有时候，熬过一个阶段，就是一片新天地。

如果熬不了那么久呢？到那时，问题是解决了，你继续当你的领导，他继续做他的住持，我呢？钱新荣在黑暗中瞪着棒球帽檐下的那双眼睛，说，资金链一断，除了背上一身债务，我什么都没了。

不会有这一天的。姬仲伟伸手在他大腿上拍了拍，说，你要相信我。

钱新荣一咧嘴，说，要是信任能当支票用就好了。

那怎么办？你要弃标现在还来得及。姬仲伟有点不高兴了，说，要不我们干脆一起去自首？一五一十地把事情说清楚，告诉他们当年发生了什么。

钱新荣一下闭嘴了。车厢里只剩下一片雨滴打在车顶的咚咚声，每一下都如同打在人心上。

后来，姬仲伟在他推门下车时忽然记起来了，从衬衫口袋里掏出一张纸条，说老金在监控里发现的，这辆白色的沪牌车一路尾随着钱新荣的车，这会还停在外面的路口呢。刚才在等的时候，他让相关部门去查了下，车主是名上海的刑警，姓林。姬仲伟关切地说，你没出什么事吧？

钱新荣避而不答，拿过纸条后，随手一拍中控台，说，你这是换新车了？还是又换了新人？说完，他稍稍收敛了一下语气，同样关切地说，你跟我们不一样，你这半辈子活得就是个谨慎。

姬仲伟愣了愣，说，我把它看成是生活对我的回报。说完，他叫了声新荣，斟酌了一下，又说，我们都是年近半百的人了，有时候脱光了站在镜子前，你知道，我有多怀念我们在河里游泳的那个时候。

钱新荣深深地看了他一眼后下车，举着伞一头闯进雨里，等到了自己那辆车上，大半个身体已被雨水浇透，却显出少有的兴奋。回程的一路上，他一直在不停地说，都是关于那块地的前景与展望，就像是把公司里的务虚会移到了这车的后座，直到车拐进高速路口前的那条弯道，才拍了拍司机的肩膀，让他把车停下。钱新荣说，你下去问问后面那辆车，为什么跟了我们一晚上。

林小都的白色雪弗兰就这么被堵在了高速入口的弯道上。天上的雨还在哗哗地下着，风吹起地上的积水，又落回到地面，在刺眼的车灯里溅出无数水花。弯道很快堵成了一片，到处是按响的喇叭声。

婉豆的脸上没有丝毫表情。隔着后挡玻璃看清那个车牌后，她从后座上回过身来，打开手机，把林小都这晚上发来的微信逐条地又看了一遍，一字不漏。

这时，钱新荣却又旧话重提，冷不丁地问她考虑得怎么样了？

婉豆半晌才仰起脸说，什么？

人没必要在一棵树上吊死。钱新荣笑了笑，说，鞋子也只有试过了才知道合不合脚。

婉豆觉得他是话里有话，就直截了当地说，钱总，我不明白您的意思。

看来，你是没把我的话放在心上。钱新荣叹了口气，说他这边等到土地出让金交齐，很快就会进入施工阶段，婉豆现在过来帮他是最好的时机，可以先从预算与审核这两块着手，一步一个脚印地开始。他说，只有看着它从无到有，陪着它成长，你才会有成就感。

事实上，钱新荣第一次给出这个 offer 时，婉豆就已经反复想过，自己在金融行业里打拼了五个年头，许多一开始还看不清楚的事情，现在变得越来越清晰——她恐怕这辈子都成不了一名金融分析师。每天睁开眼睛，除了联系新客户，就是维护老客户，一遍一遍地跟他们复述国际行情与国内的政策，从货币到原油，那种强颜欢笑后的乏味与厌倦，也只有在一个人静下来以后才能体会到，就像是看到了自己的一生。

婉豆是一下转过身去的，扒着后座的靠背，望着从那辆白色雪弗兰车灯射来的那道光，只觉得两只眼睛酸得泪水都要夺眶而出。

我记得你以前说起过的，你的志向是当一名金融分析师。钱新荣又开口了，若有所思地说，可是小林，有时候……现实就是用来磨灭梦想的。

婉豆心里一惊。同样的话韩丽也说过，就在不久前，两个人站在餐厅外等位的时候。她慢慢地坐正身子，说，您就这么信任我吗？说完，她马上又说，隔行如隔山，钱总，您不怕我搞砸吗？

我不是信任你，我是相信我自己。钱新荣说着，伸手一按，等到后挡玻璃上的遮阳帘升起，彻底地隔绝了那道车灯的光芒。他像是在自言自语，信任是种奇怪的东西……我更愿意相信，一切都是命运的安排。

婉豆坐得纹丝不动，直到司机打着伞回来，拉开驾驶室的车门，才用力地推开身侧的车门，一步跨进了雨里。

钱新荣看着那扇车门被重重地关上后，闭上眼睛，把整个人埋进座位里，对司机吐出四个字：我们走吧。

婉豆快速地被雨水浇透，迎着那道雪亮的灯光，笔直走到林小都的那辆车前，一动不动地站在雨里。她只想分辨出此刻脸上流淌的那些，它们到底是雨水还是泪水。

十二

姬仲伟在副市长任上的最后一次公开亮相，是参加滨河现代产业园区的奠基仪式。站在那个临时搭建的舞台上，他强忍着不去看往寺院的方向，可还是忍不住。那片茂密的树丛间高耸着的灵光塔，远远地矗立在阳光里，虽然早已不见了当年的破败与苍凉，这些年里却始终如同一根扎在他心头的刺。

那个时候，他是那么年轻与肆意，整个夏天骑着父亲那辆自行车就像插上了翅膀。他穿过田野与村庄，但不管去到哪里，不管多热的天，都会敞着那件蓝白相间的腈纶校服。这是一个人的标志，而更能证明这个身份的是他别在校服上的那枚校徽，上面凸印着四个字"秀水农校"。这是一种无言的宣告，田间地头上只要长着眼睛与会认字的人一眼都能看明白，这个村支书兼砖瓦厂厂长的儿子，用不了几年就会超越他的老子，彻底地离开这片土地。他会去到城里，成为一个整天穿着皮鞋的人，然后会在那里找到一个同样整天穿着皮鞋的对象，跟她结婚，跟她生儿育女。他就是一只从泥地里钻出来的蛹，张开翅膀飞上天就成了蝴蝶。

他会从一个乡人彻底地成为一个城里人。

可是，年轻的代培生却迎来了他人生中头一次挫败，就在那个暑假过到近半时，烈日当头照得人睁不开眼睛。金枝喝着他特意去镇上去买来的柠檬汽水，半个身子倚在灵光塔的门洞口，一直等到他说完，歪头认真地想了会，说她是不可能跟一个城里人谈朋友的，做梦都不会这么想。

小伙子已经在城里念了一学期的中专，都没见过哪个女孩子随便往门边一靠，歪着脑袋就能娇俏成这样子的。他忙说，我现在还不是城里人。

迟早会是的。金枝一笑就露出了两颗小虎牙，说，我可不想到了那会被人甩掉。

我不是那种人。姬仲伟想了想，说，你爸早就认识我了，他知道我是什么人。

金枝的嘴笑得更开了，两颗小虎牙上闪烁着亮晶晶的阳光。她说，那你去跟他谈对象吧。

我没跟你说笑，我是认真的。姬仲伟站在灵光塔的门洞外，用力地一点他那颗硕大的脑袋，说，你放心，将来我去城里就把你带到城里，我去哪里都会带着你的。

我才不要跟着你呢。金枝说完，收敛起脸上的笑容，扭头望着远处那条波光粼粼的人工河，说，我哪都不会去的。

气氛一下有点僵了，好在姬仲伟那时就是个知进退的人了，他点了点头，用一种超越年龄的口气，说，这么大一桩事情，你还是好好想想，跟你爸商量一下。说完，他见姑娘还在仰脸望着远处那条河，呆呆的，完全是一副望眼欲穿的样子，只好悻悻地退下台阶，仰着脖子喝光手里那半瓶汽水一连打了两个嗝后，他跨上自行车，扭头冲着灵光塔那个门洞大声地说，瓶子留你这儿，我明天去镇上退了。说完，他又说，明天，你想好了给我回音。

金枝根本没有等到第二天。当晚，月亮刚升起来，她就催着钱新荣去了趟村里，但又有点不放心，追上来叮嘱他，要好好地说，只动口，不动手。

姬仲伟正在家门口的井台边冲凉，扭头瞄了眼走到跟前的人影，在心里发出一声冷笑，说，我知道你是谁，你是老金的

269

那个徒弟。说着，就把湿漉漉的脑袋凑到钱新荣跟前，又说，你给他当徒弟，是不是还想做他的女婿？

钱新荣的脸上挂着笑容，拿过井栏上的木桶，替他吊了桶水上来后，客客气气地说，我就是替人带个口信的，她让我来告诉你，她在河边等你。

她是谁？姬仲伟举起那桶水，从头上"哗"地浇下去后，又说，她干嘛让你带口信？

那你得问她去。钱新荣依旧笑呵呵的，一边转身离去，一边说，你可别让人家等太久了。

擦干身体后的姬仲伟站在夜风里想了又想，自己的校服刚洗了，只好去屋里翻出父亲去镇上才穿的那件衬衫，太大了就塞进裤腰里，对着镜子别上校徽后，把头发梳了又梳。

蹲在河堤上埋头抽烟的人是钱新荣，烟头一明一暗的。不等姬仲伟走近，他已经起身挥着手，亲热地说，来了？

人呢？姬仲伟望了望河面，又扭头看了眼身后的田野，在月光下它们都影影绰绰的，像是藏着许多看不见的东西。年轻的代培生有点紧张了，说，她在哪里？

当然在对岸。钱新荣朝前指了指后，就把那条手臂搭在了他肩头，笑嘻嘻地拍了拍，说，你连这条河都过不了，怎么带人家去城里？

原来，金枝把什么都对他说了。姬仲伟就像心头让人捅了一刀，不光痛得要命，还滴出了血。他二话不说，几下就扒掉衬衫，往树叉上一挂后，把系着裤子的皮带紧了紧，拉开架式，说，来吧，我知道你想干什么。

你这是要拼命？钱新荣又笑了，伸手又往月光下的河对岸一指，一本正经地说，人家在对面等你呢……人家有话要跟你说。

姬仲伟将信将疑，垂下两个拳头，说，你是她什么人？

你太罗嗦了。钱新荣说完就跳下河堤，沿着下面那条旱沟头也不回地走了。

姬仲伟站在月光底下，孤零零的，望望黑咕隆咚的河对岸，又回头望望更远、更加黑咕隆咚的村庄。他是横下一条心把自己扒得只剩一条裤衩下到水里的，可游了不一会，一回头发现钱新荣就跟在自己身后，急忙踩了两脚水，大声地说，你跟着我干什么？

这一回，钱新荣没有笑。他抹掉脸上的水，眼神闪亮地看着他，说，当然是看着你，要是你淹死了，你让人家怎么跟你家里交待？

事实上，那晚是一个人第一次想到要在水里淹死另一个人。钱新荣在进村前就把每个步骤都想好了。他要忍，还要笑，他要等到了河中央再下手，一头潜下去，抓住姬仲伟那两只脚，一直把他拖到河底，摁进那些水草与淤泥里。这个年轻的代培生迟早会把他心爱的姑娘拐走，再把她像双破鞋那样甩掉，让她泪流满面、孤苦伶仃。这是无数城乡爱情的结局。

钱新荣对着天上的月亮，横下了一条心。

可是，姬仲伟没等游到河中央脚就开始抽筋，先是一只，接着另一只，就像被无数双手抓着往下掇。他拼命地呼救，拼命地划水。他第一次尝到了死亡的滋味，就在那个漆黑的水底，直到再次睁开眼睛，发现人已经被搁在河堤上，月亮依旧明晃晃地挂在夜空里。

又吐了两口水后，他支撑着坐起来，

270

嘴里还含着草屑与泥沙，却一口气说，她人呢？她想干什么？她是要谋杀亲夫吗？

看来，你还贼心不死。钱新荣把脸凑到她面前，说，现在我是你的救命恩人了，你得叫你父母来好好谢谢我。

你才是个贼。姬仲伟尽管身体虚弱得不行，眼神却一点也没有示弱的意思，说，你还差点成了个杀人犯。

没想到，你这么快就忘恩负义了。钱新荣摇了摇头，爬起来，长长叹出一口气，又说，我真是好心没得好报。

我会记着你的。姬仲伟重新又躺回到那条河堤上，四仰八叉地望着那轮明月，慢悠悠地说，我也会让你记着我的。

那一年，钱新荣还不满十九岁。刚开始，他每晚都从太浦河的对岸裸泳过来，跟他心爱的姑娘约会，一手托着脱下的那些衣服，一手劈波斩浪，基本上是风雨无阻，但现在已经不用了。现在，他已经成了老金的徒弟，迟早还会成为他的女婿。这是爱情力量。白天，他在河滩上堆土、脱水、练坯，再把它们挑到灵光塔旁边的场地上晾晒与研磨，再过筛入池，晚上就睡在河畔的棚屋里，就在那两棵巨大的银杏树之间。师徒俩一起搭建这个窝棚时，老金已经把话说得很透——这是你的工场，也是你的宿舍。他还说人要是会了一门手艺，将来到哪都能养家糊口，就跟他那样。

老金可是个见过世面的人。他把什么都看在眼里，又好像对什么都视而不见。现在，姓姬的几乎每到黄昏就不请自来，骑着那辆破自行车，有时还会带上一罐他妈酿的糯米酒，弄得好像人家又添了个新徒弟，在那小屋里一口一个金师傅，一口一个新荣哥，就是绝口不跟金枝讨回音了，连看她一眼都是匆匆瞥过，似笑非笑的。

这天傍晚，也不知道女儿在跟哪个生气，几口扒完碗里的饭，起身就去了屋外。老金不动声色，亲手给两个小伙子杯里添上酒，叼着根牙签也出来了，凑到女儿耳朵边，说，你得多学学《沙家浜》里那个阿庆嫂，不要什么事情都摆到脸上来，一只手端里得住两碗水，那才叫稳当。

金枝翻了个白眼，说，我知道你心里怎么想的。

当爸的……我不想成吗？面对着落日里仅剩的那点余晖，老金有点感慨，说，我们父女俩就是两棵没根的浮萍，现在脚是勉强落下了，可还得把根扎牢。

你是看中了人家的老子。金枝说，你是恨不得把女儿卖了。

我又不是杨白劳，我又没欠谁的钱。老金有点不高兴了，扭头看了眼屋里，说，我们还有件大事没办呢……我们都不能由着性子来……给人家留上一线机会，等到万一自己踩空的时候，也好有个垫背的。

你怎么就不死心呢？女儿冷冷地说，你忘了妈是怎么死的？

问题是我俩还活着，我们两个得把日子过像样了。老金又扭头望了眼屋里，说，再说了，到时候我总得给你置备份像样的嫁妆吧？

你别跟我说这些，这些话你去说给她听。说完，金枝扭头就走，几步了上了灵光塔的台阶，一屁股坐在了门洞口那张板凳上。

当父亲的只好硬着头皮跟过去，一步一步登上台阶，在女儿跟前蹲下，就像跪在那里一样，仰着脸，眼神暗淡得就像门洞里的最深处。老金竖起一根食指，说，最后一次，你听我的……等我死了，等我见着你妈，我会跟她讲清楚的。

金枝的妈死于盗洞坍塌，就在他们老家的那片旷野里。那晚，老金就跟疯了似的，谁的话也听不进，怎么拖他都不肯走，钻在那个塌了一大半的盗洞里，只知道用两只手拼命地刨土。眼看天就要亮了，同伙只好回村去把他女儿叫来。

金枝那年十五岁，站在那些个大人中间，就像株被露水打湿的小草，却看不出半点的悲伤或是惊慌。她蹲在盗洞口，好一会才冲里面轻轻地说了句：妈没了，还有我呢。说完，她又说，你要是被抓去了坐牢，我就什么都没了。

父女俩几天后离开村庄。老金的十个手指头上七个指甲没了，上面缠着纱布。乡亲都知道发生了什么，但没有一个愿意说破的。群众有时就是最好的演员。他们都对这对父女说赶紧的，早去早回，早点去把孩子她妈找回来，这么好的一个女人，怎么也会跟人跑了呢？

同时，大伙又都明白，这对父女在有生之年恐怕再也不会回到家乡。老金带着女儿去了很多地方，最后落脚在灵光寺荒芜的后院里，只是因为他见到了那两棵巨大的银杏树。它们在太浦河畔蜿蜒向上，就像是一双承接着上天雨露的巨手。

金枝也是一眼能看出来的，那两株树中间的地底下有墓，规格不大，但也不会太小，看那树的年头，明朝中晚期应该是八九不离十的。这些技能她从小就会。祖父生前瘫痪在床，每天唠唠叨叨的就是这些——堪舆之术与盗墓的技巧就跟医生看病，讲究的同样是望、闻、问、切，有时还得观草色与断泥痕。

现在要做的就是避人耳目，只有在最危险的时刻才会最安全。老金一直要等到台风来袭的前夕才决定动手。他掀开钱新荣每晚睡觉的那张床板，往下一指，说，就在这里，下面就是入口。说完，他用那扇床板堵住窗户后，用力地拍了两下手，又说，现在是万事俱备，连东风都不缺了。

金枝要回家去了，一把将钱新荣拉到窝棚外，最后一次对他说，我妈就是死在下面的，我都对你说过的。

可你爸的话我也得听哪。钱新荣手里提着一把铲子，就像个抓着步枪的战士，一脸都是出征前的紧张与兴奋。对着心爱的姑娘，他竖起一根手指，说，你就让我试一次嘛，一次，就这么一次。

这时，姬仲伟从门里跟出来，金枝就扭头冲着他，说，你不怕吗？盗墓是要坐牢的。

我怕什么？姬仲伟笑嘻嘻的，说，有我在，你们也别怕。

金枝看着他俩，冷冷地说，你们别高兴得太早，你们会空欢喜一场的。

然而，老金最担心的还是那条太浦河，靠得太近，挖得也太深，水恐怕早已渗透过土层，浸入了墓室，把那里变成了一个大酱缸。三个人在窝棚里挖到后半夜时，他放心了，抓起一把土，凑在那盏矿灯下看了又看，由衷地说，还是古人实在哪，这夯土层做得……他扭头看看两个小伙子，又说，你们看，都五六百年了，这才叫固若金汤。

谁都没想到的是外头的这场台风与暴雨。傍晚时，广播里还说得好好的，七到八级，可刮着刮着就有点刹不住了，已经吹得整个窝棚都在摇摇晃晃、吱吱作响，成串的雨柱顺着棚顶漏进来，都快成个水帘洞了。金枝一头闯进来时，就像是刚从河里捞出来的，衣服粘在身上，前后都透着里边的肉色。

老金抓过姬仲伟挂在柱子上的校服，往女儿怀里一丢，皱起眉头，说，叫你呆家里的，你跑这来干嘛。

村里广播通知了。金枝穿上校服，一边裹紧自己，说，上游马就开闸泄洪了……你们收手吧。

那得抓紧了。老金接过洞里递出来的一筐泥土，随手倒掉后，就冲着下面喊：你们听见没有？赶紧加把劲。

墓穴其实并不深，在地下三四公尺的位置，也不算大，就一人多高，几公尺见方，四周都是用砖块围砌而成，如同砖瓦厂里的那口小砖窑，下宽上窄，凉飕飕的，许多缝隙里挂满了灰白色的水渍。棺材竟然是悬空吊在四根铁链上，离地有一尺多高，四根铁链嵌在砖壁里。由于地底的一角已经塌陷，水从那里渗进来，散发出一股污泥与腐木般的气息。

真正吓人是那种隆隆的声音，像打雷，又像是棺材里发出的呼噜声。

别怕，那是河水在上涨。老金掏出半支蜡烛点上后，举起矿灯沿着四壁照了照，就发现了那两块四方的青砖，嵌在墓壁里，上面还刻着字。他撅着屁股看了会，伸手又在墓志上抹了把，皱起眉头，说，一个太监怎么葬在这地方了？说完，直起腰想了想，又说，你们先把它起下来，当心点，别碰坏了。

钱新荣早已等得不耐烦，说，还是先开棺吧。

老金没理他，已经在指导姬仲伟要把上沿先掏空，再从两侧开槽，看清里面衬的底板后，慢慢地起下来，先起上面那块，再起下面的。他说，不着急，慢慢来，这墓志说不定值好些个钱呢。

其实，棺材里根本就没什么金银珠宝，除了那具枯骨头顶的一根发簪是玉雕的与一些瓶瓶罐罐，还有就是摆的脚边人一个木匣，里面是两个茶盏似的小碗，都是黑不溜秋的，包裹着一层岁月积聚而成的灰壳。

这时，金枝的声音从上面传下来：你们还要不要命了？水都漫过河堤了。

老金上去看看，刚爬出洞口，女儿接过他手里的木匣，扭头就要跑，被父亲一把拉住。金枝甩开他的手，还是想跑。她早就想好，说，我就要你们竹篮子打水。

都什么时候了？还闹。老金一把夺过木匣，随手一推，她人就撞在那木柱上。老金还在吼：撑着那柱子，别它让倒了。

金枝的后脑撞在木柱上，上面挂东西的一口四楞船钉扎进了她后脑勺。她在漆黑的风雨中叫了声：爸。

老金哪有工夫搭理她？现在是跟老天爷抢时间。他趴着洞口就往下喊：抓紧起货，快，把东西都放吊筐里。

大家都是后来才知道，漫天的雨水，冲垮了上游的堤坝。洪水顺着太浦河奔涌而下，在狂风中漫过田野与村庄，那会已经开始哗哗地由盗洞口灌入。

钱新荣一爬出洞口就发现，窝棚都已经快被吹没了，风雨如注的天空下竟然会比地底下更黑，除了耳朵里的风声与眼睛里的雨水，几乎看不到半点光亮。

他们总算把那两块青砖吊上来。墓穴就在这时塌陷，轰的一声，就像天崩地裂。黑暗中，水流只朝着一个方向而去，裹挟了所有还在漂浮的物件。

大家命地往高处跑，还得顾着那些墓里起上来的东西，等总算靠上那株银杏树干，已经累得连气都快不想喘了。

金枝呢？老金忽然叫道：金枝。

273

黑暗中，只有风雨与哗哗的水流声。三个男人几乎是同时扑向那个盗洞口的位置。可是，那里已经是个水潭，挖出来的夯土正从洞口被水灌回到地下，任凭三个人怎么挖，怎么喊，直到天色彻底地放亮。

金枝被永远埋在了地底的墓穴，就像她的母亲。老金一下接受了这个事实。他两腿一软，跪进齐膝深的泥浆里，在漫天的风雨里，异常清醒地喃喃自语，说这是报应，老天爷早就提醒过他一回了，可他就是不信。他仰起脸，睁大那双昏花的眼睛，问苍天：可你为什么要报应到一个姑娘家身上？

两年后，姬仲伟忽然来找钱新荣时，已经是乡里的经营管理员了。他查阅了很多资料，走访了省市各地的博物馆，还一封接着一封写信，连同那块墓志的拓片，一起寄给他所听说过的明史专家们。姬仲伟终于收到一封回信——这个在墓志铭里被叫做御用监太监王公的人，他姓王，名山，字登高，五百多年前就出生在他们那个村里。成化丁亥年，他由北京调任到了南京，先是给明太祖朱元璋守陵，接着又去江西做了几年督陶官，最后是被派去镇海卫当了监军，病死在了军营里。他是明朝历史上仅有几个被皇帝特许回家安葬的太监。姬仲伟说，这样就可解释得通了，为什么一个太监的墓会在那里了。

钱新荣毫无兴趣。现在，他每天睁开眼睛想的就是把乡下收来的破家具整修、拼接与加工，再把它们重新做旧，然后运进上海福佑路的古玩市场。他摇了摇头，提醒姬仲伟，说，我们可都是发过誓的，那晚翻篇了，我们再不提那事了。

你先看看这个。姬仲伟从挎包里掏出一本厚厚的《故宫瓷器》，翻到其中一页，说，是不是很眼熟？

钱新荣捧着图册看了很久，才抬起头，吃惊地望着姬仲伟，说，还是不一样的，我们那两个上面没有蝴蝶，是个小孩在放风筝。

这是成化斗彩三秋杯，你看见没有？上面写着，全中国就这么两只。姬仲伟说，我们挖出来那一对应该叫做成化斗彩春风杯。

钱新荣将信将疑，说，那它们能值多少钱？

姬仲伟横了他一眼，说，你也是做古董生意的，你连成化斗彩都没听说过？

隔行如隔山，我做的是旧家俱。钱新荣说，我只知道红木越老越贵，但再贵也贵不过黄花梨。

我不信你师傅连这都没告诉过你。姬仲伟从挎包里掏出那张墓志的拓片，摊在桌上，说这个叫王登高的老太监，成化乙未年在江西当督陶官，后来因为抗倭有功，被特许回乡下葬，他那口棺材里有一两件成化瓷陪葬应该很正常。接着，他又说起了查找这些资料时看到一则民间传说——讲的是那个姓王的老太监有一年带兵路过家乡，把自己的一个远房侄女拐走了。有人就说他是个假太监，也有人说是没骟干净的。据说，后来他们生了一个女儿，还有种说法是那侄女勾搭了军营里的一个马弁生的。反正，姬仲伟说得有鼻子有眼的，就像自己是那段历史的见证人。他说村里的老人们现在都记得，那远房侄女也姓王。老太监死后，她没脸回乡，母女俩就在城里开了间铺子，到老了坐着轿子回来，还想捐钱修祠堂，是被村里人指着鼻子骂跑的。最后，姬仲伟深有感触地说，有时候，传说都是真的。

钱新荣静静地看他说完，忽然一挥手，说，走，我请你吃烧鸡公去。

姬仲伟愣了愣，起身收拾桌子，把图册与拓片都放回包里，说，一码归一码，我们不能稀里糊涂的，当什么都没发生过。

我们发过誓的。钱新荣说，我们就当什么都没发生过。

发誓？人家要是糊弄我们呢？姬仲伟重新坐下，摇晃着他那颗硕大的脑袋，说其实这两年里，他一直都在回想那晚，反复地想，把那两块青砖吊上来时，就没见着金枝，她怎么会下去呢？什么时候下去的？为啥下去？到底有没有下去？他扭头望着钱新荣，说，为什么我们三个都没见着？至少……我们两个要是见着了，肯定会拖住她的。

这些，钱新荣不是没想过，在心里同样反反复复地想过无数遍了。他冷冷地说，你想说什么？

他俩是父女，他们会不会是早就算计好的？姬仲伟仰起头，小心翼翼地说，那晚的风那么大，雨把两只矿灯都浇坏了……她要是没掉进那个洞里呢？

她要还活着就是我老婆了。钱新荣使劲地一摇头，说，你别胡思乱想了，她不会骗我。

可她老子会，老金盗了半辈子的墓，我猜他一见那两块墓志，就知道棺材里躺的是谁了。见钱新荣脸色有点发青，姬仲伟忙放松语气，又说，我们这也是大胆假设、小心求证……你想想看，他一个烧窑的，才两年工夫，他哪来的钱在上海开这么一家铺子？

好在老金是个明白人，从两个小伙进门时的脸上他就看出了端倪。等到姬仲伟从挎包里掏出那本《故宫瓷器》，他二话不说，就去床底下拖出一口箱子，从众多瓷器里取出用报纸包着的那两件，并且说那两块青砖太重了，不好带，出来前他就埋在了灵光塔的边上。

钱新荣多少有点惊讶，脱口说，你就把它们搁在这里了？

这有什么？一切有为法，应作如是观。老金连眼皮都没抬一下。他来上海也快两年了，先是在福佑路上摆地摊，后来租了个铺面，却把店堂布置得就像个佛堂。他不仅剃光了头发，还在鼻梁上架了副眼镜，一天到晚除了吃斋念佛，大部分时候都是伏在案几上抄写《金刚经》。弄得进进出出的那些同行们都有点嗤之以鼻——这哪是开古玩店的？这分明是个六根不净的出家人嘛。

老金不以为然。他静静地等到姬仲伟把话讲完，才停下手里盘着的佛珠，轻轻地合上那本《故宫瓷器》，说，看来，你是个有心人……这的确是一对成化斗彩杯，你管它们叫斗彩春风杯也行，就是太直白了，不够含蓄……我觉得，叫它成化斗彩阳春杯更贴切一点。

姬仲伟没想到老金会这么坦率，而且举手投足间完全变了个人。他一时间反倒不知道怎么说好了。

开口的人是钱新荣，他直截了当地说，你早知道它们值钱，为什么不跟我们说？

都告诉你们了又能怎样？我把女儿都搭进去了，还要看着你们去坐牢吗？老金说完，起身去到外间的店堂，往香炉里点上一炷香后，双手合十，念了会金刚经，又长叹一声，说，年轻人都是这样子，只知其一，不知其二。

成化瓷之所以珍贵，不光因为存世量少，更因为它代表的是几千年陶瓷制艺的巅峰，尤其它的青花与斗彩。老金坐到那张案几后面，一边煮水泡茶，一边说起了他家乡的那个小村，世代都是做瓷器的匠人，到了民国活不下去了才开始盗墓的营生。这两项手艺，他全都继承了，所以没人比他更了解一件瓷器的价值——这对斗彩杯只要在市场上一露面，必然会引起轰动，接着就会追查它的来源，最终把他们三个都送进监狱。

那也不能搁在那堆破烂里如是观。姬仲伟摇了摇头，说，它们不该被埋没。

五百多年都埋没下来了，我们要的是万无一失。老金说一个硬币有正反两面，在古董与文玩的这个行业里也有着明暗两个世界，很多人不知道，那是因为没有见识过。他没有再往下说，而是摘下眼镜，泪眼濛濛望着墙上挂着的一块牌匾，好久才像是回过神来，又说，别把自个儿搭进去……这比什么都要紧。

不如把它们埋回去。钱新荣脱口而出，说，就当给金枝陪葬。

十三

婉豆没想到老大会请她上去喝咖啡。

在那间布置得像个小型美术馆的大办公室里，樊总一脸都是亲切与随意的样子，先介绍了一番他那款产自埃塞俄比亚高原的小种咖啡，然后跷起二郎腿，像个老大哥那样关心起了她的工作与生活。婉豆十分忐忑，等到他端起咖啡杯，才略显拘谨地叫了声樊总，问他是不是自己哪里做错了什么？

樊总淡然一笑，说一名客户部的经理要是真犯什么错，也用不着他这个董事总经理找来面谈。很快，话题一转他竟然说起自己的那些经历——曾经在华尔街当过股票经纪人，被人忽悠着去硅谷创过业，后来又在香港的中信与渣打都干过，一步一步才走到了今天。他说，一个人只有尝试过，才知道什么是最适合自己的。

婉豆辨出点味道来了，这是要炒她鱿鱼呀，就横下心来，说，樊总，您要炒了我，让HR来跟我谈就是了。

樊总笑得更爽朗了，说，我怎么可能炒了你呢？我是留不住你了。

婉豆一下站起来了，说，我从没打算过离开公司。

问题是，我不能不为员工的前途着想。樊总伸手，示意她坐下，接着说，其实，你心里早就有了一份offer，钱总也跟我坦诚地谈过，希望你去负责他那边的项目。

我当时就拒绝钱总了，我是学金融的，我不懂基建，更没学过仓储管理与进出口运营。婉豆说，那只是钱总的一厢情愿。

好，这样就好，你把话讲清楚，我心里就有数了。樊总一脸都是赞许的样子，又看了她一眼后，起身回到那张硕大的办公桌后面坐下，随手拿起一份文件，说，那就先这样，你去忙吧。

婉豆心中很没底，回到自己工位上发了好一阵的呆，想了很多，都是漫无边际的。这时，桌上的电话响了，是樊总的秘书，说她在Pelham's订了只长桌，樊总晚上要在那里跟几个朋友去试款酒，让婉豆到时候早点过去。末了，她又亲热地强调了一句：都是些熟人，你应该都知道的。

跟朋友们试酒？婉豆心里一跳，自己什么时候也成了樊总的朋友？很快，她的心里不禁又跳了一下，不禁开始在自己的职业前景上浮想联翩起来。

Pelham's西餐厅在外滩的华尔道夫

酒店内，优雅、静谧，到处充斥着一种岁月沉淀下来的奢华感。原来，樊总的所谓朋友都是同行，除了银行与证券的几位主管，就是那些基金管理人。婉豆没想到宋丹萍也会出现，一手挎着包，一手挽着她老板的臂弯，嘴唇还是涂得那么红，一来就坐到她边上，把嘴凑过来，神秘兮兮地说，我就知道，你迟早会坐到这张桌子边来的。

婉豆惊讶的并不是这张桌子边意味着什么，而是宋丹萍跟她老板的到场，竟然跟樊总还聊得那么的和谐与畅快。那种亲密与无间哪像是行业里两家你死我活的竞争对手？

等到男士们都起身去廊吧的另一头挑雪茄时，宋丹萍揉了揉她，说，有点傻了吧？

这有什么？婉豆不以为然地说，小鬼们在外头打得头破血流，当家长的通常都是围着火炉谈笑风生。

人生如戏，全凭演技，你越往高处走，就会越发现，真正会演戏的从来不在影视剧里。宋丹萍拉了拉她，说，走，我们去那边再喝点。

婉豆这才意识到，她是有话要对自己说。

扒在那张超长吧台上，宋丹萍眼睛一眨不眨地看着那个年近不惑的调酒师，忽然说，老樊是第一次带你出来吧？不等婉豆回答，她马上又说，你知道他第一次带我到这种场合是什么时候？还是不等婉豆开口，她说，就是在我准备写离职报告的时候。

什么意思？婉豆故作镇静，眼神茫然地看着她，说，你想对我说什么？

他们当职业经理人的，都讲究好聚好散……自己吃里扒外，往往也最怕别人吃里扒外。宋丹萍拿过调好的那杯长岛冰茶，抿嘴一笑，说，他没请你上去喝咖啡？

婉豆心里又是一惊，忙说，喝什么咖啡？

当初，我被请上去喝咖啡，以为是他听到了人家在挖我的风声，要给我升职加薪呢。

你要是不走，现在也是总监了。

宋丹萍摇了摇头，说，老板对你放下姿势，不一定有好事，可能是迷惑你，在防你背后捅刀子。

婉豆笑了，说，我想捅他刀子，手也够不着呀。

澳新够得着，万一哪天你成了那边的老板娘呢？你让他怎么跟董事会解释？宋丹萍说，生意做到业务经理都成人家的人，这算不算利益输送？

婉豆一下沉下脸去，但越是这样，她就越不想分辨，更不会解释。她只是冷冷地说，你就想对我说这个？

这一行里其实没有多少秘密的……亲爱的，有人愿意跟你说实话，总比蒙在鼓里好吧？宋丹萍伸手搂住她的肩膀，说，他是要你主动提出辞职，然后他会像嫁女儿那样，让你高高兴兴地离开公司。

所以他请你来当说客？婉豆发出一声冷笑，又说，看来，你人嫁出去了，心还向着娘家。

是你没有想明白，总得有人叫醒梦中人不是？宋丹萍对别人的讥讽好像有种天生的免疫力，依旧若无其事地说，干我们这一行的，疏远了客户不行，但跟他们走得太近又会成了忌讳……老樊现在是不敢得罪你，他既怕你有外心，又担心有朝一日会失去澳新这样的客户。

277

婉豆说，可我怎么觉得你是来挖他墙角的？

这世界上哪有那么多墙角好挖。宋丹萍撇了撇嘴，说，不过说真的，要换了我也不会去男友开的公司，再怎么都不去，那才叫步臭棋呢，只有距离才能产生美……不过，你可以来我们瑞成，完成澳新的二期融资，我那份提成也归你。

婉豆算是彻底明白了，两家公司在市场上看似寸步不让，争锋相对，其实在背面的许多环节都有勾联，说不定还相互拿着佣金呢。她端起自己那杯莫吉托，喝了一口后，又喝下一大口，仍然觉得心里头堵得厉害，就直截了当地说，你们就不会过河拆桥吗？那只是个时间问题。

桥不桥的对你还重要吗？两岸猿声啼不住，轻舟已过万重山，关键在于河，过一条河，就是上了一个台阶。宋丹萍转过身去，脸上的表情有点凝固。她背靠着吧台，眼睛望着光线幽暗处的那张餐桌，隔了好一会，才像自言自语地说，既然还想呆在这行里，我们就得给自己找到桌边的那把椅子。

这场夜宴接近尾声时，钱新荣忽然来了。婉豆一点都没觉得奇怪，刚在那张长条桌边坐下时她已有所觉察，他们试的那款酒是澳新新签的一级酒庄陈酿。她的厨房里就放着一整箱。

钱新荣倒是一脸松爽的样子，还半开玩笑地把嘴凑在婉豆耳边，说他是来宣誓主权的，他不能让那帮自命不凡的家伙再对婉豆有非分之想了。婉豆没理他，等到大家都起身离开，她仍没有走的意思。钱新荣只好重新坐下，要了杯咖啡后，无端地一笑，说他小时候在镇上听人说书，觉得《水浒传》里那些英雄好汉都是被逼上梁山的，后来才明白是时势造英雄，但现在要是让他回过头再去看，他一定会认为都是命运使然，该走哪条路，会到达一个什么地方，都是注定的。

婉豆仍然没理他，打开微信游戏，低头在那里玩贪吃蛇。

钱新荣静静地坐了会，又说，其实在你们这行里，人跟项目走是很正常的，你不是第一个，也不会是最后一个。

谁也没说不正常呀。婉豆头也不抬地说，您有点想多了。

钱新荣并没有在意，反而用更加迁就的语气说，有些情况我必须跟你们樊总交底的，我得为二期的融资作准备。

那是你们的事。婉豆这才放下手机，抬起头来，说，他马上就不是我老板了。

钱新荣平生第一次叫了她一声婉豆，看着她，说，我们做事，有时候要讲究顺势而为，就好比这杯咖啡，再香浓它也会凉掉……我们能做的是什么？勉强自己喝下去？还是重新再煮一杯？其实职业也一样……我记得你以前跟我说过，你想成为一名金融分析师……我是说万一呀，可万一成不了呢？

不是万一，是指定成不了。婉豆嘴角露出一丝苦笑，说，我还不清楚自己吗？

所以，不妨把我的邀请当作一项预案。钱新荣一脸都是推心置腹的样子，说，如果你真没想好过来帮我，也没关系，齐总那边我跟他谈过了，我可以通过他们瑞成来筹集这笔资金。

这些，宋丹萍刚才明里暗里都已示意过，只是现在再从钱新荣嘴里说出来，婉豆越发觉得五味杂陈。呆了半响，她抬起眼睑，说天下没有免费的午餐，她其实一直都知道，她只是一直在揣着明白装糊涂。

钱新荣笑了，一摆手，劝她别把这些当作负担，他做了那么多年生意，接触过那么多的人与事，才明白了一个道理，有时候能维持现状就是最好的办法。说完，他马上换了种公事公办的语气，又说，这次融资，我还是希望由你来做对接，至少我们之间已经有过一次成功的经验……我是在商言商，从目前来看，你仍是那个最合适的人选。

那融资结束后呢？婉豆说，等着去喝他们齐总的咖啡？

项目结束也是一年以后的事情了，一年里会发生很多事。钱新荣说，至少从眼下来看，你去瑞成，他们多了一单业务，你也可以多拿一笔提成……至于，樊总那边也是乐见其成的……这对各方来说都不是件坏事。

婉豆扭头看向樊总坐过的那张椅子，一下子，有许多想说的话涌上来，但她都忍住了，伸手拿起那半杯喝剩的红酒，在手里一圈一圈地晃着，像在催醒里面的液体。

无利不起早，同行之间除了竞争，还有一种关系是合作……你不用去想姓樊的在这里面扮演什么角色，世界本来就不是非黑即白，也没有哪个谁可以做到一尘不染。钱新荣同样望着樊总坐过的那张椅子。他的眼神一点一点地变得暗淡，喃喃地说，人生在世就是一场修行，我们都逃不过去，但有时候也只能视而不见，你才会有机会看到结局是什么。

说完，他端起那杯凉透的咖啡，就像喝酒那样一饮而尽后，伸手叫来酒保，让他去开瓶了红酒。

不早了。婉豆忙提醒他，说，您明天一早还要去工地。

工地又跑不了。酒还没端上来，钱新荣就像已经喝多了，看着她，说，可我怕你一离开就不见了。

婉豆一下就有了如坐针毡的感觉，但又像有一双手，把她死死地按在那把椅子里。

廊吧里后来换上一名外籍的乐师，坐在钢琴前开始弹奏一些舒缓的音乐。钱新荣几乎是一个人喝光了一瓶酒，借着那股劲还说了很多话，像是在独自倾诉，又像酒后失言那样，却都是说给婉豆听的。他说了他在外飘泊的那些年，好几次走投无路时，真想一头从窗口跳下去。他还说了他有过的两次婚姻，第一次是在香港，什么都不为，只想尝试一下有家的感受，每天心里只惦记一个人，回到家里有碗热腾腾的米饭。可是，那个跟他一起偷渡、一起差点闷死在船舱里的女人，最终离开他，嫁给了一名退休的警察，就是为了能安稳地在一个地方呆下来。她再也不用像个贼那样东躲西藏，再也不用让人像条狗那样驱来赶去。

钱新荣又让酒保开了瓶酒，对着婉豆连连摇手，让她别劝他，他这样尽兴喝酒的机会不多的。他还说他已是年近半百的人了，在许多事情上已经没有更多的想法，而且一直以为，有些话是他这辈子都不会对人说起的，可现实是……它每次总会出其不意地给人一记响亮的耳光。

婉豆忽然发现，钱新荣镜片上蒙着一层薄薄的雾气。他的眼睛里竟然蓄满了泪水。

后来，他长长地吐出一口酒气，开始感叹，一个人在外飘泊了二十多年，到头来连个一儿半女都没留下，唯一的亲人就剩他妈了，叫人家这辈子拖儿带女的，早成了别人家的外婆与祖母。钱新荣的泪水终于从眼睛里滑落。他接过婉豆递上来的餐巾纸，摘下眼镜吸了吸后，勉强地一笑，说，你可能不相信，我费这么大劲把公司搬回来，可我压根没想过要做什么生意，我就是想有条合法的渠道，把这些年在外头挣的那点产业带回来，等到真的六根清净了，就带去灵光寺，在那里造座罗汉堂，好好地维护那所寺院。说到这里，钱新荣竟然露出腼腆的表情，低头想了想，说他连法号都给自己取好了，就叫无依，无依无靠的无依。

婉豆有种莫名的心酸，张开嘴才发现，嗓子像被什么堵住了。

钱新荣这时戴上眼镜，说，我知道你想说什么，你想问为什么我还要去融资？投在这么一块根本一口吞不下去的地。他涣散的眼神一点一点地凝聚，说，因为我改主意了，我觉得我的人生不应该是这样的……我不能白白浪费了老天爷给我的机会，既然做了，那就把它做好……我想，有机会就促成它上市……真要到了那一天，希望你会陪我一起去敲响那面锣。钱新荣的镜片又蒙上了一层雾气，他重新摘下眼镜，直勾勾地望着婉豆，说，我们都是俗人，都逃不过生老病死，逃不过名利与恩怨……既然来过这么一趟，恰好又遇见了……我们干嘛不试试呢？在这个世界上留下点什么……留给将来，或许还能留给孩子们。

他都说到了将来与孩子。这就是一个中年男人的表白，含蓄与直率都是那么的赤裸裸，任何时候不忘画一个巨大的饼。婉豆受不了的是他的目光。那双通红的眼睛里散发着酒精，也充斥着一团火。她只觉得自己的心已经跳得不行，也乱到不行，抓过挎包，起身就想离去。

婉豆。钱新荣又轻轻地叫了一声。他仰起脸，那道目光里像是长出了一双手，拉住他，牵着她，直到把她重新按回到那张椅子里。钱新荣晃悠悠地起身，绕过餐桌，在她旁边的椅子里坐下后，又说，其实，我们是一样的人……每次见你，我都能感觉得到。

我是怎样的人？婉豆终于开口，只是躲开了他那双眼睛。

钱新荣没有回答，而是抓起她的一只手，轻轻地捏住。他的手掌有点潮湿，凉得不带一丝体温，软得也根本不像一双男人的手。

婉豆不由地垂下眼睑，在瞬间又像见到了那个漆黑的水底。一下子，无数的往事扑脸而来，那么的猝不及防。

后来，司机开车把她送到小区楼下时，钱新荣已经歪在后座上睡着了，像猪一样打着鼾。婉豆下车后想对司机嘱咐一声，想了想，最终轻轻地合上那扇电吸门。

林小都这时从花坛的树影里出来，站在她身后望着那辆车远去的尾灯，说，这么晚了，你不请人家上去喝杯咖啡？

婉豆像被惊吓到了，一下转身，等看清了那张脸，才说，你打算跟踪我一辈子吗？

我没跟踪你，我是等了你大半夜。说着，林小都又看了眼尾灯消失的方向，说，你跟那位钱总还没在一起？

婉豆没理他，一边走上台阶，一边说，你再纠缠，我会报警的。

我找你有事。

有事你电话里说好了。

林小都一步挡在她前面，说，你就这么不待见我？

婉豆扭过头去，退到台阶下，说，那你长话短说，我累了。

林小都有点为难，低下头去，说路天明来找过他，打算收回这套房子。

婉豆发出一声冷笑，说，你让他按合约办，到期我会搬的。

合同是我跟他签的。林小都抬起头来时，露出一口白森森的牙齿，笑得就像个无赖。

婉豆强忍住了，冷冷地说，房租我交到了月底，你放心，月底前我会搬走。

说完，她把手里的挎包挂到肩头，仰脸就直上单元的门厅。

婉豆。林小都站在台阶下，说，你就不能听我把话说完？

婉豆又忍了忍，回过身来，站在台阶上面无表情地注视着这位曾经的同居男友。

林小都说路天明已经辞职了，不当警察了，他决定要来这个小区里当一名门卫。

婉豆一下就想起自己曾经说过的那些话。她清楚地记得，那天她仰面躺在沙发里，耳孔里插着耳机，头枕在林小都的大腿上，说她看过的一部电影里说过，凶手往往会在危险过去之后重返作案现场。年轻的刑警很不以为然，说电影都是编出来骗人的，在真实的案例中很少会发生这种情况。婉豆却像身临其境那样，摇了摇头，说他们是一对偷情的男女，除了那个特定的房间，这幢楼、这个小区里一定还有许多难忘的地方，尤其对于一个爱到不惜去杀人的凶手来说，他是错杀了自己的情人。婉豆还说假如她是那个凶手，就一定会回来，设身处地地来感受那些记忆。她说，我要是路天明，就会守在这个小区里，哪怕在这里当名保安。

林小都没想到路天明最终也是这么认为的。在经过这么长时间之后，这个孤独的男人越发开始坚信——在这个小区里一定有个地方，会让他守到那名凶手。那天，他专程找到林小都，仍旧一支接着一支地抽着烟，说他以为时间会让他忘记许多事，可事实恰恰相反。他还说他当了那么多年的刑警，连杀死老婆的凶手都抓不住，恐怕这辈子都不能心安理得地活着。

你这是守株待兔。话一出口，林小都就发现了，男人往往会因为孤独而变得偏执与疯狂，不由地想到了自己。他马上又说，你要是在那里守一辈子呢？

那总比什么都不做要强。路天明吞下一口烟雾后，勉强一笑，说，至少睡下去时我会知道，明天我得做什么。

你别忘了，你跟凶手是相互认识的。林小都还是忍不住要提醒他，说，即便凶手哪天真的会来，他也会被你吓跑的。

你在小区里也住了那么久了，你注意过几张保安的脸？路天明说，凶手来之前或许会化妆，但肯定不会想到要去调查小区里的保安。

说完这些，林小都看了眼婉豆，没话找话似的，说，没想到，你们想的一样。见婉豆没理他，就挠了挠头皮，又说，我会帮你去找房子的。

用不着。婉豆推开那扇单元门，只丢下了一句：到时候，我会把钥匙留在物业的。

林小都一步上前，拉住那扇缓缓关闭的单元门，冲着婉豆的背影，忽然大声说，我也辞职了，不当警察了。

婉豆一直要到按下电梯的上行键才回过头来。屋顶的那盏节能灯很暗淡，照得两人脸色都异常的苍白。

移民……去澳洲。手一松，那扇弹簧

门在他身后发出砰的一声。林小都走到婉豆面前,又低下头去,看着自己的脚尖,说他母亲化疗失败,他得过去陪她走完最后的这几个月,把那些继承手续办了。

婉豆淡淡地说,知道了。

你就不问问我为什么要移民?

婉豆依旧淡淡地说,我问不着。

林小都有点发愣,继而用一种挑衅似的眼神看着她,说,老路一直怀疑苏珊母子死得没那么简单……我会在那边调查的。

这时,电梯门哗地打开。

婉豆头也不回地进去后,只觉得男人有时候真的是既可怜,又可笑,于是转身看着他,一言不发,直到电梯的两扇门合上,但她依然能听到林小都在电梯外传来的声音。他的声音嗡嗡的,说,我会让你知道他是个什么人的。

这天夜里,婉豆知道自己会失眠,就彻夜未睡。她从搁在厨房的那箱酒里开了一瓶,可是越喝,脑袋里出现的人越多,一个个好似粉墨登场,连从来都不怎么想起的苏珊母子也来了,站在那家酒店的大堂里冲着她笑。她至今记得,哈林从他的小背包里取出一个考拉的小公仔,仰着一张小脸,一本正经地对她说,I like you. I want you to be my girlfriend.

那只考拉一度就挂在她的背包上,后来收进了抽屉里。婉豆是冷不丁地想到的,就像无数的碎片在这时被拼列成型。她醉醺醺地找出那只公仔,翻来覆去地看,看完了,又一把一把地捏。最后,她拿过一把剪刀,如同对待那只哆啦A梦,一把将它绞开,就发现里面塞着一张SD卡。

一下子,婉豆的酒就有点醒了。只是那晚,她最终一个人喝光了那一瓶酒,坐在电脑前,对着SD卡里那个定格的画面,一直喝到窗帘缝隙里透进来的那缕曙光照在脸上。

十四

澳新储运的工程进度缓慢,钱新荣好像并不是太在意。在许多人眼里,钱总更关心的是他那幢两层带地下室的制作工坊。建筑是日系风格的,正对着太浦河,就在那两株巨大的银杏之间。那里要有库房、工场、陈列室与会客厅,地下室里还要搭建一座柴窑与两个电窑,用以烧制他那些瓷坯。为此,钱新荣不仅亲自参与了图纸的设计,还请老金专程去了趟江西老家,从那里重金聘来一个专门的施工队,连落成后的命名都想好了,就叫晚晴轩。

人间重晚晴。他对婉豆说等到老了,他就来这里做名真正的制瓷匠人,再在院子里挖个鱼池,里面养满红色的锦鲤,在每件瓷品底下盖上晚晴轩的章,但现在不行,他还要当新郎呢。

婉豆只是笑笑,抬头仰望着那株银杏的树梢,忽然觉得未来就像天空的尽头,看似遥不可及,却又历历在目。

开工之前,钱新荣戴着顶工程帽,亲自指挥工人用整张的隔离板先把那片地围严实了,还在出口处安了一道铁门,当晚就备下三牲六畜与香烛纸钱。

工头不好明说,就婉转地提了句,说他干了二三十年的工程,可是从来没有在夜里破土开基的。

我知道。钱新荣也平淡地回了一句,说他请大师来看过的,吉日与吉时都在今晚。

工头看了看他那帮手下,只好把话挑明,说规矩大家都懂,他跟老金早前就是老相识了，大师傅千里迢迢地找来时，他心里已经有数了。

有数就好。钱新荣不想跟他说更多的，就扭头看着那帮工人，说，出门就是为了挣钱，我们都按规矩来。

可是，挖掘机一直轰鸣到天都快亮了，下面还是什么都没有。墓室早已坍塌，那些青砖泡在淤泥里，里面既没有棺材，更没有金枝那具遗骨。工头倒是挺会安慰人的，递了支香烟，见钱新荣无动于衷，还站在坑边呆看着那些呼呼直冒的混水，就说十墓九空，这种事情不稀奇，他见多了，这么多年里面，不知道有多少人来过多少趟了。

加大范围。钱新荣划了圈，说，天亮还早。

再挖就跟河通了。工头显然是这方面的行家，把半个烟屁股往坑里一丢，手顺着水流的方向一比划，说山有山路，水有水路，地底下也是通流的，这里面那点东西就算没让人起走，只怕也早滑进河里，叫水给带跑了。

老金也是这么认为的——滴水穿石，三十年过去了，沧海也可能已变成了桑田。由于念了一夜的《地藏菩萨本愿经》，他的声音听上去有种说不出来的干涩与空洞。见钱新荣仍呆立着，他无声地叹了口气，重新盘腿坐回到那张禅床上，说，等会，等仲伟到了，你们两个去往生殿里上炷香……这丫头一辈子都没让人操心过，到现在还在保佑着我们三个。

姬仲伟当然不信这种鬼话。站在那个还在呼呼冒水的坑边，他低头思索了良久，说，会不会是他早动过手脚了？

有这必要吗？钱新荣说，费这么大劲，他的目的是什么？

也是。姬仲伟沉吟片刻，返身回到车边，脱下脚上那双沾满新鲜泥巴的运动鞋，换上皮鞋后，看着钱新荣，又说，你不会就这么前功尽弃了吧？

我们只能尽人事、听天命。钱新荣弯腰捡起那双运动鞋，扔进后备箱后，回到他身边，说，你是当过水利局长的，应该清楚这一带的水文情况。见姬仲伟默不作声，他只好又说，这边是冲积平原，地下的水流每个汛期都会变化……那墓室坍塌了三十年，里面灌满了水，沉陷下去，被水流带走，都是有可能的。

那只是可能。姬仲伟说，我们要的是万无一失。

钱新荣好一会才把目光从他脸上移开，面向太浦河尽头的那缕曙光，由衷地说，她既然不想让我们找到，我们就不要去打扰她了。

不是我们在打扰她……姬仲伟回过身去，眺望着晨光里的整片园区，说，是这片地块马上就会天翻地覆了。

再怎么翻天覆地，都已经时过境迁。说完，钱新荣绕过车头坐进驾驶室里，等他也上车，才用一种审视的目光看着他，又说，仲伟，我们多少也算是经过点事了的人……一枚校徽，一件在下面埋了三十年的校服……能把你怎么了？

这是一枚校徽跟一件校服吗？姬仲伟看着他，说，这难道不是我们埋葬了三十年的青春？

当领导的人就有这种能力，什么话都能冠冕堂皇说得振振有词。钱新荣在心里摇了摇头，一脚油门，越野车呼啸着蹿了出去，直到驶出整片园区，才忽然开口，说，我怎么越来越觉得你是有事瞒着我。

姬仲伟整个人都埋在副驾驶座里，说，

你想到什么就直说吧。

没找着，也不见得是什么坏事。钱新荣想了想，说，你到底有什么好担心的？

万丈高楼平地起，你知道哪天会坍塌在哪根梁上面？姬仲伟摇了摇脑袋，说，你只知道商场如战场，仕途上又何尝不是？都是一路过关斩将走过来的，你能想到这暗地里会有多少双眼睛在对你虎视眈眈？有多少种手段在等着你？

你这是干了多少亏心事哪？钱新荣笑了，但马上安慰他，说，你是有退路的。

问题是……当你一心想往前走的时候，就没有退路了……其实，你可能不相信，我的官声还是不错的，这些年里也实实在在地做了一些事，但也实实在在地得罪过一些人，组织上对我评价是——知进退，顾大局……这次换岗也是我自己提出来的，做错了就得担责，我也需要有时间反思。姬仲伟忽然一笑，扭头看着他，说，这跟你说吧，我是还有希望再进一步的，人只有往上走，才能一步一步地去实现积在心里那点抱负。

钱新荣当然能听出这些话里的弦外之音，就故意调侃他，说，你这是想当市长呢？还是当想省长呀？

我可没那么大的奢望。姬仲伟发出一阵短促的笑声后，说，以前戏里都这么唱的，当官不为民作主，不如回家卖红薯……我只是不想跟着你去卖红酒。

可是，该出现的最终都会暴露在天光之下。就在仓储区域即将结顶，施工方将各种大型设备移到河边，准备打桩、灌浆浇注吊装码头时，没等地基下面的水抽干，那口消失的棺材就已显露出来，距离晚晴轩的围墙足足远了几十米。

棺材的盖早已不知去向，当然也没人会去关心它。工人们关心的是棺材里面，那些积满的淤泥下面。于是，有人找来高压水枪，冲了不一会，棺材就散架了，随着泥浆滑落出来的是两具尸骨——一具趴在另一具的上面，在明媚的阳光与呼啸的北风里，空气像被一下冻结住，围观的那么多人变得鸦雀无声，只有他们的眼睛还在叽叽喳喳。

当时，婉豆正在园区的接待处陪客人准备用餐。作为资方的CFO，她每个月都会来工地几次，有时是跟会计一起来核查资金的预结算，有时是陪同募资公司来做贷后管理。这些都是她的老本行。

后来，警车拉着警笛来了，法医与殓尸车也来了，再后来就是电视台与那些做短视频的主播们。小餐厅里的人们这时才知道是工地上挖出尸骨，而且是一口棺材里躺着两副。项目经理是个油腻的中年男人，一进来就用手比划着，绘声绘色地说一具是朝天躺着的，一具就这么趴在上头。他看了看在座的几位女白领，笑嘻嘻地补充说，就是大伙都熟悉的那个传统体位。

没人觉得这是句笑话，大家只觉着有点起鸡皮疙瘩。

婉豆起身给钱新荣去了电话，他的手机一直在占线。婉豆并没太在意，将近年关是一家公司最忙的时候，各类团拜、年会他都得出席，有时还要准备致词，还有那些应收与应支的款项，每一笔都得由他来签字与拍板。不过，钱新荣的电话很快回过来了，没等婉豆说完，他就说已经知道了，刚才就是有人在向他汇报，只要不是工地上的安全事故，其他都不是大问题。接着，他问婉豆什么时候能忙完回上海？婉豆说还得一两天吧，许多事情春节前都得落实好，免得一开年手忙脚乱的。

钱新荣说,那你晚上别住晚晴轩了,跟他们一起住酒店吧。

婉豆笑了,对着手机俏皮地说,活人都不怕,我还怕死人吗?

你就不怕我担心?钱新荣在电话里的语气有种父亲般的温厚。他说,乖,听我的。

可婉豆早已不是那个随便就听话的女孩。她只是喜欢太浦河边的清静,还有那种无遮无掩的黑与暗。一个人蜷缩在二楼那间卧房的摇椅里,裹着毛毯,关掉灯,把地暖开到最大。落地窗外面就是太浦河,泛着粼粼的月光,就像记忆深处那条遥远的漓江。她每次都能想起这个差点要了她性命的男人,反反复复,在这间温暖的卧室里,就是怎么也记不清那张在水底的脸,也想像不出来。她睁大眼睛,能看到的只有无尽的黑暗,没有一丝一毫的声息。那种感受古怪而安宁,跟以往所有那些印象都不一样。

其实,婉豆第一趟在这里过夜就发现了,睡在晚晴轩二楼的这间卧房里,她再也没做过那个在水底挣扎的梦,而且每次都能睡得那么踏实,就像小时候睡在家里那张小床上,连窗帘都不用拉上。清晨,在灵光寺的钟声里醒来,一睁眼就是从河面泛上来的波光,在天花板上晃晃悠悠的,让人可以那么清醒地置身于梦境之中。

那晚,她最终没去酒店入住,应酬一结束又让司机送回晚晴轩,放水泡了个澡后,裹上毛毯,埋进那张摇椅里,先给钱新荣发了两条微信,他都没回,就跟韩丽东拉西扯地聊了几句后,点开抖音,连着几条都是工地与枯骨的画面,就连警方的公号上也已经发布了调查进展——根据骨骼的白骨化程度,他们初步推断出两具枯骨之间相隔了几百年,并且在那具女性的后脑部位发现一处遭锐器打击的痕迹,这极有可能是一起发生在三十年前的谋杀与弃尸案。

后来,她是在迷迷糊糊中听到一种声音的,起初以为是起风了,侧耳听了会,才发现是自己在摇椅里睡着了,就闭着眼睛又听了会。

她一下跳起来,赤着脚跑上阳台,院子里一切照旧,几盏地灯照得那些枯山水影影绰绰的,旁边工地上的灯光也影影绰绰的。那块洼地里拦着警戒线,警方还派出了两名协警在值班。

婉豆总算是听清楚了,声音来自地下室那几台鼓风机。

那个地下室分为上下两层。最下面的是库房,堆满了钱新荣从世界各地采购来的瓷土与景德镇山上的高岭土。上面那层是他的作坊,沿墙砌着两口温控的电窑与一口土窑。婉豆刚下到楼梯口,就看见了他那辆车停在作坊里,车灯没有熄,把整个空间照得一片雪亮。

钱新荣身上的大衣都没脱,背对着楼梯口坐在一张椅子里,出神地守在那三口窑前。婉豆知道,他这是在热窑与熏膛,就是把新窑一遍一遍地加热,直到把它烧成一口乌沉沉的旧窑,将来的某一天才有可能开出最为温润的瓷器。

你还是没听我的话。钱新荣声音里没有半点责怪,只是听上去有点疲惫。他背对着婉豆伸出一条手臂,等到心爱的女人像小鸟归林那样跑过去,一屁股坐在他腿上,才又说,你不该这种时候在这里。

这种时候是什么时候?婉豆笑吟吟的,抓过他大衣的领子捂在脸上,只露着两只眼睛,看着他,说,我知道你会来。

我是一个人睡不着,就过来看看这几口窑。钱新荣避开她的目光,说,你先去睡吧,等明天忙完了,我们一道回上海。

一个人睡不着?男人的鬼话真是张口就来,他在来这里前至少先去过了灵光寺。婉豆不光在他大衣的领子上嗅到了那股白檀香才有的味道,还在他的呼吸里辨别出了斋菜的气息,但她不会揪住不放,男人撒谎就像女人美妆。她只是看着他的眼睛,说,我要陪着你。

钱新荣笑了,在她大腿上一拍,说,那你上去多穿件衣服,顺便帮我煮杯咖啡。

直到婉豆的身影在楼梯上消失,他才收敛起脸上的那点笑容,起身脱掉大衣,走到一口窑前,伸手打开那个观察口,通红的炉火一下照在脸上,只有镜片后面的那双眼睛,依然冷得像两块冰,看上去越发让人不寒而栗。

事实上,钱新荣闻讯赶到时落日还挂在灵光寺的檐角。他闯进镜明住持的那间禅房,就用这样的眼神逼视着姬仲伟,很久,才一字一句地说,难怪你会害怕,难怪你那么处心积虑。

姬仲伟并没有急于辩白,而是平静地望着镜明住持。他缓慢地抬起手,朝着一个方向指了指,才扭头看向钱新荣,说,我出生在前面的那个村庄,我爸当了四十年的村长与村支书,我在这个乡里从经管员做起,整整十一个年头,我当过农机站长、土管所长、一直当到乡长……你忘了吗?新荣,太浦河的这段河堤都是我当水利局长那会主持修建的……这三十年里面,我真要掩盖点什么,或者是销毁点什么,根本用不着等到现在,也不用你帮我,我有的是机会。说完这些,他的眼中蒙上一层薄薄的泪光,在又看了眼镜明住持后,

用力地一点头,说,是,我是担心我的那件校服,还有那枚校徽会最终牵扯到我们……可是三十年过去了,我说不清楚……你们能说得清楚吗?你们不也是这么想的吗?明明是四个人,怎么就成我们三个了?她明明是在上面的,她是怎么又下去的?那晚,我们谁见到了?那一晚的一幕幕,我回想了三十年,我相信你们也想了整整三十年,今天这个就是结果吗?姬仲伟仰面直视着钱新荣,说,警方的通报里说,她的头上有被锐器击打的痕迹……你知道是击打的?还是顶上什么东西掉下来砸到的?

好了,说这些还有意义吗?镜明住持纹丝不动盘坐在禅床上,只是拂了拂衣袖,一脸都是老僧入定般的淡然。他说,三十年已经是半个轮回了,你们两位都不用这样急吼吼的,再等上半个轮回,等到我们四个在下面重新聚齐了,不都清楚了吗?

禅房里一下变得沉静,只有桌上那笼白檀香袅袅地燃烧着。过了许久,灵光塔上的钟声开始敲响。镜明住持的手机震动了一下,微信里传来一条语音,是后厨的小和尚在问师傅是不是该用药石了?

镜明住持这才起身,打开一盏莲花灯,依旧神色淡然地说,出去用点斋饭吧,吃完了早点回去。

不吃了。姬仲伟拿起棒球帽戴上,说晚上市委还有个扩大会议,他得赶紧走。

钱新荣犹豫了一下,还是陪着他出去,直到出了寺院的后门,姬仲伟不等他开口,就说,你怀疑我,我还怀疑是你呢,可我们做任何情总得先问问动机吧?我们的动机是什么?

钱新荣摇了摇头,说,我们不说这个行不行?

那说什么？姬仲伟扭头望了眼他停在路边的那辆车，说，你都相信这是一起谋杀案了。

信不信都由不了我们。钱新荣说，警察会查清楚的。

还会查出三个盗墓贼。姬仲伟走到车边，拉开门，忽然回头看着他，说，说实话，这么多年来，我们三个里头，可能只有我才是真正后悔过那晚的人。

你连后悔都要分真假吗？钱新荣露出一丝冷笑，说，要是没有那晚，就不会有我们的今天。

是你们的今天。姬仲伟低头想了想后，又说，我既然走了仕途，那清白就比什么都重要，我的履历上不能有半点污渍。

现在，你还是别想你的清白了。钱新荣抓住车门，说，拔出萝卜带出泥……既然你洗不干净那上面的泥，那就得想法别让萝卜拔出来。

最好的机会已经错失了。姬仲伟的眼里尽是掩藏不住的失望。他又低头想了想后，说，等会我会碰到公安局长，我找机会跟他聊几句。

那我们晚点再碰个头。

你看上去好像比我更紧张。姬仲伟坐进驾驶座里，仰面审视着他，说，如果这真是一起谋杀案，我现在就能断定是你。

我们谁也不用急着下定论。钱新荣松开抓着车门的手，说，都到这一步了，查明真相只是时间问题。

问题是……这世上有几个人经得起查？姬仲伟砰地关上车门后，很快降下车窗，说，晚点还是别见了……这样吧，明天上午你找理由去趟市政府，顺道来我办公室里坐坐，大大方方的。

钱新荣点了点头后，空垂着两只手，一直目送到汽车在林荫小道尽头的暮色中消失，才返回寺院，去到斋堂，在镜明住持的对面坐下，拿起饭碗闷头扒下好几口。

何必急成这样呢？镜明住持抬了抬眼皮，说，这又不是最后一顿。

我饿了。钱新荣停了停，又说，人只有吃饱了才知道真正要什么。

做人不必太执著，能让你看到的不过是镜花水月罢了。说完，他合上双眼，一颗颗地盘着手里那串佛珠。

如果这真是一起谋杀呢？脱口而出后，钱新荣就这么一手端着碗，一手拿着筷子，一动不动地凝望着老和尚。

长久的沉默之后，镜明住持才慢慢睁开眼睛。他忽然说，你杀过人，你知道那种感受。

钱新荣一惊，但并没有慌张。他放下碗筷，缓缓地说，难道你没杀过人？

我在心里也杀过很多人，这人间就是一个修罗场。镜明住持的声音变得悠长。他说，上天就是要我们这些人，在这口油锅里面翻滚、煎熬，让我们痛到撕心裂肺，喊天天不应，叫地地不灵。

你能说几句人话吗？钱新荣有点不耐烦了，说，你就一点都不为自己的女儿伤心？

没有昨夜那场雨，何来今朝这股风？这世上有的只是因果报应。镜明住持一边说着，一边离开餐桌，缓步走到窗边，推开窗户就有一股强劲的寒风灌进屋里。他慢慢地转过身来，用一种凛冽的眼神远远地望着钱新荣，说，你们到现在还以为我经营这所寺院是为了敛财，为了沽名钓誉……我已经七十六岁了……当年，我用你分给我的那点钱重修了这里，这些年来，不断地扩建它，我想的就是让它香火永继，这也是对丫头的一份纪念……这是我们欠她的。

可你一点都不在乎她是怎么死的。钱新荣一动不动地坐着说。

一个人有一个人的命，这是渡不过的劫……如果一个人真的命该如此，那谁都在劫难逃。镜明住持避开钱新荣的逼视，转身面向窗外无边的夜空，过了好一会，才继续说道，这些年里面，他每天青灯古卷的，也算是悟出了一星半点的佛法，那就是——留住一点香火，胜过你的百千子嗣与万贯家财。

钱新荣在心里发出一声冷笑，起身，轻轻地走到身后，凑到他耳边，轻声地说，你现在是老了，大彻大悟了，可你也得想想还没老的时候，你跟那两位女居士生的子嗣……覆巢之下，焉有完卵？

老和尚的身躯一下僵直了，呆立在寒风里，等他回过神，钱新荣已经坐回到椅子，正一口一口地品尝着桌上的斋菜。

第二天，姬仲伟的脸色看上去有点憔悴。等秘书泡上茶，转身离开后，他盯着那扇关上的门，就像在作会议通报那样，双手捂着茶杯，先说了说昨晚从公安局长那里听来的消息——警方初步判断死者应该是名女学生，由于受限于设备跟技术，校徽与校服连同那几块棺板都送去了省厅，那里有全国最好的刑测器材跟人员，相信用不了多久就找出真相。

昨晚回到家里，我想了一夜，他们一旦摸实那颗萝卜就会连根拔出来，谁也摁不住，谁也洗不干净。姬仲伟用力吐掉沾在嘴唇上的那片茶叶，看着钱新荣，又说，我们的时间不多了。

不是我们，是你。钱新荣不动声色地说，如果你真的不经查，那恐怕只剩下一条路可走了。

姬仲伟呆坐了好一会，才说，我一直以为，在我们三个的棋盘上，我一直是那只帅……到昨天才发现，我其实只不过是只小卒子。说完，他一字一句地又说，你们这是要舍车保帅了？

你是在这幢大楼里呆得久了，什么时候都要分个大小。钱新荣端起茶杯，又放下，靠回到椅子里，给出了他的方案，就是让姬仲伟尽快出走，趁着警方还在误区里以为那是名三十年前的失踪女学生时。他说，我们不能再抱任何侥幸心理了，以现在的技术，你的校服与那枚校徽很快会被恢复，到时候，你会是第一个被找出来的。

我还有一条路。姬仲伟说，我可以去自首，一般案件的追诉期是二十年……

你这辈子就真不想替别人考虑一次？钱新荣毫不客气地打断他，但很快又像在自言自语，说至少老金为我们想过，这三十年里面，他每天焚香念佛，看似为女儿超度，其实是在替我们赎罪，我也为你们两位想过，才会带着那些文件回来……你说你这些年里干得不错，官声也不错，可要是没有那点资产在背后支撑着你呢？钱新荣没再往下说，而是伸手拿过办公桌上的那张合影，看了眼上面的一家三口后，放到姬仲伟面前，又说，莹莹明年就该毕业了吧？你们夫妻两不是还打算要送她去英国读研吗？

你别用这种腔调跟我说话。姬仲伟说，威胁我见多了。

我是实话实说，这个世界上的一些东西，我跟老金都可以失去，你能吗？钱新荣看着他，说，你这官当得干不干净，经不经得起那些刑侦手段，只有你自己知道……我只知道，你的身后还有她们母女俩。

十五

已经持续有好几年了，每到春节姬仲伟一家三口都会去海南过年，倒不是他们特别喜欢那边的气候，而是当丈夫的不想回到老家那个村庄，被人簇拥着，被人奉承着，还得摆出一副平易近人的笑脸来。姬仲伟讨厌这些。老家的那个村庄，早已在他的人生履历里远去。

今年也不例外，母女俩在收拾行李时，他还特意找出张海岛地图，说他们今年得换个思路了，租辆车沿着海岸线去五指山那边走走，去看看海南岛的另一面。

第二天一早，司机送一家三口到虹桥机场，还没取票呢，姬仲伟的手机响了。接完电话，他用商量的语气跟妻子说，要不你们娘俩先去，到了那边先把车租好。

又怎么了？女儿一脸的不待见，说，你们这种人都不用过年的吗？

姬仲伟只是笑笑，依旧看着妻子，说，是位退下来的老领导要聚聚……人家退了，我反倒不好推辞。

妻子是名温婉的语文教师，眼睛望着远处的一块广告牌，只在鼻子里哼了哼，说，退了就想到你了。

姬仲伟欲言又止，把行李箱推到妻子脚边，取下上面的手提包，抓过她的手轻轻地放在把手上后，在那手腕上捏了捏，说，辛苦你了。说完，不见妻子有所反应，就扭头叫了声莹莹，又说，你要听妈妈的话，别老是惹她生气。

走出一段路后，他站在扶梯口回望这对母女，见她俩就像一对姐妹，排在安检的队伍里，两个脑袋凑在一块，对着手机指指点点。

后来，警方在追查他的行踪时发现，下了扶梯后，这位姬副主席是坐摆渡车到达虹桥的高铁站，然后处理掉手机，搭乘地铁二号线，到静安寺下车，很快消失在了久光百货的大楼里。

事实上，这条线路是由钱新荣精心规划的，为的就是可以避开那些无处不在的摄像头。为此，他亲自开了辆租来的商务车，等到姬仲伟钻进后排，关上滑门，就回过头来，说，你放心，最热闹的地方也最安全。

姬仲伟闭上眼睛，说，开车吧。

先提提神。钱新荣递过一杯星巴克，说，你看上去昨晚没睡好。

姬仲伟嚼了嚼眼皮，纹丝不动地说，还是快走吧。

这一路上，他们又换过两辆车，到达晚晴轩时已近黄昏。钱新荣倒着把他的车开进地下室，见姬仲伟仍端坐着，没有一点下车的意思，就笑了笑，说，这里没有监控，外面的也早关了。

你干这个好像很在行。

为领导服务的就是个周全。钱新荣下车，故作谦恭地替他打开车门，说，你也好像不是第一次跑路。

姬仲伟愣了愣，紧闭着嘴唇从车里钻出来，跟着他一直上到二楼才像突发感慨那样，坐进一张沙发里，说，绕了这么一大圈，又回到了这里。

这不很好吗？这是离她最近的地方。钱新荣不经意地说着，从柜子里取出两瓶日本的山崎威士忌，放在茶几上，又说，你睡前喝一杯的习惯没变吧？

我习惯喝的是麦卡伦。姬仲伟说，这

么两大瓶，你要我喝到什么时候？

得等那边的消息过来。钱新荣打开酒瓶，倒了小半杯，递到他手里，说，你要有耐心，安全比什么都重要。

你不喝？姬仲伟看着手里的酒杯，说，开了一天的车。

这里只有一间卧室，等会我还得开车回去。见他还是看着手里那杯酒，钱新荣笑了笑，拿过酒瓶给自己倒了小半杯，说，那我陪你喝一杯。

姬仲伟看着他抿下一大口后，却放下了手里的酒杯，说，你那么多年不干了，那些人还信得过吗？

没什么信不信的，时代在变，总有一些东西是变不了的。钱新荣低头嗅着杯中的酒香，说，那些渠道就是用来偷渡跟走私的，只要舍得花钱，上太空都会有人替你架梯子。

这时，灵光寺的晚钟敲响，声声地传来。两个人一下都陷入了沉默，一口一口默默地喝着杯中的酒，在这间昏暗的起坐间里。

按照钱新荣的计划，他会先安排货车把姬仲伟运送到广东，再由港澳出境，从公海上船到澳洲，但这需要时机，不光是制作出整套的身份证明，还得打通每道环节上的每个人。当年，这些线路是用来走私与贩运古董的，老金负责内地的运输，他在香港负责接货与出货，后来也是搭了公海上的一艘货船，才跑路到的墨尔本。

离开晚晴轩的时候，他从皮包里掏出部手机放在茶几上，同时提醒说，冰箱里有吃的，既然到了这一步，就别多想了，把能证明你身份的东西尽早处理干净。

姬仲伟的脸上流露出一种少有的落寞与无助，在沙发里仰着脸，竟然有点无措，两眼茫茫地看着他。

钱新荣在心里发出一声冷笑，指了指他身边的那只手提包，又说，只要带着那些文件，你到哪都是个有家有业的人。

她们娘俩那边……

先把这一关过了。钱新荣说，分别也是暂时的。

姬仲伟点了点头，说最近睡眠不太好，最好有几片安眠药。

卧室的床头柜里就有。钱新荣说，今晚是除夕，你一个人多喝点酒，少吃点药。

其实，床头柜里的那盒是婉豆的备用药，只是住在这里时一次都没用上。姬仲伟听着他的脚步声在楼梯上消失，在沙发里一坐下就像个泄了气的皮球，很久才起身去了那间卧房，在床头柜找到那盒安眠药的同时，也很快在那些衣柜与抽屉里，发现了许多女人的衣物与饰品。他忍不住挑了其中的一条，捂在鼻子上用力地嗅着，越发清醒地意识到，那些活色生香的日子或将长久地离他而去。

姬仲伟攥着那条黑色的蕾丝内裤，但还是忍不住发出了呜咽之声。

除夕之夜没有月亮。以往那些年里，钱新荣基本上都是高价聘请一名商务伴游，去到一个温暖的、有沙滩的地方，在那里安静惬意地过完这个节日，但这次不会了。车快上高速时，他在路边停下，盯着那条空荡的公路出神了好一会后，打开导航，找出那个叫斜塘的小镇。

那是婉豆的家乡，就在不到两小时的车程里。准备回家过年那天，钱新荣就说过要陪她一起回去，见见她的父母，春节是最佳时机。婉豆却犹豫不决了，眨巴了好一会眼睛，说，见了，你怎么称呼他们？叫叔叔阿姨吗？

这当然难不倒一个中年男人,心里更有负担的通常是首次带男友回家的女孩。很快,她如同拍板那样,毅然决然地说,明年,明年要是我们还在一起,我就带你去见他们。

过了今晚就是明年了。钱新荣把车停好就给婉豆发了条微信,然后沿着石板路步行进的小镇。这个平日里就挂满红灯笼的地方,在除夕之夜更像是片红色泛滥的海洋,只是街头的人还不多,冷冷清清的,少了点年味。见婉豆很久都没有回音,他随手拍了张大红的街景发过去,还是不见回音,就找了家小餐厅进去,从窗口又拍了一张街景再发过去。

婉豆从家里出来,裹着一件羽绒大衣在路上走了很久,等她找到那家餐厅时,钱新荣已经快喝掉大半瓶花雕了。抬眼望着心心念念的女人,他忽然觉得自己很不可思议,就有点难为情地说,我开车,开着开着就到了这里。

婉豆站着,看着他,好一会才说,你是打算给我一个惊喜?还是想给自己一个惊喜。

钱新荣想了想,说,只要没吓着你就行。

我没那么胆小的。婉豆心里暖洋洋的,洋溢在脸上,朝他伸着手,说,走吧,我带你去家里。

钱新荣坐着没动,仰脸看着她,说,我想跟你一起吃顿年夜饭。

婉豆瞥了眼桌上,说,你不都吃完了吗?

钱新荣笑了,说,我要吃最丰盛的那道。

街上的人是渐渐多起来的,过年的气氛开始变得浓烈。趁着酒劲,两个人在这片红色的海洋逛了很久,拍了很多照,笑得腮帮子都有点发酸了。这其间,也发生了点小意外,先是在桥上自拍时,婉豆的手机被人撞进了河里。

钱新荣忙拉住她,劝她算了,别让一部手机坏了心情。他还朝那名拖家带口的北方人连说了好几声不好意思与新年快乐。

这就是一种中年男人的处世。婉豆心里有点憋屈,挽起他一条胳膊,说,可惜了那些照片。

还有明天。钱新荣抽出手臂,用力地搂住她,说,我们明天可以来重拍。

后来,他们进到一家民宿,交接房卡时老板娘从里屋出来,两个女人的脸上都有点讶异,但彼此都没有说话。

钱新荣一进房间就说,你们认识?

这么小的一个镇子,谁不认识谁呀。婉豆是真心的没太在意。那人是她母亲的一个牌友,每个星期里有五天在一起打麻将,无非就是再多几句闲言碎语,反正人活在这世上就是让别人说三道四的。

两个人很快在被窝里迎来了新年,在响成一片的烟花与爆竹声里,婉豆隐约感觉到,钱新荣心里像是藏着事。这从他在床上的表现就能看出来,跟以往的每一次都不一样,那种超乎寻常的缠绵与亢奋,都不是一个中年男人该有的表现。事后,她捧着那张脸,问他怎么了?拼了命似的。

有吗?钱新荣像是有点不好意思了,伸手关掉床头灯,在黑暗中说,这个时候来支烟就好了。

婉豆在脑子里转了转,还是觉得他有心事,就伸手去抓电话,一边说,这又不是什么难事,我叫总台送进来。

不用。钱新荣压住她,笑着说,你就是我的烟,事前事后都是你,而且还是一口就上瘾的那种。

这时,他的手机响了,在床头柜上嗡嗡的震动个不停。

婉豆没想到他会避着自己,摸着黑去卫生间接了这个电话,而且还那么久。出来后,两个人都觉得气氛有点异样。钱新荣想了想,说他明天得回趟上海。婉豆嗯了声,什么也没问,静静地躺了会后,就钻出被子,轻轻地下床,去卫生间里匆匆冲了个澡出来,打开灯开始穿戴。

你要回去?钱新荣枕着自己的手,看着她说。

当然得回去。婉豆说,打不通我电话,他们说不定要报警了。

那我送你。钱新荣竟然连一句挽留的话都没有,说着掀开被子就在床上找他的裤子。

你睡你的。婉豆把他按回床上,像个替儿子拉上被子的母亲那样,顺势吻吻他的脸颊,说,明天我来陪你吃早饭。

钱新荣伸出手拉住她,说,不用了,明天你多睡会,我一早就走。

婉豆又嗯了声,抽身回了卫生间,梳了好一会的头发才出来,见钱新荣从手机上抬起头来看着她,就张了张手,说了声拜拜。

婉豆。钱新荣叫了声,面带歉意地说,临时有点事,一早我得回去处理。

大年初一会有什么事?全世界的中国人都在过年。婉豆只是在心里嘀咕了一声,抿嘴一笑,抛出一个飞吻后,转身离去。穿过那片红色的灯海时,她裹紧了身上的羽绒大衣,那种不可名状的懊恼与落寞,让她更觉得自己就像个刚接完单的应召,而更意想不到的事发生在她回家后。

灯火通明的屋子里,父母亲坐在餐桌的两头。这种场面也只在她填报高考志愿的那晚发生过。

当母亲的劈头就问:你去哪了?

婉豆看了眼那两张毫无一丝睡意的脸,换上拖鞋就往自己房里去。

你回来。母亲一指她跟前的地板,说,你给我过来。

婉豆首先想到的是开民宿的老板娘,但也不至于,人家开门做生意的什么没见过?不会这么的不懂事的,就走过去,看着母亲打开微信。原来是朋友圈里有人拍到了她跟钱新荣在大街上自拍——他们搂着肩、贴着脸,笑得没心没肺。

这人是谁?母亲的问题是一连串的,他有多大了?离过的?有小孩没有?

婉豆懒得搭理,去厨房里拿了盒酸奶就回了她的房里,砰地关上门。

当父亲的这才走到门口,说,你找什么对象我们没意见,可做人得光明正大,来了就把人带家里来嘛,又不是见不得人的事情……可他的话还没讲完,就被老婆一把推开。母亲使劲转了两下门把手后,嗓音隔着房门传进来:你把门打开,你老实回答我,人家是不是有家小的?你是不是在给人当小三?你停在下面的那辆车是不是那人给买的?

当父母的就是善于联想,而且越往深里想,就越像是得了被害妄想症。直到婉豆把手里那半盒酸奶啪地甩在门板上,外面的声音这才停歇下来。她仰面躺在床上连衣服都没脱,第二天一早就悄悄出了家门。她想过跟钱新荣一起回上海,在楼下热车的时候却又改主意了。望着挡风玻璃上结的那层霜,她哪都不想去了,就想在一个没有人也没有声音的地方,闷头闷脑地睡上一天一夜。

292

晚晴轩里的暖气很足，所以一打开门就像是跨进了另一个季节。婉豆在二楼的厨房里给自己煮面时还是觉得热，就把袜子也脱了，赤着双脚踩在地板上。姬仲伟显然是闻声出来的，也是赤着双脚，身上穿着钱新荣的那件灰色的浴袍，头发乱糟糟的。

两个人都吃了一惊，愣在那里，只知道睁大了四只眼睛。

好在婉豆很快就认出了他来，同时也联想到了钱新荣临时出的那点事，慌忙招呼一声，说，您是姬副市长吧？

你认识我？当领导的虽然习惯了处变不惊，但也不能到哪都被认出来。姬仲伟走到那张餐台前，又把她上下打量了一遍，像是记起来了，点了点头，说，我们见过的，你是钱新荣的那位小女朋友。

婉豆是被小女朋友这四个字刺痛，就不咸不淡地说，抱歉呀，老钱没跟我说您住在这里。

该抱歉的人是我。姬仲伟的嘴里喷着隔夜的酒气，脸上却已经挂出了丝丝的苦笑，说他自己也是没想到会在这里过了个除夕。说完，又像自嘲似的解释道：家家都有本难念的经，都说夫妻间的七年之痒是道坎，谁知年近半百了，这道坎又横在了面前。

婉豆可不想知道人家的家事，忙转身关掉燃气灶，说，那我不打扰您，我这就走。

你还没吃早饭？姬仲伟这时已经彻底恢复了平日里那种风度，既随意，又亲切，一指那口锅，说，帮我也下点。

婉豆只好重新打着燃气灶，又在锅里下了把面，一回头，就见姬仲伟已经转身离开。他再次出现时，显然经过了洗漱，衣冠楚楚的，手里还端着两杯热气腾腾的咖啡，笑容可掬地说，现磨的，我记得那晚见你就是在喝咖啡。两个人吃着面的时候，他像是忽然记起来了，又说，新荣这会也该到了，他给我来过电话的。

事实上，还没等那杯咖啡全部喝完，婉豆就已经感觉到被下药了。她想撑着餐台站起来，却只能一头趴在上面，嘟嘟囔囔地说些自己都听不清的话。她努力地睁大着眼睛，最终却只能无力地合上。

婉豆又看到自己在那片漆黑的水底挣扎。她拼命地蹬着两条腿，拼命地划水，直到筋疲力尽再也动弹不了。只是，这一次跟她以往做的每个梦都不同。她怎么也没法摆脱那个漆黑的水底，只能一遍又一遍地看着那些成群结队的鱼。它们迎面而来，穿过她的身体，有彩色的，也有黑白的，朝她吐出一串一串的水泡，还发出嗡嗡的声音，就像它们在说话……

钱新荣赶来晚晴轩时将近中午。婉豆停在院门外那辆白色的macan已被移走。他开门穿过庭院，再开门穿过展厅上到二楼，一眼就看到了餐台上摆着的那些饭菜，热气腾腾的。

姬仲伟系了条围裙，正在灶台边颠勺。他头也不回地说，你先坐，马上就好。

钱新荣见餐桌上还搁着那个黑色的公文包，心里动了动，就随口说了声——新年快乐。

锅铲声这才停了停，姬仲伟说他已经好多年没做过饭了。

珠海那边已经落实，有人会从澳门过来，用货柜带你由拱北的货运通道过关。钱新荣在餐台前坐下后，掏出一张纸条，又说，记住上面这个电话号码，到了那边难免会受点委屈，你只要照做就不会有问题。

姬仲伟端着那盘炒好的菜过来，一副并不太在意的样子，说，先吃饭。

钱新荣接着又嘱咐他，说等会要他先去松江，车已经在那边了，司机知道规矩，不会多问半句的，但这一路上得走二十来个小时，尽量不要停留，最好是小便也在车上解决。因为，现在的天眼系统无处不在，尤其是高速上的服务站。钱新荣最后说，只要到了澳门，你就有全新的身份证明了。

姬仲伟点了点头，替钱新荣盛了碗饭后，说临走前，他还有一个问题要解决。

钱新荣接过那碗饭，说，你说。

我需要有一个保证。

保证什么？

姬仲伟打开公文包，取出 Corrs Chamber Westgarth 律所的那几份文件在手里扬了扬，说，我得保证到了那边……这些财产能一分不少地兑现。

钱新荣说，这些文件都是你去澳洲亲自验证过的。

此一时，彼一时。姬仲伟说，人的身份信息一变，它们就是一堆废纸。

你不知道有种法律手续叫更名的吗？钱新荣微笑地说，你放心，我会让人把它们都过户到你女儿名下的。

姬仲伟叹了口气，两只眼睛一眨不眨地看着他，说，有些事情还真不能细想，它会让人越想越害怕。

那就别想。

姬仲伟愣了愣，端起碗，说，吃饭吧，吃完再说。

两个人谁也没有再开口，默默地吃完碗里的饭，用餐巾纸擦干净嘴巴，抬眼看着对方。姬仲伟低头想了想，看似还有话要说，却起身走到卧房门口，站在那里，回头望着钱新荣，直到他走上前去。

钱新荣一眼就看到了躺在床上的婉豆，穿着毛衣，直挺挺的，头歪在一边。

她怎么会在这里？他一下把姬仲伟抵在门框上，狠狠地说：你把她怎么了？

她睡得正香。姬仲伟平静地说，你那几颗安眠药的药效还真不错。

钱新荣是几步跨到床边的，在试了试婉豆的鼻息后，又搭了会她的脉搏，才一字一句地说，你到底要干什么？

当然是保命。姬仲伟一动不动地站在门口，说，海里面深不见底，我要是被人丢下去喂了鲨鱼呢？

那就人财两空。钱新荣在床沿上坐下，说，要不你别走了，等着警察找到你。

那也行。姬仲伟不以为然地说，人就怕横下一条心来。

是啊，把你扔进海里，我跟老金就再没后顾之忧了，还能分掉那么大一笔财产。说着，他凝神望着姬仲伟，又说，换了你，会这么做吗？

能想得到，就能做得出。迎着那两道目光，姬仲伟忽然一笑，说，你又不是没杀过人。

钱新荣愣了愣，眯起眼睛，说，你说什么？

姬仲伟并没理会，而是走到那张摇椅前，躺进去，好一会才说起了苏珊当初动身在前往上海时，曾给他来过的一个越洋电话，说了许多不该对外人说的话。

钱新荣的耳朵里一下又灌满了汽车轰然入水的声音。他又像见到了那两盏车灯熄灭在漆黑的水底。

她大概是喝多了，大概把我当成了你的保护伞。姬仲伟还在说，女人就是这样

294

子，管不住她们的嘴……她是真不该给我打那通电话。

这些你当时怎么没跟我说？

她是你前妻。姬仲伟说，那是你的家事。

钱新荣点了点头，起身，动作迟缓地挪到床尾，在婉豆的脚边重新坐下后，面对着姬仲伟，由衷地说，我跟你不一样，我这一路走来，由黑到白，你说它是血雨腥风也不为过……那会，我是好不容易把自己洗干净，爬上了岸……我是不想再回到那个泥潭里。

所以，为了洗得更白，你还杀了你在澳洲那个合伙人。姬仲伟说这些都是苏珊那天在电话里说的，在墨尔本郊外的那幢别墅里，钱新荣把尸体烧成骨灰，碾磨成粉沫，再揉进了瓷土里，然后做成坯，涂上釉，烧制成了一对凤尾瓶。他一脸恍然大悟的样子，说，我好像见过那对瓶子，你捐给了灵光寺，就放在往生殿里。

你真是什么都信，就不相信我。钱新荣说，她就是个疯子。

正常人，有几个愿意说实话的？

那我跟你说句实话……把人逼急了，是什么都干得出来的。

姬仲伟就像没听见，从摇椅里坐起身，直勾勾地盯着他的双眼，说，你杀她前，是老金去踩的点吧？

钱新荣一脸的无奈，摇了摇脑袋，说，你就别自作聪明了。

我得证明我的每个判断都是准确的。姬仲伟说他去看过淀山湖里的那条堤坝，那里离灵光寺不算太远，就隔着条太浦河。

钱新荣发出一声冷笑，说，你可真有心。

姬仲伟说，我得提防被任何事情拖下水。

可现在，是你在拖我下水。

我只想保命。姬仲伟说，我是真的害怕，我怕成了第二个苏珊。

该害怕的是我吧？钱新荣指了指他手里拿着的手机，说，你不是都录下来了吗？

没有证据，它就是个故事。姬仲伟说，它只能证明，我离死更近了一步。

钱新荣闭嘴了，只用两只眼睛一眨不眨地盯着他。

你下不了手？说着，姬仲伟从摇椅里起身，走到床头，伸手撩开婉豆脸上盖着的头发，又说，是啊，换了谁都下不了手……这么漂亮的女人，可不下手又怎么解决问题呢？

我看你真是疯了。顿了顿后，钱新荣马上又说，她开车来的吧？那辆保时捷是带行车轨迹的。

看来，那车是你给买的，你在女人身上从来不计成本。姬仲伟的脸色一点一点阴沉下去，隔着那张床与床垫上熟睡的女人，说，车这方面你糊弄不了我，它就停在下面地库里，我查过了，你没舍得花钱加装GPS。

你何苦逼我呢？

我只求自保。姬仲伟晃了晃手机，说，你放心，到时候我会把视频传输到云端，等我们一家三口在澳洲团聚后，自然会把密码告诉你的……我说到做到……我只求自保。

钱新荣一脸心碎的表情，张开三根手指，说，我们有三十多年了吧？你就这么对我？

我们只是演了一场三十多年的戏，不是吗？姬仲伟指了指身后低垂的窗帘，说，就在外面那条河里，你别跟我说，那时你

295

心里没想过杀我。

钱新荣耳朵里又充满了各种各样的声音。他低头看着床上熟睡的婉豆，俯身拿起她的一只手抓在手里，很久才说，那好，我照你说的做。说完，他抬起头来，又说，但我要知道，当年你是怎么下手的？

什么？姬仲伟一愣，说，你说什么？

我要知道，你在我们两个眼皮底下是怎样杀了金枝的？钱新荣说，你为什么要杀她？

十六

婉豆醒来已是第二天，只觉得浑身都在酸痛，昏昏沉沉的，想了很久，才把一些事情记起来。

她终于开口，说，你们对我做了什么？

钱新荣就陪在身旁，看着她，说，我不会让任何人伤害你的。

婉豆睁着眼睛又想了会，说，我要喝水。

钱新荣起身去倒了杯温水来，看她喝到一半时，说，昨晚你说了很多梦话。

婉豆没吱声，直到把整杯水都喝完，才发觉自己竟是一丝不挂地躺在被子里。她一下清醒了，睁大眼睛说，你们到底对我做了什么？

钱新荣笑了，接过杯子，说，你吐了。说完，他又说，那些衣服我洗了，在干衣机里呢。

婉豆又留意了一下体感，才拉起被子把自己盖严实，眼巴巴地望着天花板上的那盏吊灯，说，我被人下药了。

我知道。钱新荣眼里尽是令人痛心的爱怜。他俯下身，轻轻地抱住被子里的女人，在她耳边说，你别胡思乱想了。

我被人下药了。一嗓子响过后，婉豆把把什么都记起来。她说，他为什么会在这里？他为什么要对我下药？

你再睡会。钱新荣仍然抱着她，轻轻地说，等睡醒了，你想知道什么，我都会告诉你。

傍晚时分，夕阳透过玻璃窗投射在墙壁上，有种出奇的浓烈与静谧。

钱新荣炖了锅菌菇汤，亲手给婉豆盛了一碗后，不等她开口，就开始说他跟姬仲伟从小就认识，三十多年了，平时看上去交往不多，是因为两个人走的路不一样，政商之间得保持距离，这对双方都好。隔着锅里冒出来的热气，他用一种温情脉脉的眼神望着婉豆，说，我想过了，有些事我应该让你知道。

你不用这么上心。婉豆的表情还是有点冷淡，说，谁没点见不得人的事呢？

放在心里，它就是个包袱。钱新荣说，说出来，也许我们都能轻松一点。

婉豆从没想到过，一个五十出头的男人竟然也会这样单纯与坦诚。钱新荣不光说了他的那场初恋与两次婚姻，还说了第一桶金的来源是通过盗墓。他用那些资金在澳洲倒卖跨境文物，日夜混迹于走私犯与古董商之间，到了四十多岁才一步一步爬出泥潭，回国后有了现在这个局面。

长久的沉默之后，他起身来到窗边。此时的天空已经黑尽，只有河边的工地上亮着零星的灯光，却没了半点白天的模样。他由衷地说，那个时候，我整夜整夜地失眠，睡不着就起来去筛泥、拌土与练坯，直到把自己累到筋疲力尽……那种孤独与厌倦，也只有自己知道。

这种感受婉豆深有体会。她悄无声息地走过去，从后面抱住他，把脸贴在他的脊背，好一会才说，我知道……我要是早生二十年，我决不让你陷在那个泥潭里。

钱新荣在她的怀抱里指了指河边的工地，说，那就是我挖到第一桶金的地方。

一下子，婉豆就想到了那口棺材与棺材里的两具枯骨。事实上，这个想法她脑中早就闪现过，就在枯骨出土的那晚。她不由地松开手。

但是，他只字不提老金，只说了那夜的风雨，就像是天崩地裂。后来，墓穴坍塌，他们都以为金枝是被洪水卷进了河里……三十年过去了，原来她是埋在了下面。钱新荣镜片后面的眼睛已经泛红。他双手支在窗台上，过了很久才喃喃自语般地说，是我们太贪心了，我们应该想到那墓会塌。

婉豆知道，这个"我们"里的其中之一就是姬仲伟。她不假思索地说，警方的公号上说这是一起谋杀与弃尸案，她的头部有锐器击打的痕迹。

警察也有判断错误的时候……你没见过她，你是不会知道的。新荣惨淡一笑，说那个时候，他跟姬仲伟整天围着金枝转，为她去死都愿意。说着，他回到餐桌前坐下，扭头看着婉豆，又说，我们分析过，应该是洪水冲垮墓室时，一定是让掉下来的什么砸到的……

你们应该去自首，把事情说清楚。婉豆说，或者先找律师咨询一下……三十年前的事，一般不会太追责的。

这些我们都考虑过。钱新荣这时已经彻底恢复了常态，示意婉豆过来坐下后，让她好好想想看，一个处在姬仲伟那样位置的人，甘愿放弃前程，偷渡去海外，那意味着什么？

他害怕。婉豆说，那证明他就是凶手。

钱新荣摇了摇头，说，他害怕的是被彻查，他在那些位置上这么多年了，干过什么事只有他自己知道。

你也有份吧？婉豆不假思索地说，所以要帮他跑路。

钱新荣又摇了摇头，说他跟姬仲伟就是两个世界里的人，他那些年里一直都在黑道上奔走，而且基本上是在香港与澳洲，回国后做外贸，至于拿下的这块地，婉豆是做尽职调查的，应该比他更清楚，那是一次又一次的公开竞价拍来的。说完这些，他长长地吐出一口气，接着说，我不是不懂法律，也不是非要讲人情，这些我都知道，何况跟他三十年没怎么交集了……可我想，要是金枝还活着，这种时候也会帮他一把的。

问题是……他说不定会上红通的。婉豆觉得还是有必要提醒他的，就说，而你是帮他偷渡的。

我都没离开过这屋子，帮他偷渡的是澳门那边的蛇头。隔着镜片，钱新荣用一种深邃的目光凝望着她，说，我只是对往事、对故人、对逝者有个交待。

你是没核算成本。

我又不是会计。钱新荣勉强一笑，说，我还得给自己一个交待。

婉豆就像是第一次认识眼前这个男人，怔怔看了他好一会，问到那个最关键的问题：他为什么要对我下药？

他就是只惊弓之鸟。钱新荣说，他跟我说，等你醒来了，他人已经在公海上了。

可要是我醒不过来呢？

钱新荣张着嘴巴无言以对。好一会，他拿过搁在一边的手机，递给婉豆，说，你先给家里打个电话吧，两天联系不上你，他们不知急成什么样了。

297

要是我真的醒不过来了呢？婉豆还是不依不饶地说。

那我就把他剁了。钱新荣笑着说，剁了，喂狗。

婉豆也笑了，一下就变得娇俏。拎得清的女人都不会在假设的事情上作纠结。她一把拿过手机，忽然说，剁了还不够，得把他烧成灰，揉进土里面，再捏成一条狗，就让他蹲在门外面。

钱新荣一下愣在了那里，半天都没回过神来，愣愣地看着她用下巴夹着手机，一边起身收拾碗筷，一边在跟父母通话。

第二天，婉豆打开家门时，看到跟在她身后的钱新荣，手里提着大包小包，她的父母一下都愣在了那里。

婉豆漫不经心地说了句：钱新荣，我老板。

不全是。钱新荣挂着一脸的笑容，朝夫妻俩点了点头后，说他早该来看望二位了，主要是怕太唐突，所以一直到现在才上门。

他特意用了上门这两个字。

总算让客人入座后，母亲还是没忍住，张口叫了声钱总。

钱新荣忙说，新荣，叫我新荣。

噢，新荣。母亲说，你跟我们家豆豆认识多久了？

五年多，快有六年了。钱新荣看了眼婉豆，笑呵呵地说，她刚实习时我们就认识了。

那在一起呢？

也快一年了。

钱新荣有问必答，坐在沙发上规规矩矩的，连茶都没喝一口。婉豆觉得很滑稽，扭身就去了自己房里，留下这三个年过半百的人围坐着，就像在上演一出《三堂会审》。等她出来，见他们还端坐着，有问有答的，就皱着眉头，说，这都几点了？你们不吃饭了？

母亲这才推了把丈夫，让他去找找钱塘人家的电话，问问他们还有没有包厢。

钱新荣忙说不用客气，都是一家人，就在家里吃吧，团团圆圆的，才有新年的气氛。

你倒真不拿自己当外人。婉豆横了他一眼，但心里挺踏实的，人到了年纪就这点好，他们没什么难为情的，也没什么话是说不出口的。她是忽然有种眼泪要夺眶而出的感觉，就一拉母亲，说，那你还不做饭去，等会不去打麻将了？

母女俩在厨房里忙碌时，两个男人来到阳台上。老林摸出一包烟，撕开封口，说他平时也不抽烟，节日里才备了包，难得的，一起抽一根。

钱新荣也不推辞，笑眯眯地点上后，等着他开口。

老林终于问起了，很随意的样子，说，你说结过两次了，怎么也不要个孩子呢？

钱新荣吐出一口烟雾，直截了当地说他身体没有问题，跟婉豆在一起也那么久了，方方面面都挺和谐，之所以两次婚姻都没孩子，主要是在国外时忙于事业，世界太大，东奔西走的，生活一直没稳定下来，这也是两次都离了的原因，另一个原因就是国外跟国内在观念上不一样，倒还真没往那上边考虑过。

老林将信将疑，掐灭烟头就问起房子。

钱新荣说刚回到上海时，他买了套双拼，在虹桥板块，当时有点偏，现在已经很中心了。他在澳洲那边也置了些房产，市区的主要出租给了留学生。

老林又点上一支烟，连连地点头，却

298

吐了句：婚前财产也是财产。

　　钱新荣笑了，说婉豆是个事业型的女性，他们两个也是在工作中通过长期的接触与了解才走到的一块，他清楚婉豆心里想要的是什么。

　　现在的孩子都是看着聪明，他们哪知道自己要什么？老林一脸怒其不争的样子，说，你别怪我说话直啊，当父母的，有一辈子操不完的心。

　　钱新荣还是笑呵呵的，说他在滨河的产业园里投了块地，下半年就完成基建了，到时候公司也会重组。他说，所以我也想经得你们两位的同意，早点成婚，到时那园区就是婚后财产了。

　　老林甩手扔掉那半截烟，更不客套了，张口就问园区有多大。

　　钱新荣扒着阳台的栏杆，放眼环顾了一下，谦逊地说，这小区有多大？十几个大小应该有的吧。

　　老林一下觉得下巴要脱臼了，忙抬手一把托住。

　　晚饭的餐桌上，钱新荣自作主张地提出来，让婉豆这就订幢莫干山上的小别墅，明天一早动身去住几天，就当一起度个假。婉豆觉得他真是多事，可话还没想好怎么说，钱新荣又开口了，当着她父母的面，由衷地说他从小没了父亲，母亲改嫁，后来稍大点就一直在外面飘泊，很少有家的感受，尤其是到过年的时候，有很多次他站在酒店的阳台上，看着那些窗户里透出的灯光，心里就想着一家人围着团团圆圆的，那种感觉在他心里梦寐以求很多年了。

　　婉豆的母亲张嘴就吐出一句"可怜的孩子"，说完发现失言了，慌忙抬手，也是一把捂住了嘴巴。

　　后来，婉豆是拖着钱新荣才出的家门，去往民宿的一路上，她心里有种说不出来别扭，就使劲挽着他的胳膊，说，对不起，我真没想到他们是这样子的。

　　你以为他们会是什么样子？

　　我觉得他们像两个生意人，在卖女儿。

　　这就是父母该有的样子。钱新荣说，等到将来，我们也会跟他们一样。

　　你是在迁就我。婉豆说，我看得出来。

　　让身边的每个人都开开心心的，不好吗？钱新荣说，有些事情不用太较真，尤其是跟自己的家人。

　　可我不开心。婉豆把脸更紧地贴在那条胳膊上，说，我不想他们觉得我傍上了大款。

　　我哪是什么大款？钱新荣笑了，说，两期融资，加上那些贷款，还有很多难关等着我们去过呢。

　　婉豆不出声了，两个人默默穿行在那片红色的灯光里，又到那家民宿时，她站住，说，我不进去了，你早点睡。

　　钱新荣点了点头，说，别多想。

　　婉豆说，我不想。

　　忘了那些不愉快的。钱新荣说，忘记了，就等于没发生过。

　　婉豆在心里说那不是自欺欺人吗？但她紧闭着嘴唇，把脑袋靠在他胸口，听到的是一个男人怦然有力的心跳声。

　　钱新荣这时忽然在她耳边，说，你是上天赐给我最好的礼物。

　　一下子，婉豆有种被击中的感觉，双手不由伸进他敞着的大衣里，用力地环住他的腰。

　　钱新荣嗅着她的头发，很久才长长地呼出一口气。男人的一口气真长。他又说，我从没有过今天这样的感觉……真的，那种家庭的感觉。

婉豆还是没有出声，就像要把自己嵌进那个温热的胸膛，她只觉得自己都快要用尽全身力气。

后来，钱新荣进到房间，一头倒在床上，睁着眼睛发了好一阵的呆，才去卫生间里冲了个澡出来，仍然没有一点睡意。

其实，他比谁都明白，那些发生过的事是永远不会忘记的。

他在晚晴轩二楼的那间卧室里，在把昏睡的婉豆背下床时，姬仲伟始终举着手机在一边全程录制，如同举着一柄手枪。

他们一前一后出了房间，穿过外面的小客厅。钱新荣走到楼梯口停下了，伸出脚试了几次都没能跨下去。他说，你来搭把手，我背着人下不去。

说着，没等姬仲伟有所反应，他就靠着墙把婉豆放平在了地板上。

姬仲伟有点迟疑不决，围着地上这个死尸般的女人转了半圈。钱新荣就是在这个间隙扑上去的，一把将他推下了楼梯后，没有丝毫停留，紧跟着冲下去，抓起他，一层一层地往下扔，一直把他扔到地下室，才像拖条破麻袋那样，把他拖到那口电窑跟前，找了卷胶带缠完手脚，连嘴巴都封上后，一屁股跌坐到地上，躺倒在他旁边，开始大口大口地喘息。

接着，他又干了很多事，每一件都有条不紊。他先是捡起姬仲伟掉在楼梯上的手机，删除里面的内容，塞进裤袋，再上到二楼，把卧房里的床单与被套都撤掉，重新铺上新的，出去抱起他的女人放回到床上，把她身上的衣服全部脱光，盖上被子。

他在那部楼梯上来来回回了很多趟，直到把栏杆与每一步台阶都擦洗了一遍后，才下到地下室里，拉了把椅子过来，坐在姬仲伟跟前，耐心地等他醒来后，二话不说，起身就把他拖进了电窑里。然后，一边看着他挣扎，嘴里发出呜呜的声音，一边把他用过的手机、衣服、床单、被套，还有公文包连同里面那些文件，一样一样地扔进去，劈头盖脸的扔到他身上。

是你非要走到这一步的。钱新荣终于开口了，他把脑袋伸进电窑里，对着那具只知道瑟瑟发抖的身体，说，你放心，这窑开足了有一千六百度，你会消失得无影无踪。

稍有点化学常识的人都知道，要让一条生命在这个世界上彻底地消失，连DNA也提取不到，最好的途径就是火化。烈焰焚烧能让有机物质快速地成为无机的化合物。如果用它们来作花肥，能使花朵更加艳丽，花枝更加茁壮；如果把它们掺进瓷土里，烧出来的器皿会更加的晶莹、细腻与坚硬——这种不断改良的瓷器曾经一度风靡市场，它有个简单而直接的名字，就叫骨瓷。

从莫干山回来后的那些天里，钱新荣一直都很忙，不是在跑海关，就是去回访那些经销商们。有时，他也会去到晚晴轩，趁着夜色而来，天不亮就悄悄地离开，一趟又一趟的。他把窑里的骨灰清扫出来，放进粉碎机里一遍一遍地粉碎，然后是研磨，再把它们混合进瓷土里，才开始练泥与拉坯。

钱新荣做的是元明样式的盖罐。为此，他又在利桶上整整忙了大半个晚上，才将罐体削制成型。接下去就是脱水、上釉与烧窑了。

正月十五是工地照常开工的日子，也是钱新荣每个月里斋戒的日子。一大早天空中飘起了细小的雪花。这是新春里的第一场雪。他一脸都是神采奕奕的笑容，带着公司的副总与各部门主管们在工地上忙了大半天，发放开门红包，跟工友们握手交谈、嘘寒问暖，直到中午聚餐时才准备离开。他对婉豆说，我先去寺里，忙完了，你也过来点炷香。

在上灵光寺前，钱新荣首先是回到晚晴轩，沐浴更衣，换了身宽松休闲的衣服后，下到地下室里，打开灯，打开电窑。那只素色的盖罐已经烧制成器，在灯光下泛着晶莹的光泽，抱在手里还有点余温未散的感觉。

没想到的是婉豆这时回来了。她是生理期提前了，一进门就捂着肚子往里去，一边说，真是人来疯，这么冷的天都没冻住它。

那你就在上面休息。钱新荣笑着说，哪都别去了，等会我给你带点素斋来。

婉豆嗯了声，才在楼梯上注意到他抱着的盖罐。

钱新荣忙说这是他特意赶制的，也算是一份功德。

婉豆是坐在马桶上才想起来的，下面那三口窑还没正式启用呢，他上哪赶制的？细想了一下后，她忍不住起身，下到地下室里，看着那些乱七八糟的器具，满脑子里尽是《人鬼情未了》里那些画面。

能把制瓷场面变得这么浪漫与温情的也只有电影了。

初一与十五向来是寺庙里的两个大日子，灵光寺也不例外，到处是脸上洋溢着新春气息的善男信女。往生殿的供台上点满了蜡烛，外面的一阵风吹过，那些火苗就像一下被注入了灵魂。

小和尚搬来一把梯子，爬上那个密密麻麻摆满了长生牌位的供柜，把盖罐供在了顶端的角落里。镜明住持始终不动声色地站在门槛外，直到钱新荣恭恭敬敬地上完香，在心里默祷完，才轻轻地咳了一声，说，先去用斋吧。

钱新荣不急不缓的，一出往生殿，却径直去了镜明住持的禅房，坐在那里，看着老和尚进来，回身带上门。

镜明住持不动声色，一边燃上檀香，一边说，不该我知道的事情，你不必告诉我。

钱新荣说，我嘴还没张呢，你怎么知道该不该？

镜明住持不再出声，转到茶台后面坐下，专心致志地开始开壶煮水。

钱新荣同样没有开口，而是一眼不眨地看着他的一举一动，直到水在铁壶里发出吃吃的声音。

镜明住持总算抬起眼睛，幽幽地看着他，说，这是何必呢？

钱新荣还是没出声。

镜明住持又说，其实，尸骨出土那天你就确定是他了。

钱新荣点了点头，说，我没做过，那就一定是他。

所以每一步都是你想好的。

钱新荣摇了摇头，说，人算还是不如天算。说完，他就低下头去，但又很快抬起来，说，我是真想让他去澳洲，在那边流落街头，骨肉分离地过完下半辈子……可他总是出人意料。

夜路走多了，难保不撞鬼。镜明住持说，你上次就保证过，那次是最后一次。

这次不一样……我要是让他活着，死的就会是别人。钱新荣忽然一笑，说，你们出家人不都讲究因果吗？他是躲过了初一，躲不过十五。

执念太深终成魔。镜明住持吟了句后，双手合十，在咕咚咕咚的水沸声里合上眼皮，开始专注地默颂起经文来。

钱新荣只好起身，动作娴熟地把开水倒进茶壶，然后是洗茶与烫杯，直到把茶盘里的茶杯都斟满。他重新坐下，说，现在不是念经的时候。

镜明住持这才又睁开眼睛，说，他是有身份的人，警方会一查到底的。

那他们就会发现，他们的政协副主席早就偷渡去了澳洲。钱新荣端起一杯，吹了吹后，又说，澳洲每年有三万多的人口失踪，每十八分钟就有一个消失。

临走的时候，天上的雪停了。镜明住持照常把他送到山门外，一脸和颜悦色的样子，还亲手奉上了一幅他手书的挂轴。这是寺院在新春里对那些供养人的一点小小回馈。

钱新荣一手提着菜盒一手拿着卷轴，走到台阶下时站住了，转身望着他，直到他下到跟前，忽然一笑，说，忘了跟你说件事，我要结婚了。

那是你的事。镜明住持说，你不必告诉我。

我知道你会这么说。钱新荣低下头去，说，可我还是想跟你说一声。

知道了。说完，镜明住持朝他躬身施了个礼后，准备转身离去。

钱新荣说，你祝福我一声都不舍得吗？

我是出家人。镜明住持站住，背对着他，说，你也不是第一次了。

钱新荣说，这次不一样。

老和尚这才回过身来，看着他，说，都是镜花水月。说完，觉得有点过分了，就又说，那你就要更好自为之吧。

钱新荣多少是有点失落的，还有那么的一点失望。他一声不吭地回到车里，在发动机轰鸣声响起时，许多往事又扑面而来，在挡风玻璃上都想伸着脑袋往里挤。

十七

其实，婚后的日子也就这样，跟婚前基本上没多大的区别，还是住在虹桥的那幢小别墅里，上班仍得穿过大半座城市。唯一有不同的倒是工作方面，园区那边的基建已经完工，现在正处于设备的安装与调试阶段。按照钱新荣的计划，公司重心也转移到了内部重组与股份改制上，该兼并的兼并、该剥离的剥离，然后就是上市前的准备——把它包装成一件商品，推销给那些投资个人与投资机构们。

婉豆的工作更忙了，夫妻俩在一层楼里办公，有时整天都见不上一面。到了晚上，还得去应酬那些财务、法务与投行的经理人，再把他们的意见与建议，一条条地带回来，落实下去，就像是又回到当业务经理的时候。

这天快到下班时，韩丽忽然来了电话，听筒里传来的却是她表姐的声音——宋天洋因公殉职了。在医院里抢救了大半天，现在已经送去殡仪馆。

最近这段日子，法院执行局正开展雷霆行动，简而言之就是对拒不履行判决的失信人员进行强制执行。宋天洋每天都早出晚归的，有时候深夜了还在外头蹲守。

他是在营救一名被执行人时失足跌落天台的。

那时天才蒙蒙亮，情绪失控的男子大喊大叫着，只穿了一条短裤就冲出家门，赤着脚穿过楼道，很快跑上天台。宋天洋紧随其后，也追了上去，等同事们随后赶到,两个人都已掉到了楼下的花坛里。天台上只剩下一顶警用作训帽还在风中翻滚。

这些,都是后来从很多人嘴里拼凑起来的。婉豆赶过去时,婆媳俩都还躺在医院里输着液,都打了镇静剂。韩丽在病床上翻了翻眼皮,什么话也没说,什么表情也没有。只是,脸色看上去比病房里的灯光都要苍白。

其实这整整三天里面,直到整个追悼仪式结束,她对婉豆说的话也就只有谢谢两个字。就在殡仪馆那个最大的告别厅里面,在家属答谢的时候。

婉豆上前抱了抱她,发现她整个人都在颤抖。好在有两名女警始终搀扶着。

一名殉职警察的葬礼隆重而简朴,到处是仪容整洁与神情肃穆的警察。他们大都是宋天洋生前的同事、朋友与警校的同窗,还有一些是慕名而来的市民。婉豆没想到林小都也会在这些人中间。他穿了身黑色的西服,额头上布满了细密的汗珠。

显然,他是从机场直接赶来的——告别厅门口还放着他的行李箱。

飞机误点了。林小都看了眼那个行李箱,说,差点没赶上。

婉豆点了点头,说了声:你有心了。

你知道的,我朋友不多。林小都说,也就那么几个。

婉豆又点了点头,觉得再也没什么话好说了,就把头转向停车的场地。那司机也真拎不清,大概还在车里吹冷气呢。

听说你结婚了。林小都这时又说,你还是嫁给了他。

婉豆是想怼他一句的,瞥了眼他那条紧勒着脖子的黑色领带,还是把话咽回了肚子里。

同居过那么久的前男友当然能猜到。

林小都一边脱下西服,解开领带时,竟然有点腼腆了,忙解释说这身行头他是第二次穿,第一次是在他妈的葬礼上。

婉豆是忽然想起来的。她第一次站在殡仪馆的礼堂外是在阳朔,那时同样烈日当头,太阳照得她睁不开眼睛。这时,司机总算把那辆商务车开过来了。看着缓缓打开的那扇侧滑门,她匆匆地丢下一句:那我先走了。

婉豆。林小都叫住她,几步赶上来,说他还要在上海待几天,什么时候再见个面。

婉豆说不用了吧?她最近也挺忙的。

林小都说他是有事情要说,有关宋天洋的。

婉豆说人都不在了,说不说都没什么意义了。

可韩丽还在,有些情况可能她根本不知道。林小都说,至少,我们也是他俩的朋友。

婉豆看了眼垂手等在一旁的司机,完全是为了不跟他再啰嗦,才一点头,勉强吐出三个字:那好吧。

可到了要赴约的时候,她还是有点犹豫,就去钱新荣的办公室里坐了坐,说,要不,等会你来接我吧。

钱新荣笑了,说,你担心什么?

我担心什么?婉豆也笑了,说,你前妻我见过,你也该来见见我前男友。

小林我认识呀。钱新荣说,你不记得了?他给我们都做过笔录。

那我不去了。婉豆说,宋丹萍那边还等我去谈延期呢。

延期要的就是一个延字,你去吧。钱新荣说,等会看,如果我这边散得早,就过去接你。说完,他抱起两条胳膊,看看婉豆，若有所思地又说，我记起来了，你以前说他好像是移民澳洲了，那他特意赶回来参加葬礼的？

是呀。婉豆说，怎么了？

钱新荣笑着说，要是哪天让你也去澳洲那边呢？

什么意思？

你想呀？C轮融资就要上议程了，公司很快会进入快车道，除了市场与销售，最主要的要确保货源与品控，不光是澳洲，智利、新西兰、阿根廷，还有美国那边我们都得去接触，多渠道运营，才能确保鸡蛋不在一个篮子。钱新荣说，我们还得借助他们这些老牌酒庄，打出自己的副牌，现在职场上这种人心、规则，不是自己人，让谁去我都不放心。

婉豆笑着说，你说到底还是一个农民企业家。

农民才好呢，知道苦，知道什么都不容易，才更懂得珍惜。

婉豆听着像是话里有话，不禁抿嘴一笑，心想老男人吃醋的方式都别具一格。

林小都约的地方在铜仁路上，一家餐酒一体的咖吧。记得以前他是最讨厌这种地方的，每次路过都说坐在街边的那些人，都是在装腔作势，把这里当成香榭丽舍大街了。现在，他就坐在了里面靠窗的位置，还喝起了红酒。

婉豆一入座就注意到了那酒标。

林小都也注意到了，忙说，你家钱总回国内销的第一款酒。

婉豆心里动了动，说，你特意约在这里，就想告诉我这个？

林小都一摇头。他说的还真是宋天洋，不到半年的时间里，已经先后问他借过两次钱了。他说，我问过以前警校的同学，他跟很多人都借了……这些，韩丽知道吗？

那你得去问她。婉豆说着，伸手要了份意面。

宋天洋一直在赌球。林小都说，他以前喜欢玩这个。

婉豆笑了笑，说，你如果要说这种事，你还真找错人了。

我知道，可这种时候，我更不能去找韩丽。林小都说宋天洋应该是在外面欠了很多钱，而且还有一些可能是地下钱庄的高利贷。

婉豆虽然吃惊，但还是想怼他一句，就说，那你想怎么样？让我去跟韩丽说，叫她用抚恤金先把你的账先还上？

林小都低下头去，拿过酒杯晃了会后，重新抬起头来，说，我怀疑他不是因公殉职，他是走投无路自杀的。

你想得太多了，你现在已经不是警察了。说完，见他并没有分辩，婉豆马上又说，他到底欠了多少？

我了解到的就很多，多到足以把人逼上绝路。林小都看着她，说，韩丽真不知道？

知道又怎样？婉豆说，谁会拿这种事去跟人说。

问题是，他是名警察，他懂法。林小都说，他应该知道即便自己死了，韩丽仍然需要用他的遗产来偿还债务。

所以判断他是不是自杀，只要去查一下他们有没有离婚。这时，意面送上来了，婉豆却没有一点胃口。她只觉得心里很不是滋味。就抬手指了指他的酒杯，故意扯开话题，说，这酒还行吧？

我就是装装样子。林小都说，你知道我不喜欢喝红的。

你特意挑了这一款，怕是还有话要

说吧？

林小都出神地看着她，一直看到她低下头去，用叉子在盘子里捣来捣去的，才说，你家那位的发迹史好像并不光彩。

婉豆一下扬起脸，说，那你说几位发迹史光彩的出来，我听听。

我不是这个意思。

那你是哪个意思？婉豆说，我们之间还是习惯有话直说。

林小都想了想，说，我听说，他是墨尔本有名的古董贩子。

他还是澳洲好几家拍卖行特聘的赏鉴顾问。

他跟地下的走私市场也有瓜葛。

他就是偷渡去的香港，再从香港偷渡到了澳洲。婉豆说，在他那个年代，很多人的发迹都是从偷渡开始的。

原来你都知道。林小都多少是有点惊讶的，用手指比划了一下，又说，他在警察局里的档案有这么厚，这个他没对你说吧。

婉豆索性靠进椅子里，脸上浮起淡然的笑容，说，那你说给我听。

林小都低下头去，一笑，说，当着人家妻子的面说人家，确实不太合适。

没事，你既然约我出来，就一定都想好了，婉豆说，说吧。

他可能是墨尔本最大的古董走私犯。

还有呢？

婉豆，我是担心你。

我自己都不担心，你担心什么？

我跟你说过的，那对母子的死一直是个疙瘩。

这些，你跟我说得着吗？婉豆一下变得冷若冰霜，说，我不是警察，你也不是了。

林小都愣了愣，你变了。

你没变。婉豆说，是你的病更重了。

像是被戳到了痛处，林小都点了点头，说，我知道会是这个结果的。

说完，有点犹豫，但还是起身一声不响地离开。

婉豆却一直保持着那个坐姿，过了很久才伸手拿过那半瓶红酒，倒了半杯后，放在鼻子下闻了好一会，才一口饮下去，伸手喊了声：买单。

没想到的是林小都等在咖吧门外，见她出来，也不吱声，并肩走了一段后，才说，不光是我，老路也这么认为过……当年那起车祸，我们只是找不到证据。

现在你去澳洲找到了？

我是想知道你嫁的是个什么人。

痛苦都是自找的，烦恼也是自找的。婉豆站定，用一种怜悯的眼神看着他，说，你别以为当过几天警察，就一辈子是警察了。

我是真的怕你有意外。林小都说，我没别的意思。

你想的太多了……早点回那边去吧，好好地谈场恋爱，找些能让人开心的事去做。婉豆说，把该忘的都忘了。

但是，她自己却什么都记得。夜深之后，看着熟睡在枕畔的丈夫，婉豆又失眠了。心里存储着的那些事，一桩桩、一件件的，又在脑袋里一一掠过。她还想到那个姓姬的，一下子，她被自己的思绪吓了一跳，一下从床上坐了起来。

钱新荣醒了，迷迷糊糊地问她怎么了？

吵到你了？婉豆放轻手脚下床，一边轻轻说，大概是咖啡喝多了，我得去吃片药。

等她从卫生间里出来，钱新荣已经靠

在床上，朝她张了张双臂。

婉豆知趣地蜷缩进那个怀抱，问他：我有多久没失眠了？

你又在胡思乱想了。钱新荣说，人只有把自己放空，才可以吃得香，睡得安稳。

怎么放得空？装进去都装得那么不容易。婉豆把脸埋在那个温热的胸膛上，说，你说，宋天洋真是自杀的吗？

我怎么知道？我对这人都没什么印象。钱新荣沉默了一会后，忽然说，但如果是我，我会的。

为什么？

这很简单，自己犯错就得由自己去承担。钱新荣说，一个真正的男人是不会去拖累家人的。

他不是你，他就是个妈宝男，结婚前听他妈的，结了婚听韩丽的。

人是会长大的，男人这样，女人也一样。钱新荣下意识地搂紧妻子，很快又轻描淡写地说，其实，这种事情瞒不了多久的，很快就会水落石出。

就在第二天，婉豆接到了林小都的电话。他说他还是没忍住，让以前的同事查了下，宋天洋跟韩丽离婚已经好几个月了。对着手机，婉豆没有吭声，过了会，就听见他又说，你说的没错，我确实病得不轻，我就是那种哪怕猜到了谜底，还是忍不住要揭开答案看一眼的人。

婉豆仍然没有出声。她心头萦绕着一种说不出来的悲凉与失望，还有那么一丝丝的惶恐。

犹豫了好一会，林小都还是在电话里说了：如果真有什么事，你就去找老路，他知道怎么帮你。

婉豆知道对方是有很多话没有说，但她不想听，她有点害怕，就匆匆地说声保重，挂了电话。

其实，林小都那时已经到了路天明的小区门口。两个昔日的刑警隔着一块窗玻璃四目相对，都有点忧伤。直到他进了那间保安室，路天路才不冷不热地说，也真难为你，都成富二代了还记得我这个老同事。

我算哪门子的富二代？林小都不以为然地说，那都是她嫁了三次人挣来的。

死了你都不肯叫她一声妈。说着，路天明拉开抽屉，拿出茶叶罐。

叫声妈管用吗？叫了她就能活过来？林小都摆了摆手，说，别泡了，等你换了班，去你楼上喝。

你不是来看我的。路天明笑了，说，你是来旧地重游的。

脑袋要是个硬盘就好了，删掉就什么都没了……可人不行呀，你越想忘记，就会越有一股力道把你拉回来。林小都在一把椅子里坐下，扒着那个窗口，说，要不然，你也不会坐在这里当保安了。

那就别坐了，上去吧。说完，路天明拿起对讲机呼叫换班的。

林小都还是坐着没动。他望着窗外那些进出的车辆，说，这都几年了？他会出现吗？

路天明的眼神变得有点黯然，说，你都来了，他有理由不来吗？

那套七楼的两居室几乎没多少变化，原先的家具仍摆放在原来的位置。唯一有点不一样的是卧室，换了台屏幕更大的电视，上面都是监控画面，对着这幢楼里的每个进出口，还有地库里的那个停车位。林小都一下就想起他在墨尔本的那个房间，只不过那一整面墙上贴的是照片。

这时，路天明在他身后忽然说，只要

他现身,他就一定跑不了。

有段时间,我一直在想起以前档案里那些没破的案子。林小都说,其实不见得是罪犯多高明,有时候恐怕是我们不够执著,没能找出那个可以撕下去的口子。

如果每个受害人都是我们的亲人……路天明嘴里叼着一支没点燃的烟,笑得有点苦涩,说,这世上恐怕也没那么多的警察。

趁着他下去买熟食时,林小都在那张床上仰面躺下去,看着天花板上的那盏灯。这里曾留下过他无数欢愉的时光,那是他人生中一场真实的恋爱。现在,他仍然心心念念的女人,已经成了别人的妻子。

路天明的烟瘾更大了,两个人喝着啤酒的时候,他一支接着一支地抽烟。林小都是特意说起苏珊母子的,说那女人在墨尔本的华人圈里还挺有名的。

我听说了。路天明没跟他绕弯子,一语道破,你女朋友跟了那姓钱的。

什么跟不跟的,别说这么难听。林小都说,人家是合法夫妻。

路天明抬眼看着他,说,你别学我,沉进去就拔不出来了。

你知道我为什么当刑警?我是真的喜欢这一行。林小都说他母亲在澳洲那边给他留了几处房子,还有一些股票与债券,靠收租与分红,日子还算过得去,但在那边是实在闲得无聊。所以,他去考了张侦探的牌照,现在在墨尔本的一家调查公司干外勤,委托人基本上就是些华人律师,替他们的客户追债、寻人、抓小三。

他是在华人街的一家旧货行里偶然看到了苏珊的照片,镶在一个银制的小镜框里。他当场就问老板:这人是谁?

老板是个看上去有点老眼昏花的长者,说他不知道,他卖的是镜框,这是个纯银打造的手工制品。老板指着镜框背面的一个标识,说,你看,这是英国一个著名家族的徽章,有一个多世纪了。

林小都看到的却是背板上那个由拍卖公司盖的签章,里面还填着编号。后来,他找去那家专门代理破产拍卖的公司,翻遍他们的拍品记录,才找到苏珊与她儿子曾租住的那间公寓。

房东是个台湾人,在听说林小都是苏珊大陆的亲戚后,话也开始多起来,说苏珊出行的那天,还是他开车送他们母子去的机场,谁知道她再也没有回来。后来,听说是在上海出了车祸。骨灰送去了台湾,他这才打开那间公寓的门,拍卖了里面还算值钱的衣物、皮包与首饰,作为偿还拖欠他的房租。说完这些,他把林小都领到地下室里,拖出一个杂物箱,又说,剩下的东西都在这里了,幸亏没丢掉,我想着,说不定哪天有人来找呢。

谁会来找?林小都说,她住这里时,有很多人来找她吗?

一个单身女人带着个孩子,长得还挺漂亮,经常有人来找这一点都不稀奇。

林小都掏出手机,翻出钱新荣的照片,说,这个人您见过吗?台湾人摇了摇头。林小都说,他是苏小姐的前夫,您再想想看。

台湾人笑了,说,您能记得住一个五六年前来敲门的陌生人吗?说完,台湾人依然微笑着,又说,您不是苏小姐的亲戚,我看您是大陆来的公安吧?

林小都临走时花了很少的钱带走了那箱物品,里面是一些书籍、相册、账单、票据之类的乱七八糟的东西。相册里的照片都很老旧了,大多是她年轻时候,有的还是学生时代的，还有些是在赌场与晚会上跟各类嘉宾们的合影，大都是穿着晚礼服，浓妆艳抹的，另外就是一些瓷器方面的。

那段时候，林小都像是着了魔。他几乎走访了澳洲所有的赌场，不管在哪个城市，连那些地下赌坊都不放过。有时候，他以侦探的身份，有时候就把自己扮作一名赌客。只不过，时间已经过去了那么些年，赌场这种地方的从业人员流动性又大，即便有人还记得这个长相漂亮的德扑女选手，但大多守口如瓶。每一行都有每一行的规矩，没有人愿意为了一个不相干的人多说半句话，他却像着了迷那样，越来越迷上这个暗夜里的世界。

说完这些，林小都已经喝得满脸通红。他用力把那个啤酒罐捏成一团，望着路天明，说，真相可能永远不会自己浮出水面，但它一定会在某个地方等着被发现。

你跟我不一样。路天明扭过头去，说，我跟朱林燕有个女儿，等她长大了，我得给她一个交待。

我也得给自己一个交待。林小都忽然笑了，说，你说人生是不是很神奇？好像冥冥之中都是给你安排好的。

路天明没说话，只是一口一口地抽着烟。

林小都却像一下来了兴致，说，你说是不是？我们被派到那个案子，走访了林婉豆，不久我跟她谈上了，后来又跟做梦那样，去了澳洲，她却偏偏嫁给了钱新荣……你说是不是很神奇？是不是命运把这些都揉到一块去了？它一定是有什么预示的。

你喝多了。路天明起身去重新泡了杯茶来，放到他面前，说，当心烫。

林小都抬眼看着他，说，你是不是觉得我疯了？

路天明摇了摇头，说，有些事只有疯子才干得出来。

我是在那边太寂寞了。林小都也跟着摇了摇头，说，越寂寞就越会想起一些事来。

十八

墨尔本的赌场位于雅拉河畔，外观看上去已经有点老旧，但它依然是南半球最大的赌场之一。这块营地开满了酒店、当铺与钟表行的地方，没有夜晚，也看不到黎明，极目望去到处是餐厅、酒吧与夜总会，还有来自世界各地寻欢作乐的人们。他们常常是来的时候一副尊容，等到离开，又成了另一副模样。

有个叫大卫的年轻华裔曾在那里当过门童，依靠客人给的小费完成学业，现在已经成了一名热情而敬业的股票经纪。林小都第一次给他看苏珊的照片时，他一眼认出这是钱太，但随即就闭口不谈了，直到后来，去他那间办公室里签下那份投资委托协议。

他说苏珊是赌场里的常客，有时也会带着先生一起来。那时，赌场里的很多人都认识她，因为她逢赌必赢，而且每次都是一大笔。这是很不寻常的。

你是说……洗钱？

我们当门童的怎么可能知道这种事。大卫说赌场里的许多事，一半是在牌桌上的，还有一半在牌桌下面，大家都是心照不宣，就算让人知道了，也找不出证据来，但后来那位钱先生就不大来了，钱太反倒来得更勤了，身边的男伴换成了一个年轻

308

的美国人。据说，那人之前是在拉斯维加斯的荷官，自称还是个摇滚歌手，实际上就是那种……靠女人吃饭的男人。大卫用了个英文里的单词 Gigolo，又神秘兮兮的，说他老早就听人说起过，钱太最早也是当夜莺的。

夜莺就是那些流连于夜场里的女人。她们风情万种，自由自在，通常只在心仪的客人身上赚钱。这些林小都从那叠旧照上已经看出几分。他说，那钱先生呢？他是什么人？

他是位大方的绅士，每次小费都给得很足。大卫笑了笑，又说，流氓做大了都是绅士。

那……那个 Gigolo 呢？

自杀了。大卫说，吸毒致幻，朝自己脑袋上开了一枪。

这种事件很容易在新闻网上查到。林小都打开电脑就发现了，那人叫威廉·斯考特，美国加州人。他在赌场赢得一笔钱后，就住进了 Crowni 酒店的豪华套房，招来几名应召女郎，开了整整两天的狂欢派对。他们在摇滚音乐中喝酒、吸毒与狂欢，直到所有的女郎们离去。他用枪抵在自己的下颌，朝上开了一枪，但他并没有死。

好在林小都是名侦探，他通过律师几天后就拿到了警方当初的调查报告——墨尔本警方给出的结论是吸毒致幻，但是不排除谋杀的可能。

疑点首先来自于那支幽灵手枪。就是那种锉掉枪号，镗线经过了改造，根本查不到来路的枪械。一个想要自杀的人，是决不会用这些去掩盖一把枪的来源。而且，根据那些应召女郎的口供，她们在两天一夜的时间里，并没有在套房里见过那把枪；她们之所以被赶着离开，是因为威廉·斯考特接到了一个电话。可是，酒店走廊里的摄像头那段时候正好出了故障，警方也没能追查到那个通过网络打进去的电话。

就像所有找不到证据的案件，它最终成为一个文件夹，被存放进了档案袋。

林小都却如同是见到了一线曙光。他随即去了那家急救医院，接着又去了美国领事馆与出入境管理局。最终，在泰国清迈的一家伤残疗养院里找到了那个 Gigolo。

只不过，威廉·斯考特早已丧失了记忆与语言功能，每天只能坐在轮椅里，歪着那张塌陷了一半的脸，嘴角还在流着口水。林小都飞了将近十个小时赶来，看着护工把他推到自己面前时，只觉得眼前那道曙光一下又熄灭了。

陪同的医生说，他能活到现在已经是个奇迹。

林小都的名片上印的身份是来自墨尔本的税务调查员。他说，我还是需要他的一份费用清单，以及支付凭证。

医生点了点头，说没问题，他这就去让人打印。他顺带着还解释，说泰国的疗养机构是收费最低廉的，而且收支也是全部公开，所以跟全球许多的慈善机构都保持着密切的联系。

林小都没再多说什么，怕的是言多必失，可就在他转身想要离开时，威廉·斯考特忽然呜呜地叫唤起来。护工忙从他衣袋里掏出一个粉色的 MP3，给他戴上耳机，打开按键后，他很快又恢复了平静，回到了一副垂死的模样。

林小都心里动了动，伸手摘下他的一只耳机戴上听了听，竟然是邓丽君的《何日君再来》。他随即翻看了里面的曲目，发现都是些汉语与闽南语的港台老歌。

这种初代的电子产品应该是苏珊当年

的旧物。转念间，消失的曙光又好像出现了。林小都很快在威廉·斯考特的储物柜里找到一部旧手机，回酒店充上电后，发现在里面存着不少照片与一些随手拍摄的视频。原来，他不仅是苏珊的男友，还是哈林的生父。这些照片里有他们一家三口的，更多他们在各种社交场合里的。而且，他还在里面看到了钱新荣。

返回墨尔本后，根据支付凭证上的汇款地址，林小都就去了替威廉·斯考特支付疗养费用的慈善机构，查到委托方竟然是家开在唐人街上的律师事务所。沿着狭窄的楼梯上去，在只有一名律师的小办公室里，他一眼就认出了这个头发稀少、皮肤白净的老人。他在苏珊的旧照里也出现过，只不过当时的头发没有现在稀少。

那人讲一口带着明显福建口音的普通话，桌角的台牌上用中英文写着廖忠民律师。他打量了一眼林小都，就问是谁介绍来的？他说自己是个民事律师，擅长处理合同纠纷与财产继承的官司。

林小都直截了当地说他不是来打官司的，他只想知道替威廉·斯考特支付疗养费用的人是谁？他说，我会付您咨询费的。

廖忠民笑了笑，说他是个有职业操守的律师，他只对他的委托人负责。说完，就朝门口做了请的手势。

林小都打开手机，翻出他跟钱新荣与苏珊在一起的照片，说，是他们中的哪一位？

廖忠民又上下打量了他一眼，说，你是什么人？

林小都掏出证件，说他是名私人侦探，受威廉·斯考特家人的委托，来查找这些年里替他们亲人支付疗养费用的人，他们希望可以当面表达谢意。

廖忠民还是笑了笑，客客气气地起身，走过去拉开门，说，这么说来，我们也算半个同行，那你更应该知道规矩了。

林小都出了门才回过身来，说，钱先生跟威廉·斯考特很熟吗？

廖忠民耸了耸肩，说，年轻人，我只是一名律师。

当晚，林小都回到公寓就把那张照片打印出来，钉在了那面墙上。现在，这面墙上至少有了四个关联人——钱新荣、苏珊、威廉·斯考特与华人律师廖忠民。

这时，远在上海的钱新荣正在参加应酬，接到廖忠民的电话，就从包厢里出来，站在过道里沉默了会，说，你找个能干点的，去看看他到底想干什么。

这不在我的业务范围之内。廖忠民在电话那头说，我只是尽了告知的义务。

这不是义务，是职责。钱新荣说，你的职责是尽量维护好我这样的客户……老廖，我人是离开了唐人街，不会茶也凉了吧？说完，他想了想后，又说，我估计他很快还会再来……你不妨找个契机，让他看眼那份合约。

果然，林小都第二次又去了唐人街上的小律所。廖忠民白净的脸上仍然报以微笑，看着他，说威廉·斯考特在这世上根本没有亲人，他就是那种没有根的浪人。

他有个儿子。林小都说，叫哈林。

可惜死了，几年前在上海死于车祸。廖忠民表情平淡，说，你上次来给我看了那张照片，我就猜你是来调查苏珊的……可是她已经跟儿子去了另一个世界。

看来，您跟她很熟。

那不叫熟。廖忠民说，墨尔本的华人圈就这么点，漂亮的女人更少。

那您也一定认识她前夫。

你是警察。廖忠民笑着说，只有警察才这么提问。

林小都只好实话实说，他曾经是名刑事警察，办理过苏珊母子的案件。他说他只是对这么一个客死他乡的女人感到好奇。

廖忠民摇了摇头，说，你骗不了我，你更感兴趣的是她那位前夫。

林小都也笑了，说那是警察的职业病。

钱先生是位商人，是从你们大陆来的。廖忠民说，我知道的不会比你更多。

可您记得他姓钱。林小都说，他是您的客户？

能记住一个人姓什么，跟是不是客户没多大关系。廖忠民说苏珊刚来唐人街时，就是找他做的代理律师，处理一些跟赌场的合约，离婚前她还咨询了很长一段时间，可惜他没挣着那笔代理费，因为他们是协议离婚的，和平分手。他说，我跟你说的够多了……不管你是警察，还是出于一名侦探的好奇心，都不应该再去打扰一个过世的人。

如果她们母子是被谋杀的呢？林小都看着这个头发稀少的老人，说，我只想知道是谁还在替斯考特支付这笔疗养费用。

廖忠民脸上的笑容不见了，抿着嘴想了会，起身去里间找了很久，才拿着一份合同出来。

上面的签署人赫然是苏珊。

林小都吃惊地看着，说，她过世都快六年了……

这就是契约的意义。廖忠民打断他，说，只要委托人指定的账户还有钱，这上面的每项条款都会不折不扣地被履行。

据我了解，她生前最后那几年，日子过得并不宽裕。林小都说，她怎么会留着这么一笔款子？

廖忠民收起合约，说，那就不是一个律师该知道的了。

林小都好像又走到了山穷水尽处，沿着那条狭窄楼梯下到唐人街上。此时，已经天近黄昏，挂在那些商铺前的灯笼透出了红色的光芒，让他一下有种回到上海城隍庙前的错觉。

他又想起了婉豆，这个已为人妇的女人。从她微信的朋友圈里，他发现，她大概是怀孕了。

那天，婉豆晒了一张猫扒在马桶上呕吐的卡通图片。

几天后同样的黄昏，林小都回到租住的公寓，到了晚上就发现桌上的电脑被人动过了。这是他在刑警队里养成的习惯，每次打开电脑，都会去看一眼收藏夹那个最近访问的位置。他发现，里面许多文件夹在下午两点四十分前后被访问过。而那时，他正蹲守在一家汽车旅馆外的车里，拿着相机，准备拍下那对进去后又出来的男女。

于是，他随即就去敲开房东的家门，调看了装在楼下入口处的监控，在那些下午两点后进入这扇大门的人里面，找出一个身材瘦小的华裔男子。那人穿着冲锋衣，戴顶灰色的渔夫帽。

林小都的印象里有过这么一个人，从那个律师的楼梯上下来，在那条点着红灯笼的唐人街上。他不止一次地见到过这么一顶灰色的渔夫帽。

我应该离真相不远了，至少，我找到了那个入口。夜深之后，他仍然难掩心头的兴奋，破天荒地给路天明去了个电话，反反复复地说了很多话，对方却始终没怎么吭声。最后，他把电脑里那些资料打包都发过去，并且说既然有人找上门来了，那他就得以防万一，留一个备份也好。

或许……危险离你也很近了。路天明到这时才提醒他，说，你不是警察了，你别忘记，你是在澳洲。

林小都一下有点发愣，举着那部已经发烫的手机，很快又想起了许多事。他转而从调查廖忠民入手，发现这位年迈的律师已经从业将近四十年，而且从未离开过这条唐人街，就在那个狭窄楼梯上面的那间小办公室里，他的小律所也营业了近四十年。这是个标准的商业律师，接的案子基本上都是附近华人与华商的。正如他自己所说，都是有关合约与财产纠纷方面的。

廖忠民律师还是个生活极有规律的人。林小都盯了他一段时间。发现除了上庭与约见委托人，他几乎每个白天都呆在那间小办公室里，下班回到家，老夫妻俩通常是很早就熄灯了。他的助理是个年轻的华人小伙，还在法学院里就读，有时也会住在他家里。林小都后来才获悉，那小伙子不光是他的助理，还是他资助的一名留学生。从业的四十年里面，他已经资助了很多这样的学生，就像当年资助他的那对华人夫妇。

事实上，最关键的线索却是路天明后来在那些备份里找到的。他把林小都打包来的照片逐一比对，最终在两张不同的照片里找出了同一个人。那人体格粗壮，戴着一副玳瑁架子的眼镜，一次穿了身灰色的西装，另一次穿的是礼服。那两张照片分别在两个场合里，一张是钱新荣与苏珊都在的晚宴上，是与许多人一起的合影；另一张，那人只在赌场大厅的背景里。

路天明没有在邮件上留言，只把两张照片上的这个人圈了出来。林小都通过人脸识别，很快在一个登记失踪人口的平台上见到这张脸。

那人的中文名叫胡卫东，澳籍华人，失踪已经十年，三年前经由申请被宣告死亡。

人们最后发现他的踪迹，是那辆遗弃在郊外牧场边缘的越野车。里面都是些狩猎用的装备。所以，猜测他可能是在只身去狩猎时遭遇了不测，但至今都没能发现尸体。

胡卫东是狩猎者俱乐部的资深会员，同时也是墨尔本小有名气的古董商人。林小都在法院的文书网上找到这个名字时，又见到了另一个熟悉的名字——廖忠民律师。作为胡卫东那家古董行的代理律师，他经手的也就是些普通的财物纠纷，大都是跟拍卖行与别的古董商之间的。而且，他还是胡卫东的遗嘱执行人。

林小都再次沿着那座狭窄的楼梯上去那天，廖忠民就像在等他那样，坐在了那张茶台后面，一见他进来，就重新泡了壶铁观音，说他已经决定不接案子了，等把手头上的那几个做完，他就退休了。廖忠民环顾着这间小办公室，无限感慨地说，我就像囚犯，这间小屋把我囚禁了整整四十年。

林小都还是一副公事公办的模样，从手机里调出那段他公寓大门口的视频，说，他从楼下开始跟踪我，还闯进了我家里……他让我觉得害怕。

廖忠民只看了一眼，就笑着说，这里是唐人街……如果你在电影里见识过唐人街，就该明白为什么了。

因为我问了不该问的问题？

我是个律师，不该问的问题，我也不会回答你。廖忠民依旧微笑着，说，每个地方有每个地方的规矩，只要你进了这条街，就会有不止一双眼睛盯着你。

那您在这里面充当什么角色？

律师。廖忠民抬了抬手，说，尝尝吧，这是真正的冻顶乌龙。

还是跟我谈谈胡卫东吧，您是他的遗嘱执行人。林小都说，这条街上的人都这样吗？不到五十岁就都立遗嘱了吗？

廖忠民答非所问地说，你在这街上太招眼了，就算我什么都不说，还是会有好多双眼睛盯着你的。

为什么？

年轻人，哪里来就回哪里去吧。廖忠民说，你知道在这个国家每年失踪多少人吗？

林小都说，听着，这像是在威胁。

廖忠民摇了摇头，说，我是个律师，我跟法律打了四十多年的交道，我比谁都清楚，在我们看到的这世界背后，还有另外一个世界。

所以我想要知道真相。

你看到的就是真相。廖忠民又抬了抬手，说，还是尝尝这款茶吧，明年可能就喝不到这么好的冻顶乌龙了。

离开这家律所后，林小都在唐人街的里里外外转了一圈，发现并没有人跟踪，就索性去了古月斋里。它以前的老板是胡卫东，现在是他一母同胞的弟弟胡卫邦。这些都是很容易查到的。

古月斋的门头上是用琉璃瓦装饰的飞檐，看上去有点不伦不类。店铺里面也是，布置得就像个瓷器陈列馆，而且还很大，有上下两层。下面大厅里展示的都是非卖品，罩着防弹的玻璃罩，四周布满了探头与警报器。二楼才是谈买卖的交易区。

胡卫邦五十来岁已经是一头灰发了，穿一身亚麻唐装，看上去宽松而随意，手里还托着一把紫砂壶。他一见林小都，就笑嘻嘻地上前招呼，说，小伙子，你可不像是光顾这种地方的人。

那什么人才光顾这地方？林小都也笑嘻嘻的，说，我是来找人的。

家兄不在已经有十年了。胡卫邦就像能未卜先知那样，说完，他走到一把太师椅前，却没有坐下，而是绕过它，站在了那排雕花的窗户边，继续文绉绉地说，唐人街上的每扇窗户里都透着风，你明白了，就不会觉得奇怪。

可林小都心里还是很吃惊的，只能越发不动声色地站在那里，故作镇定地说，那找到您，我就找对人了。

胡卫邦无声地一笑，推开窗户，朝着一个方向指了指，说，你想打听的那点事不是什么秘密，那边的每个人都知道。

林小都走过去，望了眼窗外那个方向，只见林立的店铺间竖着一个宝塔的塔尖，上面同样盖着琉璃瓦。他想了想，说，看来，我在这条街上的一举一动都在您眼里。

不是我，是我们。胡卫邦扭头看着他，说，不然，我们凭什么能在这个异国他乡立足生根？

那您跟我说说。

知道是一回事，把它说出来就又另当别论了。胡卫邦说华人来到澳洲也有两百年了，这一代一代的人里面形成了很多规矩，目的只有一个，就是为了活下去。那活下去靠的是什么？他张开四根手指，说，四个字——相互依存。

林小都说，那我怎么才能让您开口？

胡卫邦扭头看着他，说，等你成了这条街上的人，你会发现这里是没有秘密的。

不过，他还是吐露了一些的。林小都离开古月斋时至少知道了两件事。在这块叫唐人街的地方有着一个无形的组织，也许已经延续两百年。它就像一张无形的网，贯穿了这里的各行各业，看似涣散，却又无处不在。

第二件，就是那座琉璃宝塔的后巷里有着澳洲最大的一个鬼市。它每个月只在农历初五那天开市，来自全澳各地的古董商人们天黑汇聚在此，还有从世界各地走私来的古玩与文物。人们出货与拿货，连讨价还价的形式都沿袭了这一行里的老传统。这些人来去匆匆，每次都是不等天亮就已经人去巷空，好像什么都没发生过。

林小都去的那次整夜都在下着蒙蒙细雨，但巷子里早已搭起了雨棚，就像个拥挤的鱼市。一有新货到场，人们才会变得活跃，呼拉拉地涌过去，人头攒动着，开始一看二评三报价，然后是讨价还价，如同在酒席划拳那样，又像是打哑语，那些高举的手掌，每一种手势都代表了一个价格。这里不光有华人，几乎什么肤色的人都有，操着各个国家的语言，在昏暗的灯光下，雨棚里面到处充斥着一股热烘烘的人体的味道。

为了让自己不至于露怯，林小都可以说是做足了功课。他在苏珊那些拍有瓷器的照片里挑了好几张，而且专找那些摆摊的贩子，就像远道而来拿货的那样，问他们见没见过这种款式的？

没有人理睬他。很多摊贩连照片都懒得看一眼，就把脸扭开了。

你就看一眼嘛。林小都说，只要货对，有多少，我就收多少。

你知道这是什么吗？终于有个上点年纪的摊贩应付了他一句。

乾隆年的五彩双耳瓶。林小都上网搜过。他说，当然是民窑的。

你还是走吧。摊贩朝着巷口不耐烦地一抬手，说，你不知道自己是谁吗？

林小都到了这时才发现，自从跨入这条巷子那刻起，他的身份与目的早已经传遍了这里的每个人。

可是，意外却发生在他离开这条巷子后不久。天上的细雨还在淅沥地下着，空无一人的街面上，只有路灯投下的那点光影，看上去雾蒙蒙的，泛着水光。林小都打着一把伞，从唐人街上的那些红色灯光里出来，刚到街口，就被一辆忽然蹿出的轿车撞翻，倒进一片积水里。

轿车却没有丝毫停留，马达轰鸣着，只在细雨蒙眬的黑暗中留下了一串红色的尾灯。

十九

澳新的IPO申请最终没能过会，但钱新荣看上去似乎很淡定。他更关心的是妻子的身体，还有孩子的未来，虽然尚未出世，当父亲的已经在开始未雨绸缪。

这晚，他去楼下的厨房里热了一盏燕窝，亲手端上来，说打算等婉豆的妊娠反应稍微好一点了，就送她去美国，留学也好，休养也好，等生完了孩子再说。

婉豆却一下又想起了周易，忙捂着嘴巴去了卫生间里。等出来后，她说，你把我一个人扔那边，我会抑郁的。

怎么是一个人呢？是你们祖孙三代。钱新荣微笑着说，让你妈也一起过去，我才放心。

打不了麻将，她也会疯掉的。

钱新荣在靠窗的一张布沙发里坐下，想了想后，认真地说他接下去会很忙，可能还要去那几个产酒国待上一阵，重新考察一些酒庄。这次的 IPO 没有过会，很大原因是在盈利的持续性与经营的稳定性上。他说，现在，我们资金方面已经不是问题，仓储与运输也都是领先国内的，那就只剩下货源了，光有了品牌还不行，我们得有自己的酒庄，得把产能掌控在自己手里。

你知道的，我想跟你去。婉豆说，当初就是这么定的。

所以说，工作不能完全依赖于计划，计划永远赶不上变化。钱新荣笑着招了招手，让她坐到自己腿上，然后像个孩子那样，把脸贴在那个尚未隆起的肚子上。他说，现在不一样了，我不能让你们母子有半点风险。

走路还会磕磕碰碰呢。婉豆一脸娇嗔地说，那只是妊娠反应，过了那周期就没事了。

我知道。钱新荣直起身来，扳过婉豆的脸，看着她，说，可我害怕，你知不知道？一个人什么都有了，他怕的就是万一。

哪有那么多万一？婉豆说完，一下觉得有点心虚，就把头扰在他肩上，又说，我没那么金贵的，我又不是那种弱不禁风的人。

你是上天赐给我的礼物。钱新荣用手轻抚着她肩臂，由衷地说他到现在才发现，原来命运是这样的眷顾他，不光让心仪女人成了他的妻子，他们很快还将拥有一个三口之家。

婉豆记得，这是他第二次在自己耳边说这句话——你是上天赐给我的礼物。她睁着眼睛，想了想，认真地说，你就这么相信命运？

钱新荣笑了。他笑着说，等你到了我的年纪就会明白，我们生命中的一切都是命运的安排。

不用等到那一天。婉豆忽然变得俏皮，伸手勾住他的脖子，贴在他耳边，说，我不光相信命运，我更相信我老公。

钱新荣仰头哈哈笑，他几乎从没这么简单地笑过。这天晚上，丈夫后来坐到了地毯上，脑袋靠着沙发的坐垫，抱过妻子的一条腿，让它搭在自己肩头，一手拿着半杯红酒。夫妻俩天南地北、前世今生地说了很多不着边际的话，直到钱新荣的眼神开始一点点变得暗淡。他仰脸望着对面墙上的一幅装饰画，轻轻地叫了声老婆后，就像一个人在喃喃自语。他说哪怕真有这么一天，哪怕他再难，他都不会让他们的孩子再走他走过的路。

婉豆一下有点发愣，慢慢地伸出手，把手指全部插进他的头发里，说，不是你，是我们。

钱新荣也愣了愣，半天才一点头，说，对，没错，是我们。

夜深之后，婉豆躺在床上睡不着，又想了很多，静静的，闭着双眼，几乎是回顾了她三十年来的整个人生。她起了周易死在漓江的那晚，也是要她去美国。她是忽然觉得的，美国就像是她命里躲不开的一个结。

钱新荣同样没能入睡。这些日子，澳洲来的电话越发的密集，让他心头总压着一股无名火，尤其是得知林小都遭遇车祸时，气得都快要爆发了。忍了好一会，他才冲着电话那头，耐心地说，这个世界上已经没有他能找到的物证了，你让他去查好了，你怕什么？现在你这么做，不是反倒在给警察提供新的证据吗？

我没那么做，这道理我能不明白吗？胡卫邦也很委屈，拿着手机在那间摆满古玩的书房里来回地踱着步，说，应该就是个意外吧？那晚下着雨，说不定是个酒鬼。

钱新荣冷冷地说，你觉得这世界上有那么多意外吗？

所以，我也纳闷呀。胡卫邦说，我还在让人查，只要找着那辆车，就什么都清楚了。

沉默了会，钱新荣对着手机叫了声卫邦，说，我们都已经不年轻了，我们要反思。说完，他迟疑了一下，又说，我很快就要当父亲了。

对方也在电话里沉默了会，才说，我明白，我都听你的。

事实上，开车撞林小都的人是胡珂，英文名字 Locke。他是胡卫东的独子，长着一张英俊而忧郁的脸，尤其是那双眼睛里流露出来的那种神情，根本就不像是年轻人该有的眼神。

几天后，林小都是在被莫名其妙地转了家医院后，他才捧着一束花走进那间单人病房，拉过一把椅子坐下，低头嗅了嗅手里的花后，说，撞你的人是我，给你转院的也是我。

林小都的伤势并不严重，只是几处擦伤与一条肋骨上裂了道缝隙，还有点轻微的脑震荡。他看了眼那扇关上的门，忙说，这里是医院，你不要乱来。

你怎么不问问我是什么人？为什么要撞你？

你人都在这里了，你想说就说。

胡珂笑了笑，说，我撞你，是想看清楚你，到底是不是他们派来试探我的。他的汉语说得有点生硬，给人的感觉是每个字都经过了深思熟虑才说出口的，所以说得很慢。他说完，把手里的花往被子上一丢，又一字一句说，给你转院，是那家医院离唐人街太近了，我不能在他们的眼皮底下来看你。

你是谁？林小都还是问了，他说，你说的他们又是谁？

知道王子复仇记吗？莎士比亚的《王子复仇记》。胡珂说，我就是那个哈姆雷特。说着，他掏出一本精巧的口袋书，同样往被子上一丢，又笑了笑，说，你可以叫我 Locke，我的父亲叫胡卫东……你想见我，这里面有我电话。

说完，他一指那本书，起身头也不回地离开很久后，林小都才发现扔在他被子上的书就是本《王子复仇记》，而且还是台湾版的，里面都是繁体字。他知道这是部名著，它还有个译名叫《哈姆雷特》。虽然，戏剧与书他都没看过，但故事却耳熟能详，讲的是有个国王忽然死了，弟弟不仅夺取了他的王位，还娶了他的皇后。年轻的王子靠着装疯卖傻，终于有一天杀死了这个弑君的叔父，替父亲报了仇。

林小都似乎有点明白了，等不及痊愈就匆忙出院，不假思索地拨通那个写在扉页上的电话。胡珂要他去的是外城的一幢别墅，但他并没有等在那里。他一直都在隐蔽处观察，直到确信林小都没被跟踪才现身。忧郁的脸上挂着一丝惨淡的笑容，站在门口的台阶上，随手指了指旁边的那幢别墅，说，知道它的主人是谁吗？

其实，整个绿草如茵的山坡也就这么两幢别墅，样式也差不多，用的都是红砖与原石，属于英伦乡村风格的建筑，看上去孤零零的，应该是同一时期建造的，被围在一些白色的围栏里面。

林小都心里动了动，却没有开口。

这里的人都叫他弗兰克，你们叫他钱新荣。胡珂一边打开门，一边说，现在你想到什么了？

林小都只觉得心跳得厉害，但还是没有开口，跟着他步入客厅，一眼就能看出来，屋主人不光是个古董收藏家，肯定还是一位狩猎爱好者，许多动物制成的标本被随意地摆放着。

这屋里的布置有十年没变了。胡珂说着，一指桌上放着的一瓶红酒，继续说这是他特意去地窖取来的，这批酒是他父亲购买的最后一批酒，也整整有十个年头了。

林小都终于开口，说，你是在告诉我，这里的一切都还保持着十年前你父亲失踪时的原样。

胡珂摇了摇头，用海马刀打开酒瓶，自言自语般地说不急的，他十年都等下来了，他有的是时间。

你在等什么？林小都说，你想干什么？

胡珂没有回答，在两个高脚杯里倒上酒后，说，给你的那本书看了？

林小都点了点头，接过酒杯。

胡珂说他只有在想起那夜时才来这里，开一瓶那个年份的酒，只是他可能这辈子都喝不完那些酒了。这看得出来，他的酒量并不好，不一会脸就红了，说的汉语也更加的生涩与迟疑。后来，胡珂就像在讲一个故事那样，对林小都说三十多年前，有一对兄弟从中国内地来到墨尔本投靠亲戚。当时，他们除了力气，什么都没有，就在唐人街上给人帮工打杂，在那个鬼市里，替一些不便出面的人揽货、放货与跑腿。

再后来，那些不便出面的人替兄弟俩开了间小铺子，为的是更方便他们买进与卖出。这一年，老大结婚了，娶的也是唐人街上的一个姑娘。老二却很伤心，对自己发誓一辈子都不会娶妻生子，但这并不妨碍兄弟俩经营好那间铺子。他们看上去还是那么的亲密无间。

那间铺子就是现在的古月斋。胡珂说，你知道我在说什么了吗？

林小都早就知道，在他躺在病床上拿起那本《王子复仇记》时，就已经猜出了几分。

当时，大家都认为是那小媳妇给兄弟俩带来了财运，其实不是。让那间小铺子最终成为了古月斋的人是钱新荣。他带着苏珊重返唐人街后，也给那个每月只在初五开张的鬼市注入了新鲜血液。那些由香港与澳门下船，经海运贩来的古董与文玩，几年间就让墨尔本的这条街，成了南半球最为活跃的古玩市场。

他们贩运的古董飘洋过海，从各条渠道流入，再由各个渠道流出去，有的进了古玩店，有的进了拍卖行，更隐秘的就进入到私人藏家手里。不光这样，钱新荣还开创了一套新的收付款方式，就是通过赌桌上的筹码，极大地避免了从税收与资金流向上追查到货物的来源。这个给自己取名为弗兰克的中国人，可以说是那条唐人街上两百年来最能干的古董商人与走私贩子，但他从不自己抛头露面。他的代理人就是胡氏兄弟，妻子苏珊只负责在赌桌上收款。后来，为了更好地掩人耳目，他们从拉斯维加斯又找了个发牌的荷官来。

墨尔本的清明时节已是秋天。已经有好多年了，每到这个节日胡珂的母亲就会准备上一些青团、凉面与枣仁饼，然后在别墅外头的草坪上生上一堆篝火，大家一起喝茶、饮酒，这就是海外华人们传统的寒食节。那晚，苏珊也来了，虽然早已跟钱新荣离婚，住在了城里，可她有时候仍然会回别墅过夜。

那晚，等到胡珂母子俩回了屋里，钱

新荣才看了看苏珊,说,你少喝点酒,也早点去睡吧。

苏珊知道,这三个男人是有事要谈,就知趣地起身离开,回了隔壁的别墅。

还是那句话,天下没有不散的筵席。钱新荣朝兄弟俩举了举酒杯,说,我们好聚好散。

好聚好散?还是过河拆桥?胡卫东说,你走了,我们怎么办?我下边还有一帮人要吃饭。

多行夜路终遇鬼,这道理人人都懂,我们这些年里没出事,是运气好。钱新荣说,不是每次都有这种好运气的。

我不怕。胡卫东摘下眼镜往桌上一丢,想了想,说,这样吧,你把国内的渠道给我,你走你的阳关道,那生意我们自己来做。

那边不会认你的。钱新荣说,他们只认我。

谁的钱不是钱?胡卫东说,他们有钱不赚吗?

钱是挣不完的。钱新荣说,你不是不知道,国内打击走私的力度每年都在加强,别让自己栽在最后一个铜板上,不值得。

胡卫东扭头看着胡卫邦,说,你怎么不开口?你们是商量好的?

没有。胡卫邦一摇头,说,我觉得弗兰克说得对,趁好就收,我们已经有足够的资本来经营古月斋了。

你当然足够了,你老婆老婆不娶,孩子孩子不生,你一个人吃饱,当然谁都饿不着。

卫东。钱新荣那会还没戴眼镜,他伸手拿过胡卫东丢在桌上的眼镜,递过去,用一种不容置疑的目光盯着他,直到看他接过去,顺从地戴上,才又说,我们拼死拼活的,为了什么?为挣钱,那挣了钱呢?就是要把日子过好,你想让嫂子跟Locke往后都安安心心的,就得走正道,得跟过去一刀两断……你戴上眼镜,做个正正经经的生意人不好吗?

现在还不是时候。胡卫东抬起手,但忍住了,没把眼镜摘下来。他说,唐人街上还有那么多家同行呢?等把他们都吞了,我们就收手。

你不给人家吃饭,人家会留你活路吗?钱新荣说,你现在连这么简单的道理都不明白了?

是你在跟我说要分,我不妨碍你洗白。胡卫东说,我只要你把国内的渠道给我,往后怎么做就是我的事了。

你都已经这样跟我说话了,看来挣钱还真不是件好事情。钱新荣露出一丝苦笑,端起酒杯喝了后,脸色就变得冷峻。他说,我是不能让你把我们都害了的。

你们?胡卫东这时又扭头看着弟弟,说,老二,你说你们没商量过?

有些事不用商量,大家心里其实都明白。胡卫邦说,大哥,做人要有敬畏之心。

你这是在教我做人?胡卫东把一肚子火都撒到了弟弟身上。他又摘掉了眼镜,说,你这么跟我说话,你的敬畏之心呢?

兄弟间的争执从这时开始。屋里的胡珂就站在窗帘后面,看着篝火边的三个男人。那一年,他还不到十六岁。他是看着父亲说着说着就瘫倒在椅子里,接着又倒在草地上。他想跑出去,却被母亲死死地抱住。

母亲的个子已经没他高了,但她拼了命地抱住儿子。两个人倒在地上,她只知道在儿子的耳边一个劲地说,你别管,那是他们大人的事,你不知道的,你什么也

318

不知道，你还什么都不懂。

胡珂只知道父亲是个粗鲁的人，说一不二，平时之所以戴着眼镜，只是算命的说他目露凶光。儿子一直要到看着母亲嫁给小叔才渐渐明白。

说完这些，他已经有点喝醉，晃晃悠悠地走到窗边，指着隔壁那片草坪，说那里以前有口烧瓷器的窑，后来弗兰克把它拆了。他扭头看着林小都，问他：你知道他为什么要拆了那口窑？

你当初就该去找警察。林小都说，你不该等着十年。

那我妈怎么办？警察又不是傻子，他们迟早会查清楚的，是她在酒里下的毒。胡珂一屁股滑坐在窗边的地板上，说，一个妻子，跟他人一起谋杀亲夫？这该有多狗血……我能让自己的母亲背上这样一个罪名？

现在不一样吗？林小都说，过了十年，她就不是了吗？

现在她死了，我再也没亲人了。胡珂抬起那双泛红的眼睛，望着挂在墙上的一对鹿角，说，你知道跟杀父仇人生活在一个屋檐下是种什么感受吗？他一次又一次地试探我，找各种各样的人来考验我，给我揭露真相的机会……你知道我这十年就是这么过来的？走错半步恐怕早就被灭口了，可我还得一口一个地叫他Uncle。

说完这些，他问林小都知道他在大学里学的是什么吗？

林小都摇了摇头。

表演。他说，我害怕，我得靠演技活着，我怕一不小心让他从我眼睛里看出来。

胡珂的母亲一年前抑郁而终。临死前，她在病床上无神地凝望着胡卫邦。那是她曾经发誓要相守一生的男人，要不是遭他大哥强暴怀孕，他们的人生都不会是这样的。女人说，我要去见他了，我不后悔，到了下面，我会替你再杀他一次的。最后，她紧紧地捏住胡卫邦的手，说，你别忘了，你答应过我的。

你放心。就像回到了当年他们海誓山盟那会，胡卫邦眼里尽是化不开的柔情与蜜意。他说，我会把一切都交给他的，他就是我们唯一的儿子。

只是，有些事当儿子的永远不会知道，也不会明了。

后来，两个年轻人就像两个朋友那样，坐在原木的地板上又喝了很多酒，都像要把自己灌醉那样。

胡珂忽然问林小都：那你是为了什么？你为什么要咬着弗兰克不放？他说，你别告诉我，就因为你曾经当过警察。

林小都竖起酒瓶，把里面的最后一滴酒滴进嘴里，想了半天，才说，因为爱情。

事实上，十年前的那晚还发生了很多事。先是胡卫东的尸体被搬进那口瓷窑，两个人一起用砖块封上窑口，点着火。

做了就做了。胡卫邦终于开口，说，这是我们都想要的结果。

钱新荣回头看了眼隔壁别墅的那扇窗户，没有开口。

胡卫邦又说，你比我更清楚，再让他这样下去，他会让我们把命都搭进去的，所以你才想跟我们分割开。

原来我只想跟你们分清楚，我走我的独木桥。钱新荣搓了搓手上的泥土，说，现在好了，你彻底把我跟你捆在一起了。

我会都听你的，我做这件事也不光是为了生意，你还要分的话，我没话说，你把古月斋账上资金都提走。胡卫邦说，我就是想让你知道，我跟他不一样。

你们是不一样,他只是心狠,顾头不顾尾,他只想要钱。钱新荣这才看着他,冷冷地说,你呢?你连命也要。

胡卫邦愣了好一会,才慢慢地蹲下去,呆呆地看着砖缝里透出来的丝丝火光,说,父母就生了我们两个,你是独生子,你没那种感受,你永远都不会有的……从小到大,我穿他穿过的,用他用剩的,他还什么都要跟我争,连我的女人也不放过,他要的就像座山那样压在我头上。说着,他仰起脸来,已是满眼的泪水。他望着钱新荣,说,我说……他就是个畜生,你信不信?

钱新荣又回头看了眼隔壁那个站在窗口的人影,无声地叹了口气,说,既然这样,那就这样吧。

弗兰克。胡卫邦忽然叫了一声,呼地站起来,一把擦去泪水。他走到钱新荣面前。他的眼睛在黑暗中闪闪发亮。他说,其实,你比谁都清楚,他只要活着,就是一颗绑在我们身上的定时炸弹。

那你呢?

相信我,只要我们还在墨尔本,还在这条唐人街上,你一定用得着我的。胡卫邦说,我还是那句话,我都听你的。

天蒙蒙亮时,钱新荣透过卧室的窗口看着一个人影从隔壁出来。胡卫邦手里提了杆猎枪,肩上扛着些狩猎用的装备,上了胡卫东那辆越野车,不一会就消失在遥远的暗处。

苏珊这时在床上动了动,发出些许响声。整个晚上,她喝了不少酒,一边吸食海洛因,以至于很长时间里都在胡言乱语,一会伤感,一会亢奋。这也是他们离婚的原因,钱新荣心里明白,一个女人之所以能做到自暴自弃,最终还是缘于内心积压的那些恐惧。

好在酒与毒品都是能让人产生幻觉的。钱新荣一点都没有担心,等她睡到下午醒来时,就试探着,说,卫东约了我们去打猎,现在是打袋鼠最好的季节。

苏珊睁着眼睛愣了很久,才说,我得回去陪哈林,他还太小,几天不见会忘了我的。

那我们去黄金海岸。钱新荣说,带上哈林一块去。

苏珊又愣了很久,说,你不用迁就我,我们早离婚了。

说着,她抓过床头柜的香烟,失魂落魄般下床去了卫生间里,等出来时已像变了个人。

苏珊在离开时,用冰凉的脸颊贴了贴他的脸,丢下一句:想我了,给我打电话。

钱新荣到了这时才感觉有点害怕,一把抓住她,说,少喝点酒,别吸了,你都已经当妈了。

你这算关心我?苏珊说,还是担心神志不清起来我会胡说八道?

你是个母亲,你们既然生了哈林,就得多为孩子着想。钱新荣这时松开手,说,你那条小狼狗不是一直想来替我收账吗?哪天你让他来见我吧。

苏珊一言不发地出门后,钱新荣却站在窗前,一直看着汽车消失在道路的尽头,心里仍有点惴惴不安。他整整用了好几天,才把那些骨灰磨成粉,混入粘土,打成坯,烧制成一对凤尾瓶后,托人带回国内,供进了灵光寺的往生殿里,那颗心才算彻底回到肚子里。

胡卫邦确实跟他那个一母同胞的哥哥不同。他低调、务实,而且也很大方,热心公益。几年后,他把古月斋改成一个对公众开放的展览馆。剪彩那天，连周边几个社区的议员都到场了。钱新荣去的时候已是傍晚，展厅里只剩下几名背着旅行包的游客。他两手空空地送上了一份大礼，就是那个鬼市的实际控制权。

这一回，我是下定了决心。拿过胡卫邦手里的紫砂壶后，钱新荣替他续上水，又交还到他手里，说，从今以后，这条唐人街上再也不会有弗兰克了。

胡卫邦点了点头，说，你还有什么要嘱托我的。

有种人一直都在试探这个世界的底线，而被束缚的往往是另外一种人。钱新荣说，我还是想去做回那个被束缚的人。

你是该再成个家了。胡卫邦笑了，说，其实，苏珊是个挺不错的女人。

她的人野了，心也野了。钱新荣犹豫了一下后，说，如果……哪天她真要惹出什么事来，看在我的面子，给她一次机会。

胡卫邦点了点头，说，她还算是个有情有义的女人，养不熟的是那条金毛犬……那就是个有奶便是娘的杂碎。

你看着办吧。钱新荣起身走到那间办公室的门口，不禁回过头来，皱着眉头说，你说，这外国到底有什么好呢？

胡卫邦想了想，说，那我也送你一份大礼。

钱新荣毫不客气，轻轻地一点头，只说了一个好字。

这天，苏珊忽然闯进城外的那幢别墅时，钱新荣正在地下室里拉坯，两只手上沾满了瓷泥。

你想把屁股擦干净，就连我一同杀了。她从没这样气势汹汹过。她狠狠地说，我知道的事远比他得多。

钱新荣抬头看着她，说，你在说些什么？

别在我面前装无辜。苏珊说，我知道是你让人去杀斯考特的。

钱新荣这才呆了呆，说，你知道我干不出这种事来，才会闯到这里来对我大吼大叫。

你有什么干不出来的？苏珊的声音一下又变得尖锐，说，你不知道自己是什么人吗？

斯考特出事是迟早的事，我没对你说过吗？之前他没出事，那是人家看在我的面子上，可我现在退出了，没有人再需要卖我面子。钱新荣平静地看着她，说，你记不记得，当初把他从拉斯维加斯带来时，我就对你说过，他这种人不是被乱刀砍死在街头，就是在下水道跟老鼠一起腐烂。

我记得。苏珊低下头去，说，可他是哈林的亲生父亲。

钱新荣从那个转盘边站起来，走到她面前，盯着她的眼睛，说，如果哪天是我遭了不测，你会不会也像现在这样？

苏珊在愣了愣后，开始有点无措起来，说，我需要钱，真的，斯考特在急救，我要给他找最好的脑外科医生。

钱新荣走到水池边洗手，在哗哗的水声里，说，苏珊，我们离婚时，你分走了一半的钱财，这还不到十年吧？你已经连一个好点的医生都请不起了……你真没想过你是怎么落到这步田地的？

再怎么，他也跟我一起生活了六年。苏珊说着，从包里掏出一部卡片式相机，走到他身边，点开一段视频，说，我用这个跟你换，我真的需要这笔钱。

钱新荣的脸色一下变了。视频里正是那晚，他跟胡卫邦抬着尸体穿过草坪，最后塞进那口瓷窑的画面。他忽然一笑，说，

321

原来，你对我一直都留着一手。

我知道自己是干什么的。苏珊说，我也知道你是什么人。

钱新荣不急不缓地擦干手，看着她，说，我劝你还是再考虑考虑，你跟他该有个了断了。

这跟了断无关。苏珊摇了摇头，说，这是一条人命。

钱新荣在书房里交出一张支票后，接过相机又看了遍视频，说，要是我不开这张支票，你真会把它交给警察？

不会。苏珊说，我是走投无路。

以后别做这种傻事了。钱新荣竟然把相机交还给了她，说，这里还牵扯着别人呢，人家不会像我这么好说话。

我知道。苏珊低下头，飞快把拔出那张 SD 卡，放在桌上后，把相机也放在那里。她仍然低着头，说，我知道我再怎么过分，你都会容忍我的。

你也知道过分了？钱新荣一笑，随即就收敛起笑容，说，你过分的不是现在，你过分的是那晚。说完，他伸出一根手指，又说，只此一次，记住，这是最后一次。

二十

清明节那天傍晚，古月斋门外突发了一起枪击事件。

年轻人在父亲的藏品里挑了杆双筒猎枪，在车里等到他叔叔从那两扇门里出来，下车就朝他连开了两枪。然后，他扔掉猎枪，在街上高举起双手。林小都赶到时，警察也来了，天上下起了阵雨。年轻人高举着双手，雨水就像泪水那样在脸上流淌。他冲着围观的人们大声地吟颂：To be, or not to be, that's the question.

胡珂在决定动手前，给林小都发过一段很长的英文语音，大概意思是：既然没有证据就不能定罪，那他注定要去成为那个哈姆雷特了。这是他的命运，哪怕只有一个人相信他说的都是真的，他就不想再跟他的命运抗争了。末了，他还篡改了普京总统的一句名言：裁决是上帝的事情，我能做的就是送他去见上帝。

钱新荣收到这个消息时，人在洛杉矶。婉豆几天前在那里产下一个男婴。他还沉浸在初为人父的喜悦中，给孩子取了个乳名，叫小豆子。他对婉豆说，等我回来，我们一起给他取个好名字。

你能不走吗？产妇的眼里流露出淡淡的忧伤。她从枕头上仰起脸，说，我想你跟我们娘俩在一起。

我办完事就回来。钱新荣在床边坐下，耐心地解释，说他以前的拍档这会正在医院里急救，他是赶去见最后一面。他们虽然在生意上早就分割清楚了，但有些事情是割舍不掉的，他必须去墨尔本。他的脸有种掩盖不住的忧虑，忍不住又说，本来挺简单的事情，现在变得复杂了。

婉豆很快就恢复了妻子的温顺，说，那你早去早回，我跟小豆子每天都会盼着的。说完，她迟疑了一下，叫住丈夫，说，孩子的名字我老早想好，叫他钱易均，好不好？容易的易，平均的均。

钱易均。钱新荣在嘴里嘀咕了一遍后，说，挺好的，听着就很雅，什么含意呢？

没什么含意，就是好听。婉豆说，一个上下结构，一个左右结构，写起来也好看。

钱新荣又把这三个字在嘴玩味了一遍后，说，钱易均就钱易均，你是他妈，听你的。

几天后，婉豆一早起床，借了月子中心陪护的车子独自开进城里，找了家商场的电脑体验店，飞快地注册了个无需认证的邮箱后，插入 SD 卡，把里面的内容全都发给了林小都。干完这些，她像是快要虚脱了那样，勉强回到车里，在方向盘上趴了很久，才抬眼看着这片空旷的停车场。她睁大了眼睛，眼里却是一片的模糊。

只是，林小都一连几天都没顾上去看那邮箱。如同再次经历了一场失恋，原本的冲动与执念一下消失殆尽后，他能感受到的只有那种不知所措的茫然。他越想就越觉得胡珂其实就是个疯子，他自己也是，直到看见钱新荣出现在胡卫邦的葬礼上，才稍稍有点清醒了，就越发意识到了自己是真的有点不正常，在这么一件没头没尾的事情上，花费了这么多的时间与精力。

墨尔本的华人死后，一般都葬在 Springvale 的长青墓园。那里绿树成荫，曲径通幽，就像是座中式的园林。唐人街上的很多商户都去参加了胡卫邦的葬礼，林小都当然不在宾朋之列。他只是觉得自己应该出现在葬礼上，电影里都是这么来演绎警察的。

你是不是有种负罪感？钱新荣刚才还在送葬的人群里，这时已经站在了林小都身后的亭子外。他说，如果不是你，Locke 可能这辈子都不会开那两枪。

他做了他该做的事。林小都扭头看着他，说，我也在做我该做的那些事。

他是太入戏了，他真把自己当成了哈姆雷特。钱新荣缓步走进凉亭，说，你听到的那点事，在唐人街上已经流传过很多年……也只有你把故事当成了发生过的真事。

我相信他说的是真的。林小都多少是有点暗自心惊的，却淡定地说，我们只是缺乏证据。

别把每个人都想得那么坏，这世上也没那么多的阴谋。钱新荣在一张石凳上坐下，仰脸看着他，出人意料地问了句：小林你也有二十七八了吧？林小都愣了愣。他又开口了，就像在聊家常那样，说他跟胡家两兄弟相识也有这么多年了，从一开始在唐人街上一起倒卖古董，慢慢的，他们兄弟俩就有了那家古月斋，他也有了今天。钱新荣说到这里，像是忽然想起来，咧嘴一笑，说，告诉你个喜讯，婉豆替我生了个儿子，就在几天前，足足有八斤，四千克。

其实，林小都早在婉豆发的朋友圈里见到了。他身不由己地说了句道喜的话后，一下就使劲地闭紧了嘴巴。

几家欢喜几家愁，家家都有本难念的经呀。钱新荣在长长地叹出一口气后，啪地一掌拍在大腿上，说，现在好了，侄子枪杀了自己的亲叔叔，Locke 成了全澳洲的名人，可他们胡家那点家业怎么办？满打满算，他至少得在牢里待二十年，等他出来了，你说这唐人街上还会有古月斋吗？说着，他又仰脸看着林小都，继续说，你都查这么久了，应该也知道一点古董行里的深浅了吧？不好说是黑吃黑，可只要谁一不留神，他那点份额，不知有多少人在觊觎呢。

你一直都知道我在查你。林小都俯视着他，一字一句地说，你也早知道会有今天这个结果。

我跟胡家两兄弟是一起患过难，共过生死的，我要早知道是这样，你今天就不会站在这里。钱新荣语调平缓，眼神却在瞬间变得锐利。他也一字一句地说，你应该知道，在墨尔本我做得到。

我没想到你会威胁我。林小都笑了，隔着石桌坐下，说，但你总算说了句实话。

你心里的戾气太重了。钱新荣叫了声小林，说，别为了那么一点点的失意，那点的小委屈，把自己搭进去。

这跟她没关系。林小都说，你别忘了，我曾经是名刑警。

可你根本不知道自己在干什么。钱新荣摇了摇头，说，其实，你也根本不了解她是个什么样的人。

那我们就别废话了。林小都说着，站起来就想走。

那我们说点正经的。钱新荣朝着那张石凳指了指，看着他重新坐下，才说，杀人偿命，这是法律，天经地义，问题是澳洲没有死刑，Locke 在牢里关一天是关，关一辈子也是关，可他还要继承家里的产业，那是他父母，也是他叔叔生前的愿望……我得替死去的那些人了却心愿。

钱新荣长话短说，他这次专程赶来除了见死者最后一面，就是来替他了却心愿的。胡卫邦在咽气前最后的愿望，是要设法让他侄子摆脱刑责，他原谅孩子做的一切。当时，廖律师跟唐人街上的几位前辈都在场，是全程录了像的。

我看你们是疯。林小都发出一声冷笑后，说，你们走惯了黑道的人，是不是都以为法院就是你们开的？

是 Locke 疯了，他的精神有问题。钱新荣坦率地告诉林小都，说他已经咨询过大律师了，能保释胡珂的方法只有一个，就是证明他是个精神病人，医生、病史、病历与鉴定方面都不是问题，这些都可以解决，证人也不是问题。他说，唯一的问题是你。

林小都有点摸不着头脑了，强忍着没开口。

你是 Locke 近来接触最频繁的人，法院一定会传唤你的。钱新荣说，你只要如实地告诉法官，你跟 Locke 在一起时，他对你说的每句话。

你知道我们说的是什么？林小都说，他告诉了我，你是怎样伙同他的叔叔，还有他母亲……你们那晚是怎么谋杀了他父亲的。隔着那张小石桌，他的两只眼睛一眨不眨地盯钱新荣脸上，说，他还说了，你们是怎样把那具尸体烧成灰烬的。

这就对了。钱新荣笃定地安坐着，说，Locke 一直都有妄想症，他就是一个精神病人。

林小都到了这时才明白，钱新荣其实是在给那起谋杀案作盖棺定论，让每个对此事怀疑过的人都误以为，那只是一个妄想症患者的胡言乱语。一下子，林小都的胸中被某种屈辱填满。他说，你放心我不会帮你们的。

说完，他站起身，扭头就走。

那你是打算当庭撒谎了？还是不想让 Locke 获得保释？钱新荣也跟着站起来，对着他的背影，说，你别忘了，你曾经是名警察。

林小都站住了，回过身来，就像要用目光将他的身体刺穿那样地看着他，说，我真奇怪，像你这样的人干嘛要回国内呢？你在这里可以呼风唤雨，你干嘛不在这里过你一手遮天的日子呢？

钱新荣笑了，缓步走到他面前，说，说到底，你还是为了她。

不是。

那你有没有听过这样一句话？钱新荣说，有些人一直都在试探这个世界的底线，被束缚的往往是另外一些人。说完,他摇了摇头,不急不缓地又说,其实,这世上只有一种人,就看你有没有被束缚。

墨尔本地方法院的第一场听证会如期进行。林小都自站上证人席那刻起,就不时地扭头去看坐在旁听席上的钱新荣。他的脸上没有丝毫表情,只是偶尔会侧身,跟坐在旁边的廖忠民律师低语几句,直到一名法警领着个年轻的男子进来。他们先是朝法官躬身行了个礼后,那个年轻的华人慌忙朝他打了个手势。

钱新荣这才皱了皱眉头,起身跟着离开法庭。

林小都从法院的大门出来,才明白发生了什么。墨尔本街头的电子屏里几乎都在反复播放一条视频——黑暗的夜里,两个男人抬着一具人状物体穿过草坪,把它拖进一口窑后,他们封上洞口,往里点起了火。在那些缝隙里透出来的火光中,两张男子的脸清晰可辨。

事实上,他已经见过这则视频了。在邮箱里发现这份匿名邮件的那晚,林小都反反复复,看了一遍又一遍,就是怎么也查不到它具体的出处,也想不出来会是谁？会在听证会在即的节骨眼上,给了他这么一份十年前的证据。而且,为什么给到的是他？

这一回,年轻的离职刑警相当地冷静。他只是作出了一个决定。

一个多月后,婉豆已经离开月子中心,回到了洛杉矶市郊租住的那套公寓里。这天,她在哺乳时接收到一条陌生的视频邀请,点开一看竟然是钱新荣。

到底是怎么回事？你现在在哪儿？婉豆的情绪在转瞬间变得有点失控。她像连珠炮似的,说,他们说那是桩谋杀案,是不是真的？你到底干了些什么？那个视频里真是你吗？

你先静一静,没那么严重的。钱新荣只是平静地看着她,那眼神既清晰,又模糊。过了好一会,他又说,让我先看看儿子。

孩子叼着母亲的乳头,依然吮吸得那么贪婪。一个婴儿感受不到母亲那颗快要跳出胸膛的心。

好好把钱易均带大,让他上最好的学校,受最好的教育。钱新荣说,让他成为一个跟我们都不一样的人。

婉豆这时已经恢复了镇定,把手机转了个方向,看着他,说,到底是怎么回事？你失联一个多月了,你得跟我说清楚。说完,她发现了视频背景里的那只花瓶,一下睁大了眼睛,又说,你在哪儿？

钱新荣转了转镜头。他是在晚晴轩二楼的那间起居室里,坐在那张单人沙发里。他勉强地一笑,说,没想到这里变得这么吵了,一天到晚都是码头上的吊机声。

你在国内？婉豆说,可他们说,澳洲方面限制你出境了……他们让我哪都别去,就呆在洛杉矶,说等事情好转,你会来找我们的。

我让他们这么带话的。钱新荣说,你再让我看看儿子。

婉豆只好把手机的镜头又对准自己的胸脯。她用一种哀求的语调说,你别这样好不好,你告诉我到底发生了什么？

一直要到婉豆的母亲闻声进来把孩子抱走后,钱新荣才语气平淡地说那没什么,那不过是起旧案,他只是不想站在被告席上,不想再回到那些苟且的日子里了,而且公司的事情也必须要他回去处理,不过现在好了,他已经把持有的股份全部交由信托代持，它们将来会转到儿子的名下。他让婉豆不要着急，也用不着害怕，先在那边把身体养好，等回上海，还有许多文件在等着她签字呢。他还说这次幸亏公司没能按原计划上市，避免许多市场风险，但经过前期的改组，他相信公关部门会做好舆情管理的，在经营上不会因为某个人的原因引起太大的波动。另外，他跟几方的投资人也都开过会了，外聘的经理人团队马上就会进驻。他说，一切都在可控的范围之内，很快都会恢复正常了。

婉豆只说了一句：你等我，我订最近的航班，我今天就回来。

不要冲动。钱新荣说，冲动是魔鬼。

婉豆一下睁大了眼睛，说，我必须回来，我得跟你在一起。

钱新荣却依然是那么的平静，隔着屏幕望着她，说，听我这一次，你没必要跟我一起陷在这个泥潭里。

我是你妻子。婉豆说，这种时候，我得在你身边。

你不用着急，你就是太心急了。隔着屏幕，钱新荣竟然还笑了笑，说，没什么大不了的，人生一辈子，大不了就是生离死别，这都很正常，我们都逃不了因果报应这四个字。

一下子，婉豆只觉得整个人也颤抖到不行，连手机都快拿不住了。她冲着屏幕里的男人，说，你别胡说了，你还有儿子，你知不知道？你还有我，还有这个家。婉豆几乎是在哀求了，说，你别做傻事了，好不好？

你怎么知道我会做傻事？我有那么傻吗？钱新荣隔着视频的眼神变得阴沉，但很快就烟消云散。他说，你记不记得我以前跟你说过的？我们这一辈子，其实就是赶了一趟班车，你上了哪辆车，就到哪个站点，其实都是自己选的，怨不得谁。

婉豆终于掉下了眼泪。她的心已经跳到不行，连嘴都不敢张了，只能咬紧了牙齿，就怕一松口，那颗心就会从嘴巴里跳出来。

钱新荣却始终在凝望着她，说有句话，一直放在心里，不好意思说出来，不过，现在可以说了……他们在一起的这两年里，是他这辈子里过得最安乐的两年……这是他的心里话，他就想要过这种日子，哪怕它最终不是真的，哪怕是个梦，他也心甘情愿。

婉豆的泪眼一点一点变得决绝。她用一只手死死地抓着床单，对着屏幕上的男人，一字一句地说，我等你，不管你在哪里，我跟儿子就在家里等着你。

钱新荣点了点头，说，好好地把儿子带大，别让他像我，也别让他像你。

后来，婉豆自己都不知道已经泣不成声。这样的痛与哭，她此生已经过一次。她清晰地记得，同样是趴在一张床上，在那遥远的地方，她哭得就像要把自己埋葬。

钱新荣倒是出奇的平静，在那张小沙发呆坐了会后，站起身来，缓慢地穿过卧房，来到阳台上，望着夜空下泛着隐约波光的太浦河。他全部的人生就是从游过这条河开始的。

长久的眺望之后，他一甩手，把手机远远地抛进河里，转身回屋，一件一件地把自己脱光，去到卫生间里，站在莲蓬头下，仔细地把自己洗干净，擦干身体，吹干头发。他赤条条地下到地下室里，打开灯，望着那三口窑出神地想了会后，长长地吐出一口气，随手在一口窑的控制板上按了几个键，轻轻地拉开门，扭头往身后

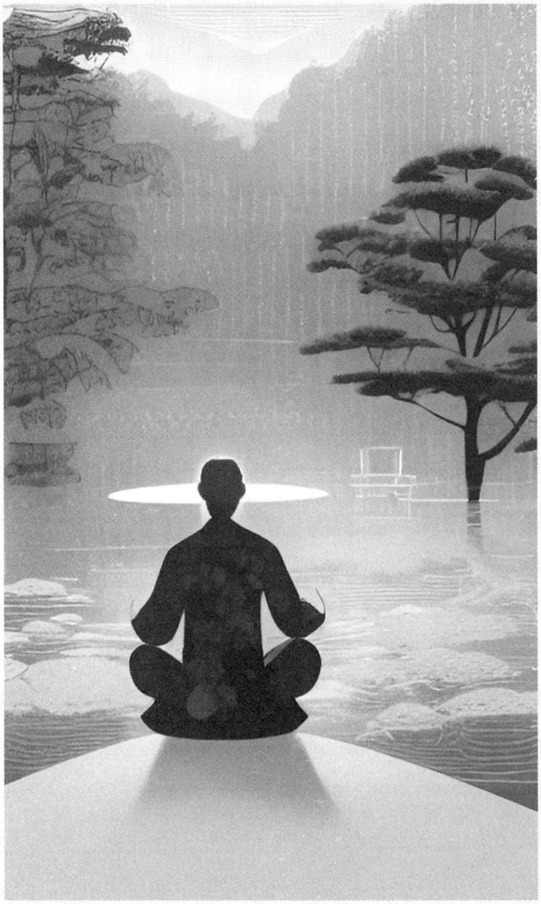

看了眼,就一脚跨了进去,轻轻地关上门,慢慢地盘腿坐下。

地下室里静得只有电流发出的声音,在快速加热的窑膛里,钱新荣忽然想到了金枝,转眼又是苏珊,接着是婉豆,还有他在香港有过的第一任妻子,还有无数他曾经历过的莺歌燕舞的女人们。钱新荣终于发现,一个男人在临死的那刻,心里剩下的只有女人。

第二天深夜,年迈的和尚悄无声息地离开禅房,从灵光寺的后门出来,佝偻着身体,踏着月色,靠着两条腿步行走到晚晴轩。他打开地库的密码锁,进入后,老眼昏花地站在那些亮着的灯光里。

镜明住持每个深夜都会现身在晚晴轩的地库里。他把钱新荣的骨灰打磨成粉,一遍又一遍,再把它们混入瓷土,加入石英与长石。然后再仔细地研磨、练泥、拉坯、修剔,接着脱水与上釉。老和尚用了整整一个多星期,才烧制出了一对白色的净瓶。再后来的某个深夜,他在晚晴轩的地下室里呆立了很久,才脱下僧衣包着这对净瓶,把它们带回灵光寺,无声无息地供进了往生殿里。

这是钱新荣的遗愿。他最后一次坐在镜明住持的禅房里,面容倦怠,却神色淡定,说他的这辈子就这样了,原来人的前面永远都横着一条跨不过去的门槛,既然过不去,那就索性不过了。他说,现在,我只想去一个谁也找不着的地方,一个人静静地呆在那里。

镜明住持一颗一颗地捻着那串佛珠,很久才摇了摇头,说,日夜有交替,天道有轮回,一场官司没什么大不了的。

那不是官司,那就是一个笑话。钱新荣摇了摇头,说他不是没想过回到墨尔本去,他不怕站在法庭上,他怕的是自己会被扒光,在众目睽睽之下,让每双眼睛都会看清楚他那副皮囊底下装的些什么。他可不想自己半辈子挣来的这点体面就这么被剥得体无完肤。而且,接下去还会有无穷无尽的调查,中澳两国的警方会像医生解剖那样,把他的每一段历史都割开,放到放大镜下面。到那时,他的竞争对手们会做足文章,他的公司会破产,会遭到清算,他的儿子也会知道他有一个怎样的父亲。然后,仍然逃不掉妻离子散、家破人亡的命运。说到这里,他长长地吐出一口气,抬起眼睛,看着老和尚,就像已经望穿了秋水那样。钱新荣又摇了摇头,说其实他心里早就想明白了,这世上根本没有什么轮回,有的只是因果与报应。说完,他忽然一笑,又说,我有儿子了,你知道吗?我跟以前不一样了……以前我们是什么都没有,什么都敢想,什么都敢去试一试,现在不行了……现在,我做不到了。

镜明住持张了张嘴,最终没有发出声来。他低下头去,静静地盘坐着,一眨不眨地盯着手里那串捻动的佛珠。

钱新荣也闭紧了嘴巴,同样默默地端坐着,一直坐到整个人都有点恍惚了,才像如梦方醒那般,定了定神后,起身,朝着盘坐的老和尚双手合十,深深地躬下身去,最后说,老金,拜托了。

镜明住持依然没有出声。那天,他在自己禅房整整盘坐到傍晚,不吃、不喝、不歇,只顾一颗一颗地捻动着佛珠,一遍又一遍颂着经文。后来,进来请安的年轻和尚见况不敢出声,只能静静地站着听了会,觉得大师傅吟颂的应该是《金刚经》。

盛夏来临之际,一个工程队开着推土机出现在太浦河边。他们只用了一天时间就推平了晚晴轩，只留下那两株古老的银杏树，依旧像两条张开的手臂，伸向天空，在烈日下发出一片哗哗的树叶声。这是新当选的董事长上任后下达的第一个决定，完全依照了钱新荣之前的托付。工程队快速地打通与储运区之间的那面围墙，他们将在这里再建一排职工宿舍。

其实，这一天婉豆也来了。她就站在灵光寺那座小斋堂二楼的窗口，远远地望着晚晴轩在隆隆的机械声里轰然倒塌。其实，每个月的十五她都会来寺里进香，衣着普通，面容素净。有时，她由镜明住持陪着，有时陪同的是那名年轻的小和尚。很多时候，他们几乎全程都没有交流。婉豆通常是在大殿里上完香后，再到往生殿里点上三支檀香，在那里默默地站上一会，抬头凝望供台后面那满墙的牌位与各种供品、器物。

有一天，她仰着头，忽然开口问镜明住持，说要是哪天这面墙上的位置都满了怎么办？

镜明住持说，那就再砌一片墙。

婉豆还想再开口的，见老和尚低垂着眼帘，想了想后，最终闭紧了嘴唇。

两年后，澳新终于迎来了在创业板上市的那一天。

母亲抱着儿子应邀在上交所敲锣时，婉豆忽然有种眼泪要夺眶而出的感觉，但她强忍住了，睁大了眼睛望着台下的那些嘉宾们。可是，泪水是在不知不觉中渗出眼眶的，根本不由人作主。

仪式结束，她只想带着儿子早点回家，早点离开这个人声喧闹的地方，可刚到大门口，就一眼看见了等在一边的林小都。婉豆有点犹豫，转念后还是把拷包交给助理，硬着头皮走过去。

林小都看着她插在左胸口的那朵紫色的洋兰，说，我到现在才明白，你原来想要的是这个。

你也太有心了。婉豆扭头看了眼保姆抱着的儿子，冷冷地说，你还专程在这里等我。

你知道我这个人的，钻进牛角尖里就出不来。林小都把双手插进裤袋，低下头去，说，不然，我们也不会是这样子。

婉豆又冲着大门里出来的几个熟人扬了扬手，说，你也看到了，今天我很忙。

你不用怕，我不会大喊大叫的，我说完就走。林小都说，我耽搁不了你几分钟的。

婉豆到这时才拿正眼看着他，又往靠边的地方走了两步，一点头，说，你非说不可，那你说吧。

林小都低头想了想，说，我那邮箱里的视频是你发的。说完，他才跟着走过去，又说，当时你没见着有动静，就在暗网上雇了黑客，又把它黑到了墨尔本的公共平台上。

婉豆侧着脸，出神地看着他，忽然说，这两年里你没去看医生？

那邮件的 IP 地址显示在洛杉矶，查它不难……那地方离你住过的月子中心也不远，也就三四十分钟的车程。林小都说，我去过那家电子产品的体验店，也去过那家月子中心。

你说完了没有？说完就这样吧。婉豆说完，扭头就要走。

还没有。林小都一步拦在她面前。

那你长话短说好不好？婉豆朝着门口的方向抿嘴一笑，又伸手扬了扬。

十二年前你丈夫伙同他人谋杀了他的合伙人，就在墨尔本郊外别墅的草坪上。

林小都说，那晚苏珊也在，是她拍下了那段视频，这也导致了她最终被灭口。

现在说完了？婉豆说，现在我可以走了吗？

林小都让到一边，说，我是真想不通，苏珊为什么会把视频给到你？

你想不明白，可以去问你精神科的医生。婉豆说完就走。

当初做笔录时，你隐瞒了这段视频……林小都跟在她身后，说，我想不明白的是……你那时就已经算计好了？你知道一定会有今天这个结局？

婉豆没有理他，一直走到大门口，从助理手中接过挎包后，回头见他还站在那里，哭丧着一张脸，就想了想，又回到他面前，耐着性子，说，钱新荣是我丈夫，我儿子的父亲，不管他今天在与不在，今天都该是他最高兴的日子……可我很难受，你知道吗？他失踪两年了，活不见人，死不见尸……你也为我想想好吗？我将来还要告诉我儿子，他父亲是怎么样一个人。她用那双一下变得失神的眼睛望着这位前男友，无力地说，我不相信当过警察的人眼里都是罪犯……你要是站在我的立场上，你就什么都明白了。

林小都摇了摇头，露出一丝苦笑，说，只怕我永远都不会明白。

你会明白的。婉豆一字一句地说，我们都失去过最亲的那个人，我们的感受是一样的。

我最亲的那个人不就是你吗？可是，林小都说不出口。一下子，他只觉得有把刀子穿过胸口，悄无声息地扎在了心头。他站在那里，痛得半天都没能回过神来。

那一夜，婉豆又失眠了。尽管，她在庆祝的晚宴上喝了很多酒，说了很多话，故意把自己累到筋疲力尽，到了床上却仍然无法安睡。只要一闭上眼睛，又像掉进了那个漆黑的水底。她透不过气来，叫不出声来，想用力地划，拼命地蹬，但手脚却被许多无形的藤蔓缠住，只能一个劲地往下沉。然而，那漆黑的水底就像个没有穷尽的深渊。

她是忽然发现，自己睁着眼睛竟然也能做梦了。

事实上，婉豆现在已经很少去公司，连每周一次例会也不大参加了，除非是有当场需要表决的董事会。现在，她基本上都是在家里陪着儿子，同时把自己也培养成了早教老师。每天不是教他唱歌、认字，就是跟他一起画画、做游戏、搭积木。到了下午，母子俩还要一起午睡，一起游泳。

这天又是个秋高气爽的周末，早就约好了的，跟隔壁的两家邻居聚在花园的草坪上烧烤。婉豆在厨房里切水果时，忽然从电视里看到，一名刑警为了追查谋杀妻子的凶手，毅然辞去公职，甘心当了小区里的一名保安。他整整蹲守了四年，终于在一天傍晚守到那个凶手出现——那个隐姓埋名整整失踪了五年的健身教练。

婉豆一眼就认出了屏幕里的保安。

相比当年，路天明明显苍老了许多，眼袋也更加的浮肿。对着记者的话筒，他摘下头上戴着的那顶保安帽，看了看后，又重新戴上，说，凶手往往会在危险过去之后重返作案现场，这是一名刑警的基本判断。说完，他眼神呆滞地想了想后，就像是面对着那个凶手，又说，我们心里总有一些人是放不下的，不管活着的，还是死去的，凶手也一样，他们其实什么都知道……他们知道总有一双眼睛会在暗处盯着他，不管在多远的地方……可有时候，就是忍不住，就是想去再看上一眼。

电视镜头最后落在了路天明那双眼袋浮肿的眼睛上。

那天到了傍晚的时候，当妈的在浴室里给孩子洗澡。儿子忽然歪着脑袋问：晶晶家里有爸爸、妈妈，为什么小豆子家里只有妈妈？小豆子的爸爸呢？

这个答案婉豆早在他还未满月时就准备好了。这是她迟早会面对的一天。只是，没想到来得这么快，而且还这么的忽然。婉豆用一种孩子似的表情眨巴着眼睛，想了会，说，小豆子的爸爸去了一个很远很远的地方。

很远很远的地方是什么地方？

一个等你长大了就会明白的地方。

那我什么时候才会长大？

等我们小豆子上过幼儿园，上过了小学、中学，等到你懂事，你就长大了。

我现在就懂事了。儿子哗地一下从浴缸里站起来，一脸正经地说，今天晶晶妈妈就夸我懂事了，她说小豆子真乖。

我们家小豆子当然很乖的。婉豆用毛巾擦着他的小脸，说，等到妈妈老了，小豆子就长大了。

儿子说，那妈妈什么时候老呀？

婉豆说，等到小豆子长大，妈妈就老了。

妈妈你哭了。儿子伸出湿漉漉的小手要去抹母亲眼眶里挂下来的那颗泪。

妈妈没哭。婉豆一扭头，说，妈妈是想小豆子的爸爸了。

小豆子跟妈妈一起想。儿子伸着两只小手，说，等小豆子长大了，要带着妈妈去很远很远的地方，我要带着妈妈去找爸爸。

婉豆再也忍不住了，她一把将儿子抱进怀里。

[特约编辑：余静如]

欲望之书
——昇愚长篇新作《云头艳》读札

季 进

昇愚的写作始于1999年,到现在已经有二十多年的时间。这二十年中,看似波澜不惊的当代文坛,其实从未止息它的探索与奔涌,各种潮流变幻不定,尤其是近年从非虚构写作到小说革命,从东北文艺复兴到新南方写作,种种命名让人应接不暇。相比起文坛的潮起潮落,昇愚这二十年倒是专心致志只做两件事:十年写当代,十年写民国。他的写作不唯速度,不追风潮,依然保持着小镇青年对文学的一颗赤子之心。去年电视剧《叛逆者》热播,人们才注意到,原作者昇愚已经走过了二十年的写作道路。《叛逆者》《江河东流》不过是他这十年里切入历史、演绎革命的尝试,代表的是他所理解的"媒介融合"的实践。

其实昇愚的创作是以书写小镇故事起步的,这俨然是七零后作家的典型操作,以徐则臣、鲁敏、盛可以等人为代表的七零后作家,每每集中笔力写小镇青年如何冲破重围、出走成长的故事。无论是得意,还是失意,他们的望乡姿态,总是投射出社会变迁之下个体不得不然的无奈和彷徨。就昇愚而言,也许他无形的负累更重。他出生于浙东北的嘉善,和现代文学之父鲁迅算得上半个同乡。当年鲁迅也经历了出走——回归——再出走的循环,只是昔日的S城或鲁镇和如今的江浙乡镇早已不可同日而语。经济大潮之下,这里不是太过愚昧封建,而是过于精明市侩,各种作奸犯科、尔虞我诈,外加鸡毛蒜皮、世态炎凉,昇愚笔下的种种现实,是鲁迅当年根本无从想象的。

无论如何，相隔大半个世纪的两位作家不满现状，怀抱着热爱，有意揭露和批判的用心是相通的。

在乡土或乡镇小说的传统里，畀愚心无旁骛，专心试炼写实主义的能量。相比起莫言写东北高密、苏童写枫杨树故乡、王安忆写上海的多变风格，畀愚写嘉善或曰斜塘，总是在现实主义的法则之中寻求它历久弥新的可能。他所写的往往是经济浪潮下凡夫俗子的故事，是上海、杭州这些繁华都市周边的小镇历史，是一种城郊的现代性或后现代性。所以，与其他作家完全转向都会或者其对立面的乡村不同，畀愚找到了一个特别的观察和书写位置，即嘉善/斜塘这样的卫星城镇，这些卫星城镇所发生的一切，最直接地见证了现代性如何层层卷动周遭的一切，呈现出一种不好不坏、不土不洋的暧昧形象。

一

《云头艳》是畀愚的长篇新作，他在这部作品中，把卫星城镇的现代性做了更进一步的发挥。卫星城镇里走出的青年，一路游走，从上海到香港，从墨尔本到洛杉矶，已经完全国际化了。畀愚对他的斜塘一往而深，故事的主人翁婉豆正是从这里走出来的邻家少女。她情窦初开，就遇到天才数学家的追求，但是爱到浓时，这位天才竟然突现杀意，少女拼命挣扎，才得自保。虽然天才之死以溺亡而非他杀结案，但也因此给她带来心病，午夜梦回之际，每每有溺水窒息的感受，不断被过去牢牢牵扯。以后她进入商场打拼，似乎过上了正常人的生活，但是，她依旧遇人不淑。她的客户也是她未来的丈夫钱新荣，其实是游走于黑白两道杀人不见血的魔头。最后她出于某种不明的动机，大义灭亲，见证了"正义"的声张。

乍读之下，这样的故事当然具备了所谓"侦探惊悚片"（detective thriller）的特质：曲折离奇的情节，以及悬疑真相的逐层解开。这类影片借着缠绕的线索，正义的使者层层推理，说明其中的巧妙关联，最终走向真相大白。这种惊悚片式的写法，也许得益于畀愚这些年与影视界的合作，《叛逆者》叫座又叫好，当然离不开情节的跌宕起伏，环环相扣。同样，《云头艳》的情节，也是反转、反转再反转，不知伊于胡底的深渊或者秘密，始终吸引着读者的好奇心。但是，如果只看到小说的"惊悚片"的特质，满足于阅读的快感，那可能完全低估了作为作家的畀愚的创作野心。在曲折离奇的故事背后，畀愚其实写出了一种资本主义的考古学。不伦、仇杀、金钱的种种纠葛，既让人直面无意识深处扭曲的欲望和幻想，也说明资本主义的象征世界如何危机四伏。

　　对于资本的发迹史，马克思、恩格斯早有论断，昇愚对此一定不会陌生。早期的资本家借着殖民圈地和资本积累，将罪恶的魔爪伸向世界的每个角落，以至于马克思说，"资本来到世间，从头到脚每个毛孔都滴着血和肮脏的东西。"① 小镇青年钱新荣凭着一己之力游过了太浦河，在香港立足，在澳洲做大，以后时来运转，更是在上海开疆拓土，大兴土木。他的两任老婆乃至事业上的合作者，都是他成功的垫脚石。这些人的生命，在钱新荣成功的道路上，根本不值一提。他温文尔雅的外表下，却是为了资本扩大而冷酷无情的心，几次夺人性命，都是异常冷静，毫不手软。"从头到脚每个毛孔都滴着血和肮脏的东西"，这样的指认用在他身上，一点也不为过。钱新荣的故事也再次说明，资本的发展其实顺着文明移动的方向而伺机展开，全球一体，无一例外。

　　但是，昇愚的小说毕竟不是社会学或历史学的教程，它当然有自己的用心。我们注意到，钱新荣起家的手段除了已经无用武之地的盗墓，更关键的是制瓷。因为制瓷，他懂得文物鉴赏，在墨尔本从事古董的贩卖活动。他为了商业上的成功，不惜铤而走险，多年后因果轮回，最终自掘坟墓。在自己建楼招商的工地上，将若干年前的一次盗墓行为以及一桩命案大白于天下。故事由此急转直下，他试图再次杀人灭口，息事宁人，但是大势已去，他已无力回天。小说的最后，他自觉再也无可遁逃，竟将自己送进瓷窑，粉身碎骨。这些骨灰"如果用它们来作花肥，能使花朵更加艳丽，花枝更加茁壮；如果把它们掺进瓷土里，烧出来的器皿会更加的晶莹、细腻与坚硬——这种不断改良的瓷器曾经一度风靡市场，它有个简单而直接的名字，就叫骨瓷。"（《云头艳》）小说中连续死去的胡卫东、姬仲伟、钱新荣等人，都被物尽其用，骨灰掺入陶土，拉坯煅烧，成为熠熠发光的骨瓷，供奉在往生殿里。昇愚的用意于焉浮现。这些瓷器，表面光鲜，但都牵连着欲望、争夺和凶杀。我们常常有暴力美学的提法，强调的不过是一种畸形的嗜血的审美，而昇愚这样的陶制之法，却在瓷器表面的精美之下，直逼美的本质或基底，大有超拔暴力美学的意义。正是基于种种凶杀犯罪，小说中的瓷器的光泽才越发的诱人明艳。

　　我们由此联想到另外两位作家所作的示范。一位是台湾的李渝，一位是黑龙江的迟子建。若干年前，李渝曾经发挥南唐画家赵幹《江行初雪》的画意，写出同名短篇。李渝聚焦玄江菩萨的身世，揭开三段血腥残暴的故事，

---

① 马克思：《资本论》（第一卷），中共中央马克思恩格斯列宁斯大林著作编译局译，第871页，北京：人民出版社，2004。

说明艺术的美或许只有在真空中才是永恒的,一旦回归到现实污浊的世界,这样的美不过是欲望的投射、暴虐的化身。迟子建的新作《白釉黑花罐和碑桥》则从宋徽宗的艺术追求说起,靖康之变后,宋徽宗被囚禁于东北,意识到自己返乡无望,竟异想天开地决定将脱落的牙齿研磨成末掺入陶土,做成瓷器。他希望借着物的流传而有机会落叶归根。宋徽宗此举实属无奈,但是却揭示了美丑、刚柔、轻重不过在于我们如何情景化地权衡取舍。① 就立意而言,《云头艳》更近于李渝。两篇小说都在说明,精致的艺术毋宁是暴力的产物,抽空了历史来看"物",我们总是容易被表象所迷惑。经济的发展、资本的诱惑带着我们滚滚向前,可是追根究底,欲望的怪兽也在其中时时出没,有时甚至成为艺术本身。在艺术的外衣下,各种欲望得以寄生滋长,甚至反客为主。如果说迟子建笔下的故事,更多的是那种正向的、有情的寄托,那昇愚或李渝对世界的看法,则更为冷峻彻底。

二

配合着这种资本的考古学,昇愚也同步发展出一套叙事的方法。论者早已经指出,昇愚善于动用反讽的手法,写出没有风景的风景,没有历史的历史。② 阅读《云头艳》,我们很享受阅读的快感,小说以复杂的情节带动叙事快速展开,以至于难有片刻的休整去营造渲染什么如诗如画的场景。如画的风景缺席,不外乎两个方面的原因:一是现实世界的欲望暗流涌动,泥沙俱下,并没有所谓的风景值得书写,即使有所谓的风景,也因为人为欲望的掺杂,而破坏了风景之美;二是小说层层叠叠反转再反转的情节设计,与影像叙事颇有相同之处,其目的在于吸引眼球,而不是引起赏析。昇愚如何在这样的叙事中掌握主动权,有效传达自己对欲望世界的反思和批判,这或许才应该是我们思考的方向。一方面,这种快节奏的生活,是现代社会的一个重要特征或缩影,昇愚的写作其实是遵从现实的表现,本质上也是一种写实;但另一方面,又必须警惕这种将快节奏生活视为纯粹风景的主张,以免对现实产生一种本来如此的错觉。换句话说,与其说昇愚小说是风景的缺席,不如说昇愚对风景的看法持一种保守的态度。转瞬即逝的瞬时经验,可能并不符合昇愚心中对美典意象的憧憬,这种被现代主义者所颂扬的快节

---

① 参阅拙作:《至柔与至刚的辩证法——迟子建新作〈白釉黑花罐与碑桥〉读札》,即将刊发于《当代作家评论》。
② 参阅杨庆祥:《昇愚〈江河东流〉:写作的"有"和"没有"》,http://www.chinawriter.com.cn/n1/2019/0627/c404030-31198440.html?from=singlemessage&isappinstalled=0。

奏,也许是一种人为的拜物教,是商品大潮下的失心疯。

畀愚小说的反讽在这个意义上渐渐浮现出来。反讽的本质是非此非彼,它的功能在于提示我们事物的多面性和暧昧性,包含是与非两个方面的可能或不可能。正如上述所说的小说中的制瓷,它以人体骨灰制成,通体透亮,当然是严格意义上的骨瓷,但是,如此暴力的制瓷,显然又使它脱离了艺术审美的范畴,而具有恐怖的性质。以这种似是而非的眼光来看,小说中的很多人物或设计都有这样的特征。正义的警察也会好赌,英勇的殉职不过是掩盖的自杀,庄严的寺庙竟然是藏污纳垢的所在,凡此种种,不一而足。

小说中最大的反讽,莫过于钱新荣在衣锦还乡大展宏图之际,竟意外掘开昔日拼命遮盖的罪行,令自己陷入僵局。这不禁让我们联想起"无产阶级是资本主义的掘墓人"这句名言。钱新荣真是白手起家,昔日的无产者挖开了旧社会的坟墓,从此做强做大,可钱新荣哪里还是无产者,他投机倒卖、融资洗钱,早已是不折不扣的资本家,走的是自掘坟墓的道路。在小说的最后,钱新荣走向自己建造的炉窑,自食恶果,达到了反讽的高潮。当然,我们还知道,钱新荣覆灭的关键,其实是婉豆将昔日钱新荣犯罪的影像公诸于众。她明知此人疑点重重,仍然选择了与他在一起,甚至怀孕生子。眼见事情败露,她又悄悄地将影像资料传送给身为警察的昔日男友林小都,这是落井下石,坐享其成?还是要迎难而上,大义灭亲?小说由此再次显示出它的暧昧性。其实,像婉豆这样的有心人,现实中大概不在少数。她手握证据,是要自保或是想上位?甚至出演不入虎穴,焉得虎子的戏码?这颗豌豆如此开花结果,真是让人匪夷所思。如果再进一步细想,畀愚所写人性之恶,最大的反讽也许还不是来自钱新荣、婉豆这些行动派,而是冷眼旁观的老金。他才是始作俑者,钱新荣的手艺即得自他的真传,而金枝的死亡也是他一手造成。如今他看似金盆洗手,遁入红尘,却洞若观火,对一切杀人越货的勾当了如指掌,放任自流,甚至纵容事态发展,最后帮忙收拾残局。这到底是佛教的看破放下,还是人心的麻木冷血?

如果我们从哲学层面再作发挥,畀愚所擅长的这种反讽艺术,其实不只是叙事上的手段而已。畀愚揭开人的矛盾面、阴阳面,除了说明人心叵测的古训,也许也回应了张灏先生有关"幽暗意识"的提法①。幽暗之所在,遍布宇宙人生,对这种道德上的缺陷或者邪恶,我们必须竭尽全力予以管控和疏导,才能保证民主与文明社会的正常运转。某种意义上,畀愚未必对经济主导下的资本社会充满挞伐和悲观情绪,正是借着反讽来揭开人性中欲望的

---

① 参阅张灏:《幽暗意识的形成与反思》,见张灏《转型时代与幽暗意识》,上海:上海人民出版社,2018。

幽暗，我们似乎才能如张灏所言，求得社会有序发展的可能。不破不立，正是幽暗意识的关键所在。唯有正面突破，我们才理解幽暗的价值所在，是要求我们因势利导，而不是被它压倒。幽暗意识，不仅意味着意识到幽暗，更有对幽暗的管控。因此，昇愚事实上给我们留下了一个大哉问，即认清了人和现实的不堪、不义之后，我们应该如何自处以及与世界对话。由此一来，婉豆的形象似乎又有了弦外之音。她看清了一切，还义无反顾地投入，"自在暗中，看一切暗"[①]，看见一切黑，却又理解这黑的意义所在，甚至与黑同在，这或许正是幽暗意识的最佳代表。

三

贯穿全书，我们看到幽暗的根本是每个人都有无法压抑的欲望，其极致处已经上升为一种不可思议的我执。这种欲望或我执也分正反两种路向：两位警察——路天明、林小都，当然代表了欲望或我执正面的发展，前者为勘破杀妻疑案，竟做起小区保安，经年累月，察言观色，最终让凶手伏法，而后者同样将私情和公事混为一谈，冒着生命危险，走访跟踪，最终让真相大白。与此相对，钱新荣、姬仲伟、婉豆、老金等人的行为，则代表了欲望或我执反面的发展，都被欲望所裹挟，完全成为欲望的俘虏。从本质上说，《云头艳》是一本彻彻底底的欲望之书，正正反反，无人例外。小说中的人物，或控制，或突围，或追求，或掩饰，或苟且，或憧憬，每个人都在欲望的漩涡里打转。无论是社会现实，还是家庭感情，都笼罩着令人压抑的氛围，一如昇愚在小说中所反复渲染的那个溺水场景："只要一闭上眼睛，又像掉进了那个漆黑的水底。她透不过气来，叫不出声来，想用力地划，拼命地蹬，但手脚却被许多无形的藤蔓缠住，只能一下劲地往下沉。然而，那漆黑的水底就像个没有穷尽的深渊。"（《云头艳》）但是，昇愚不是彻底的悲观论者，婉豆诞下的那个男婴，取名为"钱易均"，似乎代表了黑暗中微暗的火，未来希望的光，这或许是在暗示未来大同社会里，财富平均的理想时刻？或者是说，即使到了最后，我们仍无法和金钱脱钩，需要面对这个历史留给我们的难题？

在这个意义上，小说带出了某种宗教意味。这种宗教是一种世俗的拜物教，以金钱是尚，以利益为准绳，欲望就是其教主。马克斯·韦伯早在《新教伦理和资本主义精神》一书中就曾提出：在贪婪的物欲横流之前，其实存

---

① 鲁迅：《准风月谈·夜颂》，《鲁迅全集》（第5卷），第193页，北京：人民文学出版社，1987。

在过一种清教徒式的精神追求。这种禁欲的宗教，正是资本主义发生的关键。人们自审、自知、自明，过着理性克制的生活，他们并不仇恨财富，而是鄙视享乐。因此，努力工作成为他们的天职和救赎。但是，后来人们不仅认为对财富的追求是正当的，就连剥削工人也是理所当然的，因为剥削从形式上要求工人努力工作，而不是沉迷享乐，这符合它资本主义起源时的实践原则。资本主义最终和宗教脱钩，变成了赤裸裸的欲望和拜物。①《云头艳》里的芸芸众生，追名逐利，已经到了肆无忌惮的地步，这当然是所谓"新教伦理"异化的一种表现。但是，马克斯·韦伯的理论未必适用中国语境，尤其是当下经济的发展与资本主义有着云泥之别。不过，不同社会制度和历史阶段中，经济发展所表现出来的种种放纵欲望、拜物异化的现象，又有相通之处。它们同样放弃了美德和操守，失去了对于自审的敬畏。小说中的钱新荣、老金之流，不仅没有自审，而且还有意地压抑过去，遮蔽历史，以此获得所谓的成功或超脱。因此，我们不妨放大一点来说，某种意义上，《云头艳》到最后已演变成为一则关于过去的寓言，一种时间的伦理学。每个人都力图摆脱过去，或者揭开历史，但是时间总是狡黠地或藏或现，在该遮蔽处暴露，在该暴露处遮蔽，彰显出小说人物在时间面前的渺小和荒唐。

小说中的每个人都有苦衷，都有幽暗的过去需要面对和处理。婉豆、钱新荣等身系命案，避无可避，即使不是在现实中曝光，也是在睡梦中煎熬。路天明、林小都则有意揭开过往，但时地转换，依旧无法脱身，被历史牢牢困住。在时间的城堡里，人人都想超拔逃逸，但最终仍是困在其中，无所遁逃，这正是一种时间的伦理学。没有过去就没有现在，更无所谓的将来。现代性的叩问之一，就是如何处理历史，而不仅仅是面对当下。这再次让我们想起本雅明阐述保罗·克利的名作《新天使》的那段经典名言，这幅画"画的是一个天使看上去正要从他入神地注视的事物旁离去。他凝视着前方，他的嘴微张，他的翅膀张开了。人们就是这样描绘历史天使的。他的脸朝着过去。在我们认为是一连串事件的地方，他看到的是一场单一的灾难。这场灾难堆积着尸骸，将它们抛弃在他的面前。天使想停下来唤醒死者，把破碎的世界修补完整。可是从天堂吹来了一阵风暴，它猛烈地吹击着天使的翅膀，以至他再也无法把它们收拢。这风暴无可抗拒地把天使刮向他背对着的未来，而他面前的残垣断壁却越堆越高直逼天际。这场风暴就是我们所称的进步。"②

---

① 参阅马克斯·韦伯：《新教伦理和资本主义精神》，苏国勋等译，北京：社会科学文献出版社，2010。
② 本雅明：《历史哲学论纲》，见汉娜·阿伦特编《启迪：本雅明文选》，张旭东、王斑译，第270页，北京：三联书店，2008。

在小说的最后，一切归位，生活似乎重归正常，年幼的孩童幻想着有一天到遥远的地方寻找爸爸。但是，那个未来，是否完全摆脱了过去，告别了一切罪恶？是本雅明式的"进步"，还是赫胥黎式的"美丽新世界"？畀愚不置一词，留给读者慢慢思考。贺铸《吴门柳·游仙咏》词云"好月为人重破暝，云头艳艳开金饼"，一切景象都如此完美，但别忘了这首词的起句还有一句"钱湖门外非尘境"。一旦回到现实尘世，红尘滚滚之下，《云头艳》的故事依然没有终结，也不会终结。

[特约编辑：余静如]

太阳透过玻璃

薛 舒

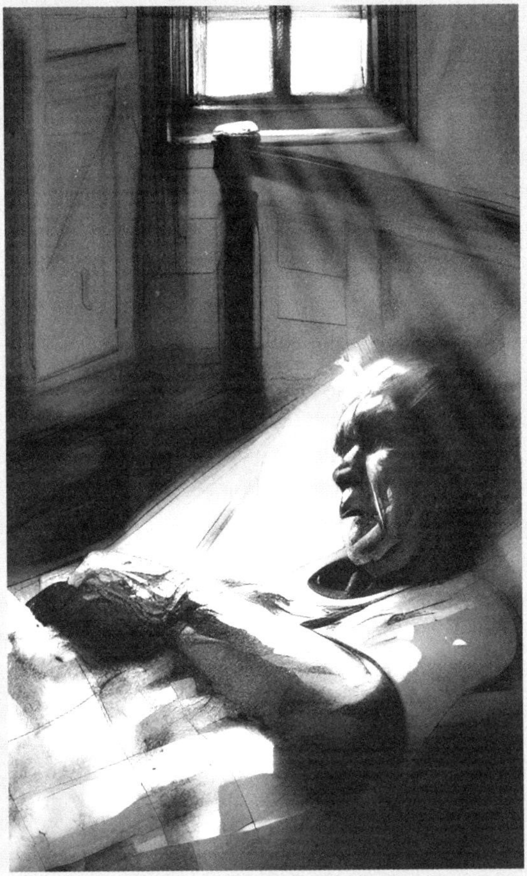

一、他是谁

他躺在离窗户最近的床上，太阳透过玻璃照进来，落在他身上，斑驳的光影几乎晃着我的眼睛。我伸出手，轻轻抚了抚他左脸颊下端的一颗黑痣：爸爸，认识我吗？我是囡嗯（女儿）……他没有回答我，他瞪着眼睛看向窗外，眼球里没有反照出任何景物。窗外没有景物，窗外只是一片茫白的天空。

他在老年病房里住了整整五年，他失智、失能、丑陋、萎靡……他以一具不断散发出败坏气息的躯体的形式存在，像一头受伤的老动物，浑身破碎，奄奄一息。五年中，他的身躯从未离开过床，他全身的肌肤与一张一米宽、两米长的床紧密接触，白色的床单，以及床单上加铺的一层尿垫，成为他的第二或第三层皮肤，属于他自己的原生皮肤不断起屑、糜烂、生出脓疮、结痂、鱼鳞般脱落，然后，竭尽所能地重新生长，机体愈新能力远远赶不上溃败的速度。

他一无所能，不认识任何人，不会说话，更没有能力主宰自己，哪怕换一个躺的姿势。唯一能脱离床的引力的，是他的双腿。在无法动弹的日子里，他拱起膝盖，把被子撑出一个小帐篷。这是他所剩无几的自由，除此以外，便是双手，但是，手的功能只剩下破坏。为了防止他抓自己的尿袋、扯碎绑在身上的尿裤、捞自己的粪便、抠坏自己的脸，护工把他的双手用看护带分别拴在床栏两侧。看护带留出十五厘米左右长度，于是，他的手就拥有了半径十五厘米的自由，他可以挥舞拳头，可以张开手掌拍打病床，围栏被拍得"哐哐"响……

最伶俐活泼的是他的嘴，咿呀呢喃，或者嘶吼啸叫，不知所云，却也不知疲倦。他嗓门很大，声线却并不光滑，像一把带倒刺的锥子，所到之处，把空气刮出毛毛刺刺的碎片。没有人对他空洞的嘶吼和啸叫提出异议，在这里，他不是唯一的噪音制造者。他的病友们，左邻右舍，各自发出属于他们的生命独奏，小声的哼哼、永不停歇的鼾声、痰气深重的呼吸、突如其来的呐喊，以及，不知原由的嚎哭……这些声音，汇合成一支交响乐，终日持续演奏着。问题是，缺少一个指挥，没有人能让他们有序地开始，以及有序地停下。我总是想象，他是这支乐队里的小号手，不时吹出几个音节，高亢、嘹亮，只是演奏水平不够高超，乐器还用旧了，常常破音，或者漏气，不过这也并不能打击到他的自信，在"乐队"里，他是最乐此不疲的小号手。

进食是他最后的智商，喂给他食物，他会张嘴，努动几下腮帮子，一股脑儿地咽下去，一天比一天懒得咀嚼。那些食物，曾经是一个由马蹄碎与肉糜混合而成的肉丸子、一块浓油赤酱的大排骨、一条炸得焦香酥脆的鸡腿，或者青翠碧绿的小青菜，它们有着诱人的香味，葱姜、蚝油、豉汁，它们以色香味俱全的美食的样子被送进病房，但是，当它们即将进入他的嘴巴时，一定被打磨成了一团糨糊，介于白、绿、黄、棕、黑之间，色泽的复杂与不可言说，令人产生来历不明的怀疑。可是，无论如何，他需要吃，于是喂给他，用小汤勺，或者大针筒。糨糊注入他的口腔，就像投进一口昏黑的无底洞，源源不断地进去，一天以后，没有悬念地变成排泄物。

他因此而维持着生命，让他活着是我们的目标。可是，这样活着，有什么意义？

意义，是的，很长一段时间，我一直在思考，活着的意义是什么？活着要有意义，这是我们从小被教育的人生追求，譬如，把爱奉献给他人，把智力与体力贡献给社会与人类，哪怕是一名最普通的劳动者，渺小，却如同长城上的一块无名砖，没有任何人记得，却以螺丝钉的功能存在于一项伟大的工程，于是，它渺小的生命就变得有意义了。

然而，他，对于这世上的任何一切，都不再具备哪怕一丝意义。他不创造价值，他不劳动，他还霸占了至少两个全劳动力，他每天消耗的资源可以养活至少三个贫困地区的孩童，他接纳以及获得别人对他的照顾与奉献，但他不会反哺，不会回馈，不会感恩，因为，他完全忘了自己是谁，过往的一切，在他脑中消隐得极其干净。他像一条鱼，七秒钟的记忆令他的大脑像一块光滑的玻璃，细沙飘落在玻璃上，微风拂过，沙子飞扬而起，玻璃洁净如初。

然而对于我们，似乎，他依然具备活着的意义，他以他的活着，让我们感到自己正被需要，因为他是我们的父亲，我母亲共同生活了五十年的爱人，他与我们有过许许多多共同的时光，我们挽留他，一如挽留属于自己的时光。只是，他好像早已顾不上我们，他要追上他的时光，比赛一般往前飞奔。那些时光不会回来了，他便也把我们丢下，不再回头。而我们，就这么守着他，守着这个失去了所有记忆的人，捍卫着我们自己的记忆。

可是，我们的记忆并不能改变他，安抚他，让他变得健康，我们的记忆只是我们的，不是他的。所以，他这样没有记忆地活着，又有什么意义呢？不明白失去与获得，不爱、不恨、不忧伤、不快乐……可是，谁知道呢？也许他什么都明白，什么都懂得，只不过，他无法让我们知道，他是明白的，他是懂得的。

这就是我的父亲，从七十岁开始患上了阿尔兹海默症。某一天，他失控的大脑自行决定退休，然后，用了三年时间，大脑从指挥官的位置一点点卸任，最后成为一件再也无法修复的"报废"设备。

我清晰地记得他哪一天开始不再认识自己的家，又是在哪一天不再认识我们，他的妻子，他的女儿和儿子，我同样记得，他突然不会走路的那一天来临的时刻。

那天下午，他如同以往任何一天一样在客厅与卧室之间蹒跚移步，没有目标的行动很快使他失去耐心，他忽然让自己席地坐下，沉默着，再不肯起来。他深陷在自己的世界中，垂着眼皮，若有所思，他听不见我们劝他起来的声音，自始至终不屑于看我们一眼。我们动用了两个人，试图让他站起来，他被我们拉着手，臀部却紧紧贴着地板，没有一丝要借力的主动性。我们只能分别夹住他的两条手臂，托住他腋下，用尽全力把他提起来。他被我们牵扯着，终于发出一些如同劳动号子一般的声音，"哎哟嚯""哎哟嚯"，脚上却没有使出一丝力气。他像一个狡猾的孩子，用"哎哟嚯"骗取我们的信心。我们哄他，承诺于他：起来，起来吃蛋糕……他不要蛋糕，他就是不要起来，狡猾的孩子变成了要赖的孩子，他懒得和我们周旋，就那么坐在地板上，无声，目光空洞。最后，我们动用了四个人，把他抬到了床上。

我知道，他不是不愿意站起来，而是，他的大脑再也无法对他的肌体和器官发出

343

有效的指令，他以不配合的姿态宣布，从此以后，他失智与失能的积累达到了质的飞跃。

在这之前一年，我们就开始考察周边的一些养老院和护理院，谁都知道，未来，他一定需要住进那样的地方。只不过那时候，他还能走路，还能自己拿着筷子扒饭吃，尿急时还会提着裤子兜兜转找马桶，还能和我们交谈几句，像两三岁的孩子，鹦鹉学舌，答非所问。他被我们关在家里，无所事事却不忘寻找出路，院门锁住了，他出不去，便在三个房间与一个客厅之间兜圈子。偶尔，进入洗手间，却再也找不到出来的门，四面都是墙壁，他就面对着其中一堵墙，一站就是半天，无声无息，像一个因为老去而思过的浪子。直到母亲找到他，把他拉出卫生间。他不再如发病最初两年那般躁狂、恐惧，他变得越来越温顺。我猜测，他脑库中的记忆已然消失殆尽，再没有令他留恋、追悔、惧怕，以及唯恐失去而挣扎夺取的东西，他正日益变成一具空壳，有血有肉的空壳。

那个周末，我的先生开着车，我们载着父亲和母亲出了门。他问：去哪里？

我说：爸爸，带你出去玩，好不好？

他举起双手，张开巴掌拍起来：好噢好噢！去玩了！哈哈……

他从来不是一个不苟言笑的父亲，他爱笑，大声，豪放，从我有记忆开始，他就是家里的气氛大使。他开母亲的玩笑，与她斗嘴，把母亲逼急了，自己发出一阵"哈哈哈"的大笑，那是他们之间的打情骂俏，并不避讳儿女，他愿意让我们分享他们作为成年夫妻的快乐。他还爱唱歌，家里随时会响起他脱口而出的歌声，他的声带柔韧而灵活，最擅长的是蒙古歌，婉转周折的长调，一开口，余音绕梁。遇到我和弟弟考了好成绩，或者得奖，他会在晚餐的时候给自己倒一杯小酒，嘬一口，咽下，而后抿起嘴，嘴角上翘，薄薄的上唇透出一股笑的意味，很帅的样子，那是他在最自豪与自信的时候的笑。接下去，他的自豪与自信会绽放得更盛大，两杯小酒下肚，他就会发出"哈哈哈"的笑声，为儿女童言无忌的某一句妙言，或者，为我母亲偶尔的幽默细胞，他慷慨地送出喝彩、捧场，以及鼓励。是的，他担负着把家庭气氛搞得更欢乐更活跃的责任，当然，有时候，他也会把气氛搞砸。比如，在我不尽如人意的考试成绩出来的那一天晚上，或者，他被我的班主任告状，有高年级男生给我写信……他不知道如何处理女儿的早恋问题，只能虎着脸，瞪着眼睛，伸出手：把信交出来！

他把那位男生的信收走了，第二天，我在忐忑中度过了整个白天。他会去找那个男生吗？高我两个年级，学生会干部，不高，不帅，却是学霸。他会不会骂他一顿？要是男生犟头倔脑，他会不会出手甩人家一耳光？或者，去找男生的家长理论？也许会争吵起来，相互指责没有教育好儿女，拉上各自的班主任评理……我在想象中预习了一遍丢尽脸的感觉，这让我几乎生出离家出走的念头。

傍晚，他回家了，拎着两条鱼，一颗牛心。那天不是任何节日，可是那天我们家的晚餐比任何节假日丰盛。他还喝了点酒，二锅头，从一个贴着红商标的绿色玻璃瓶里倒出来，续了两次。他像什么事都没发生过一样吃得津津有味，而我，也已沉溺于美餐的享用，甚至忘了至少应该做出一副忐忑不安的样子。

这事儿就这么过去了，而我，一直没敢问他，他是怎么处理那封信的。

多年以后，我已工作，有一次，在公交站排队等车，我前面的年轻人扭头，顿时，我们面面相觑。男生与高中时相比，并没有多大变化，不高，不帅，戴眼镜，腮帮子上留着大片青春痘消逝之后的疤痕。我们上了同一班车，我们聊了不少共同认识的人，以及很多有趣或者无聊的话题。他占据了对话的主动权，语速略快，带有一丝自诩的刻意，是属于年轻人的自大，抑或自卑。从头至尾，我们没有说起那封信的归处与结局，我不问，他也不提。

这是我青春的悬案，破案者是他，唯一的人，我的父亲。然而现在，我已经无法从他口中得到答案。

这会儿，我们正开着车，带着他，我们准备去参观一所养老院，那个地方，也许是他未来的归处，他会带着一个属于我的秘密，在那个地方度过他一无所知的余生吗？可是，他并不知道我们要带他去哪里，我告诉他：爸爸，我们出去玩好不好？

他知道出去玩是一件开心的事，他坐在车里，两只手扶住前排座椅靠背，腰背挺直，身体前倾，迫不及待的样子。可是一分钟不到，他又问：去哪里？

我又说了一遍：带你去玩啊！

他再一次拍巴掌：好噢！去玩了！哈哈……

快乐在他脑中停驻的时间果然短暂到只是几秒钟，从家到养老院，大约三公里，他反复问了多次"去哪里"，多次拍巴掌表示由衷的欢喜。倘若可以一直让他这么快乐，我愿意开着车，带他出去兜风，被他无数次询问"去哪里"，无数次回答他，"带你出去玩"。无数次听他拍着巴掌"哈哈"地笑。

到达养老院，进大门，宽阔的草坪上散落着几栋西式小洋楼，红色外墙，蓝色屋顶，像童话绘本里的房子，可以住白雪公主与七个小矮人。如果不进楼栋，我会怀疑这是一所学费昂贵的高端幼儿园。好吧，让我们进去看看这个童话世界吧，他还能蹒跚走路，他被母亲牵着手，移步进楼。

一位穿淡粉色制服裙的年轻护工抱着一叠白床单从走廊尽头走来，看见我们，知道又有病人和家属来探访咨询，便停住脚步，冲他笑眯眯地问候：你好啊！

他仿佛认识她一般，反应很快地答复：你好！脸上却是一片茫然。他当然不知道这里是养老院，他是来玩的，这个与他打招呼的姑娘，是谁呢？

护工问他：你认识我吗？

他脸上堆起疑惑，嘴里吱吱呜呜，不知所云。护工笑着说：我是你女儿啊！是不是？

他不相信，却也不反驳，只是牵住老伴的手握得更紧一些。

护工又说：到这里来住吧，我照顾你，我陪你，好吗？他依然无语，脸上的表情却从犹疑变得警惕。护工笑了，而后冲我们摆摆手，抱着床单转身离开了。

这是一家标杆养老院，叫浦东新区福利院，位于川沙新镇，环境优美，有着不错的居住和活动条件，护理院分部专门收住失去自理能力的老人。护工的职业素质似乎不错，这让我们稍觉欣慰与信任，况且，这里离家不远，倘若把父亲送来，母亲还可以每天来看看他，陪陪他。

一路走进居住区域，走廊里开始出现白头老人，有的坐在轮椅上，一脸呆滞，或者紧蹙双眉，目光里写满紧张与不信任；有的被护工搀扶着跟跄移动，歪着脖子，佝偻着身躯；有的坐在椅子上，来探望的家属正替老人理发，脖子里缠着围单，张开的嘴角边，口水滴滴答答地淌下来，围单上沾满花白的碎发，以及一摊摊口水渐干的黄斑；更多的老人，躺在走廊两侧的卧室里，有三人间、二人间，也有单人间，看不清被窝深处的脸，只见一床一床隆起的白色被子，被子里，是一具具存活着的肉体，静静地存活着……

他被母亲牵着，一步步走入，那种类似于发霉的宿古气味愈发浓烈，这就是垂老的气息吧？我想。我们停在活动大厅，很快，之前不知藏身于何处的老人们一个个冒了出来，他们发现了陌生人，像蛰居的昆虫，忽然闻出一些外来者入侵他们领地的危险气味，于是从自己的洞穴里蹒跚而出，渐渐地靠近外来者。

没有人与不速之客打招呼，他们默默地聚拢，默默地开始了对外来者的观瞻。我们被那些毫不避讳的直视的目光、好奇的目光、疑惑的目光、敌视的目光、友好的目光，或者没有任何情感色彩的目光包围了起来。不知道为什么，被众多垂老的目光凝视，我忽然生出些许恐惧，仿佛，被他们这么看着，我勉强还算年轻的灵魂就会被一丝丝摄去，不知道哪一个瞬间，我就变成了和他们一样的老人，满头白发、满脸褶皱、目光模糊、一脸蠢相……是的，他们看着我们，每一张脸上都布满了蠢钝的笑容，或者空洞的忧伤。

我退后几步，站到老人们围起来的圈外。他被母亲牵着，依然站在中间，我看着他，以及他们，好像，他天然就是他们这个群体中的一员，一点儿都不显得突兀。

他与他们是同一类人，不得不，我在心里承认，他用与他们相似的容貌、表情、姿势，通过了这群人的面试，他可以进入他们的"合唱团"了，肉体上，以及精神上，他们如出一辙。

活动大厅四周散放着一些崭新的沙发和茶几，坐在沙发上，可以看见宽阔的玻璃墙外绿意葱茏的花园。大厅中间，是一个从地面到天顶的巨大的玻璃鱼缸，上百条红色、黑色、银色的金鱼在与老人们比肩的位置摇头弋尾。鱼缸四周摆着一圈盆栽，玻璃映照下，密密扎扎的绿叶显得格外油亮剔透。

如此众多的动物和植物，生机勃勃着，近乎带着讽刺的意味。可我不得不承认，这里是养老院，这里需要蓬勃的生命，五彩斑斓的花草、郁郁葱葱的树木，以及摇头摆尾的金鱼，它们的存在，也许就是为了遮盖这个拥塞着老人的地方无处不在的迟暮色调，以及掩藏那些与死亡无限接近的气味。

这样的地方不属于我，母亲却喜欢，她叹了一口气，说的却是赞美的话：环境真好，简直无可挑剔。然后，她转过脸，对他说：老薛，以后你就住在这里，好不好？

他似乎听懂了，抬头看向母亲，却不说话。我走到他身旁，在他耳边重复了一遍：爸爸，以后住到这里来，要不要？

他呆怔着，咧了咧嘴，忽然露出一个笑，浅浅的，鼻梁微微皱起，憨厚，不知所措。接下去，他竟让这个笑在脸上保持了十秒钟。自从他患了阿尔兹海默症，他的任何表情，都是瞬间即逝的，而这个不知所措的笑容，却在他脸上停住了。

忽然一阵心酸。这是一个什么样的笑

啊！我的父亲，他笑起来应该是"哈哈哈"的，或者，抿着嘴，嘴角上翘，薄薄的上唇透出笑的意味，那是他在最自豪、最自信的时候的笑。可是，这个十秒钟的笑，却是我从未见过的笑，尴尬、不甘、讨好、祈求……

他不愿意住在这里，我确定，可他无法说出自己的想法，他只能用一个笑来表达他的不同意见，卑微到可怜的笑。让我想想，他年轻的时候，或者，还未病发的时候，是如何表达他的不同意见的？譬如，他对子女的择偶或者择业有不同意见时，他的确会笑，无声的微笑，撇撇嘴，带着一丝大人不记小人过的宽容；或者，含着一层"再考虑考虑"的意思，不强求的、委婉的笑。是的，他是一个开明的父亲，没有"老子天下第一"的自我定位，但他也不会低声下气，顶多，他笑笑，这笑里，包含的意思只是"你有权选择你的人生，我有权保留我的意见"，这样的方式，令我确定他是自信的，同时，他信任他的孩子。

然而现在，他的笑，却显得无奈而又无助，他仿佛知道自己将被"遗弃"，他将被迫离开家，在这个陌生的地方孤独地生活，于是，他对着他的妻子和孩子，发出了祈求的笑。

母亲看见他这样笑着，顿时就红了眼圈，她牵起他的手，拉住他，慌忙往走廊另一头碎步而去，仿佛急于逃离，嘴里念叨着：好好，我们不住这里，我们回家！

他本是木然中带着尴尬的脸色忽地一松，随即跟着喊起来：回家喽，回家喽！

终于明白，出去玩使他快乐，回家使他更快乐。他被母亲牵着往大楼门口走去，脚步甚而带着意欲跳跃起来的轻盈。他无法让自己跳起来，可我还是看出来，他雀跃了几步，或者，那只是我的想象。

我们没有再动过要让他住养老院的念头，只要他还能走动，还能端起碗往嘴里扒饭，尿急时还能兜兜转着找马桶，我们就不送他去养老院。就这样，一年很快过去了，他终于不能走动，不会端起碗往嘴里扒饭了。他也再找不到马桶在哪里，他走在卧室、厨房，或者客厅，他想象中的马桶需要出现，便出现在他眼前，整个家的任何角落，随时可以成为他的游乐场、厕所、沙滩、浴缸、床铺……家里成了战场，随时需要换床单、拖地板、清洗衣物，擤着鼻子到处追闻哪里传来的尿骚味儿……母亲痛心疾首：老薛啊！求求你了，大小便要喊我，你为什么不喊？和你说了多少次，你怎么记不住？你像个白痴啊！

他看着她，一脸无辜，没有羞愧，也没有愤怒。他不是像白痴，而是，真正的白痴。这不是他自愿的，他没有错，我们都知道，可是我们依然无法原谅他自说自话地变成了一个白痴。

你太自私了！母亲恨恨地对他说，而后强行拉着他进浴室，打开淋浴器，与他一起站在喷头下，洗干净他，替他穿戴整齐，自己浑身湿淋淋地扶着他，送他出浴室，而后，由我看着他，她再进浴室，清洗自己……

终于到了这一天，他不再愿意双脚着地，他不肯再挪动哪怕一步。我们把他安顿在轮椅上，他整个身躯自动下滑，直至滑到地上。他只能躺在床上，并且，我们无法再拉他起来，他的肢体放弃了主动出击的生命运动。一度，我们感到了轻松，因为无需再跟着他到处跑，无需监督他是否随地大小便，无需担心他是否又去拧开煤气灶或者按下房内的红色紧急救援按钮。

他变成了婴儿，出生几个月，连翻身都不会，随我们摆布的婴儿。

然而，他可没那么容易被摆布，他需要穿上成人尿不湿，他还需要洗脸、洗脚、洗澡，他更需要频繁翻身，因为，长期与床垫压迫的皮肤已经有了溃烂的趋势，褥疮开始侵袭他的臀部和大腿根……他压根不是一个婴儿，他有一百四十多斤，每一次搬动他的身躯，就是一次翻天覆地的垦荒。他开始莫名发烧，家里充满了屎尿气息，想给他晒一次太阳，成了世上最难的事……要怎么做，才能让他继续洁净地活着？

送他去养老院的日子，就这么逼迫而来了，这一天总归要来的，我们都知道。于是，我们开始寻找一处可以收留他的地方，是寻找，不是考察。

二、七号床

1. 卫生院

爸爸，吃苹果了！我端着一杯刚用粉碎机打好的果泥，舀出一小勺，金属汤匙触碰到他的嘴唇，他立即张嘴，吞下。在我还没有把第二勺送到他嘴边时，他再次张开了嘴，像一只嗷嗷待哺的垂老的稚雀。

他用他洞开的口腔告诉我，他还知道进食。"爸爸，这么乖啊！"我把第二勺果泥送进他嘴里。他在吞咽，嗓子眼里发出"咕"的一声，咽下去的同时，他抬起眼皮看我，好像要与我对视。进食使他安静，脸上没有扭曲的怪异表情，甚至，还带着一丝真诚的意味，感激，抑或欣慰？其实，这只是我的想象，我知道，他看不见我，看不见所有人，在他眼里，我们都是面目模糊的陌生人。

他终于住进了医院，现在他的代号是"七号床"。

"七号床"是一个新的称谓，他听不懂，他连自己的名字都不记得，也不记得除了名字以外的另一些称谓，比如他的妻子叫他"老头子"，他的儿子和女儿叫他"爸爸"，他的外孙管他叫"外公"，还有他的老朋友、老同事，他们叫他"老薛"，以及很久很久以前，老家的长辈，叫他"阿富"……他的目光始终涣散，没有聚焦点，来探望他的人呼唤他，他大多时候保持沉默，偶尔，发出没有意义的三个字，"哎哟噻"。他的语言功能退化到只剩下这三个字，"哎哟噻"成为他应对一切的语言。

这是他患上阿尔兹海默病的第三个年头，2015年的春天正喧喧嚷嚷地赶来。

三年前，也是这个季节，他开始发病。正是春暖花开的时候，院子里一棵十岁树龄的黄杏满头满脑地开出了一树粉白花，他从沙洲老家带回的一棵樱桃树苗刚栽下一年，第一缕春风拂过，还未茂盛起来的疏朗枝条上冒出了嫩绿中带水红的芽尖。天光下的万物都在春天的暖风中苏醒过来，他却在屋檐下的笼罩下进入记忆的隆冬。那段日子，他时刻处于狂躁、怀疑、惊惧中，他像疯子一样折磨我们，而我们必须呵护他，像呵护一个孩子。可他不是孩子，他没有像孩子一样给我们带来希望，他不会成长，更不会进步，他已进入生命的退化阶段。

三年过去了，樱桃树学会了开花，也许今年能挂果。只是，病发初期亲手种下樱桃树的他，早已不记得家在何方，他也看不见樱桃树开花、结果了，因为，他住进了医院。

是的，他离开生活了二十多年的那所

348

房子，离开了他的家，他被我们送去了十公里外的一所小镇医院。这种医院，过去叫卫生院，现在，叫"社区卫生服务中心"，在市区，人们把这种级别的医院，叫地段医院。这里是城市医疗与养老谱系中，触角深至最底层、最遥远的地方，因为是医院，除了护工费与伙食费，最基础的住院、治疗及用药可以使用医保。这是母亲的决定，她在替他考量未来去处时，总是把可以使用医保列为必要条件。她说，倘若老头子知道，肯定不同意我们送他去那种一个月就要花上万元的护理院。

他的确没有创造任何价值的能力了，但他不希望拖累子女，所以，"花在他身上的钱，不能超过国家给他的退休金。"母亲这么说的时候，语气肯定，表情坚定，仿佛这是昨晚父亲在枕边对她的交代，作为养活自己的定额，退休金成为一个标准。

母亲早已打听清楚周边社区卫生服务中心的收费标准，住院及医疗费每月起底三千元，倘若疾病缠身，需要经常检查、用药、挂水，就要七、八千元，再加每天六十八元的护工费，月平均两千元，总费用大约在五千元到一万元不等。然而，倘若使用医保，社区卫生服务中心这样的一级医院，住院及医疗费用只需自付10%。如此，按平均数算，总费用在三千五百元左右。这是一个完美的数字，更是一个完美的去处，对于父亲而言。因为那一年，父亲的退休金刚及四千元。

很幸运，在需要一所医院收留他的时候，我想到了我的小学同学丁小丁，一名小镇卫生院的五官科医生。

卫生院，姑且让我这么称呼它吧，这种古老的叫法，加剧了我童年记忆中恐怖与幸福的印象。打针的疼痛和来苏尔消毒药水的专业气味总是让童年的我心怀恐惧，因为生病而获得的苹果和蛋糕却总是令我神往。那时候，小孩发痧子、种牛痘、打针、挖疔疮、打蛔虫、拔牙、补牙、开麦粒肿，都去卫生院，甚至女人生孩子，去的也是卫生院。有的卫生院里驻扎着一名世袭中医，或者某位下放的骨科大夫、外科医生，方圆周边有人骨折了、阑尾炎了，也会去卫生院接骨、开刀。那时候的卫生院，远比现在重要，人们一旦生病，首先想到的是去卫生院，很少有人会选择百十公里外的大医院，因为路途遥远、交通不便，况且卫生院什么都有，门诊、急诊、注射室、化验室、手术室、住院部，一应俱全，甚至，还有太平间。

小学三年级的暑假，某日午后，街上忽然涌来一群人，他们抬着一块褐色的门板，门板上躺着一具碎花衬衣的躯体，他们从百货店、五金店、杂货店、生产资料店门口呼啸而过。人群中不乏兴致勃勃的跟随者，也有几个一路奔跑着哭泣的人，其中有我的好朋友丁小丁，她矮于普通三年级学生的身量让她几乎被淹没，但我还是听见了她巨大的哭声，以及语焉不详的喊叫。我跟随着人群追去，一边追，一边喊：丁小丁——

人们涌进卫生院，抬人的男人被轰了出来，诊室的门关上了，所有人都挤在走廊里。我找到靠在墙角边的丁小丁：你怎么了？

她看了我一眼，没理我，已经闭上的嘴巴再次张开，哭声从她扁而阔的嘴里涌出，伴随着周围浓烈的药水味儿，弥漫了整个急诊区。她哭得很用力，脸涨得通红，圆脸被揉皱，像一颗红色的核桃，这使她变得很难看，当然，她本来就不好看。不过,她被老师表扬过小巧玲珑,在我们学到这个成语的时候,老师指着她举例:丁小丁是一个小巧玲珑的同学。那时候,我带着些许羡慕与嫉妒,心里暗暗责怪母亲把我生得这般高大,排座位永远是倒数第二排……可我还是和丁小丁成了朋友,因为,在六一儿童节的游园推荐中,她举荐了我。全班同学,只能去一半,车坐不下,老师说,小朋友们举手推荐,你觉得谁可以去?丁小丁举起了手,我听见她提到了我的名字,理由是,"薛许"好。于是我也举起手,投桃报李地推荐了她,我的理由与她一样:因为丁小丁好。

那时候,我们上课发言不讲普通话,我的名字,用浦东方言念来,就是"薛许"。我和丁小丁的默契就此达成,虽然我们的理由听起来愚蠢而空洞,但我们都觉得,"好"这个字,足以相互成就。我们都很好,虽然,我们俩谁都不知道,我们到底好在哪里。

我们成了好朋友,而我们几乎没有共同点,我高大,她矮小;我白皙,她黝黑;我是家里的老大,下面有一个弟弟,她是家里的老小,上面有一个姐姐和一个哥哥……我带着良好的自我感觉,默默地对照着我们之间的异同,我惊异地发现,我和她之间甚至没有一处相似的地方。这让我怀疑,我们是不是适合成为好朋友?然而,有一天,丁小丁突然对我说:我不喜欢我的名字,这个名字听起来不像女孩。

我终于找到了我们的共同点,我也不喜欢我的名字,并且,我们不喜欢自己的名字的理由是一样的。丁小丁说:我喜欢我姐姐的名字,她叫丁月萍,要是没有我姐姐,这个名字就应该是我的。她这么说的时候,几乎有些怨恨她的姐姐,姐姐抢先出生,把原本属于丁小丁的名字夺走了。

我只有一个弟弟,没有姐姐或妹妹,家里没有一个现成的属于女孩的名字被我取用,我只能无数次翻阅《新华字典》,找出很多个描述漂亮、曼妙、飒爽、美好的女性的字眼,终于,我找到了一个令自己满意的名字。我告诉丁小丁,我改名字啦,以后你就叫我"薛秀英"吧。丁小丁表示了隆重的惊喜和赞同,她跳起来,高喊一声:太好了!

是的,"薛秀英"比"薛许"像女孩多了,"丁月萍"也远比"丁小丁"更适合做女孩的名字。从那以后,我和丁小丁之间有了一个彼此欣赏的共同点,我愿意叫自己"薛秀英",她愿意叫自己"丁月萍"。于是,我们的友谊变得更牢固了。

但是这一天,在卫生院的走廊里,丁小丁哭得很专注,从头到尾没有理我,似乎,我们的友谊在一场我还未曾了解真相的灾祸面前变得不可靠。我猜测,那具被一路抬到卫生院、此刻正关在诊室里被治疗的碎花衬衣的躯体,与丁小丁密切相关。我问:是你妈妈吗?

她还是不理我,只盯着诊室的方向执着地哭泣。仿佛过了一个世纪,诊室的门终于开了,丁小丁突然往后退了一步,瘦小的身躯紧缩到我身后。一位男医生走出来,白大褂上缀着新鲜的黄褐色污渍:没抢救过来,人没了……家属呢?送太平间吧。

几个成年人哭喊着冲进诊室,丁小丁却没有跟进去,她依然躲在我身后,连哭泣都忘了。她的退缩令我感到了真实的恐惧,而恐惧,让我忽然变得残忍和决绝。我一把推开缩在身后的丁小丁,拔腿往外跑去,我冲出急诊室走廊,冲出医院,哭声离我越来越远，卫生院的大门被我甩在身后，生产资料店、杂货店、五金店、百货店从我身侧闪掠而过，与此同时，"太平间"这个词汇，在我脑中不断地翻飞。

那是我人生第一次见证医院与死亡的关系，在我十岁的童年。

第二天，消息传遍全镇，丁家大女儿丁月萍喝"乐果"死了，自杀。初中一年级少女用蹩脚的文字留下一封遗书，写在一张从练习本里撕下来的纸上："你们喜欢妹妹，要我来干吗？我切萝卜，切肉，做饭，洗衣服，我吃不到肉，我吃萝卜，我是错的，挨打的总是我……"她不是一个优等生，她的作文肯定很差，可她还是写出了对自己存在于人间的困惑。

丁月萍的遗书让我产生了些许代入感，作为非独生子女家庭中的老大，我仿佛经历了与她一样的委屈与牺牲。虽然，我的父母不曾独独让我挨打。小学三年级的我还未曾尝试过用一把巨大的菜刀去切萝卜、切肉，我只学会了洗自己的手绢和袜子，还有，依着母亲的嘱咐，在煤饼炉前盯着粥锅，等待沸腾。当粘稠的白色粥沫顶开锅盖的一刹那，我立即掀开盖子，让敞着盖子的粥锅继续在炉子上炖着，然后拔腿奔出门，加入场地上玩耍的小伙伴。我也从来不曾被限制吃肉，大排骨或者狮子头，总是和弟弟一人一份，可是我不知道，倘若碗里只剩下一块肉的话，这块肉会不会不属于我？我努力回忆，却不记得是否和弟弟抢过最后一块肉。当然，我深深地记得那一幕幕令我气愤的情景，譬如，我和弟弟闹矛盾，发生纠纷，父母永远只对吵架或者打架这种不文明的表象给予我们各打五十大板的惩罚，他们不愿意倾听吵架或打架背后的原因，他们惩罚参与纠纷的所有人，他们不分青红皂白的态度和处理方式让我倍感委屈，名义上的惩罚变成了实质上的镇压，他们的目的不是讲理，而是，让家里归复平静……这一切，成了我作为老大在家里受苦受难的证据，于是，我终是认为弟弟比我更得父母的宠爱，虽然，我并不十分肯定这个结论的可靠性。有一段时间，我总是耿耿于怀，我认为我的弟弟欠我一个道歉，为了他，我受了很多委屈，等他长大后，他应该偿还我，我要屈辱而又倔强地活下去，等着他给我道歉的那一天到来……

长大后，我没有向弟弟索要"道歉"，我为童年的自己觉得可笑。我和弟弟，我们关系密切，感情深厚，我很庆幸，我倔犟地长成了一个成熟的人。然而，丁月萍没有像我一样"屈辱"而又"倔犟"地活下去，她的生命，停止在初中二年级的少女时代，也许是那一日，他们家碗里的最后一块肉压死了她。我不知道丁小丁是否会愧疚，她的姐姐死了，死因牵涉父母分配给她的爱多于给姐姐的。可是姐姐霸占了那个好听的名字，而她，只能拥有一个不像女孩的潦草的名字。这么想的时候，我有些不知所措，不知道该同情丁月萍，还是该理解丁小丁。

"乐果"，是丁小丁的爸爸从厂里带回家的，一瓶浅棕色乳剂，有白色结晶，以及樟脑气味，他试图用它毒杀出没家中的蟑螂。这是当年我所能知晓的全部信息，让我心生奇异联想的是"乐果"这个名字，虽然它是一种毒药，可它拥有一个可爱而又充满动画色彩的名字——"乐果"，为什么？是因为喝了它，人就会升入那个只有快乐没有忧愁的极乐世界吗？

当然不是，它只是一种为果树除害虫

的农药,"乐果"的意义,并非在于毒杀人类。多年以后,我才知道,乐果是一种高效广谱具有触杀性和内吸性的杀虫杀螨剂,杀虫范围广,能防治蚜虫、红蜘蛛、潜叶蝇、蓟马、果实蝇、叶蜂、飞虱、叶蝉、介壳虫……

一个月后,暑假的末尾,我被母亲押着去她的单位。离开学只剩下一个星期,我的暑假作业却还剩下一半没完成,她要全程监督我补作业。母亲是一家烟糖杂货批发部的会计,那一日,我在她"噼里啪啦"的算盘声中写了很久很久作业,我的鼻息里充满了香烟、肥皂、草纸、糖果的混合气味,我低着头,假装思考,胡乱涂写。不知过了多久,忽然听见有人喊我:薛许!我抬头,是丁小丁。

丁小丁穿着一件红花衬衣,显然是新的,没有一丝皱纹,却不合身,袖口淹没了手掌,下摆长及膝盖。她穿着长褂般的红花衬衣,像一个成年妇女一样,用她脱颖而出的胯骨倚靠在母亲办公室的门框边,抬着下巴看着我,眼光殷切。

我几乎雀跃而起,却在眼角的余光里看见母亲紧皱的眉头。理智压倒了冲动,我重新坐定,脑中忽然闪过那段与"卫生院"、"太平间"、"乐果"相关的不远往事,恐惧再次笼罩。我惶惶地低下头,佯装继续补作业,没有理睬丁小丁。可是我又很想对她说:你看你,怎么又忘了,你应该叫我薛秀英,而不是薛许,我俩说好的……我还想对她说:现在你可不可以叫丁月萍了?那个和你抢名字的人,再也用不上这个名字了……

我什么都没说,只是低着头补作业,任凭她落寞地靠在门框边。大约终于不再对我抱希望,十分钟后,丁小丁默默地走了,没有和我说再见。我抬起眼皮看门框外越来越小的背影,长褂般的红花衬衣在烈日下闪耀着新衣特有的光芒,隆重的、刻意的、土里土气的光芒。

这件红花衬衣,如果穿在丁月萍身上,应该更合适,我想。

那以后,我与丁小丁再无交集,虽然我们还是住在同一个小镇上,我们也在同一所小学的同一个班里念书,但我的记忆却对此后有关丁小丁的一切并无刻录,我想不起来丁小丁有没有和我一起升入我们镇上的那所中学,也不记得初中毕业后,她有没有和我上了同一所高中。我把她忘了,不知道是因为恐惧,还是作为一个孩子来自人之初的天然"势利"?

很多年过去后,有一次,我回我的童年小镇参加一位远房亲戚的婚礼,在男方的迎亲队伍里,我看见了丁小丁。是她先认出了我,她拨开人群,大步向我直冲而来:薛许——我注意到她宽壮的胯骨,这让我想起多年前那个暑假的尾声,她穿着一件长过膝盖的红花衬衣,初露端倪的女性胯骨靠在烟糖批发部的门框上,她抬起下巴,殷切地看着我:薛许——

我们重聚了,二十年后的这一天。我们开始了热烈的交谈,竟没有隔阂。她告诉我,她已经是一对双胞胎女儿的妈妈,她还向我介绍了她的丈夫,拐弯抹角一路追踪,我们惊喜地发现,她的丈夫竟是我外婆的干儿子。那么,我岂不是要叫你"舅妈"?我问她。她哈哈大笑,笑声巨大到恨不得掀翻屋顶。

当然,她还是丁小丁,黝黑,带点土气,成年的她不再"小巧玲珑",个子却照旧矮,大约一米五十出头。她没有变得比小时候哪怕漂亮一点点,可她看起来快乐、活泼，时不时地发出一串串笑声。说话的时候，她始终看着我，专注、礼貌，我猜测，她现在过得不错。果然，她说她在镇上的卫生院工作，五官科，医生。

就是那所卫生院吧？多年前的某个夏日午后，丁月萍的生命终止于此。现在，她的妹妹丁小丁成了一名医生，她每天在那里上班。那所卫生院，让童年的我第一次对死亡有了确切的印象。

与丁小丁的相遇，只是一场偶然的邂逅，似乎，我们谁都不认为往后我们还需要相互联络。又是很多年过去了，因为患病的父亲需要住院，我终于又想起了丁小丁，在小镇卫生院里当医生的我的小学同学。

我决定去找外婆，因为她的干儿子是丁小丁的丈夫。我心下思忖，这一脉并不算亲戚的遥远的亲戚关系，应该比我与她同过学更有效。

2. 丁医生

五官科医生丁小丁一上班就接待了四位病人，第一位中年妇女，来配鼻炎滴液，显然她与丁医生相熟，除了病情细节、用药注意事项，她们还交谈了甚多题外话，譬如街上的"新潮"鞋城要拆了，在大甩卖，一双蓝棠皮鞋才三十元……

第二位，是一个五十多岁的男人，梳大背头，穿棕色皮风衣，进来就说已经在仁济医院看过病，是中耳炎，来卫生院就是配个消炎药水，说着拿出一张单子，上面写着药名。为什么来卫生院配药？便宜啊！这种药，在三级医院是十块九，在这里七块八。肯定是中耳炎，我连襟是仁济医院的医生，我找他看的病，不会错，你给我配药就行了，不用检查……皮夹克男人对廉价的卫生院的态度仿如淘宝，去名品店逛一圈，拍照，记下款式型号，花更少的钱上淘宝购买。

第三个病人，是一位七十多岁的老太太，戴着绒线帽，捂着眼睛，被家人扶着进入诊室。家人说，老太太眼睛里进了沙，他们帮着吹，好像吹掉了，也好像没吹掉，总之，眼睛又红又痛。丁医生拿两根手指拨开老太太松弛得如同穿久了的袜子一样的眼皮，检查了一番，说已经没沙子了，滴三天眼药水就能好，然后给病人开了两种眼药水。老太太的家人问：为啥是两种？不甚信任的表情。丁医生垂着眼皮，沉着回答：一种消炎，一种抗过敏。

接着来了一个小伙子，隔夜吃鱼，鱼刺卡在喉咙里，梗了一夜。丁医生的技术不错，一把镊子探进病人大张的嘴巴，瞬间，小伙子干呕了两声，镊子退出口腔，尖上夹着一丝透明针样物，带着粘稠的唾液。小伙子又试着吞了一下口水，好了，完全没事了，药也不用配，高高兴兴地走了。

早上刚开诊，病人一窝蜂地来，看完这一波，丁医生就空闲下来，要么在五官科门诊室里闲坐，要么与隔壁的医生护士聊聊天，有时候，与她那两个已经上大学的双胞胎女儿聊一会儿视频。也有忙碌的时候，比如今天，除了接待门诊病人，她还要去帮干娘的女婿办理入院的诸多事宜。

前些日子，干娘忽然造访，干娘挂着拐杖站在五官科诊室门口喊：三囡。

"三囡"抬头：咦，寄妈，你怎么来了？

浦东人把干娘叫"寄妈"。"三囡"是丁医生的乳名，小镇弹丸之地，认识丁医生的长辈甚多，都叫她"三囡"。这是一个残酷的乳名，它反复提醒着人们，她的原生家庭应该有三个孩子，只不过其中一个已在三十多年前那个惨烈的夏日午后自行消失。

干娘说：三囡你忙不忙？我有件事体与你商量……干娘已经八十七岁，身体还算健朗，干娘每天都要跑一趟卫生院，因为，干爹在住院部一躺就是两年，从八十六岁躺到如今的八十八岁。脑出血，命救了回来，人却瘫在了床上，虽说子女有七个，但个个都有更要紧的事做，上班的、带孙子的、做生意的、炒股票的，没人能全天候守在他身边。好在有这一家卫生院住着，每天的吃喝拉撒都由护工打理。

如今的卫生院，与过去相比，功能发生了很大的变化。因为交通的愈发便利，人们一旦患病，都选择条件更好、水平更高的二级、三级医院，只要坐上半小时、二十分钟的公交车或地铁，就可以到达浦东新区人民医院、东方医院、仁济医院。这些年，几乎家家都有车了，去华山医院、瑞金医院、中山医院，都是一小时之内的路程，找大医院的专家看病，毕竟使人放心。如此一来，小镇卫生院，特别是门诊部，近乎到了门可罗雀的地步。这里接待的病人，都是周边还未完全脱离农村进入城市生活的乡人，或者，外来务工的农民工。相对门诊部的萧条，住院部却成了"吃香"的地方，住在这里的病人，几乎全是老年人。

我曾经查阅过一份《上海市养老服务市场研究报告》，文中提到，截至2019年12月，上海全市户籍人口中，60岁及以上老年人口有518.12万人，占总人口的35.2%。同年，上海市养老机构总床位数量为15.16万张，以此计算，每千名老年人口拥有养老床位约为29.26张。在老龄化趋势显然的大都市，纵观全市近400家条件较好的养老院，内设门诊部和卫生所的养老机构不到5%，内设医务室的养老机构也仅有30%左右。对于失去生活自理能力的老人而言，卫生院成了最佳去处，一则，它远低于二级和三级医院的医疗费用，最大限度地降低了老年人口家庭的经济压力；二则，它兼具医疗和护理双重功能，"医养结合"的条件优于大多数社会福利院与护理院。

丁小丁所在的小镇卫生院，全名叫"曹镇社区卫生服务中心"。住院部总共二十六张病床，躺在床上的病人，几乎全是等待着生命最后归期的老人，有的因为中风、脑溢血而导致瘫痪，也有阿尔兹海默症病人，生活不能自理，家中又缺人手护理照顾，还有少数癌症晚期病人，因为年龄过大或身体无力承受手术和化疗，便住在卫生院进行姑息治疗。老人住进这里，短则几个月，长则几年，直至临终。如此，病床的更新便十分缓慢，住在医院里的二十六个病人的身后，有着三十个、五十个排队等候的老人。

此刻，五官科门诊室里没有病人，干娘便坐在就诊患者专座上，与丁医生聊起了家常，七拐八弯地聊了一大圈，足足十五分钟，终于绕到目的地：三囡，今天寻你，是为我家的大女婿，这么聪明的人，痴呆了，我的大女儿，就是你桂娟大阿姐，实在伺候不动他，想请你帮帮忙，在卫生院挂个号，留个床位……

干娘还不习惯把"卫生院"叫"社区卫生服务中心"，干娘所说的"床位"，便是很多很多老年人理想的安身之处。可是，等待一张床位空出来，不如说是等待死神的一次降临。干爹的护工小张就说过："你们早怎么没来登记？年前十八床刚升天。"

干爹当年住院没有找三囡帮忙，只因为卫生院的住院部刚开出新装修的一层楼面，二十六张病床还没住满病人，干爹很顺利地住了进去，病房还是儿女们替他选的，朝南的一个三人间。干爹住进去一个月后，空床位就没有了，病人住得"扑扑满"，登记挂号的老人更是排起了长队。现在，干娘的女婿要住进来，干娘就只好来找丁小丁了……

一个月后的某一天，正在上班中，我接到了外婆的电话：快来，有床位了，三囡说，今天要把入院手续办好，床位空在那里会被人投诉，多少人等着住院啊！现在就过来……

我把手头的工作交给同事，立即往浦东赶去。我的父亲，他正躺在家中的床上，母亲为了照顾他，老腰已经直不起来，满头白发没时间去染黑，三年来，她几乎没逛过街，没进过理发店，没去餐馆吃过一次饭，没离开过他一分钟……他离不开她，她因此而失去自由。卫生院里的一席之地是多么重要啊！一米宽，两米长的一张床，既是解放了母亲，也是解放了我，更是他活下去，哪怕是没有记忆甚至没有意识地活下去的条件。

到达曹镇社区卫生服务中心，在丁小丁医生的带领下，我很快为父亲办理了入院手续，只等明天一早叫120救护车把他送来。

很久没有见到丁小丁了，上一次是在十五年前，同学的婚礼上。这一回见面，我们似乎都变得矜持了几许，除了客套和寒暄，我竟找不到可以与丁小丁攀谈的话题，幸好外婆在，才没有冷场。我的脸上除了持续堆起疲劳的微笑，完全不知道该用什么表情才能掩饰我内心的不安。是的，她是我的小学同学，可是四十年间，我们只见过一次，今天是第二次。我身上的所有细胞都充满了不安，腆下脸来求人的不安，怕遭遇冷落的不安，担心自己不够周到的不安……

办完入院手续，我和外婆一起到丁小丁的五官科门诊室里坐了一会儿，没有病人，丁小丁一个劲儿地和外婆说话：寄妈，你们把寄爹照顾得太好啦！昨天我去病房看寄爹，查房医生说，这个病人一时还死不了呢，看他脸色红润润的，除了不懂事，别的都好……

外婆只是笑。丁小丁继续说：寄爹胃口也好，吃得下，人都胖了，他的主治医生也说了，这个病人，一年里面是不会死的……

外婆还是笑，白皙的老脸开始浮出暗红。丁小丁用兴奋的语调反复说着"死"啊"死"的，死亡从这个热心肠的中年女医生嘴里说出来，变成了一个喜感的词。她让我一再确信，父亲能住进卫生院，该是一件值得庆贺的"喜事"。

3. 入院

早晨七点半，中环高架，120救护车正缓慢移动着它方形的车身，我开着我的越野车紧随其后，与它保持着极限的车距。正是早高峰时段，高架上拥堵不堪，泥浆般的车流中，画着红十字的方形急救车像一个慢性子的胖子，笨拙而又迟钝。

他就在那辆开得并不着急的急救车里，以躺在担架上的方式，母亲陪着他。我的车上没有别人，后备箱里堆着他的衣物、专用被褥、防褥疮气垫床，以及好几箱尿垫、纸尿裤、脸盆、毛巾……

过隧道，上立交，过张江高科技园区，那片科技感十足的黄色和灰色楼群，其中有一栋，楼顶上矗着一对雕塑，我私下里把它叫做"谈恋爱的年轻人"。他们坐在楼顶边缘，与真人一般大，四条腿悬挂在楼墙外，浪漫而又危险。男孩搂着女孩的肩膀，女孩穿着红裙子，她低头靠向男孩，长发挡住她的一侧面孔。他们正在说情话，垂着眼皮，甜蜜、幸福，旁若无人。以往，开过这个路段，我总要多看一眼那对雕塑，他们在高科技园区的上空谈着地久天长的恋爱，每一分钟，他们都被途经中环高架的车辆观瞻，他们让我想到未来，心里便有几分抒情与感叹溢出，于是，莫名地，一边开着车，一边感动着自己。

然而今天，我却无暇欣赏那对谈恋爱的青年，我看见他们了，便知道，离目的地不远了。过了高峰路段，不再堵车，白色急救车终于开出了急迫的样子，快速、灵活，左冲右突。下高架，一个拐弯，再一个拐弯，林荫路边的大铁门显现，门边挂着铭牌：曹镇社区卫生服务中心。急救车一个拐弯，开进了大门。

他被急救员抬下车，担架下支起四个轮子，我们推着他往住院部快速靠近，昨天我已办过入院手续，走廊深处的第二间病房，进门第一张床，就是这里，我指着床位对母亲说。小张、小魏、小彭、小兰，还有小丁，所有护工闻声而动，一拥而上。她们把他从担架上抬起来，他配合着她们，挥舞着双手大声喊号子，如同歌唱一般，"哎哟嘞"、"哎哟嘞"……然后，他被她们扔在了那张珍贵无比的床上。身体接触到床的一刹那，他怔住了，表情开始凝固。护工小彭抓住他的手往被窝里塞，他大约感觉到了不妙，也许是发现自由正在失去，

危机感迫近，恐慌感来临，劳动号子的歌唱戛然而止，表情越来越紧张，而后，突然举起右手，挥拳击打靠他最近的那个人。小彭笑着用她阜阳口音的普通话说：你还有力气打我啊？你还能了你？

他愤怒的眼睛瞪得极大，咬牙切齿，他要用一己之力与剥夺他自由的人搏斗，他不甘被困，他发出巨大的叫声，不是"哎哟嘞"，而是音节混乱的号叫。直到母亲握住他的手，柔声安抚：老薛，我在呢，我在这里，不害怕，我们不怕……他终于不再挣扎，手脚松软下来。"哎哟嘞"，他说，眼睛看向她，他的老伴，我的母亲，竟是凝视。

好了，七号床，从现在开始，这是他的代号，插在床头的病历卡上写着：薛金富，73岁，阿尔兹海默症、失智、失能……终于有一所医院接收了他，我像一个无力养育孩子的母亲，终于找到了一户愿意收留我的孩子的家庭，忽觉如释重负，以及浓烈的、无以复加的歉疚。而他，经历了一番亢奋挣扎，已经累得昏昏欲睡。

丁小丁来了，穿着白大褂，从走廊另一头旋风般刮来，像一个刚收割完粮食的干练的农民。她脖子里没有挂听诊器，她黝黑的肤色使身上专属医生的白大褂失去了应有的职业感，她宽壮的胯骨又使她的气质愈发接近一个健康的饲养员。可她的确是一名医生，虽然她长得不像医生，可她令我感到放心。

丁小丁走进病房，冲着我的母亲喊了一声"阿姐"。母亲喏喏着感谢她，她却一挥手，"自家人，客气啥。"

我把丁小丁拉出病房，摸出早已准备好的两张购物卡：不晓得怎么感谢你，这个，回去给孩子买点零食……我真诚地说

着令我鄙视的客套话，并且意欲把购物卡塞进她白大褂口袋里，脑中却一丝都想不起来，她的双胞胎女儿已经上了大学，我的客套话除了虚假，更显得不合时宜。可是丁小丁的注意力并不在此，她开始与我推让那两张购物卡，用力极大，捏住我的手，把我逼到墙角，最后一把推开我：薛许，我们是什么关系？你给我来这一套，好了好了，我还要上班，不和你搞了！

她丢下我，扭过身，朝走廊另一头飞扑而去，极快的速度令白大褂的下摆翻飞而起，这使她像一个得道的侠客，怀着一身武艺绝尘而去。

依着护工的提示，我去镇上的超市购买了接尿用的大号保鲜袋、家用粉碎机、水果刀、密胺饭盒、水杯、汤匙、吸管……终于安顿好了父亲，母亲却迟迟不肯离开医院，她反复检查是不是还遗漏了什么，直到中午，喂父亲吃过一餐医院的午饭，给小彭交代了下午的点心和水果，才让我载着她回了家。

踏进家门，母亲就红了眼眶。站在三室一厅的家里，身周全是他的影子，墙角的椅子上是一堆脏衣服，早上刚给他换下来的；沙发边散落着两个靠枕，他终日躺在床上，靠枕是他的玩具，扔掉，拾起来给他，再扔掉，再拾起来，靠枕上污迹斑斑，却是他最贴身的嗜好；床上还有他早已失禁的身体留下的尿骚味，洗过、晒过、余韵未消……

老头子造孽，要是被欺负，都不会告状，母亲哽咽着说。

忽然生出些许罪恶感，那个不懂事的老头，他不言饥饱、不语痛痒，他不识人间爱恨，我们却把他丢在医院，自己回了家，他若有知，是否会觉得被我们遗弃？

我赶紧换话题：姆妈，你要不要去小区外面的理发店做个头？白头发太多了，也该染发了。对了，你一直说要去逛逛菜场，那么久不出去买东西，你都不领市面了……她终于欢喜起来，红着鼻子和眼睛说：哎哟，我要去一趟银行，有一张存单，早就到期了，一直没空去转存……她保持着一辈子的单纯，以刚入古稀的年龄，迎风接纳命运交给她的一切，在应该悲伤的时候悲伤，在应该欢喜的时候欢喜，这是我依赖于她的最好证据吧？她健康的身体，健康的精神，一并给了我安全感和依靠感。

谢谢你，姆妈！我看着她有些欣喜的胖脸，心里默默地说。她当然没有听见，她拿出了那把用了几十年的黑亮的算盘，她开始思索，嘴里念叨着：已经到期的存折，还是转存定期吗？要么买理财产品？

财务工作者的职业素养使她快速进入角色，算盘拨得"踢嗒"响，被他左右了三年的生活，再次回到她自己手中。

晚上，给丁小丁发了一条微信：我父亲的事，幸亏你帮忙，不知道怎么感谢你，过几天去医院，我再找你。

她没有回复，她可能猜出我还是要用物质的方式感谢她，干脆不回我了？

半小时后，微信响起提示音，打开看，是丁小丁，她发来一张图片，下面跟着一行字：老同学，看看你小学三年级时的样子。

我打开图片，是一张黑白照片，一高一矮两个女孩站在照片中央。高个子女孩穿格子衬衣，脖子里系着红领巾，梳两条刷子辫，辫梢上扎着夸张的蝴蝶结，女孩看着镜头笑，眼睛眯成了两条缝……那是小时候的我，我认得。那么，站在我身旁的矮个子女孩，就是丁小丁了，短发，圆脸，比我矮半个脑袋。照片上的我们，身后是一个大花坛，以及假山，貌似一所公园……想起来了，就是那次过六一儿童节，去的是人民公园，丁小丁举手推荐了我，她对老师说：因为薛许好！于是我也举起了手，我推荐了她，我说：因为丁小丁好！

我们成了好朋友，有照为证。那是丁小丁用手机翻拍的吧？藏了三十多年的旧照已然泛黄，可是，我怎么不记得我有这张照片？也许是曝光太强，两个孩子全是一副被烈日暴晒过的黑黝黝的健康样子，可是，我分明记得，我应该是白皙的那一个……忽然感觉有些魔幻，是往事经过时间的滤镜变了形？或者，变形的只是我的记忆？心里却生出莫名的羞愧。我和丁小丁，我们是什么关系？如她所说，我们是"自家人"吗？是远房亲戚的关系？还是小学同学的关系？抑或，在那个惨烈的暑期午后，卫生院的急诊科走廊里，医生宣布她的姐姐已经无法救回时，她可以把"小巧玲珑"的身躯躲藏在我身后的关系？三十多年过去了，我们何曾有过交集？有些问题，我永远不会再去问她，比如，她是否依然喜欢"丁月萍"这个名字？而我，早已把"薛秀英"当成了一个远去的笑话。我一直用着我最初的名字，即便是在成为一名写作者后，我也没有另外给自己起一个笔名。那个属于我的不像女孩的名字，用浦东方言念出来，怪异而又莫名其妙，令童年的我充满嫌弃：薛许——

我保存了丁小丁发给我的旧照片，而后给她回了一条微信：你真好，我们都很好！

丁小丁发来一个吐舌头做鬼脸的表情，她似乎有些不屑于我的煽情，而我确知，我是真诚的。

三、起点；终点

1. 进城

我的父亲阿富对他的老娘薛陆氏说：姆妈，阿哥不想去上海，那就让我去。

说这话的时候，阿富还是一个初生牛犊不怕虎的十六岁少年，因为常年帮父母在田间劳作，他那张被阳光充分沐浴的脸蛋酷似一只成熟且爆皮的石榴。这一天，身高不到一米七的农村少年正以前所未有的努力说服她的母亲，他想去传说中的大上海，很想很想。

我奶奶薛陆氏黑着脸不说话，阿富初中还没毕业，家里虽然穷，但她不希望她的小儿子出门受苦。年轻的阿富得不到薛陆氏的答复，便在三间草房里由东走到西，由西走到东，然后，他的手里就多了一个用老蓝土布扎好的包袱。他提着包袱对薛陆氏说：姆妈，不能浪费这个机会，我一定要去上海！

那个初夏季节，在上海做工的乡里亲戚给阿富的二哥找了一份工，可是二哥刚相过亲，媒人带来的那个大脸盘姑娘给他留下了美好的印象，二哥离乡的决心动摇起来。于是，这个去上海的机会，被十六岁的阿富接手而去。

天才蒙蒙亮，阿富就出了家门，他背着老蓝布包袱走了六里土路，在沙洲通往常熟的公路上，他等来了一辆行驶时发出巨大轰鸣声的长途汽车。阿富上了车，阿富在汽车的颠簸中睁大眼睛看车窗外的风景：大片的农田，挽着裤腿在水田里插秧的农人，零星散落的草房，池塘里冒出嫩绿的荷尖……车窗外闪掠而过的天地草木一律显示着农村的特征,这里还不是上海,上海不应该是这样的,阿富感觉到了些许困倦,他已经看了四、五个小时风景,终于,在长途汽车即将进入上海地界时,他睡着了。

阿富睁开眼睛的时候,汽车正好戛然停止。他揉着惺忪的睡眼,在售票员的吆喝声中跟随着所有乘客蜂拥下车,然后,他就站在了闸北区著名的北汽车站出口处。他清楚地看到了这个繁华的都市,宽阔而又拥挤的街道,街边开着很多爿饮食店,门楣上挂着"生煎馒头"或者"菜汤烂糊面"的招牌。满眼都是灰色,灰色的楼房、灰色的马路、灰色的天空……这个城市里没有初露荷尖的池塘,没有杂草丛生的田埂,每一处都充斥着人声和汽车喇叭声,人们大多脚步匆忙,每一个角落都有一样被人操持着的营生。初夏的阳光照在阿富不足一米七十的矮小身躯上,整个城市像一把巨大的灰色布伞,向着阿富扑面盖来。他发现,这里的高楼很高,仰起头颈也无法看到屋顶;这里的马路过于宽阔,穿梭不停的汽车永远阻拦着他,让他无法举步越过;他站在十字路口,竟辨别不清东西南北……他像一株孤零零的野草,一踏入森林般的城市就被淹没了,心头忽然就生出了些许恐慌。可是不能回头了,他在薛陆氏面前信誓旦旦,他保证自己能吃得起苦,能赚钱养家,还能过上城里人的生活,不久以后,他还将荣归故里,带上薛陆氏,来看看传说中的大上海……所以,他是绝不能后退了。

阿富扯了扯略显短小的衣襟,抬手间,他摸到了口袋里的两个鸡蛋。薛陆氏在微明的天色中送他到村口,薛陆氏说:阿富,路上饿了就吃鸡蛋,到了上海就给家里写信,要是上海不好,就回家,够(是否)晓得哉?

阿富咬了咬牙,深深地吸了一口充满尘埃的空气,走出了北汽车站。阿富手里捏着一张破纸片,纸片上写着一个地址。那是一座小镇,坐落在离市区三十公里之遥的浦东,小镇上有一家生产农具的工厂,里面的工人多半来自江苏或浙江的农村。

阿富坐上了十三路无轨电车,到达提篮桥。在提篮桥,他看见了久负盛名的上海监狱,华贵的花岗岩门楣,厚重的灰色楼墙,这哪里是监狱?那么漂亮、那么结实,更像是资本家的公司大楼。监狱怎么比沙洲乡下最好的房子还要好上一千倍?阿富一路走一路想,一直想到八路有轨电车站,他才想通了一点点:监狱的房子就应该要牢固一些的,要不然,怎么关得住那些江洋大盗?所以,一座城市里最好的房子就应该是监狱。

阿富想通了,八路有轨电车也就"当当当"地开来了。

阿富坐上了那种在轨道上缓慢行驶的电车,阿富的眼睛简直要应接不暇了,他看到了杨树浦发电厂高耸的烟囱,一股巨大的黑烟袅袅而上,几乎与云层接洽,烟囱周围有几片乌黑的云块,像是刚凝结起来的样子。他猜测,这黑云,是发电厂烟囱里的烟变的,沙洲乡下的云是洁白的,那是农家烧柴禾的灶里冒出来的白烟变的,上海的云都和老家的不一样。这么一想,又想通了,有轨电车就开到了国棉十七厂。

正是早班下班时间,工厂宽阔的大铁门里涌出一群群女人,她们穿着碎花衬衣和条纹布裤子,有的还戴着专属于纺织女工的白围裙。她们像潮水一样涌向马路,阿富从未见过如此众多的女性在同一时间出现，他眼睛里全是女人，黑油油的头发的女人，月光样的白脸的女人。他还听见了女人的声音，像尖锐细碎的雀叫声，是大声呼喊与小声说笑的交叠重唱，杂乱，却好听。阿富竭力睁大眼睛，他想看清楚这些城里的女人，她们是"好看"的，与沙洲乡下的女人好看得不一样。她们有着苍白的脸色和疲惫的眼神，却显出莫名的美，她们没有农村女人宽阔的脸颊，她们的颧骨或者鼻梁高耸着，她们左冲右突跨过铁轨抢在电车开过前穿越马路，急促的脚步，略显焦灼的表情，神态却并非紧张，而是，效率。是的，这就是上海女人，阿富想，她们的脸上有着农村女人没有的快马加鞭的精明。

国棉十七厂终是被抛掷而去，女人们的身影渐渐稀疏，电车摇晃着笨拙的身躯到达定海桥。定海路码头边的摆渡轮船半小时一班，在浦东与浦西之间的黄浦江上往来。阿富花三分钱买了船票，一枚圆形的白铁皮筹子。他捏着筹子走进登船口，学着别人的样子，朝入口处那口张着大嘴的铁皮簸箕扔了进去，"叮当"一声响过，他就登上了摆渡船。

摆渡船启动了，阿富越发觉得眼睛不够用，黄浦江上的大轮船比他想象中的还要大，顶天立地的大，大得可以一口吞掉他们的轮渡；连接成一长溜的小火轮在宽阔的江面上破浪前行；低低盘旋的江鸥发出婴儿般的啼叫。摆渡船迎风行驶，阿富站在船头，水浪翻腾而起，飞溅的浪花打到阿富的脸上。是的，这是黄浦江，这不是沙洲老家屋门前的那条小河，也不是种了菱角和莲藕的池塘。阿富站在甲板上，迎着风，他听到了机器的轰鸣声，他还闻到一种奇怪的气味，隐隐约约，像某一天他在老家的田里劳作，远处开来一辆大拖拉机，那声音，那气味，一如此时。只不过，拖拉机的声音和气味遥远而微弱，且偶然，此时的声音与气味，却是庞大而浓烈到使他整个人都沉陷在了其中。他立即无师自通地想到，就是这庞大而又浓烈的声音和气味，推动着轮船往前开，那是与农村不一样的声音与气味，是"工业"的声音与气味，是城市的声音与气味。这才是上海啊！站在船头的阿富顿时有了一种乘风破浪的感觉，这使他感到了前所未有的豪迈。阿富深深地吸了一口气，心里升起一丝略微怅然的甜美。这样浩大的场面，竟是在自己日后将要生存的地方？于是，阿富对自己说：以后我要在这里工作、生活了。

豪迈的决心使阿富感觉到了饥饿，他想起薛陆氏塞在他口袋里的鸡蛋，于是掏出来，剥去已经破碎的壳，顷刻间，两个鸡蛋被他吞进了肚子。

下了渡轮，阿富搭上了开往最终目的地的小火车，从庆宁寺码头发出，一小时一班。燃煤火车在一声高昂的鸣叫后启动。那时刻，太阳已偏西，随着小火车的加速，阿富发现，大城市不见了，灰色的水泥建筑不见了，拥挤的人群不见了。黑不溜秋的小黑龙在农田、炊烟和平静安详的村落中穿行，他闻到了柴草的香味，他看到寥落的农舍与田间闪现的村人，夕阳斜照着绿色的秧田，天空里的云朵变回了白色……

直到下了火车，阿富才确定，他又回到了农村，这个被叫做"上海"的地方，与沙洲乡下并无多大区别。阿富沉了沉气息，开始最后两公里的步行，起初的兴奋和焦虑已经消失，周遭眼熟的风景，令他有种奔波一整天又回到老家的错觉，小小的失望来袭的同时，安全感重回。阿富背对着将落的夕阳行走在狭窄的土路上，几近沉落的太阳轻轻播撒着光线，一路送着十六岁少年阿富走向终点，亦是他新的"起点"……

四年后的七月，曹镇农具厂分配来一群中学生，其中有一个女生叫桂娟，她的工作是"统计"。每天傍晚时分，长辫子圆脸蛋的桂娟拿着记录册，走到锻打车间青年工人阿富面前：你叫什么名字？

"薛金富。"年轻的小伙子嘴角往上弯起，羞涩一笑。

"打了几样农具？"例行公事的桂娟甩甩长辫子，头都没有抬，只快速在本子上记录这个被叫做"阿富"的工人的当日工作量。记录完，桂娟一甩长辫子，转身走了，留下一抹乌亮的麻花辫划破生铁味弥漫的空气略显温暖的余波。

某一天，桂娟和她的女同学善娣结伴造访男宿舍，她们去找一起分配来农具厂工作的一位男同学，她们手挽手，嘻嘻哈哈地敲开男宿舍的门。一踏入那间住着十八个工人的大屋子，桂娟就注意到角落里的一张床，挂在床上的帐子，长得非常奇特。那是一顶用很多很多块白纱布缝起来的帐子，纱布上有明显的折痕，显然是用很多块口罩拆开镶拼而成。年轻的桂娟发出了惊讶而又佩服的声音：这是谁的床？帐子是自己做的吧？太厉害了！

那是一九六一年的夏天，我年轻的母亲在曹镇农具厂的男宿舍里看见了我同样年轻的父亲手工制作的一顶帐子。农具厂每个季度给工人发两只口罩，他用积攒了四年的三十二块口罩，镶拼成了一顶帐子，那是阿富用他那双打铁的手缝起来的。

少女桂娟对青年阿富的爱慕，就是由那顶帐子开始的，从那以后，再去车间统计每日工作量，她再不用问他"你叫什么名字"了，她记住了他：薛金富，今天打了几把农具？

他抬起头，嘴角朝上一弯，微笑：四把镰刀，三把锄头……

每每回忆起那段往事，母亲的脸上总会流露出倾慕的表情，岁月并没有冲淡她对他的崇拜，她用比平时高出几度的声音对我说：囡嗯（女儿），你真不晓得，你爸爸的手可太巧了！那顶帐子，他缝得有棱有角、方方正正，比买来的帐子还要好看……

从小到大，我在父亲和母亲无数次的交替回忆中不断获得想象中的现场感，他们带着自嘲抑或调侃的语气讲述着他们的过往，我便仿佛身临其境，与他们一起经历着阿富与桂娟的青春。

2. 你这头老牛

上世纪五十年代到七十年代末，上海浦东地区有一条并不漫长的铁路线，燃煤小火车起于浦东高庙（庆宁寺），终至还未改成浦东新区的原川沙县小营房，曹镇就是这一条铁路线的中间站点。后来，小火车遭到淘汰，再后来，很多居住在市区的市民因为庞大甚而伟大的城市规划拆迁移居浦东。这里成了"新郊区人"的聚居地，这里交通便捷，空气比市区清新几许，只不过，这里是曾经的乡下。"新郊区人"对此地的不屑，要追溯到他们的血液里。"上海人"总是看不起乡下人，曹镇算是上海的乡下，尽管现在的曹镇已经长成一副类似城市的容貌，但毕竟，乡下人的底子稍不留神就会暴露。比如走在街上的行人，肤色或打扮总还是土气的多；或者，邮局大厅里来领退休工资的老人中，浦东土话多过洋腔洋调。连柜台后面的营业员也都是本乡本土的口音，倘若吵起架来，"新郊区人"一定寡不敌众，洋腔洋调在这里成了弱势。

对于父亲来说，曹镇却承载着另一个"故乡"的意义。他深深地记得他这辈子看见上海的第一眼，很多次，他在我和弟弟面前说起十六岁少年闯入江湖的第一天：

"我一个乡下小孩，真的是又穷又土，下了长途汽车，根本找不到东南西北，一路上都不舍得买一杯水喝。"

"提篮桥监狱，那房子真是好啊！第一次看见，我就想，做监狱可惜了。"

"下了小火车，我一看，哎呀，怎么又回到乡下了？大上海也有乡下啊？哈哈哈……"

他描述年轻而又稚嫩的自己，带着时过境迁的坦然，可我还是听出初入上海的少年内心的好奇与欣喜，以及对未知世界的恐惧。

十六岁的父亲，哦不，阿富，那时候，他还是阿富。十六岁的阿富从江苏省沙洲县（张家港市）农村一路颠簸，来到了上海浦东郊区一个名不见经传的小镇，从此，他在小镇的农具厂里开始了一名铁器制造工人的学徒生涯。他还在这里遇见了他未来的妻子，小镇成了他爱情的萌发地。七年后，二十三岁的阿富应征入伍，四年后复员，被分配到二十公里外的市属工厂"上海工农电器厂"（后为上海电气集团第一开关厂），直至退休。

五十多年后的今天，他不再是阿富，他住进了曹镇社区卫生服务中心，一家仅有二十六张床位的卫生院，在这里，他被叫做"七号床"。他仰面平躺，睁着眼睛看着天花板，显然，他并不知道这里是他以十六岁少年之身踏入上海的第一站，他忘了过往的一切，亦已不记得这里曾是他青春与爱情的起点。未来，他是否能活着离开这里？这里会成为他生命的终点站吗？没有人怀疑，却也没有人敢说。

我凑到他面前，轻轻地唤他："爸爸，爸爸？"他似乎听见了，视线移向我，却是陌生而又冷淡的目光。我伸出手，摸了摸他左腮帮子下端的一颗黑痣：爸爸，我是"囡嗯"，记得我吗？

小时候，每每看他心情好，我会爬上他的膝盖，伸手抚摸一下他那颗绿豆大的黑痣。他总是朝我斜睨一眼，仿如责怪，脸上却带着纵容与宠溺的笑。这是我与他的撒娇，亦是他给我的抚慰。可是如今，任凭我一次次抚摸他的脸庞，他也只是呆滞地望着我，没有给我哪怕一丝笑容的回馈。是的，他已经忘了他的孩子，忘了他给的生命、他给的名字，全忘了。

我是他的第一个孩子，我的出生生涩而又隆重。母亲无数次回忆，我在她肚子里的兴风作浪是从午夜十二点开始的，她说：你爸爸给自行车后座垫上一条棉裤，让我坐在上面，然后他就载着我，骑十二里路，把我送进了川沙县人民医院……

故事发生在上世纪七十年代刚刚到来的那几天，隆冬，一个清晨，我冲破黑暗，见到了世界顶端的朝阳。我涨红脸哇哇大哭，我的哭声嘹亮而又悠扬，带着某种天然的美妙旋律；我的小脸圆润而又白皙，哪怕哭的时候也很漂亮，是的，我是一个漂亮的婴儿，超过病房里所有婴儿……这是我年轻的母亲对她的第一个孩子的记忆，她用带着美颜滤镜的眼睛做出的判断，永远都让我感到惊喜和怀疑。接下去，她的回忆必定还要加入那段重复过无数遍的揶揄：你爸爸真是，到底是乡下人，也不看看那是什么地方，男人能随便进吗？他居然推门就往里冲，门上写着什么？"产房重地，闲人莫入"，他连字都不认得了，只晓得看他的"囡嗯"了。

很多时候，他被她嘲笑，自己只是笑笑，从不解释那般鲁莽只是因为激动。而母亲，不管是在她少妇的年代，还是已然古稀的现在，她的圆脸上总是挂满了天真的笑容，带着自得。这是一种幸福吧？每次她沉浸在回忆中，我总是这么想。

我在医院里度过了七十年代到来后最新鲜的那几天，我要出院了，我被包在一个红色绸缎被面的襁褓里，我的大姨抱着我。父亲还要上班，他把我们三个女人送上小火车，大姨把我抱到车窗口，对月台上的他说：囡囡，和爸爸再见，礼拜天再见。

他的脸红了一下，笑了笑，停顿了两秒钟，仿佛在犹豫，但终是没有说话，只微笑着向车窗里的女人们挥了挥手。

他还不习惯被叫做"爸爸"吧？他用两秒钟的停顿接纳自己成为"爸爸"的事实，但他不知道怎么应答，他没有对襁褓里的我说一声"囡囡，再见"，他用微笑掩饰初为人父的不知所措，表现出来，却是克制和淡定的样子……母亲的记忆总是带着她个人的想象，也许是她自己还没习惯成为一个孩子的"妈妈"，脸红的人也许是她。他们是上世纪七十年代的年轻人，他们很容易在婚嫁与生育问题上感到"羞涩"，乃至"羞耻"，仿佛，结婚，生孩子，都是令人害臊的事。

好吧，我新上任的爸爸，他把我们送上了小火车，与我们挥手告别。那一天，我从川沙县人民医院所在的城厢镇，来到了位于曹镇的我母亲的娘家，我的外婆家。

七十年代的第一个春节，我的母亲在娘家坐月子。那间装满一屋子红木家具的卧室里挂着几幅毛泽东诗词，玻璃镜框镶起来的白色宣纸，龙飞凤舞的书法。大橱顶端的那一幅，叫《蝶恋花·答李淑一》，其中有一句，"寂寞嫦娥舒广袖，万里长空且为忠魂舞"。还有一首，《水调歌头·游泳》，挂在老式红木床的门脸上方，"万里长江横渡，极目楚天舒……"。在陪伴妻子坐月子的日子里，父亲无数遍诵读着镜框里的诗句，伟人的诗词中，有一个字出现频率比较高，好吧，就用这个字吧，舒，就这么定了，他说。

在我还是一个幼儿园孩子时，我问母亲：姆妈，你是怎么把我生出来的？

她犹豫了一下：嗯——你是从姆妈肚皮里钻出来的。

她轻描淡写而又敷衍了事的回答并不能消除我的疑问：那我是怎么从你肚皮里钻出来的？隔壁三妹说，她是她姆妈上厕所的时候拉出来的，是真的吗？

她怔住了，半晌没有回答我。我紧追不舍：那不就和拉屎一样了？

她白了我一眼，索性回答：对，就是拉出来的。说完转身去忙她的家务了，留我一人在原地发呆。隔壁三妹说，她被她姆妈拉到马桶里，然后，她奶奶把她从马桶里拎出来，把身上的屎啊尿啊洗掉，像洗一只刚从泥土里挖出来的萝卜，洗干净了，用一块被子包一包，他们家就多了一个小毛头。三妹就是这样来的，我也是这么来的吗？

母亲闪烁其辞的回答刺激着我的好奇心，我不能容忍自己是被大人从马桶里拎出来的，我知道，我是在川沙县人民医院出生的，怎么可能是马桶？可是我又想象不出，我是如何从母亲的肚子里钻出来的。童年的我，总是被这样的问题困扰，因为马桶的缘故，我隐约觉得，生孩子是一件丑陋的事。这样的问题，我却从未问过父亲，有时候，他听见我与母亲对话，却也从不插上一嘴，但他会与他的妻子相视一笑，留我继续在原地疑虑重重。似乎，他们俩心照不宣地保守着一个秘密，关于一个孩子究竟是怎么来的秘密。

那时候，他还是一个面容俊朗的男子，浓眉，双眼皮，薄薄的嘴唇，嘴角一弯，微笑。他总是穿一件蓝色咔叽中山装，每天早晨，他骑着他那辆凤凰牌自行车到离家十二里路的县城去上班，傍晚，健壮的自行车在"叮呤、叮呤"声中回到我们狭小简陋的家。每个礼拜天，他会用自行车驮上一家人去外婆家，我坐前面的三角档子，母亲坐在后面的书包架子上，他夹在我和母亲中间，手握车把，眼看前方。他一边骑车，一边对他年幼的女儿指点着一路景色：舒舒，看见没有，河里有一只老牛在汰浴，这就是老牛，记住了吗？长大了还会记得爸爸带你在这里看到一只老牛吗？

幼年的我认真地点头，嘴里喃喃而语：老牛、老牛。

自行车后座传来母亲的笑声：她才多大？你现在跟她讲，长大了肯定要忘记的。

他不以为然：不会的，舒舒一定会记得，是吗？

幼小的我十分配合地继续点头，并且用我肥胖的小手指着那头在河里洗澡的水牛，更为响亮地叫嚷着：老牛，老牛，老牛……

我们的自行车穿行在公路上，两边是茂密的榆树林，风迎面而来，我小小的脑袋靠在他的胸口，我闻到身后传来一股好闻的味道，那是他带着肥皂气味的汗香。眼前的景致闪掠而过，渐渐模糊，我一歪脑袋，靠在他起伏不定的胸膛上睡着了……后来，我有了一个弟弟，他的凤凰牌自行车就要驮三个人了，我依然坐前面的三角档子，母亲抱着弟弟坐在书包架上。作为长女，我独享着他的胸怀。

有时候，去外婆家，我们会兵分两路，母亲带着我和弟弟坐小火车，父亲一个人骑自行车，我们将在曹镇火车站汇合。也许只是为了省下一张火车票，可是在我眼里，那是一场浪漫的游戏。他在公路上骑车，我们坐在疾行的火车里，总会遇到公路与铁路并行的那几段，我和弟弟就扒在车窗口找他。他从不会让我们失望，是的，他一定会出现在我们的视野里，他来了，卖力地蹬着自行车，他与火车遥遥平行了，我们在前进，他也在前进。我挥手大叫：爸爸——爸爸——

他看见了火车上的我们，他一只手握着自行车把，一只手向我们挥舞着。我看到风吹在他脸上，吹得他并不长的头发像一茬迎风后仰的麦子。他微笑着，骑车的速度更快了，他似乎想赶着火车跑，可是，自行车还是渐渐落后了，他的身影越来越小，然后，被火车长长的尾巴遮挡住，看不见了。

然而，只要火车进入某个小站，短短的几分钟停靠，他就会追上我们，一出站，他骑着自行车的身影再次出现在我们的视野里，我便又趴在车窗上拼命朝他喊：爸爸——爸爸——

是的，幼年的我，总觉得他是不会离

364

开我的，不管我走到哪里，他都会紧随着我，一次次地赶上我，让我随时看见一个面带笑容的男人在与我遥遥相对的地方看着我。或者，他骑着自行车，指点着路边小河里的一头水牛说：舒舒，看见没有，河里有一只老牛在汰浴，长大了还会记得爸爸带你在这里看到一只老牛吗……

那头庞大的水牛，拥有一具迟缓蠕动的身躯，它从水里浮出宽阔的黑棕色背脊，牛头上的两个角朝向天边弯弯矗立……是的，我记住了那头老牛，可他不再记得我。

爸爸，认识我吗？我看着他，再次伸出手，抚摸了一下他皱纹丛生的脸，以及左腮帮子下端的那颗黑痣：我是舒舒，你的"囡嗯"……

他似乎在看我，面孔朝向我，可是瞳孔里没有我的影子，目光一片空洞。他已经不记得我，他给的生命，他给的名字，他全忘了。曾经，在我小学三年级的时候，我和好朋友丁小丁一起密谋，我们决定改掉自己的名字。幸好我们没有成功，我还是叫着最初的名字。那么好的名字，不深刻、不沉重，不附庸风雅，平凡而又与众不同，我由衷地喜欢。可是，在决定把伟人诗词中的那个字用作女儿的名字的一瞬间，他想到了什么？他有没有想过把他的理想与情怀赋予我的名字？抑或，让我的名字承载他的某种寄托？可是，我从不知道他的理想和情怀是什么，他的寄托又是什么，他没有告诉过我，在他还能回忆往事的时候，他只字未提。

你怎么能忘了呢？我看着他，心里涌起委屈：你让我不要忘了那头老牛，我没忘，可你怎么把我忘了呢？

他依然看着我，用他没有聚焦的目光，许久，突然发出一声叹息：哎哟嚯！而后，无声地扭开脸，看向别处，像要躲开一个陌生人唐突的注视。

眼泪忽地涌出眼眶：爸爸，你这头老牛，老得也太快了。

四、生活在"临终医院"

现在，"曹镇社区卫生服务中心"已经成为我除了家和工作单位以外最熟悉的地方，在心里，我悄悄地把它叫做"临终医院"，因为，能活着出院的病人是"稀有物种"。

每个周末，我都要开着我的车，从四十公里外的杨浦区新江湾城出发，以每小时80公里以下的速度开往浦东的曹镇。这一段路程，大多是在中环高架上行驶，途经张江高科技园区，总要经过那对雕塑——"谈恋爱的年轻人"，他们坐在屋顶边缘，他们在谈一场旷日持久的恋爱，旁若无人。我手握方向盘，快速瞥上一眼与真人一般大小的雕塑。女孩照旧穿着红裙，脑袋一如既往地靠在男青年的肩膀上，他们低下头，好像在说情话，他们让我在去往"临终医院"的路途中多了一点点文艺和青春的亮色。

半个多小时后，汽车开进卫生院大门，并不十分阔大的院落，停车场紧邻住院部大楼。下车，偶尔可见穿豆绿色制服的护工推着轮椅在便道上走动，轮椅里，是某位失去智能的老人。这里的所有护工都认识我，看见我从车里下来，她们一定会大声招呼：外女儿，来啦！

我的外公已经在这所医院里住了两年，他的护工小张一直叫我"外女儿"，小张对我的称呼，成了所有护工对我的称谓。过去两年，我常来探望外公，却从未想过要找丁小丁，她每天坐镇门诊部五官科诊室，住院部不在同一栋大楼，我甚至从未偶遇过她，直到我的父亲也住进这所医院。

曹镇社区卫生服务中心总共有五名护工，没有人确切知道她们叫什么名字，她们不分长幼，一律被称为：小张、小兰、小丁、小魏、小彭。五人的籍贯、姓氏、年龄、口音各不相同，但有两点她们几近统一，一是壮实的身材，二是壮阔的嗓门。从相貌判断，小张应该最年轻，圆盘脸上还带着些许胶原蛋白。小张的嗓门也是最大的，她若用她那带着河南口音的普通话发言："外女儿，来啦！"调门拔得太高以致于破碎的嗓子里瞬间就能冒出一朵响亮的喇叭花，于是，整个住院部的病人、家属，乃至医生、护士都知道，23床的外孙女驾到。

23床就是我的外公，两年前，外公突发脑出血，开颅、插管，抢救过来，却也成了半个植物人。病情稳定后，外公住进了卫生院。第一次见到小张就是在病房里，当时她正给外公擦身换尿垫。在没有任何心理预设的前提下，我鲁莽地推门跨入病房，只见挨着门的23号床上，外公赤裸裸地瘫躺着，像一截剥了皮的枯白树干。病床边，身穿豆绿色护工制服的白胖矮个女人正弯着腰，用一块湿巾使劲擦着糊满病人臀部的粪便。见我进来，女人大喝一声：出去。

我快步退出病房，鼻子酸得几近冒出眼泪。从未想到会遇见这样的场面，外公赤裸的躯体暴露在所有进入病房的人眼前，很瘦很小的一段，这使他看起来像一株被太阳经久曝晒后严重缩水的朽木，又像一只被自己的屎尿淹溺到垂死的动物，大滩不明色泽的排泄物在他身下散发出恶臭，他却只能袒露着自己，任人摆布。我很想忘掉那个场面，可不知道为什么，越是想忘掉，刚才那一幕愈发频繁而又顽固地在我脑中一次次闪回播放。

我的学龄前生涯是在外公外婆家度过的，从记事起，我看到的就是外公那张不苟言笑的脸，高个子、肤色白皙，单眼皮细长眼，长相当属英俊，像老电影《红日》里的张灵甫。外公很少开怀大笑，他帅气而又严肃，脸上时刻保持着某种庄重感。他也不太和我们小孩子说话，下班回家就躲在楼上的房间里看书，一向以来，他是个有些清高的人。也许，我脑中的"外公"始终停留在童年记忆的阶段，他没有随着真实的外公一天天变老。可是，躺在病床上的外公袒露着污秽满身的躯体，连为自己感到羞耻的资格都失去了，这让我不禁想象，那个帅气而又严肃的男人从四十年前穿越而来，看见八十多岁的自己躺在病床上的样子，会有多么不堪和悲伤？

身侧豆绿色一闪，白胖矮个护工提着一个沉甸甸的垃圾袋，裹挟着一股气味浓烈的熏风从病房里冲出来，把垃圾袋扔进医疗专用垃圾筐，而后迈着两条矮壮敦实的粗腿快速折向开水房，不一会儿，端着一盆热水出来，一股肥烟般让自己飞进了病房。十分钟后，里面传出喊声：进来吧。

外公的身躯已经被一条白被子盖住，只露出脖子以上部位，因为做过开颅手术，脑袋被剃光了，喉咙口还开着一个洞，洞口插着一根拇指粗的胶皮管子，管子通向不知所踪的身体内部，也许是肺，或者胃？管子与皮囊的接口处用纱布封着，不知道外公有没有感觉到痛，我很想伸手去摸一摸，但我不敢。

我轻轻喊了两声"外公"，没有任何反

应,白胖矮个女人在我身后说:没用,昨天小哥来过,叫他,不应,早上二姐来过,叫他也不应。

护工说话带着浓重的外地口音,我猜测,她说的小哥和二姐,是我的小舅和二姨。我扭过头,尽量保持礼貌的微笑:阿姨,你是我外公的护工吧,谢谢你。

女人拉大嗓门说:我知道,你是外女儿,不兴叫阿姨,都叫我小张。

所谓的小张,看起来要比我大十来岁,说话的时候,白胖的圆脸上充盈着来历不明的欢乐。

病房门口探进一张黑胖大脸,也是个大嗓门:小张,拿饭去啦。

小张一脸欢欣地冲我说:小丁喊我去拿饭了。

叫小丁的女人看起来有五十多岁,也穿着豆绿色护工制服,与小张如出一辙的是,她那张黑胖大脸上也充满了莫名其妙的欢乐。

小张拖一张折叠椅给我:外女儿你别客气,来来,坐一哈,我马上回来。

小张和小丁去食堂了,我在这一间三人病房里扫视了一圈。另外两张床上的病人也都是老人,与外公一样,他们都处于不省人事的状态,鼻子里一律插着管子,双颊凹陷、两眼紧闭,大张着嘴,竭尽全力地发出"呼噜、呼噜"的声音,仿佛正与死神争夺稀薄的氧气。人老了、病了,就长成了一个样,曾经英俊而又不苟言笑的那张脸,与躺在这里的任何一张脸无甚区别。倘若不知道病床号,也许一进来我就会不知所措,这个代号"23床"的老人,只是一具躺在病床上的、与我毫不相干的躯体,他怎么能是我的外公呢?可他的确就是我的外公,床头插着的病例卡上写得清清楚楚:张明奎,87岁,脑出血……

那段日子,每隔一周我就开车带母亲去医院探望外公。小张似乎很明白我母亲的重要性,一看见她出现在病房门口,立马放下手里的活,伸出那双刚给病人擦过屁股的热情洋溢的手,搀住母亲的小臂或者扶住她的肩,几乎是喊着说:大姐来咧!尤其是发工资的日子,小张笑得如同怒放的向日葵一样的白胖脸上就会展示出非同一般的喜悦。她搬来折叠椅,展开在外公床边:大姐坐,别客气!而后,她开始向我母亲汇报外公的状况:

老爸可好呢,中午吃了一碗饭加两块肉。

老爸早上拉了屎,老大一坨,可香呢……

她一口一个老爸,好像躺在床上的外公是她和母亲共同的父亲。还有,她说外公吃了一碗饭加两块肉,其实就是把饭和肉混在一起打成糊,用大针筒注入外公的喉咙。她总说外公拉屎"可香呢",这让我难以理解。后来有一次外公腹泻,她终于说,"今天老爸拉屎可臭了",我才确信她并不真的认为屎是香的。我猜测,她所谓的"香",就是臭得很纯正,没有肠胃疾病引起的粪便异味。有时候她说着说着,突然跑到外公床边,伸出被消毒水泡得发白的胖手,一把拉开外公的被子,横陈在病床上的躯体顿时展示在我们面前。她伸手捏捏外公的肚皮,或者腰部的赘肉:瞧瞧,是不是胖了?比刚进医院那会儿胖多啦……她说话的语调总是显得喜悦而又骄傲,好像外公能安然活到现在都是她的功劳。这种时候,我只能瞬间放大瞳孔,模糊聚焦,忽略掉病人裸露的下半身,并且迅速抓起被子盖住外公：好了好了，知道了。

我很反感小张这么干，作为护工，这显得很不专业。我说：小张，不要总掀开外公的被子，会着凉的。我不想说"不雅"之类的话，说了她也听不懂，她每天都要对那些丑陋的躯体做无数次近距离观察、零距离擦洗，那些裸露的下半身，只是她的工作对象，又何来"不雅"之说？可是"着凉"这样的理由，却也无法撼动小张强烈的自豪感。她一次次在我们面前掀开外公的被子展示她的劳动成果，趟次多了，我也变得熟视无睹，甚至，我开始习惯她身上某种原始的职业荣誉感。很明显，她不怕脏，不嫌弃一具老病人行将就木、布满病菌的躯体，她抚摸外公的肚皮和捏他腰部赘肉的时候，就像在摆弄自己的孩子一样随意自然。这让我们在质疑她不够专业的同时，又觉得由她照顾外公挺放心。

我还清晰地记得第一次给小张发工资时的情形。母亲拿出账本算给小张听：这个月一共三十一天，每天68元护理费，扣除月初请假一天，共2040元。

我在心里替小张算账，她总共护理五个病人，一个月就有10200元，扣除劳务公司提成，大约能得六、七千，遇到节假日，劳务费翻倍，就更多，护工全天候吃住在医院，没有别的消费，这就是纯收入，很不少了。

母亲从包里拿出一叠纸币，连着账单和收据一起交到小张手里：二十张一百元，四张十元，你数一下，在收据上签字。

小张接过纸币、账单和收据：签啥字啊！我还能不相信大姐？

母亲塞给她一支水笔：这是规矩，收钱必须签字。

小张犹豫了一下，把收据铺在外公的床沿上，屈身往床边一趴，举起水笔，扭头问：写哪儿？

母亲指着"收款人"后面的空白处说：这里。小张重新埋下头，提起笔，在母亲所指的地方，极其缓慢地、认认真真地画了三个浓墨重彩的、并不规则的圆圈。画完站起身，把收据交给母亲，"嘿嘿"着说：画得不圆。

我在心里暗笑，她让我想起《阿Q正传》。母亲看了一眼账单，也笑了：谁教你的？

没人教我，我不会写字，只好画圈，我名字三个字，画三个圈。小张好像并不羞于自己不识字，母亲问她：那你到底叫什么名字？

"俺叫张J萍"，小张大嗓门一喊，谁都听见了，可谁都没听懂她那河南口音说出来的到底是张菊萍、张娟萍，还是张建平。那以后，我们都知道了小张不识字，连自己的名字都不会写。我无法想象，一个不识字的人，是如何通过护工入职培训考核的？她每天要给外公喂药，溶血栓药、降血脂药、消炎药，一天几顿，一顿几粒，竟从未搞错。她还让我帮她把我们家里每个人的电话号码都存在她手机里，她怎么辨认那些由11个数字组成的手机号码归属于哪个名字之下？她还常常凑在小魏身边，一起看小魏的儿媳妇淘汰下来的ipad里存的电视剧。还有，她去邮局寄钱、去银行存钱，至少要会写自己的名字吧？这个目不识丁的小张，实在是让我无法想通，她是怎么在大上海活下来的。

每次在账单上画过圆圈后，小张就会对母亲这个给她发工资的"老板"很是感恩戴德，恨不得要投桃报李地给母亲一些什么好处，于是和母亲聊天时，就多了一些"内容"。

"大哥已经两个月没来了，老爸偏疼小儿子，大哥不会是有意见吧？"

"小嫂昨天送来粽子，老爸不能吃糯米，不好消化，我说过，她不听。"

"二姐每个礼拜都来看老爸，小姐只来过一回，小姐夫一回都没来过。"

小张大概不懂，这种类似于打小报告的聊天，是要把嗓门压低一些的，可她几乎是光明正大在母亲面前揭发我的舅舅、姨妈们，她的高声喧哗使那些微妙的家庭矛盾公诸于众，这让我有种无地自容而又无以躲避的尴尬。

对于小张传播的八卦，母亲的态度始终讳莫如深，她不动声色地听，不否定、不阻止，每次都让小张说得兴致勃勃、唾沫飞溅。直到某张病床上飘来新鲜的粪便气味，或者哪个病人忽然大声咳嗽，嗓子眼里有浓痰呼之欲出，她才闭嘴，迈开两条粗壮的短腿，飞也似的冲向那个病人……

外公住进曹镇社区卫生服务中心的时候，我们谁都没有想到，两年后，我的父亲也将住进这家医院。现在，他们翁婿俩天天在同一屋檐下生存着，一个躺在走廊顶头的第一间病房里，另一个躺在走廊尽头的第二间病房。然而，作为病友和邻居，他们却从未相互拜见，他们没有能力彼此串个门、聊个天，通报一下最近关心的国内外大事，谈一谈对"一国两制"的理解，聊一聊股票行情和房价趋势……哪怕只是在五年前，这两个相差二十多岁的男人，也常常会坐在一张八仙桌的两侧，一聊就是半天，把一杯浓茶喝到寡淡无味。可是现在，他们住在一栋楼里的同一个层曲，吃着一口锅里同样的饭菜，却再也没有促膝交谈的机会，甚至，他们都不能相互看上沉默的一眼。很有可能，他们会成为一对"老死不相往来"的老朋友，这句古老的俗语，大多时候是用于"绝交"的宣言，可他们从未绝交过，在他们还记得彼此的岁月里，他们一直维系着和谐、融洽和彼此尊重的翁婿关系。

现在，我和我的所有家人，都会在探望一位亲人的同时，顺便探望另一位亲人，这让我们省去了不少花在路途上的时间，虽然，"顺便"这个词似有缺乏诚意之嫌，但我还是愿意这么说，因为，这是真实的。我们一趟趟跑去医院探望亲人，与此同时，我们认识了社区卫生服务中心的每一位护工，并且成为她们日常八卦的对象，或者，倾诉对象。我们已然接受她们的风格，她们壮阔的嗓门，她们劳作的身影，她们热火朝天地生活在这里，她们使一家"临终医院"常年充满莫名其妙的欢愉气息，甚而过于喧嚣嘈杂，没有人确切感觉到，这里是死神频繁光顾的地方。

医院虽然不大，但也有两栋楼，门诊楼大多时候冷清寂静，住院部却是例外，它像大家族的旁门一系，护工是这一系枝脉的重要组成部分，她们做着为病人服务的工作，却更像是这里的主人，因为，"流水的病人，铁打的护工"。或者说，她们是大家族的管家、保姆，她们没有主人的身份，却操控着主人的衣食起居。她们24小时全天候呆在病房里，白天在病房里工作，晚上在病房里安睡。她们每个人都有一张行军床，白天折叠起来塞在某一张病床底下，入夜就把行军床拖出来，在病床间铺开。她们在病人的鼾声中入睡，连接在病人身上的监测仪整夜发出"滴滴滴"的噪

369

音,她们却从未因此而失眠。她们很容易入睡,也总能在病人发出异动或声响时及时醒来,她们有着随时入睡以及随时醒来的本领。她们长年累月地生活在这里,二十六个病人的家属亲友她们全都认识,谁家的孩子孝顺,谁家的媳妇刻薄,她们全都知道,这也成为她们在闲暇时候八卦的主题。

每次去医院,我都会有种走亲戚的错觉,心里总想着要给外公的护工小张或者父亲的护工小彭带点什么礼物。三·八妇女节,送她们一块毛巾和一瓶花露水;端午节,给他们带一人一包五芳斋粽子……这几乎成了我的压力,多了一件操心的事,可不知道为什么,在送给她们小礼物的同时,我的内心总会生出一些安然与愉悦。也许这只是我的聊以自慰,我希望以赠送礼物的方式换取她们额外的重视,我希望她们能更加尽心尽力地照顾我的亲人,虽然,大多时候,我无法看见她们究竟是如何照顾我的亲人的。这让我在每次踏入住院部走廊时总是心生担忧,我怕看见某些"真相",我不知道要如何应对。

那是一条随时都能听见各种声音的走廊,护工的呵斥声,病人的哭闹声,此起彼伏,从不停歇。外公病房的对面,小兰总是操着一口川味普通话训斥坐在轮椅上的汪老太:再吵,再吵把你扔到大该(街)上去,没得人管你!汪老太并不领受小兰的恐吓,照旧发出毫无章法的哭喊,小兰就亮出一把给病人喂饭的没有针头的大针筒,在汪老太眼前扬一扬:再哭,再哭给你打针……这种时候,母亲总会叹口气:唉!作孽,去吓唬人家干啥,儿女不在跟前,不作兴的。

走过第三间病房,就能见到胖大的黑皮肤小丁,或者听见她那淮北口音的大嗓门发出的喊叫声:拉屎会不会喊?会不会?不长记性要不要打?然后是两记"啪、啪"脆响。起初我很是怀疑,她是否真的在打病人?有一次,终于不敌好奇,我折身进了三号病房。我看见一个不会说话的老病人光着屁股躺在床上,瞪着眼睛看着矗立着的庞大的小丁,呆滞的目光里没有悲伤,也没有喜悦。小丁见我进病房,张嘴招呼:外女儿来啦?找小张还是小彭?不在这里……她宽阔的笑脸上写满了坦然,她不介意被我看见她打病人屁股,大概,她从不以为这已经成为她伤害病人的证据。

我问母亲:外公拉了屎,小张会不会打他屁股?还有老爸,小彭会不会打他屁股?

母亲怔了怔,说:你小时候尿床,我也打你屁股的。

我脱口而出:可他们是老人,不是小孩。

母亲看我一眼:那小张要是打外公屁股,小彭要是打你爸爸屁股,你要不要去投诉?投诉完了呢?打算换医院还是换护工?

我被母亲问住了。换医院是不可能的,外婆厚着脸皮找丁小丁,好不容易得来这一张床位,我们又能去哪儿再找别的合适的医院?至于换护工,那就更没有意义了,把小张或小彭换掉,换来小兰、小丁、小魏,又有哪个护工不吓唬病人、不隔三差五地打两下病人的屁股?

有一次,进住院部走廊,看见小张、小彭、小魏她们几个正凑着脑袋划拳,一来一往,最后是小张赢了,只听见她浪涛般的笑声阵阵翻滚:哈哈哈,我先挑,我挑13床和17床。

我问：你们在玩划拳？

小张说：我们在分病人。中秋节小丁要休假回老家，她负责的病人要我们分摊，我们就划拳，谁赢谁先挑病人。

我很好奇：病人还要挑？

小张并不掩饰作为护工的"心机"：那可不是？外女儿你不知道，病人和病人不一样，全身瘫痪和半身瘫痪的，能喊拉屎的和不会喊的，会吐痰和不会吐痰的，都不一样。

她这么一说，我也觉得同样拿一份加班费，分摊到什么样的病人很重要，就像以前农村杀了猪抓阄分猪肉，抓到猪腿还是猪头，要靠运气。

我说小张你运气不错。小张再次爆笑：哈哈哈，我故意出得慢，她们要出拳，我就赶紧张开巴掌，她们一出巴掌，我就赶紧伸出两手指头……

小张不识字，身上却满是农村女人的精明狡黠。我说：过节工资翻倍的，多两个病人，你能多赚不少，不回老家也值了。

小张笑得自豪而又满足：可不是吗！我不爱回老家，来上海五年，我一次都没回过。

母亲打断她：小张，我们结了这个月的工资吧。一听说结工资，小张立即忘了前面的话题，一如既往，兴高采烈地在收据上画了浓墨重彩的三个圆圈，然后开始在母亲面前八卦我的舅舅和姨妈们。

"小哥每个礼拜天都来，给老爸带来肉包子。"

"二姐每个礼拜三来，老爸的水果她包了。"

"大哥有日子没来了，大嫂倒常来。小姐也来过一次，拎来一箱牛奶……要不说孩子养得多好啊！"

我问小张：你养了几个？

小张的胖圆脸上顿时笑开了花：两个，大的儿，说对象了，小的闺女，在老家念书，五年级啦。

"两个？当时是要罚款的吧？"

小张的脸上泛起一团红晕：我罚不起，闺女是白捡的，人家扔了，我就抱来养了，不是自个儿生的，不罚款，划算。

她还伸手指着我说：外女儿，你一定要多养几个，等老了，儿女都来看你，多热闹，多好啊！说着扭头看向病床上的外公：老爸有福，正好养了七个，一天一个轮来看，一个礼拜齐了，哈哈哈……

小张巨浪般的欢笑声在住院部到处流窜，我几乎听见那笑声在走廊里迂回撞击，发出一波波朗朗的回声。这让我再次产生错觉，好像，这里的二十六张病床上躺着的，不是患了医不好的病等待寿限的老人，这里也不是被我暗暗称为"临终医院"的地方，而是一所婴儿医院，躺在床上的，是一个个巨型婴儿，小张、小丁、小彭、小兰、小魏她们，就是这些巨型婴儿的二十四小时全天候保育员。

一个周末的午后，到达曹镇社区卫生服务中心，停车，进住院部走廊，不知哪间病房里传来歌唱般的哭喊声，细细分辨，还能听出有唱词，好像是儿女们在哭"爹爹"，典型的浦东地方特色哭丧调。大概是哪个老病人作古了，很奇怪，那种尾音悠长，且有一定的叙事性的哭调，听起来悲恸万分，却又无限美好。我在越来越接近的哭声中朝走廊尽头走去，远远地看见父亲的病房门口围着一圈人，哭丧调正是从那扇门内传出。我知道，不可能是父亲，因为小彭没给我打电话。可我还是有些紧张，便放慢脚步，走到门口，站定在看热

371

闹的人群后面，一时不敢挤进去。

父亲病房里有四个病人，6号床已经90岁，心梗、脑梗、痴呆；7号床就是我的父亲老薛，阿尔兹海默症，正亦步亦趋地走在丧失所有功能的路上；8号床年龄最小，72岁，脑溢血抢救过来，成了一个整天打呼噜的人，睡着时打，醒着时也打；9号床85岁，中风，除了不能下地，恢复得不错，能简单对话。说实在的，这么几个老病人，哪天宣布谁突然离世，都不在意料之外，我只是担心，这么嘈杂喧闹的环境会不会影响到父亲。

围观人群忽然散开，几个穿白大褂的医生从病房里鱼贯而出，紧接着，两个穿蓝色工作服的工人推着一张停尸床出来，床上白被单覆盖着的长条隆起想必是死者。跟随在停尸床后面的，是一些唱着悲恸而又美好的哭丧调的男男女女，他们在人群的注视下呼啸而过，朝走廊另一头的大门热热闹闹地移去。看热闹的人有的跟着哭丧的家属送出门去，有的回了自家亲人的病房，一番喧嚣过后，病区安静下来。

我进病房的时候，小彭正在收拾空了的9号床。五名护工中，小彭当属护理经验最丰富的一个，之前她在肺科医院做过六年护工，转到这里也已经三年。小彭是安徽阜阳人，长着一张方脸，刚满五十岁，念过两年初中。后来我才知道，小张每次去街上给老家寄东西或寄钱，都会拉上小彭一起去，但凡需要签字，就由小彭代劳。

见我进门，小彭拔高调门喊道：外女儿，来啦！小彭的嗓门不比小张差，语速比小张稍慢，有种掷地有声的权威感。神奇的是，她这铿锵有力的大嗓门，近乎有着驱邪的功能，一开口，这间刚死过人的病房就不再令我感到恐怖了。打完招呼，小彭放下正卷到一半的床垫，走到7号床边，从我父亲耳朵里掏出两团棉花：他们哭那么大声，我们不听，现在他们走了，可以听了。说完又跑到6号床和8号床，把他们耳朵里的棉花掏出来。

我问小彭：不能让他们听见吗？小彭说：最好别听见，有人升天了，你不能不让家里人哭吧？可不能给老人听见，老人都怕死，我给他们耳朵里塞棉花，听不见，就不怕了。

小彭指着床上的病人：外女儿，你还年轻，有些事你不懂，他们都是一只脚跨进阎王殿里的人，有人要升天，就会拉上一伙结伴走，路上才不冷清，我见过好几回，今天一个，过一天，又一个……

小彭一番玄乎的言论令我疑惑不已，还有些瘆人，四顾周遭，却一如以往：6号床正用他那双被看护带捆绑住的手无意识地敲击着床栏，床架子发出没有规律的"哐、哐"声；我的父亲正瞪着眼睛看窗外，嘴里偶尔发出三个字的感慨：哎哟喂——；8号床睁着一双三角小眼东张西望，半开的嘴里吹出一股股响亮的鼾声，他没有睡着，他只是鼻咽喉部气道狭窄，也许患有鼻窦炎，或者长了鼻息肉，于是，他就变成了一个每时每刻都在打鼾的人……三位老病人不明就里而又按部就班地活着，他们不知道，就在刚才，他们的一位病友"升天"了，小彭在他们的耳朵里塞了棉花，他们没有听见哭声。

看着躺在床上的父亲一脸平和的样子，我不由地对小彭生出了几许感激。抬头间，发现病房门口，一张尖瘦的小黑脸卡着门框探进来，是个小女孩，十二、三岁的样子。小彭指着我冲门口笑道：来，喊姨。

女孩闪进病房，走到小彭身边，很自

然地，和小彭一起收拾起床上的被褥和床底下的塑料盆，还有床头柜里的各种药品和生活用品。我问这是谁？小彭说：小张的闺女，放假，来上海找她妈，白天没啥事，在病房里到处玩儿。

这就是小张捡来的女儿？我问小彭：那晚上呢，她睡哪里？

小彭说：就睡病房里，和她妈挤一张床。孩子挺懂事儿，谁忙不过来就来搭把手，刚才9号床咽气，就是小张闺女发现的。

小彭看出了我脸上的惊愕表情，四方脸上浮现出一丝得意的神色，压低几分嗓门，颇为神秘地说：告诉你外女儿，9号床，是被红烧肉噎死的……她顿了顿，继续说：昨天9号床对他儿子说，想吃红烧肉，今天他儿子就做了红烧肉带来，谁知道他儿子喂他时，没把红烧肉打成糊，这事要是我做的，我就得丢工作。

我说：红烧肉打成糊不好吃。

可不是吗？9号床的儿子也是这么说的，他就想让他爸吃一口囫囵的红烧肉，一定要自己喂，要是我喂，不就打成糊了吗？老头真爱吃红烧肉，一口气吃了四块。他儿子还说：我爸胃口这么好，病也会好得快。谁想到，刚吃完，就在他儿子去洗饭盒的功夫，十分钟还不到，小张的闺女指着9号床喊我：大姨你看，你看。我回头一看，哎呀不好，脸是铁灰铁灰的，嘴角淌着白沫，我赶紧跑到跟前伸手摸他鼻子，我的个天，没气儿了。

说到这里，小彭心满意足地叹了口气："唉！吃着红烧肉'升天'，真是个有福的人。"

与临终医院打了一段时间交道，我已基本了解护工们的说话方式，最典型的就是"升天"——这是所有护工对死亡的正式叫法，似是约定俗成。虽然她们惯常于用最粗俗的字眼描绘生活，譬如她们会把呼吸道原因引起的猝死叫"噎死"，她们还把心血管病人的猝死叫"憋死"，要是哪个病人走着走着倒地而死，不管什么原因引起的，她们都叫"摔死"。但当她们需要正式告知家属，或者需要总结性描述，就会回避直接用"死"这个字，她们也没有如大多数人那样，把"死"叫做"没了"，"走了"，这些词汇显得不痛不痒，偶尔还会产生歧义，毕竟，对于大多数人而言，死亡并不温情，死亡是尖锐而疼痛的。她们生活在最迫近死亡的地方，有时候是白天，看着病人在生死线上挣扎，直至停止呼吸；有时候，是在午夜时分，死神来临的最佳时刻，病人静静地停止心跳，无声无息，而她们，也正睡得安然成熟，她们与那个不再呼吸的躯体在同一间屋子里安眠到清晨……她们无时不刻都在遭遇死亡，便需要泼辣的性格和热烈的情绪来应对，这样才不至于被随时降临的死神吸纳了精神。她们拒绝使用那些文雅而又词不达意的语言，她们愿意落入最为动人的庸俗，说话一律大声，做事一律大刀阔斧，连睡觉都要大张旗鼓地打鼾，她们必须夸张地表现出强大的生命力。对死亡，她们若非藐视，便是升华为神话，于是，她们把"死"叫做"升天"——她们的选择令我心生敬意，我喜欢这个词，它让"死"变得不再那么疼痛，而死亡的惨烈性质，也因为"升天"这个词，变得神圣和浪漫起来。

可我依然惊异于小张居然让她女儿住在"临终医院"，还让她在病房之间到处流窜。我仔细打量了一下正在叠被子的女孩，细胳膊细腿，除了黑瘦，五官长得不丑，是那种尖下巴小脸蛋，与小张的圆胖脸完全不一样，果然不是亲生的。女孩跟着小彭不紧不慢地干活，动作却娴熟，可见她对家务活不陌生。可是，这张床上的被褥以及各种用具，属于一个刚刚死去的人，而这个人从生到死的那一刻，被她亲眼所见，一个十三岁的孩子，果真不害怕吗？

我从父亲的水果篮里拿出一根香蕉递给女孩：给你，拿去吃。女孩扭捏了一下，接过香蕉，放在床头柜上，继续整理床铺。

门外传来小张的呼喊声：妮儿——女孩撒腿就往外跑，跑到门口突然折返，回到病床边，伸手捡起床头柜上的香蕉，再回身，飞也似的向门外奔去。

她终究还是个孩子，可她又不像孩子，"临终医院"不是游乐场，不惧怕死亡的人，莫非成熟理性之极，就是麻木愚钝，我不知道，这个孩子究竟属于哪一种。

五、愤怒的"小鸟"

1. 9号床

9号床吃完一顿红烧肉后爽爽地升了天，小彭说，他是有福的人。9号床"升天"后，新的9号床很快就搬了进来。这一位的年龄，有些过于小了，才六十七岁就中了风，瘫在了床上，这么一来，四人病房里，他就是最小的"小阿弟"了。

"小阿弟"长着两道剑眉，头发都还黝黑浓密着，双目内抠，颧骨高高耸起，两颊凹陷，脸色是泛着黑气的黄。病房里有人进来，他会狠狠地朝那人扫上一眼，目光竟是恼怒的，扁薄的嘴唇紧紧抿住，嘴角往下撇着，两道法令纹深深地刻到下巴，面相便显阴郁，像是隐忍到了头，即刻就要动怒的样子。他让我想起曾经风靡的一款游戏，那只时刻愤怒着的、同时愁绪满面的小鸟。事实上，没人见过9号床真的发怒，他带着一脸怒气，静静地躺在病床上，自始至终。

姑且把他叫做"小阿弟"吧，在这里，六十七岁的他真的非常年轻，年轻到会说话、有思维、有意识，还有欲望，吃的欲望。每次我喂父亲吃水果，他总会把他仰躺的脑袋扭向我，愤怒的目光射向我手里的一只阿克苏冰糖心苹果，或者一只橘色的赣南橙。我拿出一把小刀，开始削苹果皮，细条状的红色果皮从我手里垂下来、垂下来，又一截一截地断裂，最后，果肉完全裸露。"小阿弟"安静地看着，我的眼角余光里，他凹陷的双颊努动了两下，喉头有吞咽地起伏。就在我准备把整个水果切成小块的当口，他扁薄的嘴唇终于迟疑着启开：这只苹果很大。

他虚弱的声音卡在喉咙深处，仿佛羞于从口腔里窜出，这与他愤怒的表情极不般配。他没有用感叹或询问的句式，也不是祈使句，他只是发出判断，是陈述句，自说自话的感觉。我听见了，我错误地以为，"小阿弟"只是没话找话。我继续切我的苹果，果肉在刀锋下发出脆爽的开裂声。就在整个苹果即将切完时，我听见身侧传来他更为虚弱的声音：拨我吃一块。

祈使句，我没听错，他发出了明确的要求。

我扭头看向他，他却并不让自己的目光与我接洽，而是垂着眼皮，眉头紧锁，脸上全是气恼的神色，仿佛有人逼着他，他是不得已才说出讨一块苹果吃的话，这让他感到无奈和羞愤。

我从切成块的苹果里挑出大大的一块，递向他。他从被子里伸出手，接过苹果，

374

塞进嘴里咀嚼起来，凹陷的两颊因为口腔的运动变成两个蠕动的瘪坑，暗黄皮肤包裹着的颧骨也随之一起一落地耸动。他锁着眉头，吃得亦是羞愤，没有感谢的话，也没有对苹果是否好吃有任何评价。吃完一块苹果，他把目光重新移到我的手上，持续羞愤地看着我手里的水果。

我站在7号床和9号床之间，右边是我那患阿尔茨海默症的父亲，左边，是我叫不上名字的"小阿弟"，床头卡上写着的病因是心脑血管栓塞，冠心病。对面，是正在无意识地敲击着床栏的6号床，和无时不刻打着呼噜的8号床。接下去，我就像一个托儿所阿姨一样，左一块苹果，右一块苹果，喂给两个如同婴儿般嗷嗷待哺的老头。

一年前，"小阿弟"中风，送医及时，抢救过来，却也再没有站起来，终日在床榻上躺着。其实早就在卫生院挂了号排了队，却等了将近一年才轮到，终于住了进来。他那三十岁出头的女儿每天来探望他一次，多是上午9点前，或者下午5点后，上班之前、下班之后的时段。女儿在父亲的床头坐上二十分钟，与护工小彭闲话几句，而后与躺在床上的父亲说"爸爸，明朝再会"。女婿呢？进医院那天是来过的，后来，就没怎么来了，都是要上班的人，家里还有一岁不到的婴儿，哪有时间总跑医院？女儿每天来看看他，很不错了。这是小彭的说法，她似乎总能懂得和体谅病人家属的困难。

不过，他老婆从没来过，不是不来，是没法来。小彭这么说的时候，难得压低了嗓门，并且扫了一眼躺在床上持久愤怒着的"小阿弟"，凑到我耳边嘀咕道：坐牢呢。

我惊异于小彭神奇的能力，这也是所有护工的能力，病人的家庭状况，个人隐私，她是怎么知道的？似乎，万事在她们这里永远保不住秘密。

"小阿弟"住进医院的时候，他的妻子已经服刑两年多。很难说他的病不是妻子的事件引发，被判了十年刑，还有八年要熬，犯的是诈骗罪，按她自己的说法，叫集资，而且集的大多是亲戚朋友的资。她允诺亲友极丰厚的红利，人们知道，她在做大生意，有关地产方面的。那些年，只要靠上了房地产这一门生意，哪个不发财？时下的人，有工作的、没工作的，勤恳劳动的、懒惰潦倒的，人人都敢做发财梦。一夜之间变成富豪的，数数身边周围，好像还真不少啊！发了财的人介绍经验说，要敢想，敢做，要想办法拎到第一桶金。什么是第一桶金？第一桶金，就是鸡蛋，有了鸡蛋就能孵小鸡，小鸡养大了又能下鸡蛋，鸡生蛋、蛋生鸡，不发财才怪呢。不过，能拎到第一桶金的人，要有天大的胆量和魄力，更要紧的，得有天才的想象力，只有想不到的办法，没有发不了财的生意。好像，发财这件事，离每个人都不太遥远，一不小心，你就有成为富豪的可能，"小阿弟"的女人便是榜样，人们通过她这个成功案例，轻易地获得了胆量和魄力，一个个都变得有远见起来，深谙着"你不理财，财不理你"的道理，投资理财成了发家致富的最佳途径。难道不是吗？

"小阿弟"退休前是一家国有企业的职工，端铁饭碗的人，有退休工资，饿不死，却也吃不胖，好在没什么野心，只求日子平顺。他的妻子，却是个活泛的女人，看起来智商不低，还能说会道，原本在一家私营企业打工，说是做营销，累死累活，生活却没有多大改变。不知道从哪一天开始，就渐渐地起了变化，开始学会打扮自己了，穿得山青水绿，赴饭局、组酒局，谈生意，眼见着有了发财的迹象。真正是一个聪明而有魄力的女人呐！

那是人们对她傲娇的智商和能力的中肯评价，至于究竟如何发的财，却是谜。好在，她是一个慷慨的女人，她并不独享发财的机会，她愿意带领亲朋好友一起富起来，有饭大家吃，有财大家发。集资的号召很轻易地就得到了广泛的响应。其实，她早已美名远扬，更多人自动找上门来把钱交给她，认识她的、不认识的，拐弯抹角托人介绍来，纷纷拿出家底，投资到她的生意里。

然而，"小阿弟"却和他的女人不同，他认命，小富则安，无甚大志。可他左右不了她，只能远远地关注着独自闯荡江湖的妻子，只把自己做成一个默默无闻的内当家。他做得很好，近乎于"贤惠"，妻子当然做得更好，眼见得日子越过越好，家底越来越厚，上门求亲的人络绎不绝，女儿的未来归宿，完全有了挑拣一番的资本，婚事更是办得隆重体面。妻子说：就一个女儿，我要把排场做得大一点。

女儿嫁得很风光，八部清一色奥迪A6，一部宾利领头，婚车队一路开到陆家嘴，黄浦江边的国际会议中心，酒席8888一桌，龙虾、鲍鱼、大闸蟹、法国波尔多葡萄酒、茅台、五粮液……可谓中西合璧、美轮美奂。婚礼场上，他的女人被她的客户、生意伙伴，或者，希望她提携发财的亲戚朋友们围绕着，左右逢源、游刃有余。他呢，站在她身边，像个蹩脚的跟班，连寒暄客套都不能胜任。他终究还是没有培养出属于富人的底气，脸上便时时流露出落寞与发愁，微弱，却也显然。其实，那只是他天生的相貌吧，嘴角始终往下挂着，像是随时在生气，浓郁的剑眉和突爆的眼球又使他面相带凶，一副愁苦而又不服气的样子。他的女人，肯定也已习惯了他那副时刻生气的面容，或者，她压根就看不见他溢于言表的担忧和焦虑，她正意气风发地做着她的女老板呢。

然而，发财的奥秘终归还是被揭穿了，她被告上了法庭，涉资巨大，被判了十年，罪名是诈骗。谜底揭晓的时候，人们大跌眼镜，事实的真相是，她自始至终没有做成过任何生意，所有赚钱的路数和一桩桩她嘴里描述的地产生意，似乎全都来自她的虚构。她最大的本事，就是让人们怀揣着希望为那些想象中的生意投下资金，然后，她用别人的金钱把自己的生活装饰成雍容华贵的样子，于是，那些想发财的人们趋之若鹜地投奔于她。其实，她的道门，和那些贷款、融资、集资做生意的，又有什么区别呢？世间的生意哪一桩不是用别人的钱做起来的？她只是差了那么一口气，她汇聚了别人的钱财，接下去的生意却没做成，她把别人送来准备孵小鸡的鸡蛋炒了吃了，那些鸡蛋没有履行孵小鸡的职责，更是没有完成"鸡生蛋、蛋生鸡"的远大目标。她差的，就是那么一口气，使鸡蛋孵出小鸡的那么一口气。告她的自然是投资给她的熟人，她想发财，他们也想发财，可是这中间的问题究竟出在哪里？那些做着发财梦的人们，一概无法想象……

这一关就是十年呐，不晓得他能不能熬到她出来……小彭叹了一口气，我禁不住看了9号床一眼，还好，他闭着眼睛。其实，小彭的叙述远比我的记录琐碎得多，并且没有明确的时间线，但我还是通过自己的脑补听懂了，我把零零碎碎、前颠后倒的故事拼凑起来，重新排序了一番，故事顿时通顺多了，只不过，很多词句并不是小彭能说出来的，诸如"勤勉"、"慷慨"，或者"左右逢源"、"游刃有余"，这些，都是我在理解了小彭的意思之后的翻译，她说的多是土话，越是说到精彩处与困惑处，她的土话使用率越频繁。

小彭与我讲述的时候，我们就站在父亲的床脚边，"坐牢"两个字，小彭确是放低了音量，可是接下去，她越说越来劲，声音不可抑制地响亮起来。9号床就在7号床旁边，三米不到，我很担心被"小阿弟"听见。我们议论他人隐私，甚至不是在他人背后，我们当着他的面揭他的伤疤，这几乎是缺德的，如果被他听见，我会觉得羞愧与尴尬。我提醒小彭，可不可以到病房外面去讲？可是小彭并不担心：他啥都好着，就是耳朵聋，平时我和他说啥他都不答应我，不是聋是啥？

小彭依然声色并茂地叙述着，我时不时地瞥一眼躺在9号床上的他。他始终闭着眼睛，不知是睡着了，还是不想为我们谈论的话题流露尴尬，抑或，他不想面对我们的尴尬。可是，尽管闭着眼睛，他那张颧骨高耸、两颊凹陷的脸，却还一如既往地愤怒着。真是不可思议，他上辈子是怒神吗？我很是疑惑，他这副面孔，究竟是天生的，还是从他的妻子出事开始的？或者，从他中风，躺倒再也起不来的那天开始的？他脸上除了愤怒，曾经有过别的表情吗？假如抽去愤怒的表情，那将会是一张怎样的脸？他会笑？在女儿的婚礼上，他笑过吗？

我从未见过他笑，他时刻愤怒着，即便是在问我讨一块苹果吃的时候，或者，闭着眼睛睡觉的时候。不过，值得庆幸的是，怒神的耳朵是聋的，这很好，我想，这样他就可以拒绝听见很多不喜欢听的声音，这是他的自我保护机制吧？这些年，他大概很少能听到令他愉悦的声音，于是，他干脆让自己聋了。

2. 羊肉烧酒

"小阿弟"的女儿长得像父亲，我见过几次，多是在周末。她生了一副扁薄的嘴唇，一对剑眉，还有略高的颧骨，与父亲几近复制的脸，只因为年轻，便不给人随时都要恼怒的印象，而是，泼辣、干练。

女儿来医院，经常带来父亲喜欢吃的白切羊肉，还附带一小袋酱油蘸料，曹镇最著名的熟肉铺里买的，那家店的羊肉，口碑极好，他从年轻的时候吃到现在。以前，准确地说，是妻子最能"赚钱"的那两年，每天早上他都要去镇上的羊肉店，一小碟白切羊肉，或者一碗羊肉面，配上二两烧酒，浅酌慢品，一上午就过去了。

那时候的"小阿弟"，六十岁刚到，却因为退了休，便染上了老年人的起居习惯。譬如，天不亮就醒了，睡不着就起床，洗漱完，抬腿就去镇上。天麻麻亮，镇上已有两处地方开门营业，一是茶馆，二是羊肉店。去茶馆的多是囊中羞涩，两元钱泡一壶茶，坐一上午，有的还自带茶叶，好一点的茶压根没销路。老头们喝茶，是消磨时间，一壶好茶几十块，还不如去羊肉店。羊肉店里的早茶，实惠又营养，二十元不到，有肉有面还有酒。要是天天去，算起来也不便宜，所以，大多老头只是偶尔去打打牙祭，天天去羊肉店吃早茶的，要么无牵无挂还败家，要么是真的口袋里有钞票。"小阿弟"算是有钞票的客，退休工资不低，妻子还很能赚钱。"小阿弟"不是男权主义，他不管老婆的生意，只独享退休生活，吃吃羊肉，喝喝烧酒，镇上泡茶馆的老头儿，有多少眼红他，也想和他一样，天天过羊肉烧酒的日子？

女儿成家后，一个礼拜来看父母一次，妻子自是脚不沾地的忙，家里就数"小阿弟"最空闲，最没贡献。他催女儿，快给他生个外孙子，女儿说，不急，趁年轻，抓紧时间玩，还没玩够呢。

女儿还没玩够，他的羊肉烧酒还没吃够，妻子就蹲了监牢。女儿立即收了心，把市区的婚房卖了，换了离父亲近一些的房子。他呢，整日张罗着拿什么替妻子把欠人家的钱还上。一年后，女儿给他生了一个外孙子，如此，小家庭总算基本稳固。然而，他却还没来得及把妻子欠下的钱还掉多少，就让自己中了风，从此，他的人生，就只能在一张床上度过了。

小彭早就摸清了规律，"小阿弟"的女儿，每隔两个星期给她父亲买一次羊肉，小彭也学会了如何喂9号床吃羊肉。起先，她把羊肉、米饭、蔬菜，包括一小袋酱油蘸料一起倒进搅拌机，搅成一碗糨糊喂给他吃。第一次，他张嘴衔一小口，眉头一皱，脑袋往枕边一偏，再不肯吃。

"小阿弟"牙口尚且健全，其实是不该打浆喂饭的。可是小彭不愿意，她负责护理的病人有6个，这一间病房4个，连带隔壁的2个，每天三次给六个人喂饭，就等于是18次。要是等着病人一口口嚼烂咽下去，那要喂到什么时候？午饭没喂完，晚饭时间就该到了。护工要做的活太多太多，给病人擦身、翻身、换尿片、量体温、喂药、涂褥疮膏……小彭做什么事都以高效为准则，饭菜打成浆，要的就是安全、快速。

可是"小阿弟"对于吃羊肉，有他特别的要求。必须切成小号麻将牌那样的一块一块，蘸一蘸酱料，整块地送进嘴里，慢慢咀嚼，那样吃，口腔里才能获得最饱满的肉香，舌尖与唇齿间才能体验到瘦肉的质感和肥肉的丰腴，他一辈子都是这么吃的，打成浆，那还算什么白切羊肉？不吃！

"小阿弟"不肯吃糨糊饭，小彭没办法，只好按着他的要求，三两羊肉，一块一块蘸了调料，送进他嘴里。对护工来说，这可真是添了不少麻烦，吃得慢不说，还有噎着的危险。所以，小彭总是在他女儿送羊肉来的这一天脾气有些急躁，给他擦身、喂饭的时候，态度就会凶横几分。要是拉稀了，她会一边替他擦洗臀部，一边数落：看看，又拉肚子了吧？饭不吃，就爱吃零食，吃水果，吃羊肉，就你嘴馋，不给你洗，让你臭烘烘窝着，叫你贪吃……小彭的数落亦是讲究分寸，语速不快，却大声，还带着点咬牙切齿的狠劲儿，旁人并不能十分明白她口音浓重的家乡话，"小阿弟"大概也听不明白，但或许，他能从她的表情和语气里感觉到严厉与责备。每次拉完稀，他平摊摊裸着下身让她替他擦洗的时候，总是瞪着一双鼓胀的眼睛看着天花板，薄薄的嘴唇紧抿着，不说话，不皱眉，面无表情，一副任人宰割的样子，连常驻于脸上的愤怒也有所削弱，或者干脆消失。也许他自知理亏，或者，他知道，这种时候，他需要示弱。

这一日早上，女儿来了，床头柜上的餐盒里照例是三两白切羊肉，烧酒自然是不可能有了。女儿关照小彭：羊肉中午就喂给我爸爸吃，天气热，放到晚上就不新鲜了。

378

又是羊肉，小彭有些烦，便拿出更具主人翁态度的口吻，也或许是故意要给人家出难题：好，我中午就喂，对了，你妈呢？咋从没见她来？

"小阿弟"的妻子坐了牢，这是那段日子小彭与我们闲聊的重要话题，只是从未公然在9号床的家属面前提及，这种时候忽然问起，也许只是有怨气。可是没想到，"小阿弟"的女儿竟也不避讳，剑眉一扬，朗声说：关在牢里呢，犯了罪。

不知道是挫折把她的心磨大了，还是感觉出了小彭的促狭，她要以更强大的声势压过护工的气焰，倒让小彭不知道如何接话了。她也没让小彭继续问，而是自己往下说起来：以前日子过得苦啊！谁不想赚钞票？想要赚钞票就要做生意，大家伙把钱凑起来，生意可以做得大一些，又怎么能叫诈骗？这世道，有的凑钱叫集资，有的凑钱叫诈骗，我妈想都没想过会被她娘家的表哥给告了，就成了诈骗犯……

我的母亲在向我转述她亲眼所见的那场交锋时，对小阿弟的女儿表现出的沉着与泼辣深表佩服，她说：是不是她的妈坐了牢，她就有点"横竖横"了？看起来，小彭不是她的对手啊……

我却认为，"小阿弟"的女儿把话说得那么坦白，大概不是要和小彭抬杠的意思，也许她只是找到了倾诉的出口，她止不住地要往外倒，仿佛忽然抓住了一个为自己的母亲开脱的机会，或者，她只是为自己，为这些日子承受的那么多天大的委屈，为她现在的处境。是啊！哪个女人有她这样命苦？母亲关在监狱里，父亲躺在病床上，家道败落、六亲不靠，她一个弱女子，容易吗？童话故事里讲的都是丑小鸭脱胎换骨成白天鹅，灰姑娘变身王子的情人，可她完全是把童话故事倒过来演了，她是先甜后苦，公主落难成女仆，你叫她怎么咽得下这口气？所以，她这么回答小彭，其实是有些自暴自弃的宣泄了。

小彭只剩下了听的份儿，嗓子眼里渐渐多了几声呼应的"嗯、嗯"，这一边，更是起劲地诉说着，两人矗立在床脚边相对唏嘘，慨叹着世事难料、人心不古。正说得投入，"小阿弟"竟突然开口，软绵绵的一句话，插进她们滔滔不绝的声波：有什么好讲的，又不是啥光彩的事！

他没有聋，他全听见了，他说了一句思想表达极其完整的话，语调虽是绵软，却也无法掩藏地流露出深深的颓丧，以及隐约的怒气。是的，他总是带着一副怒容，却从未真的发怒，现在，他终于表里如一地展示了他的"怒"，声音轻弱，却像一把软刀子，柔柔地捅进一条湍湍激流的溪水中，似是无力，却也让溪水改了些许走向。

女儿止了声息，小彭则向病房外走去，嘴里大声喊道：哎哟，6号床盐水快要吊完了，我去叫医生！其实她又何须亲自去喊医生？只不过床头柜上的呼叫铃无法掩饰小彭的尴尬而已。

他没有再说第二句话，即便他的女儿把嘴凑到他耳边：爸爸，嘴巴干吗？要喝水吗？今天给你带羊肉了……床头柜上的透明餐盒里飘出熟羊肉的香味，他却瞪着眼睛，谁都不看，就这么静默着。

女儿要去上班了，她直着腰站在父亲跟前：爸爸，我走了哦？和我说再见。

他没有回答，一双怒目在女儿脸上瞟了瞟，即刻垂下眼皮，似还为她在外人面前自曝隐私而生气，又似是生自己的气……女儿真的要上班去了，她有些着急：爸爸，我走了哦，再会！说完抓起他的一只手，用另一只手拍了一记他的掌心。他被她左右着，做完被动的击掌，然后，动了一下嘴唇。没人听见他在说什么，那一击掌，算是告别，挺时尚的，或者是女儿与她那一岁半的小儿告别时常用的动作，现在，她那并不很老的老父亲也是个小孩子。击完掌，告完别，她折身出了病房，没有回头，每天都如此，反正明天还要来的，没什么依依不舍、频频回头的告别桥段。

3. 不再愤怒

"小阿弟"似乎习惯了分享我父亲的零食，每次我们开始做准备，他就会扭过头，盯着我们手里的食物，大多时候不说话，只盯着看，怒视，好像他和我们手里的食物有仇。零食中，他最中意水果，苹果、鸭梨、甜橙、香蕉，只要被他看见，他就会犹豫挣扎一阵，而后愤愤地提出要求："拨我吃一块"。我们总会匀出一些给他，他伸出手，接过去，塞进嘴里，而后开始愤怒地咀嚼。趟次多了，母亲有些怨言，在他提出"拨我吃一块"的时候反问他：你那么喜欢吃水果，你女儿怎么不给你送来？

说完这句话，我的母亲就会转过身，把背脊对着他。也许她要躲避他那双怒目，以及他眼神里曲曲折折的祈求。母亲只管把水果切成更薄更小的片片，这样喂给父亲，既可以让他享受一丁点儿食物的质感，又不至于嚼不碎。我那不明就里的父亲，只顾张嘴吃，吃的时候，是他最安静的时候。母亲的投喂及时而又稳妥，她全神贯注于自己的丈夫，虽然，她的丈夫依然不认识她。不知是出于何种心态，她不愿意扭头看一眼身后的"小阿弟"，如此，她便会在手里的水果所剩无几时，再次听见身后喏喏的声音：拨我吃一块。

他在水果所剩无几的最后时刻提出要求，祈使句。母亲不得不转身，他羞恼的目光终于落于邻床家属的眼中。于是，母亲提起手里的一枚果核或者一张果皮，在他眼前晃晃，近乎残酷地说：没有了。

他并未流露失望的表情，怒目也并不因此而黯淡下来，只是扭转头颅，朝窗外看去。

我和母亲一样，对"小阿弟"讨要水果吃这件事，有着无法释然的困惑。我们实在不明白，他的女儿舍得给她父亲买更昂贵的白切羊肉，怎么就不舍得给他买水果？

答案终于来了。有一个周末，我去医院探望父亲，刚走近病房，就闻到一股浓烈的恶臭从房内飘出。跨进门，只见"小阿弟"赤身裸体地躺在床上，下半身浸在一大摊暗绿色的粪便中，太多水样的粪便，积成了一个污泥潭，臀部几乎被淹没。小彭端着一盆水从卫生间出来，我赶紧退到门外。

小彭完成清洁工作，我终于得以进入病房，未等我问及，小彭已经开始唠叨，我也终于了解了他女儿不买水果给父亲吃的原因，"他吃不得水果，冷的，生的，一吃就拉肚子，看看，又拉了一床。嘴馋得不行，肚子还不争气……"

我的母亲知道后，立即从微弱的愧疚中解脱出来，因为自己的"先见之明"，她变得理直气壮：看看，不给他吃水果是对的吧？不是我小气，我早就说了，不能随便给别的病人吃东西，你好心给他吃，把人家喂"升天"了也说不定的。

父亲在医院里住了大半年，母亲的言语也愈发接近护工们的特征了，现在，她喜欢把"死"叫做"升天"。

那以后，在给父亲喂水果的时候，我也学着母亲的样子，背对着9号床，以避免与他眼神接洽。虽然，我总有一种后背被两道愤怒的目光刺穿的不安，但我还是坚持不回身，不看他，不理会他小声的祈求：拨我吃一块。

那天，小彭喂他吃饭，照例把蔬菜、肉蛋、米饭混在一起，用搅拌机打出一大杯糨糊，她舀起一勺，送到他嘴边，他却死死地闭着他那两片扁薄的嘴唇。

小彭说：你不吃饭不行啊！怎么能不吃呐？

他不说话，锁着眉头摇了摇头。小彭佯装生气：水果好吃是吧？可你吃了要拉肚子。羊肉好吃是吧？可也不能顿顿羊肉，你要把你女儿吃穷的！赶紧吃，吃三口，就三口，来！

许是担忧女儿被他"吃穷"，他终于张开了嘴，抿了一口糨糊，又抿了一口，再一口，三口满了，嘴又紧闭起来。小彭哄他：还有一口呢，还没到三口呢。他却无论如何不上当，闭着嘴，就是不吃，说好的三口，多一口都不行，倒也信守承诺。小彭无奈摇头，把一碗糨糊放在他床头，转身去给6号床喂饭了。

好饭好菜都打成了糨糊，又怎么能好吃？我的母亲总这么说，所以，每天她都会亲自给她的老伴喂一顿饭，不打浆的那种。虽然父亲已经不会说话，牙齿也只剩下半口，但母亲还是愿意让他吃得好一点，一餐饭，一次饭后水果，母亲坚持自己喂。要是让小彭喂，水果饭菜还不都变成糨糊？她总这么对我说。

没有人给"小阿弟"喂不打浆的饭，女儿要上班，没时间，可是他的味觉神经还没坏，脑子，似乎也没坏，他知道什么好吃，什么不好吃，如此，他便每每闭嘴绝食，以示抗议。

住进医院一段时间后，他消瘦了，可他终日以平躺的姿势示人，那张脸，因地球引力而整个地朝四周阔摊开来，人们便看不出他的消瘦，包括医生、护士，还有他的女儿。只有小彭有所察觉，有一回给他擦身，掀开被子，就见两条干柴棍似的细腿，胯骨尖锐地突出，几乎把小彭的手都要戳痛。给他翻身好像愈发容易了，只要扶住他的背，轻轻一拨、一推，那具不会动弹的躯体轻易就能侧过来，比7号床老薛容易多了。不过，在小彭眼里，这一切都是正常的，她见得多了，瘫痪的病人，哪个不是身上腿上的肌肉都在萎缩？

那一天很普通，那一天是"小阿弟"住进曹镇社区卫生服务中心的一年零二十天，他的女儿照例在早上八点前来了一趟医院，没给他带羊肉，匆匆地来，又匆匆地去上班了。那一天他照例不肯吃打成糨糊的饭菜，当然也没有拉稀，吃得少，没什么可拉的。入夜，别人都睡了，小彭也在病房里铺开行军床准备躺下。要熄灯了，"小阿弟"却喊起来，小彭弯起身细听，只听见他语焉不详的哼哼。小彭问：怎么啦？他皱着眉头，发出柔弱而又清晰的要求：嘴巴干。他带着一脸愤怒，眼睛却看着对面8号床吊瓶架上挂着的一兜水果。小彭知道，他是馋水果了，但他不能吃水果，他的肠胃不能消受，于是起身，给他倒了一杯开水。他嫌烫，小彭又把自己茶杯里的凉开水兑了一些进去，送到他嘴边，他还嫌烫，目光自始至终没有离开过挂在对床架子上骄傲地晃悠着的水果兜。那怎么办？小彭说，你也不能吃水果啊！我要给

381

你吃了，到时候拉肚子了，你女儿可要怪我……他没有申辩，只锁着眉头，一脸愤怒地闭上了眼睛。小彭便把水杯放在床头柜上，插入一根吸管，以便于他想喝水的时候可以自己操作。做完这一切，小彭才回到行军床上躺下睡了。

二十米长的走廊里，病房门虚掩着，五个护工分别睡在他们负责看护的病房内，熄灯了，有鼾声传来，也有痴呆病人任何时候都有可能发出的自言自语，白天并不显然，夜晚，那些此起彼伏的呢喃或者呻吟，在"临终医院"唯一一条走廊里贯穿、弥漫。护工们习惯了，小张、小彭、小丁、小兰、小魏，她们在劳累的白天过去后，沉沉地睡着了。

凌晨四点半，小彭如常起床，洗漱干净后，准备给病人擦身、翻身、换尿袋，病房里已是灯光大亮。6号床，似乎还在闭眼沉睡，可他是醒着的，一双24小时被看护带绑着的筋骨条条却又白得失血的瘦手，正挣扎着向空中莫名挥舞；7号床，我的父亲，他正发出早晨惯有的呓语，没人能听懂他在说什么，小彭并不搭腔，只任凭他发表着一个人的演讲；8号床显然醒了，睁着一双警惕的小眼睛，追踪着小彭豆绿色制服的身影左右穿梭，张开的嘴巴里持续喷出带着痰气的鼾声；然后，是9号床，无声无息的9号床……小彭的目光扫向他，白色的水杯还在床头柜上立着，吸管也还斜斜地插在里面，那个角度、深浅，与昨晚她插进去时一模一样。他没喝水？小彭走近床边，看了一眼仰面朝天躺着的9号床，顿时一惊。那张平时黄中带黑的脸，此刻却是灰白色的，眉眼间那股哪怕睡着了都不消失的怒气，这会儿全没了，连皱纹，也似乎在一夜之间被抚平，就好像一张被熨过的废纸，忽然间变得平整，却完全失去了生气。

小彭是有经验的，病人的样子让她立即判断，这一位大概率是"升天"了，便迅速按下床头的呼叫铃。医生很快进来，摸脉搏、照瞳孔，一连串的诊断动作，而后，医生抬头：冠心病复发，已无生命体征，通知家属吧。

小彭拉起床单，盖住那张不再愤怒的脸。五分钟后，两名男性工作人员推着一张停尸床进病房，通身包着白被单的"小阿弟"被抬上铁床，推出病房，去了离住院部大楼十多米远的一间小独屋，那里就是社区卫生服务中心的太平间，门口并未挂牌子。

半小时后，"小阿弟"的女儿冲进病房，她是独自一人赶来的，没有别的亲人陪同。她看着空空的9号床，霎时大哭，声音几乎震碎屋顶。她的父亲已经不在床上，她就站在病床前哭着，没有人阻止她。小彭任由她哭了一会儿，稍稍平息，才带她到医生办公室，开死亡证明，签字，打电话给殡仪馆，一系列操作完成，小彭才回了病房。

这一天，四人病房里再次空出一张床位，9号床被抬走了，不，那张床并没有被抬走，抬走的是床上的那个人。小彭忙碌着打扫卫生，清理掉床上用品，扔掉床头柜里的药物、杯子、饭盒、尿袋……小彭抽出插在床头的那张病历卡，白色的卡片贴在墙上一年多，有些发黄，"闵福根"三个蝇头小字上染着来历不明的污渍，显得脏兮兮。

小彭并不看卡片上的名字，她不关心那个刚"升天"的老头叫什么名字，她只是觉得有些遗憾：早知道他后半夜就要

"升天"，昨晚怎么都该给他吃个水果是吧？吃两个、三个也行，他爱吃几个就几个！都要升天了还不让人家吃？真是造孽啊！这个9号床，福气可真没上一个9号床好，人家是吃红烧肉噎死的，他连一个水果都没吃上……

些微的遗憾并未影响小彭的工作效率，她很快换下床单、褥子、气垫、枕头，换上了全套干净的床上用品，她必须立即收拾好，下午，一位已经等了半年多的脑梗病人就要住进来，又一个新的"9号床"就要来了，来替代那个爱吃羊肉的、一吃水果就要拉肚子的、在"临终医院"里住了一年零二十一天的"小阿弟"。

六、 那些未知的财富

9号床"小阿弟"升了天，8号床肖老头就降格为本病房最年轻的病人。肖老头72岁，长着一条剑鞘般的长下巴，他不像其他病人，大多时候昏沉沉地睡着，他不睡，他半靠在床头，嘴唇不受控地龛开，洞开的口腔里吹出一股疾气浓重的鼾声。他的一双三角眼还很是灵敏，滴溜溜地转着，整日忙着东张西望，有人进病房，他一定会在第一时间把两道疑虑重重的目光射向来人。他还能偶尔下地走走，能自己爬起来去卫生间解手。他一手提着松松垮垮的条纹病号裤，一手扶住床栏，往前跨几步，够到卫生间门框，一把抓住，再往前跨几步，一路跌跌撞撞地扑到卫生间的马桶边，提着裤子的手一松，"哗啦"一下，裤子落到脚面上，顿时，他那包着纸尿裤的臀部裸露而出。并不是每次拉屎撒尿他都能很好地控制，所以护工总给他包着纸尿裤。他佝偻着身躯立在马桶前，摸索索地撕扯着纸尿裤，大约一分钟，皱巴巴的白色三角形纸尿裤终于被他从身上撕剥下来，黑瘦的臀部终见天日。他一屁股坐上马桶，与此同时，淅淅沥沥的尿声传来，绵长而无力。

每每挣扎着上厕所，他总不记得要把门关上，好几次，在无所遮挡的视线范围内，我看见肖老头敞开着厕所大门坐在马桶上像个老女人一样撒尿。这种时候，我必须调转身躯，或者飞闪而过，我试图无视这猥琐而又令人尴尬的一幕，然而，他还是会不经意地进入我的视线，并且留下尖锐而不堪的印象。72岁的老男人垂着他那颗尖细的花白脑袋，身姿就像一只弯曲的虾米。这只大型虾米在马桶上一坐就是半天，排泄这件事似乎让他很受用。的确，在这间病房里，没有一个病人能像他这样，自己走进卫生间，自己脱下裤子，自己撕开纸尿裤，自己完成整个排泄过程。他坐在马桶上的形象总是通过敞开的厕所门向走过路过的医生、护士以及病人家属一览无余地展示，但这并不对他构成道德与尊严的压力。因为，在临终医院，这是一件多么平常的事。于他而言，更重要的是，病房里其余人只能以横躺的姿势度过一天二十四小时，并且双手都被看护带缚着，半身或者全身不遂的他们必须让屎尿沾染在身上许久，等待着护工通过空气中排泄物的气味含量来发现他们已然排便，而后等待她们有空或者认为有必要的时候替自己处理。相比而言，肖老头所具备的"优越性"，足以让他忘记当众排泄的难堪与尴尬。

护工的鼻子已经训练得相当灵敏，她们能区分出究竟是几号床排便了，还能准确判断出是在排便中还是已经完成排便，是正常排便还是腹泻拉稀。小彭说，一闻就知道了，不用掀被子看。至于小便，男病人好办，拿一个大号保鲜袋套住生殖器，不松不紧地系牢，太紧会淤血，松了会漏尿。所以，卧床病人双手都得用看护带缚住，不让他们的手够到下身，要不他们会把尿袋尿垫都抓掉……小彭一边替父亲换尿袋，一边不时地朝我看一眼，方形的颌骨一抬，尽是富有经验的骄傲神色。

我目不斜视地看着小彭的面孔，我不敢低头，不敢偏移视线，我怕看见躺在床上裸露着身躯的父亲，这是我无法正视的一幕，心痛却又无可奈何。是的，在这间病房里，除了肖老头，其余三人每天都要不止一次地裸露他们的身体，让已经没有性别意识的女性护工用带着橡胶手套的手粗暴地擦洗。在这一点上，肖老头显然可以傲视"群雄"。他能站起来，还能扶着床架和门框走动，他的双手从来没有被缚住的时候，虽然他偶尔也会失控，所以，护工坚持要给他包纸尿裤，但他能自己脱纸尿裤，还能穿上。每次解完手，他总要佝偻着身躯站在马桶边，两手提起纸尿裤，敷上臀部。他低着头，尖瘦的脑袋几乎要垂到裤裆里，摸索好久，找到粘胶搭扣，贴上，然后，把堆在脚面上的裤子提起来，穿好。这就是肖老头胜过别人的地方，在这间病房里，他是唯一一个艰难地拥有着排泄自由的人，所以，肖老头总是带着一脸主人翁的神态注视着每一位进入病房的"外人"，包括医生、护士，或者病友的家属，目光充满怀疑和审视。

除了上厕所，还有一件事情，肖老头也总是坚持自己做。每到饭点，小彭把饭菜端进病房，放在床头柜上，再端一把椅子放在床边，肖老头就会摸摸索索地从床上爬起来，双脚落到地面上的一双黑色布鞋，套进去，站起来，把臀部挪到床头柜前的黑色人造革靠背椅上，然后，面对着一份病号饭菜，一边转着他那双发亮的三角眼，一边津津有味地吃起来。

我确信他是一个懂得享受生活的人，虽然他已经老得像一只弯曲的干虾米，但他依然愿意在吃喝拉撒的问题上把自己搞得舒适一点。譬如他床头的吊瓶架上总是挂着一个塑料袋，袋子里是从不间断的水果，有时候是一大串芝麻香蕉，有时候是一堆芒果，或者三、五个大木瓜。似乎，他更喜欢吃黄色果皮的热带水果，塑料袋里从来没有出现过苹果抑或梨之类脆口的水果，也许是牙的问题。黄皮水果大多软和，他爱吃，但他消耗水果的速度却远远跟不上水果腐烂的速度。因为病房过于暖和的温度，塑料袋内层总是附着一些水汽，水果的表皮就容易长出黑色斑点，软塌塌的一袋子，老气横秋的黄，于是，病房里终日弥漫着水果成熟过头的发酵气息。

肖老头的床脚下还藏着一箱12罐装的八宝粥、一箱光明莫斯利安酸奶。倘若食堂的饭菜不对胃口，他会让护工替他开一罐八宝粥。下午睡醒过来，他也总要喝一罐酸奶，报着吸管，发出"滋溜滋溜"的声响，没一分钟，一罐莫斯利安就喝完了。他喜欢软糯的甜食，八宝粥是最爱，平均每天消耗一罐；还有香蕉，每天一到两个。当然，八宝粥要"达利园"牌，桂圆莲子的，"娃哈哈"其次；香蕉最好是广东芝麻小香蕉，那种看起来黄得发亮的像塑料一样的进口香蕉，他是不吃的。他从不亏待自己，一打装的八宝粥快吃完了，就要差人去买来补上，香蕉烂熟发黑了，吃不得了，扔掉，再去买新的。他坚持着水果、牛奶的"高品质"生活，当然，他是花自己的钱，爱吃什么就买什么，没人能阻止他，也没人有权利阻止他。

隔壁6号床的儿子每个星期来看他的老爹两、三次，他在镇里的政府机关上班，是干部，也不知是宣传部门还是人事部门的一名科长。他的爹，除了喘气不会做任何事，时刻处于昏睡状态，相当于半个植物人。儿子来，是探望父亲，父亲是否知道儿子来了，也未可知。通常，这科长儿子会拖一把椅子，在爹爹的床边坐上半小时、一小时，然后走人。他的爹对他没有任何要求，只顾自己闭着眼睛、张着嘴，偶尔发出一两声无意义的呻吟。有意思的是，8号床肖老头，却总在这位科长来看自己的爹爹时请他帮忙。第一次，肖老头抖抖索索地从枕头边摸出一个钱包，掏出一张百元钞票，对6号床的科长儿子说：弟弟，麻烦你，帮我到超市里去买一箱八宝粥好伐？要"达利园"的，桂圆莲子。

因为中过风，肖老头说话口齿并不清晰，但科长还是听懂了。他以为这只是偶然情况，正好吃的八宝粥没有了，而8号床的子女这一天没来，让邻床家属帮个忙，当属正常。于是拿着钱，去镇上的超市买回一箱达利园八宝粥，塞进肖老头的床底下，同时把找零交到他手上。肖老头不忘说声"谢谢"，科长答：不客气，老伯伯，小事一桩。

然而，令科长疑惑的是，肖老头请他帮忙买食物并非偶然一次，接下去很多次，科长去看父亲，他都要请他帮忙：

"弟弟，麻烦你，帮我到超市里去买一箱酸奶，光明的，好伐？"

"弟弟，麻烦你去一趟邮局，帮我领五百块洋钿，我的退休工资，好伐？"

这就有些奇怪了，老头为何要让一个素不相识的邻床家属替他买东西？甚至让别人拿着他的身份证和银行卡去领他的钱？他没有子女吗？

8号床肖老头并没有替自己找借口，也不主动道出原因，只是每每等到6号床的科长儿子来了，就请人家帮忙。他大概没有儿子，他把别人的儿子当成了自己的儿子吧？又或者，科长是个国家干部，官方身份令肖老头感到放心。科长终是不解，便去问小彭，小彭回答得干脆：他怎么没有儿子？他儿子不止一个呢。

那一天，我去医院探望父亲，6号床的科长儿子恰巧也在，更令人意外的是，我竟见到了8号床的儿子们。肖老头不仅有儿子，还足足有三个，人高马大的，往父亲床边一站，病房顿时显得极其拥挤。这三个儿子平时很少来医院看父亲，一来，三个齐刷刷地一起来。我想，肖老头该让他那三个儿子替他干点什么了吧？不能总麻烦6号床的科长儿子。可是没有，三个儿子并排站在父亲床前，肖老头半躺在床上，垂着眼皮，不看他们，也不和他们说话。三个大男人把他们的老爹团团围着，却没有一个人开口嘘寒问暖，也没有一个人替他们的老爹动手干点什么，就这么傻站了一会儿，直到护士进来，递给儿子们一张单子：你们谁签字？

老大接过单子看了一眼，递给老二，老二看了一眼，又递给老三，老三看了看，还给老大。老大又瞄了一眼躺在床上的老爹，说：那我们一起签字吧。于是，三人一个接一个地在单子上签了字，然后，老大冲着肖老头说：阿爸，我走了，晚上亲家公上门吃饭，我还没买菜呢。

老二说：阿爸，要吃啥用啥你对护工

385

说，我走了，我只请了半天假，下半天要上班的。

老三没什么理由好说，憋出五个字：阿爸……我走了。

三个儿子齐刷刷地离开了病房，自始至终，肖老头没和他们说一句话，只垂着眼皮躺在床上，根本不让自己那双锐利的三角眼多扫他那三个儿子一眼。可三个儿子前脚一走，肖老头立即活了过来。他从床上挣扎着坐起来，三角眼溜溜转着四顾了一圈，找到坐在窗边的6号床的科长儿子，扭身从枕边摸出钱包：弟弟，麻烦你，帮我到超市买一盒申岛牌鲜奶鸡蛋卷好伐……

科长点头，脸上却已流露出诧异，可他还是接过钱，出了病房。等他买回一大盒申岛蛋卷交给肖老头时，终于憋不住问：老伯伯，刚才你的三个儿子在这里，怎么不差他们去买啊？

肖老头抬起三角眼看了看科长，发出一串口齿含混却铿锵有力的话：叫他们买？我的钞票就有去无回了。

科长笑了：那怎么会呢，我看他们都对你蛮孝顺的，都来看你呢。

肖老头冷笑一声：哼！他们是来看看我死了没有，等我一死，他们就可以分我的钞票了。

科长有些尴尬，便扯开话题：老伯伯，你真有眼光，这申岛蛋卷还真不是每家商店都有，老牌子了。

肖老头不置可否，顾自打开深蓝色食品盒，捏出一个小小的蛋卷，抿着缺牙的嘴，一口一个吃起来。科长没再问下去，毕竟是当了一官半职的人，有分寸。

肖老头吃了三个蛋卷，躺下睡了。小彭走到科长边上，指了指8号床，小声说：铁公鸡，一毛不拔，他的钱看得可牢，刚才他儿子来，是来付这个月的餐费和住院费，三个儿子平摊。他有钱，可他就是一分钱不肯掏……说完，小彭眯起眼睛意味深长地笑，笑得眼角伸展出数条鱼尾纹。

科长说：老子不付钱，那就做儿子的付嘛，和老人计较什么。

小彭咂了咂嘴：他那三个儿子，和老爹一个德性，哪个都不肯多出钱，每个月付住院费、护工费、饭费、被服费，都是三个人一起来，一起签字，只要一个没来，另两个就不签字，不付钱。那话是怎么说的？有什么父，有什么子？你对儿子抠门，儿子对你也抠门。

科长被小彭说得笑起来：有点道理。

得了科长的认可，小彭更是来了兴致，嗓门也不再刻意压低：你说这老头，对儿子也这么抠门，有啥意思？我们在这里拼命干活挣钱，还不是想给小的多留一点？

科长回答得不痛不痒：父母与子女相处不好，多数是双方都有责任，每个人都会老的，想想自己老了以后会是什么样子？这么一说，科长似乎有些悲观，深深地叹了一口气：唉！而后朝6号床上自己的父亲看了一眼，又指了指8号床说：他还知道要把钱留着给自己，买达利园八宝粥和光明莫斯利安酸奶，这也算是一种追求，像我爹爹这样，任你给他吃啥，他都不晓得好坏了，活着还有什么意思？

小彭接过话头：你们都是国家干部，有退休金，多活一个月就多拿一份钱，哪像我们……科长发出两声"呵呵"的苦笑，小彭和他说的压根不是一件事，他们把天聊死了。

病房里，被科长认为活得没多少意思的老人们，却还在千方百计地活着，哪怕像植物人似的活着。当然，活得最好的，就数8号床肖老头，有谁能像他这般懂得享受生活呢？

然而，有一天，肖老头的生活忽然变得不再那么有滋有味了，也不知道是从什么时候开始的，他居然失去了吃的欲望，也不再挣扎着下地去卫生间解手，挂在吊瓶架子上的塑料袋里，香蕉和芒果都要烂了，也不让人去替他买新鲜的，床底下的八宝粥，不再一天一罐消耗得那么勤，一箱莫斯利安酸奶，买来半个多月了，还没喝完……一个72岁的老人失去了吃的欲望，那一定是这个垂老的生命遭遇到了某种危机，身体的危机，或者，心理的危机。小彭早就看出来了，她掐指一算，确定是因为9号床"小阿弟"升天刺激到了他，就是从那天开始，肖老头变了样。

那天凌晨与平时一样，肖老头早早地醒来，等着小彭给他洗脸。他三角眼里的目光追随着小彭，从卫生间到床铺，又从床铺到卫生间，小彭来回穿梭忙碌着，肖老头的眼神也忙碌着。小彭先是给靠窗的6号床和7号床擦了身，然后给8号床肖老头擦了身，擦完，肖老头就舒舒服服地躺在床上等着，等小彭给9号床擦完身，就可以去饭堂拿早餐来给他们吃了。

肖老头追随着护工的脚步，眼看着小彭端一盆热水走向9号床。突然，小彭发出一记声色俱厉的叫声：不好！随即，她按下床头呼叫铃，豆绿色制服的身影像一道闪电一样冲出病房，几个穿白大褂的身影如幽灵般鱼贯而入，白色的人们团团围住了9号床……

9号床"小阿弟"心脏病突发，死于天亮之前的子夜时分，于凌晨5点被护工小彭发现，尸体移出病房时，正是大色大亮的6点时分。除了医生、护士和护工，这间病房里的病人们并不知道有人升天了，只有8号床肖老头，从凌晨5点开始，病房里发生的一切，自始至终落在他的眼睛里。半个多小时后，9号床的女儿赶到，凄厉的哭声响彻整个病区。肖老头本是闭着眼睛，张开的嘴里吹出断断续续的鼾声，号啕声把他惊得猛然睁开眼，三角小眼里流出惊惧的目光。

他怕了，我看他那个样子，就是怕了，这回太急，没来得及给他们耳朵里塞棉花……小彭这么说的时候，嘴里发出"啧啧"的叹息声，为自己没来得及给她的病人堵上耳朵，为没有及时帮助他们避开与死神的照面。

那天，肖老头一直没吃饭，任何突发的响动都会惊得他浑身一颤。小彭叫他：老头，吃饭了！他就浑身一颤，定泱泱的目光缓慢地移向叫唤他的人，全然没了以往贼溜溜的活泛劲儿。直到入夜，肖老头一直没睡，也一直吃不下饭，连他最爱的八宝粥都不吃。没人知道他在想什么，也许，9号床的死去对他打击太大，他忽然意识到死亡离他如此之近，近到只有一张病床与另一张病床之间两米的距离。

那以后，肖老头靠着打吊针勉强挨过了整整一个月，都以为他快要不行了，小彭说，看来活不过一个月了。他的三个儿子也说，看来挺不过去了。那一个月里，三个儿子好几次趴在他们老爹的耳根边问：阿爸，你的存折放在哪里？阿爸，你把密码告诉我们，办事要花钞票的；阿爸，钞票放在银行里没用的，我们帮你拿出来，给你买好吃的……他们的阿爸却一句都没有回答他们，他睁着一双三角眼，保持着呆滞的沉默，抑或长时间垂着眼皮，似乎

387

要以这强硬的态度表示他虽已去日无多，却永远不会向他的儿子们投降。

然而，一个月过去了，他却没有升天，他离死神的距离并不是近到仅仅一张床与另一张的距离，他72岁的生命还很顽强，他挺过来了，并且渐渐地开始主动要求进食，这可真是大大地出乎了他三个儿子的预料。小彭说：老爷子身体好啊！扛过去了，还有活头呢！

三个儿子带着三脸不情愿的表情附和小彭，说着一些欢欣鼓舞的话：是啊是啊，我们阿爸是命好……

肖老头依然占据着他那张8号病床，他还继续活着，只是，他的零食与水果的消耗量明显降低。他几乎不再挣扎着自己上厕所，也很少坐在床头柜边自己吃饭。他似乎还想尝试下地走动，有一天，他颤颤巍巍地起了床，扶住床栏、门框，一路跌跌撞撞地扑到卫生间。紧接着，他用了比以往更长的时间，摸索着撕开包住臀部的纸尿裤，然后佝偻着身躯坐在马桶上，一坐就是半天。当他站起来时，终于还是忘了把脱下的纸尿裤再次包住自己的臀部，他甚至忘了要把裤子提起来，他就那样吊着半拉纸尿裤，裸露着下半身，扶着门框，从卫生间跌跌撞撞地把自己移到床边，他走过的那三、五米，淋洒了一路斑斑驳驳的屎尿。小彭冲进病房，安徽口音的呵斥声顿时爆出：叫你不要自己上厕所，你咋不听？你涂一身一地，我还得洗……他已经没有能力去维护自己的形象，他就那么弯腰曲背地站在床边，屁股后面挂着一大片撕开的纸尿裤，细瘦的大腿根部涂满黄黑的粪便，脚面上堆着染脏的裤子，一双三角眼里没有流露出任何带有情感色彩的光芒，只呆呆地看着小彭。

他不再下床，小彭给他包在身上的纸尿裤终于正式派上用场，他也不再自己吃饭，只还是不太愿意吃小彭给他打成糯糊的饭食，这时候，他会对小彭说一句话，口齿不太清晰，但小彭听得懂：八宝粥……

他还知道要吃八宝粥，似乎，吃的欲望还略有残存。小彭总是回答：不准吃八宝粥，没有营养，吃饭吃菜身体才会好。

他不反驳，不争取，只是闭着嘴，不说话，也不吃，非暴力不合作。小彭没办法，只好给他开一罐八宝粥，可是，即便八宝粥打开了，他也吃不完一罐。

6号床的科长儿子来医院探望老爹，有时会特意问他：老伯伯，今天要给你买点啥吗？八宝粥？酸奶？还是申岛蛋卷？

肖老头慢吞吞地睁开他那双不再活络的三角眼，摇摇头。现在，每每有家属去探望病人，踏进病房的那一刻，他也再不会第一时间就把他那主人翁般怀疑以及审视的目光射向来人，大多时候，他把他那颗尖瘦的脑袋歪在垫得很高的枕头上，脑袋几乎与细极的脖子脱节，折断了一般，并且，他始终垂着眼皮，不知是睡着了还是假寐，嘴里却一如既往地吹出满含痰气的鼾声。按照小彭的说法：8号床一时还升不了天，不过也好不到哪儿去，半罐八宝粥都吃不完。

小彭还有一个担忧，万一哪天8号床真的升了天，他的钱，究竟藏在哪儿？他的银行卡密码是多少？他那三个儿子知道吗？他压在枕头下面的钱包里只装了一张邮政银行的退休工资卡，要是还有存折或者别的卡，鬼知道他藏在哪里呢。这么一说，小彭忽然想起来，那个6号床的科长儿子肯定知道肖老头的邮政银行卡密码，老头托他去领过退休工资。问题是，这个肖老头，敢把银行工资卡和密码交托给陌生人，却一分钱都不肯给自家儿子，你说老头奇怪不奇怪？

关于肖老头那些未知的"财富"，小彭在我和母亲面前聊起过很多次，小彭操着肖老头的心，见谁都要说一遍她的疑虑和担忧。母亲是老财务，她向小彭解释：银行是可以查账的，他那三个儿子要分配老爹的遗产，就要去公证处……母亲自是有她的经验和体会，她说：兄弟姐妹为了争夺爹妈的钱和房子，打官司上法庭的多了去了，所以呢，人老了，最好趁着脑子还灵清，先写好遗嘱，省得闹矛盾……我的母亲说到这里，话锋一转，扭头对我说：不过，我的儿女我是了解的，我不需要立什么遗嘱，你和弟弟从小相互谦让，肯定不会为了争夺父母的财产闹矛盾……

她仿佛在考验我，或者，要通过这一个案例来验证她对她的儿子和女儿最具信任的嘱托。对此我只能点头表示赞同，并且与她开玩笑：老妈，你有几个钱值得我们去争夺？打官司、请律师都要花钱的，费时费力不说，万一输了，财产没拿到，还要赔本，我可不干，我宁愿啥都不要……母亲得到了我并非正式但也算是某种形式的承诺，心满意足地笑了。可是不知道为什么，她的笑，让我心里生出些许莫名的气恼，就像小时候，她拿出两个大小不一般的苹果放在我和弟弟面前，你们自己选，她说。我和弟弟，我们俩谁都不会去选大的那一个，因为我们谙熟那个听过无数遍的"让梨"的故事。可是我深深地记得，童年的我，从来做不到真的忽视那只看起来更大、更漂亮的苹果，那是作为一个人所拥有的天性。当我主动放弃那只更大更漂亮的苹果的时候，那种隐隐约约的心疼，那种心有不甘的懊恼，也许比在争夺中失败更为剧烈。

我很想对母亲说：信任我们，但不要考验我们，你有权利决定如何分配你的财产，但你不要以此来辨别我们是否忠诚、是否无私。过于依赖道德判断，很多时候会伤害到人心本善的底线。

当然，我什么都没说，这个问题早已无关乎钱，这也不仅仅是价值观的差别。年过七旬的母亲并不是不懂得人性所驱，她只是寄予她的子女更高的道德期望，她希望我们压制内心的欲望，她希望我们拥有更"高尚"的节操，如果我们做到了，她会因此而骄傲。

然而，肖老头的三个儿子却做不到这么"高尚"，我想，我能理解他们作为普通人的现实追求，甚至，因为肖老头的作为，我对他那三个儿子也生出了些许的同情。我无法想象，他们的童年、少年，抑或青年时代，是不是有过相互谦让的经历？分吃三只大小不一样的苹果，或者共同享用一碗红烧肉，那时候，肖老头是怎么做的？他们又是怎么选的？

我试图这么想象的时候，忽然又生出些许犹豫。也许，母亲让我和弟弟自己去选那两个大小不一般的苹果，这么做是对的？

七、老去的张家"小少爷"

我的外公张明奎，三年前就以"23床"的代号住进了社区卫生服务中心。在脑出血发病前一分钟，他还在书房里拨着算盘记账。八十七岁的张明奎老先生手头掌握着不少财富，一笔不知具体数字的金钱，一栋市价近千万的沿街二层老楼。他的金钱，一部分以股票的形式在牛市以及熊市的更替中上上下下地坐着电梯，另一部分，分别以定期存款和活期储蓄的方式保存。他从不向老伴和子女公布自己的财产状况，七个子女只晓得爹爹有钱，有钱到什么程度，一概不知。

外公退休以后的日子过得很有规律，早上起床，洗漱后早餐，一碗泡饭，佐以某个女儿孝敬的肉松和咸鸭蛋，吃完放下饭碗，拍拍屁股出门，坐上一部公交车，二十分钟车程，到达川沙城里的证交所。那时候还有敬老卡，坐公交车不花钱，他天天去证交所，相当于去上班。每天，他和一群老头老太太们守候在交易大厅那面红绿交替的大屏幕前，成为一道从上午九点到下午三点雷打不动的风景。后来，我的大舅在一台淘汰的旧电脑上给他安装了股票软件，那以后，他就不再去证交所，而是整日呆在家里，对着一面十四寸小屏幕静静坐守。他不会在电脑上操作买进卖出，他只会看，看K线图，看数据，看他买的那几只股票红了还是绿了，上升了还是下跌了。股票收市，他便拖过他那把油光锃亮的老算盘，踢踢踏踏一阵拨，算算他今天挣了多少钱，或者，赔了多少钱。

就这样，张明奎老先生天天像个金融家一样做着他伟大的理财事业，可是这么些年来，他究竟挣了还是赔了？挣了多少？赔了多少？没有人知道，他不说，一丝口风都不透，哪怕在老伴和儿女面前也滴水不漏。偶尔，某位女婿与他开玩笑：爹爹，今天股票涨了，你那只"张江高科"，连着三个涨停板，去抛掉，给孙子孙女发红包啦！

他不置可否，只笑笑，倘若正在吃饭，他就伸出筷子，夹一块肉，心满意足地送进嘴里，不紧不慢地咀嚼起来；倘若在喝茶，他就端起茶杯，往嘴里吸溜进一口滚热的茶水，下咽时喉咙里必定会发出一通神秘而又骄傲的唏嘘。那情形，仿佛要告诉你：我的确有钱，想知道我多有钱吗？嘿嘿，不告诉你……

儿女们有些气他，可又拿他无奈，都说，爹爹肯定有不少钱，他怕我们眼红，不肯说。

几十年来，张明奎先生从一而终地坚持着一毛不拔的经济政策，对家人，对朋友，甚至对自己。他不肯把钱给别人花，也不肯在自己身上花钱。一条洗脸毛巾，用到破了一个大洞还不肯扔，等破了两个洞，就从洗脸毛巾降格为洗脚毛巾，破四个洞，接着从洗脚毛巾降格成擦地抹布，直到抹布千疮百孔，才拿到厕所里，塞在自来水管子的某个滴水处堵漏。儿女揶揄他：这哪像是张家的"小少爷"？

上世纪二十年代，外公的父亲从开一爿小杂货店起家，到四十年代，发展成一个规模不小的绸布公司，商号"信丰祥"，又在浦东老家置了不少田地。早年间的老张家，可谓家业颇丰，太外公还是那一片地块的工商联合会会长。我的外公，便是张家的"小少爷"，可是成年后的小少爷，一点儿都没有少爷的样子，他经常对子女说的一句话是：地主家也要勤俭节约，只晓得挥霍，那是积攒不起家业的。

他这么一说，忽然让我想起看过的某部纪录片，大上海的一栋洋房里，住着一个资本家的后代，六十多岁的独身男人，每天骑一辆自行车去股市兜兜，下午进咖啡馆喝一杯摩卡，晚上给自己买半斤虾仁，炒两只新鲜的小菜，喝半杯红酒……老辈子留下来的家产足以让他过上锦衣玉食的生活,他却把一管牙膏用得铝皮管压成薄片还不肯换新的。他顶着一颗锃亮的飞机头对着摄像机说:爹爹姆妈从小教的,会得挣钱,更要勤俭持家,再大的家业也会败在无度的挥霍中……老派资本家,大概真的是如我外公这样的吧?他们不是暴发户,也不是如今人们说的土豪,他们是靠着吃苦受累的小本生意,一步步从原始积累,渐渐地掌握了一定的资本。他们总是处于居安思危中,早已养成的习惯很难更改。

两年前,外公脑出血,被送进医院抢救,动手术时,护士给他换手术服,从他身上扒下棉毛衫,一把扔给等在手术室外的家人。大舅拎起外公的棉毛衫一看,竟是破破烂烂,两个夹肢窝都打了补丁,袖管的松紧口都烂成了齿状,万恶的旧社会都不如啊!难怪护士脸上的表情竟是一派怜悯,很难说她不认为躺在手术室里即将开刀的老病人是个低保户,或者,一个遭受子女虐待的可怜老人。大舅把棉毛衫卷成一团,转身扔进了垃圾桶:又不是买不起,新棉毛衫放在衣橱里,包装都不肯拆开……

张明奎先生,真的是我们家有名的铁公鸡加守财奴,年轻时就是,亲朋好友都知道。他的老伴,我的外婆,总爱在子女面前提起一件往事。上世纪八十年代初,那时候外公才五十多岁,有一次单位加班,工作到深夜,大家都饿了,于是商量,一人掏一毛钱,买个面包宵夜。人人都掏了钱,老张竟也破天荒地掏了钱。面包买来了,大伙儿开吃,他独自坐在角落里,一边拨算盘,一边小口咬面包。同事们仿佛见识了世上最新鲜的事儿,笑着调侃他:老张也肯掏钱买面包吃,稀奇啊!太阳西边出来了……老张却并不觉得难堪,笑眯眯地继续小口咬他的面包,回家还说给老伴听,一脸的自信与自得。往后的日子,时不时地,外婆就要把这事挖出来数落外公一番:买一只面包被人家说太阳西边出来,你买不起面包吗?何苦呢?

面包事件让老张一毛不拔的生活作风成为一桩经典的历史佐证。然而,花自己的钱舍不得,儿女为他花钱,他却是从不拒绝的。给他买衣服,他一应俱全地接受,并且收藏在他的衣橱里,不穿,也不送人;买给他的吃食补品,他统统藏在他的食品柜里,以他一贯省吃俭用的速度缓慢消耗着,过期了也不舍得扔。

八十年代后期,张明奎先生退休了,大儿子当家。老伴心疼儿子,让他付饭费给儿子,他同意,吃饭要交钱,这是原则,必须的,每个月三十元。十年以后,又是在老伴的提醒和催促下,提高到五十元,他也同意。直到新世纪初,饭费提高到一百元,他勉强同意。此后,无论谁提醒他增加饭费,他都只是保持沉默。有一次,大女儿(我的母亲)劝他:爹爹,现在物价涨得厉害,你给大弟的饭费可以增加一些了。他当即拿出算盘,"踢踢踏踏"一阵拨,结出一笔账。大女儿一看,每日两餐,早饭是泡饭,五毛钱足够了吧?肉松和咸鸭蛋是她们姊妹几个孝敬的,不花大弟的钱。晚餐有饭有菜,就算4到5元。中午,不是在证交所吗?到了饭点,步行十分钟,到离证交所最近的大女儿家,有饭吃饭,有面吃面。大女儿不曾问他要过饭费,他也不会主动付钱,吃女儿的,自然是应该的。这么一算,平均下来每天也就消耗5元左右,周末总有某个女儿请他吃饭,一个月 20 天，100 元也够了。

他没有给儿子涨饭费，一百元，一直交到他不再去大女儿家蹭午饭。后来，在老伴的多次逼迫下，他终于同意，饭费增到三百元。老张的三百元饭费一直交到三年前脑出血病倒，仿佛，他要以三百元伙食费的底线，证明一个人活着其实不需要花多少钱。

可是他有钱啊！他的儿子这么说，他的女儿也这么说。这个家里，人人知道他有钱，就是没人知道他究竟有多少钱。直到他倒下，住进医院，他所有的财产终于在七个子女的共同见证下曝光。

那是一个隆重而又荒诞的日子。早上八点，老张的七个子女十分难得地全部到齐，他们济济一堂，在老母亲的带领下来到老张的书房。那栋老式小楼建造于上世纪初，木结构房屋分前楼与后楼，前楼二层，最靠里一个小隔间，就是老张极少对外开放的隐秘的书房。7 个子女踩着"咯吱"作响的木地板鱼贯而入，十多平方米的屋子顿时像一口逼仄的鱼缸，突然游进来 7 条大鱼，空气都变得稀薄起来。

老张用了六十多年的那张老式账台黑乎乎地蹲在房间一角，像一口出土文物，忽然被一群外来者殷切注视。大儿子站在最前面，转头对姊妹兄弟说：那我开抽屉了？

大家纷纷点头，于是，在众人以及老母亲的见证下，大儿子拿着老张那串巨大的钥匙，拔出其中最小的一把，轻手轻脚地插入写字台抽屉上的挂锁，仿佛怕用力稍大就要把挂锁拧坏，抑或觉得这行动终究未经主人同意，便带了几许不够坦然的怯怯。其实那把挂锁很小很旧，不知道从哪一年开始被老张拿来挂在账台抽屉上维护他金库的安全。事实上，这样的挂锁，用一把吃饭的金属小勺就可以拧断，可是老张好像从未提防有人会撬开抽屉，似乎，他对私密空间的保护只是一种形式，一把羸弱不堪的挂锁足以让他拥有对财富的把控感，他因此而获得精神上的满足。

大儿子拉开抽屉的一瞬间，七个子女不约而同地产生一种错觉，仿佛他们都是那个口念"芝麻开门"的阿里巴巴，他们面对的是一座藏着金银财宝的洞窟，洞门一开，在场的每一个人眼前，将出现一片金碧辉煌、珠光宝气、美轮美奂……的景象，每一个见证者是不是都将变成大富翁、大财主？是的，此刻躺在医院里的他们的老爹爹，在这个抽屉里藏着多少宝贝，他们从来不曾知道，这真是一件太让他们神往的事了。

随着大儿子打开抽屉的动作完成，七颗脑袋"呼啦"一下凑成一朵七个花瓣的向日葵，他们洞悉的目光立即扫描到抽屉的每一个角落。可是，老张的抽屉比阿里巴巴的洞窟单薄、简陋得多，没有珠光宝气，没有金碧辉煌，有的只是一叠破旧的账本、几张银行储蓄软卡、存款单，以及证券交易卡。现金？没有，抽屉里没有现金。因为没有现金，揭开谜底的过程不得不拖延，"芝麻开门"的效果显然不再具备想象中的震撼力。但是接下去，儿子和女儿们开始查看抽屉里的"资料"，很快，一笔笔金钱以数字的形式显山露水了。

那一天，老张的七个子女在书房里搞得蓬头垢面，他们不仅翻到了老张这么多年的有价证券以及存款储蓄，他们还查看了老张的所有账本。经过轧账统计，老父亲这辈子的财务及财产状况终于在这一日下午五时许公布于众，计：股票 90 余万元；存款及有价证券100余万元；保险储蓄及理财存款一百余万元，总共三百余万元。

夜幕降临，七个子女终于坐下来，现在，他们需要讨论一下如何处置父亲的钱了。这真是劳累而又兴奋的一天，同时，又是极其暧昧的一天。因为他们不仅知道了老父亲有多少钱，他们还从老张记下来的每一笔账里，看到了一些平时一无所知或者并未关注到的细节。

比如标号"7"的账本里，记录有这么一行字：2013年5月1日，妞妞结婚，礼金2000元。

妞妞是小女儿的女儿，也就是老张最小的外孙女。妞妞结婚老爷子给两千，可是别人家的孩子结婚，老爷子给的都是一千。是，妞妞是第三代中最晚结婚的孩子，物价在涨，礼金也要涨。可是冰冰结婚，只比妞妞早七个月，也还是一千，同样是外孙女，这就有些偏心了吧？冰冰的妈，老张的四女儿就有了意见。

再比如，标号"5"的账本里有一条记录：2010年3月12日，小弟装修房子，借款两万元。

小弟是张明奎老先生的小儿子，我的小舅，账本上记的是"借"，问题是，之后的所有账本上都没有出现小弟还钱的记录。这不明摆着老爷子借机送钱给小儿子吗？去年刚装修完房子的老三不冷不热地说了一句：早晓得，我装修房子的时候，也问爹爹借点钱！

再再比如，3号账本上那条：2009年9月1日，收取小文12个月房租5500元。

老五一看这条记录就生气，亲生女儿做点小生意，问爹爹借一间二十平米不到的门面房，居然要收租金，那间房本来就空着好不好？为这事儿，她对爹爹一直意见很大。可是别的兄弟姐妹也觉得不太爽，你老五做生意，想想看，要不是租爹爹的房子，你能这么便宜吗？不足市价的一半，那可是市口最好的街面房子，你得了便宜怎么还不满足呢？

此刻，这个大家庭就像一片正在悄悄孕育着风暴的大海，平静的海面已经无法掩藏蠢蠢欲动的海底啸动。从老大到小七，谁都在算账，谁都在想，自己吃亏了，别人占了便宜，谁都觉得，爹爹的钱公开了，现在必须要出台一部民主、公平、公正的财政规划了。

然而问题是，老张躺在医院，不会说话，不会判断，更不会写字，这种情况下，子女是无权处置他的财产的，再说老母亲也还在，还没到分遗产的时候。最后还是大姐说了一句：钱存着，慢慢用，给爹爹姆妈养老。

谁都明白大姐的意思，老爷子的钱，只能为老爷子躺在医院里剩下的生命做缓慢而不知终点的余额支付，等老爷子百年后，他们才能和老母亲一起分配这笔钱。

就这么简单的事，七个子女竟商量到大半夜，最后决定，由大儿子保管爹爹的存款，小儿子替爹爹打理股票，大女儿掌管所有账目，其余四个女儿监督，三权分立，公开公正。

芝麻开门了，门内的财宝都看见了，可是只能眼睁睁看着，不能动手拿，不能装进自己口袋里，这可真是一件令人既激情难捺又灰心丧气的事。不过，老张的七个子女还是有起码的教养的，心里那点小九九，只配暗下里嘀咕，不好意思拿出来说。于是，他们又开始商量着，既然老爹存了这么一大笔钱，那就该做点什么事了，比如，买墓地。

其实，在老张还没脑出血瘫倒前，两个儿子就商量着要为老爹老妈先把墓地买下来。可是买墓地的计划准备了两年，都被老张一次次否决掉了，没有别的原因，就是墓地太贵，比房子还贵。一元钱一个面包都不舍得买来吃的老张，怎么舍得花几万元钱买那么小一块地来埋葬自己？按着老张的说法，他的爹爹和姆妈落葬，可是一分钱都不花的。儿子们只能摇头苦笑，爹爹早就忘了，老太爷和老太太过世，是在上世纪七十年代末，那时候住在郊区的人，谁花钱买墓地啊？问题是，现在都城市化了，没有自留地了，你指望墓地价格回落，那可比房价降低的可能性都小。为什么？现在是愿意生小孩子的越来越少，死的人或者将要死的人却越来越多，这就是老龄化的趋势，墓地涨价就是老龄化的一个必然反应。当然，这些话儿子女儿们没对老张说出口。

眼看着墓地一年比一年贵，老张更舍不得掏钱了，于是就这么拖着，拖到了他脑出血倒下。现在，他是作不了主了，买墓地的事，只能由两个儿子和五个女儿去决定了，再贵也得买啊！好在老张留了一大笔钱，买墓地是足够的，包括他的寿衣，都没花子女一分钱。

老张脑出血抢救的时候，很危险，差点就没命了。老四去乡下的"仙人"那里求问，仙人说，赶紧准备寿衣寿材吧，冲一冲，也许能缓过来。于是，五个女儿聚齐，找到医院旁边的一家殡葬服务公司。现在的服务行业做得真是贴心，从丧葬用品到葬礼、豆腐宴、道场班子、墓地，一条龙服务，只要你能想到的，样样做，连"冲一冲"这样的服务都有。"冲一冲"是浦东人的风俗，说是人快要死却还没死的当口，赶紧置备好丧葬用品，阎王爷一看，寿衣寿材都有了，说明这人已经来了阴曹地府，就不用追究了，如此，就算把阎王爷糊弄过去了，于是逃过一劫……殡葬服务公司的"冲一冲"服务，就是让客户买下寿衣寿材（骨灰盒），贴上时辰八字姓名牌，寄存在店里。万一人活过来了，"冲一冲"的效果就算达到了，寿衣寿材，可以长期寄存在店里，等到真的百年那天，还可以去领出使用。多好啊！服务多周到啊！家里有老病人的，最需要这样的服务，店家又等于是提前收取了一笔费用，这叫双赢。

老张躺在 ICU 病房里命在旦夕的当口，五个女儿就他的骨灰盒、寿衣等物品的样式、材料、质地等等进行了多方面的考察、比较、探讨，最后买下了所有"冲一冲"需要的物品，贴上老张的名字，摆在丧葬用品店里专供"冲一冲"项目的寄存处。完成这一切，老大记下费用账目，五个女儿一一过目，至此，这项"抢救"老爹爹的工作，就算是做到位了。

不想，"冲一冲"居然还真的发挥了作用，老张被抢救过来了。一个多月后，老张脱离生命危险，进入稳定期，儿子和女儿们就把他转到了离家更近的曹镇社区卫生服务中心。那以后，老张就以"躺"的姿势开始了他生命的延续。老张的寿衣寿材，依然寄存在浦东新区人民医院大门外的那家殡葬服务公司门店里。

这期间，老张的一切用度，包括医疗、护工、寿衣，都是七个子女一起见证的，花的是老张储蓄卡上的钱。储蓄卡的密码，是管财务的大姐和管证券交易的小弟共同去 ATM 机上试出来的。大姐说：先试试爹爹的生日，不行再说。于是，小弟按下了六个数字，"271019"，ATM机居然没有提示"密码错误"，然后，就一步步地顺利运行下去了。

"天呐！爹爹也太单纯了。"我的母亲，外公的大女儿如是说。守财如命、一板一眼的张明奎老先生，真的只是一个生活在自己的世界里的单纯的人，似乎，他只有守护之心，却无防备之意。也许，他只是把"守护财富"当成他的一项任务，一份使命，他只是"守财如命"，而非"爱财如命"，他忠实地守护着他的财富，一如他忠实地对待他的工作。这一辈子，他的确无数次获得过单位的"先进工作者"称号，尽心、尽力、尽责，这就是他为人处世的原则吧？

好吧，这也算是张明奎先生的英明与远见，他不像那些没有存款的老人，病了，住院了，要请护工了，所有费用都要子女平摊，子女们的经济条件各有不同，于是就有了兄弟姐妹之间因为钱而发生的扯皮、争吵，乃至决裂。老张却不同，老张有钱，老张守了一辈子财，好像为的就是以备自己一旦躺倒之后的用度，他的有钱，也确使他众多的子女避免了可能因钱而产生的种种矛盾与纷争。

然而，矛盾还是从老张躺进医院开始接踵而至，所有矛盾的指向，竟还是"利益"。

老张有钱，墓地买下了，寿衣寿材也准备好了，医护费用满打满算，哪怕用到他一百岁，也绰绰有余。剩下的钱怎么分？爹爹还活着，不适合讨论。关键是，除了钱，还有一栋房子，四百多平米呢，这又怎么分？两个儿子，五个女儿，谁都知道老张家素来重男轻女，可是爹爹躺倒了，遗嘱没有写，口头嘱咐也没有留。儿子们理所当然地觉得房子应该是男丁的，女儿们却认为，家规总不如国法吧？按照法律规定，女儿和儿子具有继承父母遗产的同等权利。

外公外婆的家，位于镇中心的老街，很有可能要拆迁的。如此，女儿们纷纷要把自己的户口迁进老爹的房子，自己迁了户口还不够，还要连带着把第三代的户口也迁进来，因为一旦拆迁，有户口和没户口，得的拆迁费和房屋补偿完全不一样。儿子们自然不情愿，嫁出去的女儿泼出去的水，现在又要回来抢我的房子，爹爹要是知道，绝对不会允许这么做。女儿们却认为，做什么事都要有法可依，法律怎么说，我们听法律的。

是的，爹爹健康的时候，爹爹就是法律。现在爹爹不会发表意见了，不听从法律，又能怎么办？七个子女，真正是有些多，矛盾也演变成了错综复杂的多角关系。小妹和三妹组成一条战线，大妹和四妹意见统一，大哥和小弟之间的关系本就微妙，这么一来，矛盾似乎有些公开化了。父母一直以来和大哥吃住在一起的，虽说老张坚持每个月付给大儿子三百元饭钱，可是三百元，够买什么呢？大哥不敢对老爹有意见，心下里却从未停止与小弟的比较，小弟在市区生活，离父母远，照顾父母少，遗产却要和自己对半开，不合理，不公平！小弟却言之凿凿：要说公平，那就所有财产七等均分，那才叫公平。大姐本想做和事佬，劝劝大弟吧，大弟气她不明事理劝偏架。劝小弟吧，小弟振振有辞听来也很有道理。结果，她自己也觉得，做个好人，亏就吃大了，便也想要把自己和两个子女的户口迁进父母那栋老楼……

老张躺在社区卫生服务中心住院部23号床上，每天以糨糊为食，他不会说话，也听不见别人在说什么，不知道他那颗还未消尽淤血的脑袋会不会思考。也许，这个近乎守财奴似的活着的人，直到穿着一条破洞百出的棉毛衫被送进手术室，也不曾想过，他攒了那么些财富，究竟是为了什么吧？

我的母亲终是沦陷在了一场利益暗战中，她嘴上说无心恋战，只听从命运的安排，却又被各种信息裹挟而心生不甘；她自述是一个没有贪念的人，却常常抱怨受重男轻女封建思想的长期迫害而无处声张权利。她和她的六个兄弟姐妹，在这场家庭伦理剧中担当着属于自己的那一个角色，他们谁都认为自己是占有道理的那一个。

终于，经过无数次协商，以及外婆最后的断夺，出台了一份大家都能勉强认同的办法。房子两个儿子均分，但每个女儿可以带三个人的户口进驻，以待拆迁时获得优惠购房额度。至于外公的存款，先不动，等他百年后，算上外婆，均分8份。

我的母亲确定要把她的户口迁到外公外婆的老楼里去了，连带着我和弟弟的户口。我没有阻止她，父亲患了阿尔兹海默症，与外公住在同一所医院，她的忧愁和焦虑持续已久，我不想母亲增添新的忧虑，好吧，我无条件支持她，尽管，我无数次想劝阻母亲，不要参与到那场争夺外公的房产和遗产的战争中，可我什么都没说。

那段日子，我不时地想起儿时母亲给我和弟弟分苹果的往事。是的，她有权利去争取她应得的那一份利益，可她在给我们分苹果的时候，却希望我和弟弟都去挑那个更小的苹果。她曾经对我说：我的儿女我是了解的，我不需要立什么遗嘱，你和弟弟从小相互谦让，肯定不会为了争夺父母的财产闹矛盾……她是太信任我们，还是太信任自己？我不知道。

母亲顺利地把她自己以及我和弟弟的户口迁去了她的娘家，如今，我的户口依然挂在外公那栋老楼的门牌号里，每次需要用户口本，我总要去问大舅借，这让我感到不胜其烦。是的，我是一个成年人，可我却跟着我的母亲，把户口迁进了外公的房子，我以户口的形式参与了舅舅姨妈们的房产之争，我被动地成为了这出家庭伦理剧中的一个角色，这让我对我的母亲生出无以言说的气恼。我不缺房子住，我也不缺钱花，没有人相信，其实我根本不屑于那一笔拆迁补偿款，我也压根看不上那一份人均四十平方米的廉价购房额度，我高傲的头颅昂得再高，也没有人相信。

可是，你为什么要让人相信你？你想得到什么？得到夸赞？得到敬佩？得到超脱于凡人欲求的精神上的自我满足？因为你是有道德的人？你是高尚的人？好吧，就算你是有道德的、高尚的人，那么，他们就有错吗？他们就应该被你鄙视吗？我那正上大学的儿子问我。

我无言以对，忽然有种被看透灵魂的挫败感。95后的儿子却带着一脸坏笑，冲我挥挥手：再见！

年轻人，他去上学了，大学校园就在五公里远的邯郸路上。他没有选择焦虑症，大苹果和小苹果都是他的，他不需要选择。

八、 并不彻底的遗忘

周末又到了，照例去曹镇社区卫生服务中心，父亲住在这里已经一年多。刚入院时，他还会挥拳反击限制他自由的人，不过很快他就沉寂下来,渐渐地,以我们肉眼可见的速度失去"能动"。他还是会呼喊,但是发出的音节愈发模糊不清,原本属于他的唯一的语言,那三个字——"哎哟嚯",他的劳动号子,他欢乐的歌唱,他愤怒的控诉,以及他抒情的朗诵,不知道从哪一天起,不再出现在他发出的音节中。他的脑中驻扎着一块强悍的黑板擦,黑板已经净如玻璃,仅剩的一缕灰尘,他也要以最勤勉的频率和最大的力气去擦拭掉。

小彭说:老薛喊得少了,比刚进医院时乖多了。

是的,他变"乖"了,在"临终医院",最乖的就是停止了心跳的人。从奔跑到停止,需要一个减速的过程,他在减速,这才是生命正在步入的"正轨",从遗忘,到彻底遗忘,从失能,到彻底失能,直到停止心跳。当他不再保留任何记忆与行为能力时,当他不再懂得最基础的感知与最本能的反馈时,他就会停止对所有人的干扰。他终将成为最乖的那一个,在不会太久的未来,我知道。

汽车开进卫生院,停在午后一点半的光阴里,仲春的色调明媚而又温婉,这让一向有着"尖锐"以及"沉重"质感的"临终医院"变得稍稍轻盈。卫生院大院里少有人迹,住院部大楼前的那棵紫荆树,枝叶已近婆娑,阳光透过宽缘的树叶漏到草地上,草地静悄悄地斑驳着,一切都是那么寂静安详。

进住院部走廊,感觉到带着些许潮湿暖意的穿堂风,护工们趁午后空隙,有的铺开行军床,正与自己病房的老病人们一起打瞌睡,也有的,靠在墙角里看手机或者iPad里保存的电视剧,音量很轻,却能依稀听见还珠格格撒泼卖萌的娇嗔,以及

尔康深情的咆哮。这个时段,不便于打扰任何人,我尽力放轻脚步往里走,一抬眼,却还是看见了她。

从她住进临终医院的第一天起,每天午饭后,她就被护工安排坐在走廊里,第二间病房门口,墙根边,整整三个月了。每个周末去看父亲,我大多是饭后出发,一点半左右到达。进住院部,一定会遇见她——26号床,汪老太。

她永远坐在同一个位置,以她壮大的身形迎候着所有进入住院部的医生、护士、家属、以及保洁工。谁都知道,她不爱午睡,若把她困在病床上,她会不停喊叫,直至哭闹起来,护工拿她没办法,只好挪她坐在轮椅里,再把轮椅推到走廊里安顿好,如此,她便能安静许久。

她有一头花白的头发,因为没有牙,嘴总是瘪着,面庞因坍塌而显得扁且短。她宽壮的身躯以及巨大的胯部把轮椅卡得扑扑满,为了防止她摔出轮椅,护工用一条床单拦腰把她的身躯与身下的轮椅捆为一体。她像一口结实的座钟一样钉在走廊里,不哭、不闹,直到看见我。

我成了她用视线追踪的目标,从我进门,渐渐走近她,直至走到她跟前。她的目光始终跟随着我,在我与她错身而过的当口,突然,她大喊一声:阿姨,拨我五角洋钿!

我停住脚步看她,她亦是看着我,眉心皱成一团,满脸愁苦。我问她:你在喊我吗?

她仰着脑袋,直勾勾的眼神,似要确认眼前的女人是不是可以叫做"阿姨"。她显然不敢确定,表情犹疑不决。在停顿的几秒钟里,她做了好几次深呼吸,仿佛在积攒能量和勇气,终于,她再次张开嘴,

397

大喊一声：爷叔，拨我五角洋钿！

她换了称呼，也许依然无法准确判断眼前的人该叫"阿姨"还是"爷叔"，她看我的目光更增了几分幽怨，"五角洋钿"却没有变。

我蹲下，凑近她，轻声问：你吃过饭了吗？水果有没有吃？

她无需再仰着脑袋看我，现在，她可以平视蹲在她面前的我。可她还是被我的问题难住了，午饭与水果的考题让她无能为力，她只能继续直勾勾地看着我，脸上的愁苦与幽怨稍稍减弱，更多的是狐疑。她暂时忘了向我讨"五角洋钿"。

三个月前，第一次，她冲我喊"拨我五角洋钿"时，我立即打开随身包找零钱，却被她的护工小兰喝住：别给她，外女儿，她见谁都要讨钱，她儿子关照过，不要给她，丢死人了，家里又不缺钱……

每每多注视一眼她陷在轮椅里的宽壮的身躯，我都会不由自主地想象，也许，她年轻的时候是一个身手矫健的人，她还有着巨大的嗓门，更重要的是，她擅长翻跟斗，她会沿着大街叫卖：一斤粮票三个跟斗……

那个会翻跟斗的"壮妇"，不是眼前的她，可我似乎早就认识她，在我的童年小镇，直到今天，我依然清晰地记得她的样子。她是一个粗壮而又肮脏的女人，她泼辣、懒惰、狡黠，却愚蠢，虽然她是一位女性，但她以"懒汉"的样子在我脑中长久停留。作为一个"名人"，她在我们镇上家喻户晓，好像没人不认识她，人们把她叫做"一斤粮票三个跟斗"，冗长而又滑稽的绰号，具备一定的悬念与戏剧性。她的绰号使人们遗忘了她的名字，小时候，只要听见"一斤粮票三个跟斗"的喊声，不管是孩子还是成年人，都会一窝蜂地涌去观瞻。

上世纪八十年代初，我还是一个小学生，而她，大约有四十多岁，或者五十多岁？那个年代的人，看上去总是要比实际年龄老，那么，也许她才三十多岁？我在小镇的大街上见过她无数回，她通常穿着近乎褴褛的衣衫，分不清是白色还是黄色；她还顶着一头常年不洗的黏结的脏发，她的皮肤很黑，却并不是纯粹的黑，而是，斑驳，她让我疑惑于她的肚子里是不是养着两条肥硕的虫子，也许她需要去防疫站领两颗宝塔糖吃下去，两个小时后，她应该去上一趟厕所，也许会拉出两条一尺长的蛔虫，从此以后，她的脸色就会纯粹一些。当然，她斑驳的脸色完全有可能是因为没洗脸，积累多日的污垢令她的圆胖脸呈现出丰富而有层次的表情，要不然，生了蛔虫的人，又怎么能那么胖？不过也有可能，她的胖不是真正的胖，而是浮肿？童年时候的我，并无对此有过追踪与解答，她肥胖的原因终未可知。然而，她留给我更深的印象，是她看起来从不悲伤的样子，她走在街上，昂着头颅，甩着粗壮的胳膊，迈着沉重而又并不笨重的步伐，她甚至有些器宇轩昂，一路走，一路翻着白眼喊叫：一斤粮票三个跟斗——她呼喊着，近乎傲慢的形貌和趾高气扬的姿态让人觉得她十分自豪。也许，她只是在维护自己内心的最后一丝尊严，她用翻白眼和甩手甩脚的方式强化某种豪迈的底色，这能让她鼓起勇气把她的营生继续下去，这是我的猜想。

然而，她的"生意"并不总是容易做，在物质还未富足有余的年代，施舍于乞讨者不是大多数人有实力做的事，而她，并非完全意义上的乞讨者。她想通过某种劳动换取钞票和粮票，可她的劳动方式和劳动成果却被素来勤俭节约的小镇人所鄙夷，很少有人愿意拿一斤粮票去交换她的"跟斗"。翻三个跟斗，谁不会呢？在家里的床上、在体育课上、在稻草垛上、在成熟的麦浪里，翻跟斗是一件太过容易的事。可是，谁又见过一个成年女人愿意在大街上翻跟斗给人观瞻？除非耍把戏的。她没有"翻跟斗"以外的别的技能，这一技能却不是她独有的，于是，她动用了另一项属于她的最可靠的技能，那就是——"超厚的脸皮"。

小时候的我，从不曾思考过，当一个农民通过在大街上翻跟斗就能获取生存资源时，她是否还会安心于田间的挥汗劳作？

现在，她要用尊严换取粮食了，她的勇气也许来自懒惰，更也许，来自她在无能为力之后的破釜沉舟。于是，便会出现那么一、两个小伙子，没有拖家带口的压力，又爱凑热闹，精力充沛到近乎唯恐天下不乱。他们从口袋里掏出一斤粮票，或者五角钱，他们把那张票证或纸币夹在食指与中指之间，他们让票子在空气中扇来扇去：来，翻吧，翻完给你。

她二话不说，瞬间团起身躯，以极快的速度滚向地面，围观的人还未来得及聚拢起来，她就开始在街路上表演，一个跟斗、两个跟斗、三个跟斗，好，翻完了，一跃，蹦起来，冲到那人面前，一把抢过他手里的票子，一路小跑，进杂货店，买一个桃酥饼，或者半斤油枣，一路咀嚼、吞咽，一路继续喊叫：一斤粮票三个跟斗⋯⋯简直行云流水。

很多时候，只要听见"一斤粮票三个跟斗"的呼喊声，我立即拔腿，夺门而出，冲到街边，挤进人群，看一个肥胖的身躯卷成肉团，在大街上翻滚、翻滚，再翻滚⋯⋯只要母亲不在家，就没有人阻止我去看热闹。有一次，放学时分，隐约听见远处传来豪放粗狂的喊叫声：一斤粮票三个跟斗⋯⋯我拔腿向发出声响的方向奔跑，黄梅雨季的马路上覆盖着一层厚厚的泥水，我却顾不上，我拖泥带水地奔向围观的人群。然而，等我挤进去时，我已经错过最精彩的一幕，我没有看见她厚壮的身躯卷曲起来连续翻滚的样子，我看见的是她的背影。她站在杂货店门口，手里举着一只焦黄的酥饼，她的头发、肩膀，以及后背上，黄黑的泥水正淋漓而下。三个跟斗已经完成，她手里的酥饼表示今天她已成功营业，相比之下，浑身的泥水显得微不足道，甚至，那只能更好地证明她的"诚信"，她说到做到，哪怕下雨，跟斗也一个不少，她是个讲信义的人。

如今回忆起来，我依然忍不住感慨于她貌似笨拙其实灵活的身手，她可真是个敏捷的胖子，敏捷到可以用"迅雷不及掩耳"来描述。她以最高的效率获得她想要的东西，没人质疑过她，以她的身手以及体力，是不是可以用更体面的方式换取生活资料？

那个年代，我们小镇的大街上只有几爿国营商店，最实用的杂货店，最洋气的百货店，最豪华的五金电器店，最令人爱恨交加的药店，还有一爿最受农民欢迎的生产资料店。小镇很小，只需十分钟就能逛完整条大街，站在运河桥头，一抬头就能看见远处绿色和黄色的农田。那还是计划经济的尾声时代，自由市场还不被允许存在，小镇街头没有摆摊的私人，也未曾见过农民拿自家养的鸡鸭和自留地里的菜蔬来换钱。

我依然记得那样一幕，夏天的响午时分，十七、八岁的农家姑娘提着竹篮在镇上居民的住宅间穿梭，她们躲躲闪闪的身影总会被我的父亲和母亲捕捉到。我父亲眼睛一亮，与母亲对视的一刹那，母亲心领神会地把手伸向了自己的衣袋，接着，两人心照不宣地行动起来。母亲掏出口袋里的皮夹子，父亲拿起一个搪瓷盆，他们让自己的身躯探出家门，向某个方向招招手。被召唤的人一定会接收到他们的信号，随后，他们跨出了家门。等他们返身进屋时，父亲的搪瓷盆里多了一堆剥皮开膛的蛤蟆，它们堆叠在一起，肥白的肉质使它们脱离了原本布满疥疮一般满身疙瘩的可怕形象。它们的出现，预示着今天我们家的午餐将会有一道荤菜。

那些农村姑娘，并不是合法的卖家。她们半夜出门，走遍农田水沟，打着手电捕捉一种学名叫"蟾蜍"的动物。她们用一把圆形金属刮子在蟾蜍的皮肤上刮出白色的浆液，浆液的学名叫"蟾酥"，是蟾蜍皮肤腺体的分泌物，据说是一种名贵的中药，镇上的药店以不菲的价格收购。她们去药店光明正大地卖掉蟾酥，剩下的蟾蜍躯体，剥皮开膛，打理干净，装在篮子里，用一块湿毛巾盖着，走街串巷，偷偷售卖。

后来，街头摆摊的场景渐渐进入我们的视线，蟾蜍却成了保护动物，再没有人捕捉。多年以后，我去到杭州湾畔的金山学习工作，在金山和青浦地区，有一道用牛蛙替代蟾蜍制作的名菜——熏拉丝。每每品尝到这道菜，我的脑中就会浮现出很多年前，那些躲躲藏藏的年轻姑娘的身影。她们冒着被抓为"投机倒把分子"的危险，从事着"违法"的经营。与此同时，我也会想起"一斤粮票三个跟斗"，相比之下，

她是光明正大的"乞讨"。只不过，念初中之后，我好像再没在大街上见过她，也许是在政策的允许下搞起了某种副业，再无需靠翻跟斗赚粮票来挨过饥饿？

长大后，偶尔想起，问母亲，记不记得那个"一斤粮票三个跟斗"，她是不是脑子有问题？母亲说：记得啊！那个女人，大洪村的，脑子才没问题呢，她是"门槛"太精。每次到镇上来，都会进我们店里讨废纸箱，营业员小毛说，你翻三个跟斗就给你，她不肯翻，说纸箱是公家的，又不是你家的，你叫我翻跟斗，那你再给我五角钱……

上海人说的"门槛精"，就是精明的意思，然而，再是精明，她也只不过是有足够强大的内心接受自己成为一个乞讨者。在我还是一个少年或青年的时候，我总认为，每个人天然都有"尊严"的意识，却从未想过，当生存遭到怎样的威胁时，人类才会放下尊严？

此刻，坐在病房门口的汪老太，我看着她，却不知道她究竟经历过什么样的绝境。她向每一个经过她面前的人乞讨，仅仅五角钱。这仅剩的记忆何其强大？她什么都不记得了，却牢牢地记得要问路人讨五角钱？有没有可能，在她年轻的时候，曾经有过那么一次，她被五角钱逼到了绝境？会不会是少年时代，她要上学，开学了，要交学费，家里东拼西凑，还是缺五角钱？或者，长大后嫁了人，有了孩子，有一天，断了粮，她口袋里却一分钱都拿不出，于是到处找人乞讨。"阿姨，拨我五角洋钿"，那是她必须说出口的话，因为家里有嗷嗷待哺的孩子，她甚至不敢说"借我五角洋钿"，因为她知道，她还不起。那应该是更早的上世纪五、六十年代吧？那

时候，交不起学费的孩子比比皆是，歉收的年成里，断粮不是偶然现象。那个年代，五角钱可以买五斤籼米或四斤大米，五角钱还可以买十六只大饼，五角钱可以为一个孩子置办一周的口粮……那段往事一定刻骨，她忘了一切，却无论如何忘不掉向路人讨五角钱的"责任"。我想象着，倘若我曾遭遇过那样的绝境，等我老了，在我忘掉一切的时候，我还会记得留在那个烙印上的疼痛吗？

也或许，她只是另一个"一斤粮票三个跟斗"，一个"门槛"很精的、曾经的悍妇，在那个年代，舍得放下自己的脸面去争夺一份生存资源。然而，她如同乞丐一般的行为却令她的孩子感到羞耻，是的，她丧失了感知尊严的细胞，她永不疲劳地向经过她面前的所有人乞讨。我看见了她脸上的痛苦表情，可我不知道那是她的肌肉记忆，还是她内心的疼痛从未消失。每每看见她坐在病房门口的壮大身影，以及她瘪塌宽短的面庞，我总是想：还是忘了过去吧，忘了一切，不要再记得那些往事，也许，彻底的遗忘，才是终极的解脱。

她并没有彻底遗忘，她仅剩的记忆令她从不错过任何一次问路人讨五角洋钿的机会，她皱着眉头，一脸愁苦、幽怨，以及无助，人们因此而想象她凄惨的身世，我的内心便也为她生出些许无法抵挡的辛酸，在经过她面前时，我总忍不住要稍作停留，与她反复提及同一件事，试图以此掩盖她记忆里的疼痛：

你吃过饭了吗？

今天吃水果了吗？

是苹果吗？还是香蕉？

猕猴桃甜不甜？

她从不回答我"是"或"不是"，她照旧用她脑中残留的记忆答复我——"阿姨，拨我五角洋钿"，与此同时，她下垂的扁脸因为发愁和苦恼，皱成了一个毛线团子。

难道她要怀揣着"乞讨者"的自我认识走进天堂？遗忘，准确地说，并不彻底的遗忘，也许会让她此生再也无法获得最终的释怀了吧？

九、母亲所"钟爱"的

父亲已经在医院里住了将近两年，他躺在7号床上，每天在护工小彭的看护和照顾下，进行着最基本的新陈代谢。这期间，他送走了同病房的三位病友，他们"升天"了，而他对此一无所知。

我的母亲每天都要去一趟医院，坐公交车，近一小时的车程，晌午出发，中午前到达。她先要伺弄他吃饭，而后为他做一次全身清洁，如果需要，她还会给他修剪指甲，双手，双脚，以及用一把理发推子把他脑袋上冒出来的发茬刮干净。

给他擦身的时候，她先去开水房接一盆滚滚的热水回来，毛巾在热水里烫过，拧干，而后掀开他的被子，从脑袋，到脚趾头，狠狠地擦拭一遍。她竭尽全力，像在擦一块油腻而又结实的老桌板。她咬紧牙关，紧闭的嘴里发出因用力而沉闷的喘息声，潮湿温热的毛巾在他的躯体上来回摩擦，每搓一下，仿佛就能刮下一层沉淀在他那张七十多年的皮囊上的时光。有时候，她又做得极其精细，像在擦一具坏掉的古董座钟，每一条缝隙都不舍得错过，脚趾缝，夹肢窝，耳郭后，腹股沟……是的，这个处女座老妇，她把他当成私有财产一般去维护，似乎，她并不指望他这口老钟还能走时准点，她只要看到他的钟摆还没有停止,哪怕不准,也不影响她对他的"钟爱"。就这样,他在她的精心维护下,虽是摇摇欲坠,却还坚持不倒。

她每天都要给他带去一份特制的美食,虾仁豆腐,剔掉刺的红烧鱼,从蒸熟的大闸蟹里拆出的蟹肉和蟹黄……她喂给他吃的时候,总是在他耳边一遍遍重复:

老薛,我把鱼肚皮都给你吃了,鱼头鱼尾巴我来吃,骨头我一根根给你挑出来了,鲜不鲜?

老薛,今天给你带了西瓜,南汇8424,时鲜货哦,要十五块一斤,我把当中心的瓤挖出来给你吃,籽我也给你剔干净了,甜不甜?我么,回去啃啃西瓜皮算了。

老薛,大闸蟹是"囡嗯(女儿)"带来的,我把蟹黄蟹肉全部拆出来了,给你烧了豆腐羹,蟹脚留着我晚上剥剥。

……

有时候,投喂父亲的工作由我在做,她也会把脑袋凑过来,毫不避讳地在他耳边,亦是在我耳边絮叨。我不喜欢听她说诸如此类的话,这不仅显得她好大喜功,更是常常令我感到自责与不适,在她的衬托之下,我感觉自己成了一个自私鬼。虽然我很清楚,她只是想表达对他极致的爱护和照顾,可是每到这种时候,我却总想对她说:我们的经济条件足够你们两人全都吃最好的,你为什么一定要让自己吃边角料?你为了父亲,而让自己的生活显得那么糟糕,这算不算我这个女儿对母亲不够孝顺?为什么我的母亲不能吃鱼肚皮,而要吃鱼头鱼尾巴?为什么我的母亲不能吃红红的西瓜瓤,而要啃西瓜皮?为什么我的母亲不能吃蟹黄蟹肉而要剥蟹脚……她以彰显自己美德的方式对我进行着隐蔽的道德绑架,虽然她并非故意,但效果便是如此。我忽然想到,倘若我的父亲意识清醒,他听到她说这样的话,会不会与我一样,心中生出些许不适?他还能心安理得而又津津有味地吃下那些鱼肚皮、西瓜瓤、蟹肉蟹黄吗?

事实上,这些想法只是埋藏在我心底的岩浆,它们从不曾从火山口迸发而出。每次,几乎是每次,我听见母亲这么说,那些岩浆就会自行发热,并且涌动起来,可是总在沸腾而起的当口,另一个念头忽然冒出,这念头也会令我心头一惊:她做的这一切,难道不应该是我做的吗?可是,我又如何能替代她?

于是,我扪心自问:你要什么?你要让七十多岁的母亲默默奉献而不事声张?

这么一想,我便会让自己做一次深呼吸,脸上堆起一些勉为其难的微笑,对母亲说:姆妈,以后你也吃鱼肚皮,你也吃西瓜中心的瓤,你也吃蟹肉蟹黄……我知道她一定会说:那鱼头鱼尾巴谁吃?我也知道,倘若我告诉她"谁也别吃,扔掉",那她一定做不到。于是我拍着胸脯说:我来吃。

这是我的想象,我从来没有说过"我来吃",在今天的经济和物质条件之下,这么说,我自觉虚伪。可是我不想看到母亲为了父亲而压抑自己、苛苦自己,让自己过得看起来那么不堪,这不是我的本意,也不是她的本意。可我还是介意她放在嘴上说,她说出来,我听见了,我该如何表示?又该如何回应?是不断地赞美她对爱人、亲人的无私付出?还是表一表我的决心,说一句"这一切从此以后由我来做",以示我作为孝顺孩子的人设?

直到有一天,去医院看望父亲,遇到

丁小丁医生，她对我说：你妈对你爸，可真是尽心尽力啊！

我把这句话转述给我的母亲，她听了，咧嘴笑起来，嘴角边流露出显而易见的骄傲。紧接着，她开始重复那几句说过很多遍的话：病房里四个人，你爸爸福气最好，什么好的我都留给他吃，我自己么，吃吃边角料就可以了；我每天都要去医院，给他身上搞得煞煞清，我看过了，四个人，你爸爸最干净……那个6号床，护工给他绑住手脚，手都绑肿了，他老伴身体不好，来不了，他儿子一个礼拜才去一次，平时没人给他松开看护带；8号床的三个儿子，不到结账的日脚是不会去医院的；还有原来那个9号床，看见我给你爸爸削水果，每次都要问我讨，他就是馋死的……

我坦然而又真诚地接下话题：是的，姆妈，还好有你，天天去医院照顾爸爸，否则他都不晓得要可怜成什么样子了。

我这么一说，她同情与哀伤的眼神里就会掺入一丝自得。做了一辈子财务工作的劳动者，曾经参加过无数次专业竞赛的业务骨干，年过七旬了，依然沉浸在自我设定的"竞赛"氛围中。没有人与她比，她却与身边的所有人比，并且赢得了无数次胜利。我的父亲，他虽是无法用语言赞美她杰出的贡献与非凡的成绩，但他以稳定的病情、不错的胃口，以及无褥疮、无异味的个人健康与卫生状况，证明了她是这间病房里的最佳家属。

最佳家属每天像上班一样在固定的时间去医院，就像一个守信的妈妈，一定会在放学的刻点出现在幼儿园门口，一定会把最优质的食物留给她的孩子，一定要让自己的孩子成为整个幼儿园里最干净、最健康、最聪明、最壮实的孩子……

她最干净、最健康、最聪明、最壮实的巨婴躺在床上，嘴里发出"咿咿呀呀"的叫唤，没人能听懂他在说什么，她却总有合适的语言答复他，"嗯，好吃对伐？"、"身上痒了？"、"饿了是不是？"、"来，搓搓背，加了六神花露水，清凉的，适意伐？"……

小彭指着正给父亲擦背的母亲说：瞧你妈，太狠了，和你爸有仇似的。

我的母亲正一手把住侧躺着的父亲的肩膀，一手捏着毛巾。她在他背上使劲擦拭，用力极猛，她每擦一下，他的身躯就要猛地侧倾一下，仿佛随时都要扑倒。当然，她不会让他扑倒，她把他抓得牢牢的，他像一个侧躺在卧铺上的颠簸的旅人，前行的列车使他有节奏地摇晃，她是那个让他永不倒下的人。那时刻，他的表情也令人迷惑，眼睛眯缝着，嘴角裂开，喉咙口发出"嗯嗯嘘嘘"的呻吟，似是疼痛，又似享受。眼看着背部的皮肤已然发红，母亲才停手，像翻滚一个超大的烤红薯一样，使他侧睡的姿势变成仰天平躺。

她擦完他的全身，还要在他的胳膊和腿上涂抹一层止痒润肤露，她认定最适用于他的是"百雀羚"黄瓶200克装的那一种，因为她自己试过，一样样用下来，凡士林、隆力奇、郁美净、曼秀雷敦，直至百雀羚。她从未想过，最适合她的，未必最适合他，可她还是通过自己的实践挑选了她所认为的最好的一种。那当然的确是最好的，没有人能反驳她，他是一定不会反驳的，他躺在床上，他惬意的"呻吟"，以及带着些许痛苦的享受表情说明了一切。"百雀羚最好了"——他不需要说出这句话，但她可以这么理解。他失去语言功能多久了？两年，她用两年时间，学会了独立判断。她几乎忘了，在他还是一个健康人时，万事她都要去问他一个究竟，大到家用电器、头痛脑热，小到一日三餐、鸡毛蒜皮。

老薛，我们要不要换个电视机？

老薛，你说国产的好，还是进口的好？

弟弟有点发烧，是吃安乃近还是克感敏？

西瓜要买大一点的还是小一点的？

苦瓜炒肉片要不要加点糖？

……

她未必不知道答案，但她还是不肯浪费他近似于万宝全书的功能，这世上，仿佛没有一件他不能解答的生活常识问题。她扮演着一个天真而缺乏社会经验的小女孩，随时需要翻开他这本"辞典"去寻求标准答案，几十年如一日。后来，这本辞典里的字迹以飞快的速度消隐，直至消失殆尽。在他逐渐失智与失能的三年中，她终于成长为一个通晓一切并拥有独断能力的人。现在，她和他互换了角色，他已然变成了她的孩子，她替他决定一切，决定他吃什么、穿什么、用什么，决定他涂什么牌子的润肤露，包什么尺寸的尿不湿，决定他的欢乐和痛苦，喜悦与悲伤。她说：你看看，你爸爸吃得开心得不得了，我给他烧的虾仁豆腐羹，不要太鲜哦！虾是活的，我一只只剥出来的……他则是面无表情地躺在床上，看向天花板的目光迷茫混沌，努动的腮帮子表示他正在咀嚼她喂给他的食物，并无吃得"开心得不得了"的反馈，至少，我没有看出来。可她认为他吃得开心，那他一定是开心的，因为她和他在一起吃了一辈子饭，当然知道他的口味啊！

她说：你看看，我给你爸爸抓背，他适意得一塌糊涂。我看向父亲，他正侧躺着，裸露的背部对着她。她用力一如既往地大，留着指甲的五根手指在他背上抠出如同刨木头般的声音。他呢，咧着不受控制的嘴，露出几粒发黄的断牙，鼻梁皱起，表情近乎狰狞。我不知道那是他感觉"适意得一塌糊涂"，还是因为被刨得发痛。可是，她觉得他适宜，那他一定是感觉到了适宜的。她给他抓了一辈子痒了，她当然知道给他抓痒需要多大的力气！

一年三百六十五天，她每天去医院报到，从无缺席，她已经很久没有出门旅游过了。快过年了，我和先生决定带母亲出去玩几天，找个度假村，给她放个年假。可是建议一经提出，就遭到了她的反对，原因，自然是不放心医院里的父亲。

医院里有医生、护士，还有护工，有什么不放心的呢？别的病人也不是天天有家属去探望的，我说。她撇嘴，一脸不可言说的表情，似是不屑，或者鄙夷，却也不是，倒像是因着信仰而愿意牺牲自己的傲人的受难者。我依然动员她，上班族也要放假的，你不是去享受，你只是养精蓄锐，为了更好地投入工作。可她立即举出种种她不能去度假的理由：譬如吃午饭，他正瞌睡，不肯张嘴，家属不在跟前，护工就偷懒，勉强喂两口就不再喂，到他想吃的时候，又不会说，只好一直饿着；有时候他拉了屎，护工拖着不给他擦洗，被窝和大腿长时间被粪便熏染，会导致褥疮发作；为了省事，护工把所有饭菜打成糨糊，她每天去，至少可以让他吃上一顿像样的饭；还有，医院食堂里的饭菜，实在让人一言难尽，必须给他补充一点有营养的食物……她像食品监督员一样记下医院食堂每天的伙食情况，最后得出结论，周

404

四和周日是不能不给他加菜的，因为这两天食堂做菜汤面，那能有什么营养？一跺脚就饿！还有，周五和周六最好也要带菜，她早就摸出了规律，食堂厨师一到周末就不愿意做新鲜菜，除了剩菜，就是用超市里买的肉丸子糊弄人，什么海霸王贡丸，桂冠鸡肉丸，思念肉汤圆，没法和我自己做的狮子头比……她数落着医院里伙食的潦草，护工的偷懒，以及永远不能令她满意的他的个人卫生问题。护工是从不会给他擦干净、擦舒服的……她这么说的时候，确信自己才是他最好的护理人员。

她说得没错，我从不怀疑她的重要性。可我依然努力说服她，向她承诺，我们只出去休假三天，三天即回。我甚至想出"贿赂"护工的点子，过年前最后一次探望父亲，我悄悄地给护工塞了三百元红包，我如实告诉她，过年期间我们将缺席三天，请她尽心照顾我的父亲。

这个春节，小彭要回老家过年，她护理的病人分摊给了小张和小丁，7号床老薛临时分配给了小丁。小丁五十多岁，她的同伴都叫她"大胖"，因为她是五名护工中最高最壮的一个。她还最爱美，隔段时间就去捯饬一回她那头稀薄的短发。最近她刚烫染了一款酒红色小卷发，贴着头皮，仿佛顶着一脑袋葡萄，配上她那张黝黑的圆脸，近乎有些非洲姐妹的样貌。我把她拉出病房，从包里摸出一个红包朝她递去。她黑圆的脸上顿时绽放出大片茁壮的笑容，嘴里嚷嚷着"不要不要"，身体却诚实地僵硬着，任由我把红包塞进她豆绿色制服的口袋里。

我们还带去了母亲做的狮子头、墨鱼大烤、蛋饺、以及父亲最爱吃的浦东糯米糕。我关照小丁，这些熟菜点心，麻烦你每顿饭热一些给老薛吃，尽量不要打成糨糊，大冬天的，把保鲜盒放在操作室的窗台外头，相当于冷藏，不会坏。小丁满口答应：没问题的，放心吧外女儿，放在窗台外头会被野猫偷吃，还会招老鼠，我给你放我们冰箱。

医院给护工们配备了一个公用冰箱和一台微波炉，放在操作室里，家属可以用微波炉给病人热饭菜，但不可以占用冰箱。那个容量并不十分巨大的海尔冰箱里，通常塞满了护工们的剩饭剩菜、包子馒头。我说那不好意思的，你们的冰箱本来就挤。她极少有地压低嗓子：没事没事，我就说是我自己的……她敢于违反护工们约定俗成的规则给我们行方便，终是因为红包的作用吧，我想。

无论如何，小丁的表态令我安心了几许。可是母亲却依然心存疑虑：没人看着，她顿顿给他打成糨糊我们也不晓得，老头子又不会告状；她自己病房还有四个病人，再加分摊给她的小彭的病人，哪还顾得上我们？我那个狮子头，里面加了马蹄的，还有墨鱼大烤，一定要细嚼慢咽，浦东糯米糕，一顿只能吃两片，她要是一次给他吃太多也不行的……

她有一千个不能外出度假的理由，可还是在我们的"逼迫"下，带着勉强而又骄傲的情绪出了门。那三天，她倒是如同忘记了她的老伴还躺在医院里，跟着我们游玩吃喝，只字不提父亲。直至第三天早上，她忽然说：现在往上海开，啥辰光到家？

我的先生查了一下导航，说下午两点左右。她立即提出了她的方案：那你们把我直接开到曹镇吧。

不是说好明天再去医院吗？我问。她

没说话，却是一副决心已定的表情。我明白了，她要去看他，有些迫不及待，三天不见，他还好吗？吃上过一顿囫囵饭吗？身上有没有擦洗干净？有没有粪便的臭气？我们和小丁说定的，明天才能去医院，她今天就要去，或者只是想来个突击检查？

从绍兴开车回到浦东，到达曹镇社区卫生服务中心，已是下午四点多。过年期间，住院部静悄悄的，走廊里没有人，能听见病房里传出几声病人的呻吟、呢喃、呼喊，以及护工的话声。那些嘈杂而又莫辨的声音中，似乎夹杂着父亲歌唱般的"长调"，粗糙而又轻盈。我们没有惊动任何人，径直走进父亲的病房，然后，我看见，他枕头上的脑袋正歪向门口，瞪得大大的眼睛看着我们，像一个正盼着家长来接的托儿所的孩子，目光几乎与我们对接。只不过，他的表情并没有因为我们的到来而忽然欣喜，他保持着同样的姿势和表情，张着嘴，发出一声粗糙而又高亢的呼喊，没有内容，却巨响……母亲霎时眼圈发红，一个箭步冲到他的床前。

他的双手和双脚一律被看护带缚着，他张着干裂的嘴唇，仿佛缺水已久的人，他剃光的脑袋上顶出花白的发茬，他的鼻翼处缀着白色的皮屑，眼睑上还挂着一两颗眼屎，下眼睑处还有一道抓破的血痕……母亲红着眼睛给他松绑、洗脸、擦身、涂抹百雀羚止痒润肤露、全身按摩、喂水果，直到完成全部程序，她才停下手，长长地吁了一口气，而后，冲仰躺着的父亲说了一句：你受苦了，老薛。

大约二十分钟后，小丁终于得到我们提前回来的消息，风一般旋进病房，扯着她的大嗓门喊道：咋今天就回来咧？路上没堵车吧，老薛挺好，午饭吃得挺多，今天还没拉屎……

她的语速和音量一如既往，没有一丝紧张和不安，她黑油油的圆脸上的表情亦是坦然而自然。我开始反观，我看向我的父亲，那个躺在床上的老头。他似乎也在看我，却在我凑近他时，目光没有一丝动弹。其实我知道，他没有看我，但我还是不肯放弃这种错觉，我对着他说：爸爸，新年好啊！

他没有回答我，他直视前方，眼睛里仿佛有一块玻璃一样干净的、一无所有的黑板，他看着那块一尘不染的黑板，沉默着。

当我写下这一切的时候，终是觉得还需要说明一些什么，关于他有没有受虐待的事实。他的双手和双脚，从住进医院那一天起，就是用看护带缚住的，是为防止他蹬掉被子，扯自己的尿袋和纸尿裤。他住进医院后，我已经为他购买过三次卧床病人专用看护带。从他脸上的那道抓痕来看，三天中，小丁是给他松过绑的，但他很快把自己的脸抓破了，现实不允许他的双手有太多自由。他的嘴唇确是有些干裂，大冬天，他睡在24小时开着空调的病房里，任何正常人也都会嘴唇干裂，这并不能说明小丁没有给他喝水，看看他挂在身上的沉甸甸的尿袋就能了解，色泽清亮而不浑浊，应该没有少喝水。他脑袋上花白的发茬，鼻翼处的皮屑，眼睑上的眼屎，这一切，与他平日里呈现在我们面前的样子其实无甚区别。可是我的母亲，因外出度假三天而满怀愧疚的老薛的妻子，在看到他的一瞬间，忽然感觉他是一个被遗弃、被虐待的老人？她如此狠心，离开他足足三天，这三天，她去过自由的生活了，这三天，她去吃喝，去游玩，去享受了，而他,被"无情"的她抛弃于临终医院……这不是真的,可她就是这么想的吧?度假的这三天,她积累着担忧和惦念,最后全部变成愧疚……可是,无论如何,我还是被她打动了,因为,这种愧疚的感觉,我也有。

从医院回家的途中,母亲在汽车后座上说:刚才进病房的时候,我喊了一声"老薛",你爸爸哭了,你看见没有?

哭了吗?我怎么没发现?我想了想,只想起他呆滞的目光,却没有发现哭的迹象。可她坚持说:真的哭了,我走到他跟前,看见他眼角有眼泪。

我说:眼睛疲劳也会出眼泪的。我说的是实话,我不是要非要反驳她,我只是不愿意让她肆意发挥想象而过度愧疚,以及,不想让父亲显得那么可怜。

可她依然坚称:真的,你怎么不相信呢?我看得清清楚楚。

我正开着车,没法回头看她,但我听出了她有些哽咽的声音。我没再说话,也许她依然沉浸在想象中,与其说她是被她失去智能的丈夫感动了,不如说,她是被自己感动了。她愿意设造一个令人动容的故事,只因为她依然愿把她的丈夫当成一个有着正常的思维,以及正常的情感表达的人,哪怕只是一种期待。可是,倘若父亲真的还留有那么一丁点儿记忆力和感受力,那他被捆绑在病床上的日子,会有多么痛苦?

这么想的时候,我真的希望他忘了一切,什么都不再记得。人类的所有痛苦与快乐,归根结底都是源自记忆,我们的大脑刻录下自己以及陪伴自己走过生命的那些人,那些事,于是我们拥有了快乐、爱、和荣耀,同时,我们需要承受悲伤、痛苦、以及忧愁。他这一辈子,一定有过很多快乐与荣耀的时刻,他也拥有他的妻子和孩子的爱,可他几近遗忘。现在,他终日躺在床上,被捆绑住手脚,生活不能自理,连饥饿与排泄都无法表达,没有人能否认,他过的是痛苦远多于快乐的生活。既是如此,那就不如把一切都遗忘干净吧,遗忘所有,快乐、爱、荣耀;悲伤、痛苦、忧愁……彻底遗忘。

他若彻底遗忘了,就不会因为爱人和孩子三天没有去探望他而流泪了吧?

春节过完了,母亲终是回到了常态,每天去一趟医院,给他送去她做的"好小菜",她喂给他吃的时候,还是会一遍遍强调:

老薛,我把鱼肚皮都给你吃了,鱼头鱼尾巴我来吃,骨头我一根根给你挑出来了,鲜不鲜……

她很清楚她的丈夫已经把她遗忘,可她依然确信他离不开她。是的,他以一具实实在在的躯体,过着空谷黑洞的精神生活。他并不知道自己的精神空间已被清空,我们却要用自己的想象去替他填补,去找回曾经在他脑中驻留的情感和记忆。我的母亲,便是每天在用自己的回忆以及想象,填补着他的空白。她与他所做的一切交流,都由她自己来答复,她替代他表达情感,他对她的想念,他对她的依恋,他对她的感谢,他为她的忠诚而感动、骄傲……好吧,他离不开她,对于他而言,她是何其重要,反之亦是,她的成就,她的能力,也在服务于他的每一天中呈现,并得到众口皆碑的赞美。就这样,他成了她最"钟爱"的——我无法用"人"来概括她所钟爱的"他",我空缺这句话的宾语,以表示找对她的埋解。

好吧，我的确不希望母亲吃鱼头鱼尾巴，不希望她啃西瓜皮，不希望她剥蟹脚，也许我只是为了自己作为孝顺女儿的自我认定，而她，却是以她一个人的投入，饰演着两个人的情感故事。我终是没有劝她对自己好一点，也没有要求她扔掉鱼头鱼尾巴西瓜皮以及蟹脚，这是母亲所认为的恩爱夫妻应该过的日常生活，她带着他，一起在经历，这么做，她会感到欣慰和满足吧？

如果是这样，我愿意成全她。

十、没有名字的人

1. 小彭

春节过完，小彭终于从阜阳老家回来了。小彭回来的第二天，8号床肖老头就升了天。

小彭已经三年没回过老家了，今年她狠狠心，决定放弃节假日加班费，回老家过个年。她的病人分摊给了小张和小丁，我的父亲归小丁管，肖老头归小张管。年前动身回老家时，小彭推着拉杆箱，站在病房中间，对四张病床上的四个病人说：老头，我要回老家啦，你们好好的啊，过完年再见啦！

肖老头是病房里唯一能与她交流的病人，小彭冲着整个病房说的话，差不多就是对他一个人说的。肖老头看着小彭，努着缺牙的嘴问：啥辰光回转？

小彭说：十天。

小彭回老家过年的这十天，肖老头成了病房里最难伺候的病人，每顿饭小张都要与他斗智斗勇，甚至威胁恐吓。可是任凭小张怎么哄他、骂他，他也只是锁着眉头，耷拉着眼皮，怎么都不肯张嘴。小张一生气，就恨恨地说：小彭不会回来了，你就等着饿死吧。

肖老头躺在床上的身躯忽然一抖，尖瘦的黑脸慢慢扭曲、变形，扭成一堆破碎的砖头，碎砖头缝里挤出一阵"呜呜"声，像受了委屈的狗发出的呜咽。

7号床的家属，老薛的老伴正给病人喂饭，看肖老头哭了，便冲他嚷嚷：嗐，老头还哭了？怎么啦？想小彭啦？

肖老头不理人，闭着眼睛持续让自己沉浸在悲伤的呜咽中。

哭也没用！你哭吧，哭完我再来。小张一甩手，出了病房。接下去，肖老头就这么平躺在枕头上，长时间地仰天呜咽着，直到老薛的老伴忽然喊了一声：咦，这不是小彭吗？小彭回来了。

肖老头立即刹住哭声，睁开眼睛，视线投向病房门口。哪来的小彭啊！老薛的老伴"噗嗤"一声笑出来：别哭啦，过几天小彭就回来啦，你哭，她又听不见，有啥用呢？

肖老头扯开嘴，眼睛一闭，干脆"嗷嗷"号哭起来，横流的涕泪在布满褶皱的脸上开辟出一条条沟壑。

7号床老薛的老伴过年期间被女儿女婿带着去绍兴度了三天假，为此她对老薛深感愧疚，她知道没有亲人和家人来探望的病人有多可怜，便对肖老头也多了几分同情。她走到8号床边，对着哭泣的老头说：等一歇我给小彭打个电话，叫她快点回来，不要哭了啊。

肖老头果然停住了哭泣，睁开三角眼，看着老薛的老伴，嗫嚅了片刻，说出几个字：现在打电话。

老薛的老伴举起手里的饭盒，指着病床上躺着的老薛：我给老头喂饭呢，现在没空，等一歇哦，等一歇再打。

等一歇是多久？肖老头没问，他就这么睁着三角眼，看着7号床那边的动静，耐心地等待着。老薛的老伴喂完饭又去洗碗，洗好碗又拿一个大盆去接来开水，然后给老薛做起了全身清洁，擦身、洗脚、剪指甲，清洁工作做完，还要全身按摩，擦润肤露……一样样做过来，实在是太久了，肖老头看着看着，三角眼渐渐眯起来，昏昏沉沉地，就睡过去了。

第二天，老薛的老伴一进病房，肖老头就把脑袋转向她：电话打了吗？

老薛的老伴好像早就想好了怎么应对：打过啦！小彭叫你好好吃饭，她过两天就回来。

肖老头没再说话，这一天的午饭，小张把勺子送到他嘴边，他还真的张了几次嘴，吞了几口粥。

这情形，在接下去的日子里每天都要上演一遍。老薛的老伴每天都要被肖老头问：电话打了吗？她每天都要回答一遍：打过啦，小彭说了，你不肯吃饭她就不回来，你好好吃饭，还有三天小彭就回来了……被问烦了，老薛的老伴就说：你为啥就盯着个小彭？小彭喂的饭就比小张喂的香？

肖老头不回答，肖老头肯定回答不上来，从他住进曹镇社区卫生服务中心到现在，快三年了，三年来，他一直是由小彭护理的。他不依赖他的三个儿子，不依赖别的护工，他只依赖小彭一个人。

年终于过完了，小彭回来了，小彭一进住院部走廊，拉杆箱和大背包还没放下，小张就冲她抱怨起来：你可算是回来了，你不在，8号床饭都不肯吃，给他开八宝粥也不吃，挂了好几天葡萄糖，还哭，过年了，他那三个儿子一个都没来过，真没见过这样的。

小彭进了病房，环顾一圈，病人一个没多，也一个没少。视线转到8号床，肖老头枕着一头好久没理的白发，瞪着三角眼看着她，一张嘴：八宝粥！

小彭捂着嘴笑，笑完又虎起脸问：老头，你说，小张喂饭你为啥不吃？你倒说说，为啥不肯好好吃饭？

肖老头张了张嘴，没说话，三角眼里射出的目光却烫人得厉害。

这天的晚饭，肖老头吃得很爽快，小彭没把他的饭菜打成糨糊，一份肉糜蒸蛋，一份大白菜炒蘑菇，小彭特意单独喂的。肖老头用他那半口牙，"吧唧吧唧"吃得特别香。小彭喂一勺，跟着问一句：咋又吃了？为啥我一回来你就吃了？

小张进来看了一眼，有些不服气：你喂他就肯吃？你干脆认他做爹吧，以后他把家产传给你，不给他那三个不孝子……说完发出一阵波澜壮阔的笑声。

天黑了，小彭铺开折叠床，又去开水房接了一盆热水回来。肖老头白花花的脑袋紧紧跟着小彭转，小彭走到哪里，他盯到哪里。小彭坐在床沿上洗脚，肖老头看着她洗脚。小彭说：你干嘛老盯着我？我又不是你的儿子，你有三个儿子呢，给你送终的人是他们，不是我。

肖老头动了动嘴皮子，没说话。

舟车劳顿的，小彭累了，一躺下就打起了呼噜，掺和着病人的呢喃、呻吟，以及鼾声，四个病人加一个护工，热热闹闹地安寝了。

第二天清晨五点半，护工们纷纷起床，走廊里响起各种声音，趿着鞋皮的脚步声，水龙头的"哗哗"声，吐牙膏沫的"呸、呸"声，以及护工们的聊天声。忽然，某一间病房里传来一声呼喊：来人啊——

护工们迅速对了一下眼神，立即拔腿向不同的方向奔去。有人一头撞进发出喊叫声的病房，有人朝医生值班室一溜小跑，有人奔向楼梯口的储藏室，转眼拉着一张高脚推床出来……天色还未亮透，空气中带着深重的夜凉，住院部门口的台阶边，冬青叶上缀着的白霜还没融化，社区卫生服务中心的住院部已然喧嚣起来。瞌睡正浓的值班医生被唤醒，护工们进入紧急战备状态，这情形，一定是有老人"升天"了。

肖老头死了，肖老头吃了一顿饱饭后升了天，他是在小彭的鼾声中升天的，应该不会寂寞。

那一日正好是周末，因为下午有一个研讨会，我决定上午就去看父亲，到达医院才九点不到，进病房，就见8号床空了。小彭说，肖老头升天了，她正在等他的三个儿子，他们来了才能开死亡证明。

说话间，就见一辆黑色殡葬车开进医院大门，停在了后院的太平间门口。太平间离住院部五、六十米远，独吊吊一间平房，门外竖着很多晾衣桩，桩子间拉着绳子，绳子上挂着护工给病人洗的内衣外套、毛巾毯子。

殡葬车到了，肖老头的三个儿子却还没到，两个殡葬工人下了车，站在露天地里抽香烟，第一根烟抽完，戴黑头盔骑摩托车的小儿子驾到，"轰隆"声由远而近，戛然停止。殡葬工人说，可以办手续了吧？小儿子说不行，要等他的两个哥哥来。殡葬工人只好继续在露天地里抽烟，第二支烟抽到一半，开着长安小货车的大儿子来了，只剩下二儿子了。殡葬工人还挺有耐心，在第三支烟快抽完的时候，二儿子的出租车终于开进了医院。接下去，三个儿子排着队，穿越很多根晾衣桩，躲开无数条在风里翻飞的内衣外套和毛巾毯子，跟着医生进了太平间。两分钟后，三个儿子从太平间里出来，医生和他们说话，他们站着听，大儿子斜着肩膀，二儿子双手插在裤子口袋里，三儿子抖着腿，三个人不约而同地从喉咙里发出"嗯、嗯"的应答。医生拿一份单子叫他们签字，大儿子接过笔，斜着肩膀签完，传给二儿子，二儿子从裤袋里掏出手，趴在殡葬车的车门上签完字，又传给三儿子，三儿子一边抖着腿，一边在纸上写，写完，把笔还给医生。医生说，可以送殡仪馆了。

三个儿子看着殡葬工人把他们的父亲抬出太平间，护工和一些病人家属都站在一旁围观，我也站在人群中。冬日的太阳并不热烈，空气中也没有一丝新年的气味，站在露天地里，只有凛冽的寒意。三个儿子跟在殡葬工人后面，嘴里不断地吆喝着：慢点慢点；哎哎，要付多少钱？有发票吗？到殡仪馆就十公里，要三百元？也太斩人了吧……

这三个男人，好像只是请搬家公司来搬一趟家，倘若不是在临终医院里，谁又能相信他们是刚死了父亲的三个儿子？

护工们站在住院部台阶边，看着二十米开外的情形，我学着她们的样子，坦然地看着"热闹"，一丝都不需掩饰"吃瓜群众"的状态。在临终医院，最后的一程，必须被围观，这是一种送别的"仪式"，倘若没有那么多病人家属和护工目送着8号床被抬上殡葬车，那才是一种遗憾吧？毕竟，肖老头在这里生活了足足三年。

突然听见站在我身侧的小张说：肖老

头撑了十天，就等着小彭呢，小彭回来他才肯升天。

小彭扭回头，带着几分惊异的表情看向小张：别瞎说，我又不是他儿子……

小张说：你看看他那三个儿子，爹死了，咋一声都不哭呢？你看你看，他小儿子，还抖腿，抖个不停还。

我试图替不停抖腿的小儿子开解：人紧张了就会有一些不经意的小动作，他小儿子大概是紧张吧？

肖老头被抬上了殡葬车，刚要关门启动，小彭忽然想起什么，冲着殡葬车大喊：等等，等一下。说着转身跑进住院部走廊，两分钟后又跑回来，冲到殡葬车跟前，我们跟着围上去，看她究竟要干什么。只见小彭朝那三个儿子摊开攥着的拳头，一颗断齿躺在她的掌心，花生米大一粒，通体发黄，还带着黑斑。

小彭一步跨上后车门，掀开白被单，一张尖瘦的脸露出来，蜡纸般的黄色。小彭伸出手，扒开肖老头紧抿的嘴，把断齿塞进他的口腔。肖老头的尖瘦脸被掀动了一下，皮往上抬了抬，像是轻轻笑了一笑。

这颗断齿，小彭一直替肖老头收在床头柜抽屉里。有一回，小彭要给肖老头理发，他不肯，扭头朝小彭的手狠狠咬去，小彭缩手一躲，他一口咬在理发推子上，咬断了一颗牙齿。

小彭从车里跳下来，对三个儿子说：老头身上的东西再没落下了，走吧。

殡葬车开出了医院大门，围观的人群各自散去。三个儿子站在大儿子的长安小货车边说了几句话，随后，大儿子上了驾驶座，二儿子上副驾座，小儿子骑上摩托车，三个儿子也离开了医院。

肖老头升天了，他再不会出现在医院里了，我们也不再有机会见到他的三个儿子了。可是，脾气怪异的肖老头，激发了我更多的猜测和想象。老头就这么手一撒升了天，他有没有把银行卡和存折密码告诉他的儿子们？他在住进临终医院前，有没有去公证处立过遗嘱？如果没有，那他的三个儿子要怎么分配他的遗产？依照他们平时的做派，会不会因为分家产而打起来？这么想想，我就很有一种冲动，如果可以跟踪到肖老头的三个儿子，我真的很想看看，接下去他们家到底会发生什么。

肖老头的遗产分配问题，在于我是一个悬念，小彭却好像再不关心，她关心的是，肖老头为什么要等到她过完年回来才升天。小彭知道我是一个"写书"的人，病人家属中，我是最有兴趣、最有耐心听她说话的那一个。她抬起她那方形的下颌看着我，咧嘴笑着说：外女儿，你说，肖老头，他这是为啥？

小彭笑的时候，本就不大的眼睛几乎眯成了两条缝，她不会用"依赖"或者"感情"这样的词汇，但她很清楚这是为啥，她是明知故问，她笑得那么自豪的样子让我确信，她很有成就感。她之所以一遍遍地问我"外女儿，你说，肖老头，他这是为啥"，那是因为，她希望听到我作为病人家属的反馈，就好像，一个优秀学生渴望得到一张被表彰的奖状。

我对小彭说：你护理8号床三年了吧？他是把你当成亲人了，其实要说给他送终的人，还是你，是你守护着他升了天。

小彭忙不迭地摇手：外女儿可不敢这么说，我护理肖老头整整三年，他喊了我三年"小彭"，他从来都不知道我叫啥名字，我凭啥给人家送终呐？我也没资格给他送终啊！

小彭说着,再一次笑起来,还笑出了"咯咯"的声音,带笑的方脸显得又宽又短,眼角的鱼尾纹像两簇横开的烟花,深刻而又灿烂。小彭不小了,五十多岁的女人,在这里,一直被我们叫着"小彭",好像,在"临终医院"里,小彭、小张、小丁、小魏、小兰她们,永远都不会老似的。

2. 小丁

小丁被辞退了,因为病人家属投诉。小丁在操作室里和小魏聊天,小丁说:饭点都过了,你还热饭干啥?

小魏说:顾阿太刚才睡着了,没吃上饭,现在她醒了,我热一下喂她吃。

小丁甩了甩满头酒红色小卷:嘿,她家属在吗?

小魏说:不在,回去了。

小丁撇了撇嘴:那你还热饭?她家里人不在,你喂了人家也看不见,顾阿太呆得都不认人了,她还能告状?

小魏没说话,微波炉"叮"的一声,顾阿太的饭热好了,小魏端着饭盒出操作室。小丁咧开嘴笑骂:死心眼儿!

小丁太大意了,小丁说这些话的时候,压根没发现某一位病人的家属正要进操作室。那家属在门口站了一会儿,直到小魏出操作室,她才进门,还冲小丁点点头。小丁先是愣了一愣,那家属面不改色,她便不认为她那些话被人家听了去,于是和病人家属打招呼:来啦!而后顶着一脑袋红葡萄,摇摆着高壮的身躯出了操作室。

第二天,小丁接到劳务公司的通知,她被辞退了。护工是劳务公司派来医院的,不归医院管,病人家属投诉给医院,医院反映给劳务公司,然后,小丁就被辞退了。那以后,曹镇社区卫生服务中心的住院部,就再没出现过黑皮肤小丁那又高又胖形同非洲女人的身影。

小丁被辞退,我却有些替她惋惜,并非为她感到冤屈,而是,她是一个有故事的人,我喜欢与有故事的人交往。然而,作为一名护工,她的工作态度却是一言难尽,偷工减料、偷奸耍滑的事儿已经不是第一次被发现,她还教唆新来的护工怎么钻空子,家属在与不在很多时候不一样。有一段时间,我的外公归她护理,我也发现过那么几次,病人排便屙尿,她不及时擦洗,总要等到家属来了才开始干,一边干,一边抱怨:看看,看看,这哪是人干的活?

可是她力气大,她能双手托住病人一把抱起来,不用别人帮忙就能把病人从床上移到轮椅上。她的确不太勤快,可是在病人家属面前,她干起活来比别人更高效、更利索,给病人翻身、擦澡、换床单,她总是把动静搞得很大,大刀阔斧的样子。当然,这些都不是我替她感到惋惜的方面,我的兴趣所在,是她的故事。据说,她是从老家"逃出来"的,我早就听说,她将近五十岁的人生经历有多么曲折,多么悲惨。可惜的是,我还未从她身上挖掘到更多故事,她就被辞退了,再也不来了。

几个月前的一个周末,我去医院看父亲,那天正好是三·八妇女节,我带了几罐护手霜,分别送给父亲的护工小彭和外公的护工小张,小丁正好在旁边,我也送了她一罐。小丁扯着嗓门说:谢谢外女儿!

小彭替我回答:大胖,你嘴上说谢谢,外女儿不稀罕,外女儿是写书的,你把你的事儿说给外女儿听听,让她把你写进书里去……小彭又扭头指着小丁对我说:你写写大胖吧,大胖这辈子苦啊!

接下去,我被五名护工围坐了起来。小丁开始讲述她的"血泪史",恋爱、结婚、被家暴、离婚、再婚、出逃……讲到伤心处，泪眼模糊，一众女人跟着她唏嘘。她们显然已经听过很多遍，在小丁讲述的过程中，她们不停地插嘴，给故事中的人物关系和身份职业给予及时的注解，她们还时不时地要纠正一下讲述人，为有关时间、地点，上一次是不是这么说的等等诸多问题打断她。说到家暴的桥段，小张站起来，按住小丁的胖脑袋给我看：外女儿你看看，大胖的头发都被她男人揪完了，长不出来了。小丁抵着脑袋说：揪头发是轻的，有一回，他正在灌开水，我一句话没说对，他拎着水壶就往我脑袋上浇，头皮都烫熟了，后来头发就长不出来了，要不然我干嘛烫个满头卷？满头卷看起来头发多一些……小兰补充道：她男人不准她和别的男人说话……小丁点头：有一回俺俩走亲戚，是他家的亲戚，我和他堂哥说了两句话，他跑上来就抽我一嘴巴……说到出逃桥段，小魏也有细节补充：她男人还追到这里，我们把大胖藏在女厕所里，我们说没这个人，你去别的地方找吧，那男人，精瘦精瘦的，一脸杀气……小丁点头：我偷偷跑出来打工，只有我娘家知道，他跑去我娘家问，他们都没敢说，后来不知咋地就被他打听到了，肯定是我弟媳妇，我弟媳妇的娘家和我男人家一个村的……

五个女人分工合作，在首次聆听的我面前塑造了一个反抗压迫的新女性形象。可是小丁的故事还是有很多令我费解的地方，譬如，既是男人把她迫害成那样，她也成功离了婚，后来又为什么要复婚？还有，小丁这么高大，那男人精瘦精瘦的，她怎么就不反抗？若是打架，小丁未必会输吧？

我把我的疑惑说了出来，我这么问的时候，小丁硕大的头颅一低，黝黑的面庞忽然变成了绛红色。她抬起眼皮看我，又迅速垂下眼皮，带着些许羞涩，用很轻很轻的声音说：他说，他就是爱我，他打完我，又跪下来哭着求我，他说他没办法，我也没办法……

我忽然有些替她尴尬，便快快地从她脸上移开了视线。我不敢再追问，我怕她抬起眼皮后目光与我对接上，我怕她看出我眼中的同情、质疑、愤怒，以及鄙夷。

她们的工作性质不允许长时间围着我讲故事，劳务公司的领班胡老师快要来了，她每天都要来一次医院，做例行检查，她们已经摸出胡老师的规律，今天上午没来，那下午肯定会来，一般会在三点半左右，还有十分钟，肯定到。她们纷纷站起来，叹息着，擦着发红的眼睛，恋恋不舍地散开，各自回了病房。

小丁不小了，将近五十岁，以她粗壮的身材和太过平庸的长相，我很难想象她被一个男人表白"我爱你"的样子。可我还是在看见她满脑袋的红葡萄时，忽然有些明白，一个女人的沦陷，可能真的只是因为内心有一份卑微的需求。她没有金钱，她没有美貌，她没有爱情，恰恰这些都是她最想拥有的东西。或者说，这一切，是所有女人的梦想。

事实上，我还远未真正了解这个被同事们叫做"大胖"的小丁，我想找机会再多来几次"围坐闲话"，在某个周末，我去探望父亲和外公的日子里，多半应该是下午，病人们在午睡，领班胡老师还没来，那样的时刻，最适合女人们凑在一起话家常。我喜欢听她们讲自己的故事，不管是真是假，即便有一半是来自她们的想象和虚构，我还是喜欢听。

机会还未等来，小丁就被辞退了。她有过被投诉的劣迹，不知道劳务公司是否还能继续与她签约，她是否还有机会去别的医院工作，或者，做家政服务、钟点工、保洁工？不过，以她的工作作风，做别的工作也极有可能被投诉，除非她痛改前非。可是，倘若不在外面继续打工，难道她要回老家？回到那个"爱她"的男人身边，被监视、被控制、被困顿，而后，以爱的名义备受摧残？

她不是一个优秀的护工，她只是一个女人，身材粗壮、貌不惊人、劣性颇多。我甚至还未及知道她叫什么名字，我只听见人们叫她"小丁"，或者"大胖"。无论如何，我还是替她感到惋惜，因为，我看见过她红着脸说那句话时的样子："他就是爱我，他打完我，又跪下来哭着求我，他说他没办法，我也没办法……"说这话的时候，我感觉到了她复杂的情绪，一点羞涩、一点甜蜜、一点痛苦、一点享受，甚至，一点幸福。

她过着一塌糊涂的生活，我却看到了她的渴望，她的缺失，尤令我感到无能为力的是，她无法自救。

3. "俺叫张J萍"

我的弟弟从重庆回来看望父亲，做儿子的心疼母亲，到处咨询、查找、走访，居然找到了一所离家更近的医院，那里新开出一个病区三个楼层的老年病房，病人还没住满，虽是民营医院，但也可以使用医保，并且医疗设施和条件都比较好。全家商量后，决定为父亲转院，往后母亲每天去医院，只需坐十分钟公交车，或者步行二十分钟就能到达。父亲转院后，我便只是一周或两周去一趟曹镇的卫生院，开车载着母亲，去探望她的父亲，我的外公。

外公在医院里已经住了三年，最近有些每况愈下的趋势，总算挣扎着熬过了整个夏天，十月过后，外公的生日也快到了，过了生日，他就九十岁了。外婆说，外公躲过脑出血一劫，大难不死必有后福，九十大寿一定要办得隆重一些。

外婆一经决定，大家就分头忙碌起来，预定寿桃、寿面、大排骨，寿桃要"乔家栅"的，大排骨要"上食五丰"的，寿面要在老街的申家切面店订制，鸡蛋精粉的……外公生日前夜，我的母亲关照大舅，最好有人在医院里陪着外公，一过零点，爹爹就九十岁了，千万千万要守住爹爹……

我大舅没有亲自去给外公守岁，他是让他的儿子我的表弟去的。表弟吃过晚饭，开着他的电动车去了街道卫生服务中心。他在外公的病房里刷着手机坐了五个小时，他听着病人们浓痰淤塞的气管里挣扎的呼吸声，还听着躺在折叠床上的护工小张健康的鼾声，然后，十二点就到了，新的一天就这么来临了。

表弟说：爷爷顺利地进入了九十岁，我完成任务，就回家睡觉了。临走我还到床头看了一眼，爷爷睡得好好的，张着嘴，喉咙里发出"呼噜、呼噜"的声音……

表弟的陈述作为有效证词，证明了我的外公的确活到了九十岁，而非八十九岁。天刚亮起来的清晨时分，安身于浦东各个角落的子女们纷纷接到小张的来电。小张言简意赅，一句话，五个字，嗓门依旧壮阔，几乎要震碎电话扬声器：老爸升天啦！

脑出血并发症，外公寿终正寝。清晨，全家人陆续赶到医院。一到病房，我母亲、我的四个姨，还有我的舅妈们就哭开了：爹爹啊——你一辈子辛苦把我们养大——我们

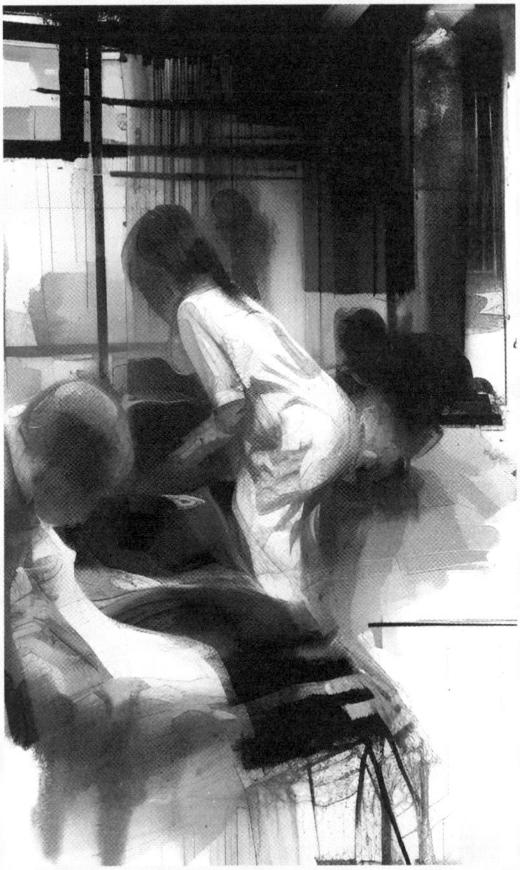

要给你做九十大寿——你却一声不响地走啦——我们买好了寿桃寿面——请好了亲眷朋友——订好了寿宴——爹爹啊——

我听着母亲和姨妈们曲调婉转内容丰富的哭唱，听得入神，眼泪都顾不上掉。过去，我一直认为亲人去世是悲伤的，可是这会儿，听着哭丧调，我有种奇怪的感觉，好像，外公去世，是一件祥和与幸福的事。

清晨的"临终医院"，来探望病人的家属大多还没到，除了几名护工，少有围观群众。因为外公是专属小张护理的病人，她忙进忙出、上蹿下跳，一副干劲十足的样子。最后，我们一行人跟随着移动停尸床，把外公送上了殡葬车。

停尸床推到车后门，准备推上去时，母亲跷着她那膝关节有疾患而不太灵便的腿脚，哭喊着一定要再看一眼她的爹爹。殡葬工很有人情味，说再给你们五分钟，五分钟后开车。

母亲走到床边，轻轻掀起蒙着外公的白被单，然后，我们都看见了外公那张不苟言笑的脸。他嘴唇紧闭，不再如躺在病床上那样双颊凹陷，大张着嘴，"呼哧呼哧"地发出浓痰淤塞的呼吸。他看起来很干净，皮肤依然白皙，脸上原有的皱纹，此刻也因极度的平静而光滑几许。朝阳从东边斜着照过来，一缕阳光从人群插入，落在外公的一侧脸上。外公已经三年多没被太阳照过了，这会儿，他真是安静极了，他闭着眼睛躺在光天之下，一脸庄重。

从早上到现在，我一直没哭过，此刻，眼泪突然涌了出来。

外公活到九十岁，是喜丧，一切按规矩程序操办，丧事办得隆重而又完美。头七过后的周末，母亲让我去给小张结最后一次工资，她自己这些天太操劳，腿痛得没法走路。母亲说，你去结账的时候，替我谢谢小张，往后我们大概不会再去那边的卫生院了。

周末午后，我开车去了一趟曹镇社区卫生服务中心，泊好车，熟门熟路地走进住院部走廊，就像去探望父亲和外公一样，向病房走去。

"临终医院"里一如以往，某扇门内传出几声饱含痰气的咳嗽，以及护工壮阔的嗓门里蹦出的呵斥声：又吐痰，吐痰要喊，晓不晓得，要不要打屁股……那些老糊涂的病人，他们又哪能记得吐痰要喊？他们能自己吐痰，哪怕喷吐到被子上、衣服上，至少还显示出了微弱的生命力。现实是，他们大多数人已经什么都不会，也什么都听不懂……其实，护工们完全明白这些道理，与她们打了三年交道，我早已了解，也许她们只是为了亮开大嗓门，让这"临终医院"里有一丝欢闹的声色，这样她们才能持续健康地去做这样一份送人归西的工作吧？

踏进外公病房的那一刻，我习惯性地看向23床，只见被窝敞开着，一具赤裸裸的躯体瘫在床上，小张壮硕的背脊弯弓着，她正在给病人换尿袋。我转身回避，直到小张给病人盖回被子，抬头看见我，亮开大嗓门喊道：外女儿，来咧！

我的外公已经升了天，他不再是小张护理的那几个病人中的一个，可是小张还是叫我外女儿。小张把尿袋扔进专用垃圾桶，没有洗手，直接朝我走来。我怕她上来勾我的手臂或肩膀，她以前经常这么干，不过多数时候她愿意勾我母亲的手臂或肩膀。我尽量隐蔽地移动双脚，悄悄倒退了两步，站到床架子后边，我说：小张，我

416

是来给你结工资的。

在给小张算工资的时候,我看了好几眼23床,床上躺着的那个人早已不是外公,新的病人鼻孔里插着氧气管,与其他病人一样,闭着眼,大张着嘴,双颊凹陷,发出"呼哧呼哧"的艰难的呼吸声。那样子,与十天前还躺在这里的外公如出一辙,他每"呼哧"一次,就挑逗着我喉咙口"外公"两个字呼之欲出。

小张照旧在收据上画了三个圆圈,工资结清了,外公不在这里了,父亲也已转院,没必要逗留,我准备回家。小张很热情地要送我,送出走廊,一直送到大楼门口。车开出医院大门时,小张还站在台阶上冲我挥手,我也想冲她挥挥手,可是我手里握着方向盘,一拐,就出了医院大门,就看不见小张了。

忽然感觉有些遗憾,我怎么忘了问一下小张,她到底叫什么名字?第一次问她,她就说,"俺叫张J萍",当时我没听懂她河南口音说出来的名字到底是哪几个字。事实上,曹镇社区卫生服务中心的五名护工,我一个都不清楚她们到底叫什么名字,我只知道她们是小彭、小张、小丁、小魏、小兰。

小张不识字,当然说不清楚自己的名字是哪几个字,可是刚才我怎么就没想到让她把身份证拿出来给我看看?尽管,她叫什么名字并不重要,可我还是很想知道,她扯着嗓门喊出来的"张J萍"三个字,到底是张菊萍、张娟苹,还是张建平?

十一、 迁徙的"老鸟"

他终于脱离了7号床,他的背脊离开床垫,双腿腾空而起,身躯被整个儿抬了起来。他正在进行一场艰难的迁徙,像一只断了翅膀的老鸟,即将被救助员从一片沼泽地,移到另一片沼泽地。是的,我的父亲,他在曹镇社区卫生服务中心住了两年多,他躺在住院部的病房里,两年来,他一寸都没有离开过7号床这块方寸之地。

被抬起来的瞬间,他的呼吸变得急促,也许他感觉到了身躯脱离床垫的悬空感,我猜测,他有些紧张。果然,随着幅度更大的移动,他的眼睛也越瞪越大,终于,巨大的喊叫声从他嘴里喷射而出。谁都听不清他在喊什么,我却能感觉到他的情绪,他害怕了,呼吸中带着急切的颤音,身体的本能让他发现自己正处于危险的境地。那么,他还有着感知力?只是不会表达,并且,他在感觉到恐惧的瞬间又遗忘了恐惧,同时,新的恐惧又紧随而来,就这样,他的情绪在短时间内一轮又一轮地更迭,而此刻,一波接一波的恐惧占据着他短暂的记忆,使他发出持续的喊叫。

他比入院时胖了,小彭提着兜住他的床单的一个角,喘着粗气喊:我的个天,老薛啊,你都胖成肥猪了……四个护工扯着床单的四个角,调笑着老薛的肥胖,喊着"嗨哟嗨哟"的劳动号子,终于把他从躺了两年的7号床,移到了一张窄窄的高脚推床上。120急救车还未到,我们必须把7号床腾出来,新的病人很快就要来了,小彭需要尽快把床铺打扫干净。

他被推出了病房,他离开了这间两年来从未走出过的房间,跟着一起离开的还有三大包杂物,没用完的尿垫尿袋、吃喝用的碗勺水杯、洗漱用的毛巾脸盆……这是他的全部家当,他维持生存所需的一切,都将跟随他一起搬到新的医院。

推床在移动,一经来到走廊,他就停

止了喊叫。也许是看到了许久不曾看到的风景,他瞪大眼睛,眼珠子转动着,前所未有的活跃。这里的景致与病房里不一样,他像一个从未出过家门的婴儿,外面的世界令他感到新奇。他也闻到与病房里不太一样的略微新鲜一些的空气了吧?看起来他不再紧张和恐惧,却有一点小小的激动,带着痰气的呼吸越来越深重,喉咙口发出"呼噜噜"的喘息,像是有呼之欲出的话要说。就在我们把他推出走廊大门的一刹那,一缕微风拂过,阳光霎时照到他身上,他忽然眯起眼睛,鼻梁起皱,嘴角开咧,与此同时,浑身颤抖着,发出一阵如同挣扎的呼啸:啊——哈——

他的面容近乎狰狞,他龇牙咧嘴,尖锐的啸叫声听来令人毛骨悚然,仿佛出自一个激情四溢的癫狂者。我无法判断,那是他久未动弹的骨肉突然被搬动而引发的疼痛惨叫,还是因为巨大的变动令他感到不安,于是他要反抗?可我还是从他扭曲的脸上看出了久违的表情,似乎,他正在笑。是的,我愿意相信他在笑,他已经很久很久没有笑过了,现在,他正发出激烈的笑声,带着颤音,如同沸腾的岩浆,从喉咙口喷薄而出:啊——哈——

他感受到了阳光的沐浴,他呼吸到了新鲜的空气,暮春的风吹在他脸上,他享受着自然的爱抚,他太需要笑了,他果真笑了,我在他的啸叫声里听见了笑,我敢保证。

在我还是一个孩子,或者,还是一个青年的时候,几乎每天,我都会听见他的笑声。干家务的时候,他与母亲相互调侃,母亲被惹急了,他大笑着道歉;晚餐桌上,他说到某个笑话,我们还没笑,他率先"哈哈哈"地笑起来;期末考试后,弟弟从学校带回奖状,他接过奖状,还未打开,先发出一阵"哈哈"的笑声,仿佛这笑声就是他给我们的掌声……他不是一个严肃的家长,他在孩子面前一点儿都不端着,他愿意笑就笑,在感到快乐的时候、幸福的时候,自豪的时候,没有谁能阻止他发出那种爽朗、开怀、毫无保留,甚至肆无忌惮的笑声。

可是,从他病入中期,到住院,到今天,将近四年,我几乎再没见他笑过。我以为他遗忘了一切,也遗忘了如何笑。可是现在,他真的在笑!

我对母亲说:我们把爸爸推到外面,让他晒会儿太阳吧。

接下去,他的推床就停在了住院部的大门外,这个卧床老病人就这么躺在了太阳底下。阳光照着整张床,照着他白色被子覆盖的身躯,照着他狰狞的面容,照着他不能自控的洞开的口腔。他眯着眼睛,皱着鼻梁,时不时地发出一阵龇牙咧嘴的狂笑:啊——哈——

他已经在医院里住了两年多,他早已忘了一切来源于自然的愉悦与欢乐,这一刻的阳光却让他大笑不止。这么想着,忽然鼻酸,我伸出手,抚了抚他那张被太阳晒得暖热的脸:爸爸,开心吗?

他不理我,他依然眯着眼睛,皱着鼻梁,仰面朝着天空,发出一阵狂笑:啊——哈——

一个多小时前我已经打电话叫了120救护车,因为只是转院,而不是送医,急救中心把我们排在了急需病人的后面,为此我们在住院部门口足足等了两个小时。这两个小时,因为父亲的笑,我们等得一点儿都不着急。我甚至希望急救车再晚些到也无妨,让他再多晒一会儿太阳,让他再多呼吸一会儿没有消毒药水味儿的空气，让他再笑一会儿，哪怕他的表情是狰狞的，哪怕他呼啸般的笑声听起来让人毛骨悚然，让我们无法判断他究竟是因为疼痛而惨叫，还是因为快乐而癫狂。

将近中午，急救车终于来了，小彭把我们送出大门，上车前，她扯开嗓门对躺在担架上的人喊：老薛，这辈子咱俩还能见着吗？大概见不着了吧？

在临终医院，没有人避讳说这么不吉利的话，这是每天都会发生的现实，在这里，死亡触手可及，死亡不是我作为写作者的虚构。

小彭没心没肺地喊着：拜拜啊！老薛，我会想你的，你会不会想我？

老薛没有回答她，老薛歪咧着嘴角，蠕动着僵硬的身躯，持续发出不明所以的呼叫，以及狂乱的笑声。

半个小时后，急救车把我们送达目的地——安平医院，一所集医疗、康复于一体的综合医院，也是一所老年护理特色医院。一如母亲的希望，这里是医保定点单位，虽然只是一级医院，但比曹镇卫生服务中心大得多，全院医疗面积6000余平方米，住院部有100多张床位。自然，住院费和医疗费也要比"卫生院"高出些许，护工费却一样，每天68元，加上洗涤费、空调费等，在使用医保的前提下，自付费用平均四千元出头。好在，父亲的退休金已上涨至4500元，如此，依然符合母亲规定的"养老花费不能超过退休金"的要求。

进入安平医院二病区，老年病房主任余飚医生把我们带到一间空房间：你们是住进这间病房的第一个病人，可以挑一张床。

我暗自庆幸，来得早不如来得巧，新开出的这个楼层，六间病房只住满了两间，父亲的到来，开启了第三间病房。母亲毫不犹豫地挑选了靠窗位置，问我如何？我自是完全同意，病房在阳面，朝南联排窗，晴天时，阳光能照到他身上，也可以打开窗户，让他呼吸到新鲜的空气，他会因此而快乐，也许还会发出今天那样的笑声，我想。

安顿好父亲，俞飚主任说：下午做入院检查，最好叫家里的男人一起来，要给病人做CT、做B超，得有人帮忙抬，一个护工是不够的。俞主任指了指站在他身后的一个几乎与他齐高的女人：她是这间病房的护工。

新病房的护工，是一个看上去五、六十岁的女人，穿一件灰色衬衣、黑色长裤，不是粉红色制服。俞主任大概发现了我的疑惑，补充道：护工是今天刚派来的，工作服还没领，我们能不能开出新病房，其实是要看护工的，一间病房就要有一个护工顶岗，其实，要住进来的病人已经很多，但是劳务公司还没把护工派到位，病房就只能暂时不开。

我冲护工点了点头：阿姨好！您贵姓？

女人沉默着，一脸漠然。我想，她大概不明白"贵姓"是什么意思，于是又问了一遍：阿姨，你姓什么？

我姓姚，她回答。果然，在这里，"贵姓"是一个生涩而不合时宜的词。

姚阿姨，那要辛苦您照顾我爸爸了，我寒暄了一句。她又陷入了沉默，一句客套的答复都没有，脸上也没有一丝笑意，甚至还带了点肃然。我猜测，可能是因为第一天上岗，她还不熟悉环境，有些不知所措。

俞主任要求男性家属一起来，而我的弟弟远在重庆工作，我的先生又出差在外，我只好把正上大学二年级的儿子召唤来。他请了半天假，及时赶到。

下午，我们推着父亲去做检查，姚阿姨垂着两只手，跟着移动的病床不紧不慢地走在后面，拖沓而又迟疑的脚步使她像一个看热闹的过客，而这个过客又有着一副高大的身材，这让我心中生出些许不悦。作为一名护工，她没有提出由她来推病床，也没有走在前面引导我们，她缺乏主动性，缺乏服务意识……可是转念，我又默默地替她辩解起来：她刚来这家医院，她还不清楚CT室在哪里，也不知道B超室在哪里，她还没有形成主人翁的意识，一切都还不在她的掌控中，她只能让自己做一个旁观者……这么想着，不悦的心情稍稍缓解。

我们推着病床，一路询问着，先找到CT室。姚阿姨跟在我们身后，一起进了黑魆魆的房间。医生指着庞大的CT仪下面的一张平板说：把病人抬上去。

我们七手八脚地摆弄着父亲，先要把移动床的床栏放下来，可是这个床栏，要怎么放？姚阿姨？你会吗？她站在我身后摇头，甚至没有尝试一下的意愿，仿佛一个逛玉器店的顾客，不愿意伸出手接过销售员递给她的工艺品摆弄一下，就怕弄坏了要赔偿。幸好，除了我们三个老弱女人，还有一个年轻人。儿子鼓捣了半分钟，终于找到床栏的插销，也找到移动床脚下的刹车。接下去，我们要把他抬起来，我搬住他的一个肩膀，母亲搬住另一个肩膀，儿子抬起他的两条腿。姚阿姨呆站在一边，还是没有要上来抬人的意思。我不得不冲她吆喝起来：阿姨你来啊！她像是忽然被惊醒，打了一个激灵，迟疑着挤进我们中间，找不到插手的位置，围着推床兜了一圈，还是不知道要从何处下手。我几乎有些生气了，但还是耐着性子说：姚阿姨，你站这里，左边，对，抬住他的腰，大腿和腰，托住，就这样，来，一、二、三……他终于被我们移到了检查台上。CT扫完了，还要把他搬下来，是的，我们三个家属都是笨拙的外行，可是姚阿姨，她是护工，哪怕是刚被派来这里工作，也不应该啊！

接下来，我一边忙活，一边不断指挥她：姚阿姨，来搭把手，推一把，对，让他侧躺……

姚阿姨，我挡着他，你把栏杆竖起来，不要让他滚下床，不对不对，铁栓在侧面……

姚阿姨，你抓住他的手，按住，不要让他抓B超仪……

她始终是一副手足无措的样子，却又累得气喘吁吁、满头大汗，仿佛在和一头牛搏斗。当然，我们也累得气喘吁吁、满头大汗，我们也仿佛在和一头牛搏斗，可是效果却截然不同，我们是越战越勇，因为我们别无选择。可她不是，躺在床上的病人与她没有一丝一毫的关系，她完全可以袖手旁观。果然，一番忙乱之后，她干脆又垂下了两只手，表情呆木着站在旁边，我不招呼她，她就再不主动伸出手来。我担心她对我一个劲儿地吆喝她有意见，又觉得她笨手笨脚的样子像是一点儿工作经验都没有，便问：姚阿姨，你以前在哪家医院做护工？

她木讷着脸，摇头。我倒吸一口凉气：你没做过护工？

她依然木讷着脸，点头。我问：那你

以前做过什么工作？家政还是保洁？

她垂手站着发呆，像是脑子一时转不过来，片刻，吱吱呜呜地回答：我刚从老家出来，第三天……

我们摊上了一个生手，我不禁为父亲感到担忧起来。可是，任何人，做任何工作，都要经历第一次，那些给人看病、开刀的医生，那些给病人挂水、抽血的护士，他们也都经历过手足无措的第一次吧？护工的工作，更脏更累，又没有地位，自然更需要鼓励。我把声音尽力放得轻柔一些，我说：姚阿姨，没关系的，这次给我老爸做入院检查，就相当于你的一次练习，新病人进来都要做入院检查，多做几次就熟了，不难的，慢慢来。

她没有点头，也没有摇头，只继续木讷着，任凭我的儿子、我的母亲，以及我，推着父亲奔波在医院走廊、电梯，以及检查室之间。

入院检查终于完成，我们把父亲送回了二病区36床。傍晚，我们准备回家了，我还是无法做到完全放心，便对护工说：姚阿姨，今天病房里只有我爸爸一个人，任务不是很重，做事情不要急，有事喊医生，明天上午我妈就会来医院。

母亲叮嘱她：姚阿姨，晚饭给老头加一个我自己炖的蛋，在床头柜上的乐扣里，炖蛋拌在饭里一起给他吃，不要打成糨糊。

姚阿姨终于点了点头：嗯。

母亲迟疑着，跟着我，一步一回头地离开了病区走廊。出大楼时，母亲说：这个姚阿姨，木熏熏的，做事一点都不麻利。

我说人家刚来第一天，慢慢会好起来的，谁都有第一次，总要让人家有个成长的过程。

母亲叹了口气：唉，造孽……她说的不是姚阿姨，她是担忧她的老头，我知道。

第二天上午，母亲带着自己做的鱼汤去了医院。进病房，看见父亲躺在病房尽头靠窗的床上，窗帘打开着，阳光果然照到了他身上。另外五张床还是空的，新的病人还没就位，护工也不在。母亲在操作室和走廊里找了一圈，不见姚阿姨踪影，又去别的病房找，也没找到，便去医生办公室问。俞主任不在，父亲的主治医生张欢欢在，胖胖的年轻女医生，戴黑边框眼镜，她说，姚阿姨不做了，辞了，我们让劳务公司派新的护工了，今天就让隔壁许阿姨帮忙带一下，现在护工很难招，二十四小时不能离开医院，都不愿意干……

母亲和我说起这些时，已是一个礼拜后的周末，父亲的病房已经住满病人，我正在给父亲喂苹果泥，我的不锈钢汤匙每一次送到他嘴边，他都会条件反射地张嘴，随即，喉咙口发出"咕"的一声，无需咀嚼，他就把苹果泥咽了下去，而后，在汤匙再次送到他嘴边时及时张开空洞的嘴巴。母亲边给他修脚趾甲，边与我絮叨，提到姚阿姨，她说：只干了一天就离职，要我说，还是吃不起苦，出来打工，哪有轻松的活儿……母亲的话让我心头猛地一跳，伸到父亲嘴边的汤匙不由地停住。

我感到些微的自责，姚阿姨只干了一天就逃跑了，她是不是被我吓退的？一次卧床病人的入院检查让她对护工这份工作失去了信心？是的，她要照顾病人，为病人端屎接尿，病人的吃喝拉撒全数依靠她，她还要随时领受医生、护士，以及病人家属的吆喝、质疑、指责。她不相信自己能承担起一个生命安全存活下去的日常，她只是一名来自农村的中年妇女，她没有足够的胆识和能力，她也从未尝试过这种要完全放下尊严和羞耻心的工作。可是，她还没有真正尝试，就退却了。会不会是因为我？我给她太大压力了？倘若她上岗的第一天不是遇到我父亲这样需要做入院检查的病人，倘若她没有遇到像我这样总是吆喝她做这做那的病人家属，她是不是就不会这么快退缩了？她刚扛起枪，就参加了一场艰苦卓绝的攻坚战，可是她是否知道，其实她是不战而败了，入院检查只是短暂的一个多小时，真正的战争，是病房里的日复一日。

她要是没走，我会与她说声"对不起"，而后，再一次告诉她，慢慢来，不难的，大胆去做，不用怕……可惜，我没有机会再见到她，不知道她是否会继续留在上海，让劳务公司分配给她别的工作，还是就此离开，回到她安全而又无所作为的老家去了。我也不知道，在临终医院里工作的护工们，有多少人经历过这样的挣扎和煎熬，她们又是怎么挺过来的？而我所看见的，只是她们以健壮的体格、巨大的嗓门、大刀阔斧的动作、无所禁忌的态度，以及从不会生病的健康样子，在这里过着热火朝天的主人般的生活。

我走神了，盛着苹果泥的汤匙未及送至他嘴边，待回过神来才发现，他正瞪眼看着天花板，嘴巴大张着，安静地等待着下一口久久不至的食物。我赶紧伸手：哎呀爸爸，我开小差了，对不起啊！喜欢吃是吗？好吃是吗？好，我们吃……

我站在床头，一边给父亲喂水果，一边用眼睛搜寻护工的踪影。一个穿粉红制服的短发女人走进病房，冲着39床大声喊道：吃水果啦！不是药，是水果……

我悄悄问母亲：这是新的护工？姓什么？

母亲摇头：我也不晓得姓什么，这已经换了第三个了，姚阿姨后面来的那个，也才做了三天就走了，这一个昨天才来，我都懒得问她姓啥了，说不定明天就不来了。说着，母亲走到父亲跟前，伸出手，拍了拍他的老脸：老薛啊，你说怎么办？都不肯照顾你这样的人，前世作孽啊……

如同过去一样，她还是习惯于在遇到难题的时候求助于他，虽然如今的他，已经不会提出任何解决方案，她也不再抱以希望得到他这本万宝全书的答案。此刻，他只张嘴吞进我喂到他嘴里的苹果泥，"咕"一声咽下去，而后再次张开嘴巴，等待着送至嘴边的食物。

十二、七仙女

父亲住进安平医院一个星期后，他的病房就满员了，六张床上躺着六个病因不同但症状类似的病人，两名脑中风瘫痪，两名阿尔兹海默症，一名肺衰竭、一名脑溢血抢救回来的植物人。所有病床坐东朝西，西墙有一排壁橱，分八个橱格，其中六个橱门上分别写着床位号，剩下两个没有号码的橱格归护工使用。

再是一个星期后，隔壁又开出了一间新病房，新的护工就位。一个月后，二病区三层的六间病房全部开启，与父亲入院的第一天相比，这里愈发显得热闹起来。俞主任说，接下去还有源源不断的病人要住进来，二层的病房也必须开启了。

三个月后，二层、三层、四层，所有的病房都住满了，安平医院二病区老年病房的床位，与很多很多"临终医院"一样，成为供不应求的稀缺资源。

另一种稀缺资源，就是护工。母亲说：

今天早上去医院，进门一看，嗨，不是昨天那个刘阿姨，换得也太快了，都快凑成七仙女了。

父亲住进安平医院才半年，就经历了七名护工，与姚阿姨一样只干了一天就收拾包袱离开的有两人。一个说，给病人喂饭擦身也就算了，还要端屎端尿，这活儿我干不了，我一天都闻不得那味儿，熬不下去……这一位熬不下去的护工，打算去做专门给人烧饭的钟点工，那才是她中意的工作，她炒菜手艺不错，来上海打工时她就想好的，结果阴差阳错，进医院当了护工，便只尝试了一天就及时止损了。还有一位，无论如何不肯与病人睡一个房间，说半夜三更若是有人突然死掉，她睡着了不知道，就等于和死人睡在一个屋里，这一点她接受不了，上班的第一晚，她几乎一分钟都没睡着……她也走了，她说她宁愿回到电子厂去安装配件，虽然那活儿她也干够了，8小时坐着不能动，又累人，工资还低，但是，总不会和死人睡一个房间……

"七仙女"中干得稍久一些的，是来自江苏东海的唐阿姨，她自述，到上海来打工不是为了挣钱，主要是想躲开她那又懒惰又嘴碎的男人。她以前在三甲医院干了两年护工，这回合同到期了，可是她又不想续签，因为她的儿媳妇快要生了，还有三个月，她准备再干三个月，儿媳妇什么时候生，什么时候就是她停工回乡的日子，可是原来的三甲医院不签短期工，就来了这里。

母亲说，唐阿姨很能干，到底做过两年护工，有经验，听她说话也不是没文化的人，一问，还是高中毕业。母亲很是疑惑，唐阿姨却说，做护工最好了，吃在医院，住在病房，不用自己在外面租房子，一个月工资七八千，哪里能找这么省心还挣钱的活儿？母亲却替她惋惜：就是可惜了你念的十一年书。

唐阿姨似乎很乐观：以后带孙子就有用了，检查作业，辅导学习，我大概可以。

倒也是，母亲颇为认同，也分外佩服起她来：这个唐阿姨，护理病人，对待家属，可以用一个成语，不卑不亢。

这么高级吗？我笑着问。母亲很自信地回答：那当然啊！仿佛她了解唐阿姨胜过了解自己。母亲隔三差五地学给我听，唐阿姨是怎么说的，唐阿姨是怎么做的，尤其是对付怼天骂地的39床，她才真正叫有水平。

39床老许中风后头脑不清醒，时不时地对着老伴破口大骂。老伴对她很好，只是格外啰嗦，每一句话都要重复无数遍，无论是喂饭、擦身，她都不会停下持续不断的叨叨：你看看，精肉炖蛋，很好吃的，快吃啊！吃这个好，味道鲜，有营养，你最欢喜吃精肉炖蛋，我晓得，吃啊，吃吧，吃呀……脚么总归要汰的，伸出来呀嘎，不要缩进去，你不汰脚要臭死的，你的人也要发臭了，发臭了那还了得？人家会把你赶出去的，臭死了，脚伸出来，伸出来，洗脚，给你洗……老太太的嗓音近似于男声，低沉而绵长的语气，像老和尚念经，不激烈，不起伏，没有感情。老头虽是半痴呆，却也似能感知到这个不停的念经一样的声音来自何处，听得多了，就不耐烦起来，就开始骂人，骂词还很丰富，从生殖器到祖宗八代，应有尽有，十分难听。

据说，老许的老伴不是亲老伴，而是共同生活了十年的半路夫妻。据后老伴说，老许素来是擅长骂人的，在他还未生病时，稍有不满，也是张口就骂。他不仅骂后老伴，还骂他的亲儿子和亲女儿。他的亲儿子和亲女儿也与他一样擅长骂人，尤其热衷于骂他们的后母。年轻人擅用先进武器，他们骂后母，无需跑上门去扯开嗓门吼叫，短兵相接的方式已然过时，他们只需利用新媒体，远程隔空操作，就能达到羞辱和打击后母的效果。尤其是在他们的父亲住院后，后母的手机频繁收到他们的骚扰信息，他们骂她害人精，骂她独吞父亲的财产，骂她出门被汽车撞死，走在路上心肌梗死……

这位后老伴向我的母亲倾诉她的冤屈，却还保持着她一贯低沉而没有情绪起伏的语调，像是自言自语：老头子住进医院，他的一儿一女，一次都不曾来探望过，还发短信骂我。他们骂我也就算了，我顶多不理就是，总不至于跑到医院来打我。可是老头也骂我，他凭什么骂我？我天天伺候他，他儿子女儿是指不上的，他现在全靠我，还骂我，从今以后我再也不来医院，看他的儿子女儿管不管他……母亲劝慰她：他不是骂你，他都认不出谁是谁了，骂也是随口瞎骂……母亲这么一说，后老伴便接口：他现在骂我少了，比在家里的时候少，到底是生毛病的人，力气没有过去大，精神也没那么好，骂得也不凶……这么说的时候，后老伴的脸上竟露出少许欣慰之色。

可是有时候，被老头骂过一阵，又收到子女言辞恶劣的短信，她还是会说：我走了，从此再也不来了，看谁来管他。可是第二天，她还是会在晌午时分到达医院，从未见她有过一走了之的实际行动。

然而，有一天，老许的儿子和女儿终还是来了医院，不是来探望他们的父亲，而是来找他们的后母，他们试图发起一场面对面的挑战，目的是为把后母踢出老许未来遗产的合法继承人范围。正是饭后的午休时分，一对眉目相似的中年男女突然出现在老年病房，男人与老许一般粗壮，女人也与老许一般粗壮，他们一到病房门口就开始骂，骂他们的后母是"老×"，"老不死"，他们的父亲之所以住进医院，都是被她害的，她就盼着老头死，杀人犯、害人精……一边骂，一边还往老太太跟前冲，像是随时要把巴掌扇到她脸上一般。后老伴是个精瘦的老太太，被骂得缩在病房角落里瑟瑟发抖，别的病人家属也只敢躲在自家亲人的床边，嘴里喊着"不要吵了，有话好好说"，却不敢挺身而出拉走那一男一女。唯有护工唐阿姨只身拦在那壮年的儿子和女儿面前，不让他们扑近老太太身边。隔壁病房的护工紧着去喊医生和保安，这边厢，唐阿姨端一张椅子坐在门口，挡住门外正跳着脚骂得欢畅的儿子和女儿。病房内，躺在床上的老许半闭着眼睛，像是在打盹儿，安安静静的，仿佛压根听不见骂声，可又看着不像是真睡着了，只不过这个极度潇洒的人，能在危机降临时让自己置身事外。

儿子和女儿骂得正酣，大约三、五分钟后，正打盹的老许突然睁开眼睛，许是那熟悉的骂声激醒了他几近痴呆的大脑，他眼珠一瞪，嘴角一扯，霎时间，骂声破口而出。论骂人，老许那才是真正的高手，他浪涛般的骂声巨大而又迅疾，直骂得面孔胀成猪肝色，嘴角边泛起两滴浓白的唾沫星子，喷薄而出的骂声像一把长满铁锈的巨锚，每一次抛出，都具备了要把天花板砸碎的力量。老许骂起人来，儿子和女儿加起来也只旗鼓相当，他们的骂人技术，不也是父亲传承的吗？老许的骂功，才是正版的"九阴真经"，不服不行。

保安终于赶到，足足三个，俞主任也来了，身后跟着一群女医生和女护士，发出此起彼伏的叽叽喳喳的声讨。七手八脚的，那儿子和女儿就被三个保安和一个保洁工拖走了，走的是楼梯，而不是电梯，叫骂声渐渐降低，从三楼，到二楼，直至进入空气，消散无踪。病区复又回归常态，那老许的后老伴，却不见了踪影。唐阿姨找了一圈，没找到，想她可能被吓破了胆，逃回家了，只能等明天她来了再和她提一下，这个月的护理费，到了该付的时候了。

然而，后老伴整整一个星期没再出现，看来这一回，她的心终于是被骂碎了，医院也失去了安全性，她是下了决心吧？说过无数遍"从此再也不来"的话，终于要实现了。

那一个星期，老许孤独地躺在病床上，没有人来探望他，他却维持着正常的生命体征，撒尿、拉屎、吃饭、洗漱，唐阿姨全程护理。老许纵使孤独，却也还是不忘天天骂人，后老伴不在眼前，也不晓得他骂的是谁，只见他对着空气口吐淫言秽语，只骂得滔滔不绝、气势如虹，直到有一回，骂着骂着，突然哭了，号啕大哭。唐阿姨走过去，看了他一眼：老许，哭啥？

他哭得涕泪横流，还不忘哽咽着骂。唐阿姨却笑了，笑着对他说：你这就叫可怜之人必有可恨之处。那老许看了一眼唐阿姨，呆怔片刻，扭过脑袋，闭上眼睛，像是羞于被唐阿姨注视一般，竟不再骂下去。

我的母亲正烦恼，因为邻床不断骂人，又不停号哭，搞得老薛被带动着，也"哇哇"地发着不知所云的声音，状态可谓亢奋。母亲说，你爸爸肯定是在劝架，以前有人吵架，都会请他去调停，他口才好啊，会讲道理……唐阿姨说的那一句"可怜之人必有可恨之处"，让母亲大为吃惊，她当即冲她竖起大拇指：唐阿姨，说得好！你真厉害，这话都晓得。

唐阿姨摇头叹息：这种当爹的，怎么教得好孩子？他现在受苦，是他自作孽……

一个星期后，后老伴重又出现在病房里，还给老许带来了"人参果"。老太太把果肉挖出来喂到老头嘴里，老头看着她，一扭头，不吃。老太太说：为啥不吃啊？不甜是吧？你血糖高，不能吃甜的，我就是买不甜的水果给你，你吃呀，你怎么不吃啊，你快点吃呀嘎，吃了还要给你洗脚，你的棉毛衫也要换了，换下来了我还要给你洗，你身上都臭了，你自己闻不出的吗，你……老太太还是一如既往的啰嗦，缺乏感情色彩和情绪起伏的语调令旁人听来也莫名地烦心。然而，任凭后老伴持续唠叨投喂，老许却终是闭着嘴，不肯吃水果，却也没有再骂人。

就是那次被唐阿姨说"可怜之人必有可恨之处"后，再没听老许骂过人，你说唐阿姨厉害吧？我的母亲带着满脸的欣赏和喜悦对我说。可是我却怀疑，唐阿姨的一句话其实并没有这么神奇的功效，老许不再骂人，只不过是脑子变得更坏的一个症状，他的痴呆愈发严重了，他是把许多储存在脑中的丰富的骂词弄丢了。

不过，唐阿姨是真的厉害，她已经完全赢得了我母亲的心，她一心希望她做下去，劝了很多次，依然没有劝动她。这个本是为了躲她的懒惰而又嘴碎的丈夫的女人，现在为了可爱而又充满希望的孙子，还是走了，回她的江苏东海去了。唐阿姨护理了我父亲三个月，我还清晰地记得她的长相，白皮肤，圆滚脸，脑后拖着一把毛糙的马尾，脖子不长，腿也不长，声音呱啦松脆，嗓门亦是如同所有护工一般响亮。

唐阿姨走后，来了第七个护工小马，江苏盐城人。至此，我的父亲已经经历了六名护工，好在这一个小马，总算做足了一年。

安平医院老年病房总共三个楼层，刚开张那段时间，护工几乎全是新手，新护工又频繁更换，一时间无法形成专属于护工的语言系统。她们直截了当地把死亡叫做"死"，而非"升天"；病人家属喊她们"×阿姨"，她们相互之间便也这么称呼，而非以"小张""小彭""小丁"互称。很多护工还没培养起面对死亡的正常心态，就匆匆逃离了。直至一年以后，相对稳定的护工群体才渐渐建立起来。那些坚持下来的护工，有的天性乐观，有的是看在挣钱的份儿上，她们的业务自是越来越娴熟，还日渐地培养起了良好的卫生习惯，在与病人日复一日的斗智斗勇中，她们的能力在增长，同时增长的，是与病人家属周旋的智慧，或者叫心机。她们还找到许多生活的乐趣，譬如，网购一个泡菜坛子，悄悄地藏在操作室的桌子底下，坛子里装着她们给自己做的泡菜，腌的萝卜；在食堂提供的统一餐食之外，她们想着法子给自己加菜，虽然只是用操作室里的微波炉蒸个南瓜红薯、煮个毛豆玉米，但她们吃得津津有味，还不忘相互赠送，相互传授经验。她们利用睡前的一丁点儿时间织毛线袜，刷手机淘宝，网购花花绿绿的打底衫。她们很少买外套，因为她们必须穿制服，好看的外套没有用武之地。每每看到她们在操作室里挤作一团，人手一块刚出微波炉的红薯，吃得热气腾腾、笑声四起，我总会想，她们真的是热爱生活的一群人，在老年病房极其有限的空间和条件下，她们力求扩大生活的自由度，那是属于她们可以把控的幸福吧？

她们还探索到了更多的生财之道，譬如清洗病人的衣物，内衣、单衣两元一件，夹衣、厚衣四元一件，价码是她们自己开的，没有人漫天要价，家属也乐于接受。她们甚至学会了给逝去的病人穿戴寿衣，那是好几位从别的医院调来的"老"护工带来的"规矩"。一旦病人去世，家属可以请几位护工一起帮忙给逝者穿衣，但凡参与的人，家属要给她们每人200元劳务费。这是一桩集体力、技术、精神为一体的颇为讲究的活儿，并非所有护工都愿意干，然而，"老"护工的表率作用，以及仅用二十分钟就可以赚取200元钱的可观收入，终是令护工们练成了百无禁忌的心理素质。"老"护工说，在她原来上班的那个医院，都抢着干这活儿，谁护理的病人"升天"了，谁就会喊来和她关系好的那几个，下一回，她们手里的病人"升天"，自然也会分享发财的活路。

"老"护工带来了新规矩，还带来了成熟的语言，那以后，她们渐渐学会用"升天"来替代"死"，这个浪漫而又神圣的词让她们在给逝去的病人穿衣的时候不再觉得恐惧。父亲的第七个护工小马就是这么说的：这词儿谁发明的？真好！昨天半夜十二点多，隔壁30床突然没了，金梅喊我去帮忙穿衣裳，我有点怕，金梅说怕啥，人家升天了，我们是送人上天，做好事儿，积德的，金梅一说"升天"两个字，我就不害怕了,你说怪不怪?

我看着小马儿近粉红的脸蛋,笑着说:就是,"升天"是个好词。

小马刚来一个星期,就遇到隔壁病房有人升天,小马因此而迅速成长为一个能以平常心面对死亡的护工。小马也是老年病房第一个被叫做"小×"的护工,因为,小马长得实在是不够像一位年长的"阿姨",如我母亲这样的病人家属,自己已是古稀之年,又如何能张口喊她一声"马阿姨"?

其实小马也不年轻了,起码四十朝上,可是小马长得年轻,两条又长又直的腿,高挑的个子,没有丝毫发胖趋势的身材,脑后还高高地吊着一捆粗壮的马尾辫,辫梢带着烫过的大卷,鹅蛋脸,大眼睛,长得还挺标致,皮肤是白里透着一点儿红,不凑近仔细看,看不出眼角的几缕鱼尾纹。她走路还"嗖嗖"带风,行动很是敏捷,没有一丝中年妇女的迟缓和懒散。她最爱干的事儿是刷手机,只要没有病人或家属召唤,她就顾自坐在病房一角,埋着脑袋,盯着手机,额前的一丛刘海掉下来,完全盖住了她的眼睛。倘若不说话,她那样子,就像一个沉迷于手游的宅家少女,还挺洋气。可是,只要有人喊她:小马,帮我打盆热水。她一抬头,苏北腔普通话张口而出:做什捏?打开水?好的!而后一蹦,从角落里跳出来,"嗖嗖"带风地跑去操作间,瞬间打回一盆开水,偏着脸躲着盆里升腾而起的热气,一边大喊:来了来了,烫死脱人捏……这种时候,她就不再像一个看起来有点洋气的宅家少女了,倒像一个刚来大城市没几天的乡下女人,学到了城里人穿衣打扮的一点皮毛,苏北口音的大嗓门却还没来得及改掉,对一切都饱含着高涨的热情。

然而,一个月过去了,两个月过去了,她依然是这般的做派,低头刷手机,"嗖嗖"地飞去操作室,"嗖嗖"地飞回病房,满嘴苏北普通话,开口就是大嗓门,永远像是在自家村里说话。似乎,她在病房里过得很是恣意,从不担心劳务公司监督员来突击检查,也不担心病人家属投诉她不主动干活只晓得刷手机。她干活还粗糙,我的母亲总在我面前抱怨:这个小马,太马虎了,我上午一到医院就问她,老头有没有拉过屎?她说,昨天下午五点多拉的。我问,拉完屎你给他洗过吧?她说洗过了。结果呢,我拿湿巾一擦,一片黄,昨天拉的屎呀,我怀疑她根本就没给老头洗,一晚上了,你说,我怎么能信她……我对母亲说:小马的确粗糙,这是她从小在农村养成的习惯,她是需要督促的,发现问题你就告诉她,让她改进嘛。母亲却说,已经很多次了,我每次都给她指出来,她总是回答我"有数了有数了",还"嘻嘻"地笑,下一次,还是老样子,屡教不改。

小马最标志性的表情,就是冲着你"嘻嘻"地笑,表扬她动作迅捷高效,她"嘻嘻"地笑;批评她工作马虎粗糙,她还是"嘻嘻"地笑。她要么埋着头沉迷于手机,要么就是"嘻嘻"地笑,好像,这世上,就没什么让她不满意的人和事。

小马在老年病房的生活过得愈发有滋有味起来,她学着"老"护工的样子,给自己买了一个泡菜坛子。早春时节,儿儿菜正上市,她托39床的老伴带来整整一蛇皮袋,洗干净,切成小块,拿到楼顶平台,在挂满病人衣被的架子下铺开塑料单子晾晒。那几天,倘若上平台,就会闻到一股复杂的气味,除了肥皂、洗衣粉、消毒水气味，还掺杂着一缕缕蔬菜香。儿儿菜晾干了，小马把它们装进泡菜坛子，然后一股脑地加入盐、花椒、辣椒、茴香，七七八八的调料一大把，一个礼拜后，小马的一日三餐里就会多一样她自制的下饭菜。又是一个礼拜后，她的下饭菜只剩下半坛子，与此同时，她的第二批儿儿菜已经托39床老伴买来，新的咸菜又要开做了……那些日子，小马身上总是飘着些许咸菜发酵的气味，有人问她，她会说：我就是爱吃咸菜，好吃得不得了，要不要尝尝？

护工的吃饭时间比病人早半小时，一到饭点，小马就先把自己的饭吃完，而后带着一身咸菜味儿开始给病人拿饭、打浆、喂饭，一边喂，一边还要说：老薛，今天胃口好不好啊？要不要尝尝我的咸菜？保你一口气干掉三碗饭……小马就是这样，说话不过脑子，老薛都吃不下干饭了，自从三个月前呛咳了一次，老薛的饭和菜都要打成糜糊才能给他吃，怎么能吃她那一坨坨硬邦邦的咸菜？不过，小马话是这么说，但她不会真的给老薛喂她做的咸菜，她就是没话找话，嘴不肯闲着，一副兴头头、乐陶陶的样子。这也未尝不是一件好事，要是遇上个怨妇型的护工，天天板着一张死鱼脸、愁苦脸、怨愤脸，那还不如多看看虽然干活粗糙但整日笑嘻嘻的小马。

有一回，我的母亲敌不过小马坚持不懈的推荐，终于尝了一口她的咸菜。臭咸臭咸的，母亲对我说：我硬着头皮吃下去，再也不敢吃第二块。可小马还是热情地推荐着："好吃吧？再吃，吃吃吃，还有一坛子呢"，也不管老薛的老伴皱着眉头一个劲儿地说"不了不了，不吃了"。

小马就是这样神经大条，好像，她就没有烦恼的时候，热火朝天地过着每一天，粗粗糙糙地干着护工的活儿，不为他人的评价生气，不为24小时不离病房的生活发愁。

可是有一天，小马突然哭起来。那是一个周六的下午，我正给父亲喂水果，小马本是坐在角落里埋头刷手机，忽然她的电话响了，小马把手机贴上耳朵，一张嘴，扯开嗓门大喊一声：什捏？啊？粉红色的脸霎时紧张不已。两分钟后，电话挂断，小马开始在病房里打转，一副六神无主的样子。我问了一句：怎么了小马？她突然"哇"一声就哭起来：我哥哥死了，癌症复发，刚死……小马一急，忘了要把"死"说成"升天"。我想劝慰她，可又不知道说什么，倘若告诉她"生老病死，人之常态"、"人死不能复生"、"活着的人要好好活"，那就是废话，她在临终医院工作了好几个月，又何尝不是已经把这些道理融入了生活理念？她的实际行动证明了，她早已超越我们，成为乐观主义和实用主义的践行者。可是，再是乐观的人，在面对亲人死亡的时刻，依然还是会伤心，会痛哭，这也是人之常情，我要怎么劝她才显得没那么不合时宜呢？

我的母亲对小马开启了她的劝导模式：是你的亲哥哥吗？也是可怜的人，小马你也不要在这里哭了，快点买票回家，回家好好哭，送送你哥……母亲的话让我想起，在我们浦东地区，"哭"是一种为逝去的亲人送行的仪式。我还清晰地记得，外公去世，葬礼足足持续了一整天，主事的长辈每隔一个小时就会提醒逝者的家人：你们几个囡，去灵台前"哀"两声吧……我母亲得令，立即率领她的四个妹妹、两个弟媳，一窝蜂地涌到外公的灵台前，一时之间，绵长、婉转、抑或高亢的哭唱声四起。

细听，那此起彼伏的哭唱里有故事、有细节、还有议论，每一张嘴里唱出来的都是一篇文章，有散文、记叙文、议论文，甚至，有诗歌。大约持续二十分钟，主事的长辈一声令下：好了，磕头吧。此话一出，就是这一章节暂告段落，只等一个小时后，主事的长辈再次发话：你们几个囡，好去"哀"两声了……一天下来，逝者的女眷，大约要哭上七、八回。哭是一种仪式，在母亲的眼里，没有哭声的送别，绝不是完美的葬礼。所以，母亲认为，小马在病房里哭的意义并不大，她需要回到她的故乡，在她哥哥的灵台前好好地哭，以此送别亲人。

可是小马哽咽着说：来不及了啊！明天就要烧人了，今天不回去就赶不上了，我要怎么回家啊？不晓得现在还有没有车……小马如此直截了当的说法很是令我惊诧，却也忽然让我明白过来，她的哭，也许并不是完全因为亲人的去世，哥哥患了癌症，这在她，不是突然得到的信息，死亡应该是她预料中的结局。她哭，更重要的原因，是突然发生了一件她无法把控的事情，她要赶回老家参加哥哥的葬礼，这需要立即动身，可她不知道是否还能赶上当天的长途汽车，并且，她也不知道该如何快速交代医院里的工作，一旦离开，她的病人就需要托付给别的护工。从接到老家来电的那一刻起，局面超出了她的把控能力，于是她哭了。

接下去，整个老年病房的护工和家属都行动起来，有人替她打电话查询长途汽车的班次，我打开手机搜索有没有直达她老家的高铁，终于有人为她买到了这一天的最后一班长途汽车票，需要立即动身了，别的病房的护工们都跑来自觉地替她分配她的病人。她急着装行李，却不知道要装什么，最后把她那个泡菜坛子里的咸菜全部捞了出来，塞满两个密封盒，装进了拉杆包。她拖着行李一路碎步跑出老年病房的时候，依然保持着哭哭啼啼的样子，我想，她还沉浸在无能为力的惊恐和悲伤中。可是，即便在无能为力的时候，她依然记得要把她的咸菜带回老家。是的，对于小马而言，面对死亡已然是种常态，赶上那场为死者送行的仪式，才是更有意义的，才是她内心所需要的某种精神寄托吧？

一个星期后，小马回来了，她送走了因病去世的哥哥，回到老年病房，继续过上了她热火朝天的护工生活。我没有在她脸上看到一丝悲伤的余痕，她还是那个爱扯着嗓子大声说话整天嘻嘻哈哈的女人；空闲的时候，她还是喜欢坐在病房的角落里低头刷手机，额头上的一撮刘海掉下来，严严实实地挡住她的眼睛，这使她看起来像一个沉迷于手游的宅家少女；她的泡菜坛子里，还是装着应季蔬菜腌制的咸菜，千篇一律的医院盒饭因此而变得美味丰富了几许；她依然不介意别人的评价，在受到赞美或者批评的时候，全都回以"嘻嘻"的笑，仿佛这世上，就没有一件让她不满意的事。哥哥的病逝并没有改变她的生活态度，我不知道，那是她在临终医院里练就的素质，还是她具有天然乐观的性格。

后来，我以小马为原型，写了一部中篇小说，我的好朋友、女作家走走读了之后给我发来消息：读完小说，我发现，我现在不怎么怕"死"了。走走的反馈让我感激而又欣慰，虽然，我无从获知她这种不怕"死"的感觉从何而来，但我知道，临终医院里的护工，都是不怕死的，不怕面对死，不怕走近死。

一边是等待死神的病人，一边是努力生活的护工，这就是她们让我始终怀有信心的原因吧？尽管，很多时候，她们不能让病人家属完全"满意"，可是为了家人，我们需要与她们"愉快"地相处。更多时候，在夹缝中偷取欢乐与幸福的她们总是处于违规的边缘，她们的名声因此而不太好，她们常常成为社会新闻传播中的反面角色，偷奸耍滑，偷工减料，虐待病人……可我还是无法忽视我在她们身上感受到的饱满的活力，以及巨大到近乎浩瀚的能量。也许，很多时候，我们正被她们感染着，是的，我们与她们，终是处于相辅相成、相爱相杀的关系中，我们相互需要而又相互苛责，相互依存而又相互排斥……即便这样，我还是喜欢她们，喜欢与她们"累"并快乐地相处，喜欢看她们热火朝天地干活的样子，喜欢听她们拔着嗓门说话的声音。她们让我感觉，死亡是一件不值得放在眼里的事。

十三、他忘了我七年

2020年1月1日，元旦，去医院探望父亲，一如往常。

他在"临终医院"里迎来了第五个年头，崭新的日子近乎刻薄地呈现在他面前，冷酷而又务实地告诉他，时光正在前行。是的，他已经在医院里生活了五年，五年间，他经历了两所医院，九名护工，三名主治医生，无数名同室病友，无数次西医治疗和中医理疗，无数个一模一样的日日夜夜。这五年里，他的心脏始终平稳跳动着，他的一日三餐从未空缺，他拥有吃喝拉撒一应俱全的生命体征，他皱眉、咂嘴、挤眼睛；他咳嗽、打嗝、放屁；一切可以被我们发现的动静，他都让我们看到以及听到。可是，他不认识任何人，他不接纳所有人对他的亲昵、撒娇、调侃、呵斥，我们传递给他的一切情绪和行动，爱他的、恨他的、舍不得他的、怜惜他的，他一概不能领受。他不断发出的啸叫声也从无任何深意，抑或，那些叫声是有内容的，只不过，我们无法听懂。是的，他在一张病床上耗掉了足足五年时光，这五年中，我的儿子考上复旦大学，本科毕业后，又直升本校硕士研究生，开始了他金属材料专业方向的课题研究……

时光落在年轻人身上，是发动机、助力泵，是催化剂、加速器，年轻人在时光里前行、上升，在时光里付出、获得，在时光里追逐梦想，以及实现价值。然而，时光落在他身上，却是静止的，时光无法在他的生命里流动起来，他在静止的时光里活着，活得很慢很慢，以至于我们都觉得，他这个人，也是静止的。

每一次去医院探望他，我都觉得他一无变化，他已经没法变得更老，他已经在谷底，无法跌得更低。我已经习惯了这样的情形，那个病床上躺了五年的人，在我每一次呼唤他"爸爸"的时候，以散乱的目光和无一例外的沉默回答我，这就是我的父亲，他以静止的方式活着，我总以为，他会一直这样活着。

然而，我还是发现他在衰老。有一次去医院，母亲告诉我，前几天在他嘴里发现半颗断牙，不知道什么时候掉的，也不知道他以前掉的牙齿都去了哪里。于是我伸出手，轻轻掀开他的嘴唇，只见他黑洞洞的口腔里，几粒零星的牙根裸露于萎缩的牙床。他的牙齿已经所剩无几，我们没有与他一起经历每一颗牙齿的掉落，它们大多"失踪"了。还有一回,护工小倪告诉我,最近喂他吃"糨糊",很容易呛咳。这让我想起医生的话,阿尔兹海默症发展到后期,吞咽功能也会逐渐退化,直至失去。现在,他还能在我们把食物送到他嘴边的时候张口,等到他连"吃"都不会的时候,我们就要接受医生的安排,使用"鼻饲"的方式给他喂食了。不知道那一天什么时候到来,可是,总会到来的,我明白。

时光并没有停止,他还是在一点点衰老,只不过,他不再用日渐深重的遗忘、皱纹、白发,以及老年斑来彰显衰老。他的记忆已经清空,他已无所遗忘;他的皱纹、白发、老年斑已经停止发展,他的面容已老无可老。然而,衰老还是在继续,那些掉落的断牙,也许被他默默吐掉、抑或吞下了;他呛咳的次数似乎比过去多了一些,护工小倪已经开始喂他更稀的食物,半流质、流质;还有,他那双可以自主弯曲着拱起来的膝盖,母亲说,不知道哪一天开始,竟已不能回复到放平的姿势,而我,因为从不掀开盖住他下半身的被子,便也从无机会看见……他衰老的行迹愈发隐匿而讳莫如深,仿佛,衰老是一件令他感到羞耻的事,他必须隐瞒着我们,以轻易不被我们发现的方式,悄悄地老去。

我对着他,轻轻唤了一声,"爸爸!"

他混沌的目光注视着天花板,他不理我。母亲在旁边插话:老薛,囡嗯来看你,认得吗?每一次我去医院,母亲总会对他说这句话,明知他不会有任何反馈,却还是重复地说,似是为安慰我,亦似要用"女儿"这个强有力的符号去激发他,哪怕他能给我一缕目光的扫视,她都会中了彩票一样欢喜到雀跃:哎呀,听懂了听懂了,看你了哎,囡嗯来了,到底不一样,我喊他,他理都不理的,他就只会欺负我……可是大多时候,他也不理我,他在我们的千呼万唤之下,可能只是滚动一下他那双浑浊的眼球,而后,呆滞的目光移向窗外,定格,再也不动。窗外,是茫白的天空,以他平躺的位置,甚至无法看见对面小楼的屋顶。所以,在他眼里,这世界会不会就是一片茫白?

冬日午后的阳光透过玻璃照进病房,照在他临近窗户的床上,暖洋洋的。我要给他做水果泥,一个阿克苏冰糖心苹果,一个赣南橙,混合果泥很甜,有股花果清香,我想,他会喜欢。可是最近医生给他测血糖,略高,母亲与我商量,是在果泥里加水呢,还是吃完果泥给他多喂一点水?我们站在床头柜边轻声讨论,他平躺在床上,安静地眯着眼睛,似睡非睡的样子,又仿佛在偷听我们说话,偶尔还会看我们一眼,煞有介事的眼神,嘴角还会抿一抿,几乎要笑出来的表情。是的,倘若他还健康,他一定会笑出来,一边笑一边还会说:你们啊!真的是自欺欺人,不管是果泥里加水,还是吃完果泥多喂水,水果的量不减,摄入糖的含量就不会减少,所以呢,天下最勤劳善良的女人,为什么都少根筋呢?说到这里,他一定会哈哈大笑,笑着继续:不过,天下最勤劳善良的少根筋的女人对我好,那是真的……

这是我的想象,以他在我记忆中开朗的样子,我觉得,他一定会说这样的话。这么想着,我对躺在床上的他喊了一声:爸爸,你说呢?我觉得,还是吃纯粹的水果泥比较好,果泥不掺水才好吃,对不对?大不了少吃半个苹果,爸爸你看怎么样?

他没有回答我，可是我猜测，如果能回答，他一定会说：那当然，吃水果就吃水果，加什么水啊！血糖高与不高，对我这样的人来说，又有什么影响呢？在漆黑的夜空里多涂一层黑色颜料，难道夜空还会更黑？

我确信他是敢于直面现实的人，他给我的印象，总是勇敢而达观，虽然，那些印象，也正变得越来越遥远。处女座的母亲却有些担忧，她认为，给他吃加水的果泥，是为他好。她当然是为他好，只不过这个好，是医生认为的"好"，是指标上的"好"，是检测数据的"好"，而非他感觉到的"好"。可是，什么才是他能感觉到的"好"？我无从获知答案，只能由着我对他的记得、对他的想象，以及来自基因的感觉，推及他所能感觉到的"好"。是的，很多饮食喜好，很多肌体感受，我与他很像，我们都喜欢吃脆脆的、有嚼劲的食物，菜花梗、白菜帮、硬毛桃、白米粽；我们还喜欢啃鸡脚、鱼头、鸭脖子；我们都容易招蚊子咬，一到夏天，我和他，我们的口袋里，一定都有一盒我的母亲、他的老伴为我们准备的龙虎牌清凉油；我们还都有一点酒量，喜欢花雕胜过葡萄酒……我们有很多很多共同点，我们也有很多很多不同，可是任何时候，他都愿意放下自己，来成全我，成全他的孩子，他就是这样的人啊！所以，我认定他不喜欢吃加了水的果泥。

在我的坚持下，母亲终于答应喂他吃纯果泥，虽是随了我的意，却还要说：和你爸爸一个脾气，笑眯眯的，却不肯退步，睪！

离过年还有两个星期，我与母亲商量，今年春节，弟弟他们一家回上海过年吧？我要随先生回他四川的老家，看望我的公公婆婆，陪老两口过个年，都八十多了。母亲有种恍如隔世的突然，因为离得远，她大概从未有机会想到，我还有公公婆婆要赡养，抑或者，她为了她的老伴付出了全身心，早已无暇顾及别人。然而一经提及，母亲立即开启了她感同身受的慨叹：是啊！你公公婆婆都八十多了，以后生活不能自理了，要怎么办？送养老院吗？四川那里的养老条件比上海差吧？护工也没我们这里规范吧？所以呢，我想想，你爸爸真的是有福气的人，当年他要是不来上海，哪儿会有后来的生活？哪儿会有你和弟弟呢……说到这里，母亲笑了，带点羞涩的笑。她漏掉了关键的细节，她没有把他们相遇的那一节说出来，我猜她是故意的，她就等着我来说吧？就像一个不好意思上台领奖的获奖者，需要别人推搡着、鼓动着，才扭捏而又喜滋滋地上台。于是，我替她重新梳理了一遍：倘若当年爸爸没来上海，他就不会在曹镇农具厂遇见老妈你，后来也就不会有机会娶一个上海女人做老婆，再后来，也不会有我和弟弟……母亲笑得眯起了眼睛：是的是的，他要是一直在沙洲乡下，怎么会遇到我呢？他一定会讨一个当地的农民做老婆，再给他生几个农民儿女，兴许现在还在乡下种地呢……

母亲的假设有些夸大其词，过去的沙洲，正是现如今的张家港，江苏省苏州市辖下的县级市，全国最富有的城市之一。倘若我的父亲没来上海，也许他在改革开放后的故乡也能有所作为，开一爿作坊、小工厂，甚至成为一名企业家，也许，比在上海更有奔头，更有成就。可是，谁知道呢？生活不会给他重新过一遍的机会。

正因为无法重来，母亲便要为她的爱人假设一个结果——那条他不曾尝试踏上的人生之路，远不能与他真实的生活匹敌，他之所以如此幸福，只因他做出了正确的选择。她在这样的假设中自洽、满足，是的，来上海是他人生的转折点，而她，才是他最精彩的章节，她是他50多年的陪伴者，是他人生故事里的第一主角，她因此而骄傲，并且因了自己忍耐不住地要骄傲而感到羞涩。

母亲骄傲而又羞涩了片刻，终是把话题又继续了下去：一晃，几十年过去了，你爸爸在沙洲乡下的亲人，只剩了你姑妈一个，你大伯、二伯都不在了，你爷爷奶奶早就没了，可是现在这样的状况，你姑妈和你爸爸，他们姐弟俩也见不上面……

我和母亲闲聊着，他就躺在病床上听着我们说话，不管他是否真的能听见，我也愿意认为他是在听我们说话。我的母亲，常与沙洲乡下的姑妈通电话，她向他唯一在世的同胞姐姐汇报他无言的人生状况，两个老女人在电话里道尽了家长里短，回忆了无数遍他十六岁之前的少年往事，哭过很多回，笑过很多次，每一次都以相互叮嘱保重身体作为通话的结束语。我问母亲：姑妈有八十多岁了吧？你最近和她通过电话吗？她好吗？她还种自留地吗？还去参加公路所招募的绿化带维护工作吗？还能带孙子吗？

正说话，却看见身侧病床上的人徐徐张开嘴巴，越张越大，鼻子也皱了起来，而后，眼睛一闭，猛然喷出两个字：阿——姐——

我一惊，立即看向母亲，母亲也看向我，我们呆怔了片刻，又同时看向他。他已闭上嘴巴，安静地躺着，没有任何表情。我们终于反应过来，刚才他张嘴喷出的两个字，是"啊——嚏——"

母亲赶紧伸手给他披被子：怎么了？感冒了？不会吧？房间里很暖啊，空调开着的……我却不知道要说什么，仿佛怕他真的想念他的姐姐，而我们却又无能为力，于是左顾右盼。可是，即便他真的想念他的姐姐，他也会说：只要阿姐蛮好就可以，一大把年纪把她送来看我，没必要！我就打了个喷嚏，你们紧张什么呢？一点点小事，搞得天要塌下来一样，真不晓得我升天的那一日，你们要紧张成什么样了。其实，升天一点儿都不可怕，我住了五年医院，见过太多人升天。我最不喜欢拖泥带水，到时候，我只要清清爽爽、干干脆脆地升天，不给儿子女儿添麻烦，也不让老太婆受累……

我再一次想象他会这么对我们说，以我对他的了解，以及来自基因的感觉。这么想着，突然一激灵，我惊异地发现，"死亡"终于进入了我对他的想象。是的，虽然死亡随时在威胁着这个病区里的所有老人，可我似乎总在回避，我与母亲，我们眼见着别人的死亡，谈论着别人的死亡，但我们从未谈及他与"死亡"的关系，而我，常常思考着具象以及抽象的死亡所涉及的伦理、人性，以及哲学，却从未想过，要把"死亡"这件具体的事落实到我的父亲身上，不去想，不去讨论，不去做真正的准备。直到片刻之前，很突然地，我让想象中的他提及自己的"死亡"。我霎时惊觉，那一天真的随时都会到来的。当死亡真的降临到他头上时，我能做些什么？我应该做些什么？我并不知道，或者说，我依然没有做好我的父亲果真要面临死亡的准备，行动上、心理上，全都没有准备好。

下午四点，我要回家了，我凑到他耳边说：爸爸，拜拜，下个礼拜再来看你，再下个礼拜就过年了，过了年，你就七十八岁了。

他散乱的目光划过我，未有停留，他还动了动嘴唇，却没有发出任何声音。这当然是一贯的状态。于是，我和他说了声"再见"，转过身，向病房外面走去。我想象，他是看着我离开病房的，用疑惑的目光，还伸出手，指着我的背影问母亲：那个小姑娘，她是谁？

母亲说：哎呀，是囡嗯啊！刚刚还和你说"再见"的，你怎么忘了？

那是他刚发病时的一幕，那个春天，他像一个赶考的书生，正快马加鞭地向着遗忘的考场飞奔。为了陪伴他，我在父母家里住了多日，这一天，我正准备出差，因为一趟采访任务。母亲牵着他送我到门口，他们站在一楼的院外看着我。我对他说：爸爸，我去上班啦，过几天再来看你哦，拜拜！

他举起手，扬了扬：好的，拜拜。我转身，迈步，背着双肩包，向小区门口走去。走出十多步，并不远的距离，听见身后传来他的声音：那个小姑娘，她是谁？

母亲似是受到惊吓，大声喊起来：哎呀，是囡嗯啊！刚刚还和你说"拜拜"的，你怎么忘了？

心头猛然一颤，我立即止步，转过身，对着远远的他大声喊道：爸爸，爸爸，是我啊，囡嗯，和我说再见啊！

他看着我，一脸茫然。

那一幕，已是七年前的往事了，他已经忘了我七年，真快。

十四、送走他们的她们

庚子新年到来前最后一个周末，我与我的先生一起去安平医院探望父亲，明天，我和先生就要启程去四川南充，去陪他的老父老母过年。这是过年前最后一次去看他了，先生驾车，我便有闲暇一路看景。路上交通很是通畅，没有堵车路段，先生说：这就已经有过年的气氛了啊！

在上海，过年的气氛与众不同。上海的"过年"并不体现在"声色"上，不是张灯结彩，也不是爆竹轰响，更不是沿街喧喧嚷嚷的市集以及拥塞的赶集人群。因为，上海的每一天都霓虹闪烁、灯火辉煌，并且，这个城市的外环以内不允许燃放烟花爆竹，至于市集，大约早就被大型商场和商业步行街替代。过年的气氛，在于上海，就是日渐"安静"，最显然的，就体现在市内高架路上。临近过年的日子，在上海打拼的金领、白领、蓝领们纷纷涌向机场、火车站，踏上回乡的路途；上海本地居民也改变了传统的过年方式，他们早已订好了欧洲、普吉岛、三亚的酒店或度假村，或者正准备登上开往南极的游轮，打算在旅途中迎来新的一年。哪一天上海的高架路上不再堵车，市内交通变得通畅起来，南京路上也不再人头攒动，街道变得日渐空旷清寂，那就是快过年了。

汽车在中环高架上毫无阻碍地飞驰，经过张江高科技园区路段，一如既往地看见那对在屋顶上谈恋爱的青年男女，我亦是一如既往地喜欢看他们，看他们把一场恋爱谈得天长地久，每一天，每一时刻。他们的身后，那栋有着蓝色玻璃幕墙的巨大的建筑物，叫"万和昊美艺术酒店"，他们坐着的屋顶之下，是一家坐落在祖冲之路上的"美术馆"。这是我特地上网查询的答案，我好奇，那是一栋什么样的建筑，他的设计师为什么会想到在屋顶安放一对谈恋爱的青年？果然如我所料，爱情是艺术创作的永恒主题。每次，我都是在高架路上穿越他们，却从未真正亲临他们脚下，这也许是一种遗憾，但也许，更是幸运，因为，距离让爱情与艺术都变得神秘而更趋完美。此刻，他们当然还是坐在屋顶边缘，四条腿荡在半空，因为危机四伏而显得格外浪漫。女青年的头发照例飞扬着，男青年也还是低垂着他那张年轻而羞涩的脸，他们似乎在探讨什么，也许是关于两个人的未来，永无止境而又永不过期的未来。是的，他们有着从不衰老的身心，他们还有从不褪色的爱情，他们谈着永远的恋爱，把彼此的爱意昭然于蓝天之下，可是他们又显得那么甜蜜而欲言又止，因为彼此相爱，他们羞涩，并且坦然……这才是最美好的爱情吧？有所表达，有所保留，有所期冀，有所克制，最最重要的是，长久到没有止境……不知道为什么，每每经过那里，我总想多看他们几眼，并且，总会悄悄地、蓦然地，在心里感动那么一小下。

半小时车程，到达医院，进病区。感觉老年病房里也有了些许过年的气氛，安静的、上海式的过年气氛。不少护工回老家了，以往充斥病区的聒噪声和吆喝声变得稀落，只听见几声病人的呻吟，以及充满痰气的咳嗽。父亲病房的护工小倪没回老家，但因为隔壁病房的护工回乡了，她一人承担了两间病房的护理工作。

小倪是父亲在安平医院的第八个护工，人约四十多岁，长得白白净净，不多话，属于埋头苦干型。母亲对她甚是满意，在我面前多次提到，小倪踏实，小倪肯干，小倪对人态度好，不训病人……算上曹镇社区卫生服务中心的小彭，第九个了，小倪终于成了母亲心目中的完美护工，我们都为父亲感到庆幸。

进病房，就见我的父亲躺在靠窗的36号病床上眯着眼睛假寐，嘴里发出不明所以的"哼哼"。靠近门口的是41床，植物人，身上插满了管子，床头的仪器上闪烁着一些有关心跳、血压、血氧度的数据。据说，他这样无声无息地活着，已经活了五个年头，最近一年才住进了医院。床边，他满头白发的老妻背朝门口坐着，始终抬头注视着床头的检测仪，仿佛，通过那一台仪器，她能看见他活着的一切声息，有关他的生动的、寡淡的、传奇的、平凡的故事，全在仪器发出的有节奏的"嘀嘀"声中演绎。

紧挨着的是40床，一位落单的女病人，因为女病房满员，她暂时安顿于此。这一位，仰靠在床上，正被两个女儿不厌其烦地伺候着，吃、喝、拉、洗；再来一遍，吃、喝、拉、洗……她旁边的39床刚空了一天，原先的39床，那个最爱骂人最后却不再骂人的老许，前一日半夜"升天"了，后老伴把他送走后，床位空了出来，新的病人很快就要进来。

靠近父亲的是37床，鼻子里接着氧气，床头柜上放着一个掉漆的搪瓷水杯，还有一盒光明牛奶。他是街道送来医院的孤老，据说年轻时是体校的自行车运动员，退役后当了教练，不知道为什么，一辈子没结婚，当然也没有子女。后来，退休了，再后来，中风，生活无法自理，进了医院。在老年病房，他是少有的没有亲属来探望的病人，床头柜上永远只摆着一个搪瓷水杯，没有水果、没有零嘴，更没有营养品。有时候，病友家属给自家老人喂水果的时候，送他一个苹果或一块西瓜，这一日，他便有水果吃了。有时候，护工会把别人吃不完的熟透的香蕉或芒果分几个给他，小倪说：这不算违规吧？说实话，他没有家属，我才敢这么干，别的病人我可不敢，家属会投诉，说我们给病人乱喂东西，要扣钱的……是的，他没有家属，没有人给他送水果零食营养品，也没有人为他的遭遇声张，别人吃水果的时候，他只能无声地看着，他的确活着，却没有人在乎他是怎么活的，只有护工知道。于是，护工自作主张把别人剩余的残次水果分给他吃，这在于他，是一件好事吧？可我还是担心，万一被家政公司领班发现，会不会判定小倪违规？甚至认为她"不诚实"、有"欺骗"行为，把她清除出护工队伍？这样的逻辑自是不能说服我，心底里，我还是为37床感到庆幸，因为小倪是那个愿意偷偷拿别人的水果给他吃的护工，这是最朴素的、能让我相信的善良。

今天，很意外，37床的柜子上除了那口搪瓷水杯，还有一盒牛奶。进病房，经过他的床位，看见他床底下还放着整箱光明牛奶，不知道是谁送的。小倪大概猜出了我的心思，主动解释：快过年了，街道干部慰问孤老，上午送来的，还有两袋营养米糊，一盒达利园蛋糕，我给他放在柜子里，每天早上给他冲两勺米糊，下午给他吃一个蛋糕……我不是37床的家属，可是小倪却像在给家属汇报一样，一一罗列有关他的慰问品的安排，这让我略微生出些许自责，也许，我是可以为他做点什么的吧？他躺在与我父亲相邻的病床上，他们之间只相隔不到一米距离，可是，他们过得不太一样。

我开始给父亲做水果泥，我看了一眼邻床的他，睁着眼睛无声无息的37床。他也看了我一眼，目光移向我手里的水果。我喊了他一声：老伯伯，要不要吃一个猕猴桃？我给你削皮？

他怔了怔，没有回答，脑袋向另一侧扭去，不再看我。我抓了几个猕猴桃递给小倪，指了指37床的后脑勺说：给他吃。小倪点了点头，走到他跟前：喏，这是36床的女儿送给你的，我去给你削皮哦。

他再次扭过头看我，嘴唇蠕动了一下，却什么都没说，随即，垂下眼皮，像一个羞于说一声感谢的性格内向的少年，又像是一个为孤独终老的自己感到羞耻的人，因为无助的衰老，而羞于面对邻床病友年轻的孩子。

很奇怪，那时刻，我脑中忽然浮现出奥运赛场上的一幕。自行车赛道上，戴着红色头盔的运动员以第一名的成绩冲向终点，欢呼声和掌声响彻赛场，也响起在很多上海浦东人家的电视屏幕前。戴红头盔的运动名将，是来自上海浦东惠南镇的钟天使，因为她是来自我们故乡的运动员，是我们浦东人，但凡有她的赛事，我一定会观看，怀着一些紧张与自豪，看她比赛时飞驰的身影，看她领奖时如同我邻家表妹一样朴实健康的笑脸，听她接受采访时说的一口带上海浦东口音的普通话……年轻时候的37床，也是那样的吗？在自行车赛道上飞驰，在领奖台上欢笑，在训练场上指点江山……我想象着，那个一骑绝尘的潇洒的年轻人，那个单骑走天下的孤独的中年人，那个躺在病床上吃着一日三餐医院饭永远没有亲人来探望的老人，我找不到让他们成为同一个人的时间节点，而他们，的确是同一个人。

病房中间的38床是一名肺衰竭病人，82岁。他的老伴正要给他套上呼吸器面罩，想让他睡个安稳的午觉。老太太瘸着一条风湿腿，弓着永远挺不直的背脊，从床尾挪到床头，弯腰接上呼吸器的插座，一边打开开关，一边冲老头叨叨：医生讲了，你只能活两个月，现在都一年又两个月了，天天这样弄你，苦煞我了你晓得吗？你怎么就不肯"去"呢？——"去"字的发音拉长并渐强，末尾还带着一个小小的颤音，浦东方言特定的语调，用这样的语调说"去"，便是奔赴死亡的意思。

38床送来安平医院的时候，家人是准备把这里当作真正的临终医院的，他们做好了一切准备，储物箱里放着整套寿衣，只等挨过两个月，到了那个时刻，为这位肺功能几近全部丧失的亲人送行。38床的家属，也将近80岁了，老太太天天来医院，一边伺候着老头，一边等待着他"升天"的日子。老太太的腿有风湿病，腰椎也不好，身板直不起来，可她不敢不来医院，就怕哪天她缺席，老头又恰巧在那一日"升天"，她不忍他的人生伴侣在临行的那一刻身边没有一个亲人为他送行。可是她怎么都没料到，老头竟挣扎着活了下来，已经一年多。这一年多，他经历了三次抢救，心脏停过两次，都是医生给他心肺复苏按压回来的。

老头没有如期踏上去路，老太太便常常发出只有她才敢说的"怨言"，似乎，她早已盼着他爽爽地"去"了，这般拖着，他活得不舒服，也拖累了她，便时不时地要对躺在床上的老伴唠叨几句：你去么不去，我天天在医院陪绑你，我苦煞……第一次听她这么说，我心头一惊，迅速看向小倪。小倪看着我，抿着嘴无声地笑。再看我的母亲，她也在笑，一副见怪不怪的样子。显然，她们不是第一次听老太太这么说，直至后来，我也听她说过那么几次，心下便释然了。也许，在临终医院，病人和家属都拥有"百无禁忌"的权利，他们练就了某种抵挡负能量的健强的身心，为世人所避讳的不吉利的话，被他们坦然说出口，没有人认为这是一种"诅咒"，人们无条件地相互理解和信任，理解作为病人和家属的辛苦与无奈，信任那样的抱怨虽然很真实，但绝无恶意，并且默默地赞赏这种在无奈之下培养起来的坚强、乐观，以及务实。

38床家属依然天天把腿脚不便的自己挪来医院，在老头的正餐之后，她总要喂他一顿"加餐"，老面包、鸡蛋糕、桃酥饼、双酿团，老头最爱吃的甜点，她每天备得妥妥当当。下午，她给老头套上呼吸机，在机器的辅助下，他的呼吸姑且顺畅，这样，他就可以踏踏实实地睡上一觉。老头睡着的时候，她就坐在床头的椅子上打毛衣，织毛线拖鞋，她身上的红色粗毛线外套，就是利用在医院里陪护老头的时间织的。38床家属老太太，就像是病房里的一道风景，总能以色调明快的红色毛衣和"快人快语"的抱怨声让我多注视她几眼，不知道为什么，我对她很有信心，她会长寿，她还能活很多很多年。

很多次，我的先生与我一起去探望父亲，我在病房里喂父亲吃水果，他在病区里到处晃悠。这一回，他照例出去晃了一大圈，回来后在我耳边轻声说：经过多次观察，我发现一个情况，回家再告诉你。

作为一名生命科学科研工作者，好奇

心和思维习惯让他即便是在闲逛的时候，也总是处于探究与思考的状态，并且，他很乐于与我分享他的见解，在于他，似乎是一种责任，为我这样的科学"小白"科普的责任，虽然有时候，他所谓的"见解"，只是他突发奇想的荒诞想象或者搞笑段子。

回程的车上，我问他：你的发现是什么，现在可以说了吗？

他握着方向盘点头：我发现，老年病房里，女病人和男病人的人数相差无几，可是陪护男病人的家属，多数是他们的女老伴，陪护女病人的却大多不是男老伴，而是子女……这个现象，你注意到没有？

他这么一提，我也发现确是如此，父亲住过两家医院，我因此而见过很多在老年病房陪护的家属，的确是女老伴比男老伴多……我知道他想说什么了，其实，这是一个被我们探讨过很多次的问题。曾经为写作一部有关养老题材的小说，我查询过本市户籍老年人口的性别构成。2019年的数据显示，在上海，60岁及以上老年人口中，男性占48.0%，女性占52.0%；65岁及以上老年人口中，男性占47.3%，女性占52.7%；70岁及以上老年人口中，男性占46.0%，女性占54.0%；80岁及以上老年人口中，男性占40.4%，女性占59.6%；100岁及以上老年人口中，男性占24.8%，女性占75.2%。也就是说，年岁越大，老年人口中女性占比越高。

我对先生说：我来分析一下你观察到的现象吧，躺在病床上的男老人大多有老伴相陪，可是，当女老人老到只能躺在病床上的时候，她们的老伴多数已经不在人世，这说明，女人比男人长寿。我国女性预期平均寿命80.5岁，男性74.7岁，差异接近6岁，这是众所周知的吧？

他笑了：当然，这的确是众所周知的，但我想说的是，将来我老了，躺在床上不能动了，还要劳驾你来照顾我，所以，我要提前对你说一声，老婆，辛苦你啦！

我被他逗笑了，鼻子却酸酸的：现在就说，早了点吧？

他双手扒着方向盘直摇脑袋：不不不，感谢要趁早说，你看我的岳父大人，需要他说感谢的时候，他已经不会说了。所以呢，年轻的时候，健康的时候，男人该对女人好点儿，因为大多数男人走得比女人早，男人一辈子过完了，还要女人为他送行。

他这么说，我便也用同样的方式与他对答：不行，你必须活得比我久，你保证，要不然我可搞不定家里的事，我不记得我们家有多少存款，更不记得银行卡的密码，到时候孩子们为了争夺财产扯皮打架，我可搞不定，这些事还是留给你做比较好……

他抓着方向盘大笑：好好，我保证，保证活得比你久。

我顺势往下说：我活100岁，你活101岁，你比我多一年，好不好？

他又一次大笑：学渣啊！你比我小四岁呢，我活101岁怎么够？这事儿，你就听我的安排，你活100岁，我呢，活105岁，我在这个世上多留一年，处理我们的财产，就这么定了，哈哈哈……

果然是严谨的理科男，我也跟着大笑起来。我们一起笑了许久，欢乐的，以及自信的笑，仿佛，我们真能决定自己可以活多少岁。当然，这也是我们相互表达情感的惯用方式，我知道，他很愿意享受被依赖的感觉，这个有一点点英雄主义倾向的大男人，虽然几乎没有空闲沾手家务琐事，但他乐于做我的精神依靠。

话题就这么停留于此，尚且合适，可我却总在想那个问题：相伴了一生的两个人，终是要面临谁送走谁的问题，可是，到底由谁送走谁，我们却无法选择，那是生命的自主选择。然而，这个世界，似乎总在上演女人为男人送行的戏目，古时候，女人送男人赶考；战争年代，女人送男人从军；开拓的时代，女人送男人去远航、去闯荡、去拼世界……时至今日，女人亦是可以与男人一样去远航、去闯荡、去拼世界，那些女人送男人的戏码，多数只在有年代感的影视剧中上演。可是，当男人和女人完成了他们轰轰烈烈抑或平平淡淡的一生，直至终点站，我们还是发现，生命的自主选择，依然是让女人为男人送行。

我回想了一下，在我们家，就是如此，我的奶奶送走了爷爷，我的外婆送走了外公，我的大伯母送走了大伯父……老年病房里，每天也都在上演着相似的送别故事，女人们陪伴着她们的爱人，直到成为他们的老伴，直到佝偻着背脊，直到步履蹒跚，最终，她们把他们送走，而后，独自老去。

正想着，微信提示音响起，母亲给我发来信息：刚才在医院忘了问你，快过年了，要不要给小倪包个红包？

作为病人家属，我们早就见识过那份《护工守则》，父亲入院的第一天，领班就给我们阅览过，上面清清楚楚地写着"不得收受红包，不得索取小费"的规定，可我们还是有种"不甘心"，因为，时时刻刻陪伴在我们的亲人身边的，不是我们，而是护工。

我在心里默默地数着我认识的那些护工，曹镇社区卫生服务中心的方脸小彭，不会写自己名字的小张，一口川味普通话的小兰，人高马大被叫做"大胖"的小丁；父亲转进安平医院的那一日，只做了一天工就逃离的姚阿姨，还有那个会说"可怜之人必有可恨之处"的唐阿姨，喜欢腌咸菜的笑嘻嘻的小马，走马灯似的来了又走了的"七仙女"……是的，在老年病房工作的护工，几乎全是女人。为什么？是风俗习惯，文化养成，还是工作特性所致？抑或男人不屑于做这种伺候人的活计？

这个问题，我终是没有想得太明白。可是，我所看到的那些护工，她们除了护理老人吃喝拉撒洗漱翻身的日常，还熟识整套遗体装殓的程序，她们才是和老人们相处最多、最久的人，倘若"临终医院"是老人们生命的终点站，那么，护工就是长年守候在"终点站"里的地勤，她们是迎宾员、票务员、安检员、送宾员……她们陪伴着他们，在终点站里的每时每刻，直到那艘天堂之船来把他们接走前的最后一刻，她们为他们更衣，而后，与他们告别。

如此，我终于有些接受了这个事实，在临终医院，有很多女人，是来为男人送行的。这是命运的选择。

十五、和爸爸说再见

2020年1月20日，我与先生驾车从上海出发，准备用两天时间开到他的故乡四川南充，这是他自十五年前回国工作后第一次决定回乡过年。然而，就是这个年，我们遭遇了前所未有的诡异的疫情。在故乡的一个星期，我们没有去探亲访友，也没有去周边看看我先生想念已久的他的中学、他的老师，以及很多承载了他童年与少年记忆的地方。我们在家里度过了无聊的一个星期，除了为公公婆婆做饭，更多时候，我就在刷手机新闻。那些日子，我几乎无法沉下心来看书，更无法坐在电脑前写点什么。

从四川回上海的两千多公里，我们驾着车，仿佛在穿越黑暗隧道，我们不敢在休息站逗留超过五分钟，因为不知道停顿的地方或者前方会有什么厄运在等待我们。中国的高速公路四通八达，我们绕开本来必经的湖北路段，比原先的路程多开了几百公里，终于回到了上海。

事情发生变化，是在回到上海的第三天，我开始鼻塞、头痛、还有一点小小的咳嗽，也许是感冒了，我想，我们已经安全回到家，路上那么小心，没有和任何人接触，应该不会感染新冠病毒。然而，第四天，我的先生发烧了，我虽没有发烧，但我发现，我失去了嗅觉，闻不到鸡汤的鲜香味，也闻不到我那瓶刚开封的夏奈尔香水浓郁的柑橘茉莉花气息，甚至把风油精瓶口塞进鼻孔，我也丝毫不被呛到、辣到。我开始高度怀疑，新冠病毒已经盘踞在我们的身体里。最担心的就是在去程中感染，那岂不是要殃及公公婆婆？先生赶紧给父母打电话，所幸，老两口一切安好。那么很有可能，问题出在返程途中，我与先生一遍遍复盘回沪的路程，想到几个可能：第一天中午，在休息站接开水，回到车上，泡方便面，午餐。虽然开水炉周边没有聚集的人，但是，如果之前有一位感染者拧过开水龙头，而我也去拧那个龙头，回到车上，我还用我的手捏了筷子，吃了方便面……还有，为了避免与人接触，我们特地找了一家自助加油站，可是我们都忽略了那把油枪，其实，它被很多很多个来加油的司机握过……还有还有，回程的第一天深夜，我们借宿湖南湘潭某快捷酒店，倘若这家酒店里住过一位感染者，如此，接触点就太多了……

我们终是不知道究竟是哪个环节出了问题，并且，我们无法确定自己得的是病毒性感冒，还是新冠肺炎。先生说，居家静养几天，不要外出，看情况再决定。我亦是同意，因为疫情，大多数医院停止接诊，发热门诊也只是少数几家医院有，倘若不是感染了新冠病毒，去发热门诊就是更冒险的事。

那几天，我们两人躲在家里不敢出门，喝储备的板蓝根、小柴胡冲剂，以及网购的连花清瘟胶囊。两天后，我的头痛、鼻塞、咳嗽，一点点消失，只嗅觉还未完全恢复。而我的先生，却断断续续发了十天烧。从他发烧第三天开始，我就沉不住气了，想要打120送他去医院。可他却说：其实，去医院治疗，和在家里没有多大区别，知道吗？这世上还没有研制出一款能治病毒的特效药，所有病毒所致疾病，都是依靠人体自身产生免疫，你放心，一个星期，最多十天，我会胜利，相信我，这是我的专业。

因为疫情爆发，先生已经给我科普过不少有关病毒的知识，譬如，新冠肺炎，以及我们可能都患过的流感，都属于冠状病毒；譬如，为什么杀死 RNA 病毒的特效药很难研制出来？最根本的原因是，病毒随时在变化。病毒是自然界最简单的生命，越简单，越容易适应环境，也就越利于物种繁衍，人类射出的箭，永远追不上病毒的快速变异与繁衍。再譬如，我们得了流感，医生给我们配的那些药，是用来杀病毒的吗？当然不是，退烧药是用来降体温的，不是杀病毒的；止咳药是麻痹神经抑制咳嗽反应的，也不是杀病毒的；那些所谓的抗病毒口服液、连花清瘟等药物，也是用来缓解病毒侵袭之下的体表症状，而不能杀死病毒。

那怎么办？谁能杀死病毒？我几乎绝望了。

他瘫在沙发上，因为一个小时前吃了退烧药而额头冒汗：能杀死病毒的，唯有自身的免疫力。我们能做的，就是头痛医头，脚痛医脚，吃药当然是必须的，因为，解表很重要，目的就是调节好身体，这样，我们自身的免疫系统才能合理调动和运作起来。知道吗？人体与病毒的战斗，就是一场游击战，我们先要保存实力，让敌人放子弹，我们躲着、防着、养着，千万别去硬拼，硬拼就会同归于尽。等敌人子弹放完了，这时候，我们再发起总攻……他的科普总让我觉得像在编故事，可是无论如何，我总还是要相信他。

然而，我相信他，却不忍看他煎熬，每天给他熬粥、煲汤，放一缸热水泡澡，试图激发他身体里免疫力的产生。最严重的那一晚，第九天，他发烧到39.2度，我几乎哭着请求他：去医院吧！不能干等着啊。可他还是坚持：再等两天吧，我自己很清楚，呼吸没问题，肺就没问题，抗体正在产生，病毒快要输给免疫了。在我们实验室，感染病毒的小鼠身体里会慢慢产生免疫力，免疫力什么时候最强知道吗？两周，两周呢，这是一场战斗，从敌强我弱，慢慢地变成敌弱我强，最后，胜利是属于我们的！所以，老婆，再坚持一下……

那一晚，我几乎没有睡着，我时刻盯着他，我想通过观察他睡着时的样子，透视到他身体里究竟发生了什么，抗体是否已经产生？病毒是否正在颓败？可是，除了听到他粗重的呼吸声，偶有一两声咳嗽，还有，他汗津津的脖颈和额头，我什么都看不见，看不见他身体里的免疫系统与病毒正在进行一场怎样激烈的战斗，除了呆呆地看着他，我别无所能。

然而，奇迹竟然发生，第十天，他开始退烧，体温37.5度；第十一天，36.8度……他获胜了，这个犟头倔脑的男人，他没有让我白白相信他，居然，那一场被他描述得像是虚构的故事一样的战斗，是真的。

事实上，直到今天，我都不甚清楚那十天我们究竟遭遇了什么，是患了一场普通的流感，还是与新冠病毒相会而后告别。笼罩在我们小家上空的阴霾终是消散了，这让我对武汉的疫情也乐观起来，也许，很快就能见到云开日出了吧？

然而，平静很快被打破，先生退烧后第三天，安平医院发来父亲的病危通知，原因，吞咽功能退化，导致进食呛咳，引发肺炎。医院允许危重病人家属选派一人与医生会面，弟弟已经在年假结束后飞回重庆，我不放心母亲独自去医院，便决定由我开车前往。

那天下午，安平医院二病区俞主任及主治医生张欢欢接待了我。俞主任说：阿尔兹海默症病患者拖到后期，多会引起并发症，肺炎其实不是什么大病，一般情况不难治疗，但是，病人已经卧床五年，脏器本就已经很脆弱，治疗的难度就大了。如果你们觉得有必要，可以转大一点的医院。

这是一种令我觉得耳熟的说法，当病人已经救无可救的时候，医生多半会这么说，"如果你们觉得有必要"，可是我又如何判断是否有必要？于是我问：去大医院，有什么与这里不同的救治措施吗？

俞主任说：别的没有不同，只有插管呼吸机，我们没有设备，大医院有那种大型的呼吸机，非自主呼吸，病人能多维持几天吧。

我开启了某种假设：插管与否，区别就是多维持几天还是少维持几天吗？插管会不会很痛苦？

俞主任笑了：这样的问题，你叫我如何回答呢？不同的病人，病情各不相同，但是有一点，一旦决定插管，病情一定是极其危重了，可能是最后一搏，有些病人插管以后最终也救不过来。插管呼吸机的患者肯定痛苦，因为毕竟是有创操作，所以要考虑使用插管以后的价值，如果基础病特别多的老年人，只能增加痛苦，救治过来的可能性又不大，这时候就要权衡，是否选择让病人少受痛苦为上。所以，转院与不转院，还需要你们自己考虑。当然，我也遇到过很多不转院也化险为夷的病人。

我开始犹豫不决，我不能想象，在他的喉咙上开一个洞，插入一根管子，强行把气管扩张开，而后，深深地插到肺部，让一台机器代替他做呼吸的循环，这样的治疗对于他而言有多大的意义？又有多大的痛苦？可我还是不甘心，于是打了很多电话，咨询了多家二级和三级医院，得到的答复几乎一样：接收急救病人，但不接收转院病人。因为，疫情依然严峻，医院尽可能减少流动。

如此，只能寄希望于命运了，也许，他会成为俞主任从医生涯中又一例化险为夷的成功病例。我努力说服自己，艰难而又带着侥幸。

因为疫情，病人家属不能进医院陪护及探视，那几日，护工小倪随时在微信里向母亲汇报父亲的状况，我也与主治医生张欢欢保持着微信联络。这个长着一张胖乎乎的圆脸的年轻医生，我见过很多次她全心投入工作的样子，遇到病人紧急救治，她从办公室急速奔跑到病房；给病人按压心脏起搏，她大汗淋漓却不顾一切……她还很年轻，长得像我曾经带过的某一位80后学生，不知道为什么，我对她有种莫名的信任，她让我感觉到，她还保有一颗未被磨灭热情的心。

接下去的日子，我们就在张医生与小倪发来的信息中了解父亲的病况。每天，只要微信提示音响起，我就会条件反射似的在心里默念多遍"阿弥陀佛"，而后拿起手机，打开微信。那一条条令我心惊肉跳抑或略微舒缓的信息，常常让我期待而又恐惧。

"昨晚两点血压低至40，抢救措施下去后，有所好转。"

"今天血压回升了一些，心跳有点快。"

"体温38.7度，已用药。"……

我能想象，很多个午夜时分，张欢欢医生奔跑着冲进病房的样子。而他，我的父亲，正以身体机能的紊乱，以及心跳、血压、体温跌宕起伏的变化告诉我们，他已然挣扎在了生命的边缘。我终于感觉到自己是多么无能，除了祈祷，我什么都做不了，甚至无法陪伴在他身边。我能做的，只有不断地感谢医生，请求他们全力救治，并且向张医生承诺：如果这次我的父亲能转危为安，我要给医院送锦旗，给你写表扬信……

送锦旗、写表扬信，多么庸俗而又虚伪，这样的事向来为我所不屑，我总觉得，这近乎哗众取宠的形式，多为广告或沽名钓誉所用。然而，这一次，我竟是发自内心地想要这么做，并且在张欢欢医生面前发出粗俗的表白，仿佛，医生能否全力救治我的父亲，是一面锦旗和一封表扬信能决定的，我确信，这是对医者的亵渎，亦是对自己的羞辱。可是，我还是毫不犹豫地对张欢欢医生说：如果这次我的父亲能转危为安，我要给医院送锦旗，给你写表扬信……我一边为自己的行为感到羞愧，一边又极其真诚地想要感谢救治父亲的人们，却因无能为力而显庸俗，连我的真诚，也仿佛穿上了一件"虚伪"的外衣。可我真的很希望可以把那面锦旗送出，我不怕变成自己曾经不屑的样子，只要父亲能转危为安。

我一边默默祈祷，一边告诫自己，所有的幸运，只是一种"也许"吧，要有一切可能的思想准备。果然，经过十多天的抢救与治疗，父亲的病情还是急转直下，医院再次发出病危通知，并且同意家属进病区守候。那段日子，医院处于停诊状态，并禁止外来人员入内，之所以同意我们进入，是因为医生断定，我的父亲将不久于人世，而他们有责任让家人在场。

最后的时刻终是要来临了，我和母亲，我们轮流守候在病房里。可是不知道为什么，我依然心存一线希望，看着躺在病床上的他，连接着他身体的监测仪发出"嘀——嘀——"的声音，平静而一如既往，我总觉得，那可能就是他以后的生存方式吧？因为，在老年病房，我见到过太多被仪器连接着的躯体，他们活了很多很多个不知快乐、不知幸福、不知酸甜苦辣的日子，我的父亲，难道不也可以那样活着吗？

是的，我已经很多次用到这个词——"躯体"，没有思想、没有灵魂、没有表达，甚至永远紧闭着双眼的那一具活着的躯体。我开始怀疑，怀疑我们所做的一切努力有什么意义，怀疑作为亲人的我们究竟想要得到什么，是留住一份依然存在的爱？保住一个从未空缺的家庭席位？拯救自我的虚空？弥补内心的愧疚？舍不得他？心疼他？留住他，给他健康、崭新的生命和生活？不不，我们无法给他健康的生命和崭新的生活，哪怕一点点爱的感受力，我们也给不了。我们无能为力，可我们依然想要挽留他，让他活着。

其实，父亲住进医院后，我也常常想到，某一天，他会和他的病友一样，需要我们去面对他的弥留，以及死去。然而，在进入第五个年头之前，这一天一直没有来，我为此而感到庆幸。我总是以为，他在病床上缓慢地活着，会活得很久很久。而我们，已经习惯了他以这样的方式存在，没有语言的交流，没有聚焦的目光。他以一具肉身的存在，给予我们精神上的抚慰。而我们已然遗忘了某种质疑，他痛苦吗？他有没有感到生不如死？他是否愿意持续经受疾病的折磨，只为活着？还有一些时候，我又会反过来想，那些呼吁安乐死合法化的人，那些健健康康地活着的人，以解救濒死之人的痛苦为名义的声张，是否真的符合病人的心意？他们真的愿意死吗？我不知道。

终于，这一天来了。

他躺在床上，戴着氧气面罩，他的鼻腔、手腕、腹部、胸腔口，连接着无数线路、管子、针头和夹子，它们通向他身旁的监测仪。屏幕上的数据和图线不断起伏，一次次跌到谷底，抑或升至极限，又一次次恢复平稳。那具活着的"躯体"，却显示出前所未有的沉着与安静，闭着眼睛，抿着薄薄的嘴唇，没有发出痰气浓烈的粗重呼吸，没有咳嗽，没有呓语，仿佛，他知道一台仪器正替代他发出生命的声音，他只需安静地躺着，任凭"滴滴"声以毫无感情的声线向我们播送他活着的密码。可我还是看出了他垂危的样貌，因为水肿，他的脸庞宽阔了一圈，他变胖了，他闭着的眼皮下溢出些微脓液，仿佛饱含着积郁的热泪，他的胸口与手背因为频繁扎针而布满大块大块的淤青……

爸爸，你痛不痛？我在心里问他。他没有回答我，他不可能回答我，于是我伸出手，去握他那只连接着输液针与血氧夹的手。一瞬间，我触到一丝暖意，以及他手心里依然保存的一点点弹性。我突然意识到，他是温暖的，他是柔软的，他是我活生生的爸爸啊！眼泪瞬间涌出。是的，这就是我要的，他的温度，他依然暖着的手心，他还活在我身边的证明。我抚摸着他淤青斑驳的手，鼓起勇气，对着他，开口轻语：爸爸，坚持啊！会好起来的，挺住……

他会挺过去的，我总觉得。四十年前，年轻的司机遭遇一场车祸，从手术台上下来，他在病床上躺了三个月，他挺过来了。五十年前，他刚从部队复员，进工厂工作，某一个夜班，他的手指被机床压断，他被同事送进医院缝针，回家已是凌晨两点。他的妻子正身怀六甲，他不忍吵醒她，悄悄进门。剧烈的疼痛让他无法入睡，他坐在餐桌边看了一夜报纸，没有发出一声呻吟……我想，他能挺过去的，这么坚强的人。

"家属准备寿衣吧，估计今天挺不过去。"医生对我们说。在老年病房，这是医生最常说的话，没有人忌讳。虽然我们也早有思想准备，可是侥幸心理让我从未真的去实施这么具体的准备，并且，疫情期间，医院外面的殡葬用品店和"一条龙"服务悉数关门。母亲急得不知所措，哪里去找寿衣啊！你知道吗？她问小倪。

小倪亦是不知道除医院门口的门店以外别的途径。我拿出手机搜索，百度、饿了么、美团，我不能确定这些软件里有没有卖寿衣的店家注册，我一边搜寻，一边思索，如果找不到寿衣店，是不是要回家翻出父亲没穿过的新衣？终于，高德地图上跳出一个电话号码，殡葬用品厂商直销，于是打过去。下午，直销店店长开着车亲自送来我为父亲选定的衣服，灰色大衣、黑色西服、白色衬衣、红色领带……

他在氧气面罩和各种管子的连接下依然努力呼吸着，我们却已经把他的寿衣送进了病房。母亲的脸上终是露出欣慰之色：你外公当时就这样，医生说不行了，准备寿衣吧。寿衣买回来了，结果他又挺了三年，寿衣是冲喜的，所以老人都会提前给自己准备寿衣……这是母亲的愿望，不能说也是我的，但我总觉得，他能挺过去，不是因为寿衣，而是因为，他坚强。

2020年2月19日，深夜11点，刚从医院回到家，洗完澡，靠在床上刷手机新闻，看全国疫情进展。电话铃声骤响，是值班医生的声音："快来吧，不太好，今晚可能挺不过去"。

一个小时前，刚与值班医生说过再见，他告诉我，有情况随时给我打电话。三天来，都是这么过的，白天在医院陪护父亲，深夜回家睡觉。每天早上，我都是一早到达医院，在大门口测量过体温，被消毒水

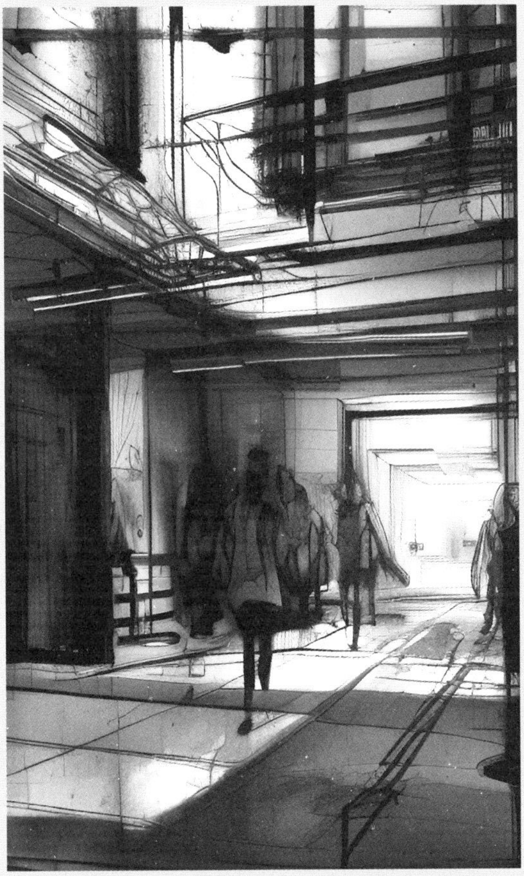

喷洒过一遍，随后走进门诊大厅。没有一个走动的人，没有一盏亮着的灯，所有诊室都关着门，仿如鬼城里刚被废弃的医院，仪器还在，药品还在，玻璃小窗上的"挂号"、"付费"、"取药"等红色大字依然显赫，然而，一切都静止了。穿过门诊走廊，过露天长廊，到二病区，上楼梯，终于听见熟悉的声音，老人的哭泣、呼喊、吼叫，抑或残喘的呼吸、以及代表生命在继续的监测仪"嘀嘀"声响，还有，护工们的脚步声，戴着口罩的闷闷的说话声，偶尔窜出的呵斥和骂声……三天来，我几乎越来越喜欢呆在老年病房，因为，这个离死神最近的地方，却充满了"活"的声音，虽然每一天，医生都会向我们预告：今天可能挺不过去。然而，都没有应验。

倘若今晚父亲能挺住，就是第三天了，我一边把汽车开到限速临界点，一边告诉自己，会好起来的，会好的。深夜的中环几乎没有车，路灯却一如既往地通亮。人们已经在家里困守了一个月，武汉的疫情正见转机，火神山和雷神山已经开始收治新冠病人，抗击疫情的战役正打得如火如荼。

午夜零点，终于赶到医院，敲开大门，门卫已接到病区通知，快速放行。穿越黑暗的门诊大厅，进入白亮的老年病房，走廊尽头，是父亲的病房，我一路小跑，跨入。没有监测仪"嘀嘀"作响，母亲站在父亲的床头，抬起挂满眼泪的脸：你爸爸，走了！

他躺在病床上，闭着眼睛，仿佛正在一场浅浅的昏睡中，与以往任何一天一样，他并没有让我感觉已经离开。我看着他，疑惑以及惊异于自己的平静，接下去，在医生的引导下，我完成了一系列必须要做的工作，开病亡证明，签字，给殡仪馆打电话，给弟弟打电话……

好了，没有别的事了，现在，我们要给父亲换衣服了。母亲拿出储物箱里的寿衣，小倪喊来几个护工，他们围在父亲床周，快手快脚地操作起来。二十分钟后，都穿戴整齐了，只剩下领带。我喊住小倪：等等，领带，我给爸爸系。

我要给他打一个最豪华的"温莎结"，他向来爱漂亮，他知道自己长得比较帅，他对穿衣一直有要求，所以，不能敷衍他。

我把领带套进他松弛的脖子，我用了很长时间，打了一个复杂的温莎结，然后，轻轻收紧。宽阔雍容的温莎结抵住了他的下巴，他平静的脸顿时变得煞有介事起来。是不是太紧了，爸爸？我伸手抻了抻他的衣领，触碰到他依然暖热的脖子，是的，这是我的父亲，刚停止心跳，依然温暖着的父亲。

很多很多年前，他下班回家，工作皮鞋踩着楼梯发出"登登登"的声音，健捷而明快，十岁女孩听见他的脚步声，守候在楼梯口，他一出现，她扑过去，吊在他的脖子里，他温暖的脖子。现在，我在他温暖的脖子里系上了领带，好了，我西装革履的爸爸，帅气的、煞有介事的爸爸，他要走了。

殡葬工把他推上车，母亲说："快和爸爸说再见，说爸爸走好。"就像小时候，他要去上班，开着他的小货车，母亲在身后叮嘱我和弟弟：快和爸爸说再见……

我无法启口，我在心里说：爸爸，再见啊！两天后我们去送你，你等我……

殡葬车消失在夜色中，站在黑暗的马路边，我终于泪如泉涌。他走了，不会回来了，这是真的。

九个月后的下元节，我们把他送到了东海边最漂亮的墓园，他住的区域，叫"海棠园"。墓碑上的那张照片，是他六十岁退休时拍的。那时候他还显得很年轻，饱满的脸颊，光亮的额头，眼神炯炯，嘴角微微向上牵扯，是微笑，他把微笑留在了墓碑上。母亲看着他，说：以后你们给我选照片，要挑一张和你爸爸年龄差不多的，精神点的，要不然看起来不般配，是不是？

从墓园回来，开车经过新川路上的安平医院，看见那扇熟悉的大门，那栋他住了两年的四层小楼，我忽然有种错觉，似乎，我们应该扭转方向盘，左拐弯，把汽车开进那扇大门，然后，进入那栋小楼，上电梯，三楼，走廊，看见他了，他躺在第四间病房里，靠窗，36床，我对着他呼唤：爸爸——

汽车一掠而过，安平医院被我们抛在了身后，看不见了，他生命的"终点站"，离开了我的视线。

忽然想起"锦旗"与"表扬信"的承诺，虽然，父亲最终没有被抢救回来，可我还是觉得需要给全力救治他的医生一个交代。我拿出手机，给那个长着一张胖乎乎的圆脸的叫张欢欢的医生发去了一条微信：张医生好！刚忙完父亲的落葬事宜，得空给您发个信息。非常感谢您对我父亲全力以赴的救治！老者老矣，而我们将要面对的艰难并没有停止。谢谢您的辛苦付出，也替我谢谢余主任。感谢医者，不仅仅感谢你们医治病患，更感谢你们成为每一个生命自始至终的承担者。

很快，我收到回复，只一句话：这都是我们应该做的。

我把微信给母亲看，她问我，要不要也感谢一下小倪？我说好啊，你有小倪微信，你发信息给她。母亲拿起手机，又犹豫起来：可是，感谢了小倪，要不要感谢小马？还有小彭，唐阿姨……父亲在两所医院里的五年，前后经历了九位护工，要全部感谢一遍，还是选择其中的几位？母亲思忖了许久，最后只给小倪发了一条最简单的信息：今天我们给老薛落葬了，谢谢小倪，祝你健康快乐。

又是一个月后，某一夜，我梦见父亲复活了，他躺在老年病房的那张床上，医生刚宣布他的心脏已经停止跳动，我正在给他打领带，忽然，他的眼皮翕动了一下，然后，居然睁开了眼睛，紧接着，他发出一记刻意的、重重的咳嗽，目光里竟带着狡黠和揶揄，而后，突然开口：囡嗯啊——

小时候，考试前夕的夜晚，我躲在房间里偷偷看闲书，他发现了，一定会先在门外发出一记重重的咳嗽，而后推门进入：囡嗯啊——我知道，他每次重重的咳嗽，都是在向我发出预告：我来啦！你把闲书藏好了，别让我发现……

醒来，心情竟是平静的，没有伤痛感，却好奇，怎么会做这样的梦？于是上网查询，各种解读，不一而终，其中有一条，终是让我选择相信。

凡梦亡故之灵复生者，是其人再世而己梦之也……身忽死而复生者，福来寿永之征也。——《梦林玄解》

那是他在托梦给我吧？他告诉我们，他已投生新的世间？抑或，他要用一记重重的咳嗽提示我：你总说我忘了你，怎么会呢？你是我的"囡嗯"啊！其实，我一个都没把你们忘记呢……

好吧，我愿意相信，他在另外一个依然可以记得我的世界里活着，是的，他当然应该记得我，他的女儿，我相信，就像相信父亲一样，相信一个梦。

后记：缓慢地活着

父亲在医院的老年病房里躺了五年，这五年间，我无数次想到，他要离我们而去了，老年病房只是他人生的"终点站"，未来的某一天，当他真的要登上那艘开往天堂的船的时候，我需要做什么？给他准备哪些他喜欢的衣物？要不要通知他退休前的单位和他最铁的老哥们？请哪些亲朋好友来参加告别仪式？要为他写一篇怎样的悼词？还有，买天长园还是清逸静园的墓地……他还躺在病床上的时候，我就在想这些问题。有时想着想着，忽然心头一紧，自责不已。他的心跳还平稳，呼吸亦通顺，正常的新陈代谢表示他的生命还在持续，我却在思考如何面对父亲的死亡。这让我不禁怀疑，我一直自以为理性与务实的性格，其实是一种冷酷与无情？这种时候，我就会让自己的思维戛然而止，仿佛不去想"死亡"，死亡就不会发生。可是，依然会在不经意中一次次地想起那些"冷酷无情"的事，想到最后，总会归结到悼词。

是啊！倘若为父亲写悼词，我要怎么开始？我想到的第一句话是：他从来知道自己是一个平凡的人，所以，他一直想要做点不平凡的事，以企及他某些不曾被我们知道的理想，这让他的人生总是处于上下求索的紧张进取中……

可是，躺在医院病床上的父亲一直很好。虽然他早就失去了记忆，不会行动，不会说话，也不会认人。可他的消化功能似乎不错，吃喝拉撒规律有序，心脏也没坏，高血糖、高血脂这些老年人的普遍毛病，他都没有。他还很能吃，喂他饭菜或水果，他会张嘴吞入、咀嚼、下咽……这是他最后五年里与我们互动的唯一方式。在汤匙碰到他的嘴唇时，他以张嘴来回应，直至最后一年，只要床头出现一个俯瞰的人影，他就会张开嘴巴，如嗷嗷待哺的幼雀。

他变成了一个婴儿。吃，是他屈指可数的生命特征中唯一的主动行为。

在刚开始出现失智症状时，他变得怯于外交，逃避人情往来、家政事务。他越来越怕麻烦，从我们家的发言人、责任人、一家之主，渐渐变成一个缺乏逻辑、缺乏担当的"自私"的人。而那时候，我们并不知道，阿尔茨海默病正一点点"蛀空"他的大脑，他已经无力面对一切需要脑力甚至智慧的生活。

他用了三年时间，从失忆，发展到失智、失能，最后，他住进了医院。在那三年中，他忘记了我们全家，忘了陪伴他大半辈子的老妻，忘了他的一双儿女，然后，忘了他自己。后来，他躺在医院里的5年，我没有再去写他，因为，他停止在深度的失智与失能中，没有任何新的进展，一张病床，是他的全部生存空间。那又有什么好写的呢？他无法与我们交流，他只是维持着生命。那也不能叫生活，他只是缓慢地生存着，缓慢到我们看不见死神究竟离他有多远。

看不见死神，而我又确知，死神就在周围。于是，我总要猜测，某一天，死神忽然造访父亲，那时候我该怎么办？我需要做什么，才能尽到我作为女儿的职责？甚或，我要怎么做，才能如实确切地表达我对父亲的爱？尽管，最后的一切都只是形式，可我总需要用一些形式告诉父亲以及他的亲朋好友，他是一个得到了爱的人，这是他有限的人生最大的成就。

就这样，想了5年，他却一直在老年病房里井然有序地活着。他每天都能见到他的老妻，每个礼拜都能见到他的女儿，一两个月，就能见到他在外地工作回来看他的儿子。虽然他并不知道，站在他床头的那个人究竟是谁，但我们依然在看到他如同嗷嗷待哺的鸟雀一样张开嘴巴时笑他：就知道吃哦，爸爸，你是不是吃货？

这么开他玩笑的时候，我们总以为，他会一直如此，缓慢地活下去，活得一天比一天平凡，平凡到几乎没有存在感，平凡到我们渐渐忘了他年轻的时候也曾有过上下求索、紧张进取的生活。

2020年2月中旬，新冠疫情最为严重的某一天午夜，死神终于不期而来。这个总想着要逃避一切外交事务、人情往来的人，仿佛就是要挑一个无须应对那些烦琐事务的日子，然后，不需要抢救，不需要挣扎，安静地离开。

他离开了，因为疫情，没有告别仪式，没有众多亲友为他送行。五个至亲的人，在规定的时间内，匆匆送走了他。他消失在那道铁门内，我努力抑制着难以平复的哭泣，那么短，那么短的告别，他选择这样的时机离开，他让我哭都还没哭够，就消失了踪影。是的，我所有想好的，为他的离去所做的预设和准备，几乎全部无法实现，他甚至不给我为他写悼词的机会。

没有盛大的告别仪式，这让我并不觉得他果真已经不在了。看到应季水果上市，我会想到多买点，周末带去医院，或者，在淘宝上看到打折的尿垫和奶粉时，情不自禁地想要下单囤货，那一瞬间，我会忘了他已经不在人间。他的确已经很久没有参与我们的生活，他用五年无声的时光让我们一直以为，他住在一家医院的老年病房，他像一个婴儿一样，在每一个人影俯瞰着他的时候张开嘴巴，等待着我们的投喂……他以这样的方式拒绝我为他写悼词，所以，我总是以为，他依然活着，缓慢地活着。

他终于还是登上了那艘天堂之船。有时候我会庆幸，幸好，他在"终点站"里逗留了五年，他用五年时间，让我们与他做了一次漫长的告别，漫长到让我有种错觉，似乎，他是不会离开的。也许，他就是不想让我们觉得他离开了，所以，没有给我为他写一份悼词的机会吧？

好吧，那我就写一写他和他的"终点站"吧，写一写生活在终点站里的人，那些陪伴着他度过五年时光的护工和病友，写一写他，这个还在我心里缓慢地活着的人。他真是一个太过平凡的人了，平凡到我不知道他是不是有过理想，可是我想，他应该对自己感到满意，因为，他是一个得到了爱的人。

[特约编辑：吴　越]

图书在版编目（CIP）数据

收获长篇小说.2023.春卷 / 《收获》文学杂志社编.
-- 上海：上海文艺出版社，2023（2024.3重印）
ISBN 978-7-5321-8681-5

Ⅰ.①收… Ⅱ.①收… Ⅲ.①长篇小说－小说集－中国－当代 Ⅳ.①I247.5

中国版本图书馆CIP数据核字(2023)第021755号

主　　编：程永新
副 主 编：钟红明　谢　锦

发 行 人：毕　胜
责任编辑：李伟长　张诗扬
封面设计：黄　海
特约法律顾问：王　嵘　光　韬

书　　名：收获长篇小说.2023.春卷
编　　者：《收获》文学杂志社
出　　版：上海世纪出版集团　上海文艺出版社
地　　址：上海市闵行区号景路159弄A座2楼　201101
发　　行：上海文艺出版社发行中心
　　　　　上海市闵行区号景路159弄A座2楼206室　201101　www.ewen.co
印　　刷：上海中华印刷有限公司
开　　本：710×1000　1/16
印　　张：28.25
插　　页：2
字　　数：586,000
印　　次：2023年3月第1版　2024年3月第3次印刷
Ｉ Ｓ Ｂ Ｎ：978-7-5321-8681-5/I.6835
定　　价：55.00元

告 读 者：如发现本书有质量问题请与印刷厂质量科联系　T:021-69213456